W0347522

btb

Aus Freude am Lesen

Der koptische Mönch Hypa schreibt sein Leben nieder, um Rechenschaft abzulegen. Geboren im südlichen Ägypten, wuchs Hypa noch mit dem Glauben an die alten Götter auf. Als junger christlicher Mönch studierte er Medizin, begab sich auf Wanderschaft und geriet mitten in die leidenschaftlichen theologischen Auseinandersetzungen, die im fünften Jahrhundert die Kirche erschütterten. In Alexandria erlebt Hypa, zu welch grausamer Gewalt Christen fähig sind, in den Höhlen am Toten Meer betet er um Erleuchtung und Erlösung von seinen Seelenqualen, in Palästina sucht er auf den Spuren von Jesus Christus nach den Wurzeln des wahren Glaubens. In einem abgeschiedenen Bergkloster zwischen Antiochia und Aleppo schreibt er schließlich auf, was ihm alles widerfahren ist. Denn da gibt es auch noch Oktavia, die schöne alexandrinische Heidin, und Martha, eine junge christliche Chorsängerin – und immer wieder Azazel, den Teufel, der ihn zaudern und zweifeln und sündigen lässt und behauptet, ein Teil von Hypa selbst zu sein.

Youssef Ziedan wurde 1958 geboren und ist Professor für Islamische Philosophie mit Schwerpunkt Sufismus. Neben zahlreichen wissenschaftlichen Publikationen hat Youssef Ziedan auch mehrere Romane veröffentlicht. »Azazel« erschien in elf Sprachen und wurde 2009 mit dem Internationalen Preis für Arabische Literatur, auch arabischer »Booker«-Preis genannt, ausgezeichnet.

Youssef Ziedan

Azazel

Roman

Aus dem Arabischen
von Larissa Bender

btb

Die Originalausgabe erschien 2008 unter dem Titel »Azazêl«
bei Dar al-Shorouk, Kairo.

FSC
www.fsc.org
MIX
Papier aus verantwortungsvollen Quellen
FSC® C083411

Verlagsgruppe Random House FSC® N001967
Das für dieses Buch verwendete FSC®-zertifizierte
Papier *Lux Cream* liefert Stora Enso, Finnland.

1. Auflage
Genehmigte Taschenbuchausgabe Mai 2013
btb Verlag in der Verlagsgruppe Random House GmbH, München
Copyright © der Originalausgabe 2008 Youssef Ziedan
Copyright © der deutschsprachigen Ausgabe 2011 Luchterhand
Literaturverlag, München, in der Verlagsgruppe Random House
GmbH
Umschlaggestaltung: semper smile München
Umschlagmotiv: © shutterstock / Nataliya Hora
Druck und Einband: CPI – Clausen & Bosse, Leck
CP · Herstellung: sc
Printed in Germany
ISBN: 978-3-442-74607-1

www.btb-verlag.de
www.facebook.com / btbverlag
Besuchen Sie auch unseren LiteraturBlog www.transatlantik.de

Für Aja, meine Tochter – dies ist mein Wunder,
das der Welt nicht offenbart werden sollte.

Jeder Mensch hat seinen eigenen Satan, sogar ich, doch Gott stand mir gegen ihn bei, so dass er Muslim wurde.

(Hadith, welches in sehr ähnlicher Form
von Imam Buchârî berichtet wird)

Vorwort des Übersetzers

Ich habe veranlasst, dass dieses Buch erst nach meinem Tod veröffentlicht werden soll. Es enthält eine möglichst getreue Übersetzung einiger Pergamentrollen, die vor zehn Jahren in den berühmten Ruinen nordwestlich der syrischen Stadt Aleppo gefunden wurden. Diese Ruinen erstrecken sich über drei Kilometer und liegen am Rande der alten Straße, die die beiden antiken Städte Aleppo und Antiochia miteinander verbindet und deren Geschichte weit vor unserer Zeit begann. Es ist jene gepflasterte Straße, von der man vermutet, dass sie das letzte Stück der berühmten Seidenstraße darstellt, die einst im Fernen Osten ihren Anfang nahm und erschöpft an der Mittelmeerküste endete. Diese Pergamentrollen mit ihren alt-syrischen (aramäischen) Aufzeichnungen sind in einem ungewöhnlich guten Zustand, obwohl sie bereits in der ersten Hälfte des fünften Jahrhunderts nach Christi Geburt beschrieben wurden. Um genau zu sein, vor 1555 Jahren.

Der verstorbene ehrwürdige Pater William Casary, der die archäologische Grabung dort leitete und im Mai 1997 dort auch sein unerwartetes und trauriges Ende fand, hatte angenommen, dass das Geheimnis der Unversehrtheit dieser Rollen in der Qualität des Leders (des Pergaments) liege, auf welches die Worte mit der besten schwarzen Tinte, die man in jener fernen Zeit bekommen konnte, geschrieben wurden. Außerdem waren die Rollen in einer fest verschlossenen

Holzkiste verwahrt worden. Der ägyptischstämmige Mönch Hypa hatte diese seine Aufzeichnungen, die seinen erstaunlichen Lebensweg, ungewollte Ereignisse seines sorgenvollen Daseins und die Umwälzungen eines aufregenden Zeitalters dokumentierten, darin deponiert.

Pater Casary glaubte, dass die Holzkiste mit den feinen Kupferintarsien über all die Jahrhunderte hinweg nie geöffnet worden war. Dies deutet darauf hin, dass der Pater, möge Gott ihm verzeihen, den Inhalt der Kiste nicht gründlich inspiziert hatte. Vielleicht fürchtete er sich aber auch davor, die Rollen auszubreiten, bevor sie chemisch behandelt werden konnten, damit sie ihm nicht in den Händen zerfielen. Aus diesem Grunde bemerkte er die Marginalien und Kommentare nicht, die vermutlich im fünften Jahrhundert islamischer Zeitrechnung und in präziser Naskhi-Schrift auf Arabisch an die Ränder der Pergamente geschrieben worden waren. Diese Anmerkungen hat, so scheint es mir, ein arabischer Mönch verfasst. Wohl ein Anhänger der Ruhâ-Kirche, die den Nestorianismus als ihre Ausrichtung angenommen hat und deren Anhänger bis heute als Nestorianer bekannt sind! Dieser Mönch wollte seinen Namen nicht preisgeben. Einige seiner wichtigen Marginalien und Kommentare habe ich am Rande meiner Übersetzung hinzugefügt, manche aufgrund ihrer Gefährlichkeit jedoch nicht … Das Letzte, was dieser unbekannte Mönch auf die Rückseite des letzten Pergaments geschrieben hat, war der Satz: *Ich werde diesen Schatz wieder vergraben, denn die Zeit seines Erscheinens ist noch nicht gekommen!*

Ich habe sieben Jahre damit zugebracht, diesen Text aus dem Syrischen ins Arabische zu übertragen. Allerdings bereue ich es, mich mit der Übersetzung dieser Geschichte des Mönches Hypa befasst zu haben, und hüte mich davor, sie zu meinen Lebzeiten zu veröffentlichen. Denn mein Alter hat mir die Kräfte geraubt, und meine Zeit ist gekommen, um abzutreten ... Die Geschichte besteht aus dreißig Pergamenten, beidseitig beschrieben mit einer breiten Schrift, die man traditionell für das Syrische verwendete. Fachleute nennen sie die Asturnadschili-Schrift, weil die alten Evangelien in dieser Schrift verfasst wurden. Ich habe mir große Mühe gegeben, etwas über den Autor, den ägyptischen Mönch Hypa, herauszufinden, Informationen, die über das hinausgehen, was er selbst in seiner Geschichte berichtet. Doch in den alten historischen Quellen habe ich nichts über ihn gefunden.

Auch in den neuzeitlichen Quellen wird er nicht erwähnt. Es ist, als habe es ihn nie gegeben. Oder nur in dieser Biographie, die wir nun in den Händen halten. Ich habe allerdings nach langwierigen Nachforschungen herausfinden können, dass alle Angaben über die Kirchenmänner der Wahrheit entsprechen, ebenso wie die historischen Ereignisse, die in diesen einzigartigen Manuskripten detailliert beschrieben werden. Diese Dokumente verfasste er in einer eleganten Schönschrift, die ohne übertriebene Verzierungen auskommt, wenngleich die alte syrische Schrift (die Asturnadschili) diesbezüglich eigentlich zur Übertreibung neigt.

Das Schriftbild ist nahezu ausschließlich sehr klar, was es mir erleichterte, den Text zu lesen und anschließend ins Arabische zu übersetzen. Ich musste mir keine Sorgen über ein verwirrendes Original machen, wie es bei den meisten Schriften der Fall ist, die uns aus dieser Zeit überliefert sind.

Ich möchte hier auch nicht vergessen, einem verehrten Gelehrten, dem obersten Mönch des syrischen Klosters in Zypern, für seine wichtigen Anmerkungen zu meiner Übersetzung sowie für die Berichtigung einiger alter klerikaler Begriffe, die mir nicht vertraut waren, zu danken.

Ich bin mir nicht sicher, ob es mir gelungen ist, die Schönheit und Brillanz des syrischen Textes in meiner Übersetzung nachzuahmen. Denn abgesehen davon, dass das Syrische sich seit früher Zeit durch seine reichhaltige Literatur und die Entwicklung verschiedener Schreibstile auszeichnete, muss man die Sprache und die Ausdrücke des Mönches Hypa als den Gipfel der Beredsamkeit und Rhetorik bezeichnen. Ich habe nächtelang über seine scharfen Formulierungen und seine einzigartigen Bilder gegrübelt, die seinen Sinn für Poesie und sprachliche Sensibilität zeigen und bestätigen, dass er mit den Geheimnissen der syrischen Sprache, in der er geschrieben hat, hervorragend vertraut war.

Ich habe die Kapitel dieser Geschichte entsprechend der Anzahl der Pergamente eingeteilt, die sich natürlich in ihrem Umfang unterscheiden. Und ich habe die Pergamente mit Überschriften versehen, um dem Leser dieser Übersetzung, in der dieser seltene Text nun zum ersten Mal veröffentlicht wird, das Verständnis zu erleichtern. Aus demselben Grund habe ich in meiner Übersetzung die zeitgenössischen Namen der Städte benutzt, die der Mönch Hypa in seiner Geschichte anführt. Wenn er also die Stadt Panopolis erwähnt, die im Herzen Oberägyptens liegt, habe ich ihren griechischen Namen in den heute bekannten übertragen: Achmim. Auch die syrische Ortschaft Germanicia habe ich mit ihrem modernen Namen benannt: Marasch. Die Scetis-Wüste wird heute als Wâdi al-Natrûn bezeichnet, und so bin ich auch mit den anderen Städten und Örtlichkeiten verfahren, die im Originaltext vorkommen. Lediglich jene Orte, deren Namen eine Bedeutung in sich tragen, die mit einer Neubenennung verloren gegangen wäre, habe ich bei ihrer alten Bezeichnung belassen. Wie etwa Nicäa, das heute in der Türkei liegt. Auch wenn es heutzutage als Iznik bekannt ist, habe ich es vorgezogen, den alten Namen zu benutzen, da ihm in der Geschichte der klerikalen Konzile eine besondere Bedeutung zukommt. Denn dort wurde im Jahr 325 n. Chr. ein weltweites (ökumenisches) Konzil der Kirchenoberhäupter einberufen, auf dem der ägyptische Priester Arius ausgeschlossen und verbannt wurde, weil er ein Häretiker sei, der die Orthodoxie (den rechten Glauben) ablehne. Die Orte, die im Text erwähnt werden, aber nicht bekannt sind, habe ich, um Verwirrung zu vermeiden, mit ihrem alten und neuen Namen aufgeführt.

Hinter die koptischen Monats- und Jahresangaben, die der Verfasser erwähnt, habe ich die entsprechenden heute bekannten christlichen Monats- und Jahresangaben angefügt. Manchmal habe ich kurze, wichtige Anmerkungen und Hinweise hinzugesetzt sowie einige (arabische) Kommentare, wie ich sie in den Marginalien gefunden habe.

Der Übersetzer
Alexandrien, 4. April 2004

ERSTES PERGAMENT

Beginn der Aufzeichnung

Erbarmen, o Gott. Erbarmen und Vergebung, o, du unser Herr, der du bist im Himmel. Hab Erbarmen mit mir und vergib mir, denn wie du weißt, bin ich schwach. O barmherziger Gott, meine Hände zittern vor Ehrfurcht und Angst, und mein Herz und meine Seele erschaudern vor den Wechselfällen und Stürmen dieser Zeit.

Du allein, mein barmherziger Gott, dem der Ruhm gebührt, nur du weißt, dass ich diese Pergamente vor Jahren in der Region um das Tote Meer erworben habe, um darauf in meiner Zurückgezogenheit meine Poesie und meine Gebete an dich niederzuschreiben, auf dass dein Name unter den Menschen auf Erden gepriesen werde wie im Himmel. Ich wollte darauf meine Anrufungen an dich notieren, die mich dir nahebringen, und die vielleicht nach mir einmal von Mönchen und gottesfürchtigen Einsiedlern als Gebet gesprochen werden. Doch jetzt, da die Zeit zum Schreiben gekommen ist, bin ich kurz davor, etwas aufzuschreiben, was mir früher nicht in den Sinn gekommen wäre und mich womöglich ins Verderben stürzen wird. O Gott, erhöre mich! Ich bin dein treuer, ratloser Diener: Hypa, der Mönch, Hypa, der Arzt, und Hypa, der Sonderling … So zumindest nennen mich die Menschen im Land meines Exils! Du allein, mein Gott, kennst meinen wirklichen Namen. Du und die Menschen in meiner Heimat, in der ich geboren wurde. O hätte ich doch niemals das Licht der Welt erblickt oder wäre in meiner Kindheit sündlos gestorben, auf dass ich deine Vergebung und dein Erbarmen verdient hätte.

Hab Erbarmen mit mir, denn ich verdiene Mitleid für das, was auf mich zukommt ... aber ich muss es tun. Du in deinen fernen Himmeln weißt, wie mich dein und mein verfluchter Feind Azazel bedrängt und immerzu fordert, alles aufzuschreiben, was ich in meinem Leben geschaut ... Doch was ist denn schon mein Leben, dass ich aufzeichne, was ich gesehen habe? Rette mich, mein barmherziger Gott vor seinen Einflüsterungen und der Gefahr der Sünde. Mein Gott, noch immer harre ich auf ein Zeichen von dir, das nicht gekommen ist. Lange schon warte ich auf deine Vergebung, doch bis jetzt habe ich noch nicht zu zweifeln begonnen. Wenn du, Herr der himmlischen Macht und des Ruhmes im Himmel mir ein Zeichen geben willst, dann nehme ich deinen Befehl entgegen und gehorche. Wenn du mich aber mir selbst überlässt, dann bin ich verloren ... Ich werde zerrissen zwischen den Verführungen des verfluchten Azazel und meiner Sehnsucht nach Marta, die fortgegangen ist und die mein Innerstes in tiefste Verwirrung gestürzt hat.

Ich werde dich, o Herr, heute Nacht anflehen, ich werde beten und schlafen. Du hast mich aus einer verborgenen Weisheit heraus als einen Vielträumer erschaffen. Also lass mir deine unerschöpfliche Güte zuteil werden. Schicke mir in meinen Träumen ein Zeichen, das mir den Weg erleuchtet, wenn deine Botschaft sich im Wachen nur noch selten zeigt oder sich ganz verweigert. Wenn du, mein Gott, mich durch ein Zeichen vom Schreiben abhältst, werde ich mich von diesen Aufzeichnungen abwenden. Und wenn du mich mir selbst überlässt, dann werde ich schreiben ... Ich bin nichts als eine Feder im Wind, gehalten von schwachen Fingern, die sie in das Tintenfass tauchen möchten, um alles aufzuzeichnen, was mir widerfahren ist, und alles, was mit dem größten Sünder, dem ungehorsamen Azazel, und mit deinem schwachen Diener und mit Marta geschah und geschieht. Erbarmen, Erbarmen, Erbarmen.

Im Namen Gottes, des Erhabenen*, ich beginne meine Lebensgeschichte aufzuschreiben, indem ich beschreibe, was um mich herum geschieht und welche Schrecknisse in meinem Innern entbrannt sind. Diese meine erste Aufzeichnung, von der ich nicht weiß, wie und wann sie beendet sein wird, beginnt am 27. des Monats Tût (Ailûl, September) des Jahres 147 der Märtyrer, das dem Jahr 431 nach der Geburt Jesu Christi entspricht. Es ist das unselige Jahr, in dem der ehrwürdige Bischof Nestorius exkommuniziert und verbannt wurde und in dem die Grundpfeiler der Religion ins Wanken gerieten. Ich werde erzählen, welchen Verführungen und Qualen die schöne Marta und ich ausgesetzt waren und welchen Anteil der verfluchte und hinterlistige Azazel daran hatte. Ich werde auch teilweise erzählen, was mit dem Abt dieses Klosters geschah, in dem ich wohne und in dem ich keine Ruhe mehr finde. Auch werde ich die Geschichte erzählen, die ich seit dem Fortgang aus meinem Heimatdorf erlebt habe, das am Rande der Ortschaft Assuan in Oberägypten liegt. Dort, wo der Nil fließt, von dem die Bewohner meines Dorfes glaubten, er entspringe zwischen den Fingern der Götter, und sein Wasser falle vom Himmel herab. In meiner Kindheit glaubte ich wie sie an diese Lüge, bis ich verstand, was ich in Nag Hammadi und in Achmim und später in Alexandria gelernt habe. Da wurde mir bewusst, dass der Nil ein Fluss wie alle anderen Flüsse ist und dass andere Dinge auch wie andere Dinge sind und dass

* An dieser Stelle des Manuskripts ist die Schrift auffallend ungeschliffen. (Anmerkung des Übersetzers)

sie sich nur durch das unterscheiden, was wir ihnen durch Phantasie, Unterstellung und Glauben hinzufügen.

Wo soll ich meine Aufzeichnung beginnen? Die Anfänge sind verwirrend und durcheinander in meinem Kopf. Vielleicht sind Anfänge, wie mein alter Lehrer Syrianus zu sagen pflegte, nur die Vorstellungen, an die wir glauben. Anfang und Ende gibt es nur bei einer geraden Linie. Und gerade Linien gibt es nur in unserer Phantasie. Oder auf dem Papier, auf das wir niederschreiben, was wir uns vorstellen. Im Leben aber, auf der ganzen Welt, ist alles rund und geht auf seinen Ursprung zurück und vermischt sich mit dem, womit es in Berührung kommt. Also gibt es in Wahrheit keinen Anfang und kein Ende. Und deshalb gibt es nur die ununterbrochene Aufeinanderfolge, die niemals abreißt. Wie auch auf der Welt die Verbindung nicht abreißt, und deshalb geht alles immer wieder ineinander über, und auch das Ableiten hält nicht inne und nicht das Füllen und nicht das Leeren ... Eines ist immer mit dem anderen verbunden, und so erweitert sich der Kreis, um in das nächste Stadium überzugehen, damit sich von ihm ein neuer Kreis abtrennt, der wiederum in die anderen Kreise mündet. So füllt sich das Leben, indem sich sein Zirkel vervollständigt und sich bei unserem Ende in den Tod entleert, auf dass wir dorthin zurückkehren, wo wir begonnen haben ... Ach, wie verwirrend! Was schreibe ich da bloß? Die Kreise drehen sich alle in meinem Kopf und halten nur inne, wenn ich schlafe. Dann drehen sich meine Träume. Und in den Träumen drängen sich wie im Wachen in meinem Herzen die Erinnerungen und zermürben mich ... Die Erinnerungen sind Strudel sich fortsetzender Kreise, die ineinander übergehen. Wenn ich mich ihnen ergebe und sie mit meinem Stift aufzeichne, wo soll ich dann beginnen?

Ich werde in der Gegenwart beginnen, mit dem jetzigen Augenblick, wo ich in meiner Mönchszelle sitze, deren Länge und

Breite zwei Meter nicht überschreitet. Sie ist nicht größer als die ägyptischen Gräber. Ihre Wände bestehen aus dem Gestein, das die Menschen in dieser Region für den Hausbau nutzen und das sie aus nahe gelegenen Steinbrüchen holen. Der Stein war einst weiß, doch heute hat er seine Farbe verloren.

Meine Mönchszelle hat eine dünne Holztür, die sich nicht gänzlich verschließen lässt. Sie öffnet sich nach außen, zu dem langen Gang, an dem die übrigen Zellen der Mönche liegen. Es gibt hier nur ein Holzbrett, auf dem ich schlafe. Darauf liegen drei Decken aus Wolle und Leinen, die ich als Matratze benutze. Ich habe mich zudem daran gewöhnt, nach Art der ägyptischen Mönche im Sitzen zu schlafen.

In der linken Ecke gegenüber der Tür steht ein kleiner, niedriger Tisch. Darauf befinden sich das Tintenfass und die alte Lampe mit schwächlichem Docht und tänzelnder Flamme. Und unter dem Tisch liegen die weißen, unbeschriebenen Pergamentrollen sowie die gräulichen Pergamente, deren Beschriftung abgewaschen wurde ... Neben dem Tisch findet sich ein Sack voll trockener Brotstücke, eine Wasserkaraffe, eine Flasche mit Öl für die Lampe und einige Bücher. An die Wand habe ich einen Holzschnitt mit dem Bild der Jungfrau Maria gehängt ... Das Gesicht der Jungfrau, der Mutter, zu betrachten beruhigt mich.

In der Zimmerecke auf der Seite der Tür steht eine mit Kupferintarsien verzierte Holzkiste, die früher einmal mit Datteln gefüllt gewesen war und die mir so von einem wohlhabenden Mann aus Tyrus geschenkt wurde. Ich hatte ihn von einem chronischen Durchfall geheilt, ohne dafür eine Bezahlung anzunehmen. Ich wollte damit die Tradition des vorzüglichen Arztes Hippokrates neu beleben, der die Menschheit die Medizin lehrte, indem er es gewagt hatte, sie in Büchern aufzuschreiben ... War es wohl Azazel gewesen, der ihn zum Schreiben veranlasst hatte?

Wenn ich das, was ich heute Nacht begonnen habe, vollendet haben werde, werde ich meine Niederschrift in diese Kiste legen, zusammen mit den apokryphen Evangelien und den verbotenen Büchern. Ich werde die Kiste unter der lockeren Marmorplatte am Klostertor vergraben, die Platte festklopfen und mit Erde bedecken. Dann werde ich hier etwas von mir hinterlassen haben, bevor ich für immer fortgehe, nachdem die vierzig Tage meiner Zurückgezogenheit vorüber sind. Heute beginnt meine Abgeschiedenheit, und heute beginne ich auch meine Aufzeichnung, über die niemand etwas weiß.

Meine Zelle liegt im oberen Stock des Gebäudes und ist eine von vierundzwanzig gleichen Kammern, in denen die Mönche dieses Klosters hausen. Neben den Kammern befinden sich noch verschlossene Räume und Lager für das Getreide sowie ein Ort zum Beten. Im Erdgeschoss des Gebäudes liegen die Klosterküche und das Refektorium sowie das geräumige Gästezimmer. Zweiundzwanzig Mönche wohnen in dem Kloster, daneben gibt es zwanzig Novizen, die bis zu ihrer Mönchsweihe im Kloster dienen. In der großen Klosterkirche amtiert provisorisch ein Priester, kein Mönch, sondern der Pfarrer der kleinen Kirche, die zwischen den verstreut liegenden Häusern am Fuße des Klosterhügels steht. Er ist in der Klosterkirche tätig, seitdem der Klosterpriester vor Jahren heimgekehrt (gestorben) ist, und wird es bleiben, bis einer der Mönche zum Priester ordiniert wird. Die Ordination wird in der Kirche von Antiochia vollzogen werden, der dieses Kloster untersteht. Die Pfarrer unter den Priestern schlafen in den Armen ihrer Ehefrauen, während wir Mönche allein und meistens im Sitzen schlafen. Oder wir wachen die ganze Nacht, weil wir in lange Gebete und Lobpreisungen Gottes versunken sind.

Der Abt des Klosters bewohnt ein geräumiges, abseitiges

Zimmer. Die Ecken bilden vier alte romanische Säulen, die einst auf dem weiten Platz vor der großen Klosterkirche standen. Neben seinem Zimmer liegt die Kapelle, in der wir gewöhnlich beten. Die große Kirche verfügt über zwei Türen, eine von der Klosterseite aus, die andere blickt von außerhalb der Mauer auf den Hügel, so dass es scheint, als seien es zwei Kirchen: eine, die an den meisten Tagen den Mönchen vorbehalten ist, und die andere für die Gläubigen und Gottesdienstbesucher, die der Messe an den Sonn- und Feiertagen beiwohnen. Wer spät kommt, findet keinen Platz und muss sich außerhalb der verfallenen Mauer um die Außentür drängeln.

Meine Zelle ist der kleinste Kreis meiner wahrnehmbaren Welt, der von einem größeren Kreis, dem Kloster, umgeben ist, das ich von dem Tag an, an dem ich es vor Jahren zum ersten Mal betrat, liebte. Seitdem habe ich es nicht mehr verlassen, und hier wurde mir die Ruhe zuteil, die ich mir so gewünscht hatte, ehe ich hierherkam ... bis all das geschah, was ich berichten werde.

Ich kam aus al-Quds, der Heiligen, zum Kloster ... Salem, Hirusalem, Hierosolyma, Jerusalem, Iliya, das Haus des Herrn! Diese von allen Seiten von Dürre umzingelte heilige Stadt Jerusalem hat viele Namen getragen. Ich verbrachte einige Jahre dort, bevor ich, Gottes Wille gehorchend und dem Rat und der Empfehlung Nestorius' Folge leistend, hierher ins Kloster gekommen bin. Obwohl er, möge der Herr ihm heute beistehen, mich zuerst eingeladen hatte, mit ihm nach Antiochia zu gehen und dort bis zum Ende meines Lebens zu bleiben. Dann ergab sich für ihn eine andere Aufgabe, und er riet mir hierherzukommen. Er schrieb mir eigenhändig einen Empfehlungsbrief für den Klostervorsteher. Und die Zeit schrieb mir Ereignisse, die ich mit eigenen Augen gesehen und unter denen ich gelitten habe und die ich mir nie hätte träumen lassen. Den Brief, den Nestorius dem Abt geschickt hatte, bewahre ich noch immer unter meinem harten Kopfkissen auf, denn der Abt gab ihn mir ein Jahr, nachdem ich aus Jerusalem hierhergekommen war, auf meine Bitte hin zurück ... Jerusalem ... Wie weit entfernt es mir jetzt dünkt, und wie sehr mir meine Tage dort als glänzender Traum am Himmel meines Lebens erscheinen, dessen Glanz erloschen ist.

Warum erlosch alles? Das Licht des Glaubens, das mein Innerstes erhellte, die Kerzen der Ruhe, die so lange meine Einsamkeit entzückten, das Vertrauen in die Mauern dieser barmherzigen Zelle ... Sogar die Sonne sehe ich heute erloschen und düster.

Wird diese Bedrückung von meiner Seele genommen werden? Werde ich erfreuliche Nachrichten erhalten nach jenen, die uns aus Ephesos erreichten, wo die Priester und Bischöfe den gesegneten Bischof Nestorius belagerten und besiegten? Die Zeit hat mich besiegt, und Sorge und Kummer haben mich überwältigt ... Wo wird es enden mit dem seines Amtes enthobenen Bischof Nestorius, den ich noch aus seinen Tagen als Priester kannte. Wir trafen uns an dem Tag in Jerusalem, als er mit einer Delegation aus Antiochia dorthin gepilgert war, vier Jahre vor seiner Ordination zum Bischof von Konstantinopel. Unsere Begegnung fand vor langer Zeit statt, sie scheint mir heute unendlich weit zurückzuliegen, so viele Jahre sind seitdem vergangen, in denen Orte und Städte sich von mir entfernt haben, so unendlich weit.

... waren wir wirklich in Jerusalem gewesen!?

ZWEITES PERGAMENT

Das Haus Gottes

Ich erinnere mich noch gut an den Tag, an dem ich Jerusalem durch den zerstörten Teil seiner hohen Mauern betrat. Jenen Teil, der einst an das große südliche Tor der Stadt Jerusalem grenzte ... Dort ließ ich mich nach meiner langen Wanderschaft durch die Ortschaften Judäas (Palästinas) und Samarias nieder.

Als ich Jerusalem betrat, zählte ich etwa dreißig Lenze. Ich fühlte mich von der Reise des Körpers und der Seele auf Erden und durch die Himmel erschöpft, und das Wandern der Augen über die Seiten der Bücher hatte mich verunsichert. Taumelnden Schrittes betrat ich in der glühenden Hitze des Monats Abîb (Juli) die Stadt und erlitt, an der Tür der großen Kirche angelangt, eine Ohnmacht. Einige Pilger trugen mich hinein, auf dass mich der Priester der ruhmreichen Auferstehungskirche behandele. Als er, nachdem ich aus meiner Ohnmacht erwachte, von mir erfuhr, dass ich selbst Arzt und noch dazu Mönch war, lachte er und sagte scherzend: »Ich habe zwar aus Eurer Kopfbedeckung geschlossen, dass Ihr ein Angehöriger der Kirche seid. Aber aus Eurer Ohnmacht konnte ich nicht schließen, dass Ihr auch Arzt seid!« Dann erkundigte er sich nach meinem Namen, und ich sagte *Hypa*.

»Seid Ihr als Pilger gekommen oder beabsichtigt Ihr bei uns zu bleiben, gesegneter Mönch?«

»Zuerst pilgern, danach möge Gottes Wille geschehen.«

Nachdem ich dem Rat des heiligen Mönches Chariton folgend, der sich in einer einsamen Höhle in der Nähe des Toten Meeres dem Gottesdienst hingab, drei Jahre durch gesegnete Orte gewandert war, verbrachte ich einige Tage als Pilger in Jerusalem. Beim Abschied hatte Chariton zu mir gesagt: »Mein Sohn, begib dich nicht gleich, nachdem du palästinensischen Boden betreten hast, nach Jerusalem. Gehe erst dorthin, wenn dein Herz bereit und deine Seele gerüstet ist für die Wallfahrt. Denn die Wallfahrt ist nur eine Vorbereitung, und die Reise ist nur das Ergebnis der heiligen Sache, die im Kern der Seele verborgen ist.«

Auf meiner Wanderung passierte ich jene Orte, an denen die Jünger Jesu Christi gelebt und von denen aus sich die Apostel auf den Weg begeben hatten. Monatelang wanderte ich auf den Pfaden Jesu, wie sie in den Büchern und Evangelien beschrieben sind, angefangen von Qâna, das in der Nähe von Nazareth liegt. Dort hatte Christus das erste seiner Wunder vollbracht, indem er Wasser zu Wein werden ließ, um den Gästen der Hochzeit zu trinken zu geben, wie es in den Evangelien geschrieben steht. In Nazareth fand ich weder eine Spur, die auf seine Anwesenheit hindeutete, noch ein altes Gebäude, das über seine Zeit hätte erzählen können! Verunsichert verließ ich meine Reiseroute und suchte die anderen Orte auf, die in der Thora, in den Evangelien und den kanonischen heiligen Büchern erwähnt sind wie auch in den nicht-kanonischen Schriften, die wir seit kurzem als Apokryphen bezeichnen. Während der drei Jahre meines Umherirrens überfielen mich auf meiner Reise unzählige Zweifel, und in meinen Träumen litt ich Qualen. Dann kam jene wunderbare Nacht, in der ich in einem klaren Traum Jesus Christus sah, der mit seinem Licht den Himmel erfüllte und auf Aramäisch etwa Folgendes zu mir sagte: »Wenn du nach mir suchst, du, der du verstört umherirrst, dann lasse deine Seele hinter dir, lasse die Toten ruhen und komm, um mich in Jerusalem zu sehen, damit du lebst …« Jesus sprach in meiner Vision von seinem Kreuze herab zu mir, und niemand sonst war in weitem Umkreis dort zu sehen.

Im Morgengrauen des nächsten Tages nach dieser frohen Botschaft machte ich mich sogleich auf nach Jerusalem … Den ganzen Weg über flehte mein Herz zu Gott, er möge mich von den Spuren des Versinkens im Meer der Verunsicherung reinigen und meine Seele zur Ruhe kommen lassen und meinem Herzen den rechten Glauben und das Licht der Überzeugung schenken. Auf der ganzen Strecke, von den Ausläufern der Stadt Sidon, wo ich die Botschaft empfangen hatte, bis nach Jerusalem, wo ich den Rest meines Lebens verbringen wollte, legte ich nur für zwei Stunden mitten in der Nacht eine Rast ein, in denen ich unter einem Baum zu schlafen versuchte. Doch meine ständig aufeinanderfolgenden Visionen hielten mich davon ab: der Erlöser, der am Kreuz der Aufopferung leidet; das Schluchzen der heiligen Muttergottes; das Rufen Johannes' des Täufers in der Wüste; meine Erlebnisse in Alexandria … In jener Nacht fand ich keinen Schlaf.

Ich traf zur Mittagszeit auf der Straße von Samaria in Jerusalem ein. Ein Gefühl der Fremdheit nahm von mir Besitz, das mich in großen Städten stets erschüttert. Die Hitze und das Lärmen der Menschen waren schier unerträglich. Auf meinem Weg zur Auferstehungskirche kam ich an zahlreichen Märkten und Häusern vorbei, an Mönchen, Händlern und Menschen aus aller Herren Länder: Araber, Syrer, Griechen, Perser und Angehörige anderer Nationen, deren Sprache ich nicht kannte. Ich hatte den Trubel großer Städte während meiner langen Wanderung durch die Ortschaften Palästinas vergessen, und so war ich vor dem Gedränge zu den Mauern der Kirche und ihrem großen, geöffneten Portal geflohen. Ich hatte es gerade noch bis dorthin geschafft, dann überkamen mich Hunger und Erschöpfung, und ich versank in die Lobpreisung Gottes. Mein mit Büchern und Papyrusrollen vollgestopfter Beutel lastete so schwer auf mir, dass ich in jene Ohnmacht fiel, aus der mich der Priester der Kirche erweckte.

Ich verbrachte einige Tage als Pilger bei den Mönchen. Sie waren sehr gütig zu mir, wenngleich sie mir unzählige Fragen über die Länder stellten, die ich durchwandert hatte, über die Schwierigkeiten, auf die ich gestoßen war, und über die Heiligen, die ich getroffen, oder die Märtyrergräber, die ich besucht hatte. Sie befragten mich eingehend über Alexandria, und ich antwortete so, wie es entsprechend der Situation und dem Ort zu Gebote stand und so weit es den Wissensdurst der Fragen stellenden Mönche und Priester befriedigte.

Während meiner ersten Tage in Jerusalem grübelte ich über das Geheimnis der Wallfahrt nach. Und ich fragte mich, was mich wohl aus meiner Heimat getrieben und an diesen heiligen Ort verschlagen hatte. Wäre es mir nicht möglich gewesen, das Wesen der Heiligkeit in mir selbst zu erspüren, zurückgezogen in einer der Wüsten nahe meiner Heimat? Und wenn es der Ort wäre, der unser Innerstes offenbarte, und das Reisen ihn aus unseren Tiefen heraus enthüllte, wäre es dann nicht möglich, durch die Demut, die Reinigung, das fortgesetzte Gebet und die Lobpreisung Gottes und das Mönchsleben offenzulegen, welche göttliche Gnade und verborgene Heiligkeit wir in uns tragen? Wo wäre dann also der Segen des Ortes? Ist der Segen ein Geheimnis in uns, das die Orte überflutet, wenn wir nach einer langen Reise voller Verlangen und Sehnsucht zu ihnen gelangen? War die Ehrfurcht, die ich in jenem Augenblick verspürte, als ich die Mauern der Auferstehungskirche erblickte, eine Reaktion auf mein Gefühl für das gewaltige Bauwerk, oder war sie auf die Bedeutung zurückzuführen, die in dem Ereignis der Auferstehung selbst liegt? War Jesus wirklich von den Toten auferstanden? Und wie hatte es sein können, dass er, der doch ein Gott gewesen, durch Menschenhand gestorben war? War der Mensch imstande, Gott zu töten und zu quälen und ihn an ein Kreuz zu nageln?

»Möchtet Ihr mit uns in der Kirche leben oder lieber in der Stadt wohnen, um die kranken Gottessöhne und Wallfahrer zu behandeln?«, fragte mich der gute Priester einige Tage nach meiner Ankunft, und ich überließ ihm die Wahl ...

»Niemand wählt etwas, es ist der Wille des Himmels, der die Dinge und die Worte durchzieht, so dass sie auf verborgene Weise zu uns gelangen.« So sprach ich zu ihm, und er lächelte zufrieden. Dann geschah das, was Gott wollte, und der Priester der Auferstehungskirche fasste es in Worte: »Ihr könnt in der Zelle nahe beim Kirchplatz wohnen, die der Mönch Rahâwî errichtet hat. Ich meine jenes Zimmer, das rechter Hand auf der Außenseite des großen Portals liegt. Wenn Ihr dort wohnt, seid Ihr gleichzeitig bei uns und bei den Menschen. Die Zelle ist verschlossen, seit ihr Bewohner, der ein Heiliger gewesen, vor zwei Jahren heimgekehrt ist* – möge Gott sich seiner erbarmen. Ich werde den Platzdiener bitten, sie für Euch zu säubern, dann könnt Ihr ab morgen dort wohnen.«

Ich erkannte, dass sie sich meinetwegen Gedanken machten, weil sie diesen ägyptischen Mönch nicht einschätzen konnten, der wie aus heiterem Himmel und ohne Empfehlungsschreiben zu ihnen gekommen war und auch den Grund seines Kommens nicht offenbart hatte. Hätte ich innerhalb der Kirchenmauern gewohnt, hätten mich die Mönche erst nach Jahren der Beobachtung akzeptiert. Und hätte ich in-

* Hier wird das Wort »tanajjaha« benutzt, ein syrisches Wort, das in der Kirche noch immer verwendet wird im Sinne von sterben, hinscheiden. In der ursprünglichen syrischen Bedeutung heißt es »zur Ruhe kommen«. (Der Übersetzer)

nerhalb der Stadt eine Behausung gesucht, hätte mich das Lärmen der Menschen umgebracht! Der Vorschlag war also zweckmäßig, war er doch ein Kompromiss zwischen Stadt und Kirche. Nicht hier und nicht dort. Der Ort war wie ich, ein Zwischending.

In meiner ersten Nacht, die ich in der Rahâwî-Zelle verbrachte, wie sie sie nannten, war ich glücklich darüber, mich an einem Ort zu befinden, an dem Gott zwanzig Jahre lang hingebungsvoll verehrt worden war. Ich betrachtete dies als gutes Zeichen, stellte die Zelle doch ein Obdach für meine verstörte Seele dar … Und die Auferstehungskirche, zu der ich gerufen worden war, befand sich ganz in meiner Nähe. Durch mein Zellenfenster konnte ich die Abordnungen der Gottesfürchtigen, Gläubigen und Katechumenen sehen, die das ganze Jahr über als Pilger oder als Besucher zur Kirche strömten.

Die Mönche und Priester, die in der Auferstehungskirche dienten, waren gute und einfache Menschen. Die meisten kamen auf mich zu, als sie erfuhren, dass ich die Medizin und die Kunst der Heilbehandlung beherrsche. Dass ich ein Dichter war, interessierte sie nicht. Die Küster der Kirche, die Diakone und die kleinen Priester waren freundlich zu mir und suchten mich zwecks medizinischer Behandlung auf. Zu den älteren Priestern und den bedeutenden Mönchen jedoch begab ich mich selbst in die Kirche, wenn sie mich zu sich riefen.

Die meisten Krankheiten der Menschen in Jerusalem waren eine Folge der Trockenheit und der einseitigen Nahrung. Meist bestanden die Mahlzeiten aus Olivenöl, einem aus braunem, ungesiebtem Mehl hergestellten grobkörnigen Brot, Ziegenkäse und armseligen Früchten … Die Menschen in Jerusalem führten ein hartes Leben. Das Wetter in der Stadt jedoch war angenehm, meist sommerlich warm, doch von beißender Kälte des Nachts und im Winter.

Nachdem meine Seele einige Monate später ein wenig zur Ruhe gekommen war und sich meine Zweifel angesichts der vielen Gläubigen um mich herum gelegt hatten, begann ich Kirchenlieder zu schreiben, inspiriert durch den himmlischen Geist, der den Ort erhaben machte und mit Ehrfurcht erfüllte ... Zu den Versen aus jener Zeit gehört diese lange Hymne:

Von hier leuchtete das Himmelslicht auf,
Das die Finsternis der Erde vertrieb und den Seelen das Unheil nahm.
Von hier ging die Sonne der Herzen auf
Mit dem Glanz des Erlösers, der voll der Gnade auf dem Kreuz der Aufopferung lodert.
Was ist das Kreuz?
Es bildet aufrecht den Pfahl der Heiligkeit, der gekreuzt wird vom waagrechten Balken der Gnade.
Lasst uns also unsere Arme ausbreiten für den Horizont der Gnade, und uns vor der Heiligkeit aufstellen.
So sind wir ein Kreuz, das sein Kreuz trägt
Und Jesus folgt.

Die Tage in Jerusalem verliefen ruhig, beschaulich, monoton, bis der Winter des Jahres 140 der Märtyrer vorüberging, das dem Jahr 424 nach Christi Geburt entspricht, und sich die Stadt auf die glorreichen Festlichkeiten der Auferstehung und die Karwoche vorbereitete. Ich konnte immer mehr Karawanen arabischer Händler ausmachen, die sich auf dem Platz vor der Kirche niederließen. Die Waren auf den Regalen in den Läden der Stadt, die vorher nahezu leer gewesen waren, wurden farbenprächtiger, und je näher die Karwoche heranrückte, desto größer wurde die Freude der Menschen und desto höher schlug mein Herz. Immer wieder kündeten meine Träume vor dem Morgengrauen von einem kurz bevorstehenden großartigen Ereignis, doch stets vertrieb ich jene Gedanken kurzerhand wieder. Kurz vor dem Fest nahm die Anzahl der Kranken, die mich aufsuchten, zu. Viele, und besonders die Alten, litten unter Beschwerden, die auf die Strapazen der Reise zurückzuführen waren. Ich behandelte sie mit feuchten Umschlägen und Arzneien, die die Ärzte Stimmungsheber nennen, wobei ich dem Patienten nur in dem Maße von seiner gewohnten Ernährung abriet, wie ihm dies dazu verhalf, wieder zu Kräften zu kommen.

Unter den vielen Prozessionen, die auf ihrem Weg zur Kirche bei mir vorbeimarschierten, erschienen zwei besonders würdevoll: die der beiden Städte Antiochia und Mopsuestia. Dutzende Priester, Mönche und Diakone schritten in ihren prächtigen Kirchengewändern in respektgebietender Haltung hintereinander her, angeführt von dem Träger des fein gearbeiteten Kreuzes, dessen Enden mit Blattgold verziert waren. Sieben Schritte hinter ihm ging in majestätischer Haltung der bedeutende Gelehrte und Bibelexeget, Bischof Theodor von Mopsuestia*. Hinter ihm schritt eine große Anzahl von Gläubigen und Katechumenen, die wie aus einem Mund wiederholten: »Hosianna dem Sohne Davids, Hosianna in der Höhe ... Gelobet sei, der da kommt im Namen des Herrn.«

Ergriffen blickte ich durch das Fenster meiner Zelle und

* An dieser Stelle ist mit feiner Feder an den Rand des Pergaments auf Arabisch Folgendes geschrieben: »Zu den verwunderlichen Dingen, die mir geschahen, gehörte, dass ich vor zwei Tagen im Traum Seine Heiligkeit, Bischof Theodor, den Bibelexegeten, gesehen habe, wie er meine Reise nach Jerusalem segnete und mich dazu aufforderte, den Rest meines Lebens dort zu verweilen! Der Bischof ist einer der bedeutenden Väter unserer Kirche, und in unseren Klöstern lesen wir noch immer seine Interpretationen der heiligen Evangelien und der Werke der Apostel. Sie sind in ihrer ursprünglichen griechischen Sprache geschrieben und, soweit wir wissen, nicht in die Sprache der Araber übersetzt (...), unter denen wir heutzutage leben und deren Sprache wir sprechen (...).« (Der Übersetzer)

sah die Abordnung durch das große Kirchenportal schreiten wie eine Anzahl von Engeln, die vom Himmel auf die Erde herabgestiegen. Es waren mehr als zwanzig Priester und etwa hundert Diakone, und hinter ihnen schritten noch so viele andere her, dass es unmöglich war, sie zu zählen. Bischof Theodor wirkte erschöpft und beglückt zugleich, und ich wünschte mir innig, durch die Prozession hindurch direkt zu ihm zu gelangen. Dann würde ich ihm die Hände küssen und er mein Haupt, genau wie er es gerade mit dem Mann mit den kurdischen Gesichtszügen und der Damaszener Kleidung tat. Aber auch wenn ich dieses Verlangen hegte, so besaß ich doch keineswegs die erforderliche Kühnheit, es zu tun. Doch der Himmel wusste, was ich in meinem Inneren verspürte, und in seiner verborgenen himmlischen Art und Weise ermöglichte mir der Herr zwei Tage später ein unverhofftes Treffen mit dem Bischof ... Am übernächsten Tag suchten mich gegen Nachmittag ein Priester aus Antiochia und zwei Diakone auf und baten mich, sie aus Sorge um seine Gesundheit zur Unterkunft des Bischofs im Westen der Stadt zu begleiten, wie sie sagten. Erstaunt fragte ich höflich, ob es denn innerhalb ihrer Prozession keinen Arzt gebe. Da erwiderte der Priester, dass der Arzt ihrer Kirche sehr wohl mit ihnen gekommen sei, und setzte dann liebenswürdig und in ruhigem Tonfall hinzu:

»Aber Pater Nestorius wünscht sich noch größere Gewissheit bezüglich der Gesundheit des verehrten Bischofs Theodor.«

Zum ersten Mal hörte ich den Namen Nestorius, und es sollte der erste Tag sein, an dem ich ihm von Angesicht zu Angesicht gegenüberstehen würde. Nachdem ich meinen Beutel mit wohltuenden Kräutern, Arzneien zur Stärkung des Herzens und magenfreundlichen Samen gefüllt hatte, machte ich mich mit ihnen auf den Weg. Gewissenhaft verschloss ich die Tür meiner Zelle, dann gingen wir los, der Priester aus Antiochia vorneweg. Wir liefen etwa eine halbe Stunde, was ausreichte, uns dank der Mittagssonne die Schweißperlen ins Gesicht zu treiben. Ich war in das Gewand der Mönche von Jerusalem gekleidet, das der gute Priester mir einen Monat zuvor als Zeichen meiner Aufnahme bei ihnen zum Geschenk gemacht hatte. An der Tür trafen wir einen Priester aus Mopsuestia, der uns kühles Wasser zu trinken reichte, wofür ich dem Herrn dankte. Als ich die Herberge des Bischofs betrat, überkam mich ganz plötzlich das Gefühl, schon in Kürze etwas Großartiges zu erleben. Vor uns erstreckte sich ein langer Korridor. Am Ende befand sich rechts eine Tür, durch die eine würdevolle und bedächtige Stimme zu mir drang.

»Gesegneter Arzt und ehrwürdiger Vater, Seine Heiligkeit Bischof Theodor spricht zu seinen Gästen. Möchtet Ihr jetzt eintreten oder hier warten, bis sie herauskommen?«, fragte mich der Priester aus Mopsuestia liebenswürdig.

Ich bat um Erlaubnis, eintreten zu dürfen, um zu lauschen, wenn dies möglich sei. Er nickte respektvoll und öffnete mir leise die Tür. Der mit Palmwedeln überdachte Raum war groß und schattig, die Luft angenehm. In der Mitte lag eine Matte, die mit einem mit wohlriechender Basilikumessenz versetzten Wasser besprüht worden war. An den vier Wänden standen Bänke, auf denen achtbare Männer saßen: Mönche, Priester, Diakone, annähernd vierzig an der Zahl, deren Gesichtszüge darauf schließen ließen, dass die meisten von ihnen aus dem Norden stammten. Ihre Haut war makellos hell, und ihre Bärte strahlten so gelblichweiß, dass ich mich für meine bräunlich-fahle Hautfarbe und für meinen zerzausten Bart schämte, der nicht darauf schließen ließ, dass sich dahinter ein erfahrener Arzt verbarg.

Damals, in jenen Tagen, war ich nicht darauf bedacht gewesen, meinen Bart zu stutzen, wie ich es seit kurzem tue. Ich setzte mich ganz nahe an die Tür. In der Mitte, mir gegenüber, saß Bischof Theodor auf einem alten Holzstuhl mit zwei Armlehnen. Er hatte nicht bemerkt, dass ich leise eingetreten war und mich auf der Bank gegenüber seinem Stuhl niedergelassen hatte. Seine Worte fesselten mich, und ich nahm sehr aufmerksam die präzisen Bedeutungen jener Worte auf, die ich schon lange in meinem Inneren zu spüren vermeint hatte. Seine blendenden Formulierungen drangen ganz einfach in mein Herz und meinen Verstand. An jenem Tag behielt ich vieles von dem, worüber er sprach, und zeichnete es nach meiner Rückkehr in meine Zelle auf ... Er hatte auf Griechisch gesagt, was ich folgendermaßen übersetzte:

»Von diesen heiligen Gefilden aus, zu denen wir die Ehre haben zu pilgern, liebe Freunde, nahm die neue Zeit des Menschen ihren Anfang. Jesus Christus stellte eine Trennung zwischen zwei Zeiten dar und leitete das zweite Zeitalter der Menschheit ein. Die erste Zeitspanne begann mit Adam und die zweite mit Jesus Christus. Und jede der beiden Zeiten hat ihre eigene Natur und ihre Gebote, die unserem barmherzigen Gott seit der Ewigkeit bekannt sind. Der himmlische Vater erschuf Adam nach seinem Ebenbild, auf dass er ewig lebe. Doch Adam wurde durch die Einflüsterungen des Teufels getäuscht, er widersetzte sich dem Heiligen Vater und aß von dem verbotenen Baum in der Hoffnung, ein Gott zu werden. Der verfluchte Azazel täuschte ihn mit seinen Einflüsterungen, so dass Adam fehlte und kraft der Heiligkeit des göttlichen Vaters mit der Vertreibung aus dem Paradies bestraft wurde.

Aber weil Gott in seiner Barmherzigkeit den Menschen liebt und ihn unschuldig schuf, wollte er ihn nicht bis in alle Zeiten befleckt mit der ersten Sünde leben lassen. Die Barmherzigkeit Gottes gewann die Oberhand, und so sandte er seinen einzigen Sohn, Jesus Christus, in vollkommener Menschengestalt, auf dass er sich für den Menschen opfere und die Welt von der Sünde Adams erlöse und mit diesem seinem Opfer die neue Zeit für die Menschheit einleite. Und nach ihm schickte er uns die Jünger, die uns leiteten und uns die Evangelien schenkten ... Und was bedeutet das Wort ›Evangelium‹? Es ist, wie der heilige Johannes Chrysostomos gesagt hat: die frohe Kunde. Denn das Evangelium ist die frohe Botschaft über das Erlassen der Strafe und das Verzeihen der Sünden. Es ist eine Lossprechung und ein Heiligsprechen und eine himmlische Hinterlassenschaft, durch die Azazel zur Schande wurde, während wir seliggesprochen wurden durch den breiten Strom unserer Bitten.«

Die Stimme von Bischof Theodor tönte in dem großen Raum, und alle Anwesenden waren von Demut erfüllt. Aller Augen hingen, wie auch die meinigen, am Bischof. In jenem Moment wünschte ich mir, meine theologischen Studien bei ihm begonnen und aus der Quelle seiner strahlenden Formulierungen geschöpft zu haben, die Herz und Verstand durchdrangen und den Geist von Sorge und Zweifeln befreiten. Ich ließ mich eine Weile von meinen Gedanken treiben, lauschte aber wieder aufmerksam, als der Bischof von Mopsuestia, jener achtbaren Ortschaft im Herzen Anatoliens, mit einer Stimme, die noch süßer und wohlklingender durch den Raum der gesegneten Versammlung schwang, hinzufügte:

»Meine Lieben, schaut auf die Predigten von Jesus Christus und verkündet die frohen Worte, die der heilige Apostel Matthäus für uns in seinem Evangelium bewahrt hat. Er sagt uns zu jeder Zeit und an jedem Ort: Selig sind die Sanftmütigen, denn sie werden das Erdreich besitzen; selig sind, die da Leid tragen, denn sie sollen getröstet werden ... Ist vor dem Messias schon einmal eine solch frohe Kunde über uns gekommen? Ein solches Zeichen des Glücks? Wisset, dass der Messias wegen uns gekommen ist, und deshalb müssen wir seinethalben leben. Seine Menschwerdung, seine Schmerzen, sein Tod und seine Auferstehung sind ein Sieg über den Satan, eine Abbüßung für die Sünden des ersten Menschen, des Irregeführten, des Sünders. Unser Glaube an den Messias bedeutet das Heraustreten aus der Zeit der Sünde zu dem Horizont der Erlösung, die uns Gottes Wille geschenkt hat. Also seid Christen, liebe Freunde, und ruft euer Volk zum Glauben auf, damit die Menschen wirklich Gottes Kinder im neuen Zeitalter des Menschen sind, und ihr mit ihnen. Überquert die Brücke, die sich über Jesu Schmerzen erstreckt, damit ihr vollkommen seid wie euer vollkommener himmlischer Vater. Und das Zeichen eurer Überquerung ist die Taufe. Die Taufe ist eine Geburt. Sie ist die Auferstehung des Geistes von dem unbeseelten Körper, ein Eintreten in die Gnade und die Vereinigung mit dem Messias. Die Taufe ist eine Erlösung und eine neue Schöpfung. Erfahret mit euren Herzen das Geheimnis der Taufe.«

Als der Bischof das Wort Taufe aussprach, erfasste mich ein leichter Schauder, den wohl ein Priester mit einem strahlenden Antlitz bemerkt haben musste, welcher etwa vierzig Lenze zählte und rechts des Bischofs saß. Später sollte ich erfahren, dass er es gewesen war, der mich hatte rufen lassen. Er war ein berühmter Priester aus Antiochia, der aus der Ortschaft Germanicia (Marasch) stammte und dessen klerikaler Name Nestorius war. Er gehörte zu den treuesten Anhängern von Bischof Theodor und war ein großer Bewunderer seiner Evangelien-Exegese.

Als die Sonne unterging, machte sich die Erschöpfung beim Bischof von Mopsuestia bemerkbar. In ruhigerem Tonfall und mit leiserer Stimme beendete er seine Rede an seine Zuhörer, über deren Antlitz sich eine Glückseligkeit gelegt hatte, als hätten seine Worte sie in die höchsten Himmel erhoben. »Wir waren nichts als Tote«, sagte er zum Schluss zu ihnen, »Adam hatte uns dem Untergang anheimgegeben, als er die

Sünde beging, sich gegen seinen Schöpfer aufzulehnen, und dem Teufel war die Ewigkeit beschieden. Doch als uns der Herr als Messias erschien, wurde uns die göttliche Gnade zuteil, und dies ermöglichte es uns, uns vor dem Untergang und dem Tod zu retten, durch Buße … und indem wir durch die Pforte der Taufe eintreten in die Hemisphäre der Erlösung.«

Plötzlich murmelte ein bejahrter Priester mit arabischen Gesichtszügen einige Worte vor sich hin, als habe er etwas auf dem Herzen. Als Bischof Theodor ihn ermutigend anblickte, befragte ihn der Priester in einer diffizilen Angelegenheit: Auf welche Weise erbten wir von Adam die Sünde der Auflehnung gegen Gottes Befehl, und welche Schuld tragen wir daran, wir, seine Söhne, die wir diese Sünde nicht begangen haben? Da entgegnete der Bischof lächelnd: »Wir begehen viele andere Sünden, die nicht weniger bedeutsam sind als der Ungehorsam, von dem verbotenen Baum gegessen zu haben. Wir tun dies und sind doch Kinder von Jesus, nicht weil wir Adams Sünde geerbt haben, sondern weil wir von ihm das Streben danach und die Bereitschaft dazu geerbt haben. Dies, gesegneter Vater, bedarf einer langen Diskussion, in die wir uns vielleicht ausführlich bei unserer nächsten Sitzung vertiefen.«

Das Ende der Unterweisung ankündigend, erhob sich Nestorius, und alle machten sich zum Aufbruch bereit. Als sie zu Bischof Theodor traten, um durch das Küssen seiner Hand seinen Segen zu erhalten, verdeckten sie mir den Blick auf den Bischof. Ich erhob mich gleichfalls und sah, wie sich Nestorius nach vorne beugte, um den Bischof bei der Hand zu nehmen und ihn durch die Menge hindurch in sein Zimmer zu führen … Als er an mir vorbeiging, schaute er mich mit einer so lauteren Liebenswürdigkeit an, als kenne er mich seit langem. Sein Blick ließ mich verlegen werden.

Gemeinsam mit einigen Mönchen und Priestern wartete ich in dem weiträumigen Zimmer. Auf einem Teller, auf den man ein verziertes Damaszener Tuch gelegt hatte, bot man mir köstliche Früchte an, wie sie im Norden reifen. Nach einer Stunde wurde ich schließlich gerufen. Bischof Theodor litt an keiner bestimmten Krankheit, es waren sein Alter von vierundsiebzig Jahren und die Beschwernisse der Pilgerreise, die ihn angestrengt hatten. Das hatte ich schon zwei Tage vorher erkannt, als er an der Spitze der Prozession in seiner würdevollen Haltung vor meinem Fenster einhergeschritten war. Ich wollte ihm allerdings nicht voreilig mitteilen, was ich über seinen Zustand bereits wusste, sondern ging auf ihn zu und ließ mein gebührendes Interesse und meine Ehrerbietung erkennen. Behutsam nahm ich seine Hand und küsste sie. Dann fühlte ich seinen Puls, den ich für ein wenig schwach befand. Ich holte einige Mittel zur Stärkung des Kreislaufs aus meinem Beutel und bat darum, man möge sie auf einem ruhigen Feuer köcheln, ein wenig abkühlen lassen und ihm dann lauwarm zu trinken geben. Nestorius machte einem der Diakone, die an der Tür standen, ein Zeichen, und der schickte sich eilig an, meiner Anweisung Folge zu leisten. Dann schwiegen wir eine Weile. Bischof Theodor schaute mich an, indes ich auf meine Füße starrte. Als der Diener den Becher brachte, nahm zuerst Nestorius einen Schluck davon, dann reichte er ihn dem Bischof.

»Wie behagt dir der Geschmack, mein lieber Nestorius?«

»Gut, Eure Exzellenz, hochwürdiger Bischof. Es hat etwas Süßes und Wohlriechendes und mit Gottes Wille auch etwas Heilendes.«

Der Bischof war es zufrieden, seine Miene ließ einen Anflug von Freude erkennen. Er setzte sich ein wenig zurecht und schickte sich an, aus dem Becher zu trinken.

»Gesegnet seiest du, Nestorius«, sagte er, »und gesegnet auch du, guter Mönch. Wie heißt du?«

»Hypa, Eure Exzellenz, hochwürdiger Bischof.«

»Wie sonderbar! Wann hast du, der du doch ein Ägypter bist, diesen nicht-ägyptischen Namen angenommen?«

»Nachdem ich Alexandria verlassen habe, mein Vater.«

»Und von wo aus bist du dorthin gekommen?«

Mit äußerster Liebenswürdigkeit mischte sich Nestorius in das Gespräch und bat den Bischof, sich ein wenig hinzulegen, um auszuruhen. Doch Bischof Theodor antwortete, ihn liebevoll neckend, mit einem freundlichen Lächeln:

»Lass diese väterlichen Gefühle, Nestorius, mein Vater ist nämlich schon seit langem tot, und ich bin auf dem besten Wege zu ihm ... Lass mich mit dem Mönchsarzt sprechen, denn mir ist wohl, wenn ich ihn ansehe. Dieses unschuldige Erstaunen in seinen Augen erinnert mich an das Erstaunen, das ich in den Augen meines Bruders im Geiste, Johannes Chrysostomos, gesehen habe, als wir jung waren.«

Da nickte Nestorius ergeben und wollte die Zusammenkunft verlassen.

»Wie Ihr wollt, Eure Exzellenz«, sagte er sanft mit gedämpfter Stimme. »Und Euch, Hypa, sehe ich in dem großen Raum, wenn Eure Unterredung beendet ist.«

»Nein, Nestorius, bleibe bei uns sitzen. Und du, Hypa, sag mir, wo wurdest du geboren und wann kamst du nach Alexandria?«

Nestorius bedeutete den drei Diakonen und den Dienern, die an der Tür standen, sich zurückzuziehen. Erst als der Herbergsdiener das Abendessen auf einem alten Holztisch brachte, den er seitlich am Bett des Bischofs abstellte, unterbrachen wir unser Gespräch. Theodor setzte sich auf und lud uns ein, uns um den Tisch zu platzieren, dann wandte er sich scherzend auf Syrisch an Nestorius und sagte: »Vielleicht sind diese Bissen das letzte Abendmahl für mich.«

»Möge der barmherzige Gott Euer Leben verlängern, mein Vater. Wir brauchen Euch auf immer.«

Ich speiste verschämt mit ihnen. Das Essen war köstlich und schmackhaft, und als ich es lobte, sagte Pater Nestorius spaßend zu mir: »Es ist eine gesegnete Mahlzeit, mit Psalmen gekocht, auf dem ruhigen Feuer des Lobgesangs!« Wir lächelten über seinen Scherz, dann wandte sich der Bischof wieder mir zu, um mich zu ermuntern, meine Geschichte fortzusetzen. Ich hatte ihm bereits erzählt, dass ich in einem Dorf südlich von Assuan geboren worden war und in Nag Hammadi und in Achmim studiert hatte. Selbstverständlich berichtete ich ihm nicht, welches Unheil mir am Rande der Insel Elephantine widerfahren und welch entsetzlicher Dinge ich in Alexandria ansichtig geworden war und wie ich dann am Tag des Grauens die Flucht ergriffen hatte. Der Bischof war ganz Ohr und lauschte höflich. Und weil er lächelte, wollte ich sein Lächeln nicht mit einer Geschichte über das Unheil und die Erwähnung des größten Schreckens aller Tage vertreiben ... Er kaute gerade an einem Bissen, den Nestorius ihm gereicht, nachdem er ihn vorher in Olivenöl und Bergthymian getaucht hatte, als er mich fragte:

»Hast du die Logik studiert, mein Sohn?«

»Ja, ehrwürdiger Bischof, ich habe sie in Achmim bei einem Mann studiert, der kein Christ war. Er stammte aus der Gegend um Assiut. Er war ein meisterhafter und gelehrter Kenner der alten Philosophien ...«

»Das ist nur logisch, mein Sohn. Aus diesem Landstrich stammt schließlich der wichtigste Philosoph überhaupt. Weißt du, wen ich meine, Hypa?«

Ich zauderte ein wenig, dann sagte ich betont höflich, wie es sich ob der Stellung des Bischofs gehörte:

»Nein, ehrwürdiger Bischof, ich weiß es nicht.«

»Sag es ihm, Nestorius!«

»Der ehrwürdige Bischof meint Plotin.«

»Ja, mein Vater Nestorius, richtig.«

Nestorius lächelte, als er mich aus den Augenwinkeln ansah. Mir dünkte, er wollte damit andeuten, ihm sei sehr wohl bewusst, dass ich mich aus Höflichkeit gegenüber dem Bischof einer Antwort enthalten hatte. Da schaute ich verschämt auf meine Zehenspitzen. Bischof Theodor bemerkte nichts davon, er ließ seinen Blick über die Zimmerdecke schweifen, und als spräche er zu sich selbst oder flüstere seinem alten Gefährten Johannes Chrysostomos etwas zu, sagte er:

»Ich denke oft an Plotin und an Ägypten. Meiner Meinung nach stammen viele Grundlagen der Religion von dort, nicht von hier. Das Mönchstum, die Liebe zum Märtyrertum, das Zeichen des Kreuzes, das Wort des Evangeliums ... Selbst die Heilige Trinität ist eine Idee, die zuerst ganz deutlich bei Plotin vorkommt, der in seinen Enneaden sagt ...«

Ich weiß nicht, wie es kam, dass ich plötzlich vorpreschte und den Gedankengang des Bischofs leichtfertig unterbrach: »Nein, mein Vater, die Trinität Plotins ist eine philosophische. Bei ihm sind es: das Eine, der Erste Geist und die Weltseele. Und die Trinität in unserer Religion ist eine himmlisch-göttliche: der Vater, der Sohn und der Heilige Geist, und diese unterscheiden sich doch sehr voneinander!«

»Gemach, guter Mönch, es ist dir nicht erlaubt, Seine Exzellenz, den Bischof, zu unterbrechen«, zügelte Nestorius entschieden mein plötzliches Ungestüm, das vollkommen sinnlos gewesen war. In diesem Augenblick bemächtigte sich meiner eine tiefe Scham, die auch durch die Zuneigung von Bischof Theodor nicht gemildert wurde. Er sah mich mit großem Mitgefühl an, auf seinem Antlitz das selbige Lächeln, auch wenn es ein wenig fahl und müde geworden war.

Der Bischof legte mir seine rechte Hand auf die linke Schulter und segnete mich, indem er mit seinem Finger das Zeichen des Kreuzes über meiner Stirn malte, dann ließ er sich in sein Kissen fallen. Also blieb mir nichts anderes übrig, als mich, nachdem ich mich stotternd beim Bischof entschuldigt hatte, zurückzuziehen. Um meine Scham loszuwerden, wünschte ich mir, von der Erde verschluckt zu werden.

»Schon gut, Hypa, die Jugend ist eine lodernde Flamme. In deinem Alter waren wir genauso. Mein lieber Nestorius, bitte führe den guten Mönch nach draußen und geleite ihn nach Hause. Ich mag ihn.«

»Seid unbesorgt, mein Vater, ich werde bis zu seiner Zelle beim Portal der Auferstehungskirche mit ihm gehen. Ich gehe sowieso dorthin, um die Nachtgebete zu verrichten und der Messe beizuwohnen.«

»Möge der Herr dich segnen, Nestorius.«

Als wir die Herberge verließen, gingen zwei Diakone sowie ein etwa vierzigjähriger schmächtiger Mann hinter uns her. Ich glaube, er gehörte zu den Kirchendienern des Bistums von Antiochia. Sie liefen in geringer Entfernung hinter uns, während wir schweigend einherschritten. Nestorius pries unhörbar Gott, während ich mich stillschweigend schämte. Als wir etwa die Hälfte des Weges zurückgelegt hatten, wandte er sich mit einer Frage an mich: »Hast du Plotins Buch gelesen, das Enneaden genannt wird, Hypa?«

»Ja, mein Vater«, antwortete ich vorsichtig. »Ich habe es mehrere Monate lang in Nag Hammadi studiert ... Ich bin im Besitz eines Exemplars, das mehr als hundert Jahre alt ist.«

»Großartig. Ich würde es gerne sehen.«

Seine Antwort flößte mir Zutrauen ein, so dass ich meine Zurückhaltung ein wenig aufgab. Ich wünschte mir, das Gespräch mit ihm fortzusetzen, deshalb sagte ich, dass sich das Buch in meiner Zelle befinde. Dann setzte ich zögerlich hinzu:

»Ich besitze noch ein anderes Buch, das Ihr vielleicht ansehen möchtet. Vielleicht möchtet Ihr ... Es ist das Buch von Arius, dessen Titel Thalia lautet.«

»Thalia! Dieses Gedicht haben wir vor Zeiten in Antiochia

gelesen. Ich hatte geglaubt, dass unser Exemplar das einzige sei, das vor dem Brand gerettet wurde. Lass mich auf jeden Fall einen Blick auf dein Exemplar werfen. Ist es vollständig?«

»Ja, mein Vater. Es ist in koptischer Sprache auf Papyrus geschrieben.«

»In koptischer Sprache! Wie seltsam ... In wie vielen Sprachen liest du, Hypa?«

»In vier, mein Vater: Griechisch, Hebräisch, Koptisch und Aramäisch. Meinem Herzen am nächsten aber ist das Aramäische, weil es die Sprache ist, in der Jesus Christus gesprochen hat.«

»Wir nennen es jetzt nicht mehr Aramäisch, sondern wir sagen Syrisch, um die Sprache der gesegneten Zeit Jesu Christi von der früheren Zeit des Heidentums und des Judentums zu unterscheiden.«

»Ich bin vollkommen Eurer Meinung, mein Vater, absolut. Denn die Sprache wird nicht durch sich selbst gesprochen, sondern es sind die Menschen, die sie sprechen. Wenn sie sich verändern, verändert sich auch die Sprache. Und die Worte Jesu Christi veränderten die Sprache, wie sie auch die Menschen veränderten. Er machte sie zu einer heiligen Sprache.«

»Richtig, Hypa, du hast vollkommen recht, mein Sohn ...«

Er sprach so vertraulich mit mir, dass ich meine übertriebene Zurückhaltung aufgab und mich danach sehnte, unser Gespräch möge bis spät in die Nacht hinein andauern. Unsere gemächlichen Schritte führten uns von den breiten Straßen zu den engen Gassen. Als sich vor uns der weitläufige Platz öffnete, tauchte die große Kirche mit ihren hohen Kuppeln auf, gleichsam ein Traum, der sich in ein mit glänzenden Sternen der Frühlingsnacht geschmücktes Schwarz hüllte. Schon von weitem konnten wir meine Zelle ausmachen. Nach einem Augenblick des Schweigens, sagte Nestorius:

»Möge der Herr dich beschützen, Hypa ... Wo wir gerade

über Jesus Christus sprachen … Besitzt du vielleicht auch ein Exemplar des Thomas-Evangeliums?«

»Ja, mein Vater, und ebenso habe ich ein altes Exemplar des Evangeliums der Ägypter, und ein Judas-Evangelium sowie das Buch der Geheimnisse. Es ist mir eine große Freude, Bücher zu sammeln.«

Da sei ich ja im Besitz aller verbotenen Bücher!, sagte der ehrwürdige Nestorius lächelnd. Die erlaubten Bücher, entgegnete ich, befänden sich in den Kirchen und überall andernorts! Da wurde sein Lächeln noch breiter. Ich ergriff die Gelegenheit und lud ihn in meine Zelle ein, nachdem wir das Nachtgebet in der Auferstehungskirche verrichtet hätten. Er fand Wohlgefallen an der Idee und willigte ein, worüber ich sehr erfreut war. Damals konnte ich nicht ahnen, dass diese Zusammenkunft bis zur Morgendämmerung andauern und dass sie mein Leben verändern würde, dass ich mich daraufhin von Jerusalem in Richtung Norden auf den Weg machen und mich in diesem abgelegenen Kloster niederlassen würde, in dem ich mich jetzt befinde und das so weit von meiner Heimat entfernt ist … so unendlich weit.

Glücklich über eine Begegnung, die durch gegenseitige Zuneigung geprägt war, kehrten wir von der großen Kirche zu meiner Zelle zurück. In jener Nacht verspürte ich in Nestorius' Begleitung eine tiefe Beruhigung. Ich öffnete die Zellentür, entzündete die schmale Leuchte, die in der Ecke baumelte, und hieß meinen bedeutenden Gast willkommen. Als ich mein einziges Fenster öffnete, wehte eine kühle Brise bei klarem Himmel in die Zelle herein, so dass eine wohlwollende Atmosphäre im Raum entstand. Nestorius blickte lange auf das Bild der Jungfrau, das über meinem Bett hing, ohne indes ein Wort zu sagen … Nach einer Weile wanderten seine Blicke durch das Zimmer.

»Deine Zelle ist sauber und aufgeräumt, Hypa«, sagte er, »das lässt auf deinen Charakter schließen. Wo sind die Bücher, von denen du mir erzählt hast?«

»Unter dem Bett, auf dem Ihr sitzt, mein Vater.«

»Sprich mich mit meinem Namen an, Hypa, wir alle sind Brüder. Wir alle sind schwache Schafe im Stall des Herrn.«

»Ihr aber seid eher ein Hirte, mein Vater. Möge Gott Euch mit seiner ewigen und endlosen Fürsorge schützen.«

Nestorius' Lachen klang süß und hell, als er sich erhob, um mir die Möglichkeit zu geben, den bestickten Damaszener Kamelhaar-Kelim zusammenzufalten, den ich bis heute zum Schlafen unter mir ausbreite. Ja, er ist seit jener Zeit meine einzige Bettstatt. Ich hob einige Bretter des Bettes an, so dass Bücher und Papyrusrollen zum Vorschein kamen. Als ich das nächste Brett hob und mein ganzer dort verborgener Schatz sichtbar wurde, warf Nestorius einen Blick aus meinem Fenster, um seine drei Gefolgsleute zu sich zu rufen. Als sie näher kamen, befahl er ihnen, zur Herberge zurückzukehren.

»Mir scheint, dass ich die Nacht bei dir verbringen werde, Hypa.«

»Es ist mir eine Freude, verehrter Vater. Ich werde auf dieser Bank schlafen.«

»Ich glaube kaum, dass einer von uns heute Nacht schlafen wird.«

Während Nestorius bedächtig meine Schätze inspizierte, bereitete ich ein warmes, wohlriechendes Getränk mit Bergpfefferminze und einen Teller mit getrockneten Datteln und Feigen für uns beide vor. Dann betrachtete ich sein schönes, strahlendes Antlitz ... In seiner Gestalt lag etwas Würdevolles und eine natürliche Güte; seine großen Augen, aus denen Leidenschaft und Klugheit sprachen, schimmerten grün und honigfarben. Seine helle Haut war zart gerötet und durch seinen vornehmen gelblichen Bart zogen sich einige weiße Haare, die ihn noch prächtiger erscheinen ließen. In seinen Gesichtszügen lag eine göttliche Lauterkeit, wie sie etliche Mönche, alte wie junge, vermissen ließen.

Nachdem ich das Glas mit dem Pfefferminzgetränk vor ihn hingestellt und die Flamme höher gedreht hatte, setzte ich mich auf die Bank gegenüber dem Bett, welches als Versteck diente, und vertiefte mich in sein strahlendes Lächeln. Er war für mich ein himmlisches Beispiel dafür, wie ein Mann der Religion beschaffen sein sollte. Ich wurde erst aus meiner Versonnenheit gerissen, als er kopfschüttelnd vor Erstaunen bemerkte:

»Die Reden Ciceros! Was bist du doch für ein schlauer Fuchs, du ägyptischer Mönch! Du liebst die Beredsamkeit wie wir … Und was ist dies für ein dicker Band? Die Stadt Gottes!«

»Ja, mein ehrwürdiger Vater, es ist das Buch von Bischof Augustinus. Diese beiden Bücher sind der erste und der zweite Band, aber er hat das Werk noch nicht beendet.«

»Ich weiß, Hypa, ich weiß. Aber ich frage mich, wie du daran gekommen bist.«

»Mein ehrwürdiger Vater, die Pilger bringen alles Mögliche mit, Novitäten wie auch alte Werke, manchmal schenken sie mir die Bücher und manchmal kaufe ich sie ihnen ab. Aber dieses Buch ist nicht mehr ganz neu. Der erste Band ist datiert auf das Jahr 413 nach der Geburt unseres Erlösers, des Messias … Das ist schon zehn Jahre her.«

Er fragte mich, ob ich die Bedeutung des Datums kenne, an dem dieses Buch verfasst wurde. Ich verneinte aus Höflichkeit und bat ihn, mich gütig darüber aufzuklären. Da wandte er sich zu mir um, und sein Lächeln strahlte noch stärker in göttlicher Schönheit. Er berichtete mir über Ereignisse, die ich bereits kannte, zwischen denen ich jedoch nie einen Zusammenhang hergestellt hatte. Zusammengefasst sagte er

Folgendes: »Augustinus ist ein gesegneter Mann, und im afrikanischen Bischofsamt gab es vor ihm keinen wie ihn, und vielleicht gibt es in der ganzen Stadt Hippo niemanden, der ihm an Güte und Zielstrebigkeit gleichkommt. Aber er stellte sich erst spät in den Dienst Gottes, nachdem er die meiste Zeit seines Lebens Soldat gewesen war und viele Kriege geführt hatte. Im Jahr 410 nach der gepriesenen Geburt kam es zu jenem Krieg, in dem Rom so schmachvoll den Goten in die Hände gefallen ist, auch wenn sie die Stadt nicht, wie man es von ihnen erwartet hatte, zerstörten. Wie du weißt, ist Rom die Metropole der Welt und die Stadt des Diesseits. Und wenn das Diesseits untergeht, ist der Himmel erhaben. Und als Ausgleich zum Untergang der Stadt der Menschen kommt der Stadt Gottes die Herrlichkeit zu ... Bischof Augustinus wollte, nachdem er drei Jahre lang nach dem vorläufigen Fall Roms über seinen Gedanken gegrübelt hatte, verkünden, dass die Stadt endgültig gefallen sei. Mit dem Titel seines Buches wollte er andeuten, dass die Stadt Gottes niemals fallen werde, so wie die Stadt des Menschen gefallen war, die zwangsläufig vergänglich ist. Auch wollte er das Christentum von dem Vorwurf freisprechen, dass es selbst der Grund für den schrecklichen Fall Roms sei, wie die Unwissenden behaupteten ...«

Dann erkundigte er sich nach meinem restlichen versteckten Schatz, und ich beförderte für ihn den Sack zutage, in dem ich die ägyptischen Texte aufbewahrte. Er fragte mich nach den Titeln der koptischen Bücher und der Papyrusrollen, und ich stand Rede und Antwort, ja, ich antwortete gar, noch ehe er die Fragen überhaupt gestellt hatte. Nachdem er lange auf die koptische Übersetzung der Beschreibung der Reise der Heiligen Familie gestarrt hatte, welche von Bischof Theophilus von Alexandria verfasst worden war, legte sich ein Anflug von Kummer über Nestorius' Antlitz. Es war, als schweiften seine Gedanken ganz plötzlich ab, doch mir war der Grund dafür nicht offenbar. Um ihn aus seiner Abwesenheit zurückzuholen, bemerkte ich:

»Die Beschreibung der heiligen Reise ist ein bekanntes Buch in Ägypten. Habt Ihr nicht das griechische Original gesehen, mein Vater?«

»Ich habe es gesehen, aber ich denke über die Kühnheit dieses Bischofs nach, Hypa. Wie konnte er über die ehrwürdige Jungfrau Maria sprechen und ihre Eigenschaften und Aussprüche anführen, lediglich gestützt auf seine Behauptung, sie sei ihm im Traum erschienen ... Aber das soll uns jetzt hier nicht beschäftigen. Was ist denn das für ein alter koptischer Papyrus mit den akkurat gemalten Zeichnungen darin?«

Ich dankte Gott insgeheim dafür, dass er das Ruder der Unterhaltung herumriss und wir uns damit weit von Bischof Theophilos und seinem Buch entfernten, denn jedes Mal geriet ich, und so geht es mir bis heute, in Aufregung, wenn die Bischöfe Alexandrias Erwähnung finden. Also beeilte ich mich, auf Nestorius' letzte Frage einzugehen:

»Das ist nichts Besonderes, mein Vater, es ist das Buch über das Heraustreten ans Tageslicht, es berichtet über den Tag der Auferweckung und welch Zeugnis die Toten nach alter ägyptischer Überzeugung über sich selbst in Anwesenheit der Götter ablegen müssen ... Und dies sind sehr, sehr alte Abbildungen der Götter.«

»Wundervolle Bilder! Und wer ist dieser Mann an der Töpferscheibe?«

»Man nennt ihn Chnûm, mein Vater, der Gott Chnûm, von dem man früher glaubte, dass er die Menschen aus Lehm erschaffe, bevor Amun ihnen Leben einhauche. Ein alter Glaube, mein Vater, ein alter Glaube.«

»Chnûm, was für ein seltsamer Name. Erinnert er dich an etwas, Hypa?«

»Ja, er erinnert mich an viele Dinge ... Aber woher wisst Ihr das, mein ehrwürdiger Vater?«

»Ich spüre die Erregung deines Herzens, und ich sehe sogar, dass dir fast die Tränen in die Augen treten.«

Geheimnisse preiszugeben gehörte noch nie zu meiner Wesensart, und genauso verhielt es sich mit dem Vertrauen in andere Menschen. Doch in jener Nacht berichtete ich Nestorius über den Tempel des Gottes Chnûm, der, auf der Südseite der Insel Elephantine im Süden Ägyptens unweit von Assuan gelegen, das Wasser des Nils empfängt. Ich erzählte ihm von der jahrhundertealten Ehrfurcht und der in alle Richtungen des Tempels und seiner Gemäuer strahlenden Heiligkeit. Ich erzählte ihm auch von meinem Vater, der die verzweifelten Priester alle zwei Tage mit Fischen versorgte, Priester, die sich vor Jahren im Tempel verschanzt hatten und darüber klagten, dass mit dem Ausbreiten des christlichen Glaubens ihre Religion in Vergessenheit geriet. Mein Vater nahm mich stets in seinem Boot mit, wenn er den Tempel aufsuchte, um den Priestern die Hälfte der Fische abzuliefern, die sich innerhalb von zwei Tagen in seinem Netz verfangen hatten. Stets machten wir uns heimlich im Morgengrauen auf den Weg.

Ich konnte meine Tränen nicht mehr zurückhalten, als ich ihm meinen furchtbaren Schrecken an jenem grauenvollen Morgen schilderte. Ich zählte damals neun Lenze. Christen aus dem gemeinen Volk hatten uns am südlichen Ankerplatz in der Nähe des Tempeltores aufgelauert. Sie hatten sich hinter den Felsen versteckt, bevor wir das Boot festmachten, und stürzten sich wie Geister auf uns, die aus den Tiefen der Hölle geflohen waren. Bevor wir uns auch nur von dem Schrecken ihres Anblicks erholen konnten, waren sie schon bei uns. Sie zogen meinen Vater vom Boot und schleiften ihn auf die Felsen, um dort mit rostigen Messern, die sie unter ihren abgetragenen Kleidern versteckt hatten, auf ihn einzustechen und ihn zu töten. Wimmernd kauerte ich in einer Ecke des Bootes, geschützt, während mein Vater ihnen vollkommen ungeschützt ausgeliefert war. Er schrie unter ihren Messerstichen und flehte jenen Gott um Hilfe an, an den er glaubte. Die Priester von Chnûm, durch die Schreie, die die Stille durchschnitten, aufgeschreckt, reihten sich auf der höchsten Mauer des Tempels auf und blickten entsetzt auf das, was sich da unter ihnen abspielte. Mit erhobenen Händen flehten sie ihre Götter an und schrien um Hilfe! Sie wussten nicht, dass jene Götter, die sie anbeteten, schon vor langer Zeit gestorben waren und dass niemand ihr angsterfülltes Gebet vernahm … Niemand gewährte meinem Vater Beistand vor jenen Mördern. Und niemand weiß, welch schreckliche Qualen ich seit jenem frühen Morgen leide.

»Du arme Seele! Sind diese Unwissenden dann an jenem Tag auch noch über dich gekommen?«

»Ich wünschte, sie hätten mich getötet, damit ich für immer meine Ruhe finde … Nein, mein Vater, sie kamen dem Boot nicht sehr nahe. Sie schauten mit den Augen von Wölfen in meine Richtung, die ihren Hunger gestillt hatten, dann raubten sie den Fischkorb und schleuderten ihn gegen das fest verschlossene Tor des Tempels. Den geschundenen Leichnam meines Vaters warfen sie dann auf die Fische. Sein Blut und sein Fleisch und die Fische vermischten sich mit dem Staub der immer noch heiligen Erde. Dann bemächtigte sich ihrer ein Rausch über ihren Triumph, sie begannen zu grölen, streckten die mit dem Blut meines Vaters besudelten Arme in die Höhe und fuchtelten mit den rostigen, blutroten Messern in Richtung der vor Schreck erstarrten Priester auf der Mauer … Schließlich zogen sie jubelnd von dannen, die berühmte Hymne auf den Lippen: Ruhm sei Jesus Christus, Tod den

Feinden des Herrn … Ruhm sei Jesus Christus, Tod den Feinden des Herrn … Ruhm sei Jesus …«

Ich wurde von einem Schluchzen überwältigt. Da erhob sich Nestorius, um mich mit seinem Gewand einzuhüllen. Ich kauerte mich jedoch zusammen, wie ich es auch damals auf dem Boot getan hatte. Daraufhin setzte er sich neben mich, strich mir über den Kopf und malte mehrere Male das Zeichen des Kreuzes auf meine Stirn, wobei er mehrmals wiederholte: »Beruhige dich, mein Sohn!« Dann setzte er hinzu: »Mein Sohn, unser Leben ist voll von Schmerzen und Sünden. Jene Unwissenden wollten sich erlösen von dem ererbten Kummer, indem sie neuen Kummer schufen; von dem Erbe der Unterdrückung, indem sie selbst zu Unterdrückern wurden, und du warst das Opfer. Ich weiß, wie groß dein Schmerz ist, ich kann ihn fühlen. Möge der barmherzige Gott uns sein Mitgefühl zuteil werden lassen … Steh auf, mein Sohn, und lass uns das Gebet der Barmherzigkeit beten!«

»Was soll das Gebet denn nützen, mein Vater …? Wer gestorben ist, ist tot und kehrt nicht wieder.«

»Es wird uns nützen, mein Sohn … es wird uns nützen.«

Nestorius' Stimme hatte plötzlich zu zittern begonnen. Als ich den Kopf von seiner mitleidsvollen Brust hob, sah ich, dass Tränen seinen Bart benetzt hatten und seine Augen gerötet waren. Ein Ausdruck von Schmerz lag auf seinem Antlitz und spiegelte sich auf seiner Stirn wider, die in tiefe Furchen der Trauer gelegt war.

»Ich habe Euch verletzt, mein Vater.«

»Nein, mein Sohn, es ist schon gut. Steh auf und lass uns beten.«

Mit der Demut der Jungfrau beteten wir so lange, bis es hell wurde und sich das Schwarz des Himmels in ein tiefes Blau wandelte. Als wir nach dem Gebet schweigend dasaßen, drangen aus der Ferne das Krähen der Hähne und das Zwitschern der Vögel, die in den Zweigen der alten Bäume auf dem Kirchplatz schliefen, zu uns herein. Nestorius beendete unser Schweigen mit der Aufforderung, hinauszugehen und um die Kirchmauer zu spazieren. »Um einige der Barmherzigkeiten Gottes an diesem gesegneten Morgen zu empfangen«, wie er sich ausdrückte.

Zwischen dem ersten Schimmern des Morgenlichtes und dem vollen Erwachen des Tages umrundeten wir die Kirche zweimal auf dem weitläufigen Gelände, das die Kirchmauern umgab. Dann spazierten wir in die entgegengesetzte Richtung, wo die Häuser sich so dicht an dicht drängten, als wollten sie sich gegenseitig stützen. Das frühe Morgenlicht bringt oft eine gewisse Schwäche für jene mit sich, die ihre Nacht schlaflos verbrachten. Eine Entkräftung, die ich mit eigenen Augen beobachtet und unter der ich selbst lange Zeit gelitten habe und bis heute immer noch häufig leide ... Während wir so gemächlich dahinschritten, erzählte mir Nestorius einige seiner Kindheitserinnerungen aus der Stadt Marasch, und ein wenig über seine Erlebnisse als Jugendlicher in Antiochia. Auch berichtete er über die Gespräche zwischen ihm und seinem Meister Theodor von Mopsuestia sowie andere Dinge, die ihm im Laufe seines Lebens geschehen waren. An jenem Tag, der uns rein zufällig in Jerusalem zusammengeführt hatte, war Nestorius dreiundvierzig Jahre alt. Selbstverständlich werde ich jetzt nicht wiedergeben, was er mir damals über sich erzählte, da sich dies nicht ziemt, weiß ich doch, dass er mir diese Dinge damals nur anvertraute, um meine Stimmung zu heben. Es waren Geheimnisse, die mich nicht betrafen, und deshalb gehört es sich nicht, sie hier preiszugeben.

Nachdem wir unseren zweiten Rundgang um die Mauern beendet und den Weg in Richtung der Häuser eingeschlagen hatten, sahen wir von weitem, wie die Menschen sich anschickten, ihr Tagwerk zu beginnen. Auch konnten wir drei Diakone aus Antiochia erkennen, die vor meiner verschlossenen Zellentür auf uns warteten und sich besorgt umblickten. Als wir bei ihnen angelangt waren, verabschiedete sich Nestorius von mir und ging mit den anderen in Richtung ihrer Unterkunft davon. Doch vorher sagte er noch zu mir, wieder mit einem Lächeln im Gesicht, das jedoch von der Bürde unserer langen Nacht ein wenig bedrückt schien: »Du kannst dich zum Mittagsmahl zu uns gesellen, und wenn es dir nicht möglich ist, dann treffe ich dich nach dem Gebet zur neunten Stunde auf dem Kirchplatz.« Er meinte zur Nachmittagszeit, wenn wir das letzte unserer Tagesgebete verrichten.

Ich kehrte in meine Zelle zurück. Ich war derart erschöpft, dass ich beinahe schon an der Tür vom Schlummer überwältigt worden wäre ... Ich warf mich sogleich auf meine Lagerstatt und fiel in einen barmherzigen Schlaf, der frei war von jeglichen Träumen. Zur Mittagsstunde weckte mich das Lärmen der Besucher am Portal der Kirche. Ich erhob mich. Mein Körper war kraftlos, mein Geist angespannt. Schwankenden Schrittes ging ich zum Wasserkrug, trank und wusch mir das Gesicht mit einigen Tropfen, die ich mir in die hohle Hand gegossen hatte ... Als ich mein Fenster öffnete, strömte das Licht zu mir herein und erleuchtete ganz unverhofft meine Seele. Gerade war ich dabei, meine verborgenen Schätze wieder unter meinem Bett zu verstauen, da riss mich ein leichtes Klopfen an der Tür aus meiner Andächtigkeit, und ich vernahm ein Rufen, an das ich in jenen Tagen schon gewöhnt war: »Mein Vater, ehrwürdiger Arzt!«

Es war ein Araber, angetan mit der Kleidung der Händler. Er kam zu mir und klagte darüber, dass sein linkes Auge vor Jahren vom Star befallen worden war und dass er nun um sein rechtes Auge fürchte. Weil sich die Flüssigkeit in seinem Auge nicht an einer einzigen Stelle sammelte, so dass man sie mit einem dünnen Röhrchen hätte absaugen können, verabreichte ich ihm ein Pulver, das er auf einen Verband geben und mit diesem sein Auge verarzten sollte. Dann forderte ich ihn auf, in zwei Monaten wiederzukommen ... In zwei Monaten! Ob der Mann wohl zwei Monate später zurückgekehrt ist, nur um mich dort nicht vorzufinden?

Als der Araber mich fragte, welchen Lohn ich verlange, gab ich meine übliche Antwort: »Mein Lohn ist bei Gott. Wenn Ihr möchtet, könnt Ihr etwas für die Kirche spenden.« Nachdem er mir gedankt und dabei versucht hatte, meine Hand zu küssen, verließ mich der Mann wieder. Als ich die Tür hinter ihm schloss, kehrte ich wieder in meine innere Welt zurück, die meinen Kummer barg, und die gleichzeitig erfüllt war von der plötzlichen Erleuchtung, welche ganz unvermittelt über mich gekommen war. Ich verstaute die restlichen Bücher und Rollen wieder unter meinem Bett, dann ordnete ich meine Habseligkeiten in der Zelle, und kurz vor dem Nachmittag machte ich mich auf zum Kirchplatz.

Obwohl es nicht sehr heiß war, suchte ich in der schattigen Ecke Schutz vor der Sonne. An meinem gewohnten Platz rechts vom Kirchplatz hinter dem großen Portal lehnte ich mich gegen meinen Baum mit seiner ausladenden Krone, der mir der herzallerliebste der Bäume dort war ... Mich überkam die Ermüdung eines Mannes, der von einer langen Reise zurückgekehrt ist, und nachdem ich die Augen geschlossen hatte, stellte ich mir vor, dass der Baum und ich eins geworden seien. Ich spürte, wie mein Geist sich aus meiner Brust zurückzog und in den Baumstamm eindrang, dann tauchte mein Geist tief in die Wurzeln ein und kroch bis in die höchsten Zweige vor. Mein Dasein wiegte sich mit seinen Blättern, und ein Teil von mir fiel mit den Blättern von seinen Ästen ab. Ich dachte in jenem Augenblick daran, wie ich in Achmim von Pythagoras gelesen hatte, dass er sich in einem Augenblick der Erleuchtung an viele seiner früheren Leben erinnerte. Bei einer dieser Reinkarnationen sei seine Seele ein Baum gewesen! Ich wünschte mir in jenem Augenblick, ein Baum zu werden wie jener, auf ewig und immer, ein weit ausladender Baum, der keine Früchte trägt, damit er nicht mit Steinen beworfen wird, sondern einer, den die Herzen um seines Schattens willen lieben. Dies ist ein äußerst karges und wüstes Land, und wenn ich dieser Baum wäre, würde ich mich zu jenen herabneigen, die meinen Schatten suchten, und mein Schatten wäre eine Gnade für sie, die ich ohne Gegenleistung gewährte. Ich wäre eine Zuflucht für die Erschöpften und kein Ernährer für jene, die nach den Früchten trachteten ... An jenem Tag flehte ich demütig mit dem Schmerz dessen, der seiner Heimat und seiner selbst fremd ist, und rief insgeheim meinen Gott an: *Mein barmherziger Gott, nimm mich jetzt zu dir. Erlöse mich von meinem vergänglichen Körper ... Habe ich nicht meine Seele diesem geliebten Baum anvertraut, so dass ich reiner werde, weil ich mich jeden Mittag zu den Pilgern neige, die diesen heiligen Flecken besuchen und durch dein Licht von ihren Sünden gereinigt werden? Im Winter werde ich darauf warten, dass der Regen deiner Liebe auf die Welt niedergeht, und jeden Morgen werde ich die Tautropfen in mich aufnehmen, die die Kühle der Nacht mir schenkt. Und nichts wird mich ablenken von der Lobpreisung deines himmlischen Ruhmes ... Der Baum ist reiner als der Mensch und liebt Gott mehr. Wenn ich dieser Baum wäre, würde ich den armen Seelen Schatten spenden ...*

»Schläfst du, Hypa?«

Ich kam wieder zu mir und war erfreut, dass Pater Nestorius plötzlich neben mir hockte. Ich setzte mich auf und schüttelte den Kopf, um ihm zu bedeuten, dass ich nicht geschlafen hatte. Er sprach freundlich mit mir, nicht auf Griechisch, welches seine gewohnte Sprache war, sondern auf Syrisch, um mit mir zu spaßen: »In welchem Meer von Gedanken warst du versunken, du guter Ägypter?«

»Mein Vater, manchmal werde ich von seltsamen Gedanken hin und her geworfen. Ich habe mir gerade gewünscht, dieser Baum zu sein, in dessen Schatten wir gerade sitzen.«

»Woher kommen dir solche Gedanken, mein Sohn?«

»Aus meinem tiefsten Innern und aus der entfernten Vergangenheit. Pythagoras sagte ...«

»Pythagoras! Das ist altes heidnisches Erbe, Hypa ...«

Meine stete Überschwänglichkeit in seiner Anwesenheit brachte mich in Verlegenheit, doch er milderte meinen Überschwang mit einer mitfühlenden Berührung. Er strich mir mit seinen gesegneten Fingern über meine Kopfbedeckung und zitierte leise einige Psalmen. Dann schloss er die Augen und zeichnete das Kreuz auf mein Haupt, auf dem meine Kapuze mit den vielen Kreuzen saß ... Ich kam wieder zur Ruhe, als er so leise, als flüstere er zu den Engeln im Himmel, sagte: »Gesegnet seiest du, Hypa, mit dem Licht des Herrn.«

»Mein Vater, glaubt Ihr, dass das ganze Heidentum von Übel ist?«

»Gott erschafft das Übel nicht... und er macht es nicht ... und er billigt es nicht. Gott ist das Gute und die Liebe. Aber die Seelen der Menschen schlugen in alten Zeiten einen falschen Weg ein, als sie glaubten, der Verstand genüge, um die Wahrheit zu erkennen, ohne die Erlösung, die ihnen vom Himmel zuteil wird.«

»Entschuldigt, ehrwürdiger Vater, aber Pythagoras war eine gute Seele, auch wenn er in heidnischen Zeiten lebte.«

»Das ist durchaus möglich, denn die Zeit vor Christi Verkündigung war auch die Zeit Gottes, und die Sonne Gottes geht über den Rechtschaffenen und den Üblen auf ... Und wer weiß, vielleicht wollte Gott mit seinem entschiedenen Willen die Menschheit auf das Kommen der Erlösungsbotschaft vorbereiten durch einige auf den Messias hinweisende Erleuchtungen. Und je mehr sich seine Zeit näherte, desto mehr Zeichen seines Kommens folgten aufeinander, bis zum größten aller Zeichen, bis zu Johannes dem Täufer, dem Rufer in der Wüste.«

Seine Worte taten mir wohl, sie waren für mich eine vernünftige Antwort auf ein Problem, das mich immer wieder beschäftigte. Ich meine das Geheimnis der Verbindung von Jesus Christus zu dem Sohn seiner Tante, Johannes dem Täufer! Und wie es möglich gewesen war, dass Johannes der Täufer, der doch ein Mensch gewesen, Christus taufen konnte, der Gott war oder der Sohn Gottes oder das Abbild Gottes oder der Gesandte Gottes, was immer man auch Unterschiedliches über ihn sagte. Ich fragte Nestorius:

»Mein Herr, glaubt Ihr, dass Jesus Gott ist, oder ist er der Gesandte Gottes?«

»Hypa, Christus wurde von einem Menschen geboren, und Menschen gebären keine Götter ... Wie können wir behaupten, die Jungfrau Maria gebar einen Gott, und uns dann vor einem Kinde von ein paar Monaten verneigen, nur weil sich die Weisen vor ihm verneigten ...! Christus ist ein göttliches Wunder, ein Mensch, durch den uns Gott erschienen und in dem er Mensch geworden ist, um ihn zur Botschaft der Erlösung und zum Zeichen des neuen Zeitalters für die Menschheit zu machen, wie uns Bischof Theodor gestern in seiner Versammlung darlegte, wo ich dich zum ersten Mal sah ... Übrigens, warum wurdest du so unruhig, als der Bischof auf das Geheimnis der Taufe zu sprechen kam?«

»Ihr seid ein guter Beobachter, mein Vater.«

»Das ist keine Antwort.«

Diesen letzten Satz sagte Nestorius im Scherz, gleichsam als wollte er die Förmlichkeiten zwischen uns aufheben und mich zum Sprechen ermutigen. So geschah es, dass ich keine

Scham dabei empfand, ihm eines meiner tiefsten Geheimnisse anzuvertrauen. Verwundert war ich allerdings darüber, dass ihn mein Geheimnis gar nicht in Erstaunen versetzte. Ich sagte nämlich in etwa zu ihm, dass ich Zweifel an meiner Taufe hege, weil meine Mutter stets versichert hätte, sie habe mich als Säugling taufen lassen, während mein Vater dies bestritt. Außerdem könne ich mich nicht daran erinnern, in meiner frühen Kindheit eine Kirche betreten zu haben, weshalb ich eher dazu geneigt sei, meinem Vater Glauben zu schenken ... Damals wollte ich ihm nicht sagen, dass ich mich, nach meinem Fortgang aus Alexandria, selbst getauft hatte! Ich sagte nur: »Es hat den Anschein, mein Vater, dass ich in meiner frühen Kindheit nicht getauft wurde!«, und erwartete, dass dieser Satz ihn überrasche, doch er verblüffte mich mit seiner ruhigen Antwort:

»Mach dir keine Sorgen. Du hast es sicher später getan oder wirst es mit dem Willen des Herrn noch tun. Aber wie wurdest du Mönch, wo du doch an deiner Taufe Zweifel hegst?«

»Ich verbrachte Jahre in der großen Kirche von Achmim. Dort hielt mich mein Meister, der Priester von Achmim, für das Mönchstum geeignet. Als ich ihn dann darum ersuchte, weihte er mich. Ich habe ihm nichts über meine Zweifel an meiner Taufe erzählt, weil ich die Ereignisse aus meiner Kindheit vergessen oder so lange weggedrängt hatte, bis ich sie tatsächlich vergaß.«

»Schon gut, Hypa, viele andere wurden auch erst spät getauft. Manche von ihnen wurden im Laufe der Zeit sogar Bischöfe! Ambrosius, der Bischof von Mailand, und Nektarios, der Bischof von Konstantinopel. Sie waren nicht getauft, bis zu jenem Tag, an dem sie zum Bischof ordiniert wurden. Sogar Kaiser Konstantin wurde erst auf seinem Sterbebett getauft, und trug doch den Beinamen ›Der von Gott Geliebte, der Beschützer des Glaubens und der Beistand Jesu‹!«

Mir fiel auf, dass er die christlichen Beinamen des Imperators Konstantin in einem Ton aussprach, in dem sich Spott und Kummer mischten. Da ich begierig darauf war, mehr von ihm zu erfahren, als er preisgab, sagte ich mit einem gewissen Stolz auf mein eigenes Wissen, dass dieser Kaiser dem Christentum doch noble Dienste geleistet habe, deren Auswirkungen wir noch heute spüren könnten. Zu seiner Zeit seien die Anhänger unserer Religion nur eine schwache Minderheit gewesen, deren Anzahl nicht über ein Zehntel der Bevölkerung des Imperiums hinausging, und heute stellten sie die Mehrheit im Reich, in Ost wie in West, und dies nur hundert Jahre nach dem weltweiten Kirchenkonzil (der Ökumene), das dieser Kaiser geleitet habe ... Dann fügte ich hinzu: »Ich meine, mein Vater, das Konzil von Nicäa, bei dem Arius untersagt wurde zu behaupten, Christus sei ein Mensch und kein Gott, und dass Gott einer sei und keine Teilhaber in seiner Gottheit habe.«

»Du bist wirklich mit allen Wassern gewaschen, Hypa ... Was willst du von mir wissen, du hervorragender Arzt und Mönch, der du an deiner Taufe zweifelst?«

Seine scherzhafte Art bekundete mir, dass er über meine Worte nicht verärgert war und offen über jene Angelegenheit zu sprechen gedachte, in die sich die Männer unserer Religion nicht vertiefen wollten. Ich brannte vor Neugier, seine Meinung über Arius zu erfahren, über den die Menschen unterschiedlicher Ansicht waren und den die Kirche von Alexandria mehr hasste als den Teufel selbst. Anfangs wollte Nestorius mich von meinem Vorhaben ablenken, indem er mich fragte, ob mir der Aufenthalt in Jerusalem angenehm sei. Doch ich bat ihn um eine eindeutige Antwort bezüglich der Wahrheit von Arius' Ansichten, ja, ich flehte ihn geradezu an: »Sagt mir die Wahrheit, mein ehrwürdiger Vater, wie Ihr sie mit Eurem scharfen Blick seht, mit Eurem gottesfürchtigen Herzen, mit Eurem reinen Geist und hervorragenden Verstand. Meine Begierde, diese Angelegenheit zu verstehen, ist groß und raubt mir den Schlaf.«

»So lass uns zu unserer Unterkunft gehen, denn ich möchte nach Bischof Theodor sehen. Und auf dem Weg werde ich dir über Arius und seine Lehrmeinung erzählen.«

Wir nahmen nicht den direkten Weg zur Herberge, sondern gingen durch das Kirchenportal hinaus, wandten uns nach rechts und wanderten an der hohen Kirchmauer entlang. Dann überquerten wir das weite Gelände, das sich vom Ende der Kirchmauer bis zum Beginn der dicht gedrängten Häuser auf der Ostseite der Stadtmauer erstreckte. Dieser Weg war ruhiger und angenehmer und fernab dem Lärmen der Menschen. Wir schritten gleichmäßig aus, und manchmal, wenn Nestorius ganz darin vertieft war, einen heiklen Punkt darzulegen, blieben wir stehen. Auf diese Weise brauchten wir eine Stunde oder länger für den Weg. Doch was Nestorius damals sagte, zögere ich jetzt aufzuzeichnen, besonders in diesen düsteren und finsteren Zeiten.

... ich werde mich nun erheben und zur Ruhe betten.

Der Schlaf ist ein göttliches Geschenk. Ohne ihn würde die Welt vom Wahnsinn heimgesucht. Alles, was auf der Welt existiert, schläft, erwacht und schläft, außer unseren Sünden und unseren Erinnerungen, die niemals schlafen und auch in Zukunft niemals zur Ruhe kommen werden ... Heute erwachte ich aus einem Schlaf voller Träume, so intensiv, als wären sie Realität. Oder ist es meine Realität, die auf mich einströmte und mich verwirrte, so dass sie zu Träumen wurde ...? Ich spüre schon den Atem des Todes in meiner Nähe, er scheint mich zu streifen. Werde ich wohl im Schlaf sterben oder zur Zeit des Gebets in der Kirche? Ich glaube, meine Angst vor dem Ende, und nicht das Drängen Azazels, veranlasste mich zum Schreiben. Vielleicht möchte ich auch, dass meine Stimme weiter reicht als bis dort, wo mein Tod ihr ein Ende setzt … Vergangenen Monat verschied der älteste Mönch dieses Klosters während seines Besuches in Aleppo. Er starb während der Messe in der Kirche ihrer Eparchie und wurde dort begraben. Er segnete das Zeitliche auf der Schwelle zu Gott, gereinigt von all seinen Sünden … Wie werde ich wohl hinscheiden, und wo?

Das Schreiben entfacht im Herzen verborgene Stürme, es weckt geheime Erinnerungen und ruft uns abscheuliche Geschehnisse ins Gedächtnis. In weit zurückliegenden Zeiten meines Lebens stimmte mich mein Glauben hin und wieder froh und erfüllte mein Dasein mit Glück. Doch heute umzingeln mich die Wolken von allen Seiten, und in meinem Inneren stürmen Wirbelwinde, die mich fast gänzlich aus der Welt wehen. Wie wird es enden mit Nestorius, nach allem, was bisher mit ihm geschah? Und wohin wohl wird es mich verschlagen, nachdem ich diese Aufzeichnungen beendet haben werde? Werde ich Marta noch einmal wiedersehen? Marta, die fortgegangen ist und von der ich nach ihrem Fortgang glaubte, sie habe nun ihre Ruhe gefunden? Nach ihrer Abreise litt ich unter quälenden Sorgen und einer stürmischen Sehnsucht. Hätte ich sie doch bloß daran gehindert, nach Aleppo zu gehen, hätte ich sie bloß vor der Gefahr bewahrt, des Nachts zwischen all den betrunkenen Händlern und den verderbten Arabern zu singen, hätte ich mich selbst doch vor den Qualen bewahrt, die ich jetzt leide. Seit sie fort ist, kann ich ihre tränenumflorten Augen nicht vergessen, und meine Sorge um sie kommt nicht zur Ruhe.

»Du bist der Grund, Hypa, du bist der Grund. Sie hat dich angefleht, sie davor zu erretten, und dich zu retten, aber du hast dich unterworfen.«

»Azazel!«

»Ja, Hypa, Azazel, der zu dir kommt und aus dir kommt.« Damit ist die Dreifaltigkeit meiner Qualen vollkommen. Meine Sorge um das Schicksal Nestorius', mein brennender Wissensdrang um das Los Martas und Azazels plötzliches Erscheinen. Wie lange werde ich diese Pein wohl noch ertragen müssen? Wann wird diese dreifache Bürde von mir genommen? Mein Gott, errette mich, denn ich bin …

»Lass diese Schändlichkeit, Hypa, und setze fort, was du geschrieben hast!«

»Und was habe ich geschrieben?«

»Was Nestorius an der Ostmauer von Jerusalem zu dir sagte. Fürchte nichts, dein Schreiben macht die Sache auch nicht schlimmer, und ich glaube auch nicht, dass irgendjemand deine Aufzeichnungen lesen wird, bevor nicht Jahre vergangen sind. Schreib diese Nacht, damit du seiest. Und wer weiß, du Ärmster, vielleicht erreichen dich nach den vierzig Tagen deiner Zurückgezogenheit Neuigkeiten über den Sieg Nestorius' nach seiner Niederlage! Und vielleicht wirst du Martas in ihrem verführerischen Damaszener Kleid noch einmal ansichtig werden. Dann nimmst du sie am Tag deiner geplanten Abreise mit dir und wirst dich für den Rest deines Lebens an ihr erfreuen, auf dass dein loderndes Herz zur Ruhe kommt.«

Azazels Argumente sind stark, meist gewinnt er die Oberhand über mich … oder ob ich ihn wohl selbst gegen mich aufhetze, weil ich ihn, wie er vorgibt, mit meinem fortwährenden Zaudern und meiner chronischen Sorge anziehe? Auf jeden Fall gibt es keinen Anlass zur Sorge, der Morgen naht, und von dem, was ich schreibe, geht keine Gefahr aus. Dieses Pergament ist beinahe voll, nur diese schmale Fläche ist noch frei von Tinte. Und darauf werde ich zusammengefasst notieren, was ich an jenem Tag von Nestorius vernommen habe.

Ich werde es in meiner Sprache schreiben, auf Syrisch, es ist mir eine Pflicht und soll keinen Beweis gegen ihn darstellen. An jenem Tag in Jerusalem sagte mir der ehrwürdige Nestorius in seinem beredten Griechisch, was ich folgendermaßen übersetze: »Tatsächlich ist die ganze Angelegenheit eine Täuschung, Hypa. Der Teufel war der auslösende Faktor für alles, was vor hundert Jahren auf dem Konzil von Nicäa geschah. Ich meine den Teufel, den Satan der weltlichen Macht, dessen Rausch sich der Menschen bemächtigt, so dass sie Gottes Herrschaft bestreiten und sich gegenseitig zerfleischen, so dass sie scheitern und ihr Ende finden. Ihre Leidenschaften ergreifen von ihnen Besitz, und sie stellen sich dumm und hadern um den Geist der Religion, in der Absicht, die Trümmer der vergänglichen Welt zu besitzen ... Was in Nicäa geschah, Hypa, ist in jeder Hinsicht nichtig. Kaiser Konstantin hatte voreilig seine Souveränität über die Christen verkündet. Er wartete noch nicht einmal mit der Einladung der Ökumene zum Konzil, bis seine neue Stadt Konstantinopel fertig erbaut war. Also berief er das Konzil in dem benachbarten Ort Nicäa ein, welchen man, aufgrund der üblen Wahl seiner Lage, in jenen Tagen ›eine Stadt für die Blinden‹ nannte! Nur ein Jahr zuvor hatte dieser Kaiser seine Zeit damit zugebracht, seine Herrschaft zu festigen, indem er Krieg gegen seine alten militärischen Gefährten führte. Als er seine Kriege siegreich beendet hatte, wollte er auch den Sieg bezüglich der religiösen Herrschaft über seine Untertanen. Deshalb rief er alle Häupter der Kirchen zu dem ökumenischen Konzil, er führte die Sitzungen und mischte sich in die theologische Diskussion ein. Dann diktierte er den anwesenden Bischöfen und Priestern die Beschlüsse. Obwohl er, wie ich glaube, kein einziges Buch über christliche Theologie gelesen hatte! Er beherrschte noch nicht einmal die griechische Sprache, in der die hitzige theologische Diskussion zwischen den Bischöfen in Nicäa geführt wurde, und er kümmerte sich auch überhaupt nicht um den theologischen Zwist zwischen dem Priester Arius und dem damaligen Bischof von Alexandria, Alexander. Dies geht aus dem Brief des Kaisers an die beiden hervor, in dem er ihre Meinungsverschiedenheit über die Natur Jesu Christi als unbedeutend, pöbelhaft, dumm und minderwertig abtut! Er forderte sie auch eingehend auf, sie sollten ihre Meinungen für sich behalten und die Menschen nicht damit belästigen. Der Brief ist bekannt, und in den Bistümern existieren Kopien davon. Dann ergriff der Kaiser Partei für Bischof Alexander, um sich den Weizen und die jährliche Traubenernte von Ägypten zu sichern. Er belegte den Mönch Arius mit dem Bann und erklärte dessen Lehren für verboten. Mit seiner Häresie wollte er die Mehrheit seiner Untertanen zufriedenstellen und auf diese Weise zum Förderer des Christentums werden ... Kaiser Konstantin hatte damals Arius' Weisheit dem Vergessen anheimgegeben ... genau wie sie heute dem Vergessen anheimgegeben wird durch die Unwissenden, die vorgeben, seine Anhänger zu sein, ihn aber nur als Tor zur Häresie benutzen und gegen die Religion verstoßen. Die Arianer, die heutzutage das Land um uns herum bevölkern, vergehen sich heute gegen Arius, wie sich Kaiser Konstantin vor hundert Jahren gegen Arius verging, als er den Mordanschlag gegen ihn am helllichten Tage gebilligt hatte.«

»Genauso befahl der Imperator, seine Bücher zu verbrennen wie auch alle Evangelien, die unter den Menschen kursierten, außer den vier bekannten ... Aber was meint Ihr mit der Weisheit von Arius, mein Vater?«

Wir befanden uns gerade im Schatten eines Baumes mit ausladender Krone am Ende der Kirchmauer, an einem ruhigen Ort, von dem aus man auf die Stadtmauer blickte. Unser Gespräch hatte die Mauern zwischen uns eingerissen. Nestorius blieb plötzlich einen Moment nachdenklich stehen. Dann wandte er sich zu mir um, als werde er mich gleich mit einem schweren Stein bewerfen. Dass ich mich indes nicht über seine folgenden Worte wundern sollte, setzte ihn in Erstaunen. Ich werde sein Antlitz nicht vergessen, als er vorsichtig seine Worte wählte: »Ich weiß, was es bedeutet, dass du Theologie in Alexandria studiert hast. Und ich weiß, was sie dich dort alles gelehrt haben, auch alles, was Arius und seine Ansichten betrifft, die sie für Häresie halten. Ich aber betrachte die Angelegenheit von einer anderen Perspektive aus, aus der Perspektive von Antiochia, wenn du so willst. Meiner Meinung nach war Arius ein Mann, der erfüllt war von Liebe und Aufrichtigkeit, ein gesegneter Mann. Seine Lebensweise, seine Zurückgezogenheit von der Welt und seine Askese sind der Beweis dafür. In seinen Worten aber sehe ich nichts als einen Versuch, unsere Religion von den Glaubensgrundsätzen der alten Ägypter über ihre Götter zu befreien. Deine Vorfahren, Hypa, glaubten an eine göttliche Trinität, die aus Isis, ihrem Sohn Horus und ihrem Mann Osiris bestand, von dem sie ohne Beischlaf schwanger wurde. Sollen wir also die alte Religion wieder zu neuem Leben erwecken? Nein, und es ist nicht richtig, über Gott zu sagen, er sei ein Dritter von dreien. Gott, Hypa, ist einer, und er hat in seiner Gottheit keinen Teilhaber. Arius wollte, dass die Religion nur für Gott allein da ist, aber er stimmte eine Melodie in einer Zeit an, die noch nicht ihresgleichen hatte. Er erkannte zwar das Geheimnis der göttlichen Erscheinung in Christus, jedoch nicht Jesu Göttlichkeit an. Er erkannte an, dass Jesus der Sohn von Maria und den Menschen geschenkt worden war, aber keine Teilhaberschaft für den einen Gott.«

»Aber damit ist er nicht von den alten ägyptischen Dogmen abgewichen, mein Vater, die am Ende von der Einheit Gottes und seiner Erhabenheit über allem, was heilig ist, sprachen. Trotzdem wich Arius von der übereinstimmenden Ansicht der Leute seiner Zeit ab und sagte, was er glaubte, und verbrannte sich damit die Finger am himmlischen Feuer.«

»Er verbrannte sich die Finger am alexandrinischen Feuer, Hypa … Und als der Kaiser ihn aus seiner langen Verbannung im Land der Goten zurückrief, um eine erzwungene Versöhnung zwischen ihm und dem Bischof von Alexandria herbeizuführen, um wieder Ruhe herzustellen und die wichtige Stadt zu beschwichtigen, wurde er vergiftet.«

»Er wurde vergiftet!«, rief ich aus. Als ich mir meiner erhobenen Stimme bewusst wurde, blickte ich mich um. Nur zwei schwarz gekleidete Frauen befanden sich in unserer Nähe, die Köpfe mit Tüchern bedeckt, wie sie die Jüdinnen zu tragen pflegten … Beide Frauen sahen in unsere Richtung, als ich aufgeschrien hatte. Die eine runzelte die Stirn, die andere lächelte. Nestorius war über meinen abrupten und heftigen Ausruf nicht verärgert, sondern antwortete würdevoll in aller Ruhe:

»Das ist für mich das Wahrscheinlichste. Am Tag vor seinem anberaumten Treffen mit dem Kaiser und dem Bischof von Alexandria ging Arius zur Mittagszeit mit einer Gruppe von Männern spazieren. Plötzlich wurde er ohne jedes vorherige Anzeichen von einem Bauchgrimmen gepeinigt. Er ging vom Weg ab, um dem Ruf der Natur Folge zu leisten, und spie eine Menge Blut, Stücke des Bauchfleischs und Teile des Gedärms aus … Er starb einen schmachvollen Tod, denn dann stürzte er auch noch in das Erbrochene. Dies ereignete sich an einem Samstag im Jahr 336 nach Christi Geburt, kurz vor Sonnenuntergang.«

»Und was geschah dann, mein Vater?«

»Nichts. Bischof Alexander triumphierte und zog sich zum Gebet zurück, und Kaiser Konstantin war über Arius' Tod erfreut. Seine Anhänger und Freunde sagten sich von ihm los, und alle Bischöfe verurteilten ihn und legten ihre abweichende Meinung in einer Erklärung dar, die sie dem Kaiser überreichten.«

»Der Mann war verloren.«

»Und nach ihm sind beinahe auch seine Lehrmeinungen verloren gegangen. Besonders nachdem sich fünf Jahre nach Arius' Tod die Bischöfe in Antiochia zur Zeit der Kirchweihsynode* versammelten. Sie verfassten eine Erklärung, in der sie in aller Deutlichkeit verkündeten, dass ›wir niemals zu den Anhängern von Arius gehört haben, denn wie könnte es denn angehen, dass wir als Bischöfe den Worten eines Priesters anhängen?!‹ Auf diese Weise trug Alexandria den Sieg davon. Übrigens, was Alexandria betrifft, warst du an jenem Tag dort, als die Philosophin Hypatia ermordet wurde, Hypa?«

Seine Frage traf wie loderndes Feuer in mein tiefstes Inneres und vertrieb die Brise der Abenddämmerung, deren erquickliche Kühle gerade eingesetzt hatte; seine abrupte Frage schleuderte mich in eine Vergangenheit, von der ich geglaubt hatte, sie hinter mir gelassen zu haben. Damals schwieg ich. Meine plötzliche Erinnerung an das schmerzliche Erlebnis, das mich veranlasst hatte, Alexandria zu verlassen, um auf dem Boden Gottes umherzustreifen, wühlte mich zutiefst auf. Ich wahrte in jenem Augenblick die Fassung, konnte aber die beiden Tränen, die gegen meinen Willen herabflossen, als die Erinnerung an Hypatia und ihre Hilferufe in meine Seele drangen, nicht zurückhalten ... Nestorius bemerkte, wie mir geschah, und es überwältigte ihn ein göttliches Erbarmen. Als er mich sanft zu sich zog, mit einem leichten Druck seiner gesegneten rechten Hand, die meine linke Schulter be-

* Dies war die Kirchweihsynode, die im Jahr 341 in Antiochia anlässlich der Eröffnung der wertvollen Goldenen Basilika abgehalten wurde. (Der Übersetzer)

rührte, überfiel mich der Wunsch zu weinen, doch die Scham hielt mich zurück.

»Nimm's nicht so schwer, Hypa, dein Geist ist erschöpft. Wir haben heute viel gesprochen, denn deine Gesellschaft hat mich froh gestimmt. Und unsere Unterkunft ist nahe. Kehre also jetzt in deine wohnliche, gesegnete Zelle zurück, um dich auszuschlafen, und morgen werde ich dich in aller Frühe beim Portal der Kirche erwarten. Wir werden beten und dann gemeinsam das Frühstück einnehmen, und wenn es dir beliebt, wirst du mir erzählen, was sich damals in Alexandria zugetragen hat ... Mit Gottes Wille werde ich dich morgen sehen.«

An jenem Tag wurde mir bewusst, dass Nestorius wahrhaftig ein gesegneter Priester war, ein Mönch, der es würdig war, verehrt zu werden ... Ja, ich sah meinen mir geraubten Vater in ihm, meinen Vater, den ich vermisste, obwohl Nestorius ihm weder von den Gesichtszügen her ähnelte noch von der Gestalt. Auch reichten seine Lebensjahre nicht, ihn zu einem Vater für jemanden meines Alters zu machen, außer im klerikalen Sinne des Wortes ... An jenem weit zurückliegenden Tag vergaß ich in meiner tiefen Verunsicherung, meinen Wunsch zu äußern, Bischof Theodor zu sehen, mich seines Wohlergehens zu versichern und durch eine Begegnung mit ihm den Segen zu erlangen ... Stammelnd beendete ich die peinliche Situation:

»Ich werde morgen früh dort sein, zur Stunde des dritten Gebetes ... Ich werde Euch erwarten, mein Vater, und Euch alles erzählen. Wenn Ihr mir die Ehre erweist, mich noch einmal in meiner bescheidenen Zelle zu besuchen, werde ich Euch berichten, was geschehen ist. Fürwahr, ich war an jenem Tag dort und habe es aus nächster Nähe beobachtet.«

Ich hastete zu meiner Zelle, um mich in meine Einsamkeit zurückzuziehen ... Auf dem Rückweg flehte ich Gott inständig an, dass kein Patient an der Tür auf mich warten möge, und meine Bitte wurde erhört. Ich schloss die Tür und entzündete die Lampe nicht. Demütig betete ich, in der Dunkelheit kniend, und hoffte, dass meine Seele zur Ruhe käme … Doch in jener Nacht trieb mich die Schlaflosigkeit mit sich fort, wie es allezeit geschieht, wenn ich an Alexandria zurückdenke. Meine Lagerstatt war voller salziger Dornen. Als die finstere Nacht fortschritt, durchzogen meine hervorbrechenden Tränen mein inbrünstiges Gebet: *Mein Gott, rette mich mit deiner barmherzigen, verborgenen Güte, denn meine Qualen haben kein Ende und sind nimmermehr zu ertragen. Erlöse mich mit deiner Gnade – o mein Vater, der du bist im Himmel, geheiligt werde dein Name – von den brennenden Erinnerungen, die in meinem Herzen lodern … Schenke mir eine neue Geburt, auf dass ich ohne Gedächtnis lebe, oder erbarme dich meiner und nimm mich zu dir und lass mich fern sein von dieser Welt.*

In jener Nacht betete ich lange, auf dass die himmlische Barmherzigkeit mein Herz erfüllen möge. Doch Gott erhörte mein Gebet nicht … und ich wurde vom Meer der alexandrinischen Erinnerungen überflutet.

DRITTES PERGAMENT

Die Metropole des Salzes und der Gewalt

Ich weiß noch gut, wie ich mich damals, in meiner unwiederbringlich vergangenen Jugend, von großen Hoffnungen getrieben von Achmim in Richtung Alexandria aufmachte. Es war zur Mittagszeit, und in der Kirche bereitete man sich gerade auf das Gebet zur sechsten Stunde vor, das genau zur Mittagszeit verrichtet wird. Ohne einen Schatten zu werfen, ging ich zum östlichen Ufer des Nils, wo die Barken und Segelboote ankerten. Ich musste nicht allzu weit laufen, doch der Ankerplatz war leer ... Es war glühend heiß, und gegen Nachmittag nahm die Hitze der erbarmungslosen Sonne des Monats Abîb (Juli) sogar noch zu. In ihren ruhmreichen Zeiten hatten die Altvorderen geglaubt, dass die Sonne die Manifestation der Macht des Gottes Ra, des bedeutendsten ihrer Götter sei ... Götter, die ausgelöscht worden waren, so dass die Erinnerung an sie genauso verschwunden war wie die sie verehrenden Menschen.

Am Hafen flüchtete ich mich in den Schatten eines einzelnen Baumes, der so dürr war wie ich selbst und dessen Äste sich zum Rand eines schmalen Kanals neigten. Dieser speist sich, wenn er im Sommer anschwillt, aus dem Wasser des Nils. Ich nahm die kleine Ikone aus meinem Beutel, von der ich mich niemals trenne – das Bildnis der unbefleckten Jungfrau Maria –, und ergötzte mich an dem beruhigenden Antlitz. Hätte Gott mich nicht auch mit einer so reinen Mutter beschenken können, wie die Jungfrau es gewesen war? Fast wäre ich in das Reich des Schlafes geglitten, wäre da nicht plötzlich ein junger Mann aufgetaucht, dem ein Affe auf dem Fuß folgte. Der Mann mochte wohl zwanzig Jahre zählen, und beide, Herr und Affe, hatten den gleichen hüpfenden Gang, dass man hätte meinen können, eine einzige Seele hätte sich zwischen ihnen beiden aufgeteilt. Der junge Mann sah lächelnd zu mir herüber, bevor er sich anschickte zu tun, weshalb er gekommen war. Er begann, die nahe stehende dünne Palme zu erklimmen, die nur mit Mühe die Datteln tragen konnte, die an ihren Fruchtständen getrocknet waren. Weil niemand die Früchte während der Wintermonate geerntet hatte, waren manche zu Boden gefallen, die restlichen hingen noch an ihrem Platz.

»Diese Datteln sind reich an Zucker und riechen köstlich«, sprach der Mann mich an, als seien wir gute Freunde. Oder als wolle er mir den Grund für sein Auftauchen erklären und mich um Erlaubnis bitten, eine Palme zu erklimmen, die mir gar nicht gehörte ... Vielleicht erbat er auch meinen Segen, weil er Gutes von mir erwartete oder vielmehr von der Mönchskleidung, die ich trug. Er wies mit hoch ausgestrecktem Arm in Richtung Palmenkrone, und schon kletterte ihm der Affe voran. Beide erklommen die Palme so mühelos, als liefen sie über ebene Erde. Der Affe erreichte zuerst sein Ziel und sprang heiter zwischen den Wedeln und den trockenen Palmzweigen hin und her. Der junge Mann beobachtete seinen Affen aufmerksam einen Moment lang, bis er sicher sein konnte, dass sich keine Schlangen und Skorpione in der Palmenkrone versteckt hielten, dann kletterte er weiter hoch und schüttelte die herabhängenden Wedel. Einige Minuten nach dem Dattelregen kamen beide noch flinker herunter, als sie hinaufgeklettert waren. Der Bursche sammelte mehrere Handvoll der unverdorbenen Datteln in sein verblichenes und zu einem Beutel zusammengebundenes Gewand, dann kam er auf mich zu und schüttete sie mir wortlos in den Schoß. Dabei lächelte er eigenartig! Er wartete noch nicht einmal ab, bis er ein Wort des Dankes oder ein Segensgebet von mir vernommen hatte, sondern schenkte mir einfach die Datteln, nahm seinen Affen auf die Schulter, schlug sich ins Gebüsch und entschwand meinem Blick ... Damals glaubte ich, Gott habe diesen jungen Mann als freudige Botschaft gesandt. Oder war er möglicherweise einer der Engel, die die Erde bevölkern und sich zwischen den Menschen bewegen, ohne erkannt zu werden? Allerdings hatte ich mir damals nicht die Frage gestellt, so muss ich eingestehen, wie ein Engel die Gesellschaft eines Affen suchen könne!

Am späten Nachmittag legte eine Barke an, die auf dem Weg in eine große Ortschaft namens Lykopolis (Assiut) war, deren Häuser sich den Nil entlang erstrecken. Die Ortschaft liegt zwei Tagereisen nördlich von Achmim. Die Bootsleute waren in Eile und überraschten mich mit der Frage, ob ich mit ihnen fahren möge. Ich betrachtete dies als Zeichen Gottes, das mich dazu aufforderte, den heiligen Ort in Assiut zu besuchen. Ich meine damit den Wallfahrtsort am Hang des Qusqâm genannten Berges, wo die Jungfrau Maria mit ihrem Kinde Jesus Christus Obdach gefunden hatte, als sie es auf der Flucht vor der römischen Gewaltherrschaft nach Ägypten brachte. Die Bootsleute legten in aller Eile ab, der Wind blies in die Segel, und so erreichte ich Assiut zur Mittagszeit des nächsten Tages.

Assint ist eine sehr große Stadt. Die Bewohner sind mehrheitlich Christen, einige Heiden, aber alles in allem sind es grundgute Menschen. Sie leben in geräumigen Häusern, die dicht an dicht beieinanderstehen. Damals hielt ich Assiut für die größte Stadt der Welt überhaupt! Noch war ich ja nicht in Alexandria gewesen, genauso wenig in Jerusalem oder in Antiochia … Von Assiut aus wandte ich mich westwärts in Richtung des einsamen Berges, der einmal die Heilige Familie aufgenommen hatte. Viel fand ich dort nicht vor, doch ich bereute es nicht, den Ort aufgesucht zu haben.

Ich stieg den Hang empor und stieß auf eine armselige Kirche, die umgeben war von einigen zerfallenen Gebäuden. Dass sie auf die Zeit der Jungfrau Maria zurückgingen, daran hatte ich indes meine Zweifel. Einige zurückgezogene Mönche lebten an jenem einsamen Ort, dessen Spiritualität ich nicht so fühlte, wie ich es mir erwartet und gewünscht hatte. Ich verspürte eher ein Gefühl der Verlassenheit dort. Nachdem ich zwei Tage an jenem Ort verbracht hatte, kehrte ich mit einer etwa zehnköpfigen Gruppe von Leuten, die den Wallfahrtsort gleichfalls besucht hatten, nach Assiut zurück. Etwa auf halbem Weg kam ein elegant gekleideter Mann auf mich zu, der trotz der Hitze des Tages ein schwarzes Gewand aus feiner dünner Wolle trug, dessen Saum mit einem glänzenden schwarzen Seidenband durchzogen war. An seinem langen Hals hing allerdings kein Kreuz. Sein Äußeres und seine arglistigen Augen befremdeten mich, und als sich unsere Blicke trafen, lächelte er, was ihn mir noch falscher erscheinen ließ. Aus seinen Augen strahlte freilich ein gewisser Scharfsinn. Weil mir ein wenig bange vor ihm wurde, verlangsamte ich meinen Schritt … Da wurden auch seine Schritte bedächtiger, und er schickte sich an, mich anzusprechen. Unwillkürlich schaute ich ihm ins Gesicht. Sein Antlitz war übersät mit weißen, von einer Flechte verursachten Flecken, die auf seiner dunklen Haut noch deutlicher hervortraten. Vollkommen unvermittelt sagte er auf Griechisch, der Sprache, die in jenem Land nur wenig gesprochen wird, etwa Folgendes zu mir: »Wie kam die Jungfrau auf ihrer Flucht mit ihrem Neugeborenen hierher, Jahre nach dem Tod jenes Herrschers, von dem ihr behauptet, er habe die Kinder der Juden getötet? Und warum kehrte sie mit ihm in das trockene und wüste Land zurück, nachdem sie in das grüne Tal Ägyptens gekommen war?« Er sagte das mit einer boshaften Gelassenheit, dann setzte er sich von der Gruppe ab, die nach Assiut zurückkehrte, und wandte sich nach Nordosten. Er drang tief in die Felder und das verstreut stehende Buschwerk ein, bis er meinem Blick entschwand ... Warum eigentlich berichte ich all diese Einzelheiten?

Nachdem ich einige Wochen zwischen den Klöstern und Kirchen umhergeirrt war, verließ ich Assiut in Richtung Alexandria in einer Barke, die mittellosen Händlern gehörte, welche ursprünglich aus Ain Schams (Heliopolis) stammten ... Es waren im Grunde ihres Herzens gute Menschen, hätten sie nur nicht fortwährend so starken Alkohol getrunken, denn in ihrem Rausch grölten sie in einem fort lauthals lustige Lieder. Als ich ihre Barke bestieg, trug ich die Kleidung der ägyptischen Mönche, die heutzutage für jeden Mönch verpflichtend ist. Aus Respekt vor meiner Kutte lehnten die Bootsbesitzer, nachdem sie eingewilligt hatten, mich mitzunehmen, es ab, einen Lohn von mir anzunehmen. Einer von ihnen, selbstverständlich ein Christ, sagte: »Es genügt uns schon, wenn Euer Segen über unser Boot kommt, mein Vater!« Es war das erste Mal, dass mich einer von ihnen *Vater* nannte.

Während der Reise bestand ihre Nahrung meist aus Käse, Zwiebeln und gesalzenem Fisch, den ich, dem Rat meines Onkels folgend, der mich nach dem gewaltsamen Tod meines Vaters aufzog, niemals gegessen habe. Ich hatte das Gelübde abgelegt, während der Reise auf dem Fluss zu fasten, und so nahm ich während der gesamten acht Reisetage nur getrocknete Datteln, Wasser und den Nektar meiner Gebete zu mir ... An jenem Tag, an dem wir den äußersten Punkt erreichten, den sie im Norden anlaufen wollten, fragte mich der Besitzer der Barke, wohin ich mich nun wenden wolle. Und als ich es ihm mitteilte, gab er mir einen Rat: »Betretet Alexandria nicht in der Mönchskutte, denn Ihr wisst nicht, auf wen Ihr in dieser aufgewühlten Stadt als Erstes trefft!« Dann schenkte er mir eines seiner Kleidungsstücke.

In einem Augenblick der Erleuchtung wurde mir bewusst, dass er die Wahrheit sprach und dass der Vater im Himmel mir durch diesen Mann eine Botschaft zukommen lassen wollte. Mit dem Herzen voller Liebe und Dankbarkeit betete ich für das Wohl der Männer und ihren Segen, dann machte ich mich auf den Weg in Richtung Nordosten ... Ich wanderte durch Felder, unendlich grün, so weit das Auge reichte. Die Weite der Landschaft und die Unbegrenztheit des Blickes jagten mir einen Schrecken ein. Keine Berge hielten das im Nildelta umherschweifende Auge auf, es war ein flaches Land mit dichter Bepflanzung und guten Menschen, deren Frauen mit auf den Feldern arbeiteten. In der Nähe eines Ortes mit Namen Timan Hur (Damanhur) stieß ich auf eine Gruppe von Bauern, die auf ihren Eseln nach Alexandria unterwegs waren. Ich schloss mich ihnen an, angetan mit einem Kleid, wie wir es im Süden des Wadis zu tragen pflegen, wo die Gewänder breitere Ärmel und einen größeren Brustausschnitt haben. Die Mönchskutte und die für uns typische Kopfbedeckung hatte ich sorgfältig zusammengelegt und ganz tief unter den Büchern in meinem Beutel verstaut. Dazwischen hatte ich auch das alte Holzkreuz gesteckt.

Die Gruppe, die nach Alexandria unterwegs war, bestand aus zehn Männern, sieben Maultieren, drei Schafen und zwei Frauen, eine von ihnen eine Greisin. Der Führer der Gruppe war ein Schwätzer, der ununterbrochen stichelte, und seine Andeutungen waren voller zotiger heidnischer Unanständigkeiten. Flüsternd fragte er mich nach dem Grund meiner Reise nach Alexandria und lachte, als ich ihm erwiderte, ich ginge dorthin, um das Wissen zu suchen.

»In Alexandria gibt es aber Besseres als das Wissen.«

Und ohne dass ich mich näher erkundigt hatte, fuhr er ungefragt im Flüsterton fort – so nah an meinem Ohr, dass ich den widerlichen Zwiebelgeruch aus seinem Mund roch:

»Alexandria ist die Stadt der Huren und des Goldes! Möchtest du dich dort niederlassen, du Mann aus dem Süden?«

»Wie auch immer der Herr es will.«

»Welcher der Herren, guter Mann? In Alexandria gibt es viele Herren. Hauptsache, du hast einen Verwandten dort. Wenn nicht, wird es dir schlecht ergehen.«

»Wie auch immer der Herr es will, dessen Herrlichkeit im Himmel ist.«

»Ah, du bist Christ. Dann gehört dir die halbe Stadt. Glückwunsch, ihr Anhänger des gepeinigten, gekreuzigten Gottes, hahaha ... Euch gehört die halbe Welt, und mir, dem redseligen Bauern, gehört nichts, nachdem meine alten Götter in die Jahre gekommen sind ... Eine seltsame Welt ist das!«

Die Mittagshitze nahm weiter zu. Wir waren schon Stunden gewandert, und der widerwärtige, schwatzhafte Führer hatte nicht aufgehört zu reden ... Ich fragte einen Mann mit einem gütigen Antlitz nach dem Weg, und er antwortete mir in einem Koptisch, wie es in Buhaira gesprochen wird, in etwa Folgendes: »Bis zu unserer Ankunft in Alexandria sind es noch etwa zwei Stunden.«

Je näher wir kamen, desto spärlicher wurde das Grün, die immer weiter auseinanderliegenden Felder wurden von Stein und Sand abgelöst, und das sich um uns herum ausdehnende gelbliche Ocker der Landschaft wirkte beklemmend ... Gelb ist die Farbe des Todes, die Farbe der Dürre und die Farbe der Tempel der in Vergessenheit geratenen Götter. Noch nie vorher hatte ich eine so weite Fläche in diesem einförmigen

Farbton auf dieser Erde gesehen, der sich bis zur letzten Ausdehnung des Horizonts erstreckte. Meine Beklemmung steigerte sich noch, als unser Führer, der geschwätzige Bauer, uns anbrüllte, wir sollten uns sputen:

»Wenn wir erst nach Sonnenuntergang bei den Toren eintreffen, dann dürft ihr nur euch selbst tadeln!«

Vergebens versuchte ich ihn in aller Freundlichkeit zu beruhigen. Ich gab ihm zu verstehen, dass die Alte, die mit uns reiste, krank sei und nicht noch schneller gehen könne, doch das rührte ihn nicht. Die Felder am Wegesrand waren verschwunden, allerorten herrschte der fahlgelbe Ton vor … Die Farbe des Herbstes und der Sünde. Als sich die Sonne dem Horizont zuneigte, erschien in der Ferne eine grüne ausgedehnte Fläche. Ich glaubte schon, dies sei die Stadt Alexandria, und sprach meine Vermutung offen aus, doch der schwatzhafte Führer machte sich über mich lustig und brüllte mich an: »Alexandria und grün! Ha, eine einzige Farbe kann sich doch nicht über die Stadt aller Farben legen.«

Nach einer weiteren Stunde der Wanderung erfuhr ich, dass jenes Grün eine Ansammlung von Sümpfen und Wäldern war, die Alexandria vom Süden her begrenzen, wo die flachen Seen bis an die Stadt heranreichen und der Kanal von einem Arm des Kanopischen Nils herkommt. Ich erfuhr auch, dass wir einen weiten Umweg nehmen mussten, um die Stadt von Westen her durch eines der Tore, das man das Mondtor nennt, zu betreten! So kehrte die gelbliche Ockerlandschaft erneut zurück, die mit dem Sonnenuntergang eine leicht rötliche Färbung annahm … Nach einem einstündigen Marsch tauchte Alexandria wie ein Traum in der Ferne auf. Der redselige Bauer machte sich von dannen und rief uns, mit den Fersen fest gegen den Bauch seines Esels tretend, im Fortreiten abschätzig zu: »Ich werde die Tore noch vor Sonnenuntergang erreichen und in der Stadt nächtigen.«

Der Priester der großen Kirche von Achmim hatte mir erzählt, dass es uns Ägyptern seit dem Tag der Erbauung Alexandrias lange nicht gestattet war, die Nacht innerhalb der Stadtmauern zu verbringen. Im Laufe der Zeit aber wandelte sich die Situation, und die Stadt öffnete sich mit der Ausbreitung unserer Religion für alle Menschen. Ich erinnere mich noch an die Gestalt des Priesters und an sein Kopfschütteln, als er damals im koptischen Dialekt von Oberägypten noch etwas hinzufügte, was so viel hieß wie: Es wird der Tag kommen, an dem wir den Heiden und auch den Juden nicht erlauben werden, dort zu nächtigen. Weder in Alexandria noch in den anderen großen Städten ... Sie werden allesamt außerhalb einer jeden Stadtmauer wohnen müssen, und alle Städte werden dem Volk des Herrn gehören!

Ich wusste auch, dass außerhalb der Mauern Alexandrias seit Jahrzehnten elende Menschen in armseligen Unterkünften hausten. Doch als ich dort ankam, überraschte mich die Vielzahl der Zelte, die die Nachkommen der Fortgejagten Nacht für Nacht beherbergten, sowie die vielen schäbigen Hütten, die die ägyptischen Bauern westlich der Stadtmauer errichtet hatten. Als wir bei ihnen anlangten, löste sich die Gruppe um mich herum wortlos auf, und ich irrte plötzlich zwischen Hunderten bedauernswerten Schafen des Herrn umher, die lärmend die Kessel umringten, in denen das Abendessen gekocht wurde. Zwischen ihren armseligen Behausungen quäkten die Kinder, die ihre erschöpften Väter von einem harten Arbeitstag zurückkehren sahen; und durch die Menge schlichen, dies alles beäugend, mürrische Wächter und Mönche mit auffällig zerzausten langen Bärten, die niemanden anlächelten.

Der Besitzer des großen Zeltes, das auf Pfeilern aus minderwertigen Ziegeln stand, forderte brüllend von mir die Gebühr für die Übernachtung, und ich beeilte mich, das Geforderte zu zahlen. Die Übernachtung vor den Toren Alexandrias ist für

Fremde wahrlich ein kostspieliges Unterfangen! In unserem Land kassiert niemand Gebühren, wenn er jemanden beherbergt. Hätte ich die Mönchskleidung anbehalten, hätte ich in der sauberen Kirche übernachtet, an der ich kurz zuvor vorbeigekommen war und aus der ich die Stimme eines lauthals auf Griechisch predigenden Priesters vernommen hatte ... In diesem Augenblick meine Kleidung zu wechseln, hätte jedoch Verdacht erregt und mir gewiss Unannehmlichkeiten bereitet. Nun gut, dachte ich bei mir, ich werde die Stadt als meine ursprüngliche Persönlichkeit betreten, ein elender Mensch aus dem Süden des Wadis, dessen Vater Fische im Nil fing und der sich vor den Krokodilen und Nilpferden hütete. Ich bin einer von jenen, die den Platz um mich herum bevölkern. Mein einziger Schutz besteht darin, mich zwischen die Schafe des Herrn zu mischen und bei ihnen Zuflucht zu suchen.

Erschöpft kauerte ich mich an den Rand des weiträumigen Zeltes. Ich tastete in meinem Beutel nach dem Brief, den der Priester von Achmim, der mich zum Mönch geweiht, mir mit auf den Weg gegeben hatte. Er war für seinen Freund, Johannes den Libyer, bestimmt, der in der Großen Kirche residierte, auch Qamha-Kirche geheißen. In Erinnerung an den Apostel Markus, den Verfasser des Evangeliums, welcher in der Stadt gepredigt hatte, wo er dann von den Herrschern getötet worden war, sprach man auch von der Markuskirche ... Als ich das Empfehlungsschreiben mit meinen Fingerspitzen berührte, war ich ein wenig beruhigt.

Ich hatte mir vorgenommen, erst einmal einige Tage durch die Stadt zu streifen, um all das zu besichtigen, was ich für interessant erachtete. Dann erst wollte ich mich zur Kirche und in ihre Obhut begeben und schauen, was man mir zu zeigen beliebte. In Alexandria würde ich viel Neues lernen, wie man mir versichert hatte, und das richtete mich auf. Ich tastete nach einer Handvoll getrockneter Datteln in meinem

Beutel, begann die Früchte bedächtig zu kauen und spürte die Güte des Herrn, der uns das Gefühl der Sättigung nach dem Essen schenkt.

Ein Mann mit abgetragener Kleidung und einem gütigen Blick, der neben mir saß, lächelte mir zu. Ich bot ihm einige Datteln an, die er auch annahm, dann steckte er seinerseits die Hand in seinen Beutel und zog daraus ein Stück Käse für mich hervor. Ich lehnte dankend ab, gab ihm aber nicht zu verstehen, dass ich fastete … Er fragte mich, wo ich herkomme, und ich erwiderte ohne zu überlegen: »Nag Hammadi.«

»Ich bin ursprünglich aus Ansina (Samâlût)«, entgegnete er erfreut, »dort wurde ich geboren, aber ich lebe schon seit vielen Jahren hier.«

Der Mann rückte zu mir heran und erzählte mir von der Ortschaft, die mitten in Oberägypten auf der Ostseite des Nils liegt. Er sagte, er sei in einem Ort in der Nähe eines Berges aufgewachsen, den man Dschabal al-Tair, den Vogelberg, nenne, weil jedes Jahr Scharen von Vögeln dort den Himmel verdunkelten, und nachdem sich einer der Vögel als Opfer dargebracht habe, indem er seinen Kopf in eine Öffnung am Fuße des Berges stecke, verschwänden seine Artgenossen ganz plötzlich wieder! Der Kopf des Opfers werde innen von einem unbekannten Wesen geschnappt, das ihn nicht mehr loslasse, bis der Körper des Vogels vertrocknet sei und ihm die Federn ausfielen. Dies sei das Zeichen für die übrigen Vögel, in den Nil einzutauchen und sich in der Nacht auf den Weg zu machen, um im nächsten Jahr zur gleichen Zeit wiederzukehren. Dann wiederhole sich alles von neuem.

Der Mann flüsterte mir zu, dass es in seiner Stadt auch viele Ungeheuer gebe. Damit meinte er die alten Statuen, zu denen auch jene seltsame Statue eines Mannes gehöre, der mit einer Frau kopuliere! Auf der Kuppe des Berges befinde sich eine von Mönchen bewohnte Kirche, die man »Kirche der Hand«

nenne. Der Name rühre daher, dass Jesus Christus, als er während seiner Reise mit der Heiligen Familie nach Ägypten dort vorbeikam, den Abdruck seiner Handfläche auf einem Stein hinterlassen habe, auf dass dies ein Wunder und eine Ermahnung für all jene sei, die nach ihm kommen sollten ... Dann setzte er noch hinzu: »Er ließ auch seinen Stab dort zurück, mit dem er seine Schafe vor sich hergetrieben hat!«

»Aber Jesus Christus ist nur als Säugling nach Ägypten gekommen«, klärte ich den Mann, an dessen Namen ich mich nicht mehr erinnere, auf.

»Was redest du da, guter Mann, Jesus Christus hat sein ganzes Leben in Ägypten verbracht und ist auch in Ägypten gestorben!«

Mir wurde klar, dass der Mann nichts wusste. Oder vielleicht hatte er auch Erkenntnisse, die ich nicht teilte. Oder wir bildeten uns beide ein, dass wir das, was wir glaubten, auch tatsächlich wussten. Ich verspürte kein Bedürfnis mehr, das Gespräch mit ihm fortzusetzen, und entschuldigte mich für meinen Wunsch, schlafen zu wollen. Dann legte ich mir das alte Stück Stoff, welches der Besitzer des Zeltes mir ausgehändigt hatte, über den Kopf. Ich beabsichtigte, im Sitzen zu schlafen, wie ich es in den finsteren Nächten zu tun pflegte ... und die meisten meiner Nächte waren finster.

Bevor mich der Schlaf übermannte, grübelte ich über den Vogelberg und über die Kirche oben auf dem Gipfel nach. Ich hätte diesen Ort auf meinem Weg besuchen sollen, um die eigentümlichen Vorgänge dort mit eigenen Augen zu schauen. Vieles ist mir während meiner Reise entgangen. Ägypten ist voll von seltsamen Phänomenen und Wundern, denn es ist voll von gläubigen Menschen. In jener Nacht hielten mich die ununterbrochen auf mich einströmenden Bilder, deren ich auf meiner Reise und in den vergangenen Jahren ansichtig geworden war, vom Schlafen ab: der Junge und sein Affe, die vor meinen Augen die Palme erklommen, als flögen sie zu den Datteln hinauf; die zimmergroße Kirche an den Ufern des Nils in Assiut, in der ich, nachdem mich ein Diakon aus einem Ort namens Qaus dorthin geführt, eine Nacht verbracht hatte ... Wie ich auf der Barke der mittellosen Händler den Fluss hinunterreiste, ihr ununterbrochenes Lärmen ... Die tränenumflorten Augen des Diakons aus Qaus, als er sich von mir verabschiedete, nachdem ich drei Tage in dem an die Kirche grenzenden Raum verweilt hatte, in der er diente ... Der entsetzte Blick meiner Mutter, als ich ihr mitteilte, ich wisse, dass sie meinen Vater bei ihren Verwandten, den unwissenden Leuten des Kreuzes, verraten habe ... Ich war vor ihr hergelaufen, sie vermochte mich nicht einzuholen, und danach sah ich sie nie mehr wieder ... Mein herzzerreißendes Weinen an jenem Tag, als ich erfuhr, dass sie einen jener Verwandten geheiratet hatte, die meinen Vater getötet hatten ... Das Bild unseres Hauses, aus dem ich geflohen war und das meine Mutter nach meiner Flucht und ihrer erneuten Heirat verlassen hatte ... Der Tag, an dem ich mich meinem Onkel, der mich gesucht hatte, in die Arme warf und wie ich in ihm die Gestalt des Erlösers sah ... Wie ich mit elf Jahren in die große Schule in Nag Hammadi kam ... Die nubischstämmige Frau meines Onkels und der Duft ihrer köstlichen Mahlzeiten, die sie vor Sonnenuntergang für uns zubereitete.

Fast schon hätte mich der Schlaf mit sich genommen, da wurde ich auf einen hünenhaften Priester mit heiserer Stimme aufmerksam, der das Zelt betrat. Er begab sich unverzüglich in die Mitte des weiträumigen Zeltes und setzte sogleich zu einer donnernden Predigt an: »Ich segne euch, ihr Söhne Gottes, im Namen von Jesus Christus, des Gottes, des Herrn, des Erlösers, und spende euch den himmlischen Segen. O, die ihr Schafe Gottes seid, seid Jesus Christus nahe, so wie er euch nahe ist. Der Herr liebt euch, also liebt auch ihn. Betet zu ihm, bevor ihr einschlaft und nachdem ihr erwacht seid, dann werdet ihr in den Händen seiner Barmherzigkeit schlummern. Die Liebe ist der Geist Gottes, deshalb liebt eure Brüder und eure Verwandten und eure Kinder, und liebt eure Feinde …«

Ganz in meiner Nähe flüsterte ein Bauer mit boshaftem Blick seinen Nachbarn mit dem Spott von verlorenen Schafen zu: »Und liebt sein Herr Kyrillos etwa seine jüdischen Brüder?« Seine Nachbarn ließen ein unterdrücktes Lachen hören, und einer von ihnen setzte hinzu: »Natürlich, Kyrillos liebt sie so sehr, dass er sie ermorden oder vor die Stadtmauern treiben lässt …« Der heisere Priester beachtete sie indes nicht, vielleicht hatte er sie auch nicht gehört, oder er hörte nur, was er sich merken und den Menschen Nacht für Nacht vortragen konnte. Er setzte seine schreiende Predigt, die mich aus meinen verborgenen Erinnerungen riss, ungefähr mit folgenden Worten fort: »Ihr Söhne Gottes, das Haus des Herrn steht euch offen. Also kommt am Sonntagmorgen zur Kirche und erhaltet den Segen. Geht hin, auf dass euer Herr zu euch komme und ihr mit den Propheten und Heiligen und Märtyrern seid.«

Nachdem er seine großspurigen Worte über uns ausgeschüttet hatte, stolzierte er wieder hinaus, als habe er soeben die Bergpredigt gehalten. Der dicke schweigsame Soldat, der hinter ihm eingetreten war, folgte ihm. Die Menschen im Zelt begannen heimlich zu flüstern und zu lachen, dann vertieften sie sich in geistlose Gespräche und boten sich gegenseitig trockene Brotstückchen, salzigen Käse und gepökelten Fisch an. Im Zelt verbreitete sich der Geruch von Zwiebeln. Ich streckte mich auf meinem Platz nahe dem Zelteingang aus, wo der üble Geruch nicht ganz so intensiv war, und überließ meine Seele den Träumen, die auf mich einströmten.

In jener Nacht hatte ich viele Visionen, von denen mir indes keine einzige Zuversicht einflößte. Ich schlief unruhig, bis mich zur Zeit der Morgendämmerung der Lärm der Schlafenden um mich herum weckte, deutlicher gesagt: ihr lautes Schnarchen. Aber auch das Lärmen jener, die sich außerhalb des Zeltes aufhielten. Und das Weinen eines Säuglings. Und die Rufe eines Milchverkäufers. Und das Zwitschern der Vögel. Ich wäre nur allzu gern noch einmal eingeschlummert, denn vor mir lag ein langer Tag mit ungewissem Beginn und ungewissem Ausgang … eine übergroße Welt, die sich hinter dem gewaltigen Stadttor vor mir verbarg. Doch ich konnte keinen Schlaf mehr finden, und so begnügte ich mich damit, die Augen zu schließen, bis sich das Licht auf der Erde ausgebreitet habe und Gottes Sonne über den Rechtschaffenen und Tadelnswerten aufgehe, wie es geschrieben steht.

Ich verließ das Zelt auf der Suche nach etwas Wasser, um mein Gesicht zu waschen, doch ich wurde nicht fündig. Die Menschen schickten sich an, einen weiteren beschwerlichen Arbeitstag zu beginnen. Zu einer bestimmten Stunde am frühen Morgen, die sie genau kannten, wandten sie sich in Richtung Stadttor. Ich war erstaunt darüber, dass das Tor während der Nacht nicht verschlossen gewesen war! Ja, dass es niemals verschlossen wurde, denn vor den beiden weit aufstehenden Flügeln hatte sich unten verhärteter Sand angehäuft und salziger Rost angesammelt, was darauf schließen ließ, dass die Tore schon seit Jahren nicht mehr geschlossen worden waren … Warum dann nächtigten jene Menschen außerhalb der Stadtmauern?

Der auf das Stadttor zustürzende Strom der Elenden riss mich mit sich. Sie bewegten sich schwerfällig fort, ohne sich gegenseitig anzurempeln oder zu stoßen. Ich lief mit ihnen und überließ mich den Wellen dieser Armseligen, die sich in den Willen Gottes ergeben hatten. Die Gesichter der in die Stadt drängenden Menschen waren von fahler Hautfarbe, ihre Kleidung alt, aber reinlich, und sie schienen von einem geheimnisvollen Glücksgefühl ergriffen, das ihr Äußeres nicht offenbarte ... Für einen flüchtigen Augenblick bewahrheitete sich, dass sie alle, ob Christen oder Heiden, die Kinder des Herrn waren.

Die Wächter am Tor blickten die Ankömmlinge prüfend an, verwehrten allerdings auch niemandem den Eintritt, selbst wenn ihre Art, wie sie dort in Bereitschaft standen, dies erwarten ließ. Die Stadtmauer war von einer solchen Höhe, wie ich in meinem ganzen Leben noch keine Mauern gesehen hatte, und oben standen weitere Wächter, die träge auf uns herabschauten. Durch das breite Stadttor konnten Scharen von Menschen gleichzeitig hineinströmen. In die Torflügel war noch eine kleinere Tür eingearbeitet, deren Größe ausreichte, einen Menschen einzulassen. Der Rost an den Rändern deutete indes darauf hin, dass auch sie seit Jahren nicht geöffnet worden war ... Ich kann mich nicht daran erinnern, an jenem Tag, als ich die Stadt durch das Mondtor betrat, auch nur ein einziges Lächeln gewahrt zu haben.

Alexandria ist gewaltig. Von gigantischen Ausmaßen. Die Straßen der Stadt sogen den Strom der Eindringenden einfach auf, als seien sie Ameisen, die in den Spalt eines riesigen Felsens krochen. Die Wege waren mit kleinen grauen Steinen gepflastert, und die meisten Straßen wurden von Bürgersteigen gesäumt. Die Straßen waren so reinlich wie eine Braut, die sich Nacht für Nacht herausputzt und darauf vorbereitet, den Bräutigam willkommen zu heißen. Allnächtlich kehren die Arbeiter, die außerhalb der Mauern leben, die Straßen der Stadt. An jenem frühen Morgen machte ich indes nicht viele Bewohner aus. In meiner Heimat pflegte man uns zu erzählen, dass die Alexandriner, anders als wir, die Nächte liebten und sich nicht wie wir in aller Frühe erhöben, um ihr Tagwerk zu beginnen.

Die ungeheuren Ausmaße der alexandrinischen Häuser und Kirchen überraschten mich nicht, denn ich hatte in Ägypten schon alte Tempel gesehen, die weitaus imposanter waren als jene Gebäude. Was mich jedoch sehr wohl überraschte in den verschiedenen Stadtvierteln, waren die Sorgfalt und die erlesene Schönheit: die Wege, die Mauern, die Fassaden der Wohnungen, die Fenster, die bepflanzten Eingänge, die Terrassen, die mit Zierblumen und -pflanzen eingesäumt waren … Die ganze Stadt war gewissenhaft und geschmackvoll ausgestaltet. Allerdings flößte mir diese allseits verbreitete Schönheit nicht das Gefühl ein, dass Alexandria die erhabene Stadt Gottes sei, wie sie genannt wurde … Ich sah in ihr eher die Stadt der Menschen!

»Guter Mann aus dem Süden, das ist der Weg zum Stadion. Ist dies dein Ziel oder das Viertel der Ägypter?«

»Nein, Onkel, ich bin auf dem Weg zum Meer.«

»Das Meer ist überall! Kehre dorthin zurück, wo du hergekommen bist, dann wende dich nach links und überquere die Kanopische Straße. Von dort gehe nach Norden, lass die Baukalis-Kirche links liegen, dann setze deinen Weg weiter fort, bis du das Meer findest … Aber es wird das Meer sein, das dich findet.«

Ich dankte dem Hauswächter, der sich als freiwilliger Führer aufgedrängt hatte, und schlug den mir beschriebenen Weg ein. Warum hatte er mich nicht einfach ziellos umherwandern lassen, wie Gott es für mich vorgesehen hatte, um mir den Anblick von Unerwartetem zu gewähren? Die Baukalis-Kirche, die er erwähnt hatte und von der es heißt, die sterblichen Überreste des Apostels Markus seien dort aufbewahrt, bekam ich erst Monate später zu Gesicht. An jenem Tag überquerte ich auf meinem Weg eine schmale steinerne Brücke über einen Kanal mit Süßwasser, der die Stadt von Süd nach Nord durchzieht und sich dann ins Meer ergießt. Ich wandte mich indes nicht in Richtung Kanal, sondern zog es vor, ostwärts die Kanopische Straße entlangzuschlendern ... Dies ist die große Straße, die die Stadt in zwei Hälften teilt, eine nördliche, die von den Wohlhabenden bewohnt wird, während die Mittellosen im Süden leben. Aber die Mittellosen von Alexandria sind immer noch reicher als die Wohlhabenden in meiner Heimat.

Als die Sonne ihren Zenit erreicht hatte, kroch langsam Leben in die Seitenstraßen. Die Anzahl der Menschen war größer, als ich vermutet hatte. Ich kam an einer Gruppe von Kirchenmännern vorbei, die, umringt von Arbeitern mit Spitzhacken, Richtung Norden unterwegs waren. »Im Namen Jesu, des wahrhaftigen Gottes!«, riefen die Arbeiter aus. »Wir werden die Häuser der Heiden zerstören. Und wir werden Gott ein neues Haus bauen.« Die drei Sätze reimten sich im Griechischen und klangen anders als jetzt hier in der syrischen Sprache ... In Alexandria spricht man kein Syrisch.

Ich beschleunigte meine Schritte, um mich von ihnen abzusetzen. Kurz darauf tauchte zu meiner Linken die Große Kirche auf, und ich folgte von dort ostwärts der breiten eleganten Kanopischen Straße, die sich durch die ganze Stadt zieht, vom Mondtor, durch das ich gekommen war, bis zum Sonnentor im Osten der Stadt. Dahinter erstrecken sich die Häuser der Juden, an denen ich drei Jahre später vorbeikommen sollte, als ich Alexandria verließ, drei Jahre nach meiner Ankunft in jener Stadt, in die ich mich zurückgezogen hatte.

Die Kanopische Straße war eine Welt für sich. Sie war vollständig von einem Bürgersteig gesäumt, und die Häuser am Straßenrand waren von äußerster Anmut. Von Süden und von Norden kommend, mündeten etliche kleinere Wege in die breite Straße. Alles um mich herum empfand ich als bezaubernd damals, abgesehen von einer abscheulichen Statue, die mitten auf der Straße stand. Wochen später sollte ich erfahren, dass es die Statue eines Gottes war, den man Serapis nannte. Der frühere Bischof von Alexandria, Theophilos, hatte die Statue verschont, als er den großen Tempel des Serapis über den Köpfen der Heiden, die sich protestierend dort verschanzt hatten, zu zerstören befohlen hatte. Dann ließ der Bischof die scheußliche Statue mitten auf der Straße aufstellen, um die Heiden durch das Schicksal ihres angebeteten Gottes zu peinigen und durch die fortwährende Beleidigung ihrer Gottheit seinen Triumph über sie zu verewigen. Die Zerstörung des großen Tempels war in dem Jahr geschehen, in dem ich geboren, das heißt im Jahr 107 der Märtyrer, was dem Jahr 391 nach der gepriesenen Geburt entspricht ... Einundzwanzig Jahre lang hatte die Statue ein vortreffliches Zeugnis für das untergegangene Heidentum abgelegt! Trotzdem berührte mich ihr Anblick damals. Von oben war sie mit dem Kot der Seevögel beschmutzt, unten türmte sich von allen Seiten der Abfall. Wie sie da mit beiden Füßen in das Straßenpflaster gepflanzt war, ohne von einem Sockel getragen zu werden, sah sie geradezu lächerlich aus.

Um nicht die Aufmerksamkeit der Christen und der Heiden auf mich zu ziehen, die an mir vorbeiliefen, war ich darauf bedacht, mich nicht allzu lange in die Betrachtung der Statue zu vertiefen. Niemand sollte auf mich aufmerksam werden, weder die einen noch die anderen, und genauso wenig die Juden, denen beide Gruppierungen in der Stadt ihren Hass entgegenbrachten! Die Heiden hassten sie wegen ihrer Gier, und die Christen verabscheuten sie, weil sie den Erlöser verleumdet und an die Römer ausgeliefert hatten, auf dass sie ihn kreuzigen ... auf dass sie ihn kreuzigen ... ach, wurde er wirklich gekreuzigt?

Auf einem Platz, auf den die große Straße von zwei Seiten mündete, riss mich die schrille Stimme eines Ausrufers aus meinen Gedanken und meinem gleichmäßigen Schritt. Auf

Griechisch rief er auf seinem Maultier sitzend: »Der Präfekt Orestes lädt die Gelehrten und Gebildeten zum Vortrag der Professorin aller Zeiten am Sonntagmorgen ins große Theater ein!« Ich war verwundert, dass er wirklich *Professorin aller Zeiten* rief. Konnte die Zeit eine Professorin haben ... und dazu noch eine Frau? Zuerst glaubte ich, ihn nicht richtig verstanden zu haben, wenngleich die feminine und die maskuline Form im Griechischen unverwechselbar sind. Dann zweifelte ich am Verstand des Ausrufers, obwohl er mir eigentlich einen ernstzunehmenden Eindruck gemacht hatte; und die Ernsthaftigkeit, so hatten wir es in Achmim gelernt, ist das Gegenteil der Verrücktheit.

Meine Zweifel veranlassten mich, meine Vorsicht aufzugeben und dem Ausrufer hinterherzulaufen. Ich fragte seinen kleinen Assistenten, doch der Junge sah mich nur erstaunt an, ohne mir eine Antwort zu geben. In jenem Moment brachte der Ausrufer sein Maultier zum Stehen, indem er ihm seine Beine gegen die Flanken drückte, dann streckte er seine Hand nach einem Beutel, holte eine langhalsige Flasche aus weißem Ton heraus und nahm daraus einen kräftigen Schluck. Diese Gelegenheit nutzend, fragte ich ihn:

»Wo wird der Vortrag stattfinden, Onkel?«

»Was hast du Bauer denn mit dem Vortrag zu schaffen? Oder bist du etwa auf die Süßigkeiten aus, die der Präfekt dort verteilt?«

»Ich esse keine Süßigkeiten. Ich will nur von Euch wissen, wer die Professorin aller Zeiten ist.«

»Ein Bauer, der keine Süßigkeiten isst, ein reines Griechisch spricht und Hypatia nicht kennt ... Bei Serapis, das ist wirklich seltsam!«

Mit diesen herablassenden Worten ließ der Ausrufer mich stehen und setzte seinen Weg fort, immer den gleichen Satz auf den Lippen: »Der Präfekt Orestes lädt die Gelehrten und

Gebildeten ein ...« Dann verschwand er in einer Seitenstraße, während ich betroffen zurückblieb und über die Frau nachdachte, die so etwas wie eine Professorin aller Zeiten sein könnte!

Nachdem ich in meinen Gedanken eine Weile abgeschweift war, wurde mir wieder bewusst, welches Ziel ich vor einer Stunde aus den Augen verloren hatte: das Meer. Also setzte ich meinen Weg nach Osten auf der Kanopischen Straße fort, bis ich in nördlicher Richtung auf eine große Straße stieß. Ich hatte die Stelle bereits hinter mir gelassen, die mir der freiwillige Führer, jener Hauswart, beschrieben hatte, und so beschleunigte ich meinen Schritt in der Hoffnung, mein Ziel alsbald zu erreichen, um nicht noch einen weiteren Versuch unternehmen zu müssen. Je weiter ich nach Norden kam, desto intensiver spürte man das Meer ... Nach und nach wurde der Boden der Nebenstraßen sandiger, und die Abstände der Häuser zueinander vergrößerten sich. Das Mauerwerk war porös und von blasser Farbe. Später sollte ich erfahren, dass dies das Wirken der Meeresluft war, die ganz aus der Nähe heranwehte.

Der Geruch des Meeres wurde immer stärker, und als das Rauschen der Wellen an mein Ohr drang, überkam mich ein merkwürdiges Gefühl. Sobald das Meer zwischen den Häusern vor mir auftauchte, beschleunigte ich meine Schritte erneut, bis sich eine breite Sandfläche vor mir auftat, die sich hinter den Häusern erstreckte ... Das letzte jener Häuser hatte geradezu palastartige Ausmaße und war umgeben von einer vornehmen Mauer. Am großen Tor saß ein bejahrter Wächter mit einem abgemagerten Schaf zu seinen Füßen. Ohne sie zu beachten, ging ich an ihnen vorbei, und auch der Wächter wandte seinen Blick nicht in meine Richtung. Das Schaf aber schaute mir nach.

Als ich das Meer erblickte, das von einer Landzunge eingeschlossen war, setzte ich meinen Weg fort, bis ich zu einem Felsgestein inmitten der Landzunge kam. Dann wanderte ich über Sandwege, die sich durch die Felsen schlängelten ... Alexandrias Felsen sind scharfkantig, zerklüftet und massiv. Sie gleichen nicht dem felsigen Ei, das mit dem Nil vom Himmel gerollt war und sich dann beidseits des Flusses in meiner Heimat niedergelassen hatte. An jenem Tag dünkte mir das Meer uferlos, auch wenn es auf den Abbildungen der Geographiebücher so klein ausgesehen hatte! Ich ließ die Felsen hinter mir, bis sich unter meinen Füßen der Sand breitmachte und das Meer mich von drei Seiten umgab ... Nahe jener Stelle, an der sich die Gischt brach, befreite ich mich von meinem Beutel, der mir vom langen Tragen schwer geworden war, und ging äußerst behutsam vorwärts, bis das Wasser meine Füße berührte ... Die unendliche Weite erfüllte mich mit Entsetzen ... Fast hätte mir die Ausdehnung des Wassers das Bewusstsein geraubt. Als ob ich mich gleich in die Lüfte erheben würde, breitete ich meine Arme aus und füllte meine Lungen mit Luft, die über die Wogen zu mir heranwehte. Ich war von der Berührung des Meerwassers mit meinen Fersen und dem sachten Brechen der Wellen unter meinen Füßen wie berauscht.

Das Meer ... es ist das Große Wasser, der Beginn aller Existenz. Hinter diesem Meer liegen andere Länder, und dahinter liegt ein noch größeres Meer, das die Welt umschließt. Jetzt, in diesem Moment, ist mir jener Augenblick, den ich vor zwanzig Jahren erlebte, so gegenwärtig, dass ich vermeine, sogar die Gischt auf meinem Gesicht zu spüren und die Ergriffenheit nachzuempfinden, die mich damals am Ufer hatte verharren lassen, aufrecht stehend wie die alten Obelisken.

Der Geruch des Meeres war mir fremd, das Wasser salzig. Meine Seele sehnte sich danach, in diesem riesigen Wasser zu schwimmen, so wie ich in den Tagen meiner Kindheit im Nil zu schwimmen pflegte. Aus den Büchern wusste ich, dass es im Meer weder Krokodile noch Nilpferde gab, und dass an seinen Ufern keine Warane* lebten. Und doch fürchtete ich mich vor den Gefahren, die dieses gewaltige Meer für mich bereithalten konnte.

Ich drehte mich nach allen Richtungen um und erblickte weit und breit keinen Menschen. Mit dem salzigen Wasser wusch ich mir das Gesicht. Als meine Bangigkeit langsam nachließ, tappte ich zögernd vorwärts, bis das Wasser meine Knie berührte. Dann überkam mich ein bisher nicht gekanntes Gefühl ... Der Meeresboden war nicht lehmig und weich, stattdessen erstreckte sich Sand, so weit das Auge reichte, und darüber rollten Wellen über Wellen heran. Die Wellen brachten mich ins Wanken und kitzelten Sinne in mir, die ich längst vergessen glaubte. Ich schloss die Augen und überließ mich den angenehmen und erregenden Stößen der Wogen. Fast hätte mich eine Welle zu Fall gebracht, und ich lachte so laut auf, wie ich mich seit Jahren nicht hatte lachen hören – und nie wieder lachen sollte ... Ich eilte zum Strand zurück und legte meinen Beutel neben einen Felsvorsprung, warf mein scheußliches Gewand darüber und stürzte mich ins Wasser ... O Gott, in jenem Augenblick jauchzte mein Herz vor Freude.

Es fiel mir leicht, im Meer zu schwimmen, das Wasser trug mich, keine Strömung zerrte an mir wie in meinen Kindertagen im Nil. Das Nilwasser ist süß und der Boden lehmig. Aber dieses Meer war salzig und gab die Sicht auf den sandigen Grund frei. Bis zu den Schultern im Wasser stehend, konnte ich doch meine Füße, den Sand und die auf dem Meeresgrund schlummernden Felsbrocken ausmachen. Wenn wir

* Waran: eine Art Kriechtier, eine sehr große Echse. In alten Zeiten lebten sie an den Ufern des Nils, wo sie heutzutage nahezu ausgestorben sind. (Der Übersetzer)

in den Nil gestiegen waren, wirbelten wir den Lehm des Bodens auf, das Wasser wurde trüb, und durch diese Trübheit blieben die Krokodile unseren Blicken verborgen. Im Meer aber lauerten keine Gefahren, die den Schwimmenden bedrohten und ihm die Freude über eine vorübergehende Rückkehr in das Urwasser vergällten, aus dem die Welt entstanden war.

Als das Wasser mich ohne großes Zutun meinerseits trug, wanderte mein Blick über das Firmament und den sich weit erstreckenden Horizont ... Ganz weit im Westen entdeckte ich große Schiffe, und im Osten flogen Möwen den Strand entlang, zahllose Möwen, deren Anblick mich entzückte ... Ob es wohl jene Vögel waren, die alljährlich den Berg aufsuchten, von dem mir der Mann im Zelt berichtet hatte?

Während ich so auf der Wasseroberfläche trieb, wurde ich von einem solchen Glücksgefühl erfasst, dass geschah, was geschehen musste und zur Folge haben sollte, dass ich mich nie wieder im Leben dem Meer auch nur nähern werde ... Auf der glitzernden Wasseroberfläche schwimmend, verscheuchten die warmen Pulsschläge die Kälte meines Herzens und das Zittern meiner Gliedmaßen. Vom Meer getragen, hatte ich das Gefühl, ein Neugeborenes zu sein, das aus einer gigantischen Gebärmutter gleitet. Ich wurde von seltsamen Gefühlen übermannt, das Verlangen nach einer Berührung und eine kitzelnde Lust überwältigten mich. Mich, der ich in meinem Leben noch nie einer Frau nähergekommen war und auch nicht die Absicht hatte, die Frauen kennenzulernen. Trotzdem musste ich in jenem Augenblick an jene Wonnen denken und stellte mir vor, dass das Meer eine kokettierende Frau sei, die den schwimmenden Männern Genuss verschaffe. Ohne dass dies einer Sünde gleichkäme, die ihnen zur Last gelegt würde oder für die sie zur Rechenschaft gezogen würden ... Das Meer ist eine Gnade Gottes für die unter Entbehrung Leidenden. Gelobet seiest du, du gnädigster Erbarmer.

Ich legte mich rücklings auf die Wasseroberfläche, streckte die Arme weit von mir und überließ mich dem klaren Nass. So hatte ich es in meiner Kindheit getan, auf den Wassern des Nils, und dann später in meiner Zelle, wo ich es tue, wenn ich mich zurückziehe, um mich zu besinnen ...! Ich lege mich auf den Boden, strecke meine Arme aus und streife durch die Himmel meiner Phantasie. Doch damals, im Meer von Alexandria, war es etwas vollkommen anderes gewesen. Das Wasser des Meeres trug mich mehr als das Nilwasser, ich war leichter, und das Licht der Sonne glitzerte auf meinem dahintreibenden Leib und der Oberfläche der Wellen. Es wurde von der braunen Haut meines nackten Körpers reflektiert, so dass es der Haut ein seltenes Strahlen verlieh ... Es war das erste Mal, dass ich meinen Körper als schön und die bräunliche Hautfarbe als anmutig empfand. Im Gegensatz zum Fluss offenbart das Meer wunderbare Dinge der göttlichen Schöpfung in der Welt – und an unseren Körpern.

Auf dem Wasser erinnerte ich mich glücklich daran, wie ich mich auf dem Hügel ausgestreckt hatte, auf dessen Gipfel mein Geburtshaus stand, und wie sich die Tauben um mich herum zu mir gesellt hatten ... Als sich die Sonne gen Westen neigte, spürte ich plötzlich, wie sich nagender Hunger bemerkbar machte. Der Strand schien weit fort zu sein, doch glaubte ich neben meiner Kleidung eine Person auszumachen, die mir mit ausgestreckten Armen zuwinkte. Plötzlich wurde ich unruhig, das Herz wurde mir bang. Ich begann heftig mit Armen und Beinen das Wasser zu schlagen, um so schnell wie möglich zu meinen Kleidern zurückzukehren, doch nach einigen Augenblicken, die mir wie Ewigkeiten erschienen, bemerkte ich, dass ich mich gar nicht auf das Ufer zubewegte ... Ich fuchtelte noch heftiger mit allen Gliedmaßen, kam meinem Ziel jedoch keineswegs näher. Irgendwann war ich vollkommen entkräftet, und mein linker Arm hatte sich versteift. Ich ließ meinen Körper treiben, um mich einen Moment auszuruhen, doch als ich spürte, wie mich die Strömung ins tiefe Meer zog, wurde mir angst und bange. Erschöpft begann ich wieder zu schwimmen, doch der Sog war stärker als mein hilfloses Plantschen mit den Armen ... Damals begriff ich, dass das Meer trügerisch ist.

Die Person am Ufer hatte aufgehört, mir zuzuwinken. Als sich die Wogen zwischen uns schoben, wurde sie meinen Blicken vollends entzogen ... Ich war mittlerweile nahezu kraftlos, das Meer kannte kein Erbarmen. Als ich mir gewiss war, dass ich untergehen würde, begann ich gegen meinen Willen zu schreien, dann unterdrückte ich meine Schreie, um mir das letzte bisschen Kraft für meinen Rückweg aufzusparen. Trotz der peinigenden Schmerzen in meinem linken Arm ruderte ich weiter. In meinem tiefsten Innern rief ich: *Jesus Christus, steh mir jetzt bei, dann werde ich dir mein ganzes Leben weihen!* Immer heftiger schlug ich die Wasseroberfläche, ich litt tausend Tode und versuchte verzweifelt, mich aus der schier aussichtslosen Lage, die ich mir selbst zuzuschreiben hatte, zu befreien ... Das Wasser mit letzter Kraft beiseitedrückend, spürte ich schließlich, wie ich nach schier endlosen Qualen auf das Ufer zuschwamm. Mein lautes Keuchen war gleichsam ein Ausdruck der Freude über meine Rettung ... Als ich eine Stelle in Ufernähe erreichte, wo sich die Wellen donnernd brachen, berührten meine Füße den Grund. Zutiefst aufgewühlt dankte ich Gott.

Ich taumelte zu meinem Beutel, außer mir konnte ich niemanden an dem breiten Sandstrand ausmachen. Für einen Augenblick vermutete ich, dass die Person, die mich winkend auf die Gefahr des Ertrinkens aufmerksam gemacht hatte, kein Mensch gewesen war, sondern ein Engel, den Gott vom

Himmel gesandt hatte, um mich davor zu erretten, der Versuchung noch weiter nachzugeben … Ich sagte mir, dass unser Vater im Himmel barmherzig ist, und dass seine Geheimnisse des Daseins unendlich sind. Und ich schwor mir, mich niemals mehr dem Meer auch nur zu nähern.

Plötzlich erklang ein zartes Lachen aus Richtung der nahe gelegenen Felsen. Ich hatte mich rücklings auf dem Sand ausgestreckt, nun richtete ich mich auf und blickte erschrocken in die Richtung, aus der das Lachen kam. Eine weiße Frau in einem alexandrinischen Kleid, das Brustansatz und Arme freigab, stand plötzlich dort … Als sei sie gerade vor dem Ertrinken im Meer der Wonnen gerettet worden, kam sie wiegenden Schrittes auf mich zu.

»Du bist ein tüchtiger Schwimmer, und ein glücklicher dazu.«

»Wer seid Ihr, meine Dame?«

»Meine Dame … hahaha. Ich bin Oktavia, die Dienerin des Herrn Siqilli, des Seidenhändlers.«

Ich schaute sie wahrscheinlich mit einem so verstörten Blick an, als träumte mir, oder als sei ich doch ertrunken und in einer anderen Zeit wiedererweckt worden. Ich blickte mich um. Die Möwen zogen noch immer ihre Kreise, und die weit entfernten Häuser standen noch an ihrem Platz. Eine kühle Brise streifte mich und ließ mich wieder zu mir kommen … Wie hatte es diese Dienerin, die nicht wie eine solche aussah, hierher verschlagen, fragte ich mich? Da ich mir keine Antwort zu geben wusste, stellte ich ihr selbst stotternd diese Frage, worauf sie ohne zu zögern entgegnete:

»Poseidon hat mich geschickt, der Gott des Meeres, der dich gerettet hat. Ich bin eine seiner Jungfrauen … haha.«

»Ich bitte Euch, treibt keine Scherze mit mir.«

»Schau nicht so finster drein, du Mann aus dem Süden … ich werde dir alles erzählen.«

Sie sagte, ihr Name sei Oktavia, und sie komme fast täglich her, wenn ihr Herr auf Handelsreisen weile. Er nehme dann all seine Diener mit, und außer ihr bleibe nur der Wächter zurück, der vor seiner Tür sitze ... Sie suche diesen Ort gerne auf, um dem Meer ihre Sorgen anzuvertrauen, weil es die Geheimnisse für sich bewahre! Mit Blick auf die Wellen erklärte sie weiter, dass wegen der vielen Felsen und der gefährlichen Strudel in Ufernähe nicht viele Menschen an diesen Strand kämen.

»Ach, nun begreife ich, was mit mir geschehen ist ... Aber woher wisst Ihr, dass ich aus dem Süden bin?«

»Durch deinen Dialekt. Und ich weiß auch, dass du jetzt hungrig bist, weil du so lange im Meer warst! Also komm und nimm etwas zu dir!«

Damals wusste ich nicht, wie ich reagieren sollte. Der Hunger brachte mich fast um und ebenso die Scham. Sie aber rettete mich gütig aus meinem Zustand der Verunsicherung, indem sie mit einer Entschiedenheit, in die sich eine gewisse Koketterie mischte, wie ich sie noch nie erlebt hatte, zu mir sagte: »Gib mir deinen Beutel und komm ...« Dann ging sie auf eine breite Spalte zwischen den Felsen zu. Bestürzt und wie um den Verstand gebracht, blieb ich stehen und beobachtete ihren koketten Gang. Sie mochte wohl vierzig Jahre alt sein oder dreißig, ich wusste es nicht. Ihr Körper neigte ein wenig zur Fülle und zu äußerster Geschmeidigkeit. Beim Gehen schlängelte sie sich wie ein Rauchfaden. Ob es wohl ihre Absicht gewesen war, mich an jenem Tag zu verführen? Oder war dieser Gang der Natur aller alexandrinischen Frauen zu eigen?

Ich werde jetzt im Schreiben innehalten, denn die Erinnerungen lassen mein Herz überquellen und machen mir den Kopf und die Hand schwer. Ich werde mich mit dem begnügen, was ich heute Nacht aufgezeichnet habe, und mich in aller Frühe, wenn ich aus dem Schlaf erwacht bin, erneut daransetzen. Dieses Pergament ist ohnehin gefüllt. Also werde ich morgen ein neues Pergament beginnen – und mich damit einem weiteren Strudel der Erinnerungen hingeben, die niemals aufhören, sich zu drehen.

VIERTES PERGAMENT

Oktavias Verführungen

Stets hatte ich die Dinge geliebt, die sich nur in meinem Inneren vollziehen. Es beliebte mir, die Ereignisse in meiner Phantasie zu spinnen und sie für eine kleine Ewigkeit auszuleben, bevor ich ihnen ein Ende machte, wann immer mir danach war. Dies war meine Art, mich vor Fehltritten zu bewahren und sündenfrei zu bleiben. Doch was sich an dem von Felsen unterbrochenen Sandstrand im Osten Alexandrias ereignet hatte, das war etwas anderes gewesen ... es war Realität und sollte mir noch lange Zeit schlaflose Nächte bereiten.

Die Luft hatte sich bereits abgekühlt, als ich, dem trügerischen Strudel entkommen, aus dem Meer gestiegen war. Und ich war allein, sehr allein, mit einer Oktavia geheißenen Frau und wusste nicht, was ich tun sollte. Sie indes hatte, wie sie mir drei Tage später erzählen sollte, auf die Erfüllung einer Prophezeiung gewartet, die ihr eine alte Priesterin des zerstörten Tempels vorausgesagt hatte ... Nun werde ich berichten, was sich zwischen uns zugetragen hat:

Als Oktavia mich bei meinen Kleidern zurückließ und mit ihrem koketten Gang durch den Felsspalt davonging, blieb ich wie angewurzelt stehen und starrte ihr nach. Bevor ihre langen Beine zwischen den Felsen verschwanden, warf sie mir einen leidenschaftlichen Blick zu, dann wies sie mit ihrem Arm auf die Stelle unter meinem Bauch und ermahnte mich lächelnd:

»Willst du etwa auf ewig so stehen bleiben? Wirf dein Gewand über, um zu verbergen, in welchem Zustand du bist! Dann komm geschwind nach, beeil dich!«

Scham stieg in mir auf. Unter meiner vom salzigen Meerwasser noch feuchten Hose hatte sich mein Satan aufgerichtet. In aller Eile griff ich das auf meinem Beutel liegende Gewand und warf es mir über, dann nahm ich den Beutel auf und betrat die nahe gelegene Felsenhöhle, wo die Frau meinem entgeisterten Blick entschwunden war. Ich wollte mich bei ihr für alles entschuldigen, ich wollte ihr danken und mich verabschieden und, meiner Enttäuschung und meiner Lasterhaftigkeit bewusst, meiner Wege gehen.

Verlegen blieb ich am Eingang der kleinen Felsenhöhle vor ihr stehen. Sie saß in der Mitte und förderte aus einem hübschen, aus dünnen Palmwedeln geflochtenen Korb, wie ihn die Fischer für ihren Fang herstellen, einige Gegenstände zutage. So wie sie dasaß, konnte ich von meiner Position aus ihre Brüste ausmachen, die sich aneinander schmiegten. Zwar hatte ich früher schon einmal die Brüste stillender Frauen gesehen, doch was ich an jenem Tag erblickte, war etwas vollkommen anderes. Hatte Gott die Brüste der Frauen nur zum Stillen geschaffen, oder womöglich auch aus einem anderen Grund?

Oktavia war so beschäftigt, dass sie mich gar nicht wahrnahm. Sie breitete ein großes Tuch auf dem Boden aus und beschwerte die vier Ecken gewissenhaft mit kleinen auf dem Boden der Höhle verstreuten Feuersteinen. Dann ordnete sie das Essen darauf an: gekochte Eier, Fladen aus weißem Mehl, weißen Käse, einen anderen, noch weißeren Käse, Wasser und Wein in weißen irdenen Karaffen … Alles auf diesem großen weißen Tuch war weiß. Auch ihr durchscheinendes Kleid war weiß. Ihre Brüste waren weiß. Ihre Haut, einfach alles an ihr war weiß … Und auch mein Erstaunen war weiß.

»Setz dich hierher!«

Wie verzaubert ließ ich mich unterwürfig nieder. Ich unterwarf mich ihr, und sie versetzte mich in eine wohlige Benommenheit, denn sie tat, was noch nie jemand mit mir getan hatte – selbst in meiner Kindheit nicht – und auch niemals mehr tun würde: Sie steckte mir Happen für Happen das Essen in den Mund und lächelte mich so lange an, bis ich den Bissen heruntergeschluckt hatte, um mir dann den nächsten zu verabreichen. Zuerst zierte ich mich ein wenig, aber irgendwann war mir so wohl dabei, dass ich ihr, glücklich wie ein Säugling, aus der Hand aß.

Derart gesättigt, dass ich glaubte, nie wieder Hunger zu verspüren, presste ich die Lippen vor dem letzten Bissen zusammen, doch sie hielt ihn mir so lange vor den Mund, bis ich ihn öffnete ... Dann streckte sie die rechte Hand sachte nach der Karaffe aus, während sie mit der Linken betörend zärtlich meine Schulter umfasste und mich sanft an ihre Brust zog.

»Was tut Ihr da?«, schrie ich entsetzt. Ich war vollkommen verstört.

»Ich werde dir den süßesten alexandrinischen Wein zu trinken geben, und zwar auf meine Art.«

Ihre Art bestand darin, meine rechte Wange an ihren Busen zu legen, so dass mein Gesicht ihre weiche volle Brust berührte. Nach kurzem Widerstand fügte ich mich. An ihrer Seite verspürte ich die Gefahr der Sünde nicht, sondern hatte stattdessen das Gefühl, in meine Verführerin einzutauchen und alles andere um mich herum zu vergessen ... Als sie mir ihren Arm um die Schultern legte, war mir, als würde sie mich auf ewig umschlingen, als würde meine Existenz dahinschwinden, bis sie sich in ihrer warmen Liebkosung auflöste. Mit ihrer rechten Hand führte sie die Karaffe an meine Lippen, dann hielt sie mir sachte die Öffnung an den Mund und flößte mir ihren himmlischen Wein ein ... Einen solchen Wein hatte ich mein Lebtag noch nicht gekostet, und nach meiner Zeit mit Oktavia sollte ich überhaupt keinen Wein mehr trinken ... Als mein Durst gelöscht war, schloss ich die Augen und spürte eine Betäubung sich in mir ausbreiten und mich in die höchsten Höhen heben. Ich öffnete die Augen erst wieder, als ich sie sagen hörte:

»Trink weiter, der Wein wird dir nur guttun, mein Geliebter!«

»Euer Geliebter ... wie könnt Ihr so etwas sagen?«

»Frag nicht ... und streite nicht mit Meerjungfrauen. Schließ die Augen, damit du mich stärker spürst.«

Die Sonne bereitete sich darauf vor unterzugehen; um uns herum herrschte vollkommene Stille, nur das Rauschen der Brandung war zu hören. Gegen meinen Willen schloss ich erneut die Augen. Ich vermochte nicht, mich ihrer hinreißenden weiblichen Präsenz zu entziehen. Ich hatte das Gefühl, sie spreche die lautere Wahrheit, denn als ich die Augen geschlossen hatte, meine Wange an ihrem Busen, spürte ich sie noch intensiver ... Und als sie mir mit ihrer weichen Hand über den Hals strich, erfasste mich ein Rausch. Sie berührte meine Schulter und fuhr mit den Fingerspitzen über meine schmale, dürre Brust ... Mit der anderen Hand knetete sie mein Fleisch. Dann schob sich ihre rechte Hand in meine vom Meerwasser und der verbotenen Lust klammen Unterkleider. Immer tiefer tauchte ihre Hand in mich ein und schändete mein ganzes, ihr ausgeliefertes Ich, von den Zehen bis zum Oberkörper, der, eingehüllt von ihren stöhnenden Atemzügen, zwischen ihren Armen lag. Als sie mein rechtes Knie berührte und mich heftig an sich zog, verlor ich vollkommen das Bewusstsein. Ich war Adam, der kurz davor war, das Paradies zu betreten, um ein zweites Mal vom Baum zu essen und es dann erneut zu verlassen ... Im Überschwang dieser verbotenen Begierde, entflammt durch ihre magische Anziehungskraft, hätte ich mich beinahe unbedacht auf sie gestürzt.

»Sachte, mein Geliebter. Du bist noch ganz nass vom Meerwasser ... Dein Leib ist so trocken wie ein Baum im Herbst, Liebster. Ah, wie sehr liebe ich die Trockenheit dieses Baumes!«

Damals war ich nicht ich ... Ich hatte das Gefühl, die große Welt habe aufgehört, sich zu drehen, und der weit entfernte Nil habe in seinem Fließen innegehalten, es gäbe auf der Erde keine Menschen mehr, und die Engel seien aus dem Himmel entschwunden... Unversehens schoss mein Wasser hervor. Sie lachte. Ich wünschte mir, sie mit meinen Armen zu umschlingen, doch sie wehrte ab. Sie führte meine Hand von ihrer Schulter an ihren Mund und küsste ausgiebig meine Fingerspitzen. Als ich ihre Zunge an meinen Fingerkuppen spürte, überfiel mich eine Ohnmacht, die mich fast von ihr entrückte.

»Die Sonne ist untergegangen, mein Geliebter, du wirst dich erkälten. Komm ins Haus, es ist nicht weit, und außer dem gutmütigen Wächter ist niemand dort.«

Ich setzte mich auf. Leichthändig sammelte sie alles ein, was sie ihrem Korb entnommen und auf dem Boden verstreut hatte: das weiße Tuch, die leere Weinkaraffe, die silbernen Armreife, die sie abgelegt hatte, um mich zu beköstigen ... Dann stand sie wie eine ausladende Eiche da, während ich eher einer vertrockneten Palme glich. Obwohl es keinen Grund zum Flüstern gab – waren wir doch mutterseelenallein! –, forderte sie mich mit leiser Stimme auf, ihr in geringer Entfernung zu folgen, damit sie den Wächter des Hauses von der Haustür fortlocken könne.

In nicht allzu großem Abstand ging ich hinter ihr her und beobachtete, wie sie einige Worte mit dem betagten Pförtner wechselte. Der Mann verschwand daraufhin hinter den beschaulichen Häusern, gefolgt von seinem hageren Schaf, das aufmerksam in meine Richtung starrte. Dann näherte ich mich dem großen Haus, während sie lächelnd an der Tür auf mich wartete. Die Kammer des Wächters war von außen direkt an die Grundstücksmauer gebaut, dahinter befand sich ein weitläufiger Garten, in dessen Mitte ein zweistöckiges vornehmes Gebäude stand, das auf massiven Säulen ruhte. Behutsam schloss meine Begleiterin das Gartentor hinter sich. In dem gepflegten Garten standen unzählige kleine Bäume und blühende Pflanzen, die in der Abendsonne einen rötlichen Schimmer annahmen, was sie noch prächtiger erscheinen ließ … Kann denn das Paradies noch wunderschöner sein als dieser Ort hier?, fragte ich mich, als ich mich umsah.

Mir war, als befände ich mich in einem wundervollen Traum, aus dem ich nicht erwachen wollte … Mit einem kupfernen Schlüssel, den sie aus dem leichten Palmkorb gegriffen hatte, öffnete Oktavia die Haustür und gab mir mit einer Geste zu verstehen, dass ich eintreten solle. Gütiger Himmel! »Was für eine Herrlichkeit!«, flüsterte ich ihr zu. Sie lächelte und zog meinen Arm an ihre Brust. Mit einer Hand hielt sie mich fest, in der anderen trug sie eine brennende Lampe, von der kein Qualm aufstieg. Auf unserem Weg von dem weiträumigen Atrium in das erste Stockwerk nahm ich die Pracht allenthalben wahr. Im Schein von Oktavias Lampe fiel mein Blick auf den dekorativen Marmor, die wundervolle Statue einer verführerischen heidnischen Gottheit, einen kunstfertig gestickten Teppich mit feinem Saum … Die Treppe, die die beiden Stockwerke miteinander verband, bestand in Gänze aus weißem Marmor, und jede Treppenstufe unterschied sich mit ihren verschiedenen Mustern von der nächsten. Wie viel Geld, Zeit, Mühen, Kunstfertigkeit und Meisterhaftigkeit hatte man für den Bau dieser Treppe aufgebracht! Selbst die Ruinen der sich den ganzen Nil entlang erstreckenden einmaligen Tempelanlagen, die von den mit einem langen Leben beschiedenen Altvorderen erbaut worden waren*, waren nicht von einer solchen Sorgfalt und Kunstfertigkeit. Wird unsere Religion den nachfolgenden Generationen eine solche Pracht hinterlassen wie jene, die uns die heidnische Zeit hinterließ?, fragte ich mich damals. Noch immer geht mir diese Frage durch den Kopf, und noch immer habe ich keine Antwort darauf gefunden ... Ah, Oktavia, wenn ich an die Zeit mit dir denke! Wie hast du mich damals verführt!

Sie entzündete einen zweiten Docht, so dass der Lichtschein beider Lampen bis zum Ende der Treppe strahlte. Ich blickte mich um und konnte auf dem Boden des Atriums ein Mosaik ausmachen, dessen Details ich in jener Nacht nicht genau erkennen konnte. Erst am nächsten Morgen erfuhr ich, dass es sich um das Bildnis eines Hundes handelte! »Dieser traurige Hund samt dem Gefäß mit der ausgeschütteten Milch«, erklärte Oktavia mir, »der sich innerhalb des großes Kreises befindet, das war der Hund von Herrn Siqilli. Er wollte seinen treuen Hund, als er schon todkrank war, verewigen.« Mit todkrank meinte sie den Hund. »Und deshalb beauftragte er hervorragende Künstler, ihn im Atrium vor der Treppe darzustellen. So kann er ihn jeden Tag, wenn er von oben herabsteigt, betrachten!«

Im oberen Stockwerk des Hauses lag das Schlafgemach. Als ich diesen Raum erblickte, wandte ich mich an Oktavia und fragte sie, wie denn die Schlafgemächer von Königen aussähen, wenn dies lediglich das eines Händlers sei? Sie antwor-

* Früher herrschte der Glaube, dass die alten Ägypter ein äußerst langes Leben führten und deshalb die Pyramiden und die gewaltigen Tempel erbaut hätten. Dies wird auch durch die Vorstellung der Juden und der frühen Christen bestätigt, wird doch in der Thora das Alter der Menschen in Hunderten gezählt, ja einige von ihnen hätten sogar etwa tausend Jahre gelebt. Tatsächlich aber betrug das Durchschnittsalter im alten Ägypten nur etwa sechsunddreißig Jahre. (Der Übersetzer)

tete, dass ihr Herr unermesslich reich sei und dass ich, wenn ich wollte, in seinem Bett schlafen könne ... was ich selbstverständlich ablehnte.

Ich dachte über diesen sizilianischen Händler nach, der, wie ich von ihr erfuhr, gar kein echter Sizilianer war. Es war sein Vater, der in seiner Kindheit mit der Familie von Sizilien nach Alexandria übergesiedelt war. Mich beschlich das Gefühl, dass der Mann zwar reich war, ein Kunstliebhaber und seinem toten Hund treu ergeben, aber verrückt sein musste! Was für ein sonderbarer Mann! Er hatte es nicht für nötig befunden, seine lange vor dem Hund verstorbene Ehefrau zu verewigen – abgesehen von einer einzigen Statue in seinem geräumigen Schlafgemach –, den Hund mit dem traurigen Blick aber hatte er durch dieses wundervolle Bild unsterblich gemacht ... Am nächsten Tag erzählte mir Oktavia, dass dem Hausherrn noch monatelang die Tränen gekommen seien, wenn er über das Bodenmosaik seines Hundes geschritten war ... Wegen eines Hundes die Tränen gekommen! Ich war zutiefst verwundert über diese seltsame Welt und musste in jenem Augenblick an meine Heimat denken, wo die Hunde ein solch elendes Leben führen ... ebenso wie die Menschen!

Drei Nächte verbrachte ich gemeinsam mit Oktavia auf dem Dach des Hauses, ohne dass uns jemand bemerkte. Drei Nächte, in denen ich keine einzige eigenständige Entscheidung traf. Sie war es, die mich in der ersten Nacht ins oberste Stockwerk des Hauses und weiter in die Räumlichkeiten führte, die sie bewohnte. Sicheren Schrittes führte sie mich in die höchsten Gefilde. Nachdem wir die große Treppe hochgestiegen waren, erklommen wir eine andere, kleinere Treppe, die uns zu ihrem geräumigen hübschen Zimmer führte, das man auf dem Dach für sie erbaut hatte. Um den Raum herum war der Dachboden mit Marmorplatten ausgelegt, die von einer prunkvollen Balustrade umgeben waren, welche den Dachabschluss bildete. Sie bestand aus niedrigen Stützen in Form anmutiger nackter Frauen, die allesamt einen langen Marmortisch trugen, in den die Abbildungen mannigfaltiger Früchte gemeißelt waren. Durch die Lücken zwischen den nackten Frauen konnte man das Meer und den sich darüberwölbenden Himmel erkennen. Als ich mich der Balustrade nähern wollte, um diesen herrlichen Anblick aus der Nähe zu betrachten, warnte mich Oktavia, dass auf diese Weise der Wächter auf mich aufmerksam würde, der nichts von meiner Anwesenheit ahnte.

Als wir ihr Zimmer betraten, entzündete Oktavia eine metallene Lampe, deren Licht sich bis in die Ecken des Raumes ausbreitete. Sie selbst aber erleuchtete meine Seele mit einem Kuss, der mich in tiefe Ehrfurcht versetzte und die Flamme in meinem Inneren entbrennen ließ. Das Wort Kuss hatte ich zwar bereits früher gekannt, noch nie aber hatte ich gespürt, was es wirklich bedeutet ... Oktavia ... Als sie mich umarmte, sagte sie mit einer weichen Stimme, dass sie den Geruch des Meeres an mir rieche, dem sie verfallen sei. Dann bat sie mich, einen Augenblick abzuwarten, und ging wiegenden Schrittes auf die Balustrade zu, um dem Wächter etwas zuzurufen, was ich nicht verstehen konnte. Als sie beruhigt lächelnd wieder bei mir angelangt war, geleitete sie mich in das Bad, das neben ihrem Zimmer lag. Es war ein kleiner Raum, in dessen Mitte sich ein Marmorbecken befand, das Ähnlichkeit hatte mit den grauen Granitsärgen, wie sie zu Dutzenden in den Höhlen in meiner Heimat stehen. Dieses Becken aber war freilich aus weißem Marmor gefertigt und stand auf kurzen Füßen, die seitlich mit Abbildungen von Ringkämpfern verziert waren.

Lächelnd schob sie mich in Richtung des Marmorbeckens, doch ich bewegte mich nur zögernd. Dann hob sie mein Gewand in die Höhe, ohne dass ich sie daran hinderte. Sie bedeutete mir, mich nackt in die Wanne zu setzen, und begann, frisches Wasser über meinen zitternden Körper zu gießen. Verzaubert von all den Geschehnissen fügte ich mich in ihren Willen. Aus einer Flasche goss sie wohlriechendes Öl ins Becken, schöpfte das Wasser mit beiden Händen und rieb mir die Haare, um mich schließlich alleine zu lassen. Nachdem ich mich gewaschen hatte, stieg ich vorsichtig, um nicht auszurutschen, aus dem Becken. Ich war jedoch nicht vorsichtig genug, um nicht in den Abgrund zu stürzen, auf den ich mich in meiner Fügsamkeit Oktavia gegenüber zubewegte ... Schließlich legte ich das weite kurze Gewand mit dem bestickten Saum an, das sie mir beim Eintreten ins Bad gereicht hatte.

Als ich aus dem Bad trat, fand ich sie in ein anderes weißes Kleid gewandet, das mir im Mondlicht noch weißer und noch durchscheinender dünkte. An der Tür zum Badezimmer schmiegte sie sich an mich und umarmte mich lange mit einer Zuneigung, die vollkommen frei war von jeglicher Wollust; sie seufzte und ihr heißer Busen streifte meine Brust... Dann ließ sie mich stehen und breitete auf dem marmornen Boden einen Teppich aus, der weder orientalisch war noch europäisch; es war ein absolut unvergleichlicher Teppich, wie ich ihn nie wieder zu Gesicht bekommen würde. Er war stärker ornamentiert als alle anderen Teppiche, die ich je gesehen hatte, aber auch größer und farbenprächtiger und fühlte sich weicher an. Sein bestickter Rand sollte die ganze Nacht über die Grenze unserer Welt darstellen, bis die morgendlichen Sonnenstrahlen uns daraus vertrieben.

Oktavia holte alles aus ihrem Zimmer, was wir brauchten: einen Krug Wasser, einen silbernen Teller mit Früchten, zwei Kopfkissen und eine weiche bunte Wolldecke ... Ihr Duft hüllte mich ein, als sie sich an mich schmiegte und mich in flüsterndem Ton anwies, die Stimme zu dämpfen, damit uns der gutmütige Wächter des Hauses nicht höre, der mit seinem Schaf draußen vor der Mauer wache. Dann streckte sie sich behaglich auf dem Rücken aus und lächelte dem Mond in der Ferne zu. Fast hätte ich meine mir eigene Zurückhaltung aufgegeben und meine Hand ausgestreckt, um ihre Brüste zu berühren, doch sie hielt mich zurück und schob mir den Silberteller hin. Er war beladen mit Früchten, wie ich sie mein Lebtag noch nicht gesehen und wie ich noch nie süßere gekostet hatte. Im Flüsterton fragte sie, welche Früchte es in meiner Heimat gebe und ließ ein unterdrücktes Lachen hören, als ich ihr antwortete: »Zitronen, Datteln und die Früchte der Dumpalme!«

Ich rückte näher an sie heran, ohne sie jedoch zu berühren. Da streckte sie sich wieder auf dem Rücken aus und hieß mich, mich neben sie zu legen. Die Sterne ähnelten den Gestirnen in meiner Heimat, und auch der Himmel sah aus wie dort, aber die Erde war eine andere ... und auch ich war ein anderer.

Sie begann meine Fingerkuppen zu liebkosen, doch als ich ihr ins Antlitz blickte, sah ich, wie ihr eine Träne die Wange herabrann. Noch ehe sie ihr Ohr erreicht hatte, wischte ich sie fort und fragte:

»Warum weinst du jetzt?«

»Das ist eine lange Geschichte ...«, entgegnete sie kurz angebunden, dann wischte sie sich die restlichen Tränen aus den Augen und drehte sich zu mir herüber. Sie bettete ihren Kopf auf ihren Arm und wies mich mit ihrer rechten Hand, die auf meiner Brust ruhte, an, liegen zu bleiben. Sie wollte mich, wie sie behauptete, ganz lange ansehen, weil sie so lange auf mich gewartet habe! Ich verstand nicht, was sie meinte ... und als ich um eine Erklärung bat, erwiderte sie:

»Morgen früh werde ich dir alles erzählen. Jetzt lass mich dich anschauen, so strahlend wie ein Traum im Mondlicht.«

»Ich verstehe überhaupt nichts ... was willst du von mir?«

»Du musst das jetzt nicht verstehen, du musst jetzt nur fühlen! Sag mir, mein Liebster: Wie alt bist du?«

»Einundzwanzig oder zweiundzwanzig Jahre.«

»Ich dachte, wir seien gleich alt. Dann bin ich also fünf Jahre älter als du. Auf jeden Fall aber bist du größer als ich, und schöner … Komm her zu mir!«

Mit ihrer rechten Hand, die auf meiner Brust gelegen hatte, drehte sie mein Gesicht zu sich und drückte mir einen seidenweichen Kuss auf, der damals wohl ihren Bedürfnissen genügt haben mochte, meinen jedoch nicht. Mein Ofen hatte zu lodern begonnen, und das Feuer ihrer betörenden Verführungen war in mir entfacht, doch ich bekämpfte meine Begierde, bis sie besiegt war, und blieb still liegen. Gleichzeitig aber spürte ich, wie mich eine fordernde Unruhe überkam. Als sie mich fragte, ob ich sie schön fände, entgegnete ich ungestüm, sie sei die schönste Frau überhaupt.

»Hast du denn viele Frauen gekannt?«

»Nein, du bist die erste Frau, die mich berührt. Ich meine, du bist die schönste Frau, die ich in meinem ganzen Leben gesehen habe, glaub mir.«

»Das glaube ich niemals! Los, erzähl mir von den Frauen in deiner weit entfernten Heimat im Süden!«

»Sie sind so ausgetrocknet wie ich und traurig. Du bist ganz anders, du bist anmutiger und schlanker. Du bist etwas Besonderes.«

»Ah, du bist ein wirklich gewandter Redner!«

Dieser Satz war gleichsam eine Ermutigung für mich. Ich setzte mich auf, um ihr direkt ins Antlitz blicken zu können, und erzählte ihr stolz, dass ich die Verse Homers und Pindaros' auswendig kannte und alle Werke von Aischylos und Sophokles gelesen hätte.

»Dann bist du also gebildet! Bist du nach Alexandria gekommen, um Arbeit zu suchen?«

»Nein, ich bin gekommen, um mein Studium der Medizin fortzusetzen.«

Das Wort Medizin verfehlte seine Wirkung nicht! Sie zog die Augenbrauen hoch, und ein Lächeln, das ihre blendend weißen Zähne zum Vorschein kommen ließ, erleuchtete ihr Gesicht. Das Licht des Mondes schien sich darin zu spiegeln und wirkte noch weißer und intensiver. Sie neigte ihr Antlitz, nein, sie beugte ihren ganzen, vor Verlangen glühenden Körper über mich, bis ich wieder auf dem Boden lag. Früher hatte ich gewähnt, dass der Mann, wenn er mit einer Frau zusammenkommt, sich obenauf befinde, doch in jenem Augenblick war sie es, die mich bestieg ... Ich bin nicht in der Lage aufzuzeichnen, was sich in dieser unserer ersten Nacht noch alles zwischen uns zutrug ... Unsere Nacht ... sie war voll der verbotenen Gelüste, welche Adam aus dem Paradies vertrieben ... Hatte Gott Adam aus dem Paradies gejagt, weil er aufsässig geworden war oder weil ihm, als er das Geheimnis der Weiblichkeit Evas erlebte, seine Männlichkeit und seine Andersartigkeit von Gott bewusst wurde, obwohl er ihn doch nach seinem Ebenbild geschaffen hatte?

Am Morgen vertrieb uns die Sonne vom Dach und in ihr Zimmer. Dort erfuhr ich, dass sie die Witwe eines armen Mannes war, der zusammen mit ihr in diesem vornehmen Haus Dienst getan hatte ... Sie verwahrte sich allerdings entschieden dagegen, dass ich ihr Haus als Palast bezeichnete, und flüsterte ein wenig bekümmert: »Du hast die Paläste nicht gesehen, die es in al-Bruchijûn gab!« Sie meinte das Königsviertel in Alexandria. Da malte ich mir in meiner aufgewühlten Phantasie aus, wie diese Paläste wohl beschaffen sein mochten, die ich noch nie gesehen hatte und niemals sehen würde! Auf ihrem Bett legte sie sich an diesem Morgen ein weiteres Mal über mich und stellte mir erneut die Frage nach meinem Alter. »Einundzwanzig«, erwiderte ich. Da beeilte Oktavia sich zu erklären, dass unsere Lebenserfahrung, auch wenn sie fünf Lenze mehr zähle als ich, doch nicht so unterschiedlich sei wie die Anzahl der Jahre, die uns trennten. Und versicherte eifrig, dass Frauen, die jüngere Männer liebten, diese Männer glücklich machten und dass sie mich zum Allerglücklichsten dieser Glücklichen überhaupt machen würde! Um sie zu necken, erlaubte ich mir die dumme Bemerkung, dass Kleopatra die Siebte doch wohl keinen glücklichen Mann aus Marcus Antonius gemacht hätte, als sie sich in ihn verliebte! Im Gegenteil, infolge dieser Liebe habe er eine Niederlage erlitten und sich schließlich umgebracht, er habe sich von seiner Familie und seinen Freunden losgesagt und von seiner Frau, der Mutter seiner Kinder, scheiden lassen. »Der Name seiner Frau war Octavia, genau wie deiner«, setzte ich hinzu und blickte ihr geradewegs in ihre aufgerissenen Augen. »Sie war die Schwester Octavius', des Herrschers von Rom, seines alten Freundes, der sich gegen ihn gewandt und von einem Freund zu seinem Feind gewandelt hatte …«

»Lass diese alten Geschichten«, unterbrach sie mich mit vor Zorn geröteten Wangen. »Glaube mir einfach, was ich sage. Ich werde aus dir den glücklichsten Mann der Welt machen.«

»Wie … ich meine, warum?«

»Du fragst zu viel. Ich lasse dich jetzt einen Augenblick allein. Bleib hier, und wenn ich zurück bin, werde ich dir alles erzählen.«

Sie ließ mich verstört zurück. Alles erschien mir befremdlich in diesem Augenblick. Einen Tag zuvor hätte mich der Sog beinahe in die Tiefen des trügerischen Meeres gerissen, und nun führte mich dieses begehrenswerte Weib ins Ungewisse … Ich weiß nicht, wie es kam, dass mich der Schlummer übermannte. Als sie zurückkehrte, erwachte ich. Ich erkannte schon am Geruch, was sie uns als Speise mitgebracht hatte.

»Ich esse aber keinen Fisch, Oktavia.«

»Gut, dann essen wir irgendetwas anderes. Ich werde den Fisch dem Wächter geben und uns Käse und Trauben holen.«

Ich antwortete nicht, und sie erwartete auch gar keine Antwort. Sie sprang auf und kehrte kurz darauf mit ungewöhnlich ernster Miene wieder. Wie schon beim ersten Mal steckte sie mir die Happen in den Mund. Ich war nicht hungrig, und auch sie selbst nahm nur wenig zu sich ... Dann schob sie die Teller beiseite, setzte sich vertrauensvoll neben mich und schmunzelte über meine Verwunderung und meine abwartende Haltung. Dann hob sie zu erzählen an ... Ich kann mich noch gut daran erinnern, wie sie während ihres Berichtes dagesessen und gestikuliert hatte. Ja, ich weiß auch noch wortgetreu, was sie sagte: »Nachdem mein Mann gestorben war, wollte ich mich den Göttern hingeben und in einem der in der Stadt verbliebenen Tempel dienen. Der Herr Siqilli aber war damit nicht einverstanden, denn er liebt mich wie seine eigene Tochter. Er war es gewesen, der mir das Lesen beibrachte, als ich zehn Jahre alt war.«

»Warum hat er dich davon abgehalten, im Tempel zu dienen?«

»Er sagte, dass die Götter heutzutage niemanden nötig hätten, der ihnen diene, sondern eher jemanden, der sie beweine! Dann gab er mir den Ratschlag: Trauere eine Weile, meine Tochter, denn die Trauer ist etwas sehr Menschliches. Mit der Zeit aber wird sich deine Trauer verflüchtigen, wie alle Belange des Menschen. Und eines Tages wirst du einen anderen Ehemann finden.«

Ich erfuhr von ihr, dass ihr Herr, dieser Herr Siqilli, sich an keine bestimmte Religion gebunden fühle, sondern an die Wahrhaftigkeit aller Religionen und aller Götter glaube, sofern dies den Menschen erhebe! Den Kopf an meine Schulter gelehnt, flüsterte sie, dass ihr Herr stets versichere, dass sich Gott dem Menschen überall und zu jeder Zeit in unterschiedlicher Form offenbare, und dass dies die Natur der göttlichen Macht sei!

»Eine seltsame Auffassung!«

»Aber er interessiert uns doch jetzt nicht! Lass mich dir weiter berichten!«

Ihr Gesichtsausdruck war jetzt noch ernster geworden, ohne indes ihre Schönheit zu schmälern. Sie lehnte sich mit der Schulter gegen die Wand hinter dem Bett und begann zu erzählen, wie schwer ihr Leben nach dem Dahinscheiden ihres Mannes gewesen war, besonders als Herr Siqilli, dessen Präsenz im Haus immer spürbar war, sich nur wenige Tage nach dem Tod ihres Mannes auf seine jährliche, mehrere Monate dauernde Handelsreise begeben hatte. Zweimal jährlich brach Herr Siqilli zu einer Reise auf, die erste, kurze, führte ihn nur nach Antiochia und dauerte lediglich einen Monat. Die zweite zog sich jedoch über drei oder vier Monate hin. Auf dieser Reise fuhren seine Schiffe an den fünf Städten (Libyen) vorbei, dann stachen sie Richtung Norden in See und ankerten eine ganze Woche in Konstantinopel. Von dort fuhren sie nach Pergamon, liefen dann die Häfen in Zypern und Sizilien an, bevor sie wieder nach Alexandria zurückkehrten. Er zählte sechzig Jahre, war Besitzer dreier großer Schiffe und hatte weder Familie noch Nachkommen. Und jedes Mal gab er ihr zu verstehen, dass dies womöglich seine letzte Reise sei. Würde er auf See das Zeitliche segnen, dann überlasse er ihr, unter der Bedingung, dass sie den Wächter nicht fortschicke, dieses Haus. Außerdem habe er für sie einen Geldbetrag an einem geheimen Ort im Haus deponiert, den nur sie kenne. Sie hoffe immerfort, so meinte sie, dass er von seinen Reisen zurückkehre und wolle gar nicht in den Besitz des Hauses und des verborgenen Geldes kommen … Sie glaubte an die alten Götter, besonders an den Gott des Meeres, genannt Poseidon, und sprach mit großer Hochachtung von ihm.

Als die abendlichen Schatten länger wurden, stand sie auf, um die Lampe anzuzünden. Dann kroch sie wieder in meine Arme und setzte ihren Bericht fort: »Als die Anhänger des christlichen Bischofs, den man Theophilus nannte, alle Überreste des großen Tempels zerstört hatten, der auf der Westseite der Insel Pharos lag, welche den Hafen umschließt, ergriffen die restlichen Tempelpriester die Flucht und verstreuten sich in alle Winde. Nur eine alte Priesterin floh in unser Haus, weil sie meine Verehrung für den Gott Poseidon kannte und wusste, das ich ihn unentwegt anflehte, seine schützende Hand über die Schiffe des Herrn Siqilli zu halten. Die Priesterin verbrachte die letzten Wochen ihres Lebens bei mir, hier auf dem Dach des Hauses. Die meiste Zeit saß sie an dieser Balustrade und starrte aufs Meer … Einige Tage vor ihrem Tod rief sie mich in ihr Zimmer. Sie lag bereits auf dem Sterbebett, als sie mir – wahrhaftig, wie es nur Priesterinnen sein können – sagte: ›Sei nicht traurig, Oktavia, Poseidon wird dir aus dem Meer einen Mann schicken, den du lieben wirst und der dich lieben wird, der dir deine Tränen trocknet und deine Tage mit Freude erfüllt. Er wird nach dem Erscheinen von zwei Zeichen zu dir kommen!‹«

Als Oktavia nach den beiden Zeichen fragte, bedeutete ihr die Priesterin, dass es zwei Zeichen im Laufe der Zeit seien: zwei Tage, zwei Wochen, zwei Monate, zwei Jahre. Dann verstarb die Priesterin, und Oktavias Tage vergingen gemächlich, bis zwei volle Jahre vorüber waren. Sie wollte schon an der Prophezeiung zweifeln … da wurde sie meiner gewahr, wie ich beinahe ertrunken wäre, mich retten konnte und zu ihr kam, angetan nur mit nassen Beinkleidern und beladen mit einem ungewissen Schicksal. Da stand für sie fest, dass sich die Prophezeiung erfüllt hatte! Dann setzte sie, ganz unvermittelt von einer geheimnisvollen Freude überwältigt, die ihr strahlend weißes Lächeln offenbarte, hinzu:

»Während der ganzen zwei vergangenen Jahre glaubte ich, dass der Mann, der zu mir kommen würde, ein Seemann sei, der mit einem Schiff anlande. Doch dich las ich auf, als du auf den Flügeln und den Wellen des erhabenen Gottes getragen wurdest.«

»Deshalb hast du sogleich, als du mich sahst, mein Liebster zu mir gesagt?«

»Ja, denn ich war schon ganze zwei Jahre, bevor ich dich gesehen habe, in dich verliebt. Und vielleicht sogar länger!«

Damals wusste ich nicht, was ich sagen sollte. Träge zog ich sie an mich, und als sie in meinen Armen lag, wurde sie still ... bis sie wie ein Säugling einschlief und mich meinen auf mich einstürzenden Mutmaßungen und Gedanken überließ. Was soll ich mit dieser weißen Frau tun, die da auf meiner Brust schlummert und deren nackte Beine meine Phantasie aufreizen und mich fast um den Verstand bringen?, fragte ich mich. Soll ich alles aufgeben, wonach ich immer gestrebt habe, um den Rest meines Lebens auf ihrem Lager zu verbringen? Wird ihre überschwängliche Liebe einen Ersatz für meinen großen Traum darstellen, außerordentliche Leistungen in der Medizin und der Theologie zu vollbringen? Zu jener Zeit, als ihr Mann sein Leben ausgehaucht hatte, lebte ich als pubertierender Jüngling in Nag Hammadi und träumte davon, ein nubisches Mädchen zu heiraten, ganz wie mein Onkel, in dessen Haus ich wohnte, es getan hatte ... Die Nubier verheiraten ihre Töchter nur äußerst selten an Fremde. Der Großvater meines Vaters war mitten aus dem Wadi heraus in ihr Land gekommen, er war bei ihnen geblieben und, nachdem er einer von ihnen geworden war, bei ihnen gestorben. Mein Vater und mein Onkel hatten dort das Licht der Welt erblickt, und mein Onkel hatte eines ihrer Mädchen geheiratet, während mein Vater eine Frau aus den Dörfern des Deltas für sich wählte, die später meine Mutter wurde.

Als ich sechzehn Jahre alt war, erregten mich die Fortpflanzung der Vögel und die Begattung der Schafe. Ich gestand dem Onkel meinen Wunsch, ein nubisches Mädchen heiraten zu wollen, denn er war beliebt bei ihnen und hätte dieses Vorhaben, wäre er von meinem Wunsch überzeugt gewesen, sicher unterstützen können. Doch aus einer mir unergründlichen Weisheit heraus empfahl er mir, das Medizin- und das Theologiestudium fortzusetzen ... Mein Onkel ist ein guter Christ, und er ist sehr krank. Er hatte mich in Nag Hammadi zur Kirche geschickt und später zur Schule und zur Kirche in Achmim. Gewiss ist er inzwischen gestorben. Hatte er mich womöglich deshalb dazu veranlasst, Mönch zu werden, um die Erinnerung an die Ermordung meines Vaters auszulöschen? Sie töteten meinen Vater, und einer dieser elenden Schurken ehelichte danach meine Mutter! Wie kann man Erinnerungen auslöschen? Meine Mutter ... Wie konnte sie nur einen der Mörder heiraten? Mein Vater war ein guter Mann gewesen, ich glaube nicht, dass er sie jemals gescholten hat, und mich hat er niemals geschlagen. Er nahm mich mit, wenn er sein Netz von jenen weißen Felsen aus in den Nil warf, von denen man glaubte, sie seien so weiß, himmlisch und heilig mit dem Wasser des Nils herabgekommen, um die Menschen, die darauf standen, vor den Krokodilen zu schützen, die ebenfalls heilig sind. Ich ergötzte mich an den Fischen, die sich in seinem Netz verfingen, und er ergötzte sich an meiner Freude ... Warum nur waren sie so weit gegangen, ihn zu töten, und noch dazu auf diese bestialische Art? O Jesus Christus, ich spüre die Pein im Herzen der Jungfrau und die Schmerzen, die sie deinethalben empfand ... Ich spüre ganz tief in meinem Inneren, welche Qualen sie an jenem Tag litt, als sie die Nägel in deine gegen das Kreuz gedrückten Hände und Füße schlugen. Ich bin genau wie du hingestreckt auf dem Kreuz der Erinnerungen und spüre wie sie die brennende Marter des Verlusts.

»Du weinst, Liebster … ach, ich habe dir mit meiner Geschichte Kummer bereitet.«

»Nein, Oktavia, schlafe weiter, ich weine über das Elend und den Schrecken dieser Welt.«

»Schon gut, mein Liebster, bitte weine nicht. Komm in Oktavias Arme, die dich liebt.«

Wir schmiegten uns aneinander und wurden vom Schlaf überwältigt … Der Schlaf ist eine göttliche Gnade für alle Geschöpfe. In jener Nacht träumte mir nichts. In aller Frühe erwachte ich durch ihre leichtfüßigen Bewegungen im Zimmer. Glücklich und frohgemut ging Oktavia auf und ab. Als ich die Augen öffnete, warf sie sich flink neben mich und streckte sich auf dem Bauch aus. Ihr Antlitz leuchtete vor Freude.

Ich bemerkte, dass meine bronzene Haut eine zarte rötliche Färbung angenommen hatte, so dass mein Körper nun in der Farbe der Kupfergefäße schimmerte. Im ersten Augenblick vermutete ich den Grund in unserem abscheulichen Tun, doch Oktavia erklärte mir, sich vor Lachen schüttelnd, dass die Rötung auf die Wirkung der Sonne und der salzigen Meerluft von gestern zurückzuführen sei. Das erklärte auch, warum die weiße Haut ihres Körpers gleichfalls von einem zarten Rot überzogen war … Unsere Nacktheit genießend, streckte auch ich mich neben ihr aus. Zum zweiten Mal in meinem Leben hatte ich das Gefühl, dass mein Körper schön sei … Das zweite Mal, das letzte Mal in meinem ganzen Leben überhaupt.

Nachdem sie mich innig liebkost und auf den Mund geküsst hatte, forderte sie mich auf, ein Bad zu nehmen. Sie habe das Becken schon mit heißem Wasser gefüllt und duftende Kräuter hinzugegeben, die man aus den Ländern im Osten zu ihr brachte. Und aus dem Bett steigend, setzte sie hinzu, sie werde sich nun anschicken, die Kleider aus meinem Beutel zu waschen. »Nein, tu das nicht!«, schrie ich außer mir, und fügte dann verlegen hinzu: »Ich mag es nicht, wenn jemand meine Kleidung wäscht. Ich mache das seit Jahren selbst.«

»Aber mein Lieber, in diesen Jahren war Oktavia nicht bei dir.«

»Bitte, widersetze dich mir nicht, wenn ich etwas sage.«

Sie fügte sich, schlang ihre Arme um mich und schloss mich und all meine Erinnerungen mit all den darin verborgenen Schmerzen und seltenen Freuden in diese Umarmung ein. Ja, die ganze Welt passte in ihre Umarmung. Dann flüsterte sie mir etwas ins Ohr, was so viel bedeutete wie, dass ich mich noch nicht an sie gewöhnt habe, dass unsere gemeinsame Zukunft dies aber unweigerlich mit sich bringen würde. Ihr Atem wärmte meine Brust, und ihre glühenden Lippen fuhren über meinen Hals, der vor Sehnsucht nach ihnen entbrannte.

Als sie mir ein weiteres Mal in dem neben ihrem Zimmer gelegenen Bad die Kleider abstreifte, wurde ich eines sehnsüchtigen Blickes in ihren Augen gewahr. Auch ich sehnte mich nach ihr und war innerlich zutiefst aufgewühlt. Ich befühlte das Wasser, es war warm und lud dazu ein, sich in die Marmorwanne mit den verzierten Füßen zu setzen. Ich legte die Arme auf den Beckenrand und streckte meine Beine im Wasser aus, während sie sich anschickte, meine Schultern sanft und begehrlich zu massieren. Ich schloss die Augen und versuchte mich zur Ablenkung und zur Beruhigung an etwas zu erinnern, doch die Erinnerungen hatten sich allesamt aus meinem Gedächtnis davongemacht. Oktavias Berührungen hatten alles fortgewischt, was ich in meinem bisherigen Leben gesehen hatte.

Mit ihrem betörenden Charme drückte sie mich ein wenig nach vorn, um meinen Rücken zu massieren, und ich gab dem Druck ihrer Hände nach. Meine Unruhe, die mich überkommen hatte, als sie beinahe meinen Beutel hatte leeren wollen, hatte sich gelegt. Gewiss wäre sie schockiert gewesen, hätte sie die Mönchskutte und das hölzerne Kreuz entdeckt. Was für ein Glück, dass ich es im entscheidenden Moment noch hatte verhindern können ... Wieder überfielen mich trübselige Gedanken. Wie lange wird dieser traumhafte Zustand noch andauern?, fragte ich mich. Und dieses flüchtige Wohlleben und der Betrug? Ich bin von Natur aus kein Betrüger und habe mein ganzes Leben lang niemanden belogen. Aber warum führe ich sie dann seit unserer ersten Begegnung in die Irre und verirre mich mit ihr? Der Herr sieht mich, und er sieht auch sie, und er wird mir nicht verzeihen, was ich tue. Nur meine Buße und seine Barmherzigkeit werden mich vor seiner Strafe bewahren. Wenn er es will, wird er mir verzeihen, und wenn er es will, dann wird er mich für meine Sünde hart bestrafen. Er hat mich bereits früher einmal bestraft, ohne dass ich auch nur irgendeine Sünde begangen hätte! Vielleicht war das damals die Strafe für heute? Und was ist mit Oktavias Sünden? Wird der Herr sie dafür strafen, oder wird er Oktavia verschonen, weil sie eine Heidin ist, die nicht an ihn glaubt? Ob er wohl nur die Gläubigen peinigt? Ich glaube, dass er am Ende kraft seiner Barmherzigkeit allen vergeben wird!

Ganz unvermittelt kam mir der Gedanke in den Sinn aufzustehen, meine Kutte anzuziehen und sie aufzufordern, zusammen mit mir die Höhle zwischen den Felsen aufzusuchen. Und an dem Ort, an dem ich sie zum ersten Mal gesehen hatte, wollte ich ihr die ganze Wahrheit über mich gestehen. Dann würde alles dort zu Ende gehen, wo es begonnen hatte, und ich würde mich wieder dem zuwenden, dessenthalben ich gekommen war: der Medizin und der Theologie … Ich würde eines Tages in mein Dorf zurückkehren, das seit Jahren verschlossene Haus meines Vaters öffnen, dort das Leben eines Mönchs führen und die Kranken heilen. Unter meinen Händen würden sich Wunder ereignen, die die Existenz Gottes bestätigten, und die Menschen dort würden vergessen, was mit meinem Vater und mit meiner Mutter geschehen war. Und ich würde mir einen klerikalen Namen wählen, der mir gefiele und mit dem ich mich wohlfühlte … Und ich würde …

»Woran denkst du, Liebster? Denkst du etwa an mich, wo ich doch bei dir bin?«

»Ich würde gerne aus diesem großen Bottich steigen und die Felsenhöhle beim Meer aufsuchen.«

»Wir werden später dorthin gehen. Komm her, mein Geliebter, ich werde dich abtrocknen.«

Wieder stürmten die Fragen auf mich ein: Warum verwöhnte mich diese Frau auf diese Weise? Und warum brachte sie mir diese überschwängliche Liebe entgegen, die die ganze Welt überflutete, wo sie mich doch gar nicht kannte? Ich wusste von ihr nur das, was sie mir selbst über sich erzählt hatte … Und gewiss hatte sie mir Dinge verschwiegen, furchterregende Dinge womöglich! In jedem Fall war sie eine Heidin und glaubte an die Ammenmärchen der griechischen Götter. Jener Götter, die sich gegenseitig verrieten, die die Menschen befehdeten, unzählige Male heirateten und ihre Ehefrauen betrogen! Welche krankhafte Phantasie hatte bloß diese griechischen Götter hervorgebracht? Und das Seltsamste war, dass es Leute gab, die an sie glaubten! Wie Oktavia, die glaubte, dass der Gott des Meeres, Poseidon, mich zu ihr gesandt hatte. Das Meer hat keinen Gott, und mich hat niemand geschickt … Aber woher nehme ich die Gewissheit, dass sie irregeleitet ist und ich auf dem rechten Wege bin?

Die Thora, an die wir glauben, ist ebenso voll von Täuschungen, Kriegen und Verrat. Und im Evangelium der Ägypter, das wir, obwohl es uns verboten ist, lesen, stehen Dinge, die im Widerspruch zu den vier anerkannten Evangelien stehen! Ist also dies und jenes Einbildung, und ist Gott hinter all diesen Überzeugungen verborgen?

»Zieh dieses saubere Gewand an, mein Liebster, damit dich nicht friert. Ich werde das Salz aus deinen Kleidern waschen.«

Ich erwachte aus meinen nachdenklichen Grübeleien und lehnte entschieden ab, mir das saubere Kleid von Herrn Siqilli überzuziehen, das sie mir hinhielt. Ich wäre mir selbst fremd vorgekommen, hätte ich dieses weite Seidengewand angelegt. Nur Frauen tragen Seide, wenngleich die Kleidung der Männer Alexandrias etwas Fremdartiges hat und durchaus eine gewisse Eleganz, wie sie uns Ägyptern unbekannt ist.

Ich nahm rasch mein Gewand auf und warf es mir aus Scham vor ihren Blicken über meinen nackten Körper. Dann schickte ich mich an, das Badezimmer zu verlassen. Als ich an der Tür meine Augen mit beiden Händen vor der gleißenden Mittagssonne schützte, umarmte sie mich von hinten und streichelte mir, den Kopf gegen meinen Rücken gelegt, mit beiden Händen über meine Brust ... Wie festgewurzelt blieb ich stehen, und sie stand genüsslich hinter mir. Nach einem langen Augenblick des Schweigens drehte ich mich zu ihr um und sagte, dass sie bis jetzt noch nicht einmal meinen Namen kenne und ihn auch noch nicht einmal kennen zu wollen scheine. Dabei blickte ich ihr streng in die Augen.

»Ich kenne den Namen, den ich dir verliehen habe, Geliebter, und den wird außer dir niemand tragen: Theodoros Poseidonios!«

Oktavia verblüffte mich mit ihrer Unverzagtheit und ihrem Übermut. Hielt sie sich selbst für eine Göttin, die den Menschen Namen verleihen darf? Sie hatte mir zwar einen besonderen Namen zuerkannt, der auf Griechisch »das göttliche Geschenk von Poseidon« bedeutete, doch ich konnte meine Wut nicht unterdrücken. Wenn mir dieser Name nicht gefalle, sagte sie daraufhin kokett, werde sie mir einen anderen Namen geben, Theophrastos, was wörtlich bedeute: »die göttliche Rede«.

»Hör auf mit diesem Unsinn, Oktavia, auch das ist nicht mein Name. Das sind alles griechische Namen, aber ich habe einen ägyptischen Namen.«

»Vergiss Ägypten und Griechenland. Du glaubst an das Wort des Gottes, und deshalb ist dein Name von jetzt an Theophrastos ... oder Theodoros Poseidonios. Wähl dir einen der beiden aus und teile ihn mir mit, damit ich dich bei diesem Namen rufe! Und jetzt komm, ich werde dir das Haus zeigen!«

Damals wusste ich nicht, was ich antworten sollte, und sie ließ mir keine Möglichkeit, ihr etwas zu entgegnen. Sie nahm mich bei der Hand, trat aus dem Badezimmer und rettete mich damit vor dem Umherirren in der Wüste meiner Verwirrung. Ein Teil von mir verlangte nach ihr und liebte ihre Klugheit und ihre Heiterkeit und den Duft ihres Körpers. Ja, Oktavia war fürwahr klug, begehrenswert und wohlriechend. Doch ich habe sie verloren und sie hat mich verloren, zweimal sogar ... Ach, wer gebietet in meinem Herzen dem Sturm der tödlichen Trauer Einhalt? Ich werde jetzt aufhören zu schreiben und ein wenig ruhen, und wenn ich erwache, werde ich die Niederschrift fortsetzen.

Was will Azazel denn nur von mir? Warum drängt er mich aufzuzeichnen, was war und was ist? Gewiss steckt da eine üble Absicht dahinter, denn das entspricht seiner Natur. Er hat mich so lange getäuscht, bis er mich dazu verleitete zu berichten, welche Abscheulichkeiten und Sünden ich mit Oktavia beging, auf dass meine Seele beschmutzt und trübe wurde.

»War deine Seele denn rein, bevor du zu schreiben begannst, Hypa?«

»Azazel, du bist gekommen …!«

»Ich habe dir schon so oft gesagt, dass ich nicht komme und nicht gehe, Hypa. Du bist es, der mich holt, wenn er es will. Denn ich komme aus dir zu dir. Und ich bin immer in dir und bei dir. Ich tauche auf, wenn du willst, dass ich deinen Traum gestalte oder deine Phantasie wie einen Teppich ausbreite oder deine Erinnerungen aufwühle, die du tief vergraben hast. Ich bin es, der deine Bürden und deine Phantasien und dein Unglück trägt. Ich bin es, auf den weder du noch ein anderer sonst verzichten kann. Und ich bin es, der …«

»Hast du schon wieder begonnen, das Loblied auf deine teuflische Existenz zu singen?«

»Entschuldige, ich werde schweigen.«

»Und was willst du jetzt?«

»Ich will, dass du schreibst, Hypa. Schreib, als würdest du beichten, und beende die Geschichte, die du erzählt hast, die ganze Geschichte. Berichte auch, was zwischen euch geschah, als ihr die Treppe hinabstiegt.«

Die Beichte ist ein wundervoller Brauch; sie reinigt uns von all unseren Sünden und wäscht unsere Herzen mit dem Wasser der göttlichen Barmherzigkeit, das den Kosmos durchfließt. Ich werde diesen Pergamenten beichten und kein Geheimnis verbergen. Vielleicht werde ich danach gerettet sein.

Die Treppe, die das Hausdach und das oberste Stockwerk miteinander verband, hatte zehn Stufen, die gleiche Anzahl wie die himmlischen Emanationen, die Gott mit der Welt verbinden, wie es der traurige Plotin ausgedrückt hatte. Auf der obersten Stufe schmiegte sich Oktavia an mich und nahm meine Unterlippe zwischen ihre Lippen, dann strich sie mit der Zunge über den Rand meiner Lippen, so dass ich unter dem Beben der Lust beinahe das Bewusstsein verlor. Mit strahlendem Gesicht sagte sie, dass dies der erste von zehn Küssen sei, mit denen sie mich bedecken werde! Während ich auf die nächste Stufe herabtrat, steckte sie ihre linke Hand durch die Öffnung meines Gewandes und betastete meine rechte Achsel, und indem sie sich noch stärker gegen mich presste, drückte sie mich weiter gegen die Wand. Mich um eine Stufe überragend, neigte sie sich an mein Ohr und biss mir in mein Ohrläppchen, ähnlich einem gesättigten Säugling, der der Mutter in die Brustwarze beißt. Als ich ihren Atem am Ohr spürte, durchfuhr mich ein Schauder. Der nächste Kuss ließ mich taumeln, und beinahe wäre ich die Treppe hinuntergerollt. Ich konnte nicht anders, als mich benommen zu setzen und alles mit mir geschehen zu lassen. Sie legte ihr Kleid ab, ich mein Gewand, dann nahm mich die Liebesglut mit sich … Die folgenden Küsse zu beschreiben, würde den Anstand verletzen.

Am Ende der Treppe waren wir gänzlich ineinander verschlungen, als seien wir die Urmaterie, aus der alle Existenz entstand. Wie eine Wildkatze, die ihre Beute reißt und selbst gerissen wird, bewegte sie sich über und unter mir … Als sich das aufgewühlte Universum wieder beruhigte, erhoben wir uns schwerfällig und kleideten uns an. Dann nahm sie mich bei der Hand, um mir das Haus bei Tageslicht zu zeigen. Die Sonnenstrahlen ergossen sich über den Ort und breiteten sich auch in meinem Inneren aus. Oktavia war zärtlich, mutig und tollkühn. Verfolgt von meinen Gedanken, die alle Eventualitäten durchspielten, ging ich hinter ihr her: Vielleicht verliebe ich mich in sie und gewöhne mich an dieses süße Leben. Nein, ich werde mich niemals fügen … Vielleicht verbringe ich einige Tage mit ihr, dann wende ich mich wieder meinem ursprünglichen Vorhaben zu, weswegen ich nach Alexandria kam. Ich werde meinem Herzen nicht erlauben, sich an sie zu ketten, und ich werde mir keinen heidnisch-griechischen Namen geben lassen, komme was wolle. Ich werde es niemals zulassen, dass sie mich meines Namens und meiner Sprache beraubt. Eine alexandrinische Witwe, die ich vor zwei Tagen kennenlernte, so schön sie auch sein mag und so sehr sie auch von einer unbändigen heidnischen Begierde entflammt ist … Ich werde Oktavia nicht erlauben, mich mit sich fortzureißen … Ach, wie jung ich damals war …! Was wäre wohl geschehen, hätte ich sie erhört, damals? Hätte uns dann ein anderes als dieses tragische Schicksal ereilt? Wer weiß? Wünsche führen zu nichts, was geschehen ist, ist geschehen, es ist vorbei und wird nicht wiederkehren … Als wir vom oberen Stockwerk aus das Bild des traurigen Hundes betrachteten, fragte ich sie:

»Warum nannten sie dich Oktavia?«

»Mein Vater heiratete zweimal und zeugte viele Kinder. Ich war die achte von seinen zehn Söhnen und Töchtern.«

»Dann werde ich dich ›Tim'aschmûna‹ nennen, das bedeutet auf Ägyptisch ›die Achte‹, ebenso wie Oktavia auf Griechisch.«

Sie lachte süß und hell, ohne meine Worte indes zu kommentieren. Stattdessen führte sie mich in einen großen Raum, dessen Boden und Wände mit edlem weißem Marmor verkleidet waren. In der Mitte befand sich eine Badewanne in der doppelten Größe jener, wie sie in dem Nebenraum ihres Zimmers stand. Außerdem war sie weitaus üppiger verziert. Ihr Herr habe diese einzigartige Wanne aus Rom mitgebracht, erzählte sie mir. Es war fürwahr ein Prunkstück, und das galt auch für alles andere, was sich in dem Raum und in den Nachbarräumen befand. Plötzlich aber wurde ich von einer geheimnisvollen, mein Gemüt verfinsternden Trauer überwältigt, die mich von allem um mich herum ablenkte und mir diese irdischen und unweigerlich der Vergänglichkeit anheimfallenden Gegenstände gleichgültig werden ließ.

Oktavia führte mich durch alle Winkel des Hauses. Wie entrückt schritt ich behutsam neben ihr her. Ich hatte das Gefühl, dass sie mich verführen und mir schmackhaft machen wollte, bei ihr zu bleiben, doch ich kämpfte dagegen an. Wie könnte ich es mit mir vereinbaren, Diener eines sizilianischen Händlers und Ehemann einer heidnischen Dienerin zu werden, die mich um fünf Lenze übertrifft und mich fortwährend mit ihren ungezügelten Begierden überfällt. Und wer weiß, vielleicht beschläft sie ja sogar ihr Herr! Wer sonst hat sie an diese Schamlosigkeit gewöhnt, die ich an ihr beobachte? Gewiss ist ihr Herr ein ausgemacht unsittlicher Mensch, der seine Begierden auslebt und in seinem Haus unzählige Dirnen empfängt, in deren Armen er die alexandrinischen Nächte verbringt. Und Oktavia ist für ihn nur eine von ihnen! In diesem Augenblick verspürte ich einen unbändigen Hass gegenüber diesem Mann, ebenso wie ich eine maßlose Wut auf diese Frau hatte, der ich fast vor Liebe verfallen war und die mich alle meine Wünsche vergessen ließ.

»Das ist der Raum für die Bücher, mein Liebster.«

Mit diesem Satz und einer sanften Berührung ihrer Schulter kam ich wieder zu mir. Als wir das Zimmer betraten, erschreckte mich die Fülle der Bücher, die auf den Regalen über die ganze Wand entlang aufgereiht waren. Die Schriftrollen steckten in besonderen Öffnungen in der Wand. Mein ganzes Leben lang hatte ich Bücher geliebt und hegte in jenem Augenblick nur den einen Wunsch, mich hier in diesen Raum zurückzuziehen. Fast wäre ich grundlos in Tränen ausgebrochen! Oder weil ich stets Niederlagen erleide … Ich bat sie, ein wenig bei den Büchern bleiben zu dürfen, eine Bitte, die ihr Freude bereitete, und nachdem sie mich auf die Wangen geküsst hatte, sagte sie, sie werde nun das Mittagessen vorbereiten.

Inmitten dieses riesigen Raumes ließ mich Oktavia verwirrt zurück. Mein Blick glitt über die Wände, die unzählige Hohlräume für die Aufbewahrung der Papyri sowie Regale für die Bücher aufwiesen. Damals konnte ich nur Griechisch und Ägyptisch (Koptisch) lesen, während ich des Hebräischen und des Aramäischen (Syrischen) noch nicht mächtig war. Ich entdeckte dort auch Bücher in anderen Sprachen, wie etwa in der neu entstandenen Sprache, die Latein genannt wurde, sowie Schriftstücke in weiteren Sprachen aus dem Osten, die mir vollkommen unbekannt waren ... In wie vielen Sprachen war dieser wollüstige Händler zu lesen imstande, der an keinen Gott glaubte? Oder erwarb er die Bücher nur, um damit zu prahlen, wie es viele der geistesarmen Reichen tun? Nein, es schien, als prahlte er nicht, denn auf seinem edlen Schreibtisch in einer Ecke des Raumes sah ich mehrere Folianten liegen sowie zwei Bände, die auf Papyrus gepresst waren. Darauf hatte jemand mit einer dünnen Feder Anmerkungen auf Griechisch notiert. Als ich wahllos einige Bände auf dem Schreibtisch und in den Regalen durchblätterte, fand ich Marginalien und Kommentare, die alle in der gleichen Handschrift geschrieben und mit seinem Namen versehen waren. Er las also Griechisch und andere Sprachen, und wie aus seinen klugen Kommentaren hervorging, interessierte er sich hauptsächlich für Geschichte und Literatur. Der Mann besaß einige alte Exemplare von Werken des Aisop und Gedichte des Philosophen Heraklit. Es fand sich auch eine theologische Abhandlung in der Handschrift des Origenes darunter ... Ich blätterte in den Büchern, öffnete die Rollen und entdeckte immer mehr seiner klugen Kommentare und Marginalien.

»Das Essen steht bereit, mein Liebster, komm.«

»Ich werde noch eine Stunde hierbleiben, ich bin noch nicht hungrig.«

»Nun komm schon, das Mahl wird kalt. Quäl mich nicht, wie der Herr Siqilli es zu tun pflegt. Augenscheinlich liebst du die Bücher genau wie er.«

»Kannst du das Essen nicht hierherbringen?«

»Nein, das ist nicht gestattet. Wir werden in meinem Zimmer essen, die Bücher werden schon nicht flüchten. Los, leg dieses Buch hin, ich bin sehr hungrig und habe große Sehnsucht nach dir.«

Sie stellte das Buch, das ich in der Hand hielt, an seinen Platz im Regal. Doch vorher öffnete sie den schweren Ledereinband und sagte lachend: »Aristoteles! Möchtest du, dass uns das köstliche heiße Mittagsmahl wegen dieses Mannes hier entgeht?« Ihre Worte und ihre Geringschätzung des großartigen Philosophen entsetzten mich.

»Was sagst du da?«, entgegnete ich erbost. »Aristoteles ist der Meister der alten Welt. Und er ist der Erste, der der Menschheit die Grundlagen des Denkens und die Wissenschaft der Logik geschenkt hat.«

»Haha, kannte die Menschheit vorher etwa keine Logik und keine Grundlagen des Denkens? Auf jeden Fall mag ich ihn nicht, er redet in seinen Büchern viel dummes Zeug und behauptet, dass Frauen und Sklaven von gleicher Natur seien, die sich von der Natur des freien Mannes unterscheide. Was für ein rückständiges Denken!«

»Das gehört sich nicht, Oktavia. Aber wie ich sehe, kennst du dich aus in den alten Wissenschaften!«

»Haha, ich kenne einiges. Der Herr Siqilli liest mir gerne alte Texte vor. Er lässt mir eine gute Bildung zukommen. Ein Nachbar von uns, einer dieser dummen Christen, beobachtete einmal, wie er mir im Garten des Hauses vorlas, und sagte: Dieser Sizilianer Siqilli gibt der Natter Gift zu trinken …

Dieser neue Nachbar ist genauso rückständig wie dein alter Kumpan Aristoteles, hahaha.«

Ich wusste nicht, was ich antworten sollte, doch sie zog mich sogleich sanft aus dem Zimmer. An ihrer Tür angekommen, umarmte sie mich lange ... Dieser Kuss solle den Appetit anregen, schäkerte sie. Oktavia kam niemals zur Ruhe.

Wir breiteten eine Decke auf dem Boden ihres Zimmers aus ... Während sie mir wieder die Bissen in den Mund schob, sagte sie, dass Herr Siqilli mich gewiss mögen werde, denn er liebe die Bildung und die Gebildeten. Außerdem sei er mit dem Präfekten der Stadt befreundet und habe viele Bekannte, und er werde mir bei meinem Medizinstudium behilflich sein. Sie hingegen werde mich in ihre Liebe einhüllen, damit ich der berühmteste Arzt von ganz Alexandria werde, ja, der berühmteste Arzt der ganzen Welt ... Dann verblüffte sie mich mit den Worten:

»Du wirst berühmter sein als Galenus und Hippokrates und als alle Söhne des Gottes Asklepios.«

»Du kennst dich in vielen Dingen aus, Oktavia.«

»Ich möchte nur dich kennen. Sag mal, bist du glücklich mit mir? Nein, antworte jetzt nicht. Gedulde dich, und dann wirst du sehen. In einem Monat wird Herr Siqilli zurückkehren, dann werde ich ihm alles über uns erzählen, und er wird dich bei uns willkommen heißen ...«

Der Herr Siqilli! Ich empfand ihm gegenüber Hass, einen abgrundtiefen Hass, der vermischt war mit Respekt und einem törichten Neid, nachdem ich seine Kommentare und Marginalien gelesen hatte. Ich war so durcheinander, dass mir die Frage entschlüpfte:

»Verkehrt der Herr Siqilli auch geschlechtlich mit dir?«

Meine Worte waren wie ein Schlag ins Gesicht für sie. Tränen schossen ihr in die Augen, und ein Anflug von unterdrücktem Zorn legte sich über ihr gerötetes Antlitz. Ich hatte sie damals gar nicht beleidigen wollen. Ich hatte sie nur nach der Natur ihrer Beziehung fragen wollen, und ob der Mann sie umgarne, wenn er zu Hause war, war sie doch schließlich eine alleinstehende Witwe voller Begierden. Oder anders ausgedrückt: Forderte er von ihr, sein Lager in den Wintermonaten zu wärmen und ihm, der seinem Hund nachtrauerte, seine Einsamkeit zu erleichtern? Ich meine: Hatte er als ihr Herr das Recht dazu, sie zu beschlafen?

Oktavia blieb aufrecht sitzen, senkte jedoch das Haupt und blickte wortlos auf die Kante des Teppichs. Als ich versuchte, sie zu besänftigen, indem ich sie an meine Brust zog, riss sie sich von mir los und brach in herzzerreißendes Schluchzen aus. Ich bereute, ihr Schmerzen zugefügt zu haben, und erwog, mich unverzüglich zu erheben und von ihr zu gehen, um alles, was zwischen uns vorgefallen war, mit einer einzigen Geste zu begraben. Als ich unvermittelt aufstand, schien sie meine Absicht zu durchschauen und hielt mich an meinem Gewand fest. Ich verharrte schweigend. Sie zog mich erneut zu Boden, das Haupt noch immer gesenkt. Also ließ ich mich, den Blick auf die angelehnte Tür gerichtet, wieder nieder.

Lange herrschte tiefes Schweigen zwischen uns, das sie, nachdem sie ihre Wangen getrocknet hatte, mit bebender Stimme beendete: Ich hätte nichts von dem verstanden, was sie mir erzählt habe, sagte sie, der Herr Siqilli sei wie ein Vater zu ihr! Er habe sie nach dem Tod ihrer Eltern aufgezogen und ihr die Trauer erleichtert und erträglich gemacht. Und er verschenke, wie sie hinzusetzte, die Hälfte dessen, was er durch den Handel einnehme, jährlich an Alexandrias Arme.

»Ich entschuldige mich, Oktavia, aber du bist so schön … Ich meine, du bist …«

»Genug, entschuldige dich nicht … Ich werde dir verzeihen, weil du den Mann, den du beschuldigst, noch nicht kennengelernt hast.«

FÜNFTES PERGAMENT

Oktavias Verführungen

Das Leben ist ungerecht. Es zieht unsere Tage in die Länge und vertreibt uns die Zeit, dann vernachlässigt es uns und verändert uns, bis wir nicht mehr wir selbst sind. Damals, vor zwanzig Jahren in Alexandria – war ich das gewesen? Wie kann mich das Leben jetzt zur Verantwortung ziehen für Fehler und Sünden, die ich einst beging? Und warum wird uns Gott am Tag des Jüngsten Gerichts zur Rechenschaft ziehen für etwas, was wir vor langen Zeiten getan, gleichsam als hätten wir nur ein einziges Leben gelebt und uns währenddessen niemals verändert? Es sollte nicht allzu viel Zeit vergehen, bis ich begriff, dass ich Oktavia und ihrem Herrn Siqilli Unrecht getan hatte. Doch da war es schon zu spät gewesen; die Toten waren begraben, und auch die Lebenden blieben wie tot zurück.

In jener Nacht sprach Oktavia nur wenig. Ihr Schweigen machte mich verlegen, doch irgendwann überwältigte mich die Müdigkeit, und ich schlief auf ihrem Bett ein. Das Letzte, was ich wahrnahm, ehe ich entschlummerte, war ihr trauriger Blick, während sie eine Decke über mich breitete … Am frühen Morgen wurde ich durch ihre geräuschvolle Geschäftigkeit geweckt. Als sie sich lächelnd neben das Bett auf den Boden setzte, war ich beruhigt. Sie hatte unser morgendliches Mahl hergerichtet, und meinen Versuch, mich noch einmal bei ihr für meine Worte zu entschuldigen, wehrte sie ab.

Sie unterbrach mein Stottern, indem sie, glänzende Tränen in den Augen, meinen Mund mit ihren Fingerspitzen berührte. Um über etwas anderes zu sprechen, erkundigte sie sich nach meiner Heimat und meinem früheren Leben, und ich stand ihr, so weit es die Situation erlaubte, Rede und Antwort, ohne indes allzu viel zu offenbaren ... Und sie lauschte gebannt jedem Wort, das ich sagte.

»Komm mit, ich möchte dir etwas zeigen«, sagte sie ganz unvermittelt und zog mich an einem unsichtbaren Band mit sich. Wir stiegen in das große Schlafgemach hinab, in dem sich Herrn Siqillis Bett befand. Ich hatte den Raum bereits von der Tür aus gesehen, doch dieses Mal trat ich ein. Oktavia öffnete alle Fenster sowie die Tür, die auf den großen Balkon führte. Von dort ergoss sich das Licht in den Raum, und man blickte auf den Strand und das Meer hinab. Um nicht von dem Wächter oder einem Passanten gesehen zu werden, verzichtete ich darauf, auf den Balkon zu treten, wenngleich ich mich gerne ein wenig auf den großen hölzernen und prächtig gearbeiteten Stuhl gesetzt hätte, um aus dieser wundervollen Perspektive das Zusammentreffen von Meer und Himmel zu betrachten.

»Das ist der Herr Siqilli.«

Oktavia wies auf einen Holzsarg, der hoch aufgestellt rechts in der Ecke gegenüber dem Balkon an der Wand lehnte. Auf dem Sarg war das Bild eines ergrauten Mannes zu sehen, gewandet in griechische Kleidung, wie sie die Wohlhabenden zu tragen pflegen. In seinem Blick lag eine verhaltene Trauer, aber auch Klugheit. Das Bild war nach der Art gemalt, wie es Brauch der Begüterten Ägyptens und Alexandrias war. Sie ließen ihre Gesichter auf den Särgen abbilden, in denen sie sich nach ihrem Tod einbalsamiert bestatten lassen wollten. Die Einbalsamierung war ein althergebrachter heidnischer Brauch. Die alten Ägypter hatten ihre Körper nach dem Tod in Sarkophagen aus Granit aufbewahrt, die mit Reliefbildern der alten Götter geschmückt waren. Später wurden die Särge dann aus Holz gefertigt, und man malte das Antlitz des Verstorbenen darauf … Als ich das Abbild des Herrn Siqilli musterte, verstand ich. Oktavia wollte mir damit andeuten, dass er ein Mann fortgeschrittenen Alters sei, mit ruhigen Gesichtszügen, wie sie den Philosophen zu eigen sind! Den Eindruck bekräftigend, den das Bild des Mannes vermittelte, setzte sie hinzu: »Er führt ein asketisches Leben. Er bewahrt seinen Sarg in seinem Schlafgemach auf und denkt immerzu an den Tod. Wenn er in Alexandria ist, sitzt er meist auf diesem Balkon und starrt aufs Meer oder liest in den Büchern.«

»Warum sieht er so traurig aus?«

»Weil er allein ist. Er ist auch ein Poet. Möchtest du seine Gedichte sehen?«

Ich bejahte, und sie führte mich in den großen Raum mit den Büchern und entnahm aus der Schublade des Schreibtisches einige Papiere mit Gedichten auf Griechisch. Sie waren in der gleichen Schrift verfasst, wie ich sie am Rand der Bücher gesehen hatte … Ohne dass ich sie darum bat, ließ Oktavia mich in der Bibliothek allein, doch nicht ohne vorher, einen Augenblick lang in meine Arme geschmiegt, mehrmals geflüstert zu haben: »Ich liebe dich!« Ich sagte nichts. Nach einem langen Kuss auf meinen Hals überließ sie mir die Gedichte und deutete an, dass sie uns nun ein köstliches Mittagsmahl bereiten werde … Mehrmals kehrte sie zu mir zurück, um lächelnd nach mir zu schauen, während ich glücklich bei den Büchern weilte.

Die Gedichte des Herrn Siqilli waren wie sein Antlitz, von ruhiger und trauriger Anmutung. Bei den meisten handelte es sich um spöttische Betrachtungen über das Leben und das Meer, nach Art der alten Dichter und der neuen Philosophen.

Weil einige seiner Verse mir gut gefielen, bat ich Oktavia, als sie wieder einmal hereinschaute, mir etwas Papier zu geben, damit ich sie abschreiben konnte. Sie brachte mir eine lange Rolle aus Papyrus sowie zwei Stücke Pergament aus Ziegenhaut, die meisterlich gegerbt waren. Da es jedoch höchst heidnische Texte waren, kopierte ich die griechischen Gedichte nicht in der Form, wie sie dort standen, sondern schrieb die Worte spaltenweise von unten nach oben ab. Las man die Zeilen horizontal oder auf eine andere Art, als ich sie notiert hatte, schienen es lediglich zusammenhanglose Worte ohne Bedeutung zu sein ... In einzelnen Worten liegt keine Sünde und kein Frevel, Sünden und Frevel ergeben sich erst durch den ausformulierten Zusammenhang.

Auf die gleiche Weise kopierte ich einige der Anmerkungen von Herrn Siqilli, die er an die Ränder der griechischen Übersetzung der Thora notiert hatte – jene Übersetzung, die als Septuaginta bekannt ist –, sowie seine Kommentare auf einigen der Evangelien. Die Kommentare begannen mit dem Satz: *Wie kann man nur glauben, dass* ... Dann fasste er die Verse zusammen und setzte hinzu, dass es für den Verstand doch unmöglich sei, diese oder jene Vorstellung zu akzeptieren ...! Dem Mann war, wie mir dünkte, nicht bewusst, dass Religion nichts mit dem Verstand zu tun hat und dass der Glaube nur Glaube ist, wenn er im Widerspruch zum Verstand und der Logik steht. Sonst wäre es ein Gedanke und eine Philosophie. Trotzdem hatte ich damals Mitleid mit dem verwirrten Mann, genau wie ich heute mich selbst bemitleide um meiner großen Verwirrung willen.

Zur Mittagsstunde wehte ein köstlicher Essensduft in den Raum. Ich schloss die Tür und öffnete vorsichtig das Fenster, dann stöberte ich weiter in den Folianten und schrieb die Kommentare ab. Die Papyrusrolle war noch nicht vollgeschrieben, da tauchte Oktavia unter dem üblichen Vorwand auf, mich zum Essen zu rufen. Ich bat um ein wenig Aufschub, doch sie gewährte ihn mir nicht. Sie trug ein durchscheinendes blaues Kleid, das Brust und Arme freigab, ihr dichtes braunes Haar fiel ihr ungezähmt ins lächelnde Antlitz ... Oktavia war eine wunderschöne Frau.

Ich ließ alles, die Bücher, das Tintenfass, die Rolle auf dem Boden liegen und erhob mich, in der Hoffnung, nach dem Mittagsmahl zurückzukehren. Doch an jenem Tag kehrte ich nicht wieder. Selbst die Papyrusrolle ließ ich zurück, nachdem sich zugetragen hatte, was ich nun berichten werde.

Ich war guten Mutes und glücklich, als wir ihr Zimmer betraten, wo sie wieder auf dem Boden gedeckt hatte. Es war indes nicht die zu erwartende Mahlzeit, die mich froh machte, sondern die Aufmerksamkeit, die Oktavia mir zuteil werden ließ. Seit mein Vater gestorben war, war ich nicht daran gewöhnt, dass mich jemand auf eine Weise umsorgte wie Oktavia, die mich in jenen Tagen mit Zärtlichkeiten überschüttete. Obwohl mir das Essen fürwahr mundete, bekam ich trotz ihrer Bitten nur wenige Bissen herunter. Mein Appetit auf sie war größer als meine Lust zu essen, und sie spürte mein Verlangen nach ihr in meinem Blick. Als ich zu ihr hinüberrückte, hinderte sie mich nicht daran, sie in die Arme zu nehmen. Ich hatte plötzlich das Gefühl, dass ich sie liebte, und dass sie es vielleicht doch wert war, für den Rest meines Lebens bei ihr zu bleiben. Warum nicht?, fragte ich mich in jenem Augenblick. Ich werde Medizin studieren und die Menschen in dieser gewaltigen Stadt behandeln. Ich werde nicht von der Religion abfallen, sondern mich lediglich vom Mönchstum abwenden. In meiner weit entfernten Heimat gibt es nichts, was mich zur Rückkehr reizt. Oktavia wird meine Heimat sein und meiner Seele Obdach geben. Warum also nicht? Ich habe noch nie vorher eine schönere, einfühlsamere und freundlichere Frau gesehen. Oder hat sie, obwohl eine Heidin, etwa kein reineres Herz und keinen lautereren Geist als die meisten Christinnen, die ich kannte? Ich meine: die ich aus der Ferne sah! Aber woher soll ich wissen, dass sie mich nicht eines Tages verraten wird, genau wie meine Mutter meinen Vater verriet? Wenn ich sie einmal aus irgendeinem Grund verärgere, wird sie sich gegen mich wenden, wie sich die Frauen stets gegen ihre Ehemänner wenden, ist die Wankelmütigkeit doch der Natur der Frauen zu eigen …

Während sie in meinen Armen lag, fragte ich sie unbeholfen, ob sie mich stets lieben werde, was immer auch geschehe. Ihre Antwort klingt noch immer tief in mir nach, und ihr Echo hallt in meinem Herzen wider: »Was auch immer geschieht, mein Liebster, ich werde mein Leben an deiner Seite verbringen, als deine Beschützerin, du meine einzige Hoffnung. Ich habe so lange auf dich gewartet und viel von dir geträumt … und ich werde niemals einen Besseren finden als dich.«

»Also, dann ist es wohl Gottes Wille.«

»Sprich nicht so wie die Leute des Kreuzes, mein Liebster, ich hasse sie.«

»Warum, Oktavia?«

»Weil sie wie die Heuschrecken sind. Sie machen sich über alles her in der Stadt und lassen die Menschen schwermütig und hartherzig werden.«

Sie war versucht, sich noch ausführlicher in ihrer schändlichen Rede über die Leute unserer Religion auszulassen, und um das Thema zu wechseln, fragte ich sie nach dieser Professorin aller Zeiten, von der der Ausrufer in der großen Straße gesprochen hatte … Sie setzte sich ein wenig zurecht. Ihr Antlitz war wieder von einem Strahlen erhellt, als sie erklärte:

»Er meint Hypatia, die Tochter des Gelehrten Theon, des pythagoreischen Professors. Sie ist eine berühmte, schöne und kluge Frau. Sie besucht uns hier mit den Freunden des Herrn

Siqilli zu diesen Abendgesellschaften, die sich über Stunden hinziehen. Und sie nennt mich stets ›meine liebe Schwester Oktavia‹.«

»Und in welchem wissenschaftlichen Bereich doziert sie bei den Vorträgen, zu denen der Ausrufer einlädt?«

»Sie spricht über Mathematik und Philosophie, aber nicht über die Medizin! Glaube also nicht, dass ich dir erlauben werde, dich ihr auch nur zu nähern. Sonst verliebst du dich noch in sie und verlässt mich, obwohl sie viel älter ist als du ... haha.«

»Treibe bitte keine Scherze mit mir, ich möchte wirklich mehr über sie erfahren.«

An jenem Tag erzählte sie mir allerlei Dinge über Hypatia, die als Professorin aller Zeiten bezeichnet wurde ... Sie genoss es geradezu und weckte meine Sehnsucht danach, diese Frau mit eigenen Augen zu sehen. Sie sagte, sie halte ihre Lektionen im Theater im Herzen der Stadt. Ihr Vater aber, Theon, habe seine Vorlesungen im großen Tempel gehalten, dem Serapeion, der im ägyptischen Viertel im Süden der Stadt hoch aufgeragt habe. Die Christen hätten ihn jedoch zur Zeit von Theophilus – sie meinte den Bischof – zerstört und ihn über den Köpfen der dort Verschanzten einstürzen lassen! Als ich sie fragte, an welchen Tagen Hypatia ihre Vorlesungen halte, schaute sie mich schief an. In ihrem Blick lagen Eifersucht und Streitlust, doch sie antwortete nicht. Erst auf mein Drängen hin entgegnete sie, die Vorträge fänden sonntags statt, weil es dann morgens ruhiger sei. Die Christen gingen in die Qamha-Kirche, um die Predigt ihres gegenwärtigen Oberhauptes zu hören, der von seinem Onkel Theophilus die Führung jener Kirche übernommen habe, die die Welt verfinstere! Ihre Kühnheit jagte mir einen Schrecken ein. Fassungslos über ihre Worte, fragte ich:

»Meinst du den Bischof Kyrillos?«

»Genau den. Mögen die Götter seinen düsteren Tagen ein Ende bereiten. Er hat die Stadt so finster werden lassen wie eine Ruine, seit er die Zügel in der Hand hat … Du bist wirklich sonderbar! Du kennst Kyrillos, aber du kennst Hypatia nicht!«

»Ich kenne gar nichts hier, Oktavia. Und bevor ich dich gesehen habe, habe ich in dieser Stadt genau so lange verweilt, wie man braucht, um vom Mondtor zu diesem Strand zu gelangen, wo ich vor deinen Augen beinahe ertrunken wäre.«

Ich werde niemals ihre plötzliche Freude vergessen, als sie entzückt ausrief: »Richtig, mein Herzallerliebster, richtig … Jetzt bin ich glücklich, und ich bin sicher, dass Gott dich zu mir geschickt hat, wirklich und wahrhaftig.«

»Sind wir schon wieder bei diesem Märchen?«

»Mein Geliebter, du bist das schönste Märchen, das mir je begegnet ist. Und ich werde mein ganzes Leben daran glauben.«

Die Nacht hatte sich bereits herabgesenkt, und mir war, als ob ich mich vollkommen in Oktavia verloren hätte und gänzlich in ihrem mitreißenden Strom unterging … Wie das große Meer die ganze Welt einschließt, umringte sie mein Dasein von allen Seiten. Heute Nacht werde ich die Dinge in die Hand nehmen, sagte ich mir. Ich werde alles gut überlegen, und morgen werde ich mich in aller Frühe, wenn es hell wird, entscheiden, wie unsere Zukunft aussieht. Danach trachtete ich und war doch unwissend, was geschehen würde, und sorglos gegenüber dem, was die Zeit für uns bereithielt.

Oktavia forderte mich auf, mich neben sie zu legen. Die Welt um uns herum war zur Ruhe gekommen, und auch in unserem Inneren war es still geworden. Sie behauptete, dass sie nur nach einem unschuldigen Schlummer trachte! Mir aber stand der Sinn nicht nach Schlaf, und so bat ich sie um die Erlaubnis, in die Bibliothek zurückkehren zu dürfen. Mit einer Lieblichkeit, die überquoll vor Koketterie und der der Duft der Sünde entströmte, entgegnete sie: »Aber wenn du bei mir bleibst, werde ich dich Dinge lehren, die in keinem Buch zu lesen sind.«

In der Hoffnung, sie würde meiner Bitte doch noch stattgeben, versuchte ich ernsthaft zu bleiben, doch sie riss mich mit ihrem heiteren Gemüt mit sich fort, und ich konnte nicht anders, als ihr nachzugeben und mich auf ihr Lager ziehen zu lassen … An jenem Tag erlebte ich tatsächlich Dinge, die sich unmöglich in irgendwelchen Büchern finden. Oktavia beherrschte Künste, die wohl kein Buchgelehrter je gekannt hat. Wir blieben unbekleidet liegen, bis die Nacht vorangeschritten war und uns die Kälte frösteln ließ … Dann breitete Oktavia eine Decke über uns aus, legte mir den Arm auf die Brust und schickte sich an zu schlafen. Doch plötzlich erhob sie sich; in ihrem Kopf war ein unwiderstehlicher Gedanke aufgeflammt.

»Komm mit, mein Liebster, ich möchte dir den Weinkeller zeigen.«

»Ich möchte schlafen.«

»Schlafen! Haha … Bist du etwa schon zu Beginn der Nacht erschöpft? Was wirst du tun, wenn die Nacht sich ihrem Ende zuneigt? Komm mit, wir werden den köstlichsten Wein der Welt aus dem Keller holen.«

Oktavia kam fürwahr niemals zur Ruhe.

SECHSTES PERGAMENT
Der Wendepunkt

Ich erinnere mich noch gut, wie wir, um in den Keller zu gelangen, zunächst die schmale Treppe vom Dach hinunterstiegen, danach die große Treppe, die die beiden Stockwerke miteinander verband, und schließlich eine weitere Treppe hinter der Holztür, die sich ganz hinten in dem großen Atrium befand, auf dessen Boden das Abbild des traurigen Hundes zu sehen war. Diese letzte war eine Steintreppe, deren Stufen breiter wurden, je weiter wir hinunterkamen.

Die feuchte und kühle Kellerluft roch abgestanden. Auf dem Steinboden lagen dicke Bohlen aus Eichenholz. Ich hatte nicht geahnt, dass Keller so geräumig sein können, da die Häuser und Tempel in meiner Heimat über keine Keller verfügen. Ein Keller, so hatte ich geglaubt, sei ein niedriger Gang unter großen Häusern und Palästen, der einem Korridor gleiche und eng und nicht allzu lang sei. Doch was ich zusammen mit Oktavia im Licht ihrer metallenen Lampe gewahrte, war ein weitläufiger, hoher unterirdischer Raum, der von mehreren Reihen solider Marmorsäulen gestützt wurde, welche durch Ziegelmauern miteinander verbunden waren. Von beiden Seiten der Mauern hatte man drei Regalbretter angebracht, und auf jedem Regalbrett stand eine unermesslich große Anzahl von Krügen.

»Wir haben so viel Wein, dass er uns für tausend Jahre reichen würde«, sagte Oktavia voller Stolz. »Komm hierher, auf diese Seite, hier ist der alte Wein, der in den besten Jahren gepresst wurde.«

»Und warum lässt man all diesen Wein altern? Glaubt der Hausherr etwa, er würde ewig leben?«

»Gemach, mein Liebster, sein Vater hat viel Wein für ihn gepresst. Er hatte einige Sorten aus Griechenland und Zypern mitgebracht. Man empfängt häufig Gäste hier und richtet pompöse Gastmahle aus … Das habe ich erlebt, seit ich ein kleines Mädchen war.«

Sie führte mich zu einem Gang, der zwischen den Reihen der Krüge verlief. Am Ende des Ganges griff sie hinter einen Krug, der gleich an der Wand stand, und zog eine Flasche aus klarem grünem Glas hervor … Dann trat sie wieder zwei Schritte zurück, drückte sich an mich, rieb ihr Hinterteil an mir und verkündete, dass dieser hervorragende Wein genau der richtige für unseren Abend sei! Ihre erregende Bewegung fortführend, drehte sie mir ihr lächelndes Antlitz zu und setzte nach: »Ich habe ihn seit Monaten für uns aufbewahrt, weil er mir so köstlich mundete.«

Mit einem Male vergaß ich mich. Verärgert über mich selbst, weil meist sie die Initiative ergriff, wollte diesmal ich den Anfang machen und sie meine Manneskraft spüren lassen! Schließlich war ich doch jung und stürmisch. Also packte ich sie an den Schultern und drückte sie mit ihrem Rücken an mich. Dann legte ich ihr meine Hände auf die Hüften und schob sie vorwärts. Sie ergab sich willfährig. Nachdem ich die Flamme der Lampe ausgeblasen hatte, hüllte uns die Dunkelheit ein. Ihre Brust berührte das feuchte Gemäuer, und meine Brust ihren warmen Rücken. Im Finstern betastete ich ihren Körper und spürte, dass sie mir vollkommen gefügig war. Sie stand mit den Händen gegen die Wand gestützt, den Kopf ein wenig nach vorn geneigt. Ich hob mein Gewand, schob meine Beinkleider herunter und lüftete ihr Kleid. Darunter war nichts, was ich ihr noch hätte ausziehen können. Schließlich waren wir splitternackt. Laut stöhnend flehte sie mich an, sie in zwei Hälften zu reißen ... mein Gott ... das, woran ich mich erinnere und was ich jetzt, nach so vielen Jahren, berichte, ziemt sich beileibe nicht.

Taumelnd stiegen wir vom Keller in ihr Zimmer hinauf. In jener Nacht überwältigte uns der Schlaf bereits, als wir noch auf den Bodenkissen saßen, und ohne die Flasche Wein geleert zu haben ... Am nächsten Morgen erwachte ich zeitig, während Oktavia noch wie ein unkeuscher Traum neben mir schlummerte. Behutsam stieg ich in die Bibliothek hinab, in der Hand meinen Beutel, aus Angst, sie könne, wenn sie erwachte, einen Blick hineinwerfen. Ganz leise öffnete ich das Fenster. Das Licht erfüllte den Raum, während ich mich wieder zwischen den Büchern auf dem Boden niederließ. Ich setzte das Abschreiben der Randbemerkungen aus den heiligen Büchern fort, der Kommentare des Herrn Siqilli an jenen Versen also, die ihn hatten stutzen lassen. Als ich den Text der Thora auf seinen Platz im Regal zurücklegte, fiel mein Blick auf einen dicken Folianten, dessen Titel auf der Innenseite eine Beschreibung seines Inhaltes darstellte: *Briefe und Gedankensplitter der alten alexandrinischen Philosophen.*

Ich kannte viele dieser Texte berühmter Verfasser. Manche Abhandlungen und Sentenzen waren mir allerdings vollkommen fremd, und ich hatte in unseren Schulen in Achmim auch noch nie von ihren Autoren gehört ... Ich kehrte mit dem dicken Folianten an meinen Platz auf dem Boden zurück und vertiefte mich ins Lesen. Es waren erstaunliche Texte darunter, besonders jene, die einem alten Philosophen zugeschrieben wurden, von dem ich mein Lebtag noch nicht gehört hatte. Wie am Anfang der Abschnitte zu lesen war, lautete sein Name Hegesias Peisithanatos! Gerade hatte ich einige Absätze ausgewählt, die ich auf meine Rolle kopieren wollte, da betrat Oktavia vollkommen aufgelöst die Bibliothek. Sie war bleich im Gesicht, die Locken ihres dichten braunen Haares bedeckten ihre Schultern, und ihr Keuchen ließ ihre butterweiße Brust beben:

»Hier bist du! Ich glaubte schon, du seist ... Warum hast du deinen Beutel mitgenommen?«

»Warum solche Furcht? In meinem Beutel sind Bücher, von denen ich hier ältere und echtere Exemplare gesehen habe, und da wollte ich meine eigenen korrigieren.«

»Ich bitte dich, mein Liebster, jage mir nicht noch einmal solch einen Schrecken ein, indem du dich so plötzlich davonstiehlst ... Die Angst um dich hat mich fast umgebracht. Los, lass uns hoch in mein Zimmer gehen, komm schon, Liebster.«

Wie ein Kind, dessen Vater nach einer langen Reise zurückkehrt, warf sie sich mir in die Arme. In jenem Augenblick spürte ich weniger ihre Nacktheit denn ihre Schmerzenspein. Ich umarmte sie mit einer väterlichen Zärtlichkeit, die gänzlich frei war von jenem Frevel, der uns in der letzten Nacht mit sich gerissen hatte. Da beruhigte sie sich wieder ... Während ich den Duft ihres Haares einatmete, war ich mir fast gewiss, dass sie mich wirklich mehr liebte, als meine Mutter mich je geliebt hatte ... Hatte meine Mutter mich etwa gehasst, so wie sie meinen Vater gehasst hatte? Und liebte sie nun, nach uns, ihren brutalen Ehemann?

Ich spürte, wie Oktavias Tränen meine entblößte Brust hinabrollten und mein Herz von den Schmerzen der Kindheit erlösten. Ich drückte sie noch stärker an mich und streichelte ihr über die nackten Schultern und Arme, bis sie ganz still war ... Hätte ich Oktavia damals noch mehr Vertrauen entgegenbringen sollen, als ich es ohnehin getan hatte ...? Wer weiß? Was nützt es jetzt noch? Auf jeden Fall ist das Abenteuer, sich in Sicherheit zu wiegen, genauso gefährlich, wie zu glauben.

»Lass mich niemals allein, du meine einzige Liebe!«

Oktavia wischte sich die Tränen ab und zwang sich ein Lächeln auf die Lippen, während sie mich mit einer stürmischen Leidenschaft anblickte. Ihre tränennassen honigfarbenen Augen strömten über vor Liebe und Entsetzen. Nachdem ihr Lächeln zurückgekehrt und die tränenverhangenen Wolken aus ihren Augen gewichen waren, führte sie mich wortlos auf das Dach des Hauses. Es war, als begnügten wir uns damals damit, unsere Blicke sprechen zu lassen.

Vor ihrem Zimmer hieß sie mich stehen bleiben, und kurz darauf kehrte sie, angetan mit dem weißen Kleid, in dem ich sie zum ersten Mal erblickt hatte, zu mir zurück. In der Hand hielt sie das Gewand des Herrn Siqilli mit dem bestickten Saum, welches anzuziehen ich mich bereits geweigert hatte. Doch sie schaute mich so flehentlich an, dass ich mein Gewand ablegte und schweigend das andere überzog. Eigentlich war sie es, die es mir überwarf. Ich wollte ein wenig an der Balustrade verweilen, doch sie warnte mich ein weiteres Mal liebenswürdig und führte mich sanft in ihr Zimmer. Sie öffnete das Fenster, und das Licht, das sich draußen ausgebreitet hatte, flutete herein und erfüllte den Raum.

Sie setzte sich auf die Bettkante und breitete wie eine freigebige Herrin die Arme aus … Eine zärtliche und gutmütige Herrin. Doch da fielen meine Gedanken wieder über mich her: Woher kann man denn wissen, dass ihr Verhalten auf ewig so bleibt? Nichts währt ewig. Was wird sein, wenn sie mich täuscht? Die Frauen sind von Natur aus Betrügerinnen … Vielleicht wird sie mir eines Tages aus irgendeinem Grund zürnen, mich bei den Klerikern verleumden und ihnen mein Geheimnis preisgeben … sie wird sagen, ich hätte sie verführt, oder ich sei ein Mönch gewesen und hätte mit ihr Unzucht getrieben ... Die Kirche von Alexandria ist, soviel man weiß, stark und streng, und die meisten ihrer Männer sind äußerst brutal ... Was könnten sie mir antun? Wird mir hier das gleiche Schicksal beschieden sein wie meinem Vater dort ...? Werde ich ...?

»Was ist los mit dir? Woran denkst du, Liebster? Nimm diesen Apfel!«

»Einen Apfel! Ich mag keine Äpfel, es ist die Frucht, wegen der Adam aus dem Paradies vertrieben wurde.«

»Was soll dieser Unsinn? Wer hat dir denn solche Märchen erzählt, du dummer Junge?«

Gereizt und ohne nachzudenken, entgegnete ich barsch:

»Es steht in den Erläuterungen der Thora geschrieben ...«

»Ha, die Thora! Das ist doch ein komisches Buch. Es spottet die ganze Zeit über die alten Ägypter und klagt ihre Frauen an. Mein Herr hat mir daraus vorgelesen, er hat dabei gelächelt und verblüfft den Kopf geschüttelt.«

Ihre Worte wühlten mich zutiefst auf und brachten mein Blut in Wallung. Ich war verärgert darüber, dass sie das Alte Testament Gottes beleidigte, an das wir seit Hunderten von Jahren glauben und an das die Juden schon vor uns glaubten ... Obwohl ich von Zweifeln geplagt wurde über das, was in den fünf Büchern der Thora geschrieben steht, wühlten mich ihre Worte innerlich auf. Aber wie auch immer ... es war niemandem erlaubt, den Glauben anderer Menschen zu beleidigen. Dadurch beleidigte man auch alle anderen Glaubenslehren, und es wäre keine einzige Überzeugung, welche auch immer, wahr ... Nun war wohl der Zeitpunkt für eine offene Aussprache gekommen, dachte ich bei mir.

»Oktavia«, sagte ich deshalb entschieden, »du darfst dich nicht über den Glauben anderer Menschen lustig machen.«

»Sei doch nicht so böse, mein Lieber. Ich werde mich niemals mehr über den Glauben von irgendjemandem lustig machen, wenn dich das verärgert … Also, ärgere du mich nicht und nimm diesen Apfel von mir entgegen.«

Zögerlich griff ich nach dem Apfel, und Oktavia führte meine Hand zum Mund. In jenem Augenblick musste ich an das erste Buch Moses, die Genesis, denken. Ich biss ein Stück ab, und mich überkam unweigerlich das Gefühl, ich sei Adam, der von seiner Frau verführt und von dem verfluchten Azazel getäuscht wurde, wodurch er uns die erste Sünde der Auflehnung vererbte … den ersten Sündenfall! Mir gingen die berühmten Verse aus der Thora durch den Sinn, an die niemand außer uns glauben kann. Und in meinem Herzen taten sich unzählige Fragen auf: Warum hatte Gott Adam befohlen, sich vom Baum der Erkenntnis und vom Baum des Lebens fernzuhalten? Und warum war Gott erzürnt, als Adam vom Baum der Erkenntnis gegessen hatte? Er sprach zu sich, wie es in der Genesis geschrieben steht: *Seht, der Mensch ist geworden wie wir; er erkennt Gut und Böse. Dass er jetzt nicht die Hand ausstreckt, auch vom Baum des Lebens nimmt, davon isst und ewig lebt! Gott, der Herr, schickte ihn aus dem Garten von Eden weg, damit er den Ackerboden bestellte, von dem er genommen war. Er vertrieb den Menschen und stellte östlich des Gartens von Eden die Kerubim auf und das lodernde Flammenschwert, damit sie den Weg zum Baum des Lebens bewachten* … Warum hatte Gott gewollt, dass der Mensch unwissend bleibt? Und ist die Erkenntnis, zu der Adam gelangte, eine Vorbereitung auf das Wissen um die Ewigkeit? Und wer sind jene, von denen Gott sagte, sie seien geworden wie unsereiner? Und wären Adam und Eva unwissend geblieben, würden sie dann auf ewige Zeiten im Paradies leben? Und wie passen Ewigkeit und Unwissenheit und Unkenntnis über die Natur zusammen? Und was ist es genau, was sie erfuhren, als sie von dem Baume aßen? War es das, was ich durch Oktavia in den letzten Tagen erfahren hatte? Was war es, was mich zu ihr hinzog, ohne dass ich danach getrachtet oder es beabsichtigt hätte? Vollzog ich wohl die Tat Adams erneut, auf dass Gott erzürnte und die Vertreibung wiederholte? Von wo und wohin wird er mich wohl vertreiben, mich, der ich seit Jahren ein Vertriebener bin ... ohne ein Wo und ein Wie?!

Die Gedanken, die mir diese heidnische Herrin, die mich in ihre Bettstatt lockte, einflößte, stürmten auf mich ein ... War Oktavia eine Herrin oder eine Sklavin ihrer Begierden? Wollte sie uns mit ihrem Apfel womöglich zur Sünde zurückführen und uns dadurch zu einem Neuanfang der Schöpfung bringen? Sie hatte mich mit sich in das Meer der Sünden gerissen, wie also könnte ich mich vor dem Ertrinken retten? Sie wünschte sich, dass ich das Leben mit ihr verbrachte ... aber wie sollte das gehen? Wo sie doch nicht den rechten Weg kannte und nicht wusste, dass ich zu den Leuten des Glaubens gehörte ...

»Woran denkst du, mein Geliebter?«

»An die Ehe. Ich meine an deinen toten Ehegatten ... War er krank?«

»Nein, er war zwanzig Jahre älter als ich. Er war sehr beleibt und schwach. Aber er war nicht krank ... Er starb im Westtempel!«

Als sie mir berichtete, was an jenem Tag, den sie als einen unheilvollen bezeichnete, mit ihrem Mann geschehen war, wurde sie von Trauer überwältigt ... Ihr heidnischer Mann hatte Herrn Siqilli stets gebeten, ihm Räucherwerk von seinen Reisen mitzubringen. Dieses nahm er dann zu den Tempeln mit und kehrte am Abend glücklich zurück. Sie bangte um ihn, doch er missbilligte ihre Sorgen. Er wollte einfach nicht einsehen, dass die Tempel zu gefährlichen Orten verkommen waren, und wiederholte stets dieselben Worte: »Unser Gott Serapis ist der Gott der Welt, und wir müssen ihm, trotz der Brutalität aller Christen, einschließlich der von Kaiser Theodosius dem Zweiten höchstpersönlich, unsere Ehrerbietung erweisen.«

Ich entnahm ihren Worten, dass es ihrem verstorbenen Ehemann nicht an einer gewissen Dummheit und an Irrglauben gemangelt hatte ... Wie sie so traurig dasaß und erzählte, das Antlitz umrahmt von ihrem Haar, gleichsam wie eine Rose kurz vor dem Verblühen ... Das Herz wurde mir ganz weich. Ich hätte sie in jenem Moment umarmen und ihr versprechen sollen, ihr der beste Ehemann zu sein. Auf jeden Fall hat sie ihren ersten Mann nicht geliebt, doch sie behauptet, dass sie mich liebt, dachte ich bei mir. Vielleicht hat Gott ihren Mann zu sich genommen, um ihr einen besseren zu schenken! Mein Verstand war gleichsam abwesend in meiner Benommenheit. Sie setzte ihre Erzählung fort und berichtete, dass ihr Mann eines Morgens fortgegangen sei, um das Räucherwerk in dem kleinen Tempel östlich des Hafens abzulegen. Dort sei er umzingelt worden. Damit meinte sie, von den Leuten unserer Religion umzingelt worden. Dann rief sie schluchzend aus: »Die Verbrecher und die Mönche, die sich als ihre Anführer hervortaten, töteten ihn, als sie den Tempel zerstörten.«

»Was redest du da? Mönche töten nicht!«

»Die Mönche von Alexandria tun es ... Im Namen ihres seltsamen Herrn und mit dem Segen des verblendeten Bischofs Theophilus und seines Nachfolgers Kyrillos, der noch verblendeter ist.«

»Oktavia, ich bitte dich!«

»Schon gut, darüber müssen wir jetzt nicht sprechen. Aber warum machst du so einen verletzten Eindruck, als ständest du an ihrer Seite? Sie jagen uns überall und vertreiben unsere jüdischen Brüder. Und sie zerstören über den Köpfen der Menschen die Tempel und bezeichnen uns als unreine Heiden. Sie vermehren sich wie die Heuschrecken und bevölkern das Land wie ein Fluch, der über die Welt gekommen ist.«

»Ich bitte dich!«

»Was hast du denn mit ihnen zu tun? Warum sind deine Augen so rot geworden, als würdest du gleich in Tränen ausbrechen?«

»Weil ich ...«

»Weil du was?«

»Ich bin ...«

»Du bist was?«

»Ich bin ... ein christlicher Mönch.«

Es herrschte ein langes, ein von Entsetzen erfülltes Schweigen ... Nachdem sie eine beängstigende Weile gesenkten Hauptes dagesessen hatte, blickte Oktavia mich mit zornesrotem Antlitz an, aus ihren Augen blitzte wütende Traurigkeit. Dann sprang sie ganz unvermittelt auf und sah plötzlich aus wie eine riesige alte Statue. Und mit all ihrer heidnischen Willenskraft und althergebrachten Bitterkeit streckte sie ihren rechten Arm Richtung Tür aus und schrie mir mit der Lautstärke eines alexandrinischen Donners oder eines heulenden heidnischen Sturms ins Gesicht:

»Raus aus meinem Haus, du widerlicher Kerl! Verschwinde, du niederträchtiges Scheusal!«

SIEBTES PERGAMENT

Das unvollständige Pergament

Ich warf das Seidengewand ins Zimmer, hob mein eigenes auf, das bei der Tür lag, und zog es mir, die Treppe hinabeilend, über. Mir war, als sei ich in ein Nichts gefallen und als sei mir meine Seele entrissen worden. Auf dem Weg zur Haustür trat ich auf das Bild des traurigen Hundes, und noch ehe ich die Tür öffnete, drang von oben das Schluchzen und bittere Klagen Oktavias zu mir ... Ich nahm es kaum wahr, ich schritt in aller Eile durch die Tür und lief durch den Garten bis zum Gartentor, das nur angelehnt war. Das gleißende Sonnenlicht, das auf dem breiten Sandstrand reflektierte, peinigte meine Augen, und meine Fußsohlen schmerzten von der Hitze des Sandes.

Ich wandte mein Gesicht dem Meer zu und scherte mich nicht um den erstaunten Blick des Wächters, der mich ganz plötzlich durch die angelehnte Gartenpforte hatte laufen sehen. Ich schaute nicht zu ihm und drehte mich auch nicht um, als sein Schaf einige Schritte hinter mir herlief ... In meinem ganzen Leben hatte ich noch nie eine solche Schmach erlebt ... Ich war erniedrigt ... beleidigt ... verachtet auf immer und ewig.

Hat sich dies alles wirklich vor zwanzig Jahren zugetragen? Ich empfinde es noch immer, als geschähe es jetzt ... Ah, arme Oktavia ... Hättest du nur ein klein wenig Geduld mit mir gehabt ... Und hätte ich geahnt, was die Zeit für mich bereithielt ... Oder ... Jetzt ... Meine Hände zittern ... Oktavia ... Die Liebste ... Die Ärmste ... Ich vermag nicht weiterzuschreiben.*

* Das ist alles, was auf dem siebten Pergament geschrieben steht. Zwischen den Zeilen finden sich Striche und ineinander verschlungene Kreise. An den Rand malte der Mönch Hypa mit unsicherer Hand in die Lücken zwischen den Worten unzählige unterschiedlich große Kreuze ... (Der Übersetzer)

ACHTES PERGAMENT

Zurückgezogenheit zwischen den Felsen

Jede Erinnerung ist schmerzlich. Sogar die Erinnerungen an glückliche Momente schmerzen, schon allein deshalb, weil sie vergangen sind … Am allerliebsten würde ich mich jetzt an den Rand der Klostermauer begeben und meine Klage herausschreien, gen Norden, wo Nestorius belagert wird, und gen Süden, wohin Marta entschwand … Und wenn ich all meinen Schmerz, den ich im Herzen trage, in diesen Schrei legte, würde dann die Stimme ihr Ziel erreichen oder der Tod das seine? Oder sind es das fortgesetzte Versäumen und die Trauer, die uns verbrennen?

Wo soll ich mit all diesem Kummer hin, ich, der ich ein Gefangener meiner Ängste bin, Ängste, die zusammen mit meinen Erinnerungen eingeschlossen sind …? Soll ich die Pergamente zerreißen und mein Tintenfass ausschütten? Soll ich meine Kleider zerfetzen, wie Johannes der Täufer es tat, und in der Wüste rufen …? Oder in den Gefilden der Vergangenheit wandern und das Schreiben wieder aufnehmen, um zu beenden, was ich begonnen habe, bevor ich diesen Ort für immer verlasse?

O Oktavia … du Reine … Es steht mir noch deutlich vor Augen, wie sie mich brutal aus ihrem Paradies jagte. Meine Schritte hatten mich von dem Sandmeer, das ihr Haus umgab, zu der Höhle zwischen den Felsen geführt. Es lag keine Absicht darin, sondern es waren meine Füße gewesen, die mich dorthin getragen hatten. Vielleicht wollte ich in jenem Augenblick Gott um Verzeihung bitten und an dem Ort seiner Gnade harren, an dem ich mich zum ersten Mal gegen ihn aufgelehnt hatte. Kaum hatte ich die Höhle betreten, zog ich mich weit hinten in eine Ecke zurück und presste Schulter und Knie gegen die feuchte Wand, um mich so vor meinem donnernden Zusammenbruch zu schützen … Ich war vollkommen am Ende … Nach einem Augenblick der absoluten Erstarrung brach ich plötzlich in Tränen der Reue aus … Hier hatte Oktavia gekniet und aus ihrem Korb das reiche Mahl hervorgeholt. Und hier hatte ich gestanden, verzaubert vom Anblick ihrer Brüste. Und hier hatte mein Gesicht ihren Körper berührt, so dass ihr Strahlen mich zum ersten Mal überflutete … Und hier nun war der Moment, der alles beendete und mich zugrunde richtete und in einen tiefen Brunnen stürzte.

Um mich herum war nur Leere und das Rauschen des Meeres. Ich zog meinen schweren Beutel zu mir heran, der das Doppelte meines Körpergewichtes wog, und bettete meinen leeren Kopf darauf … Meine innere Leere und meine Einsamkeit schmerzten. Dann nahm mich ein Schlummer mit sich wie jener, der die Jünger Jesu in der Nacht des letzten Abendmahls überwältigt hatte, nachdem er ihnen kundgetan, dass er sie bald verlassen und zu seinem Vater im Himmel aufsteigen werde.

Mehrmals schreckte ich aus einem unruhigen Schlaf auf, immer wieder erwachte ich durch Albträume. Zuletzt hatte schon die Morgendämmerung eingesetzt. Ich wäre nur allzu gern wieder in meine Ohnmacht versunken, auf dass Boden und Wände der Höhle von mir wichen. Wie gerne wäre ich wieder eingeschlafen, um nie wieder aufzuwachen, doch ich erwachte und fand bis zum nächsten Morgen keinen Schlaf mehr. Zahllose Bilder gingen mir durch den Kopf und mir wurde angst und bange. Ich fürchtete mich vor mir und vor den kommenden Tagen, vor meinem Alleinsein zwischen den Felsen und vor wilden Tieren, denen das Felsgestein womöglich Unterschlupf bot! Ich wusste damals nicht, dass es in Alexandria keine umherstreunenden Hyänen und Wölfe gab und aus dem Meer keine Warane und Krokodile krochen wie abends aus dem Nil ... In Alexandria gab es Gefährlicheres als wilde Tiere, die nachts durch die Gegend streifen und morgens ziellos umherstreunen.

Lange Zeit horchte ich voller Unruhe auf ein Geräusch wie ein Flüstern, bis mir bewusst wurde, dass es durch die krabbelnden Füße der Meereskrebse entstand, die in den Felsritzen übernachteten. Das Mondlicht beleuchtete den Höhleneingang, wo die Sandfläche von verstreut herumliegenden Steinen durchbrochen wurde ... Mit Ausnahme der vom Mond beschienenen Stelle konnte ich um mich herum nichts erkennen. Mich verlangte danach, meinen Rücken dem Höhleneingang zuzukehren und mit dem Gesicht zur Wand in einem erlösenden Gebet und einer inbrünstigen Anrufung Gottes aufzugehen. Vielleicht würde der Herr mir vergeben und mir verzeihen, was Oktavia und ich getan hatten ... Als ich um Erbarmen für sie flehte, schossen mir erneut Tränen in die Augen.

Derart innig in mein Gebet vertieft, verfiel ich auf den Gedanken, mein restliches Leben in dieser Höhle zu verbringen. Ich würde mich ganz und gar der Anbetung Gottes widmen, die Medizin aufgeben und alles, wonach ich strebte, verschmähen. Dann würde ich, wenn ich dies in lauterer Gesinnung vollbrächte, ein Heiliger werden ... Bald wurde ich von einer solchen Zuversicht erfasst, wie es sich für einen Mönch nicht gebührte: Mit der Zeit werden die Menschen erfahren, dass ich hier hause, und sie werden zu mir kommen, um von mir den Segen zu erbitten. Ich werde ein vorzügliches Beispiel für die Genügsamkeit sein, denn den ganzen Tag und die ganze Nacht über werde ich nur eine einzige Dattel zu mir nehmen. Wenn mich dürstet, werde ich die Kerne in den Mund nehmen und daran saugen, auf dass mein Durst gestillt werde. So haben wir es auch im Dorf gehalten, als wir Kinder waren. Wenn mein Durst indes anhält, werde ich mir die Lippen mit dem Wasser des Meeres benetzen und daraufhin wieder in meine Abgeschiedenheit in der Höhle zurückkehren. Es heißt, die Alexandriner respektierten niemanden außer sich selbst, aber sie werden mich willkommen heißen, wenn ihnen meine Frömmigkeit und meine Hingabe in den Dienst Gottes offenbar werden ... Der Segen des Himmels wird sich über meine Höhle legen, und unter meinen Händen werden sich Wunder ereignen. Wer weiß, vielleicht wird auch Oktavia eines Tages unter den Besuchern sein, nachdem sie auf den rechten Weg geleitet wurde. Dann wird sie meiner ansichtig werden, wie ich umhüllt bin vom Licht der Heiligkeit ... Ich werde mich nicht mit den vergänglichen Dingen des Diesseits beschäftigen, sondern mich ausschließlich der Lobpreisung Gottes widmen und dem Erkennen der Wahrheiten des Daseins, die mein Innerstes offenbaren, ich werde es enthüllen, so dass es wie ein Spiegel wird ... Ich werde ganz und gar frei sein vom Verdruss dieser Welt.

Diese Gedanken taten mir wohl und linderten ein wenig meine Beklemmung. Doch als sich das Licht des Morgens ausbreitete, begann der Hunger an mir zu nagen und vernebelte meine naiven Wunschträume. Ich nahm eine Dattel aus meinem Beutel und kaute sie bedächtig, bis ich Durst verspürte. Den Kern im Mund hin und her zu schieben, linderte das Gefühl jedoch nicht. Also trat ich aus der Höhle und blickte mich wie ein Fuchs in der Falle nach allen Seiten um. Auf meinem Weg zum Meer sah ich weit und breit keine

Menschenseele. Alles war still, außer dem Säuseln des Windes. Ich befeuchtete meine Hand und benetzte meine Lippen und meine Zunge mit Wasser, doch das Salz verstärkte meinen Durst nur noch. Also schleppte ich mich zur Höhle zurück und kauerte mich wie eine erbarmungswürdige Katze, die ihre nicht heilende, tiefe Wunde leckt, in eine Ecke. Der Schlaf, so dünkte mir, war meine einzige Zuflucht, und deshalb sehnte ich mich danach, dass meine Lider schwer würden vor Müdigkeit ... und fiel nach einer quälenden Weile endlich in einen tiefen Schlummer.

Gegen Mittag wurde ich durch das Kreischen der Seevögel sowie durch meinen Hunger und meinen Durst aus meiner Bewusstlosigkeit geweckt. Ich hatte mein Lebtag noch nie solch starken Hunger und Durst verspürt. Ich steckte mir eine weitere Dattel in den Mund und begann, gemächlich ihren Nektar zu saugen. Nach einer Weile trat ich zwischen den Felsen hervor und sah mich um ... Niemand weit und breit ... Oktavia stand nicht dort, wo ich sie an jenem Tag, als mich der Strudel erfasste, erblickt hatte.

Damals wurde mir klar, dass ich das Meer nicht mochte. Der Nil ist schöner und gnädiger. Er lässt das Leben an seinen Ufern aufblühen, während das Meer jegliches Grün von seinen Gestaden verdrängt, so dass nur das Felsgestein in seiner Nähe existiert. Alexandria ist eine Stadt des Meeres und der Felsen, eine Stadt des Salzes und der Gewalt. Meine Verlassenheit zerrte an mir, und die bedrückende Fremdheit zerrieb mich ... Zur Nachmittagszeit verfiel ich auf eine verlockende Idee: Ich würde etwas tun, was, wie ich glaubte, Zeugnis meiner Sühne ablegen und mich dem Wesen der Reinheit näherbringen würde ... Ich würde mich unter den Menschen meiner Zeit auszeichnen und wäre etwas Besonderes, denn niemand außer mir wäre dazu imstande: Ich würde mich entmannen!

Unverzüglich wollte ich draußen im Sand nach einem Pferdehaar suchen, es gründlich im Meerwasser reinigen und mir damit, zurück in meiner Höhle, meine Hoden abbinden. Einige Tage lang würde ich die Schmerzen erdulden, bis sie abgefallen wären und ich auf ewige Zeiten meine Ruhe hätte. Niemals wieder würde ich den Verführungen einer Frau erliegen! Ich würde wie die Engel werden … Das Evangelium rief uns doch dazu auf, wir aber hielten uns nicht daran, weil wir schwach sind. Die Verse im Matthäus-Evangelium sind eindeutig: *Manche sind von Geburt an zur Ehe unfähig, manche sind von den Menschen dazu gemacht und manche haben sich selbst dazu gemacht – um des Himmelreiches willen. Wer das erfassen kann, der erfasse es.* Ich werde es aus freien Stücken erfassen, beglückt über das Opfer auf dem Altar der Reinheit. Morgen früh werde ich es mit Gottes Willen tun.

Doch gemach. Origenes hatte im lange vergangenen Gestern getan, was ich mir für mein Morgen vorgenommen hatte. Einige hielten ihn daraufhin für einen Heiligen, andere für einen Sünder. Der damals seines Amtes waltende Bischof von Alexandria, Demetrios al-Karrâm, war verärgert über ihn, er hatte sein Tun verurteilt und es als schändlich bezeichnet. Er entließ ihn aus der Leitung der theologischen Schule, ja, er vertrieb ihn sogar aus den Reihen der Kirche … Wie würden die Menschen heute mein Tun beurteilen? Wenn ich es tatsächlich täte, so gäbe es kein Zurück. Ein Eintreten in den Stand des Mönchstums wäre undenkbar, gäbe es doch keine Gelegenheit, den Wünschen der Seele und den Begierden des Körpers zu widerstehen. Man würde mich mit dem Bann belegen und mich begleitet von gellenden Flüchen mit Schimpf und Schande aus der Kirche jagen. Meine Idee war zum Scheitern verurteilt … Niemals wieder wollte ich auch nur daran denken, mich selbst zu kastrieren!

Kurz vor Sonnenuntergang bekam ich es wieder mit der

Angst zu tun. Mir war nicht wohl zumute bei dem Gedanken, eine weitere Nacht in der Höhle zuzubringen. Also begab ich mich zum Strand und wanderte Richtung Westen. Unwillkürlich blickte ich mehrmals zu Oktavias Domizil und wäre dabei um ein Haar vornübergestürzt ... Die Sonne stand schon kurz über dem Horizont, und ihre rötlichen Strahlen tauchten das Wasser zu meiner Rechten in ein noch tieferes Blau. Zu meiner Linken nahm die Anzahl der Häuser zu, je näher ich auf das Zentrum der Stadt zuging. Auch wiesen die Häuser immer mehr Stockwerke auf, bis sie in ihrer Pracht an Paläste erinnerten. Kurz darauf erspähte ich am Meer einige Wächter, denen ich jedoch nicht näher kommen wollte. Ich wusste, dass ich mich kurz vor dem königlichen Viertel befand, das in keiner Weise mehr königlich war, nachdem die meisten Paläste zu Geisterhäusern verkommen waren und nur noch Hunden Unterschlupf boten. Ich hütete mich davor, weiter nach Westen zu laufen, sondern ging Richtung Süden, um zwischen den Häusern der Stadt hindurchzuschlendern. Vielleicht könnte ich dort mein zitterndes Herz beruhigen und Wasser und Nahrung finden. Von weitem sah ich eine Kirche, die ein großes Kreuz trug. Dorthin machte ich mich auf, während ich mit meinen Fingerspitzen nach dem wertvollen Empfehlungsschreiben tastete, das ich in meinem Beutel barg. Am Portal der Kirche stand eine Gruppe von Leuten unserer Religion, die sich flüsternd unterhielten. Sie hatten gütige Gesichtszüge, und um den Hals baumelten ihnen bemalte Holzkreuze sowie behauene Rinderknochen. Sie nahmen keine Notiz von mir, doch ich ging, ohne zu zögern, auf sie zu und sprach sie an:

»Ich wünsche euch einen gesegneten Abend, meine Brüder. Ich komme aus dem Süden und bin fremd hier. Ich habe einen Brief für den Mönch Johannes den Libyer.«

Sie kannten ihn nicht, und sie scherten sich auch nicht sonderlich um mich. Einer von ihnen riet mir, mich in der Kaisareion-Kirche nach ihm zu erkundigen, und erklärte mir den Weg dorthin. Ich verließ die Gruppe und wandte mich in die mir gewiesene Richtung, denn meine Scham hatte es mir nicht erlaubt, ihnen zu bedeuten, dass ich sehr hungrig war. Zwischen den sich kreuzenden Straßen bat ich einen der Türwächter, mir einen Schluck Wasser zu trinken zu geben, und er tat es. Er fragte mich nach meinem Ziel, und als ich es ihm nannte, erzürnte er. Ich kann mich bis heute an seinen argwöhnischen Blick erinnern, als er von mir erfuhr, dass ich nach einem Mönch suche, der in einer Kirche wohne! Ich stammelte einen Dank und ging meiner Wege … Nach einer Weile kam ich an den Ruinen eines alten zerstörten Hauses vorbei. Ich setzte mich ein Weilchen hin, um meinen Füßen Erholung zu gönnen, und lehnte mich gegen eine zerfallene Mauer.

Die Nacht hatte sich schon über den Himmel gezogen, und mir war, als setzten die Sterne alles daran, die Dunkelheit zu vertreiben. Auch in den Häusern Alexandrias versuchte man der Dunkelheit zu trotzen, denn aus den Fenstern leuchteten zahllose Lichter, und auch der Einbruch der Nacht hielt die Menschen nicht von ihrer Geschäftigkeit ab. Die Alexandriner lieben die Nacht, und ich glaube, dass sie nicht viel schlafen, weder des Nachts noch am Tag. Sie sind beleibter als die Menschen in meiner Heimat, ihre Haut ist weißer und frischer, denn guter Wein verleiht der Haut Frische und eine gesunde Farbe.

Ich verweilte nicht allzu lange bei dem verfallenen Haus, wenngleich ich kurz mit dem Gedanken spielte, hineinzugehen, um die Nacht dort zu verbringen. Zweimal fragte ich auf meinem Weg nach der Kaisareion-Kirche, bis ich endlich dort ankam. Sie blickt auf den Hafen, den sie den Östlichen nennen, denn ein anderer, größerer Hafen liegt im Westen.

Die Kaisareion-Kirche ist sehr groß, ihre hohen Mauern bröckeln an manchen Stellen oder sind von Spuren der Witterung übersät. Später erfuhr ich, dass es ein Tempel gewesen war, der zur Kirche wurde und dann von den Heiden wieder als Tempel genutzt wurde.

Am Kirchenportal hielt mich ein Mann in einem engen Klerikergewand an, das ob seiner Dickleibigkeit aus allen Nähten zu platzen schien. Er mutete fürwahr seltsam an: Er hatte den Körper eines Ringkämpfers, war aber angetan mit dem Gewand eines Priesters. Sein Blick war brutal, und seine finsteren Gesichtszüge deuteten eher auf die Gewalttätigkeit eines Scharfrichters denn auf priesterliche Sanftmut. Und weil meine Kleidung dazu einlud, mich zu verachten, schaute er mich, die Arme über der Brust verschränkt, geringschätzig an … Stammelnd fragte ich ihn, ob dies die Kaisareion-Kirche sei, worauf er mit dem Kopf nickte und seine Lippen vorstülpte, so dass er den Eindruck erweckte, er wolle mir gleich in die Schulter beißen! Ich fragte ihn höflich nach dem Priester namens Johannes, doch er schüttelte heftig den Kopf, was so viel bedeuten sollte wie, dass er ihn nicht kenne und keine weiteren Fragen von mir wünsche. Ich entfernte mich schnellen Schrittes und hielt erst an der Kreuzung der vom Meer kommenden Straße mit der Kanopischen Straße inne … Ich hätte die Kanopische Straße überqueren und mich nach rechts zum südlichen Viertel der Stadt wenden sollen, das als das Viertel der Ägypter bekannt war. Dort hätte ich mich unter die Leute mischen können. Doch ich lief ziellos umher, bar jeder Kenntnis über die Örtlichkeiten der Stadt oder die Lage der Stadtviertel.

Ich erwog, die Stadt zu verlassen und die Nacht außerhalb der Mauern zu verbringen. So könnte ich am nächsten Morgen die Stadt betreten, als sei es das erste Mal. Auf diese Weise würden die vergangenen Tage ausgemerzt, mit allem, was geschehen war ... Fest entschlossen, die Stadt zu verlassen, ging ich Richtung Stadtmauer, doch als ich auf meinem Weg an dem weitläufigen Garten vorbeikam, der das große Theater umgab, und ich feststellte, dass er vollkommen leer war und sich für meinesgleichen vorzüglich zum Übernachten eignete, ließ ich von meinem Vorhaben ab. Stattdessen kauerte ich mich unter einen großen Baum, dessen Zweige so in sich gedreht herabhingen, als seien es die Locken der Jungfrauen. An jenem Ort zu nächtigen war sicherer, als in der Felsenhöhle zu schlafen, und wärmer. Also legte ich mich trotz meines Hungers und des vom Boden aufsteigenden Geruchs des Hundsgrases nieder ... Diesen Geruch nahm ich später häufig wahr, auch an Orten, an denen das Hundsgras gar nicht wuchs.

In jener Nacht war mein Schlaf voller Träume und meine Träume voll der sanften und harten Oktavia, der weinenden und der lachenden, der schlummernden und der fröhlichen, der reinen, der heidnischen, der zornigen ... Als ich im Morgengrauen die Augen öffnete, fiel mir ein, dass es Sonntag war, der Tag der Vorlesung also. Ich sagte mir, ich könnte doch gut, angetan mit dem Gewand der Leute aus dem Süden, noch einen weiteren Tag in der Stadt verweilen! Ich würde Hypatia sehen und mich dann zur Nachtruhe unter die elenden Bauern außerhalb der Stadt begeben ... Und morgen käme ich in Mönchskleidung hierher und würde mich sogleich zur Großen Markuskirche begeben, in jene Welt, in die ich wirklich gehörte.

NEUNTES PERGAMENT

Die Schwester Jesu

Ich erinnere mich noch gut ... Wie ein Dieb schlich ich mich zum Tor des großen Theaters. Und obwohl uns unser Dasein als Mönche doch gelehrt hatte, der äußeren Erscheinung keine Bedeutung beizumessen, sei sie nun schäbig oder nicht, war ich angesichts all der eleganten Menschen voll Scham ob meiner abgetragenen Kleidung! Die Torwächter hatten mir den Weg zum Ort der Vorlesung gewiesen, und so trat ich nun zusammen mit den anderen ein. Es war ein großer vereinzelter Saal, der im Westen des Theaters lag. Beide Gebäude – Theater und Saal – waren von einem großen Garten umgeben. Unter den vielen Zuhörern, die sich bereits eingefunden hatten, waren sogar Frauen! Dies war das erste und das letzte Mal, dass ich einer Vorlesung beiwohnte, an der auch Frauen teilnahmen ... Alles in Alexandria ist anders und fremd.

Die Menschen, die in den Saal strömten, sprachen Griechisch, und alle beschäftigten sich mit der Philosophie. Dies schloss ich aus ihren gemurmelten oder mit gedämpfter Stimme geführten Diskussionen vor Beginn der Vorlesung. Aus ihren Gesprächen hörte ich auch die Namen vieler alter Philosophen heraus, während ihnen jedoch kein einziger Name eines Heiligen oder Märtyrers über die Lippen kam. Es schien, als lebten sie in einer anderen Welt. Meine Erwartung, nun einem zutiefst heidnischen Vortrag zu lauschen, erfüllte sich indes nicht, denn schon bald begriff ich, dass die Mathematik mit dem Heidentum oder mit dem Glauben nichts zu tun hat.

Auf der Sonnenuhr über dem Eingang zum Saal zeigte der Schatten des Polstabes auf das Zeichen für die Zehn. Die Menschen waren also frühzeitig erschienen. Eine geschlagene Stunde harrte ich in mich gekehrt unter ihnen aus, während sie in ihre gedämpften Gespräche vertieft waren; nur ab und zu war ein leises Lachen zu hören ... Ihre Kleidung war reinlich, auf ihren Gesichtern lagen Anzeichen der Annehmlichkeiten des vergänglichen Diesseits. Ich setzte mich in der Nähe der Tür an den äußersten Rand einer der aufgestellten Holzbänke in der dritten Reihe. Meine übermäßige Schüchternheit und meine Fremdheit bewirkten, dass ich mich innerlich morsch fühlte wie ein altes Stück Holz.

Wenige Augenblicke vor Hypatias Eintreten drehte sich ein fülliger Mann zu mir um, der rechts von mir in der zweiten Reihe saß. Er grüßte mich mit einem Lächeln, und ich grüßte verschreckt lächelnd zurück, denn auf ein Lächeln konnte man nur mit einem Lächeln antworten. Gerade wollte mich der beleibte Mann ansprechen, da kündigten die Fanfaren das Eintreffen des Präfekten der Stadt, Orestes, an. Er nahm in der Mitte der ersten Reihe Platz, und seine Gefolgsleute ließen sich links und rechts von ihm nieder, so dass die ganze erste Reihe besetzt war. Dann betrat Hypatia den großen Saal. Alle Zuhörer, auch die Männer, erhoben sich, und das unerwartete Aufstehen verdeckte mir die Sicht auf die Eintretende. Erst als Hypatia der Menge ihren Gruß entbot und sich das Publikum wieder gesetzt hatte, sah ich, wie sie die zwei Stufen zum Podium erklomm. Dann stand sie dort – einer Erscheinung gleich – vor den Zuhörern ... Als sie sich darauf vorbereitete, das Wort zu erheben, fielen die Menschen in eine Starre, als wären sie Statuen auf der Sphingenallee.

Es war so still, dass ich fürchtete, meine Nachbarn könnten das unregelmäßige Pochen meines bebenden Herzens vernehmen ... Hypatia ... Sie war eine respektgebietende und schöne Frau ... eine sehr schöne Frau. Vielleicht die schönste Frau auf der ganzen Welt. Sie zählte etwa vierzig Jahre, ihre Nase war wundervoll, ihr Mund, ihre Stimme, ihr Haar, ihre Augen ... alles an ihr war schön! Und als sie zu sprechen anhob, strahlte ihre Schönheit noch schillernder. Erst Monate, nachdem ich sie zum ersten Mal erblickt hatte, erfuhr ich, dass sie sich seit ihrer Kindheit mit den Wissenschaften beschäftigte, in denen sie von ihrem Vater, dem berühmten Mathematiker Theon, unterwiesen worden war. Ich erfuhr auch, dass sie ihm seit ihrer Jugend bei seinen Kommentierungen zur Hand ging, die er für die Werke des Claudius Ptolemaeus verfasste, des Urhebers des Geographiebuches und des bedeutenden Buches über die Astronomie.*

Hypatia ... Während ich ihren Namen niederschreibe, kann ich sie geradezu vor mir sehen, wie ein himmlisches Wesen in dem großen Saal auf dem Podium stehend, aus göttlichen Gefilden auf die Erde herabgestiegen, um den Menschen eine frohe göttliche Botschaft zu verkünden. Hypatia war von einer Gestalt, wie ich mir stets Jesus Christus vorgestellt hatte, schlank und erhaben zugleich ... Ihre graublauen Augen waren so klar, dass man vermeinte, durch sie hindurchsehen zu können. Auf ihrer breiten Stirn lag ein himmlisches Licht, und ihr weites Gewand und ihre Art, wie sie dort stand, strahlten Würde aus, ähnlich der Pracht, die nur die Götter umgab. Aus welchem leuchtenden Element war diese Frau geschaf-

* Am Rand des Pergaments steht auf Arabisch: »Er meint das Buch des Almagest, das bis in unsere Tage das Standardwerk in der Astronomie ist. Ich habe ein altes griechisches Exemplar und einige arabische Übersetzungen mit vielen Anmerkungen in unserer Kirche in Ruhâ gesehen.« (Der Übersetzer)

fen? Sie war anders als alle anderen Menschen! Wenn es der Gott Chnûm war, der die Körper der Menschen formt, aus welch reinem Lehm hatte er dann sie geformt? Und mit welchem göttlichen Duft hatte er sie benetzt …? O Allmächtiger, welch Gotteslästerung!

Nachdem Hypatia das Podium bestiegen hatte, schwieg sie einige wenige Sekunden, dann hob sie die Augen zum Publikum, das in stiller Erwartung verharrte, und sagte, was ich folgendermaßen übersetze: »Liebe Freunde, von der Insel Rhodos erhielt ich in den letzten Tagen Briefe mit vielen Bemerkungen und Kommentaren über das, was ich in meinen Vorlesungen über das Buch des gelehrten Diophantos über algebraische Gleichungen mit mehreren Unbekannten gesagt habe. In Anbetracht dieses außerordentlich speziellen Themas werde ich die Diskussion darüber aber erst nach dieser Vorlesung eröffnen, um jenen unter euch, die keine Mathematiker sind, nicht zu viel zuzumuten. Auch wenn ich glaube, dass die Philosophie, über die wir, wie es der Wunsch der meisten von euch ist, sprechen sollten, ohne die Mathematik gar nicht denkbar wäre. Und ihr wisst, meine Schwestern und Brüder, dass der großartige Platon über das Eingangsportal seiner Akademie in Athen den Satz geschrieben hatte: Eintritt nur für jene, die die Geometrie studiert haben! Trotzdem werde ich zuerst über die Philosophie sprechen. Dann werde ich für jene, die das Thema mit mir weiter erörtern möchten, auf einer besonderen Diskussionssitzung meinen Vortrag über die mathematischen Fragen halten, die sich aus dem Buch des trefflichen Diophantos von Alexandria ergeben.«

Ergriffen starrte ich sie an. Zweimal blickte sie, während sie sprach, zu mir herüber, und ihr Blick ließ mich erschauern. Wenngleich ich jahrelang die Philosophie in Achmim studiert hatte, so hatte ich doch von niemandem gehört, was sie an jenem Tage sagte. In geschliffenem Griechisch erklärte sie, wie der menschliche Verstand das im Kosmos verborgene System zu erkennen imstande sei und dass er durch den Verstand zur Erkenntnis des Wesens der Dinge gelangen könne. Folglich sei er in der Lage, die veränderlichen Akzidenzien und Eigenschaften der Dinge zu unterscheiden ... Sie gebrauchte Ausdrücke über die Grundsätze der Philosophie, die mir zwar früher schon einmal zu Ohren gekommen waren, doch wenn sie sie aussprach, war es, als öffnete sie meinen Verstand und ließ sie dort ein. Selbst bei bekannten Aussprüchen der Pythagoreer, wie »Der Kosmos ist Zahl und Klang«, spürte ich durch die Art, wie intensiv sie diesen Satz empfand und wie sanft sie ihn aussprach, dass alle Wesen Rhythmen einer einzigen Ordnung sind ... Auf diese Weise begriff ich durch ihre Worte, was ich früher von den Gelehrten der Philosophie nicht verstanden hatte.

Noch bevor die Vorlesung beendet war, verfiel ich auf die Idee, für den Rest meines Lebens Hypatias Vorträgen zu lauschen. Oder ihr ein Diener zu werden, der sie überallhin begleitete. Ich dachte auch darüber nach, wie es wohl wäre, wenn ich zu Oktavia zurückkehrte und mich bei ihr für meinen drei Tage andauernden Betrug entschuldigte. Vielleicht würde sie mir verzeihen! Als Vorwand würde ich vorbringen, ich hätte gefürchtet, sie zu verlieren; dass ich es vorgezogen hatte zu schweigen, sei allein meiner Verunsicherung zuzuschreiben. Oktavia würde mir vergeben und mich wieder aufnehmen. Ich würde bei ihr leben und meine Sinnesverwirrungen überwinden, die mich beherrschten und meine Schritte ins Unbekannte lenkten ... Ich würde Herrn Siqilli kennenlernen, wenn er von seiner Reise zurückkehrte, und auch Hypatia. Ich würde im Bereich der Medizin tätig sein, hervorragende Leistungen vollbringen und möglicherweise eine Heilungsmethode für die Aa-Krankheit entdecken ... Geistesabwesend und mitgerissen von meinen Gedanken wie ich war, entging mir der Rest der Vorlesung.

Ich horchte erst wieder auf, als die Professorin die letzten Sätze an jenem Tag sprach, die mir noch immer durch den Sinn gehen: »Das Verstehen, meine Lieben, ist, wenn es wirklich rational ist, doch auch eine Tat des Geistes. Denn die Wahrheiten, die wir durch die Logik und die Mathematik erkennen, werden, wenn wir sie nicht durch unseren Geist empfinden, schwache Wahrheiten bleiben. Oder wir werden nicht imstande sein zu erkennen, wie wunderbar es ist, diese Wahrheiten zu begreifen … Nun spreche ich schon seit zwei Stunden zu euch. Ich weiß, dass ich eure Zeit in Anspruch genommen und euch viel zugemutet habe. Nehmt deshalb meine Entschuldigung entgegen und seid meiner Wertschätzung über euer Kommen heute sicher. In einer halben Stunde werde ich wieder in den Saal zurückkehren, um über die Mathematik von Diophantos zu sprechen. Wer mir die Ehre erweisen möchte, daran teilzunehmen, sei herzlich willkommen. Dies allerdings nur unter der Bedingung, dass er ein Freund der Mathematik ist, damit er sie nicht hassen lernt und mich dazu.«

Die Zuhörer schmunzelten, einige lachten sogar laut auf. Dann schickten sie sich an, den Saal hinter ihr zu verlassen. Wie die Steine der Pyramiden oder das eiförmige Felsgestein an den Ufern des Nils in meiner Heimat blieb ich reglos auf meinem Platz sitzen. Hypatia würde nach einer halben Stunde wiederkehren, wohin also sollte ich gehen?

Die Reihen hatten sich fast gelichtet, nur einige Schüler, die ihre Papiere einsammelten und mit ihren Büchern in der Hand auf die Sitzplätze in der ersten Reihe wechselten, befanden sich noch im Saal. Der Präfekt, seine Gefolgsleute und das Publikum scharten sich an dem langen, schwer mit allerlei Süßigkeiten beladenen Tisch außerhalb des Saales um Hypatia. Das also hatte der Ausrufer gemeint, als er sich mir gegenüber an jenem Tag, als ich Alexandria erreicht hatte, so aufspielte. Ich bin kein Freund von Süßigkeiten, und auch an jenem Tag gesellte ich mich nicht zu den anderen, um davon zu kosten. Obwohl der Hunger so an mir nagte, dass ich beinahe das Bewusstsein verlor. Verschämt begnügte ich mich mit den letzten beiden Datteln aus meinem Beutel. In meiner schäbigen Kleidung wollte ich mich nicht unter die eleganten Zuhörer mischen, die sich an den Süßigkeiten gütlich taten ... Eine sehr lange halbe Stunde später legte sich das Stimmengewirr, das durch die Tür zu mir drang, der Präfekt und die Mehrheit der Zuhörer zogen sich zurück, und Hypatia trat, umgeben von einer kleinen Gruppe Gelehrter und Schüler verschiedenen Alters, wieder ein. Wie beim ersten Mal stieg sie auf das Podium, und wie beim ersten Mal wurde es still im Saal ... Wir zählten nicht mehr als zwanzig Personen, und ich hockte noch immer auf meinem Platz in der dritten Reihe, als sie auf mich zeigte und sagte:

»Du kannst in die erste Reihe kommen, wenn du möchtest.«

»Nein, geehrte Dame, ich sitze gut hier. Ich bin voll des Dankes ob Eurer Güte.«

»Voll des Dankes ob Eurer Güte! Deine Sprache ist sonderbar, Fremder.«

»Ich komme aus dem Süden, meine ehrwürdige Dame.«

»Dann sei willkommen in unserer Stadt.«

Ich verstand kaum etwas von Hypatias zweitem Vortrag. Mein Blick war nur starr auf sie gerichtet, und ich bereute es, in meiner Jugend den Mathematiklektionen entflohen zu sein. Voller Enthusiasmus über ihre Worte fasste ich einen Entschluss, den ich allerdings nie ausgeführt habe: Ich werde zusätzlich zur Medizin und zur Theologie noch die Mathematik studieren. Zuerst werde ich die Grundlagen der Geometrie und der Arithmetik lernen, dann werde ich mich darin spezialisieren und ein hervorragender ... In jenen Tagen war ich wie ein vertrocknetes Blatt, mit dem der Wind sein Spiel trieb … und ich glaube, ich bin heute noch immer so!

Nach dem Vortrag umringten die Zuhörer Hypatia ein weiteres Mal … Ich kann mir nicht erklären, wie ich mich plötzlich erkühnte, unverzagt auf Hypatia zuzugehen, und ihr, ohne dass sie eine Frage an mich gerichtete hätte, zu erzählen, dass ich des Studiums der Medizin wegen nach Alexandria gekommen sei und dass ich beabsichtigte, einige Jahre in der Stadt zu bleiben, um aus den Quellen des Wissens zu schöpfen. Dann wolle ich in meine Heimat zurückkehren, um dort Kranke zu heilen. In meinem Ungestüm fügte ich noch hinzu, dass ich während meines Aufenthaltes in der Stadt unbedingt alle ihre wissenschaftlichen Vorlesungen besuchen wolle, sogar diejenigen über die Mathematik. Das Lächeln wich nicht aus ihrem Gesicht, während sie mir aufmerksam lauschte. Dadurch ermutigt, war ich so verwegen, meine unangebrachte Rede noch weiter auszuführen, nur um sie weiter anschauen zu können … Als ich geendet hatte, sprach sie:

»Dann sehe ich dich also am nächsten Sonntag hier, guter Freund aus dem Süden.«

»Geehrte Dame … haltet Ihr keine Vorlesungen über die Medizin?«

»Nein, mein Freund, zu meinem großen Bedauern nicht.«

Als sie mir auf meine unerwartete Frage antwortete, lächelte sie auf eine Art, dass sich meine Einsamkeit, mein Hunger und mein Gefühl der Fremdheit in Luft auflösten … Dann wies sie auf einen der Umstehenden – es waren fünf Männer mittleren Alters und eine schlanke Frau – und sagte: »Mein hübscher Kollege dort, Synesios der Kyrener, hatte ursprünglich auch Medizin studieren wollen, doch er studierte die Philosophie.« Dann setzte sie, ihn aus den Augenwinkeln heraus anblickend, hinzu: »Und jetzt will er sich von der Philosophie abwenden und an ihr Gegenteil glauben!«

Dem Mann namens Synesios entfuhr ein süßes Lachen, bei dem er den Kopf ein wenig nach hinten warf. Er legte mir die rechte Hand auf die Schulter und sagte mit natürlicher Freundlichkeit: »Schenke der Professorin keinen Glauben, mein Bruder, sie hat zweimal in ihrer Rede der Wahrheit widersprochen. Das erste Mal, als sie mich als Kollegen bezeichnete, bin ich doch im Vergleich zu ihr nur ein Schüler und sie für mich eine Professorin ... Und das zweite Mal, dass es für mich, wenn ich den klerikalen Weg einschlage, nicht bedeutet, mich von der Philosophie abzuwenden und an ihr Gegenteil zu glauben!« Alle außer mir lachten über seine Worte und schickten sich dann an, den Saal zu verlassen. Ich sah jenen Mann namens Synesios der Kyrener nie wieder. Mir kam jedoch später zu Ohren, dass er einer der bedeutenden Männer der Kirche in den fünf bekannten westlichen Städten in Libyen geworden war, ja, in einer dieser Städte sogar Bischof ... Ich glaube, es war die Stadt Ptolomais (Barqa).

Alle gingen hinaus. Unschlüssig, wohin ich mich nach dieser Lektion, die von mir aus ewig hätte dauern können, wenden sollte, zauderte ich einen Moment ... Bevor sie hinter der Tür verschwand, blickte Hypatia mich lächelnd an, gleichsam als wollte sie sich meine Gesichtszüge für die Zukunft einprägen, wenn sie mich das nächste Mal sah ... jenes nächste Mal ... ach hätte es doch niemals stattgefunden.

Wie ein strahlender Traum, der für einen kurzen Augenblick einem betrübten Herzen Freude bereitet hatte, um dann auf immer und ewig zu verschwinden, ging Hypatia von dannen.

Am Tor zum Theater blieb ich gedankenverloren stehen und beobachtete, wie sie in ihren Zweispänner stieg. Die Schleppe ihres am Saum verzierten Gewandes war das Letzte, was ich von ihr erblickte. Und das letzte bisschen Schönheit, dessen ich an jenem Tag und an den folgenden Tagen ansichtig wurde … Als ihr Wagen meinen Blicken entschwunden war, kehrten meine Einsamkeit und meine Verwirrung wieder. Es gab keinen Ort, zu dem ich mich hätte wenden können. Also blieb ich unschlüssig und mit aufgewühltem Herzen einen Moment lang stehen. Dann begab ich mich schweren Schrittes zu dem großen Garten, und als die Sonne zu gleißen begann, ging ich zu dem Baum zurück, unter dem ich die letzte Nacht verbracht hatte. Dort hatten sich bereits viele Menschen niedergelassen, um Schutz vor der Mittagssonne zu suchen. Unter ihnen befanden sich auch Leute, auf deren Anblick ich damals nicht gefasst gewesen war … eine Gruppe von Studienkollegen aus Nag Hammadi, und alle in Kirchengewändern!

Als sie mich sahen, umringten sie mich erfreut ob meines überraschenden Auftauchens. Dabei waren sie es doch, die für mich völlig unerwartet hier aufgetaucht waren! Sie erkundigten sich, was mich hierher verschlagen habe, und ich entgegnete, dass ich umherirrte … Auch fragten sie mich nach meinem Mönchsgewand, und ich erwiderte, ich bewahrte es, weil es zerrissen und verschmutzt sei, in meinem Beutel auf, bis ich es flicken und waschen könne. Auf diese Weise würde ich mich auch vor dem Spott der Heiden schützen … Als sie wissen wollten, welches Ziel ich hatte, antwortete ich, ich hätte einen Brief für Pater Johannes den Libyer. Sie kannten ihn und führten mich zu ihm. Auf diese Weise betrat ich zum ersten Mal in Begleitung von acht Mönchen die Große Markuskirche, die so genannte Qamha-Kirche, in Alexandria.

Nachdem Johannes der Libyer das Empfehlungsschreiben gelesen hatte, das ich in meinem Beutel bei mir trug, hob er den Blick zu mir und fragte mich ruhig und kurz angebunden nach der Gesundheit und den Umständen seines Freundes, meines Fürsprechers, der das Schreiben verfasst hatte. Ich teilte ihm mit, dass es ihm gutgehe, gab jedoch nicht preis, was ich über die beiden wusste, dass sie nämlich Gegner der Ansichten des früheren Bischofs Theophilos und seiner brutalen Taten waren und dass sie darüber im schriftlichen Kontakt zueinander standen. In ihrer Jugend hatten sie zwar zu seinen Schülern gezählt und geglaubt, er bekämpfe das Heidentum, das das Christentum so lange befehdet hatte, doch als sie feststellen mussten, dass sein Kampf kein Ende fand, wandten sie sich von ihm ab und mieden ihn. Auch berichtete ich ihm nicht, dass sein Freund mich nach dem Ableben des erwähnten Bischofs nach Alexandria geschickt hatte, weil er die Hoffnung gehegt hatte, die Lage dort werde sich beruhigen ... Ich deutete ihm gegenüber nichts dergleichen an, auch nicht im Entferntesten. Stattdessen brachte ich einiges von dem zur Sprache, was er mir über die beiden erzählt hatte, als sie als Mönche im Antonius-Kloster gelebt hatten, und über die Zeit, als sie bei dem ehrwürdigen Schenute, dem Vater der Eremiten, in Achmim gewesen waren. Da erst legte sich ein Anflug von Wohlgefallen auf sein Antlitz. Als ich geendet hatte, lud er mich ein, mich von meiner langen Reise auszuruhen, und rief seinen Diener, auf dass er mich begleite.

Der Diener führte mich zunächst in einen unermesslich großen Speisesaal. Gemeinsam nahmen wir eine heiße Mahlzeit ein, dann geleitete er mich zum Gästehaus, das über mehrere winzige Zimmer verfügte. Dort angekommen, stellte er mir in Aussicht, dass ich in einigen Tagen von dieser provisorischen Unterkunft in eine Zelle werde umziehen können ... Zwei Tage vergingen, in denen ich in den Meeren der Kirche schwamm, Meere, die durch kein Ufer begrenzt waren ... Dutzende Priester und Mönche, Hunderte Besucher und Gäste fanden sich den ganzen Tag über zum Gebet ein oder um den Segen zu erhalten oder um zu beichten. Die Kirche kam niemals zur Ruhe, sie war wie ein Bienenstock, in dem fortwährend das Himmelreich gepriesen wurde. Selbst in tiefster

Nacht, wenn nur eine prächtige, ausladende Leuchte, die in der Kirche hing, ihr Licht verbreitete ... Ich hatte das Gefühl, als sei dieser Ort die Welt, der ich wirklich angehörte. Ich sprach häufig zu mir selbst in jenen Tagen und sagte mir, dass ich nicht zu den Menschen des vergänglichen Diesseits gehöre ... Der Herr habe mich für etwas Verborgenes auserwählt, was nur er kenne, und so möge Gottes Wille geschehen.

Ich ließ mich also in einer kleinen Kammer innerhalb der Kirche nieder, Tür an Tür mit vielen anderen wie ich, und alle waren wir Diener Gottes. Die meisten von ihnen waren Mönche aus den fünf westlichen Städten (Libyen) und aus Oberägypten (Said), andere waren Priester, die für kurzfristige Angelegenheiten aus weit entfernten Regionen, etwa aus Abessinien, gekommen waren und eine fremde Sprache sprachen. Abgesehen von einem Mönch, der sich nur vorübergehend hier aufhielt, nahm in den ersten Tagen niemand von mir Notiz. Jener Mönch stammte ursprünglich aus einem kleinen Dorf in der Nähe des Muharraq-Klosters, an dem ich auf meinem Weg nach Alexandria vorbeigekommen war. Es war das weit entfernte Kloster, das vor Jahren vom früheren Bischof Theophilos auf dem Qusqâm-Berg erbaut worden war, der über Lykopolis (Assiut) blickt. Der Mönch bewohnte die Nachbarzelle und wartete darauf, sich gemeinsam mit den Abessiniern auf die Reise zu begeben, um sich auf immer in ihrem Land niederzulassen ... Ich kann mich nicht mehr an seinen Namen erinnern, vielleicht hatte er Bîschûwî geheißen, aber ich bin mir nicht sicher. Bîschûwî heißt auf Ägyptisch »der Hohe«, doch jener Mönch war eher klein gewachsen. Seine respektgebietende Art, seine Güte und seine Verlorenheit in der Fremde zogen mich an. Er war damals etwa dreißig Jahre alt und sprach ein Ägyptisch (Koptisch) wie die Menschen aus Oberägypten und wie ich. Wir unterhielten uns zwischen den Gebeten und den Messen oder auf unserem Weg in den Speisesaal, und nach einigen Tagen wurden wir Brüder im Stalle Gottes. Als ich ihm an einem Samstag von meinem Vorhaben berichtete, am morgigen Sonntag die Kirche zu verlassen und zum Vortrag von Hypatia zu gehen, rief er entsetzt aus: »Aber mein Bruder, das ist nicht erlaubt!« Dies werde nicht verziehen, fügte er voller Schrecken hinzu und gab mir den guten Rat, ihren Namen nicht wieder zu erwähnen. »Es ist eine große Sünde«, sagte er schließlich. »Hast du nicht die Sonntagspredigt des bedeutenden Bischofs, Papst Kyrillos, über den Besuch bei dieser Hexe gehört? Wenn du diese Sünde begehst, wird sie dir niemals vergeben werden. Was mich allerdings betrifft, so hast du nichts zu befürchten. Ich werde deine Worte als schlechten Witz betrachten und niemandem etwas davon erzählen.«

Ich durchlebte eine düstere Nacht, in der die widersprüchlichsten Gedanken in mir miteinander rangen: Sollte ich vielleicht vergessen, die Professorin je gesehen zu haben, und mich meinem Vorhaben zuwenden, das mich hierhergeführt hatte, um sodann wohlbehalten und erfolgreich in meine Heimat zurückzukehren? Oder sollte ich die Kirche auf immer verlassen …? Sollte ich morgen früh einfach fortgehen und nie wieder zurückkehren …? Ich war schließlich kein Gefangener zwischen diesen Mauern! Was bedeutete es, hier auszuharren? Jesus Christus hatte seine frohe Botschaft unter den Menschen verkündet, nicht innerhalb von Mauern und Mönchen und Priestern. Um ihn herum hatte das wahre Leben pulsiert, warum also sollte es uns beschieden sein, schon vor unserem Tod zu sterben? Andererseits … in der Kirche fühle ich mich sicher, ich, der ich vertrieben und obdachlos gewesen bin. Die Kirchenmänner sind meine wirkliche Familie, eine weltliche ist mir nicht beschieden. Abgesehen von meinem Onkel, dem die Aa-Krankheit die Leber zerfrisst. Ich glaube kaum, dass er bis zu meiner Rückkehr am Leben bleiben wird ... An wen also sollte ich mich wenden, wenn ich wieder in meine Heimat ginge? Und was war überhaupt meine Heimat? Das Dorf meines Onkels, der seines Todes harrte? Oder das meines Vaters, in dem mich niemand kannte? Oder das Dorf, in dem meine Mutter sich niedergelassen hatte? Meine Mutter, die Nacht für Nacht in den Armen eines Mannes schläft, dessen Hände gesündigt haben! Ich hasse ihn und ich verabscheue sie. Der Hass wird mich noch umbringen. Mich, dem es doch, um ein wahrhaftiger Christ und ein echter Liebender zu sein, gebührt, seine Feinde zu lieben und jenen Gutes zu tun, die ihm Leid zufügen ... Niemals habe ich die wahre Liebe kennengelernt, außer bei einer Heidin, die mich zufällig am Meeresstrand aufgelesen hat und mich für unvergessliche drei Nächte und vier Tage in ihr Paradies einließ ... Wenn ich wieder zu Oktavia zurückkehrte, würde sie mich dann empfangen? Oder würde sie mich ein weiteres Mal niedrig und gemein nennen? Es war das erste Mal, dass ich von jemandem beschimpft worden war, und ich werde gewiss danach trachten, dass es das letzte Mal gewesen sein wird. Und solange ich als Mönch in der Großen Kirche lebte, würde es niemand wagen, mich zu beleidigen. Vielleicht würde ich auch die Stufen des Klerus emporsteigen und eines Tages in irgendeiner der großen Städte Bischof werden ... Doch was bedeutete mir der Rang eines Bischofs? Würde er mir einen Ersatz bieten für meinen Traum, Außerordentliches in der Medizin zu leisten, und für meine Hoffnung, die Aa-Krankheit zu heilen?* Sollte ich mich etwa von einem weltlichen Ehrgeiz leiten lassen, wo ich doch meinem Onkel, der bald das Zeitliche segnen wird, versprach, mein

* Die auf diesem Pergament dreimal erwähnte Krankheit Aa ist wahrscheinlich der alte ägyptische Name für jene Krankheit, die wir in der Neuzeit als Bilharziose kennen. (Der Übersetzer)

Leben Jesus Christus zu weihen? Es wäre nicht recht von mir, und ich würde den Sinn meiner Existenz verlieren … Aber was geschähe, wenn ich Hypatia morgen anböte, ihr in ihrem Hause zu dienen und von ihr zu lernen? Gewiss würde sie zustimmen! Und sie würde mich dabei unterstützen, Medizin am Museion (dem Hochschulinstitut) zu studieren, und innerhalb von nur zwei Jahren wäre ich ein angesehener Arzt. Ich habe bereits lange Medizin in Achmim studiert, von dem ausgedehnten Ozean dieser Lehre mangelt es mir nur an der Anatomie, und es sind die Ärzte des Museion, die diese Wissenschaft seit Jahrhunderten betreiben und über alle Geheimnisse der Medizin verfügen … So sprach ich in jener Nacht zu mir selbst und hatte keine Kenntnis davon, dass das Museion schon vor zwei Jahren geschlossen worden war!

Das Mühlrad der widersprüchlichen Gedanken kam nicht zur Ruhe in jener Nacht. Es zermahlte nicht nur meine Überlegungen, sondern auch mein Herz und beschädigte meinen Geist. Wenn ich die Kirche verließe, so überlegte ich, und mich gegen sie stellte, nachdem ich Teil von ihr gewesen war, würde man mich als Ketzer betrachten. Man würde über mich herfallen wie über jene, die sich zur Zeit von Kaiser Julian von der Religion abgewendet hatten. Und das heute, wo das Christentum die offizielle Religion im ganzen Reich ist! Ich würde den Verleumdungen der Mitglieder der gefürchteten Gruppierung, die sich selbst Philoponoi, »die Liebenden der Schmerzen«, nennen, nicht entkommen. Durch sie würde ich das gleiche Schicksal erleiden wie mein Vater, und sie wären darüber genauso glücklich, wie meine Mutter es gewesen war … Doch ich verzehre mich danach, Hypatia morgen zu sehen. Ich werde philosophische Fragen mit ihr diskutieren, und ihre Wertschätzung meiner Person wird noch steigen. Sie schätzt jeden Menschen. Sie repräsentiert wahrhaftig die Bedeutung ihres Namens: Hypatia heißt auf Griechisch

»die Hohe« ... Sie zählt nur gut fünfzehn Lenze mehr als ich, das ist kein großer Altersunterschied! Sie wird mich als ihren Sohn oder als ihren jüngeren Bruder annehmen. Vielleicht wird auch der Tag kommen, an dem sie mich lieben wird. Dann wird es zwischen uns so sein, wie Oktavia es beschrieben hat: dass Männer, die von älteren Frauen geliebt werden, die glücklichsten Männer sind ... Allein, auf dieser Welt gibt es kein Glück und keine Seligkeit.

Der Klang der Glocken, die zur Predigt von Bischof Kyrillos riefen, schreckte mich aus meinen Gedanken, die mir durch den Kopf schwirrten. Wie die anderen verließ ich meine Zelle und drängte mich mit Hunderten von Menschen in das Innere der Kirche. Der Kirchenraum war alsbald so überfüllt, dass es keine Möglichkeit mehr für mich gab, hinauszugehen oder mich von dem Ort fortzubewegen, wo ich eingepfercht war zwischen Mönchen, Priestern, Diakonen, Evangeliums-Lektoren und Katechumenen, großen wie kleinen, ehemaligen Ringern, die Gläubige geworden, Mitgliedern der Gruppe der »Liebenden der Schmerzen« und reumütigen Söhnen, die sich der Religion angeschlossen hatten, verwirrten Anhängern der Langen Brüder* und Gruppen von Mönchen aus den Klöstern in Wâdi al-Natrûn ... Von allen Seiten war ich von der Armee Gottes umgeben. Ihre bebenden Hochrufe, die den Raum erfüllten und die Mauern erzittern ließen, kündeten von einer baldigen frohen Botschaft und einem schwerwiegenden Ereignis ... Als die Hochrufe ihren Höhepunkt erreichten und die

* Am Rand des Pergaments steht auf Arabisch geschrieben: »Es sind vier Mönche, Brüder, die für Origenes Partei ergriffen und ihn als Heiligen betrachteten. Die vier Mönchsbrüder waren von hoher Gestalt, und so wurden sie bekannt als die Langen Brüder. Nachdem sie aus Alexandria vertrieben worden waren, zogen sie durch die Länder, um die Menschen dazu aufzurufen, ihrer Gemeinschaft beizutreten. Ihre Anhänger preisen und verehren Origenes.« (Der Übersetzer)

Kehlen heiser wurden, blickte Bischof Kyrillos von einer Art Balkon zu uns herab. Die ehrfurchtgebietende Gestalt des Bischofs überraschte und verwirrte mich. Es war das erste Mal, dass ich seiner ansichtig wurde, doch danach sollte ich ihn ausnahmslos fast drei Jahre lang jeden Sonntagmorgen sehen. Und ich sah ihn auch an dem Tag jener besonderen Begegnung, die ich schildern werde, wenn sich eine Gelegenheit dazu ergibt ... Als ich Bischof Kyrillos also zum ersten Mal erblickte, war ich verblüfft und erstaunt, denn er schaute von seinem Balkon, dessen Wände gänzlich vergoldet waren, auf uns herab. Es war der einzige Balkon in der Kirche, über dem ein mächtiges Holzkreuz mit einer Skulptur von Jesus Christus aus farbigem Gips hing. Von der durchlöcherten Stirn und von den Händen und Füßen floss tiefrotes Blut.

Ich betrachtete das zerrissene Gewand der Figur Jesu, dann den pompösen Mantel des Bischofs! Jesu Kleidung bestand aus schäbigen, zerrissenen Lumpen, und die Kleidung des Bischofs, die kaum sein Gesicht freigab, war von oben bis unten mit Goldfäden durchwirkt. Die Hand Jesu entbehrte jeglicher irdischer Güter, und in der Hand des Bischofs lag ein Zepter, das, so schien mir ob seines hellen Strahlens, aus purem Gold gefertigt war. Auf Jesu Kopf lag die Dornenkrone des Leidens, und auf dem Kopf des Bischofs saß die glänzende Bischofskrone aus Gold ... Jesus schien sich in sein Schicksal zu ergeben, sich selbst am Kreuz zu opfern, und Kyrillos machte den Eindruck, als sei er kurz davor, sich an den Enden der Himmel und der Erde festzuklammern.

Der Bischof schaute auf sein Volk und seine Untertanen. Als er seinen Blick über die Menge schweifen ließ, die sich im Kirchenschiff drängte, wurde es ruhig. Er hielt sein güldenes Zepter in die Höhe, auf dass alle schwiegen, dann hob er zu sprechen an: »Ihr Kinder Christi, im Namen des lebendigen Gottes segne ich diesen euren Tag und alle eure Tage.

Und ich beginne meine Worte mit der Wahrheit, über die der Apostel Paulus in seinem zweiten Brief an Timotheus gesprochen hat und in dem er zu ihm und zu jedem Christen zu jeder Zeit und an jedem Ort sagt: ›Leide mit mir als guter Soldat Jesu Christi. Keiner, der in den Krieg zieht, lässt sich in Alltagsgeschäfte verwickeln, denn er will, dass sein Heerführer mit ihm zufrieden ist. Und wer an einem Wettkampf teilnimmt, erhält den Siegeskranz nur, wenn er nach den Regeln kämpft.‹«

Für einen kurzen Augenblick vermeinte ich, der Bischof habe mit seinen Worten mich im Sinn, und dies sei eines seiner verborgenen Wunder … Mit kräftiger Stimme, die in allen Winkeln der ehrfurchtgebietenden Kirche widerhallte, fuhr er fort: »Ich beginne damit, um euch daran zu erinnern, dass wir in einer Zeit der Zwietracht leben und uns deshalb in der Zeit des Kampfes befinden. Das Licht Christi hat sich ausgebreitet, so dass es heute fast die ganze Welt bedeckt und die lang andauernde Finsternis vertreibt … Doch noch immer nistet die Finsternis hier und dort und blickt mit dem Antlitz der Versuchung und der Häresie, die sich in die Herzen der Menschen frisst, auf die Erde Gottes … Doch solange wir leben, wird unser Kampf dagegen nicht zur Ruhe kommen … Wir haben uns unserem Herrn Jesus Christus geschenkt, um Soldaten der Wahrheit zu sein, die sich nur mit der Krone des himmlischen Beistands zufriedengeben. Auf dass wir der Religion des Erlösers treu ergeben sind, bis wir den Märtyrern und Heiligen nachfolgen, die die Welt durchquerten, um in die himmlische Herrlichkeit und das ewige Leben einzutreten.«

Ich wurde gewahr, dass vielen Menschen die Tränen in die Augen traten, einige von ihnen schienen vor Ergriffenheit beinahe zu bersten. Aller Augen waren auf Bischof Kyrillos gerichtet, der mit seinen Worten die Herzen eroberte und die

Menschen entzückte. Seine griechischen Formulierungen waren so ausdrucksvoll, als spräche er mit der Zunge der Apostel und mit den Herzen der Vorväter. Ich irrte in Gedanken umher und schweifte weit ab zu fernen Horizonten, bis ich seinen Worten wieder lauschte, als er sagte: »Mit jenen, die sich selbst als ›Lange Brüder‹ bezeichnen, werden wir uns nicht mehr auseinandersetzen, weil ihre Angelegenheit entschieden ist. Wir werden uns, nachdem ihn Papst Theophilos, der Bischof dieser erhabenen Stadt, dreizehn Jahre vor seinem Eintritt in das Himmelreich für schuldig erklärte, auf keinen neuen ketzerischen Streit einlassen über die Wahrhaftigkeit der Überzeugung ihres Gefährten Origenes. Ich werde nicht die Beschlüsse der heiligen Synode der alexandrinischen Kirche wiederholen, die Origenes im Jahre 115 des Jahres der Märtyrer verurteilte, was dem Jahr 399 der Menschwerdung Christi entspricht. Ich werde nicht die Beschlüsse der nachfolgenden Synoden wiederholen, die die Verurteilung und Vertreibung und Verbannung von Origenes bekräftigten, denn es sind viele Synoden, die in Jerusalem, auf Zypern und in Rom einberufen wurden. Ich werde nicht noch einmal die Beschlüsse vorlesen, die die vortrefflichen Väter auf diesen Synoden gefasst haben, denn diese Beschlüsse sind allseits bekannt. Es möge sie lesen, wer lesen kann, und wer nicht zu lesen imstande ist, soll in die Bibliothek der Kirche gehen und einen der Väter bitten, sie ihm vorzulesen. Aber heute sage ich euch, dass ich es niemandem erlauben werde, sich noch einmal mit der Lehre eines Philosophen zu befassen, der vor eineinhalb Jahrhunderten gestorben ist. Ein Philosoph, der sich mit der Theologie auseinandersetzte und irreging und sich der Häresie schuldig machte; ein Philosoph, den zum Bischof zu weihen nicht zulässig ist. Also sollen seine Anhänger, die Langen Brüder, zur Ruhe kommen und demütig werden, wie auch Jesus Christus demütig war. Sie sollen mit ihren vor

Zweifel schwankenden langen Leibern innehalten, durch die Lande zu ziehen und Unruhe zu stiften und ketzerische Ideen zu verbreiten, die den rechten Glauben bedrohen ... den rechten Glauben, dessen Verteidigung wir unser Leben geweiht haben als rechtschaffene Soldaten für Jesus Christus.«

Plötzlich rief einer der Umstehenden mit so krächzender Stimme, als wolle er sich die Kehle aus dem Leib schreien: »Gesegnet seiest du vom Himmel, Papst, und gesegnet seien deine Worte im Namen des lebendigen Gottes ...« Dann wiederholte er den Satz, auf dass die übrigen Anwesenden es ihm nachtaten, und schon bald schien die Begeisterung den Menschen den Verstand zu rauben, und ihre Hochrufe auf Papst Kyrillos ließen das Gemäuer der Kirche erzittern ... Der Papst machte das Zeichen des Kreuzes und hob sein Zepter zweimal in die Höhe. Da brach sich die verzückte Begeisterung der Menge Bahn. Einige der Gläubigen wurden ohnmächtig und stürzten zu Boden, andere begannen mit dem Jubeln am ganzen Leib zu zittern, und wieder andere schlossen die Augen, aus denen ihnen die Tränen strömten. Der Bischof – oder der Papst, wie man ihn in Alexandria nennt – drehte sich um und verschwand hinter der Tür seiner Loge, umgeben von einer enormen Anzahl bedeutender Priester, die so große Kreuze vor sich hertrugen, wie ich sie mein Lebtag noch nicht gesehen hatte.

Abgesehen von den turbulenten Sonntagen verliefen meine Tage in der Markuskirche höchst einförmig. Nach und nach hatte ich mich in den Willen Gottes gefügt, und Pater Johannes wachte aus der Ferne über mich. Er riet mir stets, mich von den alexandrinischen Mönchen fernzuhalten, besonders von jenen, die sich selbst die »Liebenden der Schmerzen« nannten ... Zu ihnen zählte auch ein bejahrter Mönch, der allseits gefürchtet war. Erst Monate später erfuhr ich das Geheimnis meines Widerwillens gegen ihn ob seines brutalen Blickes. Obwohl er selbst aus Oberägypten stammte, mochte er jene nicht, die von dort nach Alexandria gekommen waren! Eines Tages – seit meiner Ankunft war etwa ein Jahr vergangen – trafen wir im Kirchenschiff aufeinander. Er machte mit dem Stock, auf den er sich mit seinen siebzig Lenzen stützte, ein Zeichen und bedeutete mir, näher zu kommen. Als ich neben ihm stand, flüsterte er mir zu: »Kehre schleunigst in deine Heimat zurück, Alexandria ist kein Ort für dich!« Seine Stimme erinnerte an das Zischen einer Schlange, seine Aussprache brannte wie der Stich des Skorpions. Ich begriff seinen Hinweis nicht, und als ich Pater Johannes davon berichtete, erteilte er mir den Rat, ihn zu meiden. Einige Tage später vertraute mir der Diener des Gästehauses ein Geheimnis an. Nachdem er sich nach allen Richtungen umgeblickt hatte, flüsterte er mir zu: »Dieser alte Mönch, der ein Mitglied der ›Liebenden der Schmerzen‹ ist, ist einer der Helden der Kirche! In seiner Jugend gehörte er zu jener Gruppe, die den alexandrinischen Bischof Georg von Kappadokien ermordeten und seinen Leib in den Straßen des Ostviertels mit Beilen zerhackten …« Dann setzte er, nachdem er sich nochmals umgeschaut hatte, leise hinzu: »Das geschah vor langer Zeit, im Jahr 77 der Märtyrer!« Er meinte das Jahr 361 nach Christi Geburt …

»Und warum taten sie dem Bischof der Stadt das an?«, fragte ich zurück.

»Weil er uns von Rom aufgezwungen worden war. Außerdem war er ein Ketzer. Er hatte mit den Ansichten des verfluchten Arius geliebäugelt.«

Während der eintönigen Jahre, die ich in Alexandria verbrachte, wohnte ich regelmäßig den Lektionen der Medizin und der Theologie bei. Und ich erwarb mir unter den Klerikern den Ruf, viel zu beten und wenig zu sprechen, so dass sie eine hohe Meinung von mir hatten und mich für einen rechtschaffenen und gottesfürchtigen Menschen hielten ... Im Verlauf der Zeit vergaß ich sogar, was sich während meiner ersten Tage in der Stadt zugetragen hatte: Ich hörte auch weder etwas über Hypatia noch über andere Gelehrte. Bis jene kritischen Monate des Jahres 415 der ruhmreichen Geburt anbrachen. Damals munkelte man in Kirchenkreisen, dass sich der Konflikt zwischen Papst Kyrillos und dem Präfekten von Alexandria, Orestes, zuspitze. Dann kursierten zahlreiche Gerüchte darüber, dass sich eine Gruppe des gläubigen Kirchenvolks Orestes in den Weg gestellt und ihn mit Steinen beworfen habe. Obgleich er doch ein Christ war, dessen Taufe, wie man wusste, in seiner Jugend durch Johannes Chrysostomos in Antiochia vollzogen worden war. Und obwohl Jesus Christus zu Beginn seiner Verkündigung bei dem bekannt gewordenen Vorfall den Juden die Steinigung der Hure verboten und gesagt hatte: *Wer von euch ohne Sünde ist, werfe als Erster einen Stein auf sie.*

Jener zwischen dem Bischof und dem Präfekten entflammte Streit hatte damals allerdings keine Bedeutung für mich! Ich war vertieft in meine alltäglichen Pflichten und Gebete und in meine langweiligen Studien und trachtete nicht danach, zu erfahren, was man munkelte und sich berichtete ... Bis eines Tages bei den Sitzungen immer wieder der Name Hypatias fiel. In dem Glauben, sie vollkommen vergessen zu haben, musste ich nun feststellen, dass ich jedes Mal, wenn ihr Name genannt wurde, in Aufregung geriet und mein Herz höher zu schlagen begann.

Ich sehnte mich danach zu erfahren, was hinter den Gemäuern der Kirche geschah, und begann den Geschichten und Gesprächen zu lauschen. Und ich begann, Pater Johannes Fragen zu stellen, der mir Vorwürfe machte und mir befahl, mich um nichts anderes zu kümmern als um die Dinge, derenthalben ich gekommen war. Einige Tage später wiederholte ich meine Frage freundlich, doch auch diesmal gab er mir den guten Rat, mich von diesen Vorgängen fernzuhalten und mich mit jenen Angelegenheiten zu beschäftigen, die mich in die Kirche geführt hätten. Ich fragte auch andere, erhielt aber keine Antwort, die meiner Seele Ruhe verschaffte ... Durch das Gemurmel der Küster, die sich zwischen Stadt und Kirche bewegten, gelangte ich allerdings zu der Gewissheit, dass der Hass des Papstes gegenüber Hypatia seinen Höhepunkt erreicht hatte. Es hieß, der Präfekt Orestes habe einen Christen aus seiner Versammlung geworfen, was den Papst erzürnt habe. Es hieß auch, der Präfekt widersetze sich dem Willen des Papstes, die Juden aus Alexandria zu jagen, nachdem Bischof Theophilos sie in das Judenviertel im Osten der Stadt hinter die Mauern vertrieben hatte. Und man erzählte sich, dass man vom Präfekten erwarte, dass er den Leuten unserer Religion Beistand leiste, dass die Hexe Hypatia jedoch großen Einfluss auf ihn habe. Sie bediene sich der Zauberei und fertige für die Anhänger der Astrologie und die Scharlatane astronomische Instrumente an ... Es wurde viel gemunkelt, und all das ließ mir das Herz schwer werden.

Die Tage vergingen voller Anspannung ... bis jener unheilvolle Tag anbrach. Unheilvoll im wahrsten Sinne des Wortes. Am Morgen jenes Tages trat Papst Kyrillos in seine Loge hinaus, um vor dem Volk seine wöchentliche Predigt zu halten. Er machte einen bedrückten Eindruck. Er schaute seine Zuhörer nicht an wie sonst, frohgemut ob der Anwesenheit seines Volkes, sondern stand eine Weile gesenkten Hauptes da. Dann lehnte er sein goldenes Zepter an die Logenwand, hob die Hände gen Himmel, so dass seine breiten Ärmel rutschten und seine dürren Arme freigaben. Seine Finger streckte er dabei in die Luft, als seien es die Zinken einer Forke ...

Dann zitierte er mit donnernder Stimme das Gebet aus dem Matthäus-Evangelium: »Unser Vater im Himmel, dein Name werde geheiligt, dein Reich komme, dein Wille geschehe wie im Himmel, so auf Erden ...«

Der Bischof wiederholte das Gebet so oft, bis die Menschen es ihm schluchzend nachsprachen. Dann entflammte seine Stimme wie ein Feuer: »Kinder Gottes, die ihr den lebendigen Jesus liebt, diese eure Stadt ist die erhabene Stadt Gottes. Hier ließ sich der Apostel Markus nieder, auf ihrem Boden lebten die Vorfahren und wurde das Blut der Märtyrer vergossen. Hier wurden die Säulen der Religion errichtet. Wir haben sie von den vertriebenen Juden gereinigt. Und Gott stand uns bei, als wir sie vertrieben und unsere Stadt von ihnen reinigten. Doch die Schwänze der unreinen Heiden wirbeln noch immer den Staub der Zwietracht in unserem Land auf. Sie verbreiten um uns herum Verderbtheit und Häresie, sie verspotten die Geheimnisse unserer Kirche, sie lästern über etwas, was sie nicht kennen, sie spielen mit ernsten Dingen, um euren rechten Glauben zu verfälschen. Sie wollen das große Haus der Heiden wieder aufbauen, das vor Jahren über ihren Köpfen zerstört wurde. Und sie wollen ihre verlassene Schule wieder errichten, die den Irrweg in die Köpfe schickte. Und sie ziehen in Erwägung, die Juden aus ihrem Viertel hinter den Mauern wieder in eure Stadt zurückzuholen. Aber der Herr, ihr Soldaten Gottes, wird dies niemals gutheißen. Er wird ihre schändlichen Absichten vereiteln und ihre kranken Träume zerstreuen. Er wird das Schicksal dieser herrlichen Stadt in eure Hände legen. Solange ihr die Wahrheit habt, ihr Soldaten Gottes, solange ihr die Wahrheit habt, ihr Soldaten der Wahrheit ... Unser Herr Jesus Christus hat wahr gesprochen, als er mit seiner Zunge aus Licht sagte: Die Wahrheit reinigt euch! Also reinigt euch, ihr Kinder Gottes, und reinigt eure Erde von der Unreinheit der Heidenmenschen. Schneidet jenen, die Übles reden, die Zunge ab. Werft sie mit ihren Sünden ins Meer und wascht die schweren Sünden fort. Folgt den Worten des Erlösers, den Worten der Wahrheit, den Worten des Herrn. Und wisset, dass unser Herr Jesus Christus zu allen Zeiten zu uns, seinen Kindern, sprach, als er sagte: Ich bin nicht gekommen, um Frieden zu bringen, sondern das Schwert!«

Die Menge bebte vor Begeisterung ... Und Kyrillos wiederholte mit seiner donnernden und euphorischen Stimme die Worte Jesu Christi: »Ich bin nicht gekommen, Frieden zu bringen, sondern das Schwert!« Die Erregung der Menge steigerte sich so sehr, dass die Menschen fast dem Wahnsinn nahe waren. Immer wieder grölten sie diesen Satz nach und hielten erst inne, als sie durch das polternde Geschrei jenes Dicken unterbrochen wurden, der gewöhnlich die flammenden Sonntagspredigten beendete. Es war Petrus, der kirchliche Lektor der Kaisareion-Kirche, der inmitten der Zuhörer tobte und brüllte: »Mit des Himmels Hilfe werden wir die Erde des Herrn reinigen von den Unterstützern Satans.« Damit brachte er den Bischof zum Schweigen, und auch die Zuhörer wurden still ... bis auf Petrus, den Lektor. Dann begannen einige von ihnen seine Worte nachzubrüllen, und einer fügte noch einen weiteren Satz hinzu und stimmte einen furchterregenden Sprechgesang an: »Im Namen des lebendigen Gottes werden wir das Haus der Heiden zerstören und ein neues Haus bauen für den Herrn ... Mit des Himmels Hilfe werden wir die Erde des Herrn reinigen von den Unterstützern des Satans ... Im Namen des lebendigen Gottes werden wir das Haus der Heiden ...«

Da drehte sich der Bischof um, ergriff sein Zepter und hob es in die Höhe. Als er damit das Zeichen des Kreuzes machte, erfasste die Massen in der Kirche die Verblendung ... Die tosenden Rufe verwoben sich ineinander, der Verstand setzte aus, und in den Herzen machte sich ein Aufruhr breit, der von einem gewichtigen Ereignis kündete. Petrus, der Lektor, war der Erste, der sich Richtung Portal in Bewegung setzte, dann folgten ihm die Massen, ihren Spruch auf den Lippen: »Mit des Himmels Hilfe werden wir die Erde des Herrn reinigen.«

Die Kirche hatte sich fast geleert, und die Stimmen der rasenden Menge, die hinter Petrus herlief, waren nur noch von draußen zu hören. Da trat der Bischof, gefolgt von den Priestern, von seinem Balkon in die Kirche, und ich wusste in jenem Augenblick nicht, wohin mich wenden. Sollte ich in meine Zelle zurückkehren und die Tür hinter mir schließen, wie ich es stets zu tun pflegte? Oder sollte ich auf meinem Platz in der Kirche verharren, bis sich Gottes Wille offenbarte? Oder hinter dem Mob herlaufen? Und ohne Vorbedacht oder durch eine mir verborgene Fügung trat ich, getrieben von meiner Furcht, hinaus, lief hinter der Menge her und holte sie ein, ohne selbstverständlich in ihr Gebrüll einzustimmen.

Petrus, der Anführer der Meute, wandte sich in Richtung der großen Kanopischen Straße, auf dem Fuß gefolgt von Hunderten schreiender Menschen. Die Mittagssonne brannte, die feuchte Luft nahm einem den Atem. Die Tritte der Gläubigen und ihr lautstarkes Gebrüll ließen die Häuser erzittern. Bei manchen waren Fenster und Türen geschlossen, bei anderen standen die Bewohner auf den Dächern und schwenkten Kreuze … Der Staub der Straße wirbelte auf, die barmherzigen Engel flohen den Himmel, und mein Herz sagte mir, dass etwas Schreckliches geschehen werde. Bestürzt über das, was um mich herum vor sich ging, war mir, als erlebte ich eine der Visionen aus dem Buch Habakuk, welches den Untergang der Welt und das Ende des Diesseits verkündet.

Nach einer Weile nahm die Anzahl der grölenden Radaubrüder ab, die Schreienden zerstreuten sich, je weiter sie in den Straßen vorwärtsliefen, in die einzelnen Viertel der Stadt. Zu Dutzenden schlugen sie sich in die Straßen, immer den gleichen Spruch auf den Lippen ... Irgendwann vermeinte ich, Sinn und Zweck dieses ganzen Tumultes sei einzig und allein, die Präsenz und Stärke der Christen in der Stadt zu demonstrieren, eine versteckte Botschaft also an den Präfekten und eine deutliche Warnung an alle Bewohner. Doch der Verlauf des Geschehens wendete sich, die Ereignisse schlugen um in abgrundtief hässliches Böses.

Die Strahlen der Mittagssonne brannten immer heißer, und die Schwüle nahm weiter zu. Das Atmen fiel mir schwer und schwerer, als ich keuchend hinter den Letzten der brüllenden Horde herlief, die wiederum Petrus, dem Lektor, folgten. Ich wollte schon kehrtmachen und zu den Gemäuern der Kirche zurückkehren, in meine sichere Festung, hätte ich nicht plötzlich jenen schmächtigen Mann mit dem länglichen Kopf bemerkt, der uns von ganz weit vorn entgegenkam und Petrus und seinem Gefolge zurief:

»Die Ungläubige hat ihren Wagen bestiegen, und sie hat keine Wachen bei sich.«

Mein Herz begann heftig zu pochen, mir graute, als ich sah, wie Petrus schreiend in die Richtung davonstürmte, in die der schmalköpfige Mann gewiesen hatte, sein Gefolge hinterdrein. Auch ich lief hinter ihnen her ... Ach, hätte ich es doch nicht getan ... Bei der kleinen Kirche, die sich in der Mitte der breiten Straße befand, welche vom großen Theater zum Osthafen führte, tauchte von weitem Hypatias Wagen auf, derselbe, den ich sie vor drei Jahren hatte besteigen sehen und mit dem sie von mir fortgefahren war ... Es war derselbe Wagen, es waren dieselben Pferde, nur ich allein war nicht der, der ich gewesen war. Petrus, der Lektor, setzte brüllend seinen dicken Leib in Bewegung, um den Wagen einzuholen, und hinter ihm schrien seine Anhänger unverständliche Worte. Kurz bevor er bei ihr anlangte, blieb er ganz unvermittelt stehen und blickte zurück. Und da stürzte plötzlich jemand nach vorn, stieß einen entsetzlichen Schrei aus und zog ein langes Messer unter seinem Kirchengewand hervor ... ein rostiges ... Messer ... war auch dieses ...

Ich werde kein einziges Wort mehr schreiben ... Nein ...

O mein Gott, lass meine Hand lahm werden ... Nimm mich zu dir ... Erbarme dich meiner ...

Ich werde die Pergamente zerreißen; ich werde sie mit Wasser abwaschen ... und dann werde ich ...

»Schreib, Hypa, schreib im Namen der Wahrheit, die du in dir trägst.«

»Azazel ... ich kann nicht.«

»Schreib, sei nicht feige. Was du mit eigenen Augen geschaut hast, wird niemand außer dir aufzeichnen, und niemand wird davon erfahren, wenn du es für dich behältst.«

»Ich habe es vor einigen Jahren Nestorius in Jerusalem erzählt.«

»Hypa, damals hast du nicht alles erzählt. Deshalb zeichne es vollständig auf, heute, schreib jetzt alles auf.«

Ah ... Als Hypatias Kutscher erfasste, dass Petrus nach dem rostigen langen Messer griff, sprang er wie eine Ratte auf und lief davon, bis er zwischen den Mauern der Häuser verschwunden war. Der Kutscher hätte seine Pferde antreiben können, in der großen Straße schneller zu galoppieren, und niemand wäre imstande gewesen, den Wagen einzuholen. Doch er hatte die Flucht ergriffen, und kein Mensch versuchte, seiner habhaft zu werden! Die beiden Pferde liefen verunsichert weiter, bis Petrus ihnen mit dem Arm, mit dem er das Messer schwenkte, in die Zügel fiel ... Da steckte Hypatia ihren königlichen Kopf aus dem Wagenfenster, die Augen vor Schreck geweitet. Sie zog die Brauen zusammen und wollte schon etwas sagen, da brüllte Petrus: »Da sind wir, du Hure, du Feindin Gottes.«

Seine zupackende Hand streckte sich nach ihr aus, auch andere Hände, die nach ihr griffen, bis es schien, als höben sie sich über den ausgestreckten Armen zu den Wolken empor ... Dann begann am helllichten Tag das Grauen.

Wie Speerspitzen streckten sich die Hände ihr entgegen. Manche öffneten die Wagentür, andere zogen an der Schleppe ihres seidenen Kleides, und wieder andere zerrten Hypatia am Arm und warfen sie zu Boden. Ihr langes geflochtenes Haar, das wie eine Krone auf ihrem Kopf saß, löste sich, und Petrus krallte seine Finger hinein und drehte sich die Locken ums Handgelenk. Als sie aufschrie, brüllte er: »Im Namen des Herrn, wir werden die Erde des Herrn reinigen ...«

Umringt von seinen jubelnden Anhängern, den Soldaten des Herrn, zog er sie an den Haaren mitten auf die Straße. Als Hypatia versuchte aufzustehen, trat ihr jemand in die Seite, so dass sie sich in sich zusammenkauerte, unfähig, einen Schrei auszustoßen. Petrus, der immer noch ihr Haar in den Händen hielt, zerrte so heftig daran, dass sie wieder auf der Straße zu liegen kam. Dabei riss er ihr einige Strähnen aus, die er sich von der Hand schüttelte. Dann steckte er das Messer in seinen Gürtel, packte mit beiden Händen ihr Haar und zog sie hinter sich her ... Hinter ihm brachen die Soldaten des Herrn wieder in ihre Sprechchöre aus und jubelten ihm zu, während er sein Opfer hinter sich herschleifte.

Ich stand in jenem Moment am Straßenrand wie ein krummer Pfahl, unfähig zu irgendeiner Bewegung. Als sie an mir vorbeikamen, wandte Petrus sein fleischiges Hyänengesicht in meine Richtung und brüllte jubelnd: »He, du gesegneter Mönch, heute reinigen wir den Boden Gottes …« Sich hinter ihm auf dem Boden windend, drehte mir Hypatia plötzlich ihr Antlitz zu. Wie vom Blitz getroffen schaute sie in meine Richtung, ihr hochroter Kopf schien beinahe zu bersten. Während sie mich einen Augenblick lang anstarrte, begriff ich, dass sie mich, obwohl ich die Mönchskutte trug, erkannt hatte! Sie streckte mir ihre Arme entgegen und stieß einen Hilfeschrei aus: »Mein Bruder …« Ich tat zwei Schritte auf die Straße, und fast hätten sich meine und ihre Fingerspitzen berührt. Petrus keuchte, wie im Rausch schleppte er sich in Richtung Meer, sein Opfer hinter sich herschleifend. Und die anderen umringten ihre Beute, wie sich Wölfe um ein Gazellenjunges scharen … Als sich Hypatias Finger beinahe in meine ausgestreckte Hand gekrallt hätten, packte plötzlich eine andere Hand den Ärmel ihres Kleides, so dass sie weit von mir geschleudert wurde. Die zupackende Hand zerriss ihr Kleid, und der Angreifer hielt den Fetzen in die Höhe und wedelte damit herum, den Spruch Petrus' ausstoßend: »Im Namen des Herrn werden wir die Erde …«

Der Spruch, der an jenem Tag dazu angetan war, zur Hymne einer abscheulichen Tat zu werden. Plötzlich näherte sich von weitem eine unverschleierte Frau.

»O meine Schwester …«, schrie sie vor Entsetzen, als sie näher kam, »ihr Soldaten der Römer … Serapis, rette uns!«

Kleid und Haare der auf uns zueilenden Frau wehten hinter ihr her … Wir befanden uns schon ganz in der Nähe des Meeres … Als die Frau ihr Ziel erreicht hatte, warf sie sich im Glauben, sie dadurch zu beschützen, über Hypatia. Doch es geschah, was geschehen musste. Arme packten sie, rissen sie hoch und warfen sie brutal an den Straßenrand. Ihr Kopf schlug gegen den Bürgersteig, ihr Gesicht wurde aufgeschürft und mit Blut und Staub besudelt. Die Frau versuchte sich wieder zu erheben, doch in diesem Moment erhielt sie mit einem groben, mit Nägelspitzen versehenen Stück Holz einen Schlag auf den Kopf. Sie schwankte und stürzte rücklings zu Boden, genau vor mich hin, Blut schoss ihr aus Mund und Nase und befleckte ihr Kleid. Als sie fiel, entfuhr mir, ob der Überraschung, ein Schrei des Entsetzens ... Ich hatte sie erkannt ... sie erkannte mich nicht. Als sie ihren letzten Atemzug aushauchte, ging ein Beben durch ihren Körper. So starb Oktavia, am Tag des Grauens, zu meinen Füßen, ohne mich wahrzunehmen.

Ich trat einige Schritte zurück und lehnte mich mit dem Rücken gegen die Mauer eines alten Hauses. Ich konnte den Blick nicht von Oktavias Leichnam wenden; ihr Blut floss in Strömen. Nun wurden die Soldaten des Herrn von einem ebensolchen Fieber gepackt, wie es von den Wölfen Besitz ergreift, wenn sie eine Beute zu Fall gebracht haben. Mit wahnsinnigen, weit aufgerissenen Augen und zutiefst aufgewühlt gierten sie nach noch mehr Blut, nach weiterer Beute ... Als Petrus innehielt, um Atem zu holen, scharten sie sich um Hypatia. Wieder streckten sich die Hände nach ihr aus, eine und noch eine, sie packten das Oberteil ihres Seidenkleides, so dass es zerriss und von Blut und Schmutz besudelt wurde ... Dann griffen sie nach ihrem Mieder und zerrten daran, doch es wollte ihr nicht vom Leib rutschen. Beinahe wäre Petrus durch den unvermittelten heftigen Ruck über Hypatia gefallen, doch er fing sich im letzten Moment. Wieder im Gleichgewicht, lief er weiter, sein Opfer hinter sich herziehend und seine Anhänger im Schlepptau, die sich in dem Versuch, Hypatias Kleid zu ergattern, zu ihr hinunterbeugten ... Hypatia ... die Professorin aller Zeiten ... die lautere ... die heilige ... die Herrin, die die Schmerzen des Märtyrers litt, deren Qualen alle anderen Qualen überstiegen.

An der Ecke der Straße, die sich parallel zum Meer hinzog,

schrie plötzlich eine grauhaarige Alte, die ein Kreuz schwenkte: »Schleift die Hure zu Tode ...« Und als hätte die Frau einen göttlichen Befehl ausgesprochen, hielt Petrus jäh inne, und auch seine Anhänger blieben einen Augenblick stehen. Dann stießen sie schrille Schreie aus. Ich ließ Oktavias Leiche liegen und lief bestürzt hinter ihnen her. Noch hegte ich die Hoffnung, Hypatia könne ihnen entkommen. Oder die Soldaten des Präfekten würden auftauchen und sie erlösen. Oder es geschähe ein himmlisches Wunder ... oder ... Ich war nicht allzu nah und nicht allzu fern von ihnen, da wurde ich gewahr, was die greise weißhaarige Frau angerichtet hatte ... Ich sah ... Die Hände ergriffen Hypatias Kleid und rissen es entzwei. Sie stritten um das seidene Gewand, bis sie es ihr vom Körper gerissen hatten. Dann zerrten sie ihr die Unterkleider vom Leib, die ihren Körper fest umschlungen hatten. Sie ergötzten sich daran, nach der Unterwäsche zu greifen, und grölten, und auch die Alte fiel wie von Sinnen in ihr Geschrei ein und rief: »Schleift sie zu Tode!« Hypatia hingegen ließ ein »Oh, Alexandriner!« hören, und jene, die nicht bis zu ihrem Körper gelangt waren, brüllten: »Die Hure, die Hexe!« Nur ich allein, ich schwieg.

Hypatia krümmte sich nun vollkommen nackt, bar jeder Hoffnung auf Erlösung, bis zum Letzten erniedrigt ... Ich wusste nicht, woher sie das dicke Seil genommen hatten, das sie ihr nun ums Handgelenk banden. Sie ließen es zwei oder drei Meter locker und schickten sich an, sie damit zu schleifen ... So begriff ich an jenem Tag, was der Ausdruck »zu Tode schleifen« bedeutete, den die Frau Petrus und seinen Kumpanen zugerufen hatte.*

* An den Rand des Pergaments war mit deutlicher arabischer Schrift geschrieben: »Jener Lektor Petrus stieg danach die Leiter des Klerus auf, bis er Bischof wurde. Er nahm den klerikalen Namen Mungus an.« Nur dies ist an den Rand geschrieben, und ich war nicht in der Lage, die Wahrheit jener Informationen zu bestätigen. (Der Übersetzer)

Alexandrias Straßen sind mit eng aneinanderliegenden Steinplatten gepflastert, die die Wege in den regnerischen Wintertagen vor Verschlammung schützen. Die Platten liegen eng nebeneinander, berühren sich jedoch nicht. Die Abstände dazwischen sind nicht mit Sand oder anderem Material gefüllt. Wegen der Härte des Steins sind die Kanten äußerst scharf. Wird etwas darübergeschleift, reißt es auf. Und wenn es eine Schale hat, wird es geschält. Und wenn es ein Mensch ist, wird ihm die Haut abgeschürft ... Auf diese Weise, festgebunden an dem dicken Seil, ausgestreckt auf dem Boden, schleiften sie Hypatia zu Tode, bis ihre Haut abgezogen war und ihr Fleisch zum Vorschein kam.

Inmitten der verstreut liegenden Felsen am Rande des Osthafens, hinter der Kaisareion-Kirche, die früher ein Tempel gewesen und dann ein Haus Gottes wurde, in der Petrus täglich das Evangelium las ...!, dort befand sich ein Haufen Seemuscheln. Ich konnte nicht ausmachen, wer zuerst eine aufhob, und damit auf Hypatia zustrebte. Ich sah nur, dass es plötzlich zahlreiche waren, alle mit einer Muschel bewehrt, die sich auf ihre Beute stürzten ... Mit den Muscheln schabten sie ihr die restliche Haut vom Fleisch ... Das Echo ihres lauten Schreies hallte im Himmel der elenden Metropole wider, der erhabenen Metropole Gottes, der Metropole des Salzes und der Gewalt.

Die Wölfe rissen Petrus grölend das Seil aus der Hand und schleiften Hypatia weiter, die nur noch ein Stück war, nein, nur noch aus Fetzen rohen Fleisches bestand. Am Tor des verlassenen Tempels, der sich am Rande des Königsviertels Bruchijûn befand, warfen sie sie, nunmehr ein Klumpen leblosen Fleisches, auf einen riesigen Haufen aus aufgeschichtetem Holz ... dann ... entzündeten sie das Feuer ... Die Flammen stiegen höher, die Funken flogen ... Hypatias Schreie waren verstummt, nachdem ihr schmerzerfülltes Schluchzen die Himmelshöhen erreicht hatte, wo Gott und die Engel und der Satan schauen, was geschieht, und nichts tun.

»Hypa … was schreibst du da?«

»Schweig, Azazel, schweig, du Verfluchter!«

ZEHNTES PERGAMENT

Das Umherirren

Ich erinnere mich noch gut, wie ich beschämt und erschöpft vor dem Tor des verlassenen Tempels stand. Die Menge hatte sich zerstreut, die Zungen der Flammen, die das Holz um Hypatias Leichnam verbrannt hatten, waren erloschen, und die Überreste ihres Körpers waren wie das restliche Holz zu Stücken schwarzer Kohle geworden.

Erst meine Unschlüssigkeit darüber, wohin ich mich nun wenden sollte, ließ mich aus meiner Erstarrung erwachen: Sollte ich zur Markuskirche zurückkehren, die mir während der vergangenen drei Jahre Zufluchtsort und Obdach gewesen war, und mich dort gemeinsam mit den Brüdern dem Rausch des Triumphs hingeben und den Sieg über das letzte Symbol des untergegangenen Heidentums feiern? Und sodann mit ihnen darüber frohlocken, dass die Religion ins Licht getreten war und endgültig von der Stadt Besitz ergriffen hatte? Oder sollte ich mich in die restliche Glut werfen, die noch neben Hypatia glimmte, und sie in der Hoffnung umarmen, dass mich die neu erwachten Flammen des Feuers erfassen, in dem sie verbrannt war, auf dass ich zusammen mit ihr, gereinigt von meinem zweiten Verrat, sterbe? Am Tag, als mein Vater ermordet worden war, hatte ich ihn verraten, weil ich noch klein gewesen und nichts hatte ausrichten können. Doch warum hatte ich Hypatia verraten, die mir ihren Arm entgegengestreckt hatte? Oktavia hatte versucht, sie zu beschützen und den Beistand des Gottes Serapis von Alexandria erfleht. Sie endete tot am Straßenrand, bedeckt mit dem Leichentuch ihres reinen Blutes. Mein Vater hatte mich nicht um Hilfe angefleht, doch Hypatia hatte es getan ...

Auch die Sünderin hatte nicht Jesu Christi Beistand erfleht, und trotzdem hatte er sie vor ihren hartherzigen Steinigern gerettet ... Und ich, ich rettete die Schwester Jesu nicht aus den Händen meiner Brüder ... Doch das sind nicht meine Brüder ... Ich gehöre nicht zu ihnen, und ich gehöre nicht zu mir.

Mir war, als flösse mir mein Herz wie Wasser durch die Rippen und löste sich in Luft auf. In meinem Kopf drehten sich Himmel, Meer, Häuser und die Glut, die noch vor dem Eingang zum verbrannten Tempel glomm, und ich fiel bewusstlos zu Boden ... Als ich gegen Abend verstört aus meiner Ohnmacht erwachte, fröstelte mich so sehr, dass ich am ganzen Leib zu zittern begann. Meine Kutte war feucht, weil man mir Wasser ins Gesicht geschüttet hatte, um mich aufzuwecken, wie die Umstehenden mir mitteilten. Es waren ihrer drei, die mich umringten: ein Knabe, eine schwarze Frau mittleren Alters und ein betagter Mönch. Als ich mich umschaute, stellte ich fest, dass ich, bedeckt von einem Tuch, vor einem kleinen Haus in der Straße lag, die von der Kaisareion-Kirche zum verbrannten Tempel führte. Ich fragte nicht, wie man mich hergebracht hatte. Taumelnd erhob ich mich, und als ich aufrecht stand, schmerzte mir der Kopf; das Echo von Hypatias Schreien erfüllte noch immer meinen Himmel und vermischte sich mit den Wogen des Meeres in der Nähe. Jenes Meeres, von dem ich einmal geglaubt hatte, das Leben sei von ihm ausgegangen, und dann hatte erfahren müssen, dass es das Ende aller Dinge ist ... Es wird eine Zeit kommen, da wird das salzige Meer die ganze Erde bedecken, das Grün wird aussterben und das Leben untergehen.

Der Junge und der Mönch versuchten mich zu stützen, doch ich wehrte ihre helfenden Arme ab. Nachdem ich zweimal gestrauchelt war, gelang es mir, gerade zu stehen. Mit meiner Linken packte ich das Kreuz, das auf meiner Brust hing, und zerrte so heftig daran, dass die Schnur riss. Der Mönch und der Junge erschraken, die Frau begann zu schluchzen. Nachdem ich mir das Kreuz vom Hals gerissen hatte und es unter den entsetzten Blicken der drei auf den Boden warf, verspürte ich eine unerwartete Befriedigung. Der Mönch bückte sich und hob es auf, der Junge trat zwei Schritte zurück zur Mauer, und die Frau weinte ... Ich ging von dannen, auf der Flucht vor ihnen und vor allem anderen.

Meine Schritte führten mich zur Kanopischen Straße. Ziellos, wie ich war, durchlief ich sie unbewusst in Richtung Osten, ohne mich auf meinem Weg auch nur ein einziges Mal umzublicken. Als es dämmerte, durchschritt ich das Sonnentor ... Sobald ich es hinter mir gelassen hatte, zerriss ich mir die Mönchskutte über der Brust, so dass sie mir zu beiden Seiten lose herabhing. Ich passierte das Viertel der Juden, deren Häuser sich an der östlichen Stadtmauer entlangwanden; Hunde bellten mir nach und hätten fast meine Kutte geschnappt, die ich hinter mir herschleifte. Dann senkte sich schwarz die Nacht herab.

Ich begegnete keiner Menschenseele auf meinem Weg, weder Juden noch anderen Leuten. Es war, als wäre jegliches Geräusch mitsamt allen Menschen plötzlich aus der Welt gewichen, weder Menschenkinder noch Dämonen, weder Engel noch Teufel waren in der Welt. Gott war nicht bei mir, oder er ruhte sich gerade von einer neuen Schöpfung aus, die er in weiteren sechs Tagen erschaffen hatte. Mutterseelenallein streifte ich durch den Schlamm und den Sand; am Meer, an den Seen und am Sumpfgebiet entlang ... nur fort von Alexandria.

Zu Mitternacht gelangte ich in das Dorf Kanop. Um niemanden zu sehen und nicht gesehen zu werden, betrat ich es gleichwohl nicht ... Am nächsten Morgen überquerte ich in aller Frühe auf einem morschen Floß, das von zwei Rudern bewegt wurde, den Kanopischen Arm des Nils, um mich herum Bauern, Ziegen und Säcke voller Getreide. Der Besitzer der Fähre forderte nach dem Übersetzen keine Gebühr von mir. Am anderen Ufer angekommen, schritt ich weiter Richtung Osten ... Ich kann mich kaum mehr daran erinnern, an welchen Weilern und Feldern ich vorbeiwanderte. Nur die Bilder mancher Landschaften sind mir noch vor Augen, die mir jetzt wie ein Traum vorkommen; ebenso Bilder von Seen, an denen ich entlanglief ... Seen, in denen das Schilfrohr so hoch wuchs, als wollte es mit seinen Spitzen in den Himmel stechen ... Das Echo der ersten Verse des Buches Habakuk kam mir in den Sinn: *Wie lange, Herr, soll ich noch rufen und du hörst nicht? Ich schreie zu dir: Hilfe, Gewalt! Aber du hilfst nicht. Warum lässt du mich die Macht des Bösen erleben und siehst der Unterdrückung zu? Wohin ich blicke, sehe ich Gewalt und Misshandlung, erhebt sich Zwietracht und Streit.*

Ich kam mir vor wie einer der Juden in den Jahren des großen Umherirrens in der Sinai-Wüste, auf die ich zulief ... Warum wohl hatten mich meine Schritte Richtung Sinai gelenkt? War dies eine mir nicht bewusste göttliche Fügung gewesen? Oder waren es die Zufälle, die ihr Spiel mit mir trieben und mich von einer Notlage in die nächste stießen, auf dass ich schaute, zu welch unbegreiflichen Taten die Diener Gottes im Lande fähig sind? Wenn ich heute die Fügung des Schicksals betrachte, frage ich mich: Warum hatte ich Alexandria damals durch das Osttor verlassen? Hätte das Tor im Westen nicht näher gelegen? Oder trachtete ich vielleicht ganz ohne Vorbedacht danach, meine Zeit in Alexandria nur als eine Durchreise anzusehen? Ich hatte die Stadt durch ein Tor betreten und sie durch das gegenüberliegende verlassen, als sei ich nur flüchtig hindurchgehuscht durch diesen Ort, den ich am liebsten nie betreten hätte … Wäre es für mich damals vielleicht vorteilhafter gewesen, mich nach Westen zu wenden und den Rest meines Lebens in einer der fünf ruhigen westlichen Städte zu verleben, die entlang der Gestade des Meeres in der Libyschen Wüste liegen? Wären diese weit entfernten Städte für mein trauerndes Gemüt kein angemessenerer Ort gewesen? Oder verspürte ich vielleicht eine Abneigung gegen diese Städte, die Pentapolis geheißen, weil sie Alexandria unterstehen? Doch hätte ich mich damals dorthin gewandt, wäre ich Nestorius nicht in Jerusalem begegnet. Und ich hätte Marta nicht hier getroffen. Genauso wenig hätte die Zeit ihr Spiel mit mir getrieben und Salz auf meine Wunden gestreut! Wenn ich auch heute keine Antworten auf meine Fragen finde, so kann ich doch nicht umhin zu sagen, dass es wohl Gottes Wille war … Des Gottes, der verborgen ist hinter dem Zelt seiner geheimnisvollen Weisheit oder hinter unserer fortwährenden Unfähigkeit, unsere Lage und unser Wesen zu begreifen.

»Solche Worte fruchten jetzt nichts, Hypa. Kehre wieder zu deinem Bericht zurück und beende ihn. Deine Zeit ist bald abgelaufen, in zwanzig Tagen wirst du dieses Kloster verlassen.«

»Azazel, schläfst du denn nie?«

»Wie könnte ich schlafen, wo du doch wach bist!«

Mit gebrochenem Herzen setzte ich meinen Weg Richtung Osten fort. Ich hatte es eilig, ein Ziel zu erreichen, das ich nicht kannte, und irgendwann begriff ich, dass ich mich selbst nicht kannte! Und dass mein früheres Leben nicht mehr da war. Ununterbrochen zogen die Gedanken und Bilder vor meinem geistigen Auge vorüber, genau wie meine Füße über die Erde wanderten, ohne innezuhalten. Mir war, als ob alles, was mir widerfahren war, und alles, was sich in den vergangenen Tagen und Jahren meines Lebens vor meinen Augen zugetragen hatte, mich nicht betraf ... Ich bin ein anderer, nicht jener, der ich gewesen war und der sich dann offenbarte.

Ich gelangte zu einer weitläufigen Landschaft im oberen Nildelta, wo die Erde und das Meer bei den ausgedehnten Sümpfen, deren Wasser halb salzig, halb süß war, aufeinandertrafen. Das Wasser war etwa knietief, und auch die schwarzen Sanddünen, die sich bis in die Ferne erstreckten, waren nicht höher ... Dort warf ich meine zerrissene Mönchskutte und meine Kopfbedeckung ins Wasser, so dass mir nur das leinene Untergewand am Leibe blieb.

Als ich die Kutte fortwarf, fiel eine Last von mir ab. Die vormittäglichen Brisen ließen kräuselnde Wellen auf dem Wasser entstehen, durch das ich watete, und diese sanfte Wellenbewegung flößte mir das Gefühl ein, nicht zu waten, sondern zu unbekannten Horizonten zu schweben. Um mich herum war nichts, so weit das Auge reichte. Nur das seichte Wasser, das sich in alle Richtungen ausdehnte. »Hier verquicken sich Erde, Wasser und Himmel, und von hier aus werde ich von vorne beginnen«, sagte ich laut auf Koptisch zu mir selbst. Dieser plötzlich aufkeimende Gedanke ergriff ganz unvermittelt Besitz von mir. Ich entledigte mich meiner restlichen Kleidung, häufte sie auf einen jener Sandhügel, die sich überall wie Kuppeln über die Wasseroberfläche erhoben, dann watete ich hinein, bis ich tief im Wasser stand ... Ich drehte mich nach Norden um, der Wind blies mir gegen die nackte Brust, dann öffnete ich weit die Arme und begann ein Gebet zu rezitieren, das ich vorher noch in keinem Buch gelesen und in keinem Gottesdienst vernommen hatte:

In deinem Namen, der du über jeden Namen erhaben bist,
Der du geheiligt bist, so dass man sich kein Bild von dir mache und dich nicht festlege und dir kein Merkmal zueigne.
Ich mache mich leer für dich, auf dass dein ewiger Glanz sich in mir widerspiegelt,
Und du mit all deinem Licht und deinem Leuchten und deinem Glänzen offenbar wirst.
In deinem Namen mache ich mich leer für dich, auf dass ich ein zweites Mal geboren werde von dem Mutterleib deiner Allmacht,
Kraft deiner Gnade.

Mehrmals wiederholte ich dieses Gebet mit geschlossenen Augen, und mit jedem Mal wurde meine Stimme lauter. Nach dem zehnten Mal war meine Stimme zu einem Schrei geworden, der die Leere um mich herum durchbrach. Als die Sonne im Zenit stand und mein Körper keinen Schatten mehr warf, beugte ich mich vor und schöpfte mit beiden Händen das klare Wasser. Dann richtete ich mich wieder auf und warf es mir über den Kopf, auf dass es mich reinige von allem, was gewesen war. In jenem Moment taufte ich mich selbst und gab mir in diesem Augenblick plötzlicher Erleuchtung einen neuen Namen. Es war der Name, unter dem man mich bis jetzt kennt … Hypa … was war er anderes, als der erste Teil ihres Namens?

Nach der Taufe kleidete ich mich wieder an und spürte, dass ich jener andere Mensch geworden, der in mir verborgen gewesen war. Ich war nun Hypa, der Mönch, und nicht jener Junge, dessen Mutter seinen Vater verriet, auf dass man ihn vor seinen Augen tötete. Ich war nicht der Jüngling, der von seinem Onkel in Nag Hammadi großgezogen worden war, und nicht der junge Mann, der einst in Achmim studiert hatte … Ich war jener andere, der seine Stärke aus dem verborgenen Himmelreich gewann, ich war jener, der zweimal geboren worden war.

Als sich die Sonne zum Horizont neigte, zog sich mein Schatten in die Länge. Er führte mich gen Osten, und ich folgte ihm. Ohne eine Antwort zu erwarten, fragte ich mich: Soll ich meinen Weg nach Jerusalem fortsetzen, um dort den Ursprung der Religion zu erspüren? Oder soll ich weiterwandern, bis ich in den Osten der Welt gelange, dorthin, wo sie beginnt? Oder soll ich in mich gehen, so dass ich den Ursprung meiner Seele entdecke und Gott erkenne? Ich wartete nicht auf eine Antwort, denn alle Antworten waren gleich; viel und mannigfaltig waren nur die Fragen!

Kurz vor Sonnenuntergang gelangte ich dorthin, wo deutlich die Grenze zwischen der Erde, dem Meer und dem Himmel hervortrat. Ich erblickte wieder Bäume und Menschen und begriff zum ersten Mal, dass die Menschen Bäume sind und die Bäume wie die Menschen, mit dem Unterschied, dass das Leben der Menschen nur kurz währt … Am Rande eines Fischerdorfes nächtigte ich mit dem Rücken gegen eine alte verfallene Mauer gelehnt, die bald zusammenzubrechen drohte. Ich schlief im Sitzen und betrat das Dorf erst am Morgen darauf. Nur wenige Menschen befanden sich in den paar versprengten Häusern. Ich fragte einen Mann, der so knochig war wie ich selbst und der Netze knüpfte, ob er meine Hilfe benötige. Um meinen Hunger zu stillen, beglückte er mich mit einem Teller Suppe, in der kleine Stücke weißen Fischfleischs schwammen. Die Fische in jener Region unterscheiden sich von jenen, die ich aus meiner Heimat kenne, denn Meeresfische sind größer, geschmackvoller und bekömmlicher für den menschlichen Körper. Ich hatte vorher noch niemals Fisch zu mir genommen, doch an jenem Tag machte ich mich darüber her, als wäre jener, der niemals Fisch gegessen hatte, ein anderer gewesen!

Ich brachte einige Tage damit zu, mit dem Mann zusammen Netze zu knüpfen, und gemeinsam ernährten wir uns von den Mahlzeiten, mit denen uns seine betagte Frau zweimal am Tag versorgte. Dann verabschiedete ich mich von ihm, um meinen Weg ostwärts fortzusetzen, und gelangte einige Tage später in eine Ortschaft mit Namen Dumyat, in der Fischer, Bootsbauer und einige Händler wohnten. In dieser Ortschaft verweilte ich fünf Monate oder möglicherweise einige Tage länger. Tagsüber arbeitete ich auf der Bootswerft, abends stellte ich Netze her, und des Nachts schlief ich nur einige wenige Stündchen. Der Brotgeber war der Anführer der Fischer dort, der über etwa zwanzig ungelernte Arbeiter wie mich sowie eine gleiche Anzahl erfahrener Fischer und Bootsbauer verfügte. Der Mann musste ein Christ gewesen sein, sofern ein guter Mensch einer Religion angehört. Trotz seines Reichtums war er fürwahr ein guter Mensch ... Warum hatte Jesus Christus gesagt, dass das Eintreten der Reichen in das Himmelreich schwieriger sei, als durch ein Nadelöhr zu gehen? Eines Tages sagte ich zu dem Mann aus Dumyat, dass seine Tätigkeit, die die Fischerei und den Bootsbau verband, eine gebührende Arbeit für einen Christen sei, hatte doch der Apostel Petrus – er war der Felsen, auf dem man die Kirche erbaut hatte – als Fischer an diesem Meer gearbeitet, und Joseph (der Schreiner) war es gewesen, der Jesus Christus aufgezogen. Da entgegnete der Mann lächelnd: »Ich weiß, aber ich habe die Fischerei und das Schreinerhandwerk nicht selbst gewählt, sondern es waren mein Vater und vorher mein Großvater gewesen. Hätte die Entscheidung in meiner Hand gelegen, so hätte ich es vorgezogen, Bauer zu werden. Dann würde das Meer mich nicht jedes Mal quälen, wenn es einen meiner Männer verschlingt!« Er schüttelte bekümmert den Kopf und schickte sich an, die Arbeit der Schreiner und Fischer zu beaufsichtigen.

Nachdem ich einige Monate in Dumyat verbracht hatte, begann ich, den Kranken Arzneien zu verschreiben, um sie zu heilen. Schon sollte mir dies einen guten Ruf als Arzt einbringen, doch ich beeilte mich, fortzukommen, nachdem ich das Angebot des Meisters, auf immer bei ihnen zu bleiben und eine ihrer Frauen zu ehelichen, abgelehnt hatte! Ich verabschiedete mich von ihnen und verließ Dumyat. Der Meister legte mir ein wenig Geld in die Hand und überreichte mir zusätzlich einen Beutel, worin sich ein Gewand aus Schafwolle, eine Reisedecke sowie getrockneter Proviant befanden. Es war Winter, ich verließ die Ortschaft zur Zeit der Morgendämmerung, und mein Ziel war Jerusalem.

Nachdem ich einige Tage gen Osten gewandert war, zogen sich die grünen Felder zurück, der Horizont des Meeres und der blauen Seen verschwand hinter Hügeln, und das Ockergelb gewann die Oberhand. Ich befand mich unmittelbar vor der Sinai-Halbinsel, wo eine Wüste auf die nächste folgt, in denen nichts ist als Ödnis, Mangel und Dürre. Am Rande der Wüste stand ein bescheidenes Kloster, isoliert inmitten all des Sandes, einsam in seiner Erscheinungsform. Ich nahm es aus der Ferne wahr, näherte mich ihm jedoch nicht. Gleichwohl stellte ich mir auch nicht die Frage, was ich in der Sinai-Wüste wohl als Nahrung zu mir nehmen sollte, gab es doch keinen grünen Halm, den ich hätte brechen und verzehren können, wie ich es in den ersten Tagen meiner Wanderung getan hatte … Meine Furcht vor dem Umherirren, das ich mir selbst gewählt hatte, ließ mich unter einem mitleidigen Baum nächtigen, der von weitem auf das Kloster blickte … Als der Morgen dämmerte, wurde ein Mönch des Klosters auf mich aufmerksam, der in aller Frühe hinausgegangen war, um die

Schafe weiden zu lassen. In einer Hand einen Fladen Brot, in der anderen den Hirtenstab, kam er auf mich zu. Ich hatte ganze zwei Tage mit keiner Menschenseele ein Wort gewechselt, doch als er mir freundlich den Brotfladen hinhielt, blieb mir nichts anderes übrig, als mit ihm zu sprechen.

»Gesegnet sei dein Tag, Bruder, mein Herz sagt mir, dass du hungrig bist.«

»Gott sei es gedankt.«

»Beabsichtigst du, in diesem Gewand und ohne Reittier die Wüste zu durchqueren?«

So hatte unser Gespräch begonnen, und es endete auf eine für mich gänzlich ungeahnte Weise, denn diesem schmächtigen Mönch war etwas zu eigen, was ich bei keinem anderen Mönch bisher erlebt hatte: eine innerliche Besorgnis! Er erzählte mir, dass er ursprünglich aus einer Ortschaft stamme, deren Name Dumyat sei, und dass er dort ein Mädchen geliebt und umschwärmt habe. Da man das Mädchen jedoch gegen seinen Willen mit jemand anderem verheiratet hatte, habe er für sich das Mönchsleben gewählt ... Dies habe sich zugetragen, als er zwanzig Lenze zählte, und nun habe er die dreißig erreicht. Während seiner zehn Jahre als Mönch habe er sich Tag für Tag gefragt, ob sein Entschluss nicht ein Fehler gewesen sei, oder ob er richtig gehandelt habe ... Seine Aufrichtigkeit verfehlte ihre Wirkung auf mich nicht, und so fasste ich Zutrauen zu ihm und schüttete ihm mein Herz aus, wie er es getan hatte. In allen Einzelheiten schilderte ich ihm, was mich veranlasst hatte, Alexandria zu verlassen und ziellos umherzuirren. Gleichwohl rümpfte er darüber nur die Nase, denn er kannte Hypatia nicht und hatte auch von ihrer Ermordung nichts gehört. Er reagierte mit Geringschätzung auf meine Erzählung, denn er sah auf alles herab, was sich ereignete oder sich in Zukunft ereignen würde! Seine alles umfassende Verachtung rief wiederum meine Verwunderung hervor, doch noch erstaunter war ich über jene Leichtfertigkeit, mit der er sagte, dass er, käme seine Geliebte heute zu ihm zurück, das Leben eines Mönches aufgäbe! Vielleicht würde er auch Priester einer Kirche werden oder wieder gemeinsam mit seinem Vater Handel treiben … Da er indes wusste, so setzte er hinzu, dass sie nicht zu ihm zurückkehren werde, bleibe er folglich bis zum Ende seiner Tage Mönch.

»Du hast dich also nicht vom Leben verabschiedet, als man dich zum Mönch weihte!«

»Ach Bruder, das Mönchstum selbst ist doch eine stete Haltung zum Leben. Wie sollte ich also behaupten, mich von ihm verabschiedet zu haben?«

Er sagte dies ohne jedes Aufhebens, während er sich erhob, um seine Schafe zusammenzutreiben, die im Schatten des Baumes um uns herum Schutz gesucht hatten … Bevor er von dannen zog, forderte er mich in seinem amüsanten Dialekt von Buhaira auf, nicht in den Sinai zu gehen, bevor ich nicht beim Vorsteher jenes nahe gelegenen Klosters vorbeigeschaut hätte. Ich kann mich noch gut daran erinnern, wie er sich ausdrückte: »Er ist ein Mensch, den man gesehen haben muss. So einen trifft man nicht alle Tage!«

Ich hatte im Grunde nichts dagegen einzuwenden, das Kloster zu besuchen, bevor ich mich in die Sinai-Wüste aufmachte, und so traf ich den Prior in der kleinen Klosterkirche. Er war so alt, dass ich den Klosterbewohnern, die behaupteten, er habe die hundert schon weit überschritten, Glauben schenkte. Auch die Falten in seinem Gesicht deuteten darauf hin, derweil das Funkeln seiner Augen diese Behauptung Lügen strafte! Sein strahlender Blick leuchtete geradezu, und in seinen knappen Worten lag eine lautere Weisheit … Während er mit mir sprach, blickte er auf das über dem Altar hängende Kreuz. Nur einmal wandte er sich direkt an mich, um mir nach einer zweistündigen Unterredung zu sagen: »Wenn du wirklich auf der Suche nach dem Ursprung der Religion bist, wie du sagst, dann suche die Höhlen am Toten Meer auf und statte den Essenern einen Besuch ab, denn sie sind die wahren Juden … Das Judentum ist der Ursprung … Und wenn du dorthin gehst, dann sieh zu, dass du auch den Mönch Chariton besuchst, denn er ist der wahrhaftigste und einsamste Mensch der Welt!«

Drei Tage verbrachte ich in dem abgelegenen Kloster, dann machte ich mich auf den Weg in den Sinai … Als ich fortging, überreichten die Mönche mir ein Kleid, einige Stücke trocken Brot, das aus Bockshornkleemehl gebacken war, Honig aus Rohrzucker und einen Ziegenlederschlauch voll Wasser … Dies sollte meinen Proviant für die Durchquerung der Sinai-Wüste darstellen, des ödesten Ortes der Welt. Am Tor des Klosters kam ein schmächtiger, hinkender Wasserträger auf mich zu, der einen Schlauch mit Wasser auf dem Rücken schleppte, der ebenso lang war wie er selbst. Als er erfuhr, dass ich mich in Richtung Sinai wenden wolle, gab er mir den guten Rat: »Gib acht, dass du das Meer nicht aus den Augen verlierst. Und geh niemals, aus welchem Grund auch immer, hinein in die Wüste, sonst wirst du nicht wieder herausfinden … Und besorge dir einen Esel, auf dem du reiten kannst, denn niemand vermag diese Wüste zu Fuß zu durchqueren.«

Ich kannte die Geographie des Sinai aus den Büchern des Claudios Ptolemaios, des Weisen aus früheren Zeiten, der in Alexandria gelebt, als die Klugen der Welt die Stadt bevölkert hatten. Daher erfasste ich sogleich, was der hinkende Wasserträger mir sagen wollte, und verstand seinen Hinweis, so dass ich mich nicht allzu weit von der nördlichen Küste der Wüste entfernte. Während der zwei Monate, in denen ich den Sinai durchkreuzte, ereigneten sich zahlreiche Begebenheiten, und manche von ihnen sind mir unvergesslich geblieben … Einmal traf ich auf eine Gruppe von Beduinen, von denen sich ein junger Mann die Schulter ausgerenkt hatte, weil er von der alten Mauer gestürzt war, neben der sie ihr Zelt aufgestellt hatten. Der Unfall war am Morgen jenes Tages geschehen, an dem ich bei ihnen vorbeigekommen war. Nachdem der Junge aufgrund der verrenkten Schulter zwei schmerzhafte Stunden durchlebt hatte, ließ ich ihm meine Erfahrungen in der Kunst der Heilung von Knochenbrüchen, Verstauchungen und Verrenkungen zuteil werden, wodurch seine Schmerzen ein wenig gelindert wurden. Seine Familie verabreichte ihm sodann einige betäubende Kräuter, auf denen er ein Weilchen kaute, bis er schließlich in einen tiefen Schlaf fiel. In jener Nacht nahmen die Beduinen mich gastfreundlich auf, und am nächsten Tag machten sie mir einen betagten Esel zum Geschenk. Auf seinem knochigen Rücken, der mir an der Innenseite meiner Oberschenkel Geschwüre verursachte, sollte ich die Wüste durchreiten ... Ich kaufte ihnen noch eine Decke und Trockenfleisch sowie Trockenfutter für den Esel ab und beglich meine Schuld mit der Hälfte jenes Betrages, den mir der wohlhabende Mann aus Dumyat mit auf den Weg gegeben hatte.

Ein weiteres unvergessliches Erlebnis passierte einige Tage später. Ich stieß zur Zeit der Abenddämmerung auf eine Pilgerkarawane, die zwei Monate zuvor in Kyrene, einer der Städte der Pentapolis, in Richtung Jerusalem aufgebrochen war. Obwohl ich geglaubt hatte, in meiner Einsamkeit glücklich zu sein, war mir sehr froh zumute, als ich der Karawane mitten in der Wüste ansichtig wurde. Einen ganzen Monat lang wanderte ich gemeinsam mit den Pilgern, bis wir palästinensischen Boden betraten. Von dort setzten sie ihren Weg nach Norden fort, derweil ich auf der Suche nach dem Ursprung der Religion alleine weiter Richtung Osten lief, zum Toten Meer. Damals lebte ich in dem Glauben, dass die wahre Religion nur eine sei und nur einen einzigen Ursprung habe!

Das dritte Erlebnis war ein schmerzliches. Inmitten der Wüste, die zum Toten Meer führt, wurde ich kurz vor dem Morgengrauen von Wüstenwölfen angegriffen. Zuerst umkreisten sie mich in weiter Entfernung, so dass mein Esel unruhig wurde und mir den Gehorsam verweigerte ... Warum bloß war ich an jenem Tage so früh aufgebrochen und hatte nicht den Sonnenaufgang abgewartet? Dann kamen die Wölfe, die sich zusammengerottet hatten, allmählich näher, und ihr Geheul war ein deutlicher Hinweis auf ihren unbändigen Hunger und ihre Bösartigkeit. Außer meinem Stock und meinem Esel besaß ich nichts, womit ich sie hätte abwehren können. Der Esel jedoch warf mich ab und stob in Panik davon, und sogleich hefteten die Wölfe sich ihm an die Fersen ... Dann wurde die Stille durch das Röcheln des Esels und das Gebrüll der zubeißenden Wölfe durchbrochen. Mich schienen sie sogleich vergessen zu haben. Ganz erfüllt von einem Gedanken, der plötzlich in mir aufgeblitzt war, setzte ich schließlich meinen Weg fort: Gott hatte den Esel geschickt, auf dass er jenen Tieren, die er erschaffen hatte und die ihre Nahrung reißen mussten, eine warme und köstliche Mahlzeit böte. Gott, dessen Macht unergründlich ist; er tut, was er will und mit wem er will!

Das Pergament ist vollgeschrieben, und doch sind die Erinnerungen, die durch das Schreiben so gegenwärtig werden, als durchlebe man sie ein zweites Mal, noch nicht abgeschlossen. Aber wenn ich sie jetzt aus der weit entfernten Vergangenheit zurückhole, sehe ich sie, je weiter die Jahre fortschreiten, in einem anderen Licht ... Und da die Erinnerung sich aufzulösen und der Faden der Erzählung zu reißen droht, werde ich auf dem folgenden Pergament zu Nestorius zurückkehren, zu dem, was ihm, nachdem ich ihm zum ersten Mal bei der Auferstehungskirche begegnet war, widerfuhr.

ELFTES PERGAMENT

Was weiter in Jerusalem geschah

Ich kann mich noch gut jenes weit zurückliegenden Morgens in Jerusalem besinnen. Die Luft war drückend gewesen, und die Erinnerungen an Hypatia, die Nestorius mit seiner Frage heraufbeschworen hatte, quälten mich die ganze lange Nacht über. Ich fühlte mich in jene Zeit in Alexandria zurückversetzt, eine Zeit, an die mich zu erinnern ich meide ... Niedergeschmettert blieb ich auf der Bank sitzen. Meine Verabredung mit Nestorius war mir nicht mehr gewärtig, und so wurde ich erst durch sein Klopfen an der Tür aus meinen Gedanken gerissen. Als ich ihm öffnete, steckte er sein strahlendes Antlitz herein, helles Tageslicht durchflutete meine Kammer.

»Gesegnet sei dein Morgen, mein Sohn ... Aber was ist mit dir? Dein Gesicht ist fahl, dein Blick unstet.«

»Es ist nichts, mein Vater! Bitte, kommt herein!«

»Dein Bett scheint kalt und unberührt. Hast du auf dem Boden geschlafen?«

»Bitte, mein Vater, bitte ...«

»Ich werde dieses Fenster öffnen ... Hypa, was ist dir widerfahren, mein Sohn?«

Wir setzten uns einander gegenüber und schwiegen. Er saß auf meinem Bett und musterte mich mit besorgten und mitleidigen Blicken, während ich gesenkten Hauptes auf der Bank hockte, da das Echo von Hypatias Schreien noch immer tief in meinem Inneren nachhallte. Fast zehn Jahre waren seit ihrer Ermordung inzwischen vergangen, doch mir war, als wäre es gestern gewesen. Nachdem einige Minuten bleiernen Schweigens verstrichen waren, schlug Nestorius vor, die Zelle zu verlassen, um entweder dem Gebet in der Kirche beizuwohnen oder außerhalb der Kirchmauern spazieren zu gehen. Wortlos und mit irrendem Blick sah ich ihn an.

»Wohlan, Hypa, das Gehen wird dir guttun«, forderte er mich auf und erhob sich.

»Wie Ihr meint, gesegneter Vater.«

Ich schloss die Tür zu meiner Zelle, und Nestorius entließ die Diakone, die draußen auf ihn gewartet hatten ... Stumm ging ich neben ihm her, unfähig, auch nur ein Wort herauszubringen. Ich war froh, dass er nicht durch das Kirchportal schritt, denn ich hätte die lange Messe als ermüdend empfunden. An der Kirchmauer bog Nestorius ab und wandte sich, zu meiner Linken gehend, in Richtung der schlanken Bäume, die hinter der Kirche an der Stadtmauer standen, zu jenem so angenehm stillen Platz unter den Bäumen, an den ich mich immer gerne zurückzuziehen pflegte. Um mich abzulenken, berichtete Nestorius, dass sich der Gesundheitszustand von Bischof Theodor verbessert habe und dass er mir seinen Dank ausspreche und mich noch einmal zu sehen wünsche. Er habe sogar in Erwägung gezogen, mich mit nach Mopsuestia zu nehmen, auf dass ich dort mein Leben verbringe! Als er seine bedächtige Rede beendet hatte, waren wir an dem baumbestandenen Platz angelangt. Nestorius fragte mich, ob ich mich setzen wolle, und ich willigte auf der Stelle ein, denn meine Beine waren schwach geworden, und ich fühlte mich vom Laufen erschöpft. Dann förderte er ein kleines Evangelium mit zierlichen Buchstaben aus seiner Tasche zutage, das er mir hinhielt, und sagte:

»Dies ist ein Geschenk für dich ... von Bischof Theodor und von mir.«

Ich öffnete das Buch und stellte fest, dass es keineswegs ein Evangelium war, sondern eine medizinische Abhandlung, eine Schrift von Galenos für seinen Schüler Glaukos über die Heilung von Krankheiten. Als ich mich bei ihm bedankte, lächelte er mich aufmunternd an und sagte dann etwa Folgendes: »Wenn deine alexandrinischen Erinnerungen dich derart peinigen, dann musst du sie zu vergessen suchen. Ich entschuldige mich bei dir, wenn meine Frage über Hypatia dich so aufgewühlt hat.«

Nestorius war fürwahr ein zutiefst feinfühliger Mensch, auch wenn sein Äußeres nicht unbedingt darauf schließen ließ. Ich setzte ein Lächeln auf und vertraute ihm an, dass Hypatia nicht meine einzige schmerzliche Erinnerung sei und dass es keinen Grund gebe, sich zu entschuldigen. Um nun ihn seinerseits wieder aufzurichten, setzte ich hinzu: »Ich werde Euch alles erzählen, auf dass ein so vorzüglicher Mensch wie Ihr die Bürde gemeinsam mit mir trägt.«

»Erzähle, was du auf dem Herzen hast, mein Sohn.«

Ich berichtete Nestorius, wie der Lektor Petrus die Professorin Hypatia hinter sich hergezogen, wer ihm dabei zur Hand gegangen war und wie man sie dann so lange durch die Straßen geschleift, bis ihre Haut nur noch aus Fetzen bestanden hatte und ihr die Glieder vom Körper gerissen waren, bevor man sie bei der verlassenen Schule der Wissenschaften, die als Museion berühmt gewesen war, den Flammen übergeben hatte ... Sogleich nahm ich auf Nestorius' Antlitz einen gequälten Ausdruck wahr und hielt in meinem Bericht inne.

Ich erzählte ihm nicht alles. Ich beschrieb ihm nicht, wie ich dagestanden und ins Feuer gestarrt hatte, bis es erloschen war, nachdem es Hypatias Körper verschlungen hatte; ihren Körper und ebenso die Überreste des Museion, in dem ich, wie ich einst geträumt, Medizin studieren würde. Gleichwohl erzählte ich ihm, dass ich Alexandria an jenem Tag auf immer verlassen hatte, dass ich wie von Sinnen und fassungslos durch die Kanopische Straße geirrt war, mutterseelenallein, gleichsam als sei Alexandria eine von Geistern bewohnte Stadt.

»Barmherziger Gott!«

Erst als Nestorius diesen Seufzer ausstieß, wurde ich seiner wieder gewahr. Ich erschrak über seine bitter verzerrte Miene, und mir wurde klar, dass ich recht daran getan hatte, mich bei der Beschreibung des Geschehens recht kurz zu fassen, statt mich in Details zu ergehen ... Dass die Richter, die der Kaiser für eine Untersuchung des Mordes an Hypatia dorthin gesandt hatte, zu keinem Ergebnis gelangt waren und dass keiner ihrer Mörder angeklagt worden war, wie Nestorius schmerzerfüllt erklärte, wunderte mich nicht. Man hatte den Vorfall abgetan, als habe er nie stattgefunden!

»Ja, mein Vater, ich weiß es. Ich habe es von den Pilgern erfahren, die in den Jahren danach aus Ägypten und aus Alexandria hierherkamen.«

»Haben dir die Pilger auch gesagt, dass Kyrillos dieser Untersuchungskommission hohe Bestechungsgelder gezahlt und kostbare Geschenke gemacht hat, damit die Angelegenheit im Dunkeln bleibt?«

»Ja, mein Vater, das haben sie gesagt. Und sie haben auch gesagt, dass Kaiser Theodosius der Zweite sich zur Beendigung dieses blutigen Kapitels damit begnügte, den Mönchen in Alexandria ein Ermahnungsschreiben zukommen zu lassen, in dem er sie davor warnte, sich an öffentlichen Orten in der Stadt unter die Bevölkerung zu mischen!«

»Was für eine harte Strafe ... Hätten sie sich doch schon damals daran gehalten!«, entgegnete Nestorius mit spöttischer, bitterer Stimme.

Die Sonne über uns brannte heiß und gnadenlos. Als ich gewahr wurde, wie Nestorius die Schweißperlen über die Stirn rollten, verspürte ich Mitleid mit ihm und lud ihn deshalb in meine Zelle ein. »Lass uns zuerst zur Kirche gehen, um das Gebet zu verrichten. Dann werden wir in deiner Zelle einen Tee aus wilder Pfefferminze zu uns nehmen.«

Am Portal der Kirche verabschiedete der Oberpriester gerade einige Pilger. Als er unser ansichtig wurde, hellte sich sein Gesicht vor Freude auf. Er trat auf Nestorius zu, hieß ihn willkommen und forderte ihn auf, sich ihm zur Stunde der Mittagsmahlzeit zuzugesellen. Nestorius dankte freundlich und entschuldigte sich damit, dass er gemeinsam mit Bischof Theodor speisen werde, und lud seinerseits den Priester ein, uns Gesellschaft zu leisten.

»Wenn Ihr heute mit uns das köstliche Mahl einnehmt, welches die Mönche zubereitet haben«, gefiel es ihm zu scherzen, »dann werdet Ihr ernsthaft in Erwägung ziehen, Euch uns anzuschließen und nach dem Ende der Pilgerzeit mit uns zurückzukehren!«

»Aber gesegneter Nestorius, wie könnte ich denn meine Frau und meine armen Kinder zurücklassen? Außerdem habe ich schon seit langem den Appetit aufs Essen verloren.«

»Was Eure Familie betrifft, so wird sie mit Euch in Antiochia oder in Mopsuestia leben. Und was Euren Appetit angeht, so wird der Mönch Hypa Euch einige seiner magenstärkenden und appetitanregenden Kräuter verabreichen, auf dass Euch ein köstliches Essen wieder mundet!«

»Dann wirst du also, nachdem zuerst ich dich behandelt habe, mich behandeln!«, entgegnete der Priester lachend. Als Nestorius um eine Erklärung des Gesagten bat, erzählte ihm der Priester der Kirche die Geschichte meiner Ankunft in Jerusalem, wie ich vor Erschöpfung am Portal der Auferstehungskirche zusammengebrochen war und man mich hineingetragen hatte. »Der Mensch ist schwach«, sagte Nestorius daraufhin und blickte mich mitfühlend an. »Wir sind schwach und beziehen unsere Kraft nur aus der Liebe.« Der Priester nickte beipflichtend, dann schien ihm ein Gedanke gekommen zu sein, und von einer plötzlichen Begeisterung erfasst, entgegnete er: »Wo wir gerade über die Liebe sprechen ... sollen wir nicht heute für Euch eine Versammlung ausrichten, auf der Ihr über die verschiedenen Arten der Liebe doziert. Euer Vortrag darüber wird gewiss höchst ergötzlich sein. Ich habe Euch nämlich schon einmal darüber vor Euren Brüdern sprechen gehört, als ich Euch in Antiochia besuchte.«

»Der gesegnete Priester vergisst aber auch gar nichts. Das war vor langer Zeit. Heute aber, wo Bischof Theodor bei uns ist, halte ich keine Versammlungen mehr ab. Ihm zu lauschen und aus seinem Wissen zu schöpfen, ist vollkommen ausreichend.«

»Möge Gott Euch und ihn segnen. Und jetzt möchte ich mich empfehlen, die Arbeit in der Kirche nimmt kein Ende.«

»Gott schütze Euch, gesegneter Priester ... Wohlan, Hypa, lass uns beten gehen!«

Das Gebet wirkt wie ein Zauber. Es ist eine Weide für die Seelen und eine Erquickung für das bekümmerte Herz. Genauso verhält es sich mit den Gottesdiensten, die uns von unseren Kümmernissen reinwaschen. Sie nehmen die Sorgen scheinbar von unseren Schultern und stellen sie dem göttlichen Erbarmen anheim, so dass wir für eine Weile Ruhe finden. Dann aber verspüren wir, sofern wir an Gott glauben, wieder ein Verlangen nach jenen Qualen. Wenn wir den Stall Gottes verlassen, sind wir allein. Dann werden wir Opfer der Sorgen und Gedanken, die uns zermalmen ... Aber lassen wir das jetzt! Als wir nach dem Gebet durch das Portal der Kirche traten, strahlte Nestorius' Antlitz vor Liebe. Er hatte wieder zu seiner gewohnten Verfassung zurückgefunden und unterbreitete den Vorschlag, zuerst zu Bischof Theodor zu gehen, um mit ihm das Mittagsmahl einzunehmen, und dann in meine Zelle zurückzukehren, und ich hatte nichts dagegen einzuwenden.

Auf dem Weg zu ihrer Unterkunft ergab ein Thema das nächste. Er erzählte mir über die Schönheit Antiochias, über die zahlreichen Wissenschaften an den dortigen Schulen, über die gut ausgestattete Bistumsbibliothek, über die einfachen Menschen, die sich aus den benachbarten Weilern einfanden, über Kaiser Theodosius den Zweiten und sein ewigliches Zaudern vor Entscheidungen und über den Bischof von Antiochia und seine hohe Moral ... Und ich berichtete ihm über meine Tage in Achmim, ich beschrieb ihm jene blühende Ortschaft am Ufer des Nils, den großen Tempel, vor dessen Tor kolossale Skulpturen von Pharaonen stehen, von denen die ein oder andere eine Höhe von dreißig Metern erreicht! Und über die Statue der schönen Frau dort, von der es heißt, sie sei die Tochter des großen Pharao gewesen, der den Tempel erbaut hatte ...

»Mir ist zu Ohren gekommen, dass die anderen Professoren aus Alexandria die Stadt verlassen haben und nun seit Jahren in Achmim leben«, sagte Nestorius.

»Ja, mein Vater. Aber auch in Achmim gibt es viele Kirchen, und die Hälfte der Bevölkerung dort besteht aus guten Christen.«

»Möge Gott sie vor Kyrillos' Unbill schützen!«

»Solche Gräuel wie in Alexandria werden in Achmim nur schwerlich geschehen, mein Vater, die Menschen dort sind von anderer Natur.«

»Du nimmst Partei für deine ägyptischen Landsleute, Hypa!«

»Vielleicht, mein Vater, schon möglich.«

Als wir bei Bischof Theodor eintraten, strahlte er vor Freude über das ganze Gesicht. An jenem Tag spürte ich, welch tiefe Zuneigung die beiden verband, und sehnte mich danach, zwischen mir und Nestorius entstünde eine ebensolche Beziehung wie zwischen ihm und Bischof Theodor ... Mir war sehr wohl zumute bei diesem Beisammensein, und das Mahl mundete wahrhaft köstlich. Es bestand aus in Jerusalem und Umgebung unbekannten Speisen, doch der Bischof zeigte sich mir gegenüber so aufmerksam, mir die verschiedenen Gerichte zu beschreiben, von denen er einige ihrer guten Bekömmlichkeit wegen rühmte. Ich hielt noch immer das Buch von Galenos in der Hand und sprach ihm dafür meinen Dank aus. Ebenso dankte ich ihm für die Einladung zu dieser Mahlzeit in der gesegneten Runde von Priestern. »Ich werde dir nach meiner Rückkehr noch weitere medizinische Bücher zukommen lassen«, entgegnete er lächelnd. »Außerdem werde ich die Schreiber des Bistums bitten, die Arbeiten von Hippokrates und anderen berühmten Ärzten für dich zu kopieren.«

»Das ist sehr freigebig von Euch, ehrwürdiger Bischof.«

»Das wird, so Gott will, sowohl dir zum Nutzen gereichen wie auch den anderen Menschen. Die Leute sind auf die Medizin angewiesen, deren Wissenschaft seit einiger Zeit an Bedeutung verliert. Möge Gott diese nützliche Wissenschaft durch euch Ärzte erhalten.«

Nun mischte sich Nestorius freundlich ins Gespräch ein und erwähnte, dass ich außerdem Gedichte verfasse, was den Bischof zu der Bemerkung veranlasste, auch sein alter Freund, Bischof Johannes Chrysostomos, habe in seiner Jugend Gedichte geschrieben. Dann setzte er hinzu: »Habe ich dir nicht gesagt, mein lieber Nestorius, dass sie sich ähnlich sind?« Nach diesen Worten hob der Bischof dazu an, der gesegneten Runde zahlreiche seiner Erinnerungen an Johannes Chrysostomos zum Besten zu geben ... Er ergötzte sich dergestalt an der Darstellung dieser Erlebnisse, als rufe er sich einen Teil seines eigenen Lebens ins Gedächtnis zurück, den er längst hinter sich gelassen wähnte.

Unserer Zusammenkunft wohnten neben einem Mönch in vorgerücktem Alter, der bisher kein einziges Wort gesprochen hatte, noch zwei weitere Priester bei. Kaum hatte Bischof Theodor geendet, da konnte einer der Priester nicht an sich halten, eine ihn bedrängende Frage zu stellen: »Wie hatten sich die Alexandriner erkühnen können, Johannes Chrysostomos schuldig zu sprechen, wo er doch als Heiliger gilt?« Diese unvermittelt gestellte Frage vertrieb mit einem Schlag die beschauliche Atmosphäre der Versammlung. Nestorius warf dem Fragesteller unwillkürlich einen missbilligenden Blick zu, der jenen in Verlegenheit brachte; wir anderen aber hüllten uns allesamt in Schweigen ... Bischof Theodor aber drehte seine rechte Hand in der Luft, runzelte die Stirn und entgegnete unwillig: »Die Alexandriner haben viele Torheiten begangen, und sowohl der frühere wie auch der jetzige Bischof haben sich grausamer Taten schuldig gemacht. Aber ich möchte weder über sie noch über ihre Taten sprechen, denn sie sind weit entfernt von den Lehren Christi und der Apostel. Es sind vielmehr die Taten von Menschen, die nach Erfüllung im Diesseits trachten. Möge der Herr sich ihrer aller erbarmen und ihnen vergeben.«

Ich glaubte, dass die Worte von Bischof Theodor das Ende der Versammlung ankündigten, wurde jedoch von der Rede des sonst so schweigsamen Mönches überrascht, dessen Stimme ich noch nicht vernommen, seit ich ihn erstmals gesehen hatte. Er sprach Griechisch mit orientalischem Akzent und stieß, mit der Hand auf seinen Stock gestützt, nun heftig hervor: »Möge der Herr den Alexandrinern vergeben, was sie getan haben, was sie jetzt tun und was sie in Zukunft tun werden. Die alexandrinische Kirche wird niemals innehalten, bis sie einstürzt oder bis diese ganze Religion am Ende ist.«

Schweigen legte sich über die Runde, niemand blickte dem anderen ins Gesicht ... Verwundert über die Wirkung der

Worte des sonderbaren Mönches, die alle zum Schweigen gebracht hatten, starrte ich verstohlen einen nach dem anderen an … Auch wenn seine Gestalt nicht darauf schließen ließ, erfreute sich dieser Priester ganz ohne Zweifel eines besonderen Ansehens in der Runde, hätte er doch sonst nicht so harsche Worte gewählt, die alle in Verlegenheit gebracht hatten. In jenem Augenblick wurde mir bewusst, dass auf dieser Welt etliche gottesfürchtige Männer leben, die in die Geheimnisse der Liebe eingeweiht sind, deren Rang indes nur die Vollkommenen erkennen. Und dieser Mönch schien mir einer von ihnen zu sein. Er hatte große Ähnlichkeit mit dem heiligen Chariton, den ich in seiner Grotte in der Nähe des Toten Meeres aufgesucht hatte. Beide sprachen mit orientalischem Akzent, beide standen schon im vorgerückten Alter, und beide waren überaus hager. Und wenn sie sprachen, erbebten ihre Körper, wie auch ein Beben durch die Menschen ging, die ihnen lauschten … War dieser geheimnisvolle Mönch ein Bruder des Mönches Chariton? Oder war es vielleicht ein und dieselbe Person, die an verschiedenen Orten in verschiedener Gestalt erschien? Womöglich waren jene Heiligen ein Zeichen für die Menschen, ein Zeugnis für die Wunder Gottes in der Welt … Solche Gedanken gingen mir in jenem Moment durch den Sinn, zusammen mit vielen sonderbaren Überlegungen über den Glauben, die mich indes heute nicht mehr überfallen wie damals in jener weit zurückliegenden Zeit.

Als Pater Nestorius sich erhob, erwachte ich aus meinen Gedanken. Er klopfte sich mit beiden Händen sein Gewand ab, gleichsam als wollte er das Schweigen abschütteln, das sich über die Anwesenden gelegt hatte … Dann sagte er zu Bischof Theodor, dass wir uns nun empfehlen würden, damit er sich ausruhen könne, und dass er mich in meine Zelle begleiten wolle, um einige Angelegenheiten mit mir zu besprechen. Kurz nach Sonnenuntergang werde er sich wieder bei ihm einfinden. So löste sich die Versammlung auf. Dies war das letzte Mal, dass ich Bischof Theodor, den Bibelexegeten, sah.

Auf dem Weg zu meiner Zelle konnte ich nicht umhin, Nestorius nach dem schweigsamen Mönch mit der durchdringenden Stimme zu fragen, dessen Worte die Zusammenkunft beendet hatten. Er sei einer der bekanntesten asketischen Mönche, entgegnete Nestorius, und lebe in dem ältesten Kloster der gesegneten Ortschaft Kappadokien, der das Christentum drei bedeutende und berühmte Kirchenväter zu verdanken habe, die als die drei kappadokischen Väter bekannt seien. Und dieser schweigsame Mönch, setzte er hinzu, sei dort ob seines asketischen und enthaltsamen Lebensstils allseits geachtet. Man erzähle sich allerlei seltsame Anekdoten über ihn und sage ihm sogar Wundertaten nach, die er allerdings beharrlich leugne. Darüber hinaus sei er für seine Schweigsamkeit bekannt und werde von den Kirchenmännern hoch geschätzt. Und Bischof Theodor betrachte ihn – war der Mönch doch mit seinen über achtzig Jahren ein wenig älter als der Bischof selbst – als einen seiner spirituellen Meister.

»Er hat Ähnlichkeit mit dem Mönch Chariton.«

»Woher weißt du das, Hypa? Hast du den heiligen Chariton gesehen?«

»Ja, ich habe ihn gesehen. Ich habe ihn vor einigen Jahren in seiner Grotte aufgesucht.«

Nestorius wollte mehr über mein Zusammentreffen mit dem Mönch Chariton wissen, und ich trachtete danach, mehr über die Worte des schweigsamen kappadokischen Mönches in Erfahrung zu bringen. So ergab es sich an jenem Tag, dass wir über viele Dinge plauderten. Stundenlang saßen wir da, ein Wort gab das andere, und wir wurden nur durch das Auftauchen eines beklagenswerten Mannes unterbrochen, der eine Medizin für seine starken Schmerzen erbat, die ihm nach dem Genuss verdorbener Nahrung das Gedärm zerrissen. Es gab für den Mann keine andere Behandlung als ein umfassendes Gegengift, welches Mithridate genannt wird und von dem ich ein wenig in meiner Zelle vorrätig hatte. Ich verabreichte ihm etwas davon und lehnte wie gewöhnlich eine Entlohnung ab: »Wenn Ihr möchtet, könnt Ihr der Kirche eine Gabe zukommen lassen …« Dann ging der Mann wieder fort. »Das ist dein Lohn bei Gott, gesegneter Hypa«, sagte Nestorius, erfreut darüber, dass ich die Kranken in der Hoffnung auf Gottes Lohn im Jenseits heilte.

»Mein Vater, ich habe die Medizin studiert, ohne dafür etwas bezahlen zu müssen. Wie könnte ich nun etwas dafür verlangen? Unser Erlöser Jesus Christus sagte: Umsonst habt ihr empfangen, umsonst sollt ihr geben.«

Wir nahmen den Faden unserer unbeschwerten Unterhaltung wieder auf, und ich beendete meine Erzählung über meine Wanderschaft. Ich berichtete Nestorius, was ich in der Umgebung des Toten Meeres erlebt hatte und wie sich meine Begegnung mit dem Mönch Chariton zugetragen hatte. Drei Tage lang hatte ich in der Erwartung, dass er seine Höhle verlasse, und aus Scheu davor, unvermittelt bei ihm einzutreten und seine Zurückgezogenheit zu stören, vor dem Eingang seiner Grotte genächtigt. Einige Leute aus dem Dorf pflegten jede Woche vor der Höhle einen Sack mit trockenem Brot und Stücken getrockneten Käses sowie einen Schlauch mit Wasser bereitzulegen, das für einen normalen Menschen nicht länger als zwei Tage gereicht hätte. Der Mönch Chariton aber begnügte sich eine ganze Woche damit. Es waren genau jene Dörfler gewesen, die mich zu seiner Grotte geführt und mir den guten Rat erteilt hatten, nicht unaufgefordert bei ihm einzutreten. Nachdem ich also zwei Nächte vor der Grotte ausgeharrt hatte, kamen mir allmählich Zweifel, ob der Mann sich überhaupt noch darin befand. Vielleicht war er ja schon vor Jahren zu Gott befohlen worden, und niemand hatte es bemerkt, weil einige Habenichtse den Proviant, den die Leute aus dem Dorf ihm überließen, entwendet hatten! Als ich jedoch zur Mittagszeit in einen leichten Schlummer fiel, wurde ich Charitons ansichtig. In meinem Traum bedeutete er mir, dass der richtige Augenblick noch nicht da sei und dass er mich, wenn die Zeit gekommen sei, zu sich rufen werde. Nach der dritten Nacht waren meine Essensvorräte aufgebraucht, alles, was ich noch besaß, waren die Bücher, die Pergamente und die Tinte. Ich hatte mich indes dareingefügt, vor dem Eingang zur Grotte auf das Zeichen zu harren; weder wurde mir die Zeit zu lang, noch zog ich in Erwägung, meiner Wege zu gehen. An jenem Tag vernahm ich zur Mittagszeit aus der Tiefe seiner Einsiedelei heraus seine dunkle widerhallende Stimme: »Wenn jemand draußen ist, soll er hereinkommen!«

Sein Anblick erschreckte mich, als ich den Fuß in seine Höhle setzte. Es waren zunächst nur zwei hell blitzende Augen zu erkennen. Sein von zerzaustem Haar umrahmtes Gesicht saß auf einem spindeldürren Körper, der von tiefschwarzen Lumpen umhüllt war. Die Grotte hatte die Form eines Verlieses, die Wände waren von zahlreichen Rissen durchzogen. Der Boden war kalt und feucht, so dass ich mich ein wenig von der Hitze erholen konnte, die mich während der drei Tage, die ich einsam unter der sengenden Sonne ausgeharrt, schier hatte zerfließen lassen. Ganz behutsam schritt ich vorwärts in der Höhle, die erfüllt war von Licht und Ehrfurcht.

»Was willst du von mir?«, richtete er zuerst das Wort an mich.

»Mein Vater, ich verharre seit Tagen vor Eurer Tür und warte darauf, Euch zu sehen. Ich trachte danach, Euren Segen zu erlangen und Euch einige Fragen zu stellen.«

»Und woher weißt du, dass ich die Antworten kenne?«

»Ich glaube es, mein Vater, und setze meine Hoffnung darauf, denn meine Fragen peinigen mich.«

»Setz dich!«

Ich setzte mich voller Ehrfurcht vor ihn und berichtete ihm über meine Zweifel, die mich erfüllten und mich dazu trieben, mein Augenmerk auf die Ursprünge der Religion zu richten. Ich erzählte ihm auch über meine Reise zu den Höhlen am Toten Meer, wo ich gehofft hatte, bei den Essenern Antworten zu finden. Ihre Höhlen waren jedoch leer gewesen und bar jeglicher Anzeichen von Leben, gleichsam als seien sie nur eine vorübergehende Erinnerung! Ich sagte ihm auch, wie entsetzt ich über die Ströme der Gewalt sei, die sich über die Erde Gottes ergössen, und welche Schrecken mir das entsetzliche Morden einflößte, das im Namen Christi begangen würde ... Schließlich sprach ich ihm gegenüber offen mein Bedürfnis nach Gewissheit aus, an dem es mir mangelte.

Der Mönch Chariton hüllte sich in Schweigen, bis ich geendet hatte. Dann erbebte, als er zu sprechen anhob, sein schmächtiger Körper, seine Rippen und seine Schultern traten hervor, und er sagte, dass man Gewissheit nur erlange, indem man die Zweifel auslösche. Dass der Zweifel aber nur ausgelöscht würde, indem man die Angelegenheit Gott anvertraue. Ihm die Angelegenheit anzuvertrauen, sei aber nur möglich durch das Wissen um seine Wunder im Universum. Und das Wissen um seine Wunder erlange man nur durch die Anerkennung der Inkarnation Gottes und seines Erscheinens in Christus ... Dann legte er mir nahe, die Wallfahrt nach Jerusalem zu unternehmen, und empfahl mir, die Stadt zu umwandern und sie danach erst zu betreten. Auf meiner Wanderung käme ich an jenen Orten vorbei, in die Jesus Christus seinen Fuß gesetzt habe. So würde ich mich Stück für Stück dem Zentrum nähern, das der Ort seiner Auferstehung sei, die Stadt aber solle ich erst aufsuchen, nachdem ich ein Zeichen von Jesus Christus empfangen habe.

»Und von dort aus bist du hierhergekommen, Hypa?«

»Ja, mein Vater, von dort.«

Nestorius lehnte sich mit dem Rücken gegen die Wand und streckte seine Beine auf dem Bett aus. Er wurde von einem Moment intensiven Nachdenkens überwältigt, seine Miene zeugte von tiefster Versunkenheit. Nach einer Weile schloss er kurz die Augen, dann blickte er mich unvermittelt an und sagte etwas, was ich mir einprägte und am gleichen Abend notierte: »Chariton ist ohne Zweifel ein gesegneter Mann. Doch sein Weg unterscheidet sich von unserem Weg in Antiochia. Er flieht die Welt und findet Ruhe, er taucht in sich selbst ein und wird dadurch errettet, er enthält sich der Dinge, so dass sie zu ihm streben. Aber unser Weg, Hypa, ist ein anderer. Wir glauben mit unseren Herzen und erkennen die göttlichen Wunder an, dann gebrauchen wir unseren Verstand, um uns mit dem Menschen zu erhöhen, dorthin, wo Gott es will. Wir glauben, dass das Wunder nur dann ein Wunder ist, wenn es selten geschieht, denn seine fortgesetzte Wiederholung lässt es kein Wunder mehr sein. Gott ist einmal in Jesus Christus Mensch geworden, um dadurch für immer und ewig der Menschheit den Weg aufzuzeigen. Deshalb müssen wir nicht in dem gleichen Wunder leben, sondern dem Weg folgen, den es uns gezeigt hat, sonst verliert das Wunder an Bedeutung ... Der Mönch Chariton hat deinem Herzen zur Ruhe verholfen, indem er deinen Geist von jenen Sorgen erlöste, die dir schlaflose Nächte bereiteten, in der Hoffnung, dass sich die Sorge des Geistes verflüchtige und das Herz ein Leuchtturm sei, um zu begreifen ... Im Herzen, Hypa, leuchtet das Licht des Glaubens, aber es vermag nicht, zu suchen, zu begreifen und die Widersprüche aufzulösen.«

Nestorius wies mit der Hand zum Fenster meiner Zelle, wo

die Kuppel der Kirche der heiligen Helena zu sehen war, und setzte hinzu: »Betrachte die Erhabenheit dieser Kirche mit deinem Herzen, dann wird es vom Glauben erfüllt werden. Du musst wissen, dass die Heilige, die diese Kirche hat erbauen lassen, Helena war, die Mutter von Kaiser Konstantin, und dass sie in ihrem früheren Leben Ausschenkerin in den Freudenhäusern von Ruhâ gewesen … Wir können jene Wandlung in der Lebensweise des Kaisers und seiner Mutter nur verstehen, wenn wir sie im Lichte des Wunders Jesu Christi sehen. Und ein Wunder, Hypa, geschieht nur selten. Wir glauben daran, dass es sich nur selten ereignet, dann bemühen wir den Verstand und den Vergleich der Erscheinungen, bis wir sie verstehen und ihre Widersprüche auflösen. Genauso ist es mit den anderen Dingen: Wir glauben, und dann benutzen wir den Verstand, so dass sich unser Glaube bestätigt … Das ist unser Weg.«

»Aber es werden Widersprüche bleiben, mein Vater, die der Verstand nicht aufzulösen vermag.«

»Vielleicht nicht dein Verstand, aber es wird jemand nach dir kommen, der dazu imstande ist.«

»Oder die Widersprüche zerfallen in sich selbst und werden vergessen, so dass sie die Gedanken der Menschen nicht mehr beschäftigen!«

»Richtig, Hypa, und dafür gibt es viele Beispiele.«

Mir dünkte, der Moment sei nun günstig, ihn nach dem kappadokischen Mönch zu fragen, dessen Worte beim Essen alle zum Schweigen gebracht hatten, doch aus Angst, ihn zu verärgern, zauderte ich ein wenig. Mit seinem scharfen Blick erkannte er indes mein innerliches Ringen. Lächelnd und mit einer klaren und hoffnungsfrohen Miene schaute er mich an und fragte mich, während er sich ein Glas warmen Pfefferminztees einschenkte, was ich denn verbärge und auszusprechen zögerte. »Mein Vater«, sagte ich, »Ihr seht und spürt, was in mir vorgeht ... Ich möchte Euch unumwunden anvertrauen, dass die Worte des kappadokischen Mönches mich innerlich aufwühlten und in mir die vorhandenen Widersprüche unserer Religion wachriefen, die sich einerseits auf das Opfer und die Liebe gründet, während andererseits jene Gräueltaten im Namen Christi in Alexandria vollbracht werden.«

»Hypa, was in Alexandria geschieht, hat nichts mit der Religion zu tun ... Das erste Blut, das in jener Stadt vergossen wurde, nachdem die Zeit der heidnischen Unterdrückung unserer Religion vorüber war, war christliches Blut, vergossen durch die Hände von Christen! Vor sechzig Jahren töteten die Alexandriner Georg, den Bischof ihrer Stadt, weil er einigen Ansichten des Arius aus Alexandria zuneigte. Die Ermordung von Menschen im Namen der Religion bedeutet nicht, dass dies Teil der Religion ist. Es ist das Diesseits, das Theophilos erbte und das er nach ihm seinem Neffen Kyrillos weitervererbte. Bringe die Dinge nicht durcheinander, mein Sohn, denn jene sind die Inhaber der Macht und nicht Freunde des Glaubens ... Es sind Menschen der weltlichen Gewalt, nicht der religiösen Liebe.«

»In der Kirche in Alexandria sah ich einen der Mönche, die Bischof Georg von Kappadokien ermordet haben!«

Nestorius war über meine Worte verwundert. Doch was er sagte, setzte mich gleichfalls in Erstaunen, da es mich daran erinnerte, was ich selbst glaubte und mir immer wieder gesagt hatte ... »Derjenige, den du dort gesehen hast«, meinte er bedrückt, »war kein Mönch, denn Mönche morden nicht. Mönche wandern gemächlich über die Erde und folgen den Schritten der Apostel, der Heiligen und der Märtyrer!«

ZWÖLFTES PERGAMENT

Der Aufbruch zum Kloster

Bis zu jenem erwähnten Jahr, in dem Nestorius mit den Pilgern nach Jerusalem gekommen war, war für mich ein Tag wie der andere verlaufen. Seit seiner Ankunft aber erlebte ich eine angenehme und glückliche Zeit, in der sich mein Gefühl der Fremdheit verflüchtigte. Wir trafen uns oft in jenen Tagen, sei es in der Kirche, sei es in meiner Zelle oder in der Herberge. Seine Gegenwart ließ die Sonne in meiner Seele aufgehen, und meine Sorgen schwanden dahin, bis ich sie fast vergessen hatte oder sie mich zumindest nicht mehr quälten … Zwanzig Tage nach seiner Ankunft in Jerusalem aber teilte er mir mit, dass seine Delegation, da die Straßen nach Antiochia und Mopsuestia nun sicher seien, Vorbereitungen treffe, in die Heimat zurückzukehren. Ich verbrachte eine qualvolle Nacht, und am Tag ihrer Abreise erwachte ich so frühzeitig, dass ich mit den ersten Sonnenstrahlen vor der Herberge stand. Im Hof tummelten sich bereits die Reittiere, alle Mitglieder der Delegation waren von den Reisevorbereitungen in Anspruch genommen … Man war kurz davor aufzubrechen.

Während mir durch den Sinn ging, wie unersprießlich sich meine Tage nach Nestorius' Abreise dahinziehen würden, wurde dieser meiner von weitem gewahr. Unermüdlich war er um die nötigen Vorbereitungen zur Abreise bemüht, und weil er sich allseits großer Achtung erfreute, leistete man seinen Anweisungen gerne Folge. Als er meiner ansichtig wurde, kam er mit heiterer Miene auf mich zu und nahm mich, die zum Aufbruch bereiten Menschen nicht aus den Augen lassend, beiseite und führte mich zu der hohen Mauer an der Herberge … Dann drehte er sich ganz unvermittelt zu mir um und fragte:

»Warum reist du nicht mit uns nach Antiochia? Oder kommst mit der ersten Karawane nach!«

»Antiochia ist eine große und laute Stadt, mein Vater. Mir ist es nicht mehr gegeben, an solch einem Ort zu leben. Außerdem trachte ich nur danach, meine restlichen Tage in Frieden zu verbringen.«

»Was redest du denn da, Hypa? Du zählst doch erst dreiunddreißig Lenze!«

»Dreiunddreißig? Mir kommen sie vor wie dreihundert.«

Nestorius lächelte über meinen Scherz, sein morgenschönes Antlitz strahlte noch heller. Voller Anteilnahme fragte er mich, ob ich mein Leben als einsamer Mönch oder als praktizierender Arzt zu vollenden gedenke, und setzte scherzhaft hinzu: »Du könntest aber auch bei uns ein Priester werden … Und wenn du das Mönchsleben eines Tages aufgeben möchtest, werde ich eine gute und fromme Ehefrau für dich finden, die in unserer Heimat ein ganzes Volk von Ägyptern für dich in die Welt setzt.«

»Mein Vater, ich sagte doch, dass ich in Frieden leben möchte, und Ihr schlagt mir vor zu heiraten!«

Nestorius lachte so breit, dass eine gerade Reihe perlweißer Zähne zum Vorschein kam. Er rückte seine Kopfbedeckung zurecht, dann fragte er mich, ob mir mein Aufenthalt in Jerusalem denn angenehm sei. Als Antwort streckte ich nur meine Hände aus, die Handflächen nach oben gerichtet, womit ich ihm bedeuten wollte, keine andere Wahl zu haben. Wenn es nun so sei, dass ich mein Leben in Frieden verbringen wolle, entgegnete er daraufhin, solle ich doch einmal überlegen, ob ich nicht in einem der zahlreichen Klöster Aufenthalt nehmen möchte. Dann setzte er betont wohlwollend hinzu: »Ich werde dir jetzt nicht den Frieden eines Klosterlebens beschreiben, seid ihr Ägypter es doch, die dem Mönchstum in Erinnerung althergebrachter Traditionen zu neuem Ansehen verholfen haben.«

An jenem Tag erzählte mir Nestorius, dass sich ein ihrer antiochischen Kirche unterstehendes Kloster in einer fruchtbaren Landschaft nördlich von Aleppo befinde, die zu den ruhigsten und schönsten Gegenden der Welt gehöre. Als er mich fragte, ob ich es mir wohl vorstellen könne, mich dort niederzulassen, entgegnete ich ohne Umschweife: »Ja, mein Vater, das kann ich nur allzu gut, denn meine Anwesenheit hier in Jerusalem macht mich trübselig, und nichts kann mich nach Eurer Abreise darüber hinwegtrösten!«

Sogleich erbat Nestorius sich daraufhin Tinte und eine Feder, dann förderte er ein kleines Pergament aus gewaschenem Leder aus seiner Tasche zutage, das er von beiden Seiten beschrieb. Dies sei ein Brief an den Vorsteher des Klosters, sagte er, der mich gewiss freundlich aufnehmen werde. Dann schilderte er mir die Lage des Klosters und rühmte die gute Luft und seine Nähe zu Antiochia. Es sei nur eine Tagereise von der Stadt entfernt, und wann immer mir danach zumute sei, könne ich sie in ihrem Bistum besuchen. Und er werde gleichfalls auf seinen Reisen, die ihn in die verschiedenen Städte und zahlreichen Klöster jenes Landstrichs führten, bei mir vorbeischauen. »Das Kloster ist behaglicher und sicherer als Jerusalem«, sagte er. »Die Stadt ist von Ödnis umgeben und liegt sehr weit von der Hauptstadt Konstantinopel entfernt …« Er grübelte eine Weile, dann setzte er hinzu: »Ich werde übrigens vielleicht bald nach Konstantinopel übersiedeln. Der Bischof dort ist kränklich, und man hat mir angeboten, nach ihm den Bischofsstuhl zu übernehmen. Und wie du weißt, steht der Bischofsstuhl der Hauptstadt dem päpstlichen Stuhl in Rom in nichts nach. Vielleicht wird meine Anwesenheit dort den Anhängern unserer Religion von Nutzen sein.«

»Mit Gottes Wille wird dies gewiss von Nutzen sein und Segen mit sich bringen, mein Vater.«

»Möge Gott mit uns tun, was er will ... Und jetzt werde ich mich von dir verabschieden, Hypa, in der Hoffnung, dass wir uns wiedersehen. Und verliere keine Zeit, dich zum Kloster aufzumachen.«

Die Karawane setzte sich in Bewegung und ließ mich zutiefst bedrückt zurück. Ich lief hinter ihr her, bis sie das südliche Tor von Jerusalem durchschritten hatte. Dann bog sie nach Westen ab, um die Straße nach Antiochia zu nehmen, die parallel zur Küste des großen Meeres verläuft ... Als die Karawane meinen Blicken entschwunden war, wurde ich von meinen Gefühlen überwältigt und von Einsamkeit und Fremdheit geradezu verzehrt ... So rasch ich konnte, eilte ich zu meiner Zelle und nahm mir vor, mich so bald wie möglich zu dem im Norden gelegenen Kloster auf den Weg zu machen.

Zwei Wochen brachte ich damit zu, meine Reise zu organisieren, und eine dritte Woche harrte ich des Aufbruchs einer Handelskarawane, die in der Nähe von Aleppo vorbeiziehen würde. Mir dünkte, dass die Reise in ihrer Begleitung weniger beschwerlich und auch sicherer sei als all meine früheren Wanderschaften. Die meisten Händler der Karawane waren Araber. Die Feinheiten ihrer Sprache waren mir nicht vertraut, und mir mangelte es auch an jeglichem Verlangen, diese zu erlernen. Das Arabische ist eine Sprache, die, wenn auch mit dem Syrischen verwandt, über keine schriftliche Literatur verfügt, die mein Interesse erregen könnte. Außerdem sind die Araber ein Volk ohne besondere Religion. Unter ihnen sind Juden, Christen und Heiden, und im Herzen ihrer öden Halbinsel stehen Häuser für ihre Götzen, die sie unbekleidet umrunden. Es heißt, sie seien die Söhne Ismaels, die in der Thora Erwähnung finden, was ich jedoch nicht glaube. Für jene Araber, die dem Christentum anhängen, gibt es einen Bischofssitz in der Wüste ihrer Halbinsel, die als »die Arabische« bekannt ist … In jedem Fall handelt es sich um durchtriebene Menschen, die ausschließlich Handel treiben und Krieg führen.

Meine Reise mit der Karawane gestaltete sich so angenehm, wie ich es mir erwartet hatte. Auf unserem Weg kamen wir an einer großen, von Gärten umgebenen Stadt vorbei, die man Damaskus nennt. Die Stadt wird von einem hohen Berg überragt, hinter dem die Landschaft absteigt und sich in nördlicher Richtung bis nach Aleppo und zu den angrenzenden Dörfern hin ausdehnt … Nach zwei Wochen erreichten wir Aleppo. Bei unserer Ankunft dämmerte es bereits, so dass mir der Charakter der Stadt erst am nächsten Morgen offenbar wurde. Es ist eine freundliche Stadt, die von Arabern, Syrern und Griechen bewohnt wird, auch leben hier etliche ehemalige Flüchtlinge aus Palmyra, das vor eineinhalb Jahrhunderten zerstört wurde und in Vergessenheit geriet. Sowohl die Stadt wie auch die Bewohner sind von arabischer Prägung.

Seltsam an Aleppo ist, dass es keine Stadtmauer gibt! Stattdessen scharen sich die versprengten Häuser um kleine Hügel, aus deren Mitte eine weitaus höhere Erhebung emporragt. Auf dieser stehen noch die Überreste einer alten Zitadelle. Ihre Tore sind zwar verfallen, die Mauern ragen aber noch immer hoch gen Himmel. Aus dem Alter der Stadt lässt sich schließen, dass sie in den vergangenen Jahrhunderten wohl große Bedeutung gehabt haben muss, dass sie diese jedoch nach und nach verlor und schließlich von Händlern besiedelt wurde. Ich verbrachte die Nacht in der zur Eparchie von Aleppo gehörenden Herberge, und am nächsten Morgen geleitete mich ein Diener der Eparchie zum Kloster. Als er meines Staunens ob des umfangreichen Gepäcks gewahr wurde, das er auf seine beiden Esel geladen hatte, erklärte er mir, es handele sich um Vorräte für die Mönche, die in den unzähligen zwischen Aleppo und Antiochia gelegenen kleinen Klöstern hausten. Meine zahlreichen Bücher, die von Jerusalem bis Aleppo von einem Kamel transportiert worden waren, wurden nun auf die beiden armseligen Maultiere verteilt, auf deren Rücken wir die Strecke zum Kloster zurücklegen würden.

Der Weg zwischen Aleppo und dem im Norden gelegenen Kloster währte nicht länger als eine halbe Tagereise, die uns durch ausgedehnte Ebenen mit grünen Wiesen und ockergelben Sandhügeln führte ... Kurz nach unserer Abreise zeigte der Diener der Eparchie auf einen Hügel und erklärte mir, dass sich hinter diesem die Gräber der Stadt befänden und seine Eltern dort beerdigt seien. Jede Woche statte er ihnen einen Besuch ab, um sich an ihrem Grab die Endlichkeit des Lebens ins Gedächtnis zu rufen und sich in eine Zeit zurückzuversetzen, die nicht wiederkehre ... Ich fragte ihn, ob er begehre, bei ihnen vorbeizugehen, und er antwortete zögerlich etwa mit den Worten, dass er mich nicht aufhalten oder mir lästig werden wolle, dass er es sich jedoch sehr wünsche, da er, nachdem er mich zum Kloster begleitet habe, seinen Weg nach Antiochia fortsetze, um dort seine verheiratete Schwester zu besuchen und einen Monat bei ihr zu verweilen! Mir blieb also nichts anderes übrig, als einen Umweg über den Friedhof zu machen und dort eine halbe Stunde zu warten, bis er seine Gebete beendet hatte.

Den Menschen dort sind seltsame Gepflogenheiten bei der Bestattung ihrer Toten zu eigen. Sie schütten keine Erde über die Verstorbenen und setzen dann einen Grabstein darauf, wie wir es in Ägypten tun, sondern sie legen die Toten übereinander in längliche Maueröffnungen, dann schließen sie diese mit einer Art klebrigem Lehm und malen das Zeichen des Kreuzes darauf.

Während der Mann seine Gebete sprach, grübelte ich über meine Toten nach ... Ich kenne das Grab meines Vaters nicht und glaube noch nicht einmal, dass er überhaupt beerdigt wurde! Vielleicht hatten die Priester des Tempels, nachdem sie sich versichert hatten, dass die Mörder abgezogen waren, seine sterblichen Überreste in den Nil geworfen, so dass er von den Krokodilen gefressen wurde ... Ob die Alexandriner Oktavia wohl auch ins Meer geworfen haben, wo die Fische sich an ihr gütlich taten? Oder haben sie sie auf jenem Friedhof in der Nähe des verfallenen königlichen Viertels begraben? Hypatia wurde nicht beerdigt, natürlich nicht, von ihr ist nichts geblieben, was man hätte begraben können. Ihr Körper wurde nicht von Würmern gefressen. Ihr war ein Ende beschieden, wie es auch einem Baum zuteil wird, der verbrennt und dann zu Kohle wird. Kohle lässt das Feuer lodern, und am Leichnam in der Erde tun sich die Würmer gütlich! Vielleicht war es sogar besser für Hypatia, nach ihrem Tod verbrannt zu werden, wurde ihr nach Kampfer duftender Körper doch auf diese Weise nicht zu einer Weide für die Würmer! Doch woher nur kommen jene Würmer, die die Toten fressen? Die bedeutenden Ärzte aus alten Zeiten, die lebende und tote Körper sezierten, erwähnten in ihren Büchern nichts von Würmern, die sie in lebenden Körpern entdeckt hätten. Woher dann kommen die Würmer nach dem Tod? Sind sie in uns verborgen und zeigen sich erst nach unserem Ableben? Sind sie genauso in frischem Obst vorhanden, in altem Käse und im lebenden Körper? Warten sie auf den Tod des Lebewesens und die Zersetzung des Leibes, um sich durch den Tod zu ernähren, bevor sie selbst sterben? Es heißt, dass sich die Würmer nicht über die sterblichen Überreste der Heiligen und Märtyrer hermachen! Ist dies ein Wunder an den Heiligen und Märtyrern, oder ist es ein Wunder, dass die Würmer zwischen den Körpern unterscheiden können, zwischen den heiligen und jenen, die nicht heilig sind? Ich glaube nicht, dass sie diese Unterscheidung treffen und die Körper der Heiligen erkennen, dringen sie doch auch nicht in die Körper der Mumien ein, die in unserem Land in alten Sarkophagen aufbewahrt werden. Warum mumifizierten die alten Ägypter die Körper ihrer Toten mit Hilfe der Zauberei oder der Wissenschaft, so dass die Würmer von ihnen ferngehalten wurden? Oder waren ihre Körper etwa ebenfalls heilig gewesen?

»Bitte, mein Vater … möge der Herr Euch segnen!«

Die Aufforderung des Dieners der Eparchie, wieder auf die Straße zurückzukehren und den Weg fortzusetzen, riss mich aus meinen Gedanken … Doch zurück auf dem Rücken des Maultieres stürmten erneut unzählige Fragen auf mich ein, auf die es keine Antworten gibt: Werde ich wohl auch eines Tages bestattet und dann in einem Grab liegen, das aus einer Öffnung in einer Mauer besteht, wie jenes, an dem der Diener um Gnade für seine Mutter und seinen Vater gebetet hat, die zu Staub geworden waren? Und läge ich tatsächlich in einem solchen Grab, wer würde wohl kommen, um dort für mich um Gnade zu beten, wo ich doch weder Familie noch Nachkommen habe! Werde ich eines Tages jenen weißen Würmern eine Weide sein, die, obwohl sie über keine Zähne verfügen, die Toten fressen? Oder haben sie, ohne dass ich es gewahre, bereits an mir zu nagen begonnen? Ich bemitleidete mich selbst, als ich mich an den Anblick einer toten Ente erinnerte, die, von Würmern zerfressen, zwischen den Felsen lag. Wenn wir in der Erde graben, können wir die Würmer sehen! Ist die Erde etwa gestorben, so dass die Würmer in ihrem Inneren nagen, ohne dass wir davon wissen? Bis diese Welt verschwindet und sich auflöst, ohne dass wir es bemerken …

Auf dem breiten staubigen Weg, der nordwärts von Aleppo zum Kloster führte, kamen wir an ausgedehnten Fluren mit rötlicher Erde und kräftigem Pflanzenwuchs vorbei. Hier herrschte der Glaube, so erzählte mein Begleiter, dass die Erde dieser Ebenen, die ursprünglich sandgelb gewesen war, sich durch das Blut der Märtyrer in den Tagen der Unterdrückung rot gefärbt habe. Später habe sie ihre rote Färbung behalten, um die Anhänger unserer Religion an die Zeit der Unterdrückung zu erinnern! So erklärte es mir dieser schlichte Mensch, und ich fühlte mich nicht dazu bewogen, seine Ansichten, die ihn glücklich machten und ihm Ruhe verschafften, zu widerlegen … Auf dem Weg sammelte ich einige Kräuter, um ihre besonderen Eigenschaften und Vorzüge genauer unter die Lupe zu nehmen, sobald ich mich im Kloster eingerichtet hätte. Alles, was aus der Erde kommt, hat seinen Nutzen und seine Vorteile, die wir möglicherweise erkennen, vielleicht aber auch übersehen.

Die Landschaft wirkte beruhigend auf mich, und der Kirchendiener, der mich begleitete, leistete mir angenehme Gesellschaft und war mir stets zu Diensten. Zur Mittagszeit zogen wir über Hügel, die an Wellen erinnerten, von denen eine höher war als die andere. Ich war wieder in meinen Gedanken versunken, aus denen ich erst pochenden Herzens erwachte, als der Diener mit ausgestrecktem Arm auf die Kuppe des höchsten der uns umgebenden Hügel wies und frohgemut ausrief:

»Wir sind da, dort ist das Kloster!«

DREIZEHNTES PERGAMENT

Das himmlische Kloster

An dem Tag, an dem ich dieses Klosters zum ersten Mal ansichtig wurde, dünkte mir, es liege genau an jenem Punkt, an dem sich Erde und Himmel treffen. Es war Winter gewesen, und die kühlen Abendbrisen wehten meine Reiseerschöpfung fort und verbreiteten eine verborgene Freude in der Welt … Die Maultiere hatten ihre liebe Mühe, als wir den Hügel zum Kloster erklommen, während sich meiner die vage Hoffnung bemächtigte, dies werde meine letzte Station im Leben sein. Ich war müde vom fortwährenden Umherwandern, und es war an der Zeit, für den Rest meines Lebens ein Obdach zu finden, wo ich mich für eine Weile an meiner inneren Ruhe ergötzen könnte. Dann würde ich eines ruhigen Todes sterben, durch den meine Seele vom Lärmen und der Unruhe dieser Welt in die Ungetrübtheit des Himmels hinübergleiten würde. Das Kloster schien mir der letzte Bestimmungsort meiner pausenlosen Wanderung zu sein, meiner unermüdlichen Emigration, die schon so lange andauerte, dass mir kein Ort mehr Vertrauen einflößte. Damals glaubte ich, es sei Gottes Wille gewesen, der mich schließlich hierhergeführt habe, doch dann musste ich erkennen, dass es die Erwartung einer erschöpften Seele war.

Das Kloster besteht aus den Überresten eines alten Bauwerks, das vielleicht sogar auf vorrömische Zeit zurückgeht, ganz gewiss aber auf längst vergangene Zeiten. Manche

Mönche hier vermuten, dass es früher einmal eine Zitadelle gewesen sei oder einem Führer Wohnstatt geboten habe. Ich hingegen, der die Tempel in meiner Heimat gut kennt, sowohl die, die noch erhalten sind, aber auch jene, von denen nur noch vor Jahrhunderten verfallene Ruinen übrig sind, bin überzeugt, dass das Klostergebäude in früheren Zeiten ein Tempel gewesen war, und zwar ein unermesslich großer Tempel. Darauf lassen die verstreuten Steinbrocken wie auch der wunderschöne Marmoraltar schließen, um den herum man die große Klosterkirche errichtet hatte ... Überreste von Tempeln haben eine ganz besondere Ausstrahlung, die ein Ägypter wie ich sogleich zu spüren vermag.

Gleichwohl teilte ich meine Vermutung über den Ursprung des Ortes niemandem mit. Zudem kümmern sich die Menschen hier ohnehin nicht allzu sehr um die Ursprünge, sondern interessieren sich ausschließlich für die Gegenwart, die ihnen vor Augen steht. Wer weiß, vielleicht muss man ihnen das nachsehen, vielleicht können sie sich dessen aber auch glücklich schätzen ... Ich meinerseits grübelte häufig in meiner Zurückgezogenheit über die längst vergangenen Zeiten nach, in denen dieser Ort voll von Menschen war, die an den alten Gott glaubten! Doch während des Nachsinnens über diese Menschen und ihren Gott wurde mir ganz elend zumute ... Alles ist dem Untergang anheimgegeben! Alles, was auf der Erde existiert, wird verschwinden – außer den großen ägyptischen Pyramiden. Sie widersetzen sich dem Niedergang, auch wenn ihre Fundamente, von Sand bedeckt, unserem Blick entzogen sind ... Wir sehen die Pyramiden hoch aus dem Sand aufragen und sind uns gewiss, dass sie existieren ... Doch was ist aus den Göttern geworden, für die die Pyramiden erbaut wurden, und was aus dem alten Gott, der an dem Ort dieses Klosters hier über Hunderte von Jahren angebetet worden war? Wo ist jener Gott jetzt, nach allem, was geschah?

Nachdem ich lange darüber sinniert hatte, begriff ich, dass all die verschiedenen Götter nicht in den Tempeln und Gotteshäusern und gewaltigen Gebäuden ansässig sind, sondern in den Herzen der gläubigen Menschen. Und solange diese leben, leben ihre Götter in ihnen fort, und erst wenn die Menschen vergehen, sind ihre Götter dem Vergessen anheimgegeben ... Genau wie der Gott Chnûm nach dem Tode meines Vaters und der Priester, die sich in seinem großen Tempel südlich der Insel Elephantine verschanzt hatten, starb. Ganz ohne Zweifel sind sie heute alle tot, und gewiss ist ihr Tempel verfallen oder wurde einem neuen Gott eine Kirche. Jesus Christus hatte in Jerusalem zu den Juden gesagt: »Reißt diesen Tempel nieder, in drei Tagen werde ich ihn wieder aufrichten.« Sie aber bezichtigten ihn der Lüge und lieferten ihn an die Römer aus, die ihn kreuzigten, hatten sie doch nicht verstanden, dass der Tempel Jesus Christus selbst war. Und tatsächlich zerstörte er ihren Tempel und baute ihn wieder auf, indem er drei Tage nach seinem Tod wiederauferstanden war. Auch wir begriffen Jesu Worte nicht, als er auf den Apostel Petrus deutete und sagte: »Auf diesen Felsen werde ich meine Kirche bauen«, weil wir nicht durchschauten, dass jede Kirche, die gebaut wurde oder in Zukunft gebaut werden wird, in jedem Fall auf Petrus' Botschaft und Glauben errichtet wird, der zwar die Schwäche kannte, aber keinen Zweifel! Wie es geschrieben steht, verleugnete Petrus Jesus Christus in einer einzigen Nacht dreimal. Zuvor hatte Jesus ihm vorhergesagt, was mit ihm geschehen werde, aber er hatte Petrus nicht dafür getadelt, dass er ihn verleugnen und ihm seinen Beistand verweigern werde. Jesus hatte nicht nach Beistand getrachtet, sondern nach Hingabe und Opferbereitschaft. Welchen Nutzen also hätte der Beistand gehabt, und welchen Schaden hatte die Verleugnung verursacht? Ich hatte Hypatia vor ihren Mördern verleugnet und mich selbst aus Angst drei Tage lang vor Oktavia. Nachdem man meinen Vater vor meinen eigenen Augen ermordete, wurde die Angst Teil meiner selbst ... Und heute, warum fürchte ich mich heute vor dem Tod? Mir ist es doch eher gegeben, mich vor dem Leben zu fürchten, das weit größeres Leid heraufbeschwört! Warum nur zerreißen die Wolken meines Glaubens an meinem Himmel von Zeit zu Zeit? Mein Glaube ist so durchlässig wie die Wolken im Sommer; er wirft keinen Schatten. Ich werde niemals eine Kirche bauen, und über mir wird niemals eine Kirche stehen. Ich bin kein Felsen wie der Apostel Petrus, denn mein Glaube wird von unzähligen Zweifeln getrübt.

Was hat mich bewogen, diese Worte niederzuschreiben? Wovon hatte ich ursprünglich berichtet? Ach ja ... dieses hoch in den Himmel ragende Kloster, und meine ersten Tage dort. Ich hatte den Ort und seine Umgebung beschrieben, und so will ich nun zu den Anfängen zurückkehren.

Das Kloster liegt auf der Kuppe des rundum höchsten Hügels und ist umgeben von weiteren Anhöhen und Tälern. Der Eingang zum Kloster liegt auf der Südseite, wo der Aufstieg äußerst beschwerlich ist. Er erweist sich nur als Öffnung in einer alten Mauer, die den Platz mit den alten römischen Säulen nicht ganz umschließt. Einige der Säulen ragen hoch auf, andere liegen nur noch als Bruchstücke herum. Auf den anderen drei Seiten fällt der Hügel so steil ab, dass es unmöglich ist, dort auf- oder abzusteigen. So gesehen erinnert das Kloster an einen hoch liegenden Balkon, von dem aus man im Norden, im Osten und im Westen so weit blicken kann, wie das Auge reicht. Auf der Südseite liegt unterhalb des Klosters ein kleines Dorf, dessen Häuser, etwa dreißig an der Zahl, sich wahllos verstreut an den Fuß des Hügels schmiegen. Zu rechter Seite des Abhangs, der zum Tor hinaufführt, befinden sich Stuben von der Art, wie sie von Soldaten bewohnt werden.

Am Tag nach meiner Ankunft erfuhr ich, dass es das Lager einer römischen Garnison ist, die aus zehn Soldaten besteht. Sie wurden zum Schutz des Klosters dort stationiert, nachdem sich die Angriffe von Dieben und Straßenräubern gehäuft hatten … Was müssen jene Menschen, die ein Kloster angreifen und Mönche ausrauben, die sich von den weltlichen Dingen abgewendet haben, doch für Schurken sein!

Zur Linken des Aufstiegs, wo der Hügel etwas weniger steil abfällt, liegen Grünflächen in Form von breiten Terrassen, in deren Mitte eine verlassene Hütte steht. Die darum gruppierten vertrockneten Bäume und das dürre Buschwerk, das dort überall verstreut liegt, lassen vermuten, dass dieser Boden in der Vergangenheit nach Art der hängenden Gärten der alten Babylonier bestellt worden war. Woher aber hatte man das notwendige Wasser zur Bewässerung dieser Pflanzungen beschafft? Oder hatten sich die Menschen ganz und gar auf die Regenfälle verlassen?, fragte ich mich, während wir den Hügel emporstiegen. Die Antwort sollte ich später erfahren.

Niemand hielt uns an, weder während unseres Aufstiegs noch am Eingang. Der weiträumige Platz hinter dem Eingang wird im Westen durch ein längliches altes Gebäude aus weißem Stein begrenzt, das dem Ankommenden wie vom Kloster isoliert erscheint. In diesem Gebäude habe ich, nachdem ich mich hier niederließ, eine Bibliothek eingerichtet … Zur Rechten des Ankömmlings, im Osten, stehen mehrere alte Gebäude nebeneinander: die große Kirche, ein geräumiger Lagerraum und ein Gebäude, das aus zwei Stockwerken besteht und aussieht, als befänden sich darin oben die Zellen der Mönche, und im unteren Stockwerk die Gästeräume, eine kleine Küche und ein geräumiger Speisesaal. Gegenüber diesem Gebäude steht ein Hühnerstall, daneben ein mit Palmwedeln überdachter Stall, der Platz für drei Esel sowie zahlreiche Ziegen und Schafe bietet. Überquert man den

Klosterplatz, so liegt zu linker Hand ein freies Areal, auf dem alte Steine und die Kapitelle zerbrochener Säulen herumliegen; auch Bocksdornpflanzen mit spitzen Stacheln wachsen dort. Im Norden des Klostergeländes ist die Kapelle. Neben ihr befindet sich ein einzelner großer Raum, von dem ich sogleich ahnte, dass es die Zelle des Klostervorstehers sei.

Ganz am Ende des Platzes auf der Ostseite steht ein Gebäude, groß und geheimnisvoll, das wie ein verschlossener Kasten anmutet. Es wird die Festung genannt. Dieses Gebäude ragt so hoch auf, als bestünde es aus drei Stockwerken, doch es verfügt über keinerlei Fenster und Türen. Das Mauerwerk ist von außen glatt, und nur ganz oben befindet sich eine Luke, gerade einmal groß genug, dass ein Mensch sich gebückt hindurchzwängen könnte. Die Leiter, die von der Luke herabhängt, besteht aus gedrehtem Seil und hölzernen Sprossen, so dass man sie bei Bedarf einziehen kann. Das Dach dieses Gebäudes hat die Form einer breiten, zu allen Seiten steil abfallenden Kuppel, die so glatt ist, dass es unmöglich wäre, darauf zu stehen. Auf dieses Gebäude werde ich später noch zurückkommen.

Als wir den torlosen Eingang des Klosters passiert hatten, schnallte der Diener meine Habseligkeiten inmitten des Platzes ab und bat mich um ein wenig Geduld, bis er die Klosterbewohner über meine Ankunft informiert habe. Während ich eingehend die Ebene betrachtete, die sich unterhalb des Klosters gen Westen erstreckte und wo man in der Ferne die gepflasterte Straße nach Antiochia ausmachen konnte, tauchte ganz unvermittelt einer der Mönche auf und hieß mich willkommen. Der Abt, so teilte er mir mit, werde mich schon sehr bald im Refektorium empfangen … Das Refektorium war, wie ich angenommen hatte, in dem alten zweistöckigen Gebäude untergebracht, das überdacht war mit Palmstämmen und -wedeln. Die Wände aus solide gemauerten Steinen waren von zahlreichen Rissen durchzogen. Gewiss hatte sich vor langer Zeit einmal ein Erdbeben in dieser Region ereignet, das das früher hier stehende Gebäude zum Einsturz brachte und lediglich diese Ruinen übrig ließ, aus denen dann ein Kloster wurde.

Der Vorsteher des Klosters betrat das Refektorium in Begleitung zweier Mönche mit sanften antiochischen Gesichtszügen. Die Menschen hier strahlen Heiterkeit aus, nicht wie die ägyptischen Mönche, die trocken und fahl wirken durch das viele Fasten und die sie umgebende Farbe des Flussschlamms, den die allsommerliche Überschwemmung des Nils mit sich bringt. Der Abt war ein gesetzter, würdevoller Mann mit ruhiger Stimme und bedächtigen Gesten, der noch nicht im vorgerückten Alter stand. Als er den Brief von Pater Nestorius las, heiterte sich seine Miene auf, und er hieß mich auf der Stelle willkommen.

Nach der Abendmahlzeit geleitete mich ein junger Mönch zu meiner Zelle, die ich zu Beginn meiner Aufzeichnungen beschrieben habe. Eine ganze Stunde saß er bei mir und erklärte mir in aller Ruhe die Klosterordnung. Ihr Reglement hier unterscheidet sich nicht allzu sehr von dem der meisten Klöster. Nur einige wenige Tätigkeiten sind tagsüber zu verrichten, hinzu kommen immer wieder zahlreiche Gebete und Lobpreisungen. Ich war versucht, meinen jungen Einweiser nach jenem mysteriösen Gebäude am Ende des Klostergrundstücks zu fragen, zog es dann jedoch vor, mich in Geduld zu üben.

Die ersten Tage im Kloster verliefen ruhig und erfreulich. Ich verbrachte meine Zeit mit Lesen und dem Dienste Gottes, so dass meine Seele Ruhe fand. Der ehrwürdige Nestorius hatte sich nicht geirrt. Denn dieses Kloster tat mir auf eine geheimnisvolle Weise gut, wie ich es mit dem Verstand nicht erfassen konnte. Das Einzige, was mir schlaflose Nächte bereitete, war jener kompakte, schweigende Bau mit der Kuppel und seiner geheimnisvollen Präsenz, der isoliert ganz hinten im östlichen Teil des Klosters steht ... Im Laufe der Zeit erfuhr ich zwar allerlei Dinge über dieses Gebäude, mehr noch aber sollte mir darüber verborgen bleiben. Es heißt, man nenne es die Festung, weil es den Mönchen in der Vergangenheit ein Zufluchtsort vor den fortwährenden Überfällen der Räuber gewesen sei. Sie hätten ihr Leben und ihre Habseligkeiten innerhalb seiner Mauern in Sicherheit gebracht. Um diesen sicheren Mutterleib zu betreten und zu verlassen, hätten sie die Leiter erklommen, die oben von der Luke herabhängt. Das Gebäude sei auch kein kompakter Kubus, sondern weise im Inneren zahlreiche Zimmer auf, die durch Flure miteinander verbunden seien. Der Boden diene als Grabstätte für die Mönche des Klosters, die im Verlauf der letzten hundert Jahre, also seit Bestehen des Klosters, hingeschieden (gestorben) seien. Man erzählte mir auch, dieses schützende Bauwerk sei vor siebzig Jahren über dem Friedhof errichtet worden, auf dass der Segen der Bestatteten über die Mönche komme! Das Gebäude bestehe im Übrigen aus vier verborgenen Stockwerken, nicht aus drei, in deren Mitte sich eine steinerne Wendeltreppe in die Höhe winde, die den Boden mit der Decke verbinde und an den vier Stockwerken vorbeiführe. Die Treppe ende ganz oben in einer einzigen Öffnung, die von innen mit einem massiven Deckel aus Kupfer geschlossen werde.

Im Flüsterton erzählt man sich, dass die Mönche sich vor etwa fünfzig Jahren einen ganzen Monat lang in dem dunklen Bauwerk versteckt gehalten hätten. Banditen hätten damals in der großen Kirche ihr Lager aufgeschlagen und das Gebäude belagert, ohne indes einen Weg zu finden, den Zufluchtsort der Mönche zu stürmen. Viele großartige Wunder hätten sich während jenes Monats ereignet. Das erste und wunderbarste sei das Erscheinen von Christi Antlitz gewesen, das man drei Nächte hintereinander im abendlichen

Vollmond habe schauen können. Das letzte der Wunder aber habe sich ereignet, als die Räuber in ihrer letzten Nacht voller Entsetzen aus dem Schlaf aufgeschreckt und mit gezückten Schwertern und ergriffen von rasender Verblendung übereinander hergefallen seien. Sie hätten so lange gewütet, bis sie sich alle gegenseitig getötet hätten. Am nächsten Morgen hätten ihre leblosen Körper auf dem Platz vor der großen Kirche gelegen. Es seien mehr als zwanzig an der Zahl gewesen, und alle seien sie zur gleichen Zeit dahingeschieden ... Diese Geschichte wird von allen Mönchen hier bestätigt, und alle behaupten auch mit aller Entschiedenheit, der Klostervorsteher sei in seiner frühen Kindheit selbst Zeuge der Ereignisse geworden.

Jenes Gebäude und die sich darum rankenden Geschichten stürzten mich in tiefe Verwirrung. Ich stellte mir vor, es bestehe im Inneren wie die Ameisenbauten aus sich ineinanderwindenden Gängen, nur eben überirdisch errichtet und im Westen, Norden und Osten auf einen steilen Abgrund blickend, der von den Ebenen aus, über die sich der hohe Klosterhügel erhebt, nicht zu erklimmen ist ... Ich verfiel sogar auf die fixe Idee, in das Gebäude einzudringen, sprach jedoch mit niemandem darüber. Und tatsächlich habe ich all die vergangenen Jahre niemals jemanden in das Gebäude einsteigen sehen ... Die Mönche beteuern gleichwohl, dass es seit Stationierung der römischen Garnison vor zwanzig Jahren zu keinen Überfällen mehr gekommen sei. Sie, die in fortwährender Furcht gelebt hätten, seien nun davor verschont, sich immerfort verbergen zu müssen. Aus diesem Grund sei niemand mehr in das Gebäude geklettert – außer wenn einer der Mönche zu Gott befohlen worden sei. Dann habe man ihn in der Grabstätte unter dem Boden des Gebäudes beerdigt ... Innerhalb der letzten fünf Jahre aber hat keiner von ihnen das Zeitliche gesegnet, und so ergab sich für mich keine Gelegenheit, gemeinsam mit den Mönchen hineinzugehen oder zumindest zu sehen, wie sie es betreten. Im Vertrauen wurde mir indes auch angedeutet, der Abt des Klosters bewahre in einem geheimen Raum innerhalb des Gebäudes jene Nägel auf, mit denen Jesus Christus in Jerusalem ans Kreuz geschlagen worden war … Diese Nägel, die des Nachts leuchteten, hätten den Mönchen in jenen Tagen, die sie sich dort versteckt gehalten hätten, in der Dunkelheit Licht gespendet! Dies vertraute man mir zwei Jahre, nachdem ich mich im Kloster niedergelassen hatte, flüsternd an.

Einige Wochen nach meiner Ankunft bat mich der Klostervorsteher, einen Teil meines Tages in jenem Gebäude zuzubringen, das zur Linken des Ankömmlings liegt, welcher das Klostergelände durch das zerstörte Tor betritt. Dieser Bau im westlichen Teil des Klosters besteht eigentlich nur aus einem einzigen großen Saal. Er werde ihn für die Behandlung von Kranken herrichten lassen, die uns aus den nahe gelegenen Häusern und Dörfern aufsuchen würden, sagte der Abt und fügte hinzu, ich könne auch eine Bibliothek dort einrichten, in der ich sowohl meine Bücher wie auch jene, die in Truhen in einem Raum neben dem Refektorium aufbewahrt wurden, aufstellen könne. Ich war sehr angetan von der Idee, und da mich zu Beginn in den vielen Tagen, die ich dort verbrachte, keine Patienten aufsuchten, bot sich mir die Gelegenheit, mich wieder ein wenig meinen eigenen Büchern zuzuwenden und jene Folianten zu begutachten, die ich aus den Kisten befördert hatte. Es handelte sich hauptsächlich um Evangelien und Bücher mit Gebeten und Lobpreisungen Gottes. Ich reihte sie auf den hölzernen Regalbrettern auf, die der Schreiner des Dorfes genau nach meinen Wünschen gezimmert und entlang der Wand auf der Westseite befestigt hatte. So standen sie gegenüber dem Fenster, das auf den ebenen Platz des Klosters blickt. Ich sortierte die Bücher nach Sachgebieten, zuerst kamen die Medizin- und die Pharmaziebücher, dann die Geschichte und die Literatur. Vor allen anderen aber die Bücher über die Religion. In der Mitte des Raumes standen Tisch und Stühle, die vom Schreiner meisterhaft instand gesetzt worden waren. Auf diese Weise war ich zu der Bibliothek gekommen, die ich mir mein Leben lang erträumt hatte. Ich fühlte mich dort sehr wohl, zumal es der Ort war, der am weitesten von jenem furchterregenden und geheimnisvollen Gebäude entfernt lag, das auf der anderen Seite des Klosters aufragte.

Zwei Tage, bevor der Schreiner seine Arbeit beendet hatte, standen wir nach der Sonntagsmesse am Portal der großen Kirche. In der Ecke des Platzes zwischen den Klostergebäuden und jenem Gebäude im westlichen Teil, das man für mich hergerichtet hatte, saß ein schwergewichtiger Junge von etwa fünfzehn Lenzen auf einem Stein. Als der Abt ihn zu sich rief, kam er angelaufen und machte einen glücklichen Eindruck, ohne dass man hätte ergründen können, warum. Wenn ich dies wolle, könne ich sowohl in der Bibliothek wie auch bei der Behandlung von Patienten seine Hilfe in Anspruch nehmen, sagte der Vorsteher zu mir und deutete auch an, dass er es gerne sähe, wenn ich dem Jungen nützliche Dinge angedeihen ließe. Als ich mit einem Kopfnicken mein Einverständnis erklärte, setzte der Abt, nachdem er den Segen für uns erbeten hatte, hinzu: »Er wird dir eine Hilfe sein. Er heißt Schammâs und ist ein guter Junge.«

Ich lächelte, als ich den Namen des Jungen erfuhr. Weder sein Äußeres noch sein Alter waren dazu angetan, ihn für einen Diakon zu halten, wie es sein Name besagte. Hatte man ihm diesen Namen vielleicht als gutes Vorzeichen verliehen, auf dass er tatsächlich eines Tages ein Diakon werde? Beim Ziegenstall angelangt, erkundigte ich mich bei dem Jungen, wie er zu seinem Namen gekommen sei, und er erzählte mir freimütig, der Vorsteher des Klosters habe ihm diesen Namen gegeben, als er noch ein Säugling gewesen war. Als ich mein Erstaunen kundtat, setzte der Junge an, mir mehr zu berichten … Ich hockte mich auf die Mauer, von der aus man die Ebenen im Westen überblickt, und vernahm von dem Jungen Folgendes: Man hatte ihn eines Sonntagmorgens als zweijährigen Säugling neben dem Portal der großen Kirche gefunden, so geschwächt, dass er nicht einmal zu weinen imstande war … Der Klostervorsteher hatte damals den gläubigen Frauen angeraten, eine von ihnen möge sich seiner annehmen, doch keine hatte sich dazu bereiterklärt. Nur eine arme Katechumenin bot sich freiwillig an, ihn zweimal pro Tag zu stillen, was die Frau des Dorfpriesters bewog, ihn bei sich aufzunehmen … So wurde er gemeinschaftlich aufgezogen, und der Abt des Klosters verlieh ihm den Namen Schammâs!

»Meine Mutter, die ich nie kennenlernte, ließ mich im Stich, weil sie Angst hatte …«

Ich war verwundert darüber, mit welcher Selbstverständlichkeit, in der weder Bedauern noch Scham mitschwangen, mir der Junge seine Geschichte erzählte, gleichsam als berichte er über eine alltägliche Begebenheit, die jedem widerfahren könne … Es war dies die erste Lektion, die ich in diesem Kloster lernte und die mir auf verborgene Art und Weise sehr zum Nutzen gereichte: dass wir uns nicht für etwas schämen müssen, was uns aufgezwungen wird, egal, was es ist – solange wir die Tat nicht selbst begangen haben. Diese Erkenntnis half mir sehr dabei, sowohl zu vergessen, was meine Mutter mir in meiner Kindheit angetan hatte, als auch meine eigenen Untaten zu verdrängen.

Schammâs, der mollige Knabe, ging mir bei all meinen Tätigkeiten zur Hand, und mit der Zeit wurde ich gewahr, dass er wirklich ein guter Junge mit einem lauteren Geist war. Gemeinsam mit einem Mönch, der »der Pharisäer« genannt wurde, half er mir mit großem Eifer beim Sortieren und Säubern der Bücher, bis der Ort würdig war, eine Bibliothek geheißen zu werden.

Nachdem ich einige Monate hier verweilt hatte, kam mein Geist zur Ruhe, und ich gewann zunehmend das Gefühl, dieses Kloster stelle wirklich die letzte Station meiner Wanderschaft dar. Damals zählte ich fünfunddreißig Lenze und war noch immer ein junger Mann mit hochgesteckten Zielen … Es wurde mir zur Gewohnheit, mitten in der Nacht meine Gebete aufzunehmen und mich danach den übrigen Mönchen in der Messe anzuschließen. Wenn sich dann jeder an sein Tagewerk machte, begab ich mich zur Bibliothek und verließ sie erst wieder, um die Gebete zu verrichten.

Zu Beginn meines Aufenthaltes hatten die Mönche mich inständig gebeten, mich zum Mittagsmahl zu ihnen zu gesellen, doch nach einiger Zeit nahmen sie meine Entschuldigung an, dass ich mich mit nur einer einzigen Mahlzeit am Tag begnügen würde. Mein genügsames Leben hatte mich gelehrt, mit so wenig Nahrung wie möglich auszukommen. Auch der Klostervorsteher nimmt nur eine einzige Mahlzeit am Tag zu sich … Er ist ein lauterer Mensch – von heiterem Gemüt, aber streng –, der die meiste Zeit mit Beten und Predigen verbringt und nur wenig schläft. Auch spricht er freundlich und voller Liebe mit den Besuchern aus den umliegenden Dörfern, die ihn hoch schätzen und ihm von Herzen zugeneigt sind.

Der erste Patient, der mich aufsuchte, um sich von mir behandeln zu lassen, war ein Verwandter des Abtes und ein Freund aus Kindertagen. Er war einige Jahre jünger als der Abt und hatte ein Dasein als Bauer gewählt. In seiner Jugend hatte er zusammen mit seinem Vater ein großes Stück Land in der Ebene nördlich des Klosters bestellt, und später mit seiner Familie seinen Wohnsitz mitten in der grünen Ebene genommen. Der Mann hatte die sechzig bereits überschritten und litt unter einem ununterbrochenen Würgereiz und ständigem Erbrechen. Er war bereits vollkommen abgemagert und entkräftet. Ich fühlte ihm den Puls, der sehr schwach war, untersuchte sein Erbrochenes, und rasch wurde mir klar, dass er unter einem schwachen Magen und schlechter Verdauung litt. Ich behandelte ihn mit einer Medizin, die Darm und Magen stärkte, und ermahnte ihn, keine schwer verdauliche Nahrung zu sich zu nehmen, ohne indes allzu sehr von seinem gewohnten Speiseplan abzuweichen. Nachdem sich seine Verdauung normalisiert hatte, verabreichte ich ihm ein Pulver aus bitteren Körnern, die in Ägypten gedeihen. Darunter mischte ich adstringierende Samen, welche den Magen durch das Ableiten der Magenflüssigkeit stärken. Bei dieser Behandlung ließ ich jene medizinische Regel außer Acht, die die Menschen unserer Zeit gerne nachplappern und die Galenos zugeschrieben wird und besagt: *Jeder Patient muss mit denjenigen Pflanzen behandelt werden, die in seiner Umgebung wachsen!* Ich schenke diesem Grundsatz keinen Glauben und habe auch in den Büchern keine Bestätigung dafür gefunden. Vier Wochen später war der Mann vollkommen genesen und hatte seine Lebenskraft wiedergewonnen. Nach seiner Heilung schenkte er dem Kloster einige Erzeugnisse, die er auf seinem Land geerntet hatte, und so geschah es, dass mein Ansehen bei den Mönchen stieg. Auch der Klostervorsteher zeigte sich höchst erbaut über den günstigen Verlauf der Behandlung.

Vier Wochen nach meiner Ankunft trafen zahlreiche Kisten im Kloster ein. Darin befanden sich jene Bücher, die kopieren zu lassen Bischof Theodor von Mopsuestia mir in Jerusalem versprochen hatte. Ich war über die Maßen entzückt und schickte mich sogleich überglücklich an, sie in die Regale einzusortieren. Diese Beschäftigung mit den Büchern und ihre Lektüre verschafften mir höchsten Genuss, und dies war auch der Grund dafür, dass ich mich die meiste Zeit in der Bibliothek aufhielt und dort sogar, wenn sich die Nacht herabsenkte, im Sitzen schlief. Jene Bücher, die verboten und dem Volk zu lesen untersagt sind, bewahre ich hingegen in meiner Zelle auf. Es sind ungefähr hundert Bücher und Rollen, während die Anzahl der in der Bibliothek vorhandenen Bücher die Tausend übersteigt ... Unter den Geschenken von Bischof Theodor gab es auch eine vollständige Abschrift der Interpretation der Evangelien und der Werke der Apostel sowie die vollständige Sammlung der zwölf Bücher von Hippokrates. Auch vierzehn der sechzehn Bücher waren dabei, die als die Auswahl der Alexandriner bekannt geworden sind, weil die früheren alexandrinischen Ärzte jene Texte aus Abhandlungen und verstreuten Bruchstücken des Galenos exzerpiert hatten.

Im Verlauf der Zeit machte ich mir einen Namen als Arzt, und alsbald kamen die Patienten in Scharen aus der Umgebung ins Kloster, um meine Heilkünste in Anspruch zu nehmen. Die meisten gesundeten durch die Güte Gottes und die Vorzüge der Medizin, so dass ich mir in den umliegenden Dörfern und Städten einen guten Leumund erwarb. Sogar manche Ärzte holten mitunter Rat bei mir ein – selbstverständlich nur die Unerfahrenen unter ihnen. Wenn der Abt des Klosters mir von Zeit zu Zeit einen Besuch abstattete, pflegte er häufig mit mir zu scherzen. Ein heiteres Lächeln auf den Lippen, sagte er: »Du bist als Mönch in dieses Kloster gekommen, der auch die Medizin ausübt, Hypa, und nun bist du ein Arzt, der nebenher ein Mönch ist ...« Nachdem ich Zutrauen zu ihm gefasst hatte, vertraute ich ihm eines Tages an, dass ich auch ein Dichter sei. Er lachte und antwortete etwa Folgendes: »Sei zuallererst ein guter Arzt! Danach kannst du sein, was dir beliebt!« Mir dünkte, er habe meine Verunsicherung ob seiner Bemerkung gespürt und versuche nun, die Wirkung seiner Worte abzumildern, indem er mich drängte, ihm einige meiner Gedichte vorzutragen. Doch dann überraschte er mich mit dem Eingeständnis, dass er selbst die Literatur liebe und die Reden von Cicero lese, ja, sogar lange Abschnitte davon auswendig kenne.

»Aber Cicero ist ein Heide, mein Vater.«

»Ja, aber er ist ein sehr beredter Heide. Und er ist von Gott mit einer Begabung ausgestattet. Der heilige Clemens, einer unserer verehrungswürdigen Vorväter, pflegte seine Werke mit Vorliebe zu lesen.«

»Aber mein Vater, er machte sich auch Vorwürfe deshalb. Es heißt auch, er habe im Traum eine Stimme vernommen, die ihn mit den Worten tadelte: ›Clemens, du bist ein Anhänger von Cicero und kein Christ.‹«

»Das ist das Ringen der Seele, Hypa, ihre fortwährende Unruhe, die sich immer wieder einstellt und wieder vergeht … Aber lassen wir das jetzt. Willst du mir nicht deine Gedichte zu Gehör bringen?«

»Morgen, ehrwürdiger Vater, werde ich Euch einige davon vortragen.«

»Dann also bis morgen, so Gott will.«

Der Abt des Klosters spricht meist Griechisch, doch er beherrscht die syrische Sprache perfekt und spricht sie auch mitunter. Die meisten Menschen in diesem Landstrich können zwar beide Sprachen, der Abt aber kennt sich sogar in ihren Geheimnissen aus. Obwohl er in seinen Predigten und in seiner Ausdrucksweise äußerst beredt und von geschliffenem Ausdruck ist, plaudert er mit den frommen Menschen ganz ungezwungen. Was er hingegen nicht ausspricht, drückt er häufig durch Blicke und Gesten aus, und auch mit den Mönchen, die ihn verehren, verständigt er sich meist durch Blicke und Zeichen … Als ich noch neu hier war, setzte ich mehrmals den Fuß in seine Zelle und konnte doch niemals auch nur ein einziges Buch darin entdecken. Wenn ich aber mit ihm disputierte, musste ich feststellen, dass er vieles aus dem Gedächtnis zu zitieren vermochte. Er musste nie in den Büchern nachschlagen, und damit meine ich nicht die Evangelien und die Werke der Apostel, die er selbstverständlich auswendig kennt. Nein, seltsamerweise kennt er zahlreiche Texte der Niederschriften der ersten Vorväter, und genauso trägt er aus dem Gedächtnis die Beschlüsse der heiligen Synoden vor, ja, er hat selbst die Reden Ciceros im Kopf! Er ist ein wahrhaft gesegneter Mann, und ein verwirrender dazu. Wann mag er all das wohl gelesen haben? Und warum liest er jetzt nicht mehr? Und gehört er wirklich zu jenen Mönchen, die sich vor fünfzig Jahren einen ganzen Monat in jenem Gebäude versteckt hielten? Warum sollte das nicht wahr sein? Er zählt jetzt etwa siebzig Lenze, und wenn die Angabe über die Zeit des Vorfalls richtig ist, dann war er damals zwanzig Jahre alt. Wenn ich ihm morgen meine Gedichte vorgelesen habe, werde ich ihn fragen … So hatte ich es mir damals vorgenommen, doch die Zeit hielt etwas anderes für uns bereit. Am Morgen des folgenden Tages, während ich allein in dem großen Saal mit den Büchern hockte und meine Papiere mit den Gedichten sortierte und auswählte, was ich ihm vortragen wollte, vernahm ich Schritte hinter der Tür. Der Klang der Schritte auf den Kieseln ließ darauf schließen, dass es sich um mehrere Personen handelte. Ich vermutete, einige Mönche würden den Abt begleiten, um gemeinsam mit ihm meinen Gedichten zu lauschen … Doch es handelte sich gar nicht um den Abt.

Vielmehr wurde mir eine unerwartete Freude zuteil. Die Tür der Bibliothek öffnete sich, und herein kam freudestrahlend der gute Vater, der lautere, der verehrungswürdige Pater Nestorius.

»Einen gesegneten Morgen, Hypa. Ich bin ausschließlich gekommen, um dich zu sehen.«

»Seid willkommen, ehrwürdiger Vater, das ist aber fürwahr ein gesegneter Festtag, bei der Wahrheit der Jungfrau Maria!«

Hinter ihm betraten noch ein paar Männer die Bibliothek, die in ihren würdevollen Kirchengewändern einherschritten und alle, wie aus ihrer Kleidung ersichtlich, aus Antiochia stammten. Auch der Abt sowie drei der ältesten Mönche des Klosters waren bei ihnen. Allesamt waren es gesegnete Männer, und mir wurde ganz wohl zumute. Wir ließen uns auf den zwölf Stühlen um den Tisch herum nieder, dann eröffnete mir der Abt:

»Der ehrwürdige Nestorius ist auf seinem Weg nach Aleppo, um die dortige Eparchie zu erneuern. Als er durch das Tor des Klosters trat, erkundigte er sich sogleich nach dir und wollte sich nur zu dir gesellen.«

»Das ist eine große Ehre, von ihm und von Euch, ehrwürdiger Vater.«

Zur Mittagszeit servierten zwei Mönche einige Speisen. Es war das erste Mal, seit ich die Bibliothek hier eingerichtet hatte, dass außer mir jemand seine Mahlzeit in diesem weiträumigen Saal einnahm. Wir vertieften uns in unser Gespräch, ein Wort gab das andere, und auch die Priester und Mönche beteiligten sich daran, bis Nestorius sie entließ, auf dass sie sich ein wenig von den Strapazen der heutigen Reise erholten und sich auf die morgige vorbereiteten. Als wir zu dritt waren, er, der Abt des Klosters und ich, erzählte Nestorius, wie sehr er sich darüber gefreut habe, dass meine Heilkünste bei den Bewohnern des Landstrichs hohe Anerkennung fänden ... Dann setzte er hinzu: »Einige Leute in Antiochia sprechen sehr gut und voller Liebe von dir. Sie sind voll des Lobes über dein Können, obwohl du erst seit gut einem Jahr hier weilst. Die Brüder dort baten mich, dir das Angebot zu machen, nach Antiochia umzusiedeln, wenn dir das beliebt, und ich erklärte mich bereit dazu – obwohl du es damals im Hause des Herrn in Jerusalem abgelehnt hast.«

»Ich bin ob Eurer Güte zutiefst dankbar, verehrter, ehrwürdiger Bischof, aber ich fühle mich sehr wohl hier.«

»Dann soll es wohl so sein … Aber warum hast du deine Samen und deine Heilkräuter nicht ausgesät, wenn du beabsichtigst, hier zu bleiben? Oder hat der gute Abt es dir untersagt?«

»Nein, mein Vater, keinesfalls, ich habe die Angelegenheit noch nicht mit ihm erörtert.«

Nestorius schaute den Vorsteher mit einem liebevollen Blick an. Er schwieg einen Augenblick, dann schlug er, während er seine Kopfbedeckung zurechtrückte, vor, ohne zu zögern den Boden zu bestellen, liege im Anbau von Heilpflanzen doch großer Nutzen für die gottgläubigen Patienten … Der Abt erinnerte an den alten stillgelegten Brunnen, der sich in der Mitte des Platzes zwischen den Klostergebäuden und der Bibliothek befinde, mit dessen Wasser die Pflanzen in den Sommertagen bewässert werden könnten. Und an mich gewandt setzte Nestorius hinzu: »Dieses gesegnete Kloster liegt hoch, und auf beiden Seiten des Aufstiegswegs gibt es abgestufte Grundstücke, die sich zum Anbau von Pflanzen eignen. Du kannst unten die Pflanzen aus den heißen Ländern anbauen und oben diejenigen aus den kühlen.«

»Gesegneter Nestorius«, wunderte sich da der Abt lächelnd, »Ihr seid ja auch ein Experte in landwirtschaftlichen Belangen!«

»Das sind, ehrenwerter Vater, nur bescheidene Kenntnisse, doch ich habe Großes im Sinn. Zum Beispiel in diesem Kloster ein Krankenhaus und eine große Kirche zu bauen.«

Der Klostervorsteher, der Gefallen an der Idee fand, segnete sie sogleich, mir aber wurde bei dem Gedanken ganz unwohl zumute. Das Lärmen der Menschen war mir ein Graus, und ich fühlte mich fremd unter den Leuten. Hier, fern des Tumults ihrer Welt hatte ich meine Ruhe gefunden. Wenn das Vorhaben wahr würde, welches Nestorius im Sinn hatte, würde ich aus Achtung ihm gegenüber meinen Beitrag dazu leisten und dann aufbrechen, um mich in einem anderen Kloster in der Nähe niederzulassen und mich an meiner Abgeschiedenheit zu erfreuen. Solche Gedanken gingen mir in jenem Moment durch den Kopf, doch dann geschah, was eben geschehen sollte.

Nach Sonnenuntergang brachte der Klosterdiener einen großen Tisch herein, der bedeckt war mit Käse, gebratenen Eiern, Brot und Zuckerbrot, einer Kanne Milch und Früchten. Es war keine Fastenzeit. Der Abt des Klosters nahm einen Pfirsich zu sich und kaute ihn gemächlich, wie es seine Gewohnheit war. Dann verabschiedete er sich mit den Worten: »Das genügt mir bis morgen. Lasst es euch schmecken, ihr seid noch jung, also setzt eure gesegnete Unterredung fort. Ich werde mich glücklich schätzen, gesegneter Nestorius, Euch morgen früh vor Eurer Abreise zu sehen. Hypa kennt das Gästehaus und wird Euch hinführen, wann immer es Euch beliebt. Nun werde ich euch Gottes Fürsorge überlassen.«

Wir nahmen nur wenige Bissen zu uns und labten uns an einigen Schlucken Milch. Dann verließen wir den Bibliothekssaal und betraten den großen Klosterplatz. Es war Herbst, und die Nacht war von beredter Stille … Die Luft war angenehm kühl, und der Himmel strahlte so hell, wie es nur selten der Fall ist. Ich erzählte Nestorius, dass ich mich hier dem Himmel nahe fühle und mich keineswegs mehr nach meiner Heimat sehne. Auch würde ich nicht mehr von Zweifeln geplagt … Dann setzte ich hinzu: »Seit ich hierhergekommen bin, habe ich das Gefühl, dass die Welt ein sicherer Ort geworden ist!« Er lächelte. Er machte eine ausladende Handbewegung und entgegnete voller Kummer, dass die Welt noch immer in Aufruhr sei und dass nur ich mich davor zurückgezogen hätte. »Die Ränder des Reiches sind den Angriffen der Barbaren und der Stämme aus dem Norden ausgesetzt, und im Osten kommen die Kurden nicht zur Ruhe. Das Gleiche gilt für die Goten in Gallien. Und in den großen Städten Christi herrschen Intrigen, heimliche Zwistigkeiten und Misstrauen.« Er berichtete mir unzählige Dinge, die die Welt, vor der ich geflohen war, in Aufregung versetzten: Der Gesundheitszustand von Bischof Theodor habe sich verschlechtert, seine siebenundsiebzig Jahre machten ihm zu schaffen, und er werde sich einsam fühlen ohne ihn. Und Kaiser Theodosius der Zweite habe bezüglich des Bischofsstuhls in Konstantinopel mit ihm korrespondiert; er werde sich bald auf den Weg dorthin machen, um zum Bischof der Hauptstadt geweiht zu werden. Er war nicht glücklich! Er sagte, er habe noch vieles zu erledigen, was er in Angriff genommen habe, und wisse nicht, in wessen Hände er dies nach seiner Übersiedlung nach Konstantinopel legen solle ... Er schien fürwahr bedrückt. Um seinen Kummer zu vertreiben, sagte ich scherzend:

»Mein Vater, dass Ihr mit siebenundvierzig Jahren Bischof der Hauptstadt des Reiches werden sollt, ist eine große Sache und wird Gutes bewirken. Also verzweifelt nicht.«

»Lass das, Hypa, mir ist bei dem Gedanken an Konstantinopel nicht wohl, genauso wenig wie bei dem Gedanken, mich in Nachbarschaft der Oberhäupter dieser Welt zu befinden.«

»Gott wird Euch behüten und beschützen, mein Vater.«

Unvermittelt wechselte Nestorius das Thema. Er pries die glänzend klare und angenehm kühle und erfrischende Nachtluft. Und er erzählte mir, dass er mir Bücher und Heilkräuter aus Antiochia mitgebracht habe. Und ich versicherte ihm, dass ich ihm mein ganzes Leben für sein Interesse an dem

Kloster dankbar sein werde … Wir sprachen über viele Dinge in jener Nacht, bis ich meinen Mut zusammennahm und ihn auf das weit hinten stehende geheimnisvolle Gebäude auf der Ostseite des Klosters ansprechen wollte, hegte ich doch die Hoffnung, eine Erklärung von ihm zu erhalten. Doch genau in jenem Moment, als ich als Einleitung zu meiner Frage auf das Gebäude zeigte, musste er gähnen, und so blieb mir nichts anderes übrig, als ihm zu empfehlen, sich in seinem Zimmer auszuruhen … Ich geleitete ihn bis zur Tür des Gästehauses, dann stieg ich hoch in diese meine Zelle, um hier die Nacht zu verbringen. Ich war erfüllt von einem Gefühl der Vertrautheit, doch meine himmlische Freude war ein wenig getrübt über die verpasste Gelegenheit, ihn nach jenem geheimnisvollen Gebäude gefragt zu haben.

Am frühen Morgen wartete ich in Begleitung von zwei oder drei Mönchen an der Tür des Gästehauses auf Nestorius. Wie es seine Gewohnheit war, trat er strahlend heraus. Wir beteten gemeinsam in der Kirche, dann leistete ich ihm beim Frühstück Gesellschaft und begleitete ihn schließlich hinunter bis zum Fuße des Hügels … Er zog mit seinen Begleitern nach Aleppo, und ich stieg wieder zum Kloster hinauf. Am Tor angekommen, hielt ich inne und beobachtete ihre kleine Karawane, bis sie zwischen den Hügeln, die sich über die Ebenen erheben, meinem Blick entschwand.

Dann hielt das ereignisreiche Jahr 428 nach Christi Geburt Einzug. Bischof Theodor wurde zu Gott befohlen und Nestorius wechselte im Frühjahr nach Konstantinopel über, wo er zum Bischof der Hauptstadt des Reiches geweiht wurde. Meine Position im Kloster wurde stetiger, die Anzahl der Patienten, die von mir behandelt werden wollten, stieg weiter an. Die Tage jenes Jahres verliefen für mich ruhig und glücklich, genauso wie die des darauffolgenden Jahres. Bis das Jahr

430 nach Christi Geburt anbrach, in dem die erschütternden Ereignisse mich gänzlich aus dem Gleichgewicht warfen. Vor allem jene Vorfälle zum Ende des Jahres, als der Winter vor der Tür stand. In jener Zeit entbrannte die Auseinandersetzung zwischen den Mächtigen, und es ging die Sonne Martas – die sengende Sonne – am Himmel meiner Existenz auf.

VIERZEHNTES PERGAMENT

Die Sonnen in mir

Ehe die heftigen Stürme über uns hereinbrachen und das Unglück über uns kam, verbrachte ich meine Zeit im Kloster in meiner Zelle, in der Bibliothek oder beim morgendlichen gemeinsamen Gebet mit den Mönchen; von Mittag bis zum Nachmittag empfing ich Patienten, mitunter las oder schrieb ich auch so lang Gedichte, bis mich die Müdigkeit übermannte. Ich schlief nur wenig und träumte ruhig. Oft vernahm ich die Gedichte im Traum und war darum bemüht, sie im Gedächtnis zu behalten, um sie niederzuschreiben. Pergamente und Tintenfass hielt ich deshalb gleich neben meinem Kopfkissen bereit. Ich drang damals auch tief in die Geheimnisse der syrischen Sprache ein und las mit Wonne syrische Literatur. Ganz besonders die Geschichte des Weisen Ahîkâr, die ich zum ersten Mal bei einem Scheich namens Wîssâ in Achmim studiert hatte, unserem Lehrer für alte Sprachen, darunter Aramäisch – oder Syrisch, wie Nestorius die Sprache zu nennen beliebt … Hier fand ich noch andere, sich voneinander unterscheidende Exemplare von Ahîkârs Geschichte und trug mich mit der Absicht, diese zahlreichen Exemplare zu vergleichen, um daraus einen editierten exakten Text dieser Geschichte zu exzerpieren, die voller Lehren ist.* Die schöns-

* Es handelt sich um eine aramäische (altsyrische) Geschichte, die über die Ereignisse im Leben des Weisen Ahîkâr, des Ministers des Königs San-

ten Stunden jener Zeit aber, die mir jetzt so lange zurückzuliegen scheint, waren jene, die ich bei Sonnenaufgang auf den Steinen am Rande der Klostermauer sitzend verbrachte; der verfallenen Mauer in der nordwestlichen Ecke, von der aus man über die ausgedehnten Ebenen blickt, die sich bis zur weit entfernten Küste und nach Antiochia erstrecken. In jenen Tagen hegte ich den Wunsch, mein Blick würde sich schärfen und mir ermöglichen, von meiner erhöhten Position bei der Klostermauer die Städte in der Ferne zu sehen: Antiochia, Konstantinopel und Mopsuestia! Es wäre ein Wunder, das ich, wenn es geschähe – ich meine, würde mich Gott damit beschenken –, niemandem preisgäbe. Aber nur selten beliebt es dem Herrn, seine Wunder durch die Heiligen vollbringen zu lassen, und ich bin kein Heiliger, ich bin ein Arzt und ein Dichter in Mönchskutte, voller Liebe für diese Welt, der darauf harrt, die restlichen Jahre seines Lebens sündlos zu verbringen, auf dass er mit der Unbeschwertheit des reinen Geistes in den Himmel aufsteige, wo die Lichter der göttlichen Herrlichkeit funkeln ... So begrenzt war damals mein Streben für mein weiteres Leben ... Seitdem ist gerade einmal ein Jahr vergangen.

Im Laufe der Zeit entwickelte sich eine enge Beziehung zwischen mir und dem Abt des Klosters, ja, ich war derjenige, der ihm am nächsten stand und mit dem er die meiste Zeit verbrachte – und dies ganz besonders, nachdem zwei Mönche, »der Spaßvogel« und »der Pharisäer« nannte man sie, uns verlassen hatten. Häufig rief der Vorsteher mich zu sich in sein großes Gemach mit den drei Fenstern, oder er schau-

herîb, und die Treulosigkeit des Schicksals berichtet, seine darauffolgende Heiterkeit und seine Ratschläge, die er dem Sohn seines Bruders erteilt. Die Geschichte entspricht augenfällig jener Geschichte, die wir heute als die des Weisen Luqmân und seiner Ratschläge an seinen Sohn kennen. (Der Übersetzer) te kurz vor Mittag bei mir in der Bibliothek vorbei und leistete mir bis zum Mittagessen Gesellschaft. Das Mittagessen ist seine einzige Mahlzeit am Tag, indes ist ihm viel daran gelegen, während des Frühstücks und der Abendmahlzeit im Refektorium zu erscheinen, um den Mönchen die Psalmen vorzutragen und einige Worte mit ihnen zu wechseln. Stets stellte er mir Fragen nach den Patienten, erkundigte sich, welche Gedichte ich verfasst hatte, und ergötzte sich daran, wenn ich ihm etwas Neues vortrug. Einige meiner Gedichte hatte er sogar im Gedächtnis behalten und blickte mich, wenn ich sie ihm vorlas, mit einer Zärtlichkeit an, die ich von früher aus den Blicken meines Vaters kannte ... Die Vaterschaft ist ein göttlicher Geist, der durch den Kosmos schwirrt und sich über die Eltern mit himmlischer Gnade auf die Kinder niedersenkt.

Ich werde niemals Vater sein, und niemals werde ich Frau und Kinder haben. Ich werde dieser Welt keine Nachkommen schenken, denn ich habe nicht die Kraft, die Marter eines Kindes zu ertragen. Wenn ich das Weinen eines Kindes vernehme, das seine Mutter mir zur Behandlung bringt, eile ich hinaus, um sie schon an der Tür zur Bibliothek in Empfang zu nehmen. Ich nehme das Kleine an mich und bringe es hinein, wo ich unter den Arzneien auch zahlreiche Schmerzmittel für Kinder aufbewahre. Die Säuglinge leiden stets unter Blähungen und unter geringer Fürsorge durch die Mütter, mitunter auch unter der mangelnden Qualität ihrer Milch. Ich rate in solchen Fällen der Mutter zu einer Ernährung, die eine Verbesserung ihrer Milch zur Folge hat, und den Säuglingen nehme ich die Windeln ab und reibe sie mit einer duftenden Salbe ein, die ich, von mir selbst zusammengesetzt und mehrmals erprobt, für nutzbringend befunden habe. Immer wieder konnte es geschehen, dass die Säuglinge genau in jenem Moment, wenn ich die Windeln löste, in meine Richtung urinierten. Dann lachte ich hellauf und ergötzte mich an der Freude der Mütter, die mit ihren schmerzgeplagten brüllenden Kleinen zu mir gekommen waren, die aber friedlich in ihren Armen schlummerten, wenn sie mich wieder verließen. Es gibt auf der Welt nichts Erhabeneres, als einen Menschen, der seinem Schmerz keinen Ausdruck zu verleihen vermag, von seinen Schmerzen zu befreien. War Jesus Christus nur gekommen, um den verirrten Menschen, der seine zahlreichen Sünden missachtete, zu erlösen? Jesus hatte den Schmerz erduldet, um unsere Sünden auf sich zu nehmen … So lautet der Beginn eines meiner Gedichte auf Syrisch, die der Abt des Klosters so gerne mag und auswendig gelernt hat. Soll ich es hier niederschreiben? Warum nicht …? In meinem Gedicht heißt es:

Indem er die Schmerzen erduldete, nahm er die Sünden von uns,
Durch den Opfertod befreite er uns.
Durch Liebe stieg er herab, durch Liebe erhob er sich empor und durch Liebe zeichnete er den Weg,
So führte er die Menschen zum Frieden und schenkte den Gläubigen Freude.
Er verbrannte sich am Feuer der Erde, um für uns die lindernde Kühle des Himmels herabkommen zu lassen.
Er gab seinen Geist als Opfer am Kreuz,
Um unseren Unglauben zu sühnen und uns Erlösung zu bringen.

Es ist ein langes Gedicht, und es gehört zu jenen, die Marta später singen sollte. Sie erfüllte es mit ihrem Geist und versetzte die Zuhörer in Schwermut. Mehrmals ließ ihr Gesang meine Tränen fließen, als sie es bei einer unserer Zusammenkünfte vortrug und mich dabei anblickte. Doch über mein

Beisammensein mit Marta werde ich erst später berichten. Jetzt gedenke ich der heiteren Tage, in denen mein Geist im Schoß dieses Klosters Ruhe fand und die Sonnen in meinem Inneren vom Horizont der Gnade aufstiegen, so dass ich damals sogar meine früheren Qualen und Zweifel und meine damit einhergehende Verwirrung vergaß ... Mir war, als lebte ich in den Wolken und könnte beinahe das Rauschen der Engelsflügel im Himmel verspüren. Zum ersten Mal erfuhr ich damals das Geheimnis des Mönchstums, die Wohltat des Alleinseins und die Heiterkeit der Erlösung vom Trubel der Welt. Und ich wurde mir gewiss darüber, dass das Diesseits keinen Wert besitzt, und dass ich, als ich ihm entsagte, die teureren Gefilde des Geistes durch die Abkehr vom billigen Genuss des Leibes erwarb.

In jenen Tagen gab es nichts, was meine Heiterkeit trübte. Nur zuweilen überfielen mich ganz unverhofft Träume, die mich an mein schweres Erbe und meine Bürde gemahnten, die ich in mir trug. Mitunter erwachte ich des Nachts, zitternd und weinend, wenn ich im Traum meine Mutter geschaut, die meinen Vater mit spottendem Blick bedachte. Selbst in meinen Träumen war mein Vater ein bemitleidenswerter Mann. Im Traum sprach er nie zu mir, niemals ... Er schaute mich nur zutiefst bekümmert an, während er sein Boot ruderte oder seine Netze, in denen sich kein Fisch verfangen hatte, einzog. Es war meine Mutter, die in diesen Träumen auf mich einredete und oft gar so schrill lachte, dass ich entsetzt aufschreckte ... Und obwohl mich diese Träume nur in großen Zeitabständen überfielen, hatte ich in solchen Nächten solche Träume mehrmals.

Eines Nachts sah ich Hypatia, gewandet in ihr weißes Seidenkleid, dessen Saum mit einem Goldfaden durchwirkt war. Sie strahlte hell und erfüllt von Liebe. Ich war in meinem Traum ein junger Mann, der die zwanzig noch nicht überschritten hatte, während sie in dem Alter stand, in dem ich sie kennenlernte. Ich schaute auf sie, wie sie mir ein Buch über die Wissenschaft der Chemie vorlas, obwohl sie sich in ihrem ganzen Leben nie mit dieser Wissenschaft beschäftigt hatte. Sobald sie mir eine Zeile vorgelesen hatte, an der sie ganz zart mit dem Finger entlangfuhr, hatte ich sie mir eingeprägt. Ihr Finger war schmal, der Fingernagel von einem hellen Weiß. Sie wandte sich während des Lesens lächelnd zu mir, und als ich die Sehnsucht verspürte, an ihre Brust gedrückt zu werden, umarmte sie mich. Sobald ich aber in ihren Armen lag, entpuppte sie sich plötzlich als Oktavia, blutverschmiert, und ich wachte voller Entsetzen auf.

Einige Male hatte ich höchst eigenartige Träume: Das salzige Meerwasser wird durch zahlreiche Strudel in Bewegung versetzt, meine Mutter versucht herauszusteigen, während ich, nackt am Strand stehend, sie ängstlich beobachte. Sie ruft mich bei jenem Namen, den Oktavia für mich auserwählt hatte und den niemand außer uns kannte: Theodoros Poseidonios! Dann verwandeln sich ihre Rufe in Hilfeschreie, die bald zu elend lautem Geheul werden, dessen Echo im Universum widerhallt und mich erschöpft aus dem Schlaf reißt, um mich für den Rest der Nacht nicht wieder einschlummern zu lassen.

Letztes Jahr sprach ich den Abt des Klosters zweimal auf das geheimnisvolle Gebäude an. Beim ersten Mal hüllte er sich in Schweigen. Beim zweiten Mal saßen wir morgens beisammen, als die Sonne gerade hinter dem Gebäude aufging. Ich sagte zu ihm, dass ich ihn nicht noch einmal danach fragen werde, sofern er mir nicht darüber erzählen möge. Es war ein strahlender Sommermorgen. Der Abt senkte einen Augenblick lang den Kopf, dann erzählte er mir Folgendes: Dieses Kloster war vor längst vergangener Zeit ein Tempel für den Gott der Fruchtbarkeit und der Weiden und die Göttin der Felder gewesen. Die Menschen hatten damals daran geglaubt, dass sich beide auf diesem Hügel hier treffen und lieben würden! Deshalb strömten über Hunderte von Jahren ihre frommen Anhänger von überall her und errichteten einen Tempel, dessen Säulen mit der Zeit immer höher wuchsen, bis er zu einem der mächtigsten Tempel der alten Zeit geworden war. Dann, unter König Salomon, dem Sohne des Propheten David, beabsichtigten die Juden, aus dem Tempel ein Gotteshaus zu machen. Sie sandten in aller Heimlichkeit eine Soldateska aus, um ihn zerstören zu lassen, was ihnen jedoch wegen der Größe des Bauwerks und der großen Anzahl der dort wohnenden Priester und Besucher nicht gelang. Es heißt, die jüdische Kompanie sei damals unter ungeklärten Umständen vernichtet worden. Das erzürnte Salomon, und so schickte er einen Trupp eigener Soldaten zur Zerstörung des Tempels aus. Kraft der furchtbaren Zaubersprüche, die unter dem Tempel begraben waren, und des Talismans, den die alten Priester angefertigt hatten und dessen Zeichen niemand entziffern und dadurch den Zauber aufheben konnte, war auch ihr Unternehmen zum Scheitern verurteilt ... Dann blieb der Tempel bis zur Ära Christi stehen, doch mit den Jahren zerfiel er allmählich. Als die Menschen ihn verließen, ließen Azazel und seine Söhne, die Teufel und Satane, sich dort nieder und lebten mit den Menschen, die in jenen Zeiten den Teufel anbeteten, zwischen seinen Mauern! Nachdem Azazel es jedoch nicht vermocht hatte, Jesus zu verführen, wie es geschrieben steht, und das Wort Gottes den Sieg davongetragen hatte, ereignete sich ein gewaltiges Erdbeben, das den Tempel zu Fall brachte, so dass nur noch diese vereinzelten Steine und zerbrochenen Säulen übrig blieben ... Sodann geschah es, dass einige Vorväter in diesen Landstrich kamen, um hier unter den Menschen zu missionieren. Sie wurden jedoch von den Römern ermordet, und sie beerdigten ihre Anhänger in diesem östlichen Teil der Tempelanlage. Nachdem unsere Religion sich ausgebreitet und in dieser Gegend immer mehr Anhänger gefunden hatte, entwickelte sich der Ort zu einem Wallfahrtsort. Da aber die Heiden die Anhänger Jesu hassten und ihren alten Tempel wiedererstehen lassen wollten, errichteten die Anhänger Jesu, aus Angst, die Heiden würden die letzte Ruhe ihrer Toten stören und sie wieder ausgraben, dieses Gebäude über den Gräbern der Märtyrer. Die Leute des Kreuzes hatten das Bauwerk in die Höhe gezogen, auf dass es die Ruhestätte der Vorväter umschließe. Zum Platz hin besteht das Mauerwerk aus drei dicken, hintereinander errichteten Mauern aus so hartem Stein, dass es absolut unmöglich ist, sie zu durchdringen. Von den anderen drei Seiten ist das Gebäude auf natürliche Art gesichert, fällt doch dort der Steilhang tief ab. Mit der Zeit wurde das Gebäude dann zu einem Zufluchtsort für die Mönche und eine Festung ... Der Abt des Klosters schwieg einen Moment, dann fuhr er fort: »Als ich fünfzehn Lenze zählte, lebte ich hier, als die Räuber uns umzingelten. Wir verharrten ganze fünf Tage in dem Gebäude, keineswegs einen Monat, wie man sich erzählt. Die meisten von uns wären beinahe vor Hunger und Durst gestorben! Als es den Räubern nicht gelang, die Mauern zu durchdringen, zogen sie verzweifelt von dannen. Sie wussten nicht, dass es in dem Gebäude nicht das Geringste gab, was sich zu rauben gelohnt hätte ...« Nachdem der Abt wieder eine Weile stumm blieb, setzte er hinzu: »Übrigens stimmt es auch nicht, dass dort die Nägel, mit denen man Jesus ans Kreuz schlug, aufbewahrt werden und des Nachts leuchten ... Das ist alles, was ich dir über dieses Gebäude sagen kann, Hypa. Also frag mich nicht noch einmal danach.«

Damit beendete der Abt seine Erklärung, und ich verfiel in ein tiefes Grübeln. Ich hatte nicht viel von dem begriffen, was er gesagt hatte. Er hatte gesprochen, als trage er einen

Text vor, den er auswendig kannte. Und selbst seine Miene war während seiner Rede vollkommen ausdruckslos gewesen. Ich zögerte einen Augenblick, dann konnte ich nicht umhin zu fragen:

»Aber mein Vater, ich habe gedämpfte Stimmen aus dem Gebäude gehört, als ich mein Ohr an die Mauer presste. Ich habe es mehrmals erlebt.«

»Das sind Stimmen, die aus dir kommen, Hypa, nicht aus dem Gebäude! Vielleicht gibt es auch große Ratten oder Schlangen und Insekten darin. Schließlich wurde es seit vielen Jahren nicht geöffnet.«

»Aber Ihr werdet es öffnen, wenn einer der Mönche zu Gott befohlen wird, Vater!«

»Nein, wir begraben niemanden mehr dort und werden das Gebäude niemals mehr aufmachen!«

FÜNFZEHNTES PERGAMENT

Der Hypostasen-Pharisäer

Die Mönche in diesem Kloster und in den umliegenden Landstrichen unterscheiden sich von ihren Brüdern in Ägypten und Alexandria. Gemeinsam sind ihnen die Gottesfurcht, ihre Liebe zu Gott und die inbrünstige Gottesverehrung. Doch unser – der ägyptische – Weg ist härter, wir gehen die Pfade des mühevollen Dienstes an Gott noch weiter. Das wundert nicht, haben die Ägypter doch das Mönchstum erfunden und es den Gläubigen dieser Welt zum Geschenk gemacht.

Die Mönche hier wunderten sich genauso über meine Genügsamkeit und meinen spirituellen Eifer wie über meine geduldige Beschäftigung mit den Büchern und meine Hingabe an das Schreiben. Und bis heute staunen sie darüber, dass ich vorwiegend im Sitzen schlafe und die meiste Zeit allein in der Bibliothek verbringe, was mir einige Monate nach meiner Ankunft den Namen »Hypa, der Sonderling« eintrug! Nach und nach aber schwand ihr Befremden, sie gewöhnten sich an mich und suchten schließlich sogar meine Nähe, wenngleich sie mich weiterhin als sonderbar bezeichnen; manchmal aber auch nennen sie mich »der Arzt«. Anders als ihre Brüder in Jerusalem sind sie nicht so erpicht darauf, Nachrichten aus Alexandria zu erfahren, und deshalb fühle ich mich weniger bedrängt von ihnen, ja, ich muss sogar sagen, dass sie mich in keiner Weise behelligen. Anfangs sehnten sie sich zwar danach, das Geheimnis meiner Verbindung zu Bischof Nestorius zu erfahren, doch als ich ihnen schilderte, wie wir uns in Jerusalem begegnet waren, gaben sie sich zufrieden. Und nachdem sie sich von meinen Heilkünsten überzeugt und mich über einige Monate hin beobachtet hatten und ihnen nichts Beunruhigendes aufgefallen war, fühlten sie sich erleichtert … Von da an schauten sie gelegentlich bei mir in der Bibliothek vorbei und gesellten sich mitunter nach den langen Messen auf dem Platz zu mir.

Ich meinerseits verhielt mich zu Beginn schweigsam und zurückhaltend, und sie respektierten mein Verhalten … Nach und nach aber wurde ich einer von ihnen und verspürte mit der Zeit sogar die Neigung, mich zu ihnen zu gesellen und mich an ihrer fortwährenden freundlichen Heiterkeit, die ihre Herzen erfüllt, zu ergötzen. Zwei der aufrichtigsten Mönche standen mir besonders nahe. Der eine war jener Mönch, den ich den »würdevollen Spaßvogel« nannte, weil er diese beiden Eigenschaften, die nur selten zusammenfielen, in sich vereinte. Nachdem wir zwei Jahre miteinander hier verbrachten, hat er sich vor kurzem nach Antiochia begeben, um sich in der Umgebung der Stadt niederzulassen, in einem Kloster, das Euprepius* genannt wird. Als er noch bei uns weilte, hatte er seine Mitmenschen stets von Herzen erfreut und sie mit Liebe und Heiterkeit erfüllt. Seine Gesichtszüge, besonders die gewölbte Oberlippe, die seine obere Zahnreihe hervorblitzen ließ, machten sein Gegenüber glauben, dass er immerfort lachte! Und tatsächlich hatte er häufig ein Lächeln auf den Lippen, gleichsam als habe der Herr ihn mit frohen Botschaften beschenkt, die alle Sorgen von ihm nehmen … Er hat gutmütige Augen, und wenn er aus den banalsten Gründen

* Die historischen Quellen verweisen darauf, dass Nestorius sein Leben als Mönch in jenem Kloster begann … Sonderbarerweise erwähnt der Mönch Hypa das nicht. (Der Übersetzer)

in Gelächter ausbrach, hielt er sich wie ein kleines Mädchen die Hand vor den Mund. Gleichzeitig neigt er auch schnell zu Tränen. Als er einmal der Behandlung eines armen Kindes beiwohnte, das unter einer Entzündung im Hals litt, die wir das Persische Feuer nennen, schoss ihm prompt das Wasser in die Augen, und er zog sich, unfähig, das Weinen des Kleinen zu ertragen, auf der Stelle zurück. Seit jenem Vorfall verließ er die Bibliothek, sobald ein Patient auftauchte ... Als ich mich am Tag seines plötzlichen Aufbruchs beim Tor des Klosters von ihm verabschiedete, konnte ich meinerseits meine Tränen nicht zurückhalten. Ich habe ihn, obwohl ich große Sehnsucht nach ihm habe und seine Gesellschaft vermisse, seitdem nicht wiedergesehen.

Der andere Mönch steht meinem Herzen derzeit am nächsten. Er verbrachte zwanzig Jahre seines Lebens hier in diesem Kloster und ist der Mönch, der dem Abt, wenngleich zwanzig Jahre jünger, am ähnlichsten ist. Auch ist er fülliger und trägt einen dichteren Bart. Und er ist von so auffällig kleiner Statur, dass er, wenn er sich, wie es seine Gewohnheit ist, mit seinem dicken Bauch eilig fortbewegt, aussieht wie eine rollende Kugel. Seine Hände und Füße sind so winzig wie die eines Knaben, und genauso erinnert sein Lächeln an das eines Kindes oder Jünglings. Dass er trotzdem wie ein Mann wirkt, liegt an seiner Glatze, seinem dichten schwarzen Vollbart und seinen aufgedunsenen Wangen. Unter den großen Augen, aus denen Klugheit und Leidenschaft sprühen, haben die Spuren durchwachter Nächte oder schlechter Verdauung dunkle Ringe hinterlassen. Er ist wahrhaftig, auch wenn einem Fremden dies nicht gleich auffallen mag, ein herzensguter Mensch; wer ihm nahesteht, weiß das.

Zuerst sah ich ihn einige Male in der Kirche, und nachdem er mir bei der erhabenen Aufgabe unter die Arme gegriffen hatte, in dem ehedem verlassenen Gebäude die Bibliothek einzurichten, wurden wir mit der Zeit zu Brüdern. Als wir die Bücher gemeinsam in die Regale sortierten, hatte er zwar leidenschaftliche Blicke darauf geworfen, doch ich sah ihn nur ganz selten einmal lesen. Die Mönche hier rufen ihn bei einem sonderbaren Namen: der »Hypostasen-Pharisäer«!* Und auch ich sprach ihn alsbald mit diesem Namen an, der ihn weder erzürnte noch erfreute.

Eines Tages zu Beginn unserer Bekanntschaft erzählte er mir – wir hatten uns neben dem Tor des Klosters niedergelassen –, dass er arabischer Abstammung sei und beide Sprachen beherrsche, deren sich die Araber im Norden und jene im Jemen bedienen. Damals war mir nicht bekannt gewesen, dass das Arabische in zwei Sprachen unterteilt ist, das nördliche und das südliche Arabisch. Er berichtete mir auch, dass er von Vaterseite als Waise aufgewachsen sei. Der Vater, der in einem großen Haus inmitten der Stadt Aleppo residiert hatte, war reich und im Handel tätig gewesen. Als der Bruder seines Vaters nach dessen Tod jedoch seine Mutter ehelichte, um das Erbe des Vaters zu bewahren, verließ er deren Welt und schloss sich der dortigen Eparchie als Küster an, bevor er später Diakon wurde. Mit fünfundzwanzig Jahren wurde er Mönch und lebte drei Jahre lang als Eremit, bevor er sich schließlich hier im Kloster niederließ … Nachdem sich unsere Beziehung im Laufe der Zeit weiter vertieft hatte, vertraute er mir sogar seine Geheimnisse an: Er hatte in seiner frühen Jugend mehrmals dem Herrn den Gehorsam verweigert und sich unrechtmäßigerweise an einer Frau vergangen. Da seine

* Pharisäer ist eine Bezeichnung, mit der man die Eiferer in äußerlichen Dingen der Religion bezeichnet. Der Begriff ist abgeleitet von dem Namen der Gruppierung der Juden (der Pharisäer), die sich an das Äußerliche des jüdischen Gesetzes klammerten und mit Jesus Christus darüber stritten. Daher bedeutet der Begriff seit christlicher Zeit und bis heute im Allgemeinen: Eiferer. (Der Übersetzer)

Sünden ihn jedoch belasteten, war er auf den Pfad der Tugend zurückgekehrt und hatte alles dem Abt gebeichtet. Auf diese Weise hatte er das Geheimnis der Gnade des Herrn durch die Beichte erfahren und mied fortan die Unreinheit, die ihn beunruhigt und entzückt und ihm schlaflose Nächte bereitet hatte ... Doch seitdem er sich gänzlich dem Dienste Gottes verschrieben hatte, empfand er einen so abgrundtiefen Hass gegenüber den Frauen, dass er kein weibliches Wesen in seiner Nähe ertrug, und wenn es sich nur um ein Tier handelte. Als er mir gegenüber wie gewöhnlich wieder einmal die Weiblichkeit schlechtmachte, gab ich zu bedenken:

»Gemach, Pharisäer, auch die Erde ist weiblich, und der Herr wurde von der Jungfrau Maria geboren.«

»Nein, Hypa, nein ... Die Weiblichkeit und die Frauen sind die Ursache aller Heimsuchungen. Erde, Himmel, Wasser, Luft und Pflanzen sind weder weiblich noch männlich. Es sind Gaben Gottes an Adam, der von seiner Frau Eva verführt wurde, auf dass geschah, was geschah. Die Jungfrau Maria ist die einzige Ausnahme, der Herr hat sie rein geschaffen, damit aus ihr unser Herr Jesus Christus hervorgehe. Er wollte uns dadurch wissen lassen, dass das Erhabenste aus dem Geringsten entstehen kann, und dass die Perle in der Muschel sich bildet. Was wäre die Jungfrau Maria denn, hätte sie nicht den Messias geboren?«

Ich wunderte mich über seine Formulierung »aus ihr hervorgehe«, doch mir war nicht nach einem Streit zumute. Er hatte nicht Theologie in Ägypten studiert, konnte daher nicht wissen, dass der Ausdruck »hervorgehen« ein philosophischer ist, der nicht in Zusammenhang mit der Menschwerdung benutzt werden darf, und dass Jesus durch den Körper der Jungfrau das Menschsein gegeben wurde, seine menschliche Hälfte, wie man sich dort auszudrücken beliebte ... An jenem Tag schwieg er einen Augenblick und schaute in die

Ferne, dann sagte er so unvermittelt, als habe er gerade eine bedeutende Entdeckung gemacht:

»Schau dir dieses Kloster und alle anderen Klöster und Kirchen an. Warum herrscht hier Frieden? Weil sie frei sind von Frauen, von ihrem Unheil und ihrer Treulosigkeit.«

»Sind denn alle Frauen treulos?«

»Ja, ganz bestimmt. Der einzige Mann, der sich vor dem Verrat seiner Frau sicher fühlen konnte, war unser Vater Adam. Und zwar, weil seine Frau keinen anderen Mann als ihn fand, mit dem sie ihn im Bett und in ihren Träumen hätte verraten können. Und doch verriet sie ihn mit dem verfluchten Azazel, auf dass sie sich beide gegen ihn verschworen.«

Der Pharisäer liebte es, lang und ausschweifend zu dozieren. Vertieft in seine Ausführungen, nickte er immerzu mit dem Kopf und streckte gestikulierend seine Arme in die Luft, gleichsam als spreche er zu jemandem, der mit den Augen hört. Er wurde ungern in seinem Redeschwall unterbrochen und blickte sein Gegenüber niemals beim Sprechen an! Wenn er sich lang und breit über etwas ausließ, war es, als rede er mit einem anderen Menschenschlag ... Einmal, als ich ihn liebevoll necken wollte, stellte ich ihm die Frage: »Und was ist mit den Klöstern für die Frauen?« Da schoss es wie ein Wasserfall aus ihm heraus:

»Ach, das ist eine Neuerung, die jeder Grundlage entbehrt. Das Mönchstum ist Reinheit und Lauterkeit und die Abkehr von der vergänglichen Welt. Und zu den wichtigsten Merkmalen gehört das Meiden der Frauen. Wie aber sollte dies einer Frau möglich sein? Kennst du nicht die Aussage des Apostels Matthäus in seinem Evangelium über Jesus Christus: ›Wer es erträgt, nicht zu heiraten, möge es ertragen!‹ Und den Ausspruch des Apostels Paulus in seinem ersten Brief an die Korinther: ›Es ist gut für den Mann, keine Frau zu berühren ...‹«

»Aber der Apostel Paulus sagt in demselben Brief auch: ›Wer heiratet, handelt richtig.‹«

»Und dann sagt er: ›Doch wer nicht heiratet, handelt besser.‹«

Zur damaligen Zeit war der Pharisäer äußerst disputierfreudig; das hat sich allerdings heute geändert. Er kennt alle kanonischen Bücher und die vier Evangelien sowie die Briefe der Vorväter aus dem Gedächtnis. Häresie und verbotene Texte sind ihm zuwider, und er beargwöhnt alle nichtkanonischen Bücher, die wir seit neuestem die Apokryphen nennen. Stets tadelte er mich dafür, dass ich Exemplare der verbotenen Evangelien in meiner Zelle aufbewahre, doch niemals gab er jemandem dieses Geheimnis preis, das ich ihm ein Jahr nach meiner Übersiedlung hierher anvertraut hatte ... Und obwohl er sich mit seinen Ausführungen in der Nähe der Philosophie bewegt, natürlich nur über theologische Fragen, erzürnt ihn die Philosophie gleichzeitig. Von großer Bedeutung sind für ihn auch die Beschlüsse der regionalen Synoden und des großen Konzils, welches vor hundert Jahren in Nicäa einberufen worden war und wo die dort versammelten Bischöfe das bekannte Glaubensbekenntnis formulierten. Voller Wissbegier ist er auch für die Erläuterungen und die Kommentare zu den Erläuterungen dieses Bekenntnisses. Natürlich beschäftigt er sich auch mit den Erläuterungen und Interpretationen der Evangelien, und er hegt großes Interesse, ja, geradezu eine Leidenschaft für alles, was mit der Hypostase, der göttlichen Person in der Trinität, zusammenhängt. Er wird nicht müde, darüber zu dozieren und zu sinnieren, und er vertritt eine unerbittlich strenge Haltung in dieser Frage. Daher kommt auch sein Beiname »der Pharisäer«, und die ihm Nahestehenden rufen ihn »Hypostasen-Pharisäer«.

Den Mönchen beliebte es, ihn mit der Frage über die Natur Jesu Christi, über sein Wesen und sein wahres Sein und ähnliche Begriffe und Formulierungen aufzuziehen, die ein Synonym für die verwirrende Bezeichnung »Hypostase« sind, besonders in diesem Landstrich, wo man Griechisch, Syrisch und Arabisch sowie weitere, weniger bedeutende Sprachen spricht. Der Pharisäer kannte alle Entsprechungen des Wortes in diesen Sprachen. Als wir uns zum ersten Mal begegneten, hatte er mich gefragt, was das Wort Hypostase bei den Ägyptern und Alexandrinern bedeute. Ich erklärte ihm, dass es »Person« oder »eigenständige Existenzform« heiße, dass wir das Wort jedoch nur selten benutzten, woraufhin er ohne Umschweife entgegnete: »Das ist gut so!« Wenn er auf das Frotzeln der Mönche einging, und das tat er meistens, erging er sich ausschweifend in der Erklärung der drei heiligen Hypostasen Vater, Sohn und Heiliger Geist. Bis ins kleinste Detail erläuterte er alle Meinungen, Denkrichtungen und Neuerungen und verteidigte am Ende die Lehrmeinung von der Einheit Gottes und des Messias, des Vaters und des Sohnes in einer einzigen Person oder einer einzigen Natur. Es geschah dabei oft genug, dass die Mönche ihm einfach den Rücken kehrten, während er ganz vertieft weiter dozierte, bis auch der letzte Zuhörer gegangen oder die Zeit der Gebete angebrochen war. Am Portal der Kirche angekommen, blieb ihm dann nichts anderes übrig, als seine nicht enden wollenden Monologe zu unterbrechen. Unablässig wiederholte er, dass er irgendwann eine erläuternde Abhandlung über die drei Hypostasen verfassen werde … Vor einigen Monaten aber hat ihm der Vorsteher des Klosters strikt untersagt, sich weiterhin mit der Frage der Trinität zu beschäftigen. Die Mönche hat er ermahnt, das Thema ihm gegenüber nicht mehr zur Sprache zu bringen, was sie fürderhin auch unterließen. Die Bezeichnung »der Hypostasen-Pharisäer« aber blieb ihm auch nach dem Diskussionsverbot erhalten.

Eines Tages, wir saßen in heiterer Atmosphäre beisammen,

fragte ich den Abt des Klosters, warum er eigentlich den Mönchen das Gespräch über die Hypostasen verboten habe. Da erwiderte er sehr entschieden, dass jener unerquickliche Streit dazu angetan sei, der Zwietracht Tür und Tor zu öffnen und Häresien in die Welt zu setzen, selbst wenn das Thema mit Besonnenheit und mit dem Ziel der theologischen Unterweisung oder zum abendlichen Zeitvertreib diskutiert werde ... »Das Mönchstum ist erhabener als all das!«, setzte der Abt verärgert hinzu. So konnte ich nicht anders, als ihm beizupflichten, und auch die anderen stimmten ihm zu, und keiner von uns hat das Thema je wieder zur Sprache gebracht.

Vor vier Monaten wurde der Pharisäer in aller Eile nach Antiochia beordert. Er machte sich sogleich auf den Weg und blieb einen ganzen Monat fort. Ich vermisste ihn sehr in dieser Zeit. Dann tauchte er so unvermittelt wieder auf, wie er verschwunden war. Doch er war wie verwandelt: Aus seinem Antlitz war das heitere Lächeln gewichen, das ihm so gut zu Gesicht gestanden hatte ... Als ich ihn fragte, was in jenem Monat in Antiochia geschehen sei, hüllte er sich jedoch in Schweigen.

Ende des Jahres 429 nach Christi zogen schon die Wolken auf, die von einem bevorstehenden Sturm kündeten. Aus Konstantinopel erhielten wir unerquickliche Nachrichten, die mir bisweilen nicht verständlich waren. Dazu gehörte etwa, dass Bischof Nestorius dort eine Regionalsynode einberufen hatte, auf der er einige Priester ihres kirchlichen Amtes enthob und sie zur Verbannung verurteilte, weil sie seiner Ansicht, dass die Jungfrau Maria die Mutter Jesu, »Christotokos«, sei, nicht zustimmen wollten! Alle hatten auf ihrer Meinung beharrt, und die meisten glaubten daran, dass die Jungfrau »Theotokos« sei, »die Gottesgebärerin« ... Auch erreichte uns die Nachricht, dass Bischof Nestorius eine Kirche der Arianer in Konstantinopel zerstören ließ, und dass der Kaiser den Beschluss erlassen habe, die Anhänger des Arius zu vertreiben ... Außerdem habe Bischof Nestorius den Anhängern der Kirche der Reinen* den Krieg erklärt, sie als Ketzer verurteilt und aus dem Stall des rechten Glaubens ausgeschlossen!

Ich begriff nicht, was in der Hauptstadt des Reiches vor sich ging, und mich verlangte auch nicht danach, diese konfusen Nachrichten auf ihren Wahrheitsgehalt hin zu überprüfen. Gewiss machte ich Bischof Nestorius keine Vorwürfe, und auch die Mönche beschuldigten ihn in meiner Anwesenheit keinesfalls, da sie um meine Zuneigung zu ihm wussten ... Ich liebe ihn aufrichtig und bewahre diese Liebe zu ihm – trotz der Wechselfälle der Zeiten – bis heute.

Damals, inmitten jener düsteren Tage, wurde ich Martas zum ersten Male ansichtig. Doch an dem Tag, als ich sie erblickte, wäre mir niemals in den Sinn gekommen, dass ich in ihrem lodernden Feuer verbrennen würde.

In der letzten Woche des Jahres 429 des Herrn kam eine Gruppe von Mönchen bei uns vorbei. In jener Nacht ergötzten wir uns im Gedenken an die gepriesene Geburt und wärmten uns an dem Glück des Festes in einem Winter, der mit bitterer Eiseskälte über uns hereingebrochen war. Es war so kalt, dass uns beinahe die Fingerspitzen abfroren, und der Regen fiel in Strömen, wie wir es nicht gewohnt waren. Die Reisenden waren deshalb von ihrem Weg abgewichen und

* Dies sind die Anhänger des römischen Bischofs Novatius, die gemeinsam mit den Donatisten in Afrika und den Anhängern des Meletius von Lycopolis in Ägypten seit Ende des 4. Jahrhunderts nach Christus die Reuigen ablehnten, die nach dem Ende der Unterdrückung zum Christentum zurückkehrten ... Damals wurden sie unter dem Namen »die Kirche der Reinen« bekannt. (Der Übersetzer)

hatten das Kloster aufgesucht. Die Gruppe bestand aus einem Priester, drei Mönchen und zwei Küstern, die auf dem Weg von Antiochia in die kurdischen Gebiete waren, welche in östlicher Richtung hinter dieser Wüste liegen …

Sie sagten, sie wollten dort in einer Stadt namens Fars missionieren (verkünden), und beabsichtigten in jener Stadt eine große Kirche zu erbauen, in der Hoffnung, dass sie eines Tages ein Bischofssitz werde … Weil der Regen nicht aufhören wollte und die Straßen gesperrt waren, verbrachten die Reisenden zwei Nächte bei uns. Erst am Morgen des dritten Tages brachen sie wieder auf, um ihren Weg fortzusetzen … Ich nahm Abschied von ihnen, nachdem ich sie zusammen mit einigen Mönchen des Klosters bis zum Fuße des Hügels begleitet hatte. Auf dem Rückweg grübelte ich über diese Wüste im Osten nach, die zu durchqueren jeder genötigt ist, der in das Gebiet der Kurden gelangen möchte. Man hatte mir geschildert, dass dort große Dürre herrsche und der Boden äußerst salzig sei. Auch schwirrten dort unzählige Fliegen und Insekten durch die Luft, die sich in den heißen Sommertagen auf die Gesichter setzten, um sich an der Feuchtigkeit der Körper gütlich zu tun. Aller Wahrscheinlichkeit nach sind schon etliche Menschen verstorben, weil die Fliegen sich so fest auf ihrer Haut angesaugt hatten. Ich nahm mir vor, an jenem Tag den Abt des Klosters in seiner Zelle aufzusuchen, um mich der Berichte zu vergewissern, die ich über diese Wüste vernommen hatte, fand seine Tür jedoch verschlossen … Stattdessen erblickte ich zwei Frauen vor der Tür, die warteten. Der Winterwind spielte mit ihrem Kleidersaum, und als ich mich ihnen näherte, warf mir eine der beiden einen träumerischen Blick zu. Das stürzte mich in so tiefe Verlegenheit, dass ich mich auf der Stelle in meine Zelle zurückzog. Meine Glieder waren vom kalten Wind ganz steif, doch der Blick der Frau, der durch einen dünnen Seidenschleier zu mir gedrungen war, so dass ich ihre Gesichtszüge nicht hatte erkennen können, hatte mein Inneres entflammt … Vom Balkon des Gebäudes, in dem sich die Mönchszellen befinden, konnte ich beobachten, wie der Priester der Kirche auf die Frauen zuging. Damals war mir nicht danach, Genaueres über die Situation zu erfahren. Stattdessen schloss ich die Tür meiner Zelle hinter mir und wärmte mich durch die Gnade des Herrn.

In jenen Tagen wurden die Wände der Bibliothek in Holzschränke verwandelt, da ich aufgrund der starken Regenfälle befürchtet hatte, das Wasser könne auf die hölzernen Regalbretter durchsickern, auf denen die Bücher, die Pergamente und die Rollen aufgereiht sind. Wenngleich die Bibliothek über ein solides Dach verfügt, war ich doch bange, das Wasser könne durch die Ritzen in den Wänden eindringen. Nichts schadet Büchern bekanntlich mehr als Wasser, weicht es doch die ledernen Pergamente und Papyrusrollen auf und lässt sie auf ewige Zeiten aneinanderkleben. Auch die Tinte zerrinnt bei Feuchtigkeit und lässt die Zeilen vollständig verschwinden. Ich sprach den Abt des Klosters in der Angelegenheit an, woraufhin er so rasch wie möglich den Schreiner des Dorfes einbestellte. Wir gingen ihm dabei zur Hand, die Regale mit Holzbrettern abzudecken, so dass die Bücher gleichsam wie in einem Schrank verschwanden und vor dem Wasser sicher waren … Doch wie sehr vermisste ich es, meinen Blick über die Bücher auf den Regalen schweifen zu lassen! Wenn ich die Bibliothek betrat, öffnete ich deshalb die Türen sperrangelweit und schloss sie erst wieder, wenn ich den Raum verließ.

Nach einigen Wochen, in denen die Nächte immer länger wurden und wir unter den üblichen Krankheiten litten, die der Winter mit sich bringt, nahm die Kälte endlich ein wenig ab und der Himmel klarte auf. Eines Nachts – die Wolken hatten sich verzogen und die schwarze, sternenbeleuchtete Himmelskuppel freigegeben – bereiteten wir uns nach dem abendlichen Mahl im Refektorium darauf vor, in der großen Kirche die letzten Gebete zu verrichten … In jener Nacht bat mich der Abt des Klosters durch eine freundliche Geste zu sich. Ich verlangsamte meinen Schritt, bis sich die übrigen Mönche zurückgezogen hatten, dann vertraute er mir, offenkundig glücklich und stolz, mit seiner ruhigen Stimme, die die Jahre und die Prüfungen hatten weich und die zahlreichen intensiven Gebete zart werden lassen, flüsternd an: »Bischof Nestorius möchte dich in einer dringenden Angelegenheit sprechen. Er will dich morgen nach Sonnenuntergang in Antiochia treffen.«

Morgen nach Sonnenuntergang! Das bedeutete, mit den ersten Sonnenstrahlen aufzubrechen. Konnte die Reise nach Antiochia doch einen vollen Tag in Anspruch nehmen, aufgrund der Regenfälle der letzten Wochen möglicherweise sogar noch länger. Ich sehnte mich danach, ihn zu sehen und mit ihm zu sprechen, und hatte schon öfter darüber nachgesonnen, mich zu ihm nach Konstantinopel auf den Weg zu machen. Und er gedachte meiner und forderte mich auf, ihn in Bälde in Antiochia zu treffen! In Bälde … Was war geschehen? Aus welchem Grund hatte er es so eilig? Vielleicht verweilte er nicht lange in Antiochia, oder er wollte in den wenigen Tagen seine Brüder besuchen, bevor er sich wieder nach Konstantinopel einschiffte, um dort den Festlichkeiten anlässlich der Auferstehung beizuwohnen? Wie dem auch sei, warum auch immer Nestorius mich zu sehen wünschte, es hatte gewisslich etwas Gutes, denn aus Gutem kommt nur Gutes … Vielleicht aber wünschte er auch, dass ich mich mit ihm in sein Bistum begab? Oder er würde mich noch einmal einladen, in Antiochia zu bleiben? Beabsichtigte er vielleicht, mit der Vergrößerung des Klosters und dem Bau seines Krankenhauses zu beginnen, wie er uns früher bereits angekündigt hatte …

»Woran denkst du, mein Sohn, warum bist du so abwesend?«

Die Frage des Vorstehers holte mich aus dem Irrgarten meiner Mutmaßungen, die mich weit fortgerissen hatten. Sodann lauschte ich seinen Ratschlägen, die in jener Nacht folgender Natur waren: »Mach dich morgen bei Dämmerung nicht zu spät auf den Weg, mein Sohn, und nimm Speisen für einen Tag und Futter für den Esel mit! Entblöße deinen Kopf auf dem Weg nicht, denn die Luft ist kalt. Mach nicht Halt bei den Dörfern, an denen du vorbeikommst, damit sich die Nacht nicht über dich herabsenkt, während du noch auf dem Weg bist … Ich werde dir einen Brief für Bischof Nestorius mitgeben, den händige ihm aus und sieh zu, dass niemand ihn vorher zu lesen bekommt. Wenn er dir etwas vorschlägt, stimme zu, denn er ist ein vom Himmel gesegneter Mann. Steh ihm zur Verfügung und begib dich in seine Hände gleichsam wie ein Toter in die Hände des Totenwäschers. Deine Begegnung mit ihm wird Licht und Segen über dich bringen, also stelle dich auf das Glück ein. Gehorche seinem Zeichen und gehe dorthin, wo er es möchte, und ergib dich in den Willen des Herrn.«

SECHZEHNTES PERGAMENT

Das Erwachen der Vergangenheit

Nach der Messe konnte ich fast die ganze Nacht keinen Schlaf finden; nur ab und zu nahm mich ein kurzer Schlummer mit sich fort. Einer Ursache für meine Unruhe war ich mir indes nicht bewusst. Eine halbe Stunde vor Sonnenaufgang schloss ich mich den Mönchen in der kleinen Kirche zum Frühgebet an, um genau jenen Augenblick zu erleben, wenn das erste Licht den Himmel färbt. Als der Horizont bereits mehr blau als schwarz schimmerte, machte ich mich auf den Weg nach Antiochia. Auf dem Klosterplatz herrschte Stille, kein Lufthauch war zu spüren. Der Esel, der gleich neben der Stallpforte angepflockt war, erweckte in mir den Eindruck, als erwarte er mich und als sei ihm bewusst, dass wir einen langen Weg zurückzulegen hätten. Vielleicht ahnte er es auch, weil ich mit dem Futterbeutel auf ihn zukam ... Mit den ersten Strahlen, die die Sonne aussandte, um Freude in der Welt zu verbreiten, durchritt ich auf dem Eselsrücken das Tor des Klosters.

Neben dem Tor gewahrte ich einen Soldaten der römischen Garnison. Er hatte sich neben der verfallenen Mauer ein Lager auf dem Boden bereitet und schlief, mit einer schweren Wolldecke aus Kamelhaar zugedeckt, laut schnarchend tief und fest. Da schläft der Klosterwächter in der Sicherheit des Wächters der Welt, welcher niemals schläft!, dachte ich bei mir. Warum nehmen sich die Priester, Bischöfe und Mönche nicht ein Beispiel an ihm, legen die Dinge in Gottes Hand und halten inne in ihrem Hader? Wenn sich eine Gelegenheit dazu ergibt, werde ich Bischof Nestorius heute fragen, was es mit den Meldungen über seine Unnachgiebigkeit gegenüber jenen auf sich hat, die er als Häretiker bezeichnet, wie sich die Mönche erzählen … Ich werde ihn auch fragen, was die Worte zu bedeuten haben, die er in seiner Predigt anlässlich seiner Weihe zum Bischof an den Kaiser richtete: »Unterstützt mich in meinem Kampf gegen die Ungläubigen, dann werde ich Euch in Eurem Krieg gegen die Perser unterstützen. Macht für mich die Erde frei von Ketzern, dann werde ich Euch die Schlüssel zum Himmelreich und zur dauerhaften Glückseligkeit überreichen!« Wenn diese sonderbaren Worte wirklich von ihm stammen sollten, dann hat er sich seit jener Zeit, als wir uns kennenlernten, sehr verändert und scheint nun nach dem Diesseits zu trachten, statt nach dem Himmelreich … Das aber wünsche ich mir nicht für ihn.

Der Wächter bemerkte mich nicht. Selbst sein Hund, der friedlich neben ihm lag, verspürte kein Interesse an mir, als ich an ihnen vorbeiritt. Als der Hund mich erblickte, hob er nur den Kopf und schlug zweimal leicht mit dem Schwanz auf den Boden, dann machte er es sich wieder in seiner alten Position bequem … Während ich den Abhang des Klosterhügels hinabstieg, der zu den sich am Horizont erstreckenden Ebenen führt, neigte ich mich ein wenig nach hinten, um auf dem Rücken des Esels das Gleichgewicht nicht zu verlieren. Trotz der Ermahnung des Abtes hatte ich meinen Kopf entblößt, so dass die letzten kühlen, mich heiter stimmenden Brisen der Nacht mein Haar ein wenig zerzausten. Auch der Esel schien meine Beschwingtheit zu teilen. Er liebte es, den Berg hinabzusteigen. Alle Lebewesen lieben den Abstieg, nur der Mensch nicht. Er wird von seiner Einbildung in die Irre geführt und von seinen Träumen getrieben, so dass er sich am

Aufstieg und am Emporkommen erfreut. Vielleicht ist das Emporsteigen zu seinem Ursprung in der Höhe, wo der Vater im Himmel ist, auch ein natürlicher Instinkt des Menschen, ist er doch eine Fortsetzung Gottes in der Höhe ... Des Vaters, des hinter den Schleiern des Himmels Verborgenen.

Allmählich breitete sich das Licht über der Erde aus. Ich ritt auf meinem Esel über die Ebenen, das hoch gelegene Kloster lag mittlerweile hinter uns, und vor uns erstreckte sich die Welt gen Westen. Nach einem Weilchen erreichten wir die Straße, die nach Antiochia führte und kein Ende zu nehmen schien! Es waren die Römer gewesen, die diese Straße vor Jahrhunderten mit Steinen gepflastert hatten. Doch warum pflasterten sie dann nicht auch die Straßen im Nildelta? Die Römer haben sich niemals um Ägypten gekümmert, ihnen ging es stets nur um den Weizen und die Weintrauben, die sie dem Land rauben konnten ... Vielleicht aber war auch die jährliche Nilüberschwemmung ein Hindernis für das Pflastern der Straßen in Ägypten, könnte das Wasser doch durchaus die Steine unterspülen. Die Steine der alten Tempel hatte sie indes nicht ins Wanken bringen können, diese sind so imposant und so massiv gebaut, dass die Nilüberschwemmung ihnen nichts anhaben kann. Andererseits haben diese imposante Erscheinung und die Mächtigkeit der Tempel die Leute unserer Religion nicht beeindruckt und fernhalten können! Ich habe Christenvolk in der Stadt Esna gesehen, welches die Abbildungen auf den Mauern der großen Tempel zerstörte, indem sie sie zerkratzten. Auch waren sie eifrig darum bemüht, die Bilder ganz oben auf den Säulen und auf der hohen Decke zu tilgen, indem sie Lehm darauf warfen. Als es ihnen aufgrund der Deckenhöhe jedoch nicht gelang, die Bilder gänzlich zu zerstören, verfielen sie auf eine höchst eigenartige Idee! Sie schleppten grünes Schilfrohr, Halfagras und alte Lumpen herbei und setzten alles mitten im großen

Tempelsaal und in den übrigen weitläufigen Räumlichkeiten in Flammen, so dass dichter schwarzer Rauch aufstieg, der die Gemälde unweigerlich mit einer kohlschwarzen Schicht bedeckte. Dies wiederholten sie so oft, bis die Decken des Tempels vollkommen geschwärzt und die Zeichnungen verschwunden waren. Dann verwandelten sie den Tempel in ein großes Kloster, das fünf Kirchen beherbergt.

Der Weg nach Antiochia war lang. Als die Sonne über uns zu brennen begann und der Esel in gleichmäßiger Monotonie einen Fuß vor den anderen setzte, wurde ich immer wieder von traumreichen Schlummern übermannt. Ich liebe diese Momente zwischen bewusstem Wachen und dem kurzen Hinübergleiten in den Schlaf und glaube, dass Gott in einem solchen Moment beschlossen hat, die Welt zu erschaffen. Gott schläft nicht, er ermüdet nur und ruht sich aus. Sein Ruhen ist wie unser, seiner Menschenkinder Schlaf, der erfüllt ist von Träumen und Visionen ... Ob Gott wohl träumen mag? Wer weiß, vielleicht existiert diese ganze Welt mit allem, was dazugehört, nur in einem seiner Träume?

Als die Sonne hoch aufgestiegen war und sich der Weg unter den Hufen des Esels in die Länge zog, überfielen mich immer häufiger kurze Schlummer, während denen ich unzählige Visionen hatte: Die eiförmigen glatten Felsen, die ihren angestammten Platz verlassen haben und nun auf dem Wasser des Nils mit der Strömung ins große Meer treiben ... Die öden Steine auf dem östlichen Berg des Wadis in meiner Heimat, die überzogen sind von grünen Gräsern und Bäumen, so dass der ehedem ehrfurchtgebietende Berg nun Schönheit ausstrahlt ... Scharenweise lachende Gesichter ... Oktavia, die in ihrem durchscheinenden Seidenkleid ruht ... Möwen schweben über den Wogen des Meeres ... Die Mauern von Jerusalem sind von einem strahlenden Weiß! Immer wieder sah ich ein anderes Bild, sobald ich einnickte.

Als die Sonne im Zenit stand und der Esel ermüdet war, machten wir im Schatten barmherziger kleiner Bäume am Rande eines Städtchens Rast, das auf unserem Weg lag und Sarmada genannt wird. Ich zog es vor, in einiger Entfernung der Häuser und der Bewohner der Stadt auszuruhen. Von weitem hatte ich den Eindruck, als schliefen die Häuser ganz still unter der Mittagssonne. Der Esel kaute frohen Mutes das mit Hirse versetzte Futter, während ich nicht so beglückt war über meine Bissen, die ich bedächtig von dem Brot abbrach. In jenem Augenblick verspürte ich doch ganz gegen meine Gewohnheit Appetit nach gekochten Eiern! Doch es war Fastenzeit und unmöglich, den Gelüsten nachzugeben … Wird mein Begehren mich mein ganzes Leben lang quälen? Warum ist das Verlangen nach materiellen Dingen nach all den zahlreichen Gebeten und Andachten und trotz meiner Anspruchslosigkeit und Genügsamkeit noch immer nicht von mir gewichen? Ist für mich die Zeit noch nicht gekommen, über den Zustand von Kindern hinauszuwachsen, die durch die unbegrenzte Verfügbarkeit materieller Dinge Genuss zu empfinden glauben? Ich muss mich in festem Willen und Entschlossenheit üben, sonst werde ich wie dieser Esel, der sich genüsslich am Futter labt … Weiß dieser Esel eigentlich, dass es einen Gott im Universum gibt?

Ich döste ein, und als ich wieder erwachte, hatte sich der Schatten der Bäume ein wenig gen Osten geneigt. Also bestieg ich den Esel aufs Neue und ritt an dem Städtchen vorbei, ohne mich um die paar Häuser zu kümmern. Damals bedeutete mir Sarmada nichts. Woher hätte ich auch wissen sollen, dass diese sich eng aneinanderschmiegenden armseligen Häuschen einmal Marta beherbergt hatten, die mein Dasein erschüttern würde … Wochen, nachdem ich achtlos an dem Städtchen vorbeigeritten war, sollte sie es mir erzählen.

Ich traf noch vor Sonnenuntergang in Antiochia ein. Nachdem ich das mächtige Stadttor passiert hatte, umgab mich wie in allen großen Städten der Lärm. Mühelos fand ich meinen Weg zur Mutterkirche, wo Bischof Nestorius, wie mir der Klostervorsteher in der vergangenen Nacht erklärt hatte, in dem angebauten Gästehaus wohnte. Ein junger Mann mit strahlendem Antlitz hatte sich bereiterklärt, mich vom Stadttor bis zum Gästehaus zu begleiten. Die Stadt Antiochia ist größer als Jerusalem und kleiner als Alexandria, und die Bevölkerung scheint, nach den Gesichtszügen zu urteilen, aus guten Menschen zu bestehen. Sie wirken offener und liebenswerter als die Alexandriner und weniger schwermütig und spröde als die Menschen in Ägypten. Als ich mich der großen Kirche näherte, erblickte ich zahlreiche Kleriker in ihren verzierten Priestergewändern, die so eifrig um die Kirche schwirrten wie ein Bienenschwarm um eine Wabe. Die Kirche stellte sich wie alle Festungen als prächtiges Gebäude mit hohen Mauern dar.

Bei dem kleinen Garten, der sich neben dem Eingang zum Gästehaus befand, teilte ich dem Wächter mit, dass ich auf Wunsch von Bischof Nestorius gekommen sei. Da hieß er mich ganz herzlich willkommen, ja, überschüttete mich geradezu mit Willkommensgrüßen und ließ mich unverzüglich ein. Er griff die Zügel meines Esels und sagte, dass der Bischof gerade dem Lobgesang Gottes in der großen Kirche beiwohne, dann fügte er hinzu: »Wenn Ihr Euch ihm anschließen wollt, werde ich Euch dorthin begleiten. Ich lege es Euch sogar ans Herz, denn bei diesem gesegneten Lobgesang sind noch drei weitere bedeutende Bischöfe zugegen. Lasst Euch diese seltene Gelegenheit nicht entgehen, guter Mönch!«

Der Lobgesang und die Nachtgebete zogen sich in die Länge, bis die Frühmesse zelebriert wurde und die Kirche sich gefüllt hatte. Die Messe war äußert würdevoll. Hunderte Mönche, Priester und Gläubige hatten sich eingefunden; die hellen

Flammen unzähliger Kerzen und Lampen flackerten überall, so dass die Lichter tanzten und die Engel am Himmel der Kirche schwebten. Ich war ganz ergriffen von den wehmütigen Hymnen und Melodien und dem Spruch: »Gesegnet seiest du mit der Gnade des Himmels ...«, den die jungen Diakone ertönen ließen. Die Spiritualität des Ortes reinigte mein Herz mit Licht und nahm die Ermüdung der Reise von mir. Entflammt vor Sehnsucht nach dem Himmel, trat ich zum Altar, um die Heiligkeit in Empfang zu nehmen. Als der Priester mir ein Stück Brot in den Mund legte und ich den mit Wasser verdünnten Wein trank, dünkte mir für einen Augenblick, dass sie wirklich das Fleisch und das Blut Christi waren, die mein Inneres und mein ganzes Dasein durchdrangen. Die Kommunion ist ein hehrer Brauch, wird unser Glaube doch durch seine Symbolik vervollkommnet. Als ich mich vom Altar wegdrehte, verspürte ich den angenehmen Taumel, der die Seelen während der Messe ergreift. In jenem Augenblick erblickte ich Nestorius, angetan in das Gewand der Patriarchen, und meine Seele begann zu frohlocken; ich wurde von jener Freude überwältigt, die mich von Zeit zu Zeit von außerhalb des Universums überkommt.

Die Messe währte zwei Stunden. Als die Sonne aufging und das Licht durch die Kirchenfenster drang, begab ich mich gemeinsam mit Hunderten anderer, die von den Segnungen erfüllt waren, hinaus und beeilte mich, zum Platz vor dem Gästehaus zu kommen, um dort den ehrwürdigen Nestorius zu empfangen. Umringt von einer Gruppe von Priestern, traf er einige Minuten später ein. Neben ihm gingen zwei Bischöfe, Johannes, der Bischof von Antiochia, und Rabbula der Dichter, der Bischof der Stadt Ruhâ war, wie ich wenig später in Erfahrung brachte ... Als der ehrwürdige Nestorius mich erblickte, kam er auf mich zu und hieß mich herzlich willkommen. In den Blicken der Anwesenden konnte ich eine gewisse Hochachtung mir gegenüber ausmachen, denn wenn mich auch niemand von ihnen kannte, so musste ein Mönch, der Nestorius' Aufmerksamkeit verdiente, zweifellos eine bedeutende Persönlichkeit sein …

Bei der Tür zum Gästehaus teilte Nestorius mir im Flüsterton mit, dass er mir jetzt ein wenig Ruhe gönne und mich nach dem Gebet zur sechsten Stunde zu sehen wünsche … Ein junger Küster begleitete mich zu einem Zimmer im oberen Stockwerk, wo ich mich ausruhen konnte. Es war ein quadratischer, aufgeräumter und sauberer Raum. Rechts in der Ecke stand ein schmales Bett, das Fenster darüber hatte die Form eines großen Kreuzes. An der gegenüberliegenden Wand hing ein Holzkreuz und eine Ikone der Jungfrau Maria in leuchtenden Farben, die ihren Sohn in den Armen hielt … Ergriffen von dem Bild der Jungfrau ließ ich mich auf der Kante des Bettes nieder. Sie wird hier mit anderen Gesichtszügen dargestellt als bei uns in Ägypten, ihre Seele aber ist auf allen Bildern gleich, wie sich auch ihre Kopfbedeckung auf allen Ikonen ähnelt.

Die Jungfrau … Lange betrachtete ich sie an jenem Tag, bis mir schließlich dünkte, ich sähe sie wahrhaftig vor mir. Was ist das nur für ein Frieden, den du Reine auf unsere Seelen ergießt, und welch Schönheit strahlt aus deinem ruhigen Antlitz mit den gesenkten Lidern. Ah, wenn ich doch nur deine Zeit erlebt und mich mit dem Lichte einer Begegnung mit dir gereinigt hätte, du Mutter des Lichts … Spürst du mich? Vermag ich wohl meinen Kopf an deine heilige reine Brust zu betten …?

Ich erhob mich und drückte meine Wange gegen das Bild. Aus meinen geschlossenen Augen rannen heiße Tränen in meinen Bart. Einen Augenblick lang blieb ich an die Ikone gelehnt stehen, so lange, bis ich spürte, wie sie mich in einen weit entfernten Himmel trug … Als ich fühlte, wie der Jungfrau zwei Tränen aus den Augen flossen und meine Wangen benetzten, wurde ich von einem tiefen Schluchzen ergriffen. Ich umarmte die Ikone so innig, dass ich die Kühle und den Frieden und die Ruhe verspürte, die sie ausstrahlte, und mein Inneres wurde von himmlischem Licht erfüllt … Ich war …

»Hypa …«

»Was hast du, Azazel? Was willst du denn jetzt von mir?«

»Antiochia, die Begegnung mit Nestorius, und was sonst noch geschah …«

Als kehrte ich von einer Reise durch weit entfernte Himmel zurück, warf ich mich auf das Lager und fiel wider Erwarten in einen langen Schlaf, aus dem ich erst zur Mittagszeit erwachte … An jenem Tag schlief ich ganz gegen meine Gewohnheit nicht im Sitzen … Ich erwachte frohgemut mit einem Herzen, das von Liebe erfüllt war, und nahm mir vor, unmittelbar nach meiner Rückkehr ins Kloster eine Hymne auf die Jungfrau Maria zu verfassen. Diese wollte ich folgendermaßen beginnen: *O du, die du voller Zärtlichkeit bist, du Quelle des Lichts* … Ich stieg die Treppe hinab, durch die vielen, einzigartig geformten Fenster fiel das Tageslicht. Etliche Priester, Diakone und Küster huschten über den langen Gang, der die Zimmer und Flure miteinander verband. Ich erkundigte mich nach dem Pharisäer, konnte aber nichts über ihn in Erfahrung bringen. Dann fragte ich, wo Bischof Nestorius sich aufhalte, und man brachte mich zu dem großen Saal neben dem Eingang des großen Gästehauses. Die hohen Fenster blickten auf den kleinen Garten, entlang der vier Wände standen Bänke, die mit alten Decken aus bunter Wolle bedeckt waren.

Nestorius saß in der rechten Ecke des Raumes, in der Hand ein Buch mit einem schweren Einband. Um ihn herum saßen fünf bedeutende Männer, unter ihnen befanden sich auch die beiden Bischöfe, die mit ihm der Messe beigewohnt hatten. Als er meiner ansichtig wurde, legte er das Buch zur Seite und erhob sich, um mich zu begrüßen. Ich eilte auf ihn zu und küsste ihm die Hand, dann drückte er mir einen Kuss auf mein Haupt, segnete mich und hieß mich neben sich Platz nehmen. An das Gespräch, das nun folgte, kann ich mich noch wortwörtlich erinnern. Ich sagte:

»Ehrwürdiger Bischof, ich hatte solche Sehnsucht danach, Euch zu sehen.«

»Dann hättest du deiner Sehnsucht wenigstens in einem einzigen Brief nach Konstantinopel Ausdruck verleihen sollen!«

»Verzeiht, mein Vater, ich bin es nicht gewohnt, Briefe zu schreiben.«

»Aber du bist es gewohnt, einzigartige Gedichte zu schreiben ... Weißt du, Rabbula, dass Hypa ein Dichter ist, der dir in seiner Begabung nicht nachsteht? Und wie du schreibt er die Gedichte auf Syrisch und Griechisch, obwohl er eigentlich Ägypter ist und Koptisch seine Muttersprache.«

Bischof Rabbula setzte ein bemüht höfliches Lächeln auf, dann sagte er, dass er die Güte meiner Poesie erst beurteilen werde, wenn er sie von mir vernommen habe ... und setzte hinzu: »Nur die Gedichte selbst zeugen von der poetischen Kraft eines Dichters. Die Zeugnisse seiner Anhänger nützen ihm nichts, selbst wenn diese so angesehen sind wie Bischof Nestorius!« Alle lachten würdevoll über seinen kecken Witz, der mir gleichwohl kein Lachen entlocken konnte. Bischof Nestorius nahm das Buch, das er bei meinem Eintreten in der Hand gehalten hatte, und streckte es Bischof Rabbula hin. Ich nahm es ihm aus der Hand und reichte es Rabbula, der das Buch behutsam auf seine Knie legte:

»Dies, Hypa, ist die gesegnete Übersetzung der Evangelien, die Bischof Rabbula aus dem Griechischen ins Syrische übertragen hat ... Hast du sie schon einmal gesehen?«

»Nein, ehrwürdiger Vater, aber ich habe davon gehört. Es ist ohne Zweifel eine großartige Arbeit.«

Mit stolzer Miene befingerte Bischof Rabbula den Umschlag des Buches. Dann erklärte er, dünkelhaft mit dem Kopf nickend: »Das ist nur ein bescheidener Versuch, mit dem ich die Menschen unserer Religion von dem Diatessaron und seinem ketzerischen Verfasser abbringen wollte ...«* Ich war versucht, die Übersetzung in die Hand zu nehmen und anzuschauen, doch Bischof Rabbulas Hochmut schüchterte mich ein ... Nach einer Weile empfahlen sich die beiden Priester, und übrig blieben die beiden Bischöfe und jener Antiochier, der in das Kleid eines Kirchenpriesters gewandet war. Die beiden Bischöfe kannte ich aufgrund ihres Rufes, der ihnen vorauseilte, mit dem Priester aber machte Nestorius mich mit den Worten bekannt: »Das ist Anastasius, der Priester unserer Kirche. Er stammt aus Antiochia, doch er weilt derzeit mit mir in Konstantinopel. Er verfügt über einen hervorragenden Verstand, und sein Herz ist vom Glauben erfüllt.«

Ich nickte dem Priester freundlich zu, doch er erwiderte meinen Gruß nur mit einem kaum merklichen Nicken ... Seine Miene war hart, und auf seinem Antlitz lag eine Anspannung, die ich mir nicht erklären konnte ... bis jenes Gespräch zwischen uns stattfinden sollte, in welchem seine Worte offenbarten, was sein Herz verbarg! Als der ehrwürdige Nestorius zu sprechen anhob, verflüchtigte sich das Lächeln aus den Gesichtern, und mir dünkte, dass auf dieser Sitzung eine bedeutende Angelegenheit zur Diskussion stand.

* Das Diatessaron ist eine Zusammenfassung der vier Evangelien auf Syrisch, die ein griechischer Denker namens Tatian verfasste. Er setzte das Buch in Umlauf, so dass es sich unter den Menschen verbreitete. Weil Tatian aber ein Heide gewesen sei, stieß es bei den Klerikern auf Ablehnung. (Der Übersetzer)

»Hypa, ich habe nach dir geschickt, um dich in einer Angelegenheit um Rat zu fragen.«

»Ich bitte Euch, mein Vater, wer bin ich, dass der ehrwürdige Bischof Nestorius um meinen Rat nachsucht!«

»Es geht um Alexandria.«

Da begann mein Herz heftig zu pochen, und ich erzitterte ... Schon wieder Alexandria! Es handelte sich also tatsächlich um eine wahrhaft bedeutende Angelegenheit, die durchaus dazu angetan war, das Lächeln, das noch vor kurzem die Gesichter geschmückt hatte, zu vertreiben. Nestorius hielt mir eine vollgeschriebene Papyrusrolle hin, auf der zwei parallele Spalten erkennbar waren, die erste in koptischer Sprache, die andere auf Griechisch. Oben auf der Rolle war eine Überschrift in beiden Sprachen zu erkennen, die mein zitterndes Herz erschütterte: *Briefe von Papst Kyrillos, dem Oberhaupt der Bischöfe von Alexandria, der fünf westlichen Städte und von Ägypten und Äthiopien, Hirte der Mission (Einladung) des koptischen Patriarchats und Sprecher im Namen des heiligen Apostels Markus. Es folgen die zwölf Flüche, die Papst Kyrillos gegen den Ketzer Nestorius niedergeschrieben hat!*

Noch bevor ich den Brief gelesen hatte, wurde ich von einem leichten Schauder erfasst, der sich im ganzen Körper ausbreitete, gleichsam als flösse plötzlich heißer Sand statt Blut durch meine Adern. In einem Augenblick der plötzlichen Erleuchtung erkannte ich, dass das Grauen unweigerlich bevorstand ... Die Vergangenheit brach aus dem Hinterhalt über uns herein und würde alsbald die Krallen des Hasses in das Fleisch unserer entblößten Rücken schlagen.

SIEBZEHNTES PERGAMENT

Schwanger mit Gott

Meine Augen flogen über die Zeilen auf der Rolle. Als ich begriff, worum es sich bei diesen Texten handelte, runzelte ich die Stirn. Nestorius bat mich, die drei Briefe des Kyrillos zu lesen und zu prüfen, ob die koptische Übersetzung in irgendeiner Weise vom griechischen Text abweiche ... Dann lehnte er sich mit dem Rücken gegen die Wand, indes ich mich über die Rolle beugte. Die ersten Zeilen des ersten Briefes trug ich elegant und mit erhobener Stimme vor, doch je weiter ich in die Tiefen des Briefes vordrang und die gezückten Dolche spürte, desto mehr geriet ich ins Stocken und bekam es mit der Angst zu tun. Der erste Brief war mir gleichwohl schon seit geraumer Zeit bekannt gewesen, ebenso der zweite; ich hatte im Kloster ein Exemplar von beiden Schriftstücken auf Griechisch zu Gesicht bekommen, welche sich im Besitz des Pharisäers befunden hatten. Er hatte sie mir ausgeliehen, doch tags darauf hatte ich sie ihm kommentarlos zurückgegeben, ohne mich um sein hämisches Lächeln zu scheren, das sich auf sein Antlitz gelegt hatte! Ich hatte damals geglaubt, dass man es damit bewenden lassen würde ... In diesen beiden Briefen finden sich missbilligende und wütende Nachfragen von Bischof Kyrillos bezüglich Nestorius, über den man ihm zugetragen hatte, er verleugne die Glaubensdogmen der Mehrheit der Christen – des gemeinen Volkes wie der Kleriker – über die Jungfrau Maria, die die Mutter Gottes sei!

Eilig las ich den ersten Brief und prüfte die koptische Übersetzung. Sie entspreche genau dem griechischen Original, teilte ich den drei Bischöfen mit, und Bischof Rabbula pflichtete mir mit einem Kopfnicken bei, während die beiden anderen keine Miene verzogen. Der Priester Anastasius aber stülpte die Lippen vor, und auf sein Antlitz legte sich ein Anflug von Entrüstung und Beklemmung. Im zweiten Brief hatte man bei der koptischen Übersetzung beißende Worte gewählt, der Text war insgesamt schärfer als das griechische Original, das seinerseits härter war als der Text des ersten Briefes ... Ich las ihnen beide Briefe in beiden Sprachen vor und verdeutlichte ihnen die geringfügigen Unterschiede bei der koptischen Übersetzung, also die gehässigeren Formulierungen.

Der dritte Brief, auf den die zwölf Flüche folgten, war im Duktus am schärfsten gehalten und beinhaltete die deutlichste Drohung – und zwar in beiden Sprachen! Der Brief begann folgendermaßen: *Kyrillos und die Klerikalsynode, die in Alexandria in Ägypten einberufen wurde, senden Grüße des Herrn an den höchst verehrungswürdigen Gefährten im Dienste, Nestorius* ... Nachdem ich ihnen dies vorgelesen und sie darauf hingewiesen hatte, dass der griechische und der koptische Text keinen Unterschied in der Vorrede aufwiesen, ließ sich Bischof Johannes von Antiochia mit spottenden Worten vernehmen, die etwa besagten, dass Bischof Kyrillos stets höflich zu beginnen pflege ...

»Dies ist eine List, ehrwürdiger Bischof«, erwiderte Nestorius. »Zu Beginn bedenkt er mich mit Worten der Verehrung, um den Unmut der Leute heraufzubeschwören. Dann fordert er sie auf, mich zu verachten, und schließlich verfluchen sie mich wegen meiner Abtrünnigkeit und schätzen ihn für seine Höflichkeit.«

Daraufhin zeigte Bischof Rabbula in meine Richtung, um mir zu bedeuten, mit dem Lesen fortzufahren. Seine Geste hatte etwas Verächtliches, doch ich war mir über die Ursache seiner Geringschätzung mir gegenüber nicht im Klaren. Ich bedachte ihn mit einem Blick, der ihm die Unangemessenheit seiner Geste deutlich machen sollte, er aber sah mich gar nicht an … Er hatte den Kopf gesenkt, das Antlitz von Kummer überzogen.

Ich trug den Brief bis zum Ende laut vor. In beiden Sprachen loderten die Worte alsbald wie Feuer, in einigen Abschnitten wurden harte Anschuldigungen gegen Bischof Nestorius erhoben, die mit folgenden Worten von Kyrillos begannen: *Einige Exemplare Eurer Kommentierungen haben ihren Weg zu den Menschen gefunden. Welche Abrechnung würde uns angesichts unseres Schweigens darüber erwarten, und wie könnte es nicht unabdingbar sein, uns der Worte Jesu zu erinnern: »Denkt nicht, ich sei gekommen, um Frieden auf die Erde zu bringen. Ich bin nicht gekommen, um Frieden zu bringen, sondern das Schwert. Denn ich bin gekommen, um den Sohn mit seinem Vater zu entzweien und die Tochter mit ihrer Mutter.*

Dann folgten einige schmähliche Paragraphen, wozu auch folgende Worte des alexandrinischen Bischofs an Nestorius gehörten: *Eurer Gottesfrömmigkeit wird es nicht genügen, Euch mit uns auf das Glaubensbekenntnis zu berufen, in dem man sich auf dem großartigen Konzil von Nicäa während der tiefen Krise auf den Heiligen Geist festgelegt hat. Ihr habt es nicht verstanden und nicht richtig interpretiert, sondern in abweichender Art und Weise … Es führt für Euch kein Weg daran vorbei zu bekennen, dass Eure Lehre abscheulich ist und von Unglauben zeugt.*

An dieser Stelle des Briefes war meine Stimme nahezu unhörbar leise geworden. Mir war so unbehaglich zumute, dass ich zu stottern begann und mir die Buchstaben vor den Augen zu verschwimmen drohten. Ich schwieg einen Augenblick, und auch sie hüllten sich eine Weile in Schweigen. Dann forderte Nestorius mich mit einer Geste seiner Hand auf, fortzufahren, und ich beendete das Lesen des flammenden Briefes: *Wir erkennen mit allem Nachdruck an, dass sich das Wort in der Trinität mit dem Fleisch vereinigte. Deshalb werfen wir uns nieder vor einem einzigen Sohn, dem Herrn Jesus Christus, und wir teilen und trennen den Menschen nicht von Gott … Jesus ist einer, Sohn und Gott … Er ist der Gott aller und der Herr der Gemeinschaft, und er ist kein Diener seiner selbst und kein Herr seiner selbst.*

Die Worte des Briefes hatten mich zutiefst erschüttert, und das Wechseln zwischen dem griechischen Original und der koptischen Übersetzung hatte mich so angestrengt, dass ich mich mit dem Gedanken trug, mich zu empfehlen und mich ein wenig auszuruhen oder gar darum zu bitten, mich gänzlich von dieser Aufgabe zu dispensieren! Allerdings war ich schon kurz vor dem Ende der Pergamentrolle angekommen, und es blieben lediglich jene Zeilen, die überschrieben waren mit »Die zwölf Flüche«. Der erste von ihnen lautete: *Wer nicht anerkennt, dass Jesus (Emmanuel) der wahre Gott und die Jungfrau Maria die Mutter Gottes ist, der soll verflucht (verbannt) sein …* An dieser Stelle erkundigte sich Bischof Johannes von Antiochia nach der koptischen Übersetzung des Wortes »Anathema« in der griechischen Überschrift, das »Verfluchungen« bedeutet. Ich sagte ihm, das koptische Wort heiße »Exkommunikationen«, und es gebe keinen großen Unterschied zwischen beiden Bedeutungen, Verfluchung und Kirchenbann, in beiden Sprachen würden so die Ketzer, Ungläubigen und Häretiker beschimpft!

Dann kehrte ich wieder zu den Flüchen des Kyrillos oder zu den zwölf Exkommunikationen zurück, die kurz und knapp gehalten waren und keinen Raum für Interpretationen ließen oder für die Möglichkeit, ihre verletzende Wirkung abzumildern. Und alle endeten sie ausnahmslos mit den Worten, dass derjenige, der seiner Entscheidung bezüglich der wahrhaften orthodoxen Dogmen widerspreche, *verflucht sein möge … verflucht sein möge …, verflucht* … Und in diesem Sinne bestätigten die zwölf letzten Abschnitte von Kyrillos' Brief diese Flüche, deren Funken von der alexandrinischen Kirche aus versprüht wurden und damit den Brand entfachten, der sich auszubreiten begann, bis die ganze Welt von dem Feuer erfasst wurde.

Als ich zu Ende gelesen hatte, legte sich ein bleiernes Schweigen über die Anwesenden. Mir fiel das Atmen so schwer, als hätte sich ein Berg auf meine Brust gesenkt. Die drei Bischöfe und der Priester Anastasius waren gleichfalls in ihrer allumfassenden Sorge versunken. Nestorius drehte seine rechte Hand in der Luft und stülpte nun seinerseits die Unterlippe vor Spott und Verwunderung über die Worte nach vorn, die er gewisslich gerade nicht zum ersten Male vernommen hatte … Dann holte uns Bischof Rabbula aus dem beklemmenden Schweigen, indem er folgende Worte an Nestorius richtete:

»Glaubt Ihr, Kyrillos hat sich in dieser Angelegenheit tatsächlich an den Kaiser gewandt?«

»Ja, gesegneter Rabbula, er schrieb zunächst zwei Briefe an Pulcheria, die ältere Schwester des Kaisers, und an die Kaiserin Eudocia, weil er weiß, welchen Einflusses sich beide erfreuen. Dann verfasste er einen langen Brief an den Kaiser, auf dem die Unterschriften Dutzender Priester und Bischöfe prangen. So haben es mir die Männer am Hof berichtet. Der Kaiser hat allerdings noch nicht darauf geantwortet, und ich glaube auch nicht, dass er antworten wird.«

Bischof Rabbula senkte tief besorgt den Kopf, sein Groll schien seinen Höhepunkt erreicht zu haben … Plötzlich konnte Priester Anastasius nicht mehr an sich halten, gleichsam wie Feuerzungen entfuhren die Worte seinem Mund: »Wir werden uns dieser Feindseligkeiten auf der Stelle erwehren, wir werden uns allen Ketzern entgegenstellen, die behaupten, dass die Jungfrau Maria die Mutter Gottes ist (Theotokos), denn die Jungfrau war eine Frau, einfach nur eine Frau, und es ist völlig unmöglich, dass Gott von einer Frau geboren wurde.«

Die laute, zornerfüllte Stimme des Priesters Anastasius klang unangenehm, und man hätte meinen können, er schreie sich gleich die Seele aus dem Leib, ja, als wollten die vor Wut geschwollenen Adern seines Halses platzen. Mir dünkte, er wollte noch weiterbrüllen, doch als ein junger Diakon an die Tür klopfte und uns ein warmes Getränk reichte, das wir schweigend entgegennahmen, hielt er inne. Was wir an jenem Tag zu uns nahmen, daran kann ich mich gleichwohl nicht mehr erinnern. Der Diakon flüsterte Bischof Johannes von Antiochia etwas ins Ohr, dann verschwand er wieder, und auf der Stelle senkte sich erneutes Schweigen über uns herab. Wieder war es Bischof Rabbula, der den Mantel des Schweigens zerriss. Er räusperte sich, dann hob er zu sprechen an:

»Meint Ihr nicht, Ihr müsstet einen Waffenstillstand mit den Alexandrinern schließen, Nestorius?«

»Keineswegs, Rabbula, ich werde in dieser Sache niemals nachgeben. Kyrillos muss seiner kranken Phantasie, der Beschützer des Glaubens auf der ganzen Welt zu sein, Einhalt gebieten.«

Nun unternahm Bischof Johannes einen freundlichen, aber vergeblichen Versuch, Nestorius zu beruhigen. Er sprach seinen Namen griechisch aus, und in seinen Worten schwangen Liebe und Respekt mit ... Ich hatte den Eindruck, Johannes von Antiochia sei treu in seiner Liebe zu dem ehrwürdigen Nestorius und eifrig darum bemüht, ihn mit Formulierungen zu besänftigen wie: »Ärgert Euch nicht, mein ehrwürdiger Bruder Nestorius, sonst schleicht sich noch der Teufel in Euren Verstand und trübt Euren klaren Geist ...« Doch Nestorius' Zorn beruhigte sich keineswegs, stattdessen entgegnete er ihm etwa mit folgenden Worten: »Wenn ich mich nicht um unserer Glaubenslehre willen ärgere, verehrungswürdiger Vater, dann wird sich der Teufel mitten in das Herz und die Seele dieser Religion schleichen.«

Noch nie hatte ich Bischof Nestorius so erregt gesehen. Mir war damals ob der Worte der Bischöfe in dieser heiklen Angelegenheit in meiner Anwesenheit äußerst beklommen zumute, und ich hätte gerne um Erlaubnis gebeten, die Versammlung verlassen zu dürfen ... Plötzlich aber stellte mir Nestorius die überraschende Frage, was denn ich von dem Vorgetragenen zu halten beliebe.

»Es ist Euch nicht verborgen, ehrwürdiger Bischof«, entgegnete ich, »dass ich weit entfernt lebe von den Ereignissen, die sich zwischen den großen Kirchen zutragen. Und ich verfüge über keine Kenntnis der Details in dieser Angelegenheit, auch wenn ich in groben Zügen darüber gehört habe. Allerdings wurde mir angst und bange, als uns vor Monaten Euer Brief erreichte, in dem Ihr den Laien und Klerikern verbietet, das Wort ›Theotokos‹ zu gebrauchen. Meine Sorge nahm noch zu, als ich von der freundlichen Korrespondenz zwischen den beiden Bischöfen von Alexandria und Rom und ihrer Vereinbarung bezüglich der Ablehnung der Worte Eurer Ehrwürden erfuhr.«

Bischof Rabbula nickte beeindruckt über meine Worte, die ihn überzeugt zu haben schienen. Dann wandte er sich zum ersten Mal an mich und sagte etwa, dass die Annäherung zwischen Alexandria und Rom zeitlich begrenzt sei und nur darauf abziele, das Bistum von Konstantinopel in Person von Bischof Nestorius zu schwächen! Nestorius' Brief aber über das

Verbot des Gebrauchs des Wortes »Theotokos« sei nur an die Ostkirchen gesandt worden, und es sei unwahrscheinlich, dass es die ägyptischen Kirchen und Klöster erreicht habe und ins Koptische übersetzt worden sei. Dann fügte Rabbula hinzu, er glaube, dass die Berichte über die Predigt, die der ehrwürdige Nestorius am Tag seiner Bischofsweihe gehalten habe, Bischof Kyrillos zu Ohren gekommen seien und ihn aufgebracht hätten. Darin habe es geheißen: *Jesus ist ein Mensch, und seine Inkarnation ist eine Verbindung zwischen dem ewigen Wort und dem Menschen Jesus. Und Maria ist die Mutter des Menschen Jesus, und deshalb ist es nicht erlaubt, sie die Mutter Gottes zu nennen. Man darf sie nicht als Theotokos bezeichnen!*

Ich staunte über Rabbulas Befähigung, sich wörtlich an Nestorius' Rede zu erinnern, und auch über seinen Mut, sie so klar vor jenem zu zitieren, der sie gehalten hatte. War die Stimmung doch allzu aufgeheizt. Ich war versucht, Rabbula beizupflichten und mit ihm über Nestorius' Worte zu disputieren, die, so wussten wir, ursprünglich die Meinung des hingeschiedenen Bischofs Theodor von Mopsuestia ausdrückten ... Ich zog es jedoch vor zu schweigen und begnügte mich mit einem Kopfnicken. Da ich ihn nicht unterbrach, schloss Bischof Rabbula seine Rede – wobei er noch immer in meine Richtung schaute, ohne mich indes wahrzunehmen – und sagte: »Bischof Johannes von Antiochia hat eine detaillierte Antwort auf die drei Briefe von Bischof Kyrillos verfasst und mit ihm die Angelegenheit in aller Ausführlichkeit diskutiert, wie es auch der ehrwürdige Bischof Nestorius vorher bereits getan hatte. Sie konnten jedoch zu keiner Vereinbarung gelangen. Und nun beliebt es Bischof Nestorius, auf die Flüche des Bischofs von Alexandria mit Gegenflüchen zu antworten ... Dies aber wird meiner Meinung nach weitere Streitigkeiten hervorrufen und neue Feindschaften heraufbeschwören. Das Feuer der Meinungsverschiedenheiten und der Trennung der Kirchen wird lodern.«

Bischof Rabbula ist ein gewandter Redner, dessen scharfe Worte kraftvoll und überzeugend sind. Dies nimmt niemanden wunder, ist er doch schließlich ein bekannter Kirchendichter. Er war es auch, der mit seinen berühmten Gedichten jenen Gedanken den Garaus machte, die der Sohn des Disan (Bardesanes), tituliert als Ketzer, stets in seinen Gedichten erwähnt hatte! Und welche die Menschen auswendig kannten. Die Poesie Rabbulas ist heutzutage berühmter als die Gedichte des Sohnes von Disan ... besonders nachdem Rabbula das Bistum von Ruhâ übernommen hat, bei den Menschen dort zu Ansehen gelangt und ein religiöses Oberhaupt in jenem östlichen Landstrich geworden ist. Seine klerikalen Gedichte und Hymnen werden heute in fast allen Messen und bei Festlichkeiten gesungen. Dennoch verspürte ich ein ungutes Gefühl gegenüber diesem Bischof.

Höflich schweigend saß ich da, unschlüssig, wie ich von dieser Sitzung, die mir nicht einmal im Traum in den Sinn gekommen wäre, erlöst werden könnte. Erst als der ehrwürdige Nestorius mich mit seinem vor Zorn geröteten Antlitz anblickte, wurde ich mir meiner Gedankenverlorenheit bewusst. »Hypa, glaubst du, dass die Mönche der zahlreichen ägyptischen Klöster in Wâdi al-Natrûn und in der ägyptischen Wüste Kyrillos beipflichten?«, fragte er mich.

»Sie pflichten ihm in allem bei, denn sie sind die Armee der Markuskirche und die getreuen Soldaten des Papstes von Alexandria.«

»Ha! Papst! ... Also gut, dann soll es so sein.«

Johannes von Antiochia blickte Nestorius mit väterlicher Zärtlichkeit an und wollte gerade etwas sagen, doch da erhob sich Rabbula aus Ruhâ schwerfällig und empfahl sich mit dem Wunsch, den römischen Präfekten von Antiochia in seinem Hause aufzusuchen; danach wolle er sich wieder einfinden, um dem Gebet beizuwohnen. Als er Bischof Johannes fragte, ob er mit ihm zu gehen beliebe, zögerte der einen Augenblick, doch Nestorius entschied in seinem Namen und sagte: »Geht beide mit Gottes Segen und Schutz, ich möchte ein wenig mit dem Mönch Hypa allein sein …« Also verließen sie uns gemeinsam und ließen uns in eine Ecke des Raumes gedrängt zurück. Dann flüsterte Nestorius Priester Anastasius etwas ins Ohr, worauf dieser sich unverzüglich erhob, so dass wir nun allein waren. Nach einem kurzen Schweigen hob ich sanft zu sprechen an:

»Mein Vater, ich sorge mich um Euch. Und ich rate Euch, die Kirche von Alexandria nicht zu provozieren.«

»Ich provoziere niemanden, Hypa! Aber Kyrillos will seine Verordnung über alle Kirchen der Welt verkünden.«

Nestorius wiederholte mir gegenüber, was ich bereits wusste, nämlich dass es, wie er glaubte, nicht erlaubt sei, die Jungfrau Maria Theotokos zu nennen. Sie sei eine heilige Frau, aber keine Mutter Gottes. Es sei uns auch nicht erlaubt zu glauben, Gott sei ein Kind gewesen, das kraft Geburtswehen aus dem Leib seiner Mutter gekommen sei. Dass er ins Bett machte und Windeln trug, dass er Hunger verspürte und nach der Brust seiner Mutter schrie … Er sagte: »Kann denn ein Glaube einleuchten, der uns weismacht, dass Gott von der Brust der Jungfrau Maria saugte und von Tag zu Tag wuchs, dass er also zwei Monate, drei Monate, dann vier Monate alt war? Der Herr ist vollkommen, so steht es geschrieben! Wie könnte es dann sein, dass er die Gestalt eines Kindes annahm, gepriesen sei er, und die Jungfrau Maria ein Mensch war, die aus ihrer reinen Gebärmutter durch ein göttliches Wunder ein Kind zur Welt brachte, auf dass ihr Sohn eine Erscheinung Gottes und ein Erlöser des Menschen wurde … Er ist gleichsam wie eine Luke, durch die uns das Licht Gottes erschien, oder wie ein Ring, auf dem sich die göttliche Gravur offenbarte. Und die Sichtbarkeit der Sonne durch eine Luke macht aus der Luke keine Sonne. Genauso wie die Sichtbarkeit der Gravur auf einem Ring aus dem Ring keine Gravur macht ... Sie haben alle vollkommen den Verstand verloren, Hypa, und Gott zu einem von dreien erklärt!«

Aus Respekt vor Nestorius' Groll und aus Mitleid mit ihm verschanzte ich mich hinter meinem Schweigen ... Nach einer Weile beruhigte er sich wieder, und sein Tonfall wurde milder, als er mir erklärte, dass das vorübergehende Erscheinen des erhabenen Gottes in Jesus Christus eine Gnade sei, die Gott uns gewährt habe. Und es stehe uns nicht an, dieses göttliche Geschenk preiszugeben, indem wir es mit unseren Ammenmärchen aufplustern, die Jesu Göttlichkeit postulieren, seit er sich im Bauch seiner Mutter befand. Es sei unzulässig zu glauben, dass die Jungfrau Maria Gott das Leben geschenkt habe! Denn Gott befinde sich im Zustand der immerwährenden und ewigen Vollkommenheit, denn er ist der Eine, der Einzigartige, er wird nicht geboren und stirbt nicht, mal zeigt er sich, mal verbirgt er sich, je nach seinem Willen.

Der ehrwürdige Nestorius schaute mir mit traurigem Blick in die Augen, ehe er fortfuhr: »Klingt das, was ich gesagt habe, sonderbar, oder ist das Sonderbare das, was Kyrillos und seine Anhänger behaupten, Hypa? Es geht um mehr, als darum, das Wort Theotokos auszusprechen, das die Nichtwissenden und die Laien ständig auf den Lippen führen. Die Angelegenheit hängt mit der Wahrhaftigkeit des Glaubens zusammen und mit dem Vermögen dieser wahren Religion, die Herzen und den Verstand der Menschen zu erreichen, zu jeder Zeit und an jedem Ort. Die Heiden spotten über unseren übertriebenen Aberglauben, und nach jenen, die uns jetzt verspotten, werden noch andere kommen, die über uns spotten, sie werden sich über diese Hirngespinste lustig machen und versuchen, sie zunichte zu machen, und damit werden sie die ganze Religion zunichte machen … Die Verkündigung und das göttliche Wunder, Hypa, sind ein seltenes Geheimnis, das, wenn man es zu weit damit treibt, seine Bedeutung verliert. Und wir verlören den Glauben und handelten dem Verstand zuwider!«

Ich kannte seine Meinung bereits, doch aus Höflichkeit und aus Respekt vor seinem hehren Zorn ließ ich ihn trotzdem ausschweifend reden. Nachdem er geendet hatte und wieder zur Ruhe gekommen war, fragte ich freundlich: »Und warum lassen wir den Laien in unserer Religion und den Unwissenden nicht ihren mit Aberglauben vermischten Glauben, der ihnen wohltut und ihrem Begriffsvermögen angemessen ist? Die Wahrheiten können wir den Gelehrten der Theologie, dem Klerus und den Priestern in den Kirchen erklären, weil diese in der Lage sind, diese diffizilen theologischen Fragen zu begreifen. Das gemeine Volk kann es dann Generation nach Generation von ihnen verstehen lernen, ohne dass wir ihm einen Schock zufügen.«

»Und warum sollten wir zu einer solchen List greifen?«

»Weil wir dazu gezwungen sind, ehrwürdiger Bischof, gezwungen. Um den Zähnen und den Krallen des Markuslöwen zu entgehen!«

Nestorius lächelte über meinen symbolischen Scherz. Mit seinem klaren Verstand hatte er begriffen, dass ich auf jenen sich in Alexandria verbreitenden Glauben anspielte, dass der heilige Markus, der Apostel von Alexandria, den Löwen als sein Wahrzeichen angenommen hatte. Oder besser gesagt, die Alexandriner hatten das Symbol des Löwen ihm und sich selbst zugeeignet, indem sie den heiligen Apostel Markus in ihren Büchern und auf den Mauern ihrer Häuser als Schreibenden seines Evangeliums darstellten, an dessen Seite der Löwe sitzt, der das Geschriebene betrachtet … Das flüchtige

Lächeln ließ einen Anflug der Lauterkeit auf Nestorius' Antlitz zurückkehren, die ich früher bei ihm gekannt hatte und vermisste, seit diese unsere unerwartete antiochische Begegnung ihren Lauf genommen hatte.

Ich trug mich mit dem Gedanken, ihn zu fragen, was es mit den Nachrichten bezüglich seiner Unnachgiebigkeit gegenüber seinen Gegnern, der von ihm veranlassten Zerstörung der Kirchen der Arianer und ihrer Vertreibung aus Konstantinopel und weiterer derartiger Vorfälle auf sich habe. Doch ich hatte das Gefühl, dass die Zeit dafür noch nicht gekommen war, und übte mich deshalb in Geduld.

Nach einigen Augenblicken der Stille setzte Nestorius sich auf, rückte seine Kopfbedeckung zurecht und wandte sich, überwältigt von seinen Sorgen, zu mir. Sein Lächeln vermochte nicht seine Qualen zu verbergen. Aufgewühlt teilte er mir mit, dass er auf Kyrillos' ersten Brief eine scharfe Replik verfasst habe und dass er gerade die Antwort auf den letzten Brief ausarbeite. Darüber hinaus ziehe er in Erwägung, mich nach Alexandria zu schicken, auf dass ich mit ihm die Angelegenheit diskutiere!

»Aber ich bitte Euch, ehrwürdiger Vater, habt Erbarmen mit mir! Glaubt Ihr etwa, Bischof Kyrillos würde mir Gehör schenken, ja, er würde mich überhaupt empfangen?«

»Und warum nicht? Du bist seit frühester Jugend Mönch und in Glaubensdingen gelehrt, du sprichst ein hervorragendes Griechisch, und du hast in Alexandria studiert.«

»Und ich bin an einem denkwürdigen Tag von dort geflohen.«

»Glaubst du etwa, er hat das damals mitbekommen? Gewiss hat sein Rausch über Hypatias Ermordung ihn völlig von deinem Verschwinden abgelenkt ... Übrigens: Bist du ihm bei besonderen Zusammenkünften einmal begegnet, während du dich in der erhabenen Stadt Alexandria aufhieltest?«

Nestorius sprach den berühmten Beinamen Alexandrias sehr spöttisch aus, wodurch offenbar wurde, wie wenig er es schätzte, dass diese Stadt zwar als erhaben bezeichnet wird, ihre Kirche aber darauf bedacht ist, sich über Rom, die Stadt des päpstlichen Sitzes, und Konstantinopel, die Stadt des kaiserlichen Sitzes, zu erheben. Und weil er von mir eine Antwort auf seine Frage erwartete und weil ich Nestorius liebte wie meinen Vater und nicht wollte, dass ihm wie jenem ein elendes Schicksal zuteil würde, erzählte ich ihm, was ich stets geheim zu halten bedacht gewesen war!

»Ich habe Bischof Kyrillos ein einziges Mal getroffen …« Eineinhalb langweilige Jahre waren damals seit meiner Ankunft in Alexandria vergangen, in denen ich mich in den Willen des Herrn ergeben und meinen Traum aus den Augen verloren hatte, Großes in der Medizin zu vollbringen. Ich hatte meine Zeit zwischen dem gemeinsamen Beten mit den Mönchen und dem Besuch der Messe verbracht, während der ich meist eingenickt war. Darüber hinaus besuchte ich regelmäßig den Unterricht der Theologieschule, um ein weiteres Mal das zu studieren, was die Schüler der religiösen Schulen in Oberägypten lernten. In der Medizin lernte ich damals, was die Drogisten und die Experten für Heilkräuter sowie die Bauern in meiner Heimat über die Kraft der Pflanzen wussten … In diesem Zustand verharrte ich, des Willens und des Geistes beraubt. Ich hatte begriffen, dass meine Träume von Alexandria sich zerstreut hatten, ja, zu Albträumen geworden waren, die mir, nachdem ich meinen Fuß in die Stadt gesetzt hatte, auf der Seele lasteten – und dies ohne Aussicht auf eine Erlösung … Dann kam jener Tag, an dem mir der älteste Priester der Markuskirche mitteilte, mir werde die Gunst erwiesen, am darauffolgenden Morgen nach der Messe Papst Kyrillos zu treffen. Damals zählte ich etwa dreiundzwanzig Lenze, und selbstverständlich verbrachte ich meine

Nacht geplagt von Sorge und Schlaflosigkeit. Tags darauf trat ich, nachdem ich zwei Stunden vor seiner Tür gewartet hatte, bei Bischof Kyrillos ein. Sobald er meiner ansichtig wurde, erkundigte er sich nach meinem Alter. Ich nannte es ihm und erzählte, dass ich ursprünglich nach Alexandria gekommen sei, um mich in das Studium der Medizin zu vertiefen. Da antwortete er mir mit einer Frage, deren Bedeutung mir zuvörderst nicht verständlich gewesen war:

»Und wer ist der Gelehrteste in der Medizin?«

»Meine Heiligkeit, es heißt, es sei ein Ägypter aus alter Zeit mit Namen Amenhotep. Oder es ist der Grieche Hippokrates. Oder meint Ihr womöglich jene späteren alexandrinischen Ärzte, mein Vater, wie Herophilos oder jene, die wie Galenos in Alexandria studierten?«

»Falsch ... deine Antwort ist durch und durch falsch. Diejenigen, die du genannt hast, sind allesamt Heiden. Keiner von ihnen kann einen Leprakranken und einen Aussätzigen heilen und durch die Berührung seiner Hand einen Toten zum Leben erwecken!«

»Verzeiht, Euer Glückseligkeit, ich verstehe nicht, was Ihr meint.«

»Unser Herr, Jesus Christus, mein Mönch, ist das Meer der Medizin. Also lerne von ihm und von den Legenden der Heiligen und Märtyrer und schöpfe den Segen mit der Hand deiner Frömmigkeit und deiner Ergebenheit.«

Die scharfen Worte, die Kyrillos mir gegenüber gebraucht hatte, wichen in keiner Weise von dem ab, was er als wahr und gewiss betrachtete. Ich hatte es damals vorgezogen zu schweigen. Dann sagte er, dass er im Sinn habe, mich zu Beginn des kommenden Sommers zu einem der Klöster im öden Wâdi al-Natrûn zu schicken, welches sich inmitten der südlich von Alexandria liegenden Wüste befinde. Es solle, wie er sich ausdrückte, der Segen dieser reinen Scholle über mich kommen, in der die sterblichen Überreste zahlreicher Heiliger liegen, die ihre Seelen Jesus geschenkt und seinethalben die Welt verlassen haben … Dann ergänzte Kyrillos, ohne in meine Richtung zu blicken: »Vielleicht schicke ich dich aber auch in eines der Klöster in Oberägypten oder in Äthiopien, denn die Kinder des Herrn dort bedürfen unserer Unterstützung.«

Kyrillos hielt eine Weile inne, als denke er nach, dann blickte er zu einem seiner Priester und sagte: »Vielleicht sollten wir ihn auch nach Achmim schicken. Nachdem in den letzten Jahren die Anzahl der von hier Flüchtenden sowie der Anhänger der nutzlosen Wissenschaften dort zunahm, kämpfen die Menschen dort eifrig für Gott …« Zunächst unschlüssig, was ich antworten sollte, packte mich plötzlich die Torheit. Mit gesenkter Stimme fragte ich ihn in aller Höflichkeit:

»Was, Eure Heiligkeit, sind das für Wissenschaften, die keinen Nutzen haben? Ich würde sie gerne kennen, um mich von ihnen fernhalten zu können.«

»Es sind die Dummheiten der Häretiker, mein Mönch, und die Hirngespinste jener, die sich mit Astronomie, Mathematik und Zauberei beschäftigen. Sei dir dessen bewusst und halte dich von ihnen fern, auf dass du dich den Wegen des Herrn und den Pfaden der Erlösung näherst. Wenn du nach Geschichte strebst, dann hast du die Thora und das Buch der Könige. Interessiert dich die Rhetorik? Dann nimm das Buch der Propheten. Magst du die Poesie? Dann lies in den Psalmen. Und wenn dir nach Astronomie, Recht und Moral der Sinn steht, greife nach dem Gesetz des gepriesenen Herrn. Erhebe dich nun, Mönch, um dich dem Gebet anzuschließen. Vielleicht wird dir die Gunst eines fürsorglichen Blickes unseres lebenden Herrn Jesu zuteil.«

Nestorius hatte aufmerksam gelauscht. Er schien so betroffen, dass ich davon ausging, er habe die hinter den vordergründigen Worten verborgene Bedeutung meiner Ansprache verstanden. Nach einem Augenblick erhabenen Schweigens wandte er sich zu mir und sagte, übermannt von väterlicher Zuneigung, wie ich sie stets an ihm gekannt hatte: »Ich werde dich von der Aufgabe, diesen Mann aufzusuchen, entbinden und selbst auf seine Torheiten antworten. Und ich werde seine Flüche mit Gegenflüchen erwidern, die ich in einen so lodernden Brief gießen werde wie den seinigen ... Aber lassen wir dies nun, erzähl mir von dir und deiner Situation im Kloster!«

Ich erinnerte mich an den Brief des Klostervorstehers, beförderte ihn eilig aus den Tiefen meiner Kutte zutage und reichte ihn Nestorius. Behutsam öffnete er ihn und blickte darauf, dann sagte er mit einem besorgten Lächeln: »Der Mönch Samân bittet um die Erweiterung der Kirche und den Bau einer Mauer um das Kloster. Richte ihm aus, Hypa, ich werde noch heute mit Bischof Johannes in der Angelegenheit sprechen, und er wird seiner Bitte mit Gottes Hilfe nachkommen.«

Nestorius verlangte nach Tintenfass und Feder, holte ein kleines Pergament aus seiner Tasche und schrieb einen Brief an den Abt des Klosters. Dann setzte er sein Siegel darauf und überreichte ihn mir. Ich bat um die Erlaubnis, am folgenden Morgen ins Kloster zurückkehren zu dürfen, woraufhin er mir sagte, dass er gleichfalls im Morgengrauen nach Konstantinopel in See stechen werde. Als er sich erhob, umarmte er mich zum Abschied und setzte sich wieder, allein. An der Tür angekommen, kam mir eine Frage in den Sinn, die ich bisher zurückgehalten hatte. Also kehrte ich zu ihm zurück.

»Mein Vater, sollte der Streit zwischen Euch und Bischof Kyrillos noch weiter entbrennen, werden die anderen Bischöfe Euch dann zur Seite stehen?«

»Es gibt viele Bischöfe auf der Welt, Hypa, in Ost wie in

West, und sie haben viele unterschiedliche Neigungen. Geh du also mit Gottes Segen und sorge dich nicht. Gott ist es, der uns hilft und beisteht.«

Es lag mir viel an einer klareren Antwort, also wagte ich, mich deutlicher auszudrücken: »Ich meine die beiden Bischöfe Johannes und Rabbula.«

»Johannes von Antiochia ist ein aufrichtiger Mann, uns verbindet eine jahrelange freundschaftliche Beziehung. Was Rabbula jedoch beabsichtigt, weiß ich nicht … Mach dir keine Sorgen, Hypa, mach dir keine Sorgen, mein Sohn, diese Welt verdient die Sorge der Gläubigen nicht.«

ACHTZEHNTES PERGAMENT

Am Saum von Sarmada

Auf meinem Rückweg von Antiochia hatte ich mir vorgenommen, beim Kloster Euprepius Station zu machen, um den Spaßvogel-Mönch zu besuchen, hatte ich doch große Sehnsucht danach, ihn zu sehen. Dann jedoch verflüchtigte sich der Gedanke wieder, und ich beschloss, geradewegs zum Kloster zurückzukehren … Als ich die Stadt durch das Osttor verließ, fiel mir etwas Seltsames auf: Der Esel, den ich zeit meines Lebens für ein törichtes Tier gehalten hatte, trug mich so eilig fort, als fände er den Rückweg ganz allein! Ohne dass ich ihm die Richtung weisen musste, lief er drauflos, und die Schläge seiner Hufe ließen auf seine gute Laune und seine Freude über die Rückkehr in seinen Stall im Kloster schließen … Während der Esel sich nach seiner Heimat sehnt und sich über die Rückkehr freut, versetzt mich der Gedanke an eine Rückkehr in mein Land in Angst und Schrecken – und wäre es nur in Erfüllung einer kurzen Mission. Tatsächlich hatte mir eine mögliche Rückkehr nach Alexandria einen wahren Schrecken eingejagt, würde ein solches Unterfangen doch zahlreiche Gefahren in sich bergen … Wer Alexandria im Zorn verlassen hatte, sollte genauso wenig dorthin zurückkehren wie jemand, über den Alexandria sich erzürnt hatte. So lehrte es zumindest die Erfahrung der Vergangenheit! So hatte der damalige Bischof Demetrios al-Karrâm Origenes vom Becher der Bitterkeit kosten lassen, nachdem jener die Stadt im Zorn verlassen hatte und zurückgekehrt war. Diese Begebenheit hatte sich vor zweihundert Jahren zugetragen, und der Bischof der Stadt jener Zeit verfügte keinesfalls über eine solche Machtfülle wie der Bischof von heute. Und Alexandria war damals nicht als die erhabene Stadt bekannt gewesen, an den Fassaden ihrer Häuser und den Mauern der Kirchen hatte noch nicht das Abbild des Apostels Markus mit seinem Löwen geprangt. Doch obwohl Origenes kein so kleines Licht gewesen war wie ich, hatte er die Bitterkeit und das Unglück zu schmecken bekommen! Acht Jahre später hatten die Alexandriner den Mönch Arius aus seinem Exil im Land der Goten (Spanien) nach Konstantinopel gelockt, nachdem er dort am Ende der Welt ein ruhiges und glückliches Leben geführt hatte. Nachdem sie ihn verbannt, seines Amtes enthoben und seinen Ruf beschädigt hatten, hatten sie ihn aufs Neue einbestellt. Sie wollten es ihm nicht gönnen, in Frieden zu sterben. Nachdem er sich gefügt und auf den Weg gemacht hatte, um Bischof Alexander am Hofe von Kaiser Konstantin zu treffen, in der Hoffnung, eine Übereinkunft zu erreichen und eine Lösung für den theologischen Zwist zu finden, der Alexandria verärgert hatte, hatte Arius sein qualvolles Ende durch Gift gefunden. Und auch damals war der Bischof von Alexandria nicht so mächtig wie der Bischof von heute, und Arius kein so unbedeutender Mensch wie ich!

Diese und andere Gedanken gingen mir, begleitet vom monotonen Klang der Hufschläge auf dem Kiesweg, durch den Kopf, und selbst das Grün der die Stadt Antiochia umgebenden prachtvollen Gärten vermochte es nicht, mich aus den alexandrinischen Strudeln zu reißen … Die Geschichte jener Stadt, die zu betreten ich mir jahrelang erträumt hatte, ist von Gewalt umhüllt. Als ich dort angekommen war, hatte ich mich nach der Flucht aus der Stadt gesehnt und war doch in ihr gefangen geblieben, bis der Tag meines stürmischen Aufbruchs gekommen war … Ich wäre der Bitte von Nestorius gerne nachgekommen und hätte ihm bei dem, was ihm nun bevorstand, Beistand geleistet. Doch wie hätte ich nach Alexandria zurückkehren können? Würde Kyrillos ausgerechnet auf einen Mönch wie mich warten, der mit ihm disputierte und ihm Nestorius' theologische Ansichten erklärte? Er würde mich gar nicht empfangen, sondern sogleich töten lassen. Und selbst wenn ich mich vor ihm in Sicherheit bringen könnte, wäre ich dann imstande, mich vor dem Mob und den Philoponoi zu retten, wenn sie in Erfahrung brächten, dass ich als Vertreter von Nestorius gekommen war, den sie als Ketzer betrachten? Die Alexandriner kennen kein Erbarmen und fürchten keine Strafe für ihre Taten. Sie hatten Hypatia vor den Augen der Bevölkerung Alexandrias getötet und waren nicht dafür bestraft worden. Und zuvor hatten sie bereits den Bischof ihrer Stadt, Georg den Kappadokier, gemeuchelt. Sie hatten ihn in der großen Straße in Stücke gerissen, und Kaiser Julian, der sich vom Christentum abgewendet hatte, erließ ihnen unterwürfig die Strafe und begnügte sich damit, in einem skandalösen kaiserlichen Erlass zu verkünden, er werde sie zu Ehren der alexandrinischen Gottheit Serapis begnadigen!

Wie könnte ich nach Alexandria zurückkehren, nach allem, was ich dort gesehen und erlebt hatte? Und woher sollte ich wissen, was man sich nach meiner Flucht an jenem denkwürdigen Tag dort über mich erzählte? Hatte ihnen nicht vielleicht einer der Pilger, die aus Jerusalem zurückgekehrt waren, etwas über mich berichtet? Und würde mich der klerikale Name Hypa, den ich angenommen hatte, vor den Blicken aus der Markuskirche und den Klauen des Löwen schützen? Ob ich den ehrwürdigen Nestorius wohl enttäuscht hatte, als ich auf seine Bitte mit Zurückhaltung reagierte? Oder hatte er womöglich eine Eingebung des Herrn erhalten, so dass er von seinem Vorhaben, mich in den alexandrinischen Kessel zu werfen, Abstand nahm? Vielleicht hatte er auch meine Angst gespürt, als ich ihm von meiner Begegnung mit Bischof Kyrillos berichtete, und er hatte mich deshalb von dieser furchterregenden Aufgabe dispensiert, die sowieso zu nichts führen würde!

Ich erwachte aus meinen Gedanken, als ich eines erneuten sonderbaren Verhaltens des Esels gewahr wurde. Zur Mittagszeit hatten wir beinahe die Hälfte der Wegstrecke zurückgelegt, da bemerkte ich, wie der Esel auf die Bäumchen zulief, unter denen wir am Mittag vor zwei Tagen auf unserem Weg nach Antiochia gerastet hatten ... Unter den Bäumchen blieben die Beine des Esels wie angewurzelt stehen, und er begann, gleichsam als wolle er mir andeuten, dass die Zeit für sein Futter gekommen sei, mit den Ohren zu wackeln. Der Esel kann von Natur aus gar nicht dumm sein, er ist lediglich geduldig, und diese Geduld erscheint dem Menschen mal als Dummheit, mal als Feigheit. Und ganz augenscheinlich habe ich mein ganzes Leben als Esel verbracht!

Als ich absaß und dem Esel den groben Packsattel vom Rücken hob, stieß er einen Seufzer der Erleichterung aus. Ich band ihm die Vorderbeine zusammen und hängte ihm den Futterbeutel um den Hals, und schon begann er genüsslich und bedächtig zu kauen. Ich selbst verspürte indes keinen Appetit, auch war mir nicht nach Schlafen zumute, und selbst nach Grübeln stand mir nicht der Sinn. Ich lehnte mich an den Stamm eines Bäumchens, schloss die Augen und wurde ob der kurz bevorstehenden Rückkehr ins Kloster von einem geheimnisvollen Gefühl der Zufriedenheit überwältigt.

Nach einer Weile mittäglicher Stille kam ein junger Mann vorbei, der wohl fast zwanzig Lenze zählen mochte. Er kam von weit her und strebte auf die gepflasterte Straße zu. Mit einer Hand hielt er eine Ziege an der Leine, der drei kleine

Zicklein folgten. Er steuerte von der anderen Seite der Straße geradewegs auf mich zu und fragte freundlich, ob ich Hilfe benötigte. Ich lehnte dankend ab, doch dann kam mir in den Sinn zu fragen, ob er für mich und meinen Esel wohl etwas Wasser zum Trinken ausfindig machen könne. Mit großer Beflissenheit zeigte er auf einen Brunnen in der Nähe, band seine Ziege unter den Bäumchen fest und eilte in Richtung der Häuser, die zum Ort gehörten. Kurz darauf war er wieder da, in den Händen eine große Tonschüssel, in welcher sauberes süßes Wasser schwappte. Nachdem ich meinen Durst mit einigen Schlucken gestillt hatte, nahm mir der Knabe das Gefäß aus der Hand, stellte es vor den Esel und zog ihm den Futterbeutel vom Hals ... Dann setzte sich der Junge respektvoll an den äußersten Rand des Schattens der Bäume vor mich hin. Da er einen schüchternen Eindruck auf mich machte, wollte ich ihn als Ausdruck meiner Dankbarkeit in ein Gespräch verwickeln. Also fragte ich ihn, woher er komme:

»Aus diesem Ort dort, mein Vater ... aus Sarmada.«

Ich blickte in Richtung der Ortschaft, die friedlich unter der Sonne Gottes schlummerte, welche über den Rechtschaffenen und den Üblen aufgeht. Es war ein kleiner Ort, nicht mehr als etwa hundert Häuser, die von ein paar Gärten und Olivenhainen umgeben waren. Ich konnte allerdings keinen der Dorfbewohner ausmachen. Ob sie sich wohl trotz der Kürze der Wintertage zur Mittagsruhe gelegt hatten? Der Bursche saß schweigend vor mir, und ich fragte ihn, ob er, wie ich aus seinem Äußeren schloss, ein Hirte sei.

»Nein, mein Vater, ich arbeite manchmal in der Ölpresse am westlichen Rand des Ortes. Das hier ist die Ziege meiner Tante. Ich habe sie gestern geholt, damit sie die Nacht bei einem unserer Nachbarn zubringe, der einen starken Bock hat. Und jetzt, nachdem sie die Nacht mit dem starken Bock verbracht hat, bringe ich sie zu ihr zurück ...«

»Ich verstehe, mein Sohn, ich verstehe.«

Mir missfiel der Ausdruck in den Augen des Jungen, als er von dem Bock sprach, den er als stark bezeichnet hatte. Mein Esel labte sich noch immer genüsslich an dem kühlen Nass, und die drei kleinen Zicklein rieben sich am Bauch ihrer Mutter ... Der Knabe hockte weiterhin mir gegenüber an der Schattengrenze. Seine linke Hälfte wurde von der Sonne beschienen, auf die rechte Seite fiel der Schatten der Bäumchen ... Der Bursche zog den Saum seines Gewandes hoch und kreuzte die Beine, so dass seine Knie zum Vorschein kamen. Auch seine weißen unmännlichen, weil unbehaarten Unterschenkel waren nun entblößt! Ich starrte in sein Antlitz, seine Gesichtszüge dünkten mir eher weiblich als männlich, zumal er keinen Bart trug ... Sein Haupthaar wies einen Stich ins Gelb auf, die Augen waren grünlich, auf Gesicht und Hals hatte die sengende Sonne ihre Spuren hinterlassen. Und er hatte weiche Hände, was für arme Leute eher ungewöhnlich ist.

Der Junge beunruhigte mich! Ich nahm ein in feiner griechischer Schrift geschriebenes Exemplar der Psalmen aus meinem Beutel und schaute darauf. Da begann er plötzlich vor sich hin zu murmeln, als habe er etwas auf dem Herzen, was er loswerden wolle. Da ich vorgab, ins Lesen vertieft zu sein, wurde er nach einem Weilchen wieder still. Als ich jedoch innehielt, mit leiser Stimme zu rezitieren, rutschte der Knabe zu mir herüber und deutete mir an, er wolle vor mir die Beichte ablegen. Ich gab ihm daraufhin zu verstehen, dass man in der Kirche beichte, und dass die Beichte von einem Priester abgenommen werde und nicht von einem Mönch, wie ich einer sei.

»Aber der Priester unserer Kirche kennt mich, mein Vater, und ich schäme mich, vor ihm zu beichten.«

»Überwinde deine Scham, mein Sohn, auf dass dein Glaube

wahrhaftig sei und deine Reue und das Eingeständnis deiner Sünde unabweisbar.«

Der Junge senkte den Kopf, seine Miene verriet eine Mischung aus Scham, Verunsicherung und Bedauern. Ich schaute ihm noch einmal prüfend ins Gesicht, und mich überkam unwillkürlich ein seltsames Gefühl! Er hatte etwas Schlichtes und Unschuldiges an sich, sein fahles längliches Gesicht schien ein wenig abgemagert. Die auf dem Kinn verteilten einzelnen Härchen ließen ihn aussehen wie einen blätterlosen Baum statt wie einen Mann, und sein sanfter Blick hatte etwas Weibliches. Wie er da so unterwürfig vor mir saß, ließ er die Saiten der Barmherzigkeit in mir erklingen, so dass ich mich fragte, was dieser arme, sonderliche Bursche wohl angestellt haben mochte. Er war ein richtiger Junge, der seine Sünden für bedeutsam hielt, während ich nicht glauben konnte, dass seine Vergehen über die banalen und unbedeutenden Fehltritte jener Menschen hinausgingen, die so lange darunter leiden, bis sie ihre Bürde in jemandes Hände legen können. Erst die Beichte, die den Weg zur Vergebung darstellt und Gottes Barmherzigkeit bezeugt, lässt sie Ruhe finden. Er ist noch ein Kind, dachte ich bei mir, und es ist nichts dagegen einzuwenden, mich ihm gegenüber gütig zu zeigen. Er braucht jemanden, der ihm zuhört und ihn zum rechten Glauben führt …

»Hör zu, mein Junge«, sagte ich zu ihm, »du kannst nach Antiochia gehen und in einer der vielen Kirchen dort die Beichte ablegen.«

»Der Weg ist zu weit, mein Vater, und womöglich kennt mich der Priester dort auch. Außerdem glaube ich nicht, dass ich Euch noch einmal wiedertreffen werde, also hört Euch meine Beichte an!«

»Aber mein Junge …!«

»Ich bitte Euch, mein guter Vater, bitte!«

»Also sprich! Was hast du auf dem Herzen?«

Nachdem ich das Buch der Psalmen zusammengefaltet und meine Kopfbedeckung in die Stirn gezogen hatte, senkte ich den Kopf. Ich war bereit, zum ersten Mal in meinem Leben eine Beichte abzunehmen, zum ersten und zum letzten Mal ... An jenem Tag vernahm ich Dinge von dem Burschen, die ich jetzt nicht alle aufzuzeichnen imstande bin, wenngleich ich beabsichtigt hatte, jede Einzelheit zu notieren! Doch was der Junge mir erzählte, war von einer solchen Abscheulichkeit und Sonderlichkeit, wie es mir niemals in den Sinn gekommen wäre ... Zu den unschicklichen Dingen, die er mir beichtete, gehörte, dass er sich seit seiner Reife daran gewöhnt hatte, die Ziegen zu besteigen. Er nutzte jede Gelegenheit, wenn er mit einer Ziege allein war, die nach einem Bock verlangte, umschlang sie mitten in der Nacht mit seinen Schenkeln und befriedigte sich in ihr. Ich trachtete danach, ihm gegenüber meine Verärgerung nicht offen zu zeigen, und hüllte mich deshalb, den Blick starr auf den Boden vor mir geheftet, in Schweigen. Währenddessen legte ich mir die Worte zurecht, die ich ihm erwidern wollte. Ich gedachte, sie mit Versen aus dem Evangelium auszuschmücken, doch er gewährte mir keinen Aufschub, sondern fuhr stattdessen mit seiner Beichte fort. Seine Mutter sei eine vierzigjährige Witwe, die ihn eines Nachts dabei ertappt hätte, wie er seine unzüchtige Tat beging. Da sei ihr das Herz vor Sorge um ihn schwer geworden, und sie habe ihn, während er sich mit Wasser zwischen seinen Schenkeln wusch, heftig gescholten. Dann sei sie in Tränen ausgebrochen und habe ihre Armut beklagt, die schuld daran sei, dass sie ihn noch nicht hatte verheiraten können.

»Aber mein Sohn, alle armen Leute heiraten.«

»Ihre Armut ist aber nicht so groß wie die unsrige.«

Der Kummer schnürte mir die Luft ab, mir war nicht danach, noch mehr von dem Jungen zu hören, doch er bestand darauf. Aus seinen Augen strömten die Tränen, und er wurde von einem Schluchzen mitgerissen … Als er sich ein wenig beruhigt hatte, sagte er, die allergrößte Sünde aber habe seine Mutter mit ihm begangen! Mitten in einer mondhellen Sommernacht habe sie in ihrer Hütte mit dem verfallenen Dach neben ihm geschlafen … Sie hätten sich aneinandergeschmiegt, und dann sei es zwischen ihnen geschehen …

Mein Verdruss über den Bericht des Jungen hatte seinen Höhepunkt erreicht, ich fühlte mich nicht imstande, noch mehr zu ertragen … Während meine Unruhe mich mehr und mehr plagte, erging sich der Bursche in der Erinnerung dessen, was sich zwischen ihm und seiner Mutter zugetragen hatte. Er erzählte mir, dass ihnen dies zur Gewohnheit geworden sei, in den ersten Nächten hätten sie die Sünde sogar zwei- oder dreimal begangen. Als ich gewahr wurde, wie er die Schamgrenze überschritt und sich an seiner Erzählung zu ergötzen schien, unterbrach ich ihn:

»Genug, mein Sohn, das reicht. Du musst dich ab sofort von ihr fernhalten und eine rechtschaffene Frau finden. Und du musst Buße für deine Sünde tun, indem du fortgesetzt betest und die Messe besuchst.«

»Aber sie wird nicht von mir ablassen, mein Vater.«

Ich wunderte mich über die Prahlerei des Knaben und über sein befriedigtes Lächeln, das sich auf sein Antlitz gelegt hatte, so dass er noch seltsamer aussah als vorher. Seine Augen wirkten verdächtig kalt auf mich! Waren die Anzeichen der Qualen, die er sich kurz zuvor abgerungen hatte, eine Einbildung meinerseits gewesen? Oder mochte er womöglich durch die Beichte ein wenig Erleichterung gefunden haben und seine abscheuliche Tat nun für nicht mehr so bedeutsam halten? Ich schaute in den fernen Himmel, eine schwere Wolke zog über uns hinweg. Ich hatte das Gefühl, dass der Weg zum Kloster noch weit sei, die Schatten hatten sich gen Osten geneigt, vielleicht würde sogar Regen fallen. Ich wollte mich erheben, um meinen Rückweg fortzusetzen, und als ich die Enden meiner Kutte aufnahm und mich anschickte aufzustehen, hielt er mich mit den Worten zurück:

»Wollt Ihr nicht den Rest meiner Beichte hören, mein Vater?«

Die Worte »mein Vater« hatten einen seltsamen Klang in meinen Ohren. Seine Stimme war nicht mehr umhüllt von der Scham der Qual, wie es vor der Beichte der Fall gewesen war. Außerstande, seine Anwesenheit weiterhin zu ertragen, bereute ich, ihm überhaupt mein Ohr geliehen zu haben. Ich sagte, die Zeit sei bereits fortgeschritten, und ich müsse meine lange Reise fortsetzen, doch er entgegnete ungefähr, dass er seine Beichte noch nicht beendet habe und mir noch viel Schlimmeres gestehen wolle.

»Nein, mein Sohn, Schlimmeres, als ich von dir gehört habe, gibt es nicht.«

»Doch, das gibt es, guter Mönch.«

»Ich bin nicht in der Lage, noch mehr zu hören.«

Ich erhob mich eilig und steckte den Futterbeutel unter den Packsattel des Esels, nachdem ich die Psalmen in der Tasche meiner Kutte verstaut hatte. Ich band das Seil vom Bein des Esels los, ohne dass der Bursche mir Hilfe angeboten hätte – obwohl er mir vorher wie mein Schatten gefolgt war. Ich erwartete kein Wort des Abschieds von ihm, doch er lief ganz dicht hinter mir her und rief in einem schamlos prahlerischen Tonfall, dass er an seiner Sünde sogar Genuss empfinde! Ich ignorierte ihn. Er fügte hinzu, dass er es auch mit seiner Schwester treibe, wenn ihr Mann mit den Karawanen auf Reisen sei und sie bei ihnen übernachte! Ich ignorierte ihn. Er fügte hinzu, dass er genieße, was er mit ihr tue, und auch sie fände Genuss daran, doch nun sie sei von ihm schwanger geworden … Ohne in seine Richtung zu blicken, bestieg ich meinen Esel und ritt auf die Straße zu. Während ich mich entfernte, brüllte der Knabe voller Wut und mit unterdrückter Bosheit hinter mir her:

»Warum lauft Ihr davon, Mönch? Bleibt stehen, und lasst Euch über die Wonne und den Genuss erzählen, die Ihr Euch versagt ... Ich habe noch viel davon zu berichten.«

Ich trat dem Esel mit meinen Fersen in den Bauch, und er stürmte mit aller Entschlossenheit in Richtung Osten davon. Er lief so schnell, als ergreife er die Flucht; vielleicht hatte er wie ich erkannt, dass dieser Bursche kein Junge war, sondern der Teufel in Menschengestalt, der sein frevelhaftes Spiel mit uns trieb.

NEUNZEHNTES PERGAMENT

Die Herrin

Trotz der kühlen Luft klebten mir die schweißnassen Kleider am Körper, als ich das Kloster kurz vor Sonnenuntergang erreichte. In meinem gemarterten Kopf hallte das Echo meiner Besorgnisse wider. Auf halber Höhe des Anstiegs zum Tor erblickte ich den Klostervorsteher, der auf dem großen quadratischen Stein saß und – ganz gegen seine Gewohnheit – in das Lesen eines Evangeliums vertieft war! Dabei kannte er die vier Evangelien und die Bücher des Alten Testaments doch auswendig. Als er meiner ansichtig wurde, schlug er das Evangelium zu und erhob sich ... Ich stieg bei ihm ab und küsste ihm wie gewohnt die Hand. Seine zitternden Hände und sein unsteter Blick ließen auf seinen aufgewühlten seelischen Zustand schließen, sogar sein Herz schien zu zittern. Auf unserem Weg zu seiner Zelle erkundigte er sich nach meiner Reise und nach meiner Begegnung mit Bischof Nestorius. Dann reichte er mir, in seinem Gemach angekommen, einen Teller mit getrockneten Früchten und fragte, wen ich in Antiochia getroffen hätte.

Ich begann meinen Bericht mit den Worten, dass ich Bischof Nestorius seinen Brief übergeben hätte und jener versprochen habe, der darin erwähnten Bitte nachzukommen. Dann überreichte ich ihm Nestorius' Schreiben. Er öffnete den Brief, warf einen flüchtigen Blick darauf und steckte ihn, nachdem er das Pergament wieder zusammengefaltet hatte, unter sein Kopfkissen! Das geringe Interesse, das er für Nestorius' Schreiben an den Tag legte, überraschte mich. Ich erzählte ihm, dass ich die drei Bischöfe und den Priester der Kirche der Hauptstadt in Antiochia getroffen hätte, alle gemeinsam an einem Ort, doch als habe er es bereits vorher gewusst, offenbarte er keinerlei Verwunderung darüber! Also blieb mir nichts anderes übrig, als ihm über jene Mission zu berichten, die Nestorius mir hatte anvertrauen wollen, und wie es dazu gekommen war, dass er von seinem Ansinnen wieder abrückte ... Nachdem ich meinen Bericht beendet hatte, schwieg der Abt einen Augenblick, dann sagte er:

»Deine Reise nach Alexandria hätte sowieso nichts genutzt, mein Sohn.«

Dieser Satz beruhigte mich, nahm er mir doch die Bürde der Schuldgefühle, die mich quälten, weil ich Nestorius in seiner schwierigen Lage im Stich gelassen hatte ... Verunsichert ob des Vorfalls, der mir auf dem Rückweg zugestoßen war, erzählte ich dem Abt auch von dem Teufel in Gestalt des Jungen am Saum von Sarmada. Er lächelte schwach, dann nickte er und sagte: »Steh auf und ruh dich aus, Hypa, dieser Bursche ist nichts weiter als einer jener Scherzbolde, die ihren Spott mit den Mönchen treiben!«

Ich schickte mich an, mich zurückzuziehen, ohne das Geheimnis der offenkundigen Sorge des Abtes erfahren und ohne ihn danach gefragt zu haben, doch bevor ich seine Zelle verließ, sagte er wie zu sich selbst: »Azazel verfügt über klügere Listen und verwegenere Methoden als solche ... Möge der Herr uns alle in seine umfassende Gnade einschließen.«

Die folgenden Tage und Monate verliefen eintönig. Schließlich brach der Sommer mit seinen bleischweren Tagesstunden und den kurzen flüchtigen Nächten an, die an unserem Leben vorbeiziehen wie formlose Wolkenfetzen an Sommertagen … Die Wolken … Wenn ich, wie ich dies häufig zur Zeit des Sonnenuntergangs tat und bis heute tue, in Richtung Horizont blickte, war mir, als seien die Formationen der Wolken am Himmel göttliche Schriften, verfasst in einer anderen als der gesprochenen Sprache, die nur zu lesen vermag, wer ihre aus Formen, nicht aus Buchstaben gebildeten Regeln kennt. Dieses Empfinden gehörte zwar zu meinen verborgenen Geheimnissen, doch eines Tages vertraute ich mich dem Abt des Klosters an. Nachdem er eine Weile nachdenklich den Kopf gesenkt hielt, erwiderte er: »Vielleicht enthüllen die Wolken Gottes Wort, welches tief in uns verborgen ist.«

Zu den seltsamen Begebenheiten, die sich zum Ende des letzten Sommers zutrugen, ich meine den Sommer des Jahres 430 nach Christi Geburt, gehörte das plötzliche Auftauchen der Tauben auf dem Gelände des Klosters … Eines Morgens ließ sich eine große Schar wilder Tauben, wie wir sie gewöhnlich einzeln oder paarweise zu sehen bekommen, im Kloster nieder. Zu mehreren Dutzend tummelten sie sich mit einem Mal auf dem Klosterhügel und zogen über dem Gelände ihre Kreise. Abgesehen von dem Pharisäer waren die Mönche höchst entzückt über dieses Ereignis! Sie hielten es für ein Wunder, welches davon kündete, dass der Ort des Klosters von himmlischem Segen erfüllt sei. Die wilden Tauben unterscheiden sich von jenen, die die Menschen in Ägypten züchten, um sie zu verspeisen. Ist die Wildtaube doch kleiner und schwerer verdaulich. Die hübschen Federn sind staubfarben, und im Unterschied zur Haustaube, die weiß oder braun ist oder eine Mischung beider Farben aufweist, so dass man sie gut unterscheiden kann, kommt die wilde Taube nur in einer einzigen Färbung vor, nämlich in Grau, so dass alle Exemplare gleich aussehen! Es ist, als seien es zahllose Reproduktionen einer einzigen Taube mit hellgrauen Flügelfedern, an deren Rändern zwei dunkle Streifen zu erkennen sind. Besonders der Kopf und der Hals schimmern in einem hübschen Grau.

Seltsam an diesen Tauben war, dass sie sich durch den Menschen nicht erschrecken ließen. Selbst wenn man ihnen sehr nahe kam, flogen sie nicht davon, sondern ließen sich ganz in der Nähe wieder nieder. Allein der Pharisäer war eifrig darauf bedacht, sie aufzuschrecken und so weit fortzutreiben wie möglich, ein Gebaren, das die anderen Mönche in Erstaunen versetzte, wussten sie doch nicht, welches Geheimnis sich dahinter verbarg.

Zwei Tage nach dem Erscheinen der Tauben begannen die Spekulationen der Mönche über den Grund ihres Auftauchens und ihres Verbleibs auf dem Klostergelände. Einige meinten, sie seien hierher ausgewandert, um sich an dem grünen Hügel zu ergötzen. Andere glaubten, sie hätten die Spiritualität des Ortes gespürt und suchten die Gesellschaft der Bewohner. Wieder andere versicherten, die Tauben hätten einen Befehl des Himmels, sich hier niederzulassen, befolgt, oder sie seien gekommen, um das Kloster in Ruhe und Frieden zu hüllen ... In der Tat strahlten die Tauben Ruhe und Frieden aus! Ich erfreute mich daran, sie am frühen Morgen und vor Sonnenuntergang zu beobachten und verbrachte viel Zeit in der versonnenen Betrachtung. Auch verwunderte es mich, dass sie während der Nächte in den Spalten und Löchern des Mauerwerks verharrten, statt in Nestern Unterschlupf zu suchen, in denen sie hausen und ihre Jungen ausbrüten, wie wir es von der Haustaube und eigentlich auch von der Wildtaube kennen, ja, wie es die Gewohnheit aller Vögel ist, wie verschieden sie auch sein mögen.

Am dritten Tag nach der Ankunft der Tauben hockte ich bei der Mauer, von der aus man auf die nördlichen Ebenen blickt. Wir hatten das Morgengebet beendet, und mir war nicht danach zumute, in die Bibliothek zu gehen. Lange blieb ich dort sitzen und beobachtete eine Schar Tauben, die zwischen den Säulen und den Mauern hin und her flogen und sich von Zeit zu Zeit auf den Boden setzten, um mit dem Schnabel aufzupicken, was sie an Nahrung finden konnten ... Weil ich ganz unbeweglich dasaß, fassten die Tauben Zutrauen und näherten sich wie jene Vögel, die sich an die Flöte des Propheten David gewöhnt und sich in seiner Nähe niedergelassen hatten. Nach einer Weile war ich in der Lage, die Männchen von den Weibchen zu unterscheiden, und mir fiel auf, welch regsame Zuneigung sie alle miteinander verband, die nicht einem einzelnen Pärchen vorbehalten war. Die Tauben leben in Eintracht miteinander. Die Männchen plustern sich auf und nicken fortgesetzt mit dem Kopf in Richtung des Weibchens in ihrer Nähe, und wenn dieses sich still verhält, besteigt das Männchen das Weibchen. Wenn nicht, fliegt es zu einem anderen Weibchen, in der Hoffnung, dieses werde sich ihm gegenüber fügsam zeigen. Das erste Weibchen aber wartet auf ein anderes Männchen, das es umschwärmt, und wenn es ihm gefällt, ist es für eine Annäherung bereit. Wenn das Weibchen nicht vor dem Männchen flieht, ist dies das Zeichen, es zu besteigen ... Die häufige Kopulation ist der Taube eigen, und sie hält den ganzen lieben langen Tag nicht inne, mit ihren Artgenossen zu flirten und sich an sie zu schmiegen, und dies besonders zur Nachmittagszeit und vor Sonnenuntergang! Ich saß beglückt bei der Mauer, um mich herum die Tauben, als der Pharisäer von weitem angerollt kam, wie es seine Gewohnheit ist. Er ließ sich neben mir nieder und nahm einige Steine auf, um die Tauben damit weit fortzujagen. Als ich ihn fragte, was er da tue, erwiderte er voller Groll, dass die Tauben das Klostergelände verschmutzten und die Männchen die Schlafenden am frühen Morgen mit ihrem unausgesetzten Gurren belästigten. Da ich ihn ob seiner Erklärung mit einem zweifelnden

Blick bedachte, fügte er hinzu, gleichsam als gebe er ein Geheimnis preis, dass die Tauben die Begierde anstachelten und zur Sünde verführten, und dass gottesfürchtige Menschen sie nicht anschauen sollten! Dem Pharisäer sind viele solcher eigenartigen Ansichten zu eigen.

Am vierten Tag nach dem Auftauchen der Tauben verschwanden sie so unvermittelt, wie sie gekommen waren. Die Mönche trauerten über den unerwarteten Aufbruch, und auch ich war bekümmert, hatte ich mich doch im Verlauf der vergangenen drei Tage an sie gewöhnt. Ich verbrachte die Nacht in der Bibliothek, und in meinen ersten Träumen zu Beginn der Nacht erschienen mir zahlreiche Tauben … In der zweiten Hälfte der Nacht entzündete ich meine Lampe, als wollte ich in die Bücher schauen, doch mein Verstand wanderte in weit entfernte Gefilde, und ich wurde von Fragen hin und her geworfen, auf die es keine Antworten gibt: Wohin sind die Tauben geflogen, nachdem sie uns verlassen haben? Waren sie wahrhaftig ein Zeichen und eine Botschaft des Himmels für uns? Oder hatte der Zufall sie zu uns geführt? Werden die Tauben nach einer Weile zurückkehren, oder war dies eine unwiederbringliche Begebenheit? Warum lernen die Menschen von den Tauben nicht ein Leben in Frieden? Die Taube ist ein reiner und argloser Vogel, und Jesus Christus hatte gesagt: Seid arglos wie die Tauben. Die Tauben sind friedfertig, sie verfügen nicht über Krallen, und auch die Menschen sollten ihre Waffen und ihr Kriegsmaterial von sich werfen! Die Tauben fressen nicht mehr als nötig und horten keine Nahrungsmittel, und so sollten auch die Menschen davon ablassen, Nahrung zusammenzuscharren und Reichtum anzuhäufen … Die Tauben leben ein Leben in vollkommener Liebe, und die Männchen beurteilen die Weibchen nicht danach, ob sie schön oder hässlich sind, wie es der Mensch zu tun pflegt … Wenn die Taube das Alter erreicht hat, in dem sie zu fliegen vermag, kennt sie weder Vater noch Mutter mehr, sondern geht mit den anderen eine Partnerschaft ein, in der Egoismus und Individualismus keinen Platz haben. Warum also leben die Menschen nicht in einem solchen Zustand und pflanzen sich in friedlichen Gruppen fort, wie es ganz zu Beginn einmal zur Art des Menschen gehört hatte? Alle leben in allen, sie leben glücklich, und irgendwann sterben sie ohne großes Aufheben – wie all die anderen Lebewesen auch. Die Männer wählen sich eine Frau, die ihnen geeignet erscheint – und so die Frauen einen Mann –, um eine Weile in Liebe miteinander zu leben. Dann gehen die Paare vielleicht auseinander und gesellen sich anderen Partnern zu, und die Nachkommenschaft ist der ganzen Gruppe zugehörig ... Und die Frauen wären wie die Tauben, sie verlangten von den Männern nur, ihnen den Hof zu machen, und kurze Momente der Begegnung. Und die Frauen ...

»Hypa, was du da schreibst, ziemt sich nicht für einen Mönch!«

»Lass mich, Azazel ... du hast mich aufgefordert, meine Erlebnisse aufzuzeichnen, also lass mich schreiben, was ich will.«

»Aber du schweifst immer weiter ab. Du hast noch so vieles, was du erzählen wolltest, und deine Zeit wird immer knapper.«

»Du hast recht, Verfluchter!«

An einem heißen Herbsttag des Jahres 430 nach Christi Geburt betrachtete ich, wie es meine Gewohnheit war, die Wolken und versuchte, ihre Zeichen zu erkennen oder die verborgenen Bedeutungen in meinem Inneren zu enthüllen, je nachdem, welche Formen ich ausmachen konnte. Es war Nachmittag, als ich Stimmen vernahm, die vom Tor des Klosters zu mir herüberdrangen. Ich erhob mich von meinem gewohnten

Platz neben der eingefallenen Mauer, die auf den weit entfernten nördlichen Horizont blickt, und überquerte den Klosterplatz, um den Grund für den Lärm in Erfahrung zu bringen ... Auf halbem Weg der Anhöhe, die von den ausgedehnten Ebenen aufsteigt, dort, wo die seit Jahren verlassene und verfallene Hütte steht, sah ich zwei Männer, zwei Maultiere und zwei Frauen, eine Alte und eine zweite, deren Gesichtszüge ich nicht genau erkennen konnte, in bunter Kleidung.

Nachdem sie abgeladen hatten, zogen sich die beiden Männer mit den Maultieren zurück, und die beiden Frauen mühten sich damit ab, die Habseligkeiten in die Hütte zu schaffen. Ob sie wohl darin wohnen wollten?, fragte ich mich, und sann darüber nach, bis der Priester der Kirche auf seinem Weg aus dem Kloster bei mir vorbeikam ... Er lebt unterhalb des Klosters in einem der Häuschen am Fuße des Hügels, und wusste sicher, was es mit den beiden Frauen auf sich hatte. Auf meine Nachfrage hin erzählte er mir, dass die beiden sich in der Hütte niederlassen wollten, nachdem der Abt des Klosters ihnen dies aus Mitleid gestattet hatte ... Dann setzte der Priester hinzu: »Die Alte ist krank. Ich glaube, sie wird Euch aufsuchen und darum bitten, von Euch behandelt zu werden.«

Beim Abendessen hatte der Abt seinen gewohnten Platz eingenommen. Er rezitierte die Psalmen, dann nahm er ein Stück trocken Brot zu sich und dankte Gott. Daraufhin bat er mich mit einer Geste zu sich, und als ich neben ihm stand, flüsterte er mir ins Ohr, dass am Samstag eine kleine Gitarre aus Aleppo für mich eintreffen werde. Außerdem werde er die Diakone und ein Mädchen mit süßer Stimme für mich zusammenkommen lassen, auf dass ich sie einige Lieder lehre, die sie den Betenden in der Sonntagsmesse vortragen, wie es in den großen Kirchen Brauch sei. »Du könntest für sie einen Psalm vertonen oder einige kurze Poesieverse«, setzte er hinzu, »oder vielleicht einige Zeilen von Bischof Rabbulas Gedichten. Die Menschen lauschen nur zu gern während der Messe einigen Weisen …« Ich nickte zustimmend, gefiel mir die Idee doch gut, da ich von Natur aus eine Neigung zu Liedern und geistlichen Hymnen habe. Ich wollte dem Abt schon erwidern, dass dies eine gute Entscheidung sei, doch dann besann ich mich und fragte:

»Ehrwürdiger Vater, was die Musikinstrumente betrifft … hat nicht der heilige Johannes Chrysostomos ihre Verwendung in den Kirchen untersagt?«

»Das ist vierzig Jahre oder länger her, mein Sohn, und er hat sie nicht verboten, sondern er meinte, der Herr verachte sie und ziehe es vor, wenn die Lobpreisung aus Menschenmund geschieht. Unsere Brüder in Rahâ und Nusaibîn haben die Angelegenheit auf mehreren Synoden geprüft und sind zu dem Schluss gekommen, die Musik in den Kirchen zu erlauben.«

»Ja, mein Vater, aber was ist mit dem Gesang eines Mädchens in der Kirche?«

»Das Mädchen wird die Kirche durch die Außentür betreten, und wenn es singt, wird es hinter dem Altar stehen, hinter den Diakonen …«

Ich war immer der Meinung gewesen, dass Musik heilige, himmlische Laute sind, geweiht für die Läuterung der Seele oder die Entfachung der Begierde. Und immer hatten mich in meiner Kindheit die Bilder von Musizierenden fasziniert, die man auf die Mauern der Tempel in meiner Heimat gemalt hatte. Hätte man die Musik nicht für den Dienst Gottes geweiht, hätte man sie doch nicht auf die Mauern der Tempel gemalt!, dachte ich bei mir. Doch ich hatte niemals mit den Leuten der Religion über diese Angelegenheit gesprochen. Und so geschieht es, dass die Tage fortschreiten und uns Gottes Geschenke in die Arme legen, ohne dass wir uns darum bemühen müssen, auf dass wir uns an den Melodien erfreuen … Ich wollte sogleich die Bibliothek aufsuchen und empfahl mich beim Vorsteher mit den Worten:

»Ich werde mich diese Nacht dem Verfassen einer Hymne widmen, die beides in sich vereint: die Psalmen Davids und die guten Eigenschaften des Mönchstums.«

»Gehe mit Gottes Schutz … Nein, warte, mein Sohn, die Hymne sollte auf Syrisch sein, da dies die Sprache der Mehrheit hier ist.«

»Natürlich, mein gesegneter Vater, selbstverständlich.«

Dank meines Eifers und meiner Vorfreude überquerte ich den Platz zwischen Refektorium und Bibliothek mit federleichten Schritten. Das herbstliche Mondlicht bedeckte die Erde und spiegelte sich auf den weißen Kieseln, so dass sie wie in den Sand geworfene Edelsteine aussahen. Die nächtliche Brise erfrischte den energischen Geist, der mit mir in die Himmel der Freude entschwebte. Mein Herz pochte so wie in meiner Kindheit, wenn mein Vater sein Netz aus dem Wasser des Nils gezogen oder wenn die Frau meines hinfälligen Onkels mich zum Abendessen gerufen hatte; oder wie in jenem Augenblick, als ich Nag Hammadi mit Ziel Achmim verlassen hatte … Was wäre unser Leben ohne diese seltenen ergötzenden Augenblicke!

Als ich durch die Tür zur Bibliothek schritt, kam mir eine Idee. Ich würde auf die Begleitung der Gitarre verzichten oder ihr nur eine begrenzte Rolle zuschreiben. Stattdessen wollte ich Hymnen komponieren, die die Jungen und das Mädchen mit der weichen Stimme vortragen würden. So würde ich, so weit es ginge, den Protest jener vermeiden, die den Gebrauch der Musikinstrumente ablehnten. Und ich wollte meine lyrischen Zeilen, die das Mädchen darböte, mehrmals von dem Psalm der Jungen durchbrechen lassen. Ich würde meine Lieder im fünften Versmaß der syrischen Poesie verfassen, welches das fünffache und das sechsfache Metrum einschließt, denen ich mehr zuneige als anderen ... *Ich werde den Himmel der großen Klosterkirche und aller Kirchen in der Umgebung von den geistlichen Liedern erklingen lassen, die im Himmelreich schweben werden.*

Nachdem ich mich an den langen Tisch gesetzt und die Lampe entzündet hatte, ließ ich meinen Blick voller Enthusiasmus über die Reihen von Büchern um mich herum wandern. Ich begab mich zu den Regalen auf der rechten Seite und nahm die syrische Übersetzung der Psalmen zur Hand. Zufällig fiel mein Blick auf den fünfzehnten Psalm, und schon notierte ich die erste Zeile auf das Pergament, fügte noch etwas hinzu, und Folgendes kam dabei heraus:

O Gott, beschütze mich, denn bei dir suche ich Zuflucht.
Und erbarme dich meiner Schwäche, denn ich habe keinen Beistand außer dir,
Segne die Menschen, die dir huldigen, auf dass sie bei dir Zuflucht suchen,
Und erfülle ihre Herzen mit Freude, die ihnen keiner außer dir gewährt,
O Gott, beschütze mich, denn bei dir suche ich Zuflucht.
Auf dem rechten Weg, den du gewiesen hast, gehe ich,
Und durch die Legenden der Heiligen und Märtyrer werde ich erleuchtet.
Und ich kehre zu der Erde zurück, von der ich gekommen bin,
Dann lebe ich das Leben, welches keinen Tod kennt,
O Gott, beschütze mich, denn bei dir suche ich Zuflucht ...

Angespornt von grenzenlosem Eifer war ich die ganze Nacht damit beschäftigt, Verse zu verfassen und zu überarbeiten.

Kurz vor Sonnenaufgang wurden mir weitere Verse eingegeben, deren feinsinnige und zarte Worte von so sublimer Bedeutung waren, wie sie mir noch nie früher eingefallen waren. Ich nahm mir vor, Lieder für die sieben Gebete und für die Festtage zu verfassen, um daraus ein Buch für die täglichen Gebete zu machen (Ferialoffizien) und eine einzigartige Weise mit tiefsinniger Bedeutung für die Mönche zu komponieren, die in ihren Zellen nicht im Beten innehalten. In dieser besonderen Weise werde ich den subtilsten Geheimnissen durch die zartesten Worte Ausdruck verleihen, sagte ich mir. Ich werde sie in Form dreier verschiedener Psalmgesänge für die Stundengebete komponieren, die erste Form ruhig, mit wenigen Worten, die zweite gleichmäßig und voller Lobpreisungen, und die dritte beglückend, schnell, deren Melodien die Flügel der kleinen Engel in Schwingungen versetzen … Ich werde meine Zeit zwischen der Medizin und der Poesie aufteilen und mit der einen die Körper, mit der anderen die Seelen heilen. Vielleicht bewirkt das Wort beim Menschen, was die stärksten Arzneien nicht zu bewirken vermögen, denn es ist ewiges Leben, das nicht mit dem Tod des Sprechers zu Ende geht.

In jener Nacht kehrte ich nicht in meine Zelle zurück, sondern nächtigte in der Bibliothek, erfüllt von einem geheimnisvollen Glücksgefühl. Am folgenden Tag verpasste ich die Morgengebete in der Kirche, und ich verspürte auch keinen Appetit auf das Frühstück. Also verbrachte ich die Zeit bis zum Mittag in der Bibliothek. Einmal tauchte der Pharisäer auf, um nach mir zu schauen. Ich beruhigte ihn und berichtete ihm, wie es mir ergangen war, doch er empfand darob keine solche Freude wie ich! Auf meine Nachfrage erklärte er mir, dass er keinen Gesang möge, und schon gar nicht den Gesang eines Mädchens … Ich bemitleidete ihn und hätte beinahe erwidert: Doch, du magst den Gesang und du mochtest die Tauben und du liebst die Frauen, aber du fürchtest dich vor all diesen Dingen und erträgst deine Liebe zu ihnen nicht. Du lehnst sie nur ab, um deine Ruhe zu haben!

Ich wollte den Pharisäer jedoch nicht verärgern, sah ich doch nur zu gut, wie es um ihn bestellt war, insbesondere nachdem er mir geklagt hatte, dass er unter ständiger Schlaflosigkeit litt. Ich fühlte seinen Puls, der unregelmäßig schlug, und fragte ihn nach seinem Gesundheitszustand. Gegen seine Verstopfung verabreichte ich ihm ein wenig Ackerwindenpulver, vermischt mit einer großen Menge Anis, welches er einmal einnehmen sollte. Dazu ein schlafförderndes Mittel; das sollte er eine Woche lang nach dem Gebet zur Mitternacht trinken ... Dies, so vermeinte ich, sei die beste Behandlung für ihn.

Ich begab mich mit ihm zur großen Kirche und verrichtete zusammen mit den Mönchen das Gebet zur sechsten Stunde. Dann sagte mir der Abt des Klosters, dass die Sänger und das Mädchen morgen zu mir in die Bibliothek kämen ... Auch er nannte den Raum mittlerweile Bibliothek.

Am nächsten Tag zur Nachmittagszeit wurde die Stille um mich herum durch das Lärmen der Kinder vertrieben, die von dem Diakon zu mir geführt wurden. Er klopfte behutsam an meine Tür, und als ich öffnete, erblickte ich außer ihm noch sechs Jungen und zwei Mädchen im Alter zwischen sieben und neun Jahren. Sie waren an jenem Tag in Begleitung ihrer Eltern gekommen und tummelten sich nun auf dem Klostergelände. Manche von ihnen liefen spielend um die anderen herum, andere starrten mich unverwandt an ... Ihre Gesichter strahlten, die Blicke waren unschuldig, das Wirken der Zeit hatte ihrem harmlosen Staunen noch keinen Schaden zugefügt. Ich schickte die Familien mit dem Diakon zum Kirchplatz und hieß die Kinder in der Bibliothek bleiben. Eine der Mütter aber rührte sich nicht. Ohne mich zu ihr umzuwenden, sagte ich freundlich, sie möge am Tor oder vor der Kirche auf ihren Sohn oder ihre Tochter warten. Doch sie entgegnete, sie sei nicht die Mutter eines Kindes, und setzte dann lapidar hinzu: »Ich bin die Sängerin.«

Ich geriet in helle Aufregung, vielleicht auch in Verzückung, doch damals wollte ich weder meine Verzückung noch meine Erregung offenbaren. Also wandte ich mich den Kindern zu und rief: »Kommt herein und stellt euch in einer Reihe auf, zuerst der größte, dann die kleineren ...« Dann sagte ich, ohne in ihre Richtung zu blicken, zu ihr: »Und du, meine Tochter, stell dich ihnen gegenüber ...« Nachdem die Kinder durch mein Eingreifen ordentlich in einer Reihe standen, forderte ich sie auf, einzeln den ersten Satz des fünfzehnten Psalms zu singen. Ihre Stimmen waren von unterschiedlicher Reinheit, aber insgesamt akzeptabel. Kinderstimmen sind von Natur aus schön und rein. Nun wandte ich mich an die junge Frau, die sich als die Sängerin bezeichnet hatte! Sie zählte etwa zwanzig Lenze, so dünkte mir, ihre Gesichtszüge konnte ich indes nicht genau erkennen, da ich keiner Frau ins Antlitz schaue und mich auch nicht für ihre Angesichte interessiere. Es war ihr Kleid, welches mich anzog, ein für diesen Landstrich ungewöhnliches Gewand, aber züchtig und würdevoll.

Während ich mit ihr sprach, wandte ich meinen Blick ab. Ich bat sie, die ersten beiden Zeilen des Liedes, welches ich komponiert hatte, auf bestimmte Art und Weise anzustimmen ... Ich trug ihr die beiden Zeilen mit einer Melodie vor, wie ich sie mir vorstellte, doch sie fragte mich, ob sie sie in einer anderen kirchlichen Melodie singen dürfe, die sie auswendig kenne, was ich ihr zugestand. In dem Moment, in dem ich meinen Blick zu ihrem Antlitz hob, nahm sie ihr Kopftuch ab, das ihre Stirn bedeckte, und trat zwei Schritte zurück. Sie schloss die Augen und hob ihr Antlitz gen Himmel – ein wahrhaft unvergleichliches Bild ... Und nach einem

Weilchen der Stille und Demut hob sie zu singen an ... Was für eine strahlend helle Stimme drang da klar durch die Wolken zu mir, geschwängert mit dem Wohlgeruch der Blütenbäumchen und der Seele der duftenden grünen Wiesen. Als wolle sie gleich in Weinen ausbrechen, sang sie: »Erbarme dich meiner Schwäche«, und sprach dann: »Ich habe keinen Beistand außer dir!« Das Zittern ihrer Lippen, während sie die Silben in die Länge zog und mit ihrer Stimme die höchsten Himmel berührte, ließ auch mein Innerstes erzittern ... Ihr wehmütiger Gesang war von seltener Süße.

Die Kinder neben uns hatten sich während ihres Gesangs ganz still verhalten, gleichsam wie abwesend waren sie gewesen, als flögen sie auf den Flügeln der Melodie an weit entfernte Orte. Mir war, als befände ich mich allein in der äußersten Ecke des weiten Universums ... Wenn ich mich jetzt jener Momente entsinne, spüre ich, wie ihre verführerische Stimme mich mit sich nimmt hinter alle Dinge. Das himmlische Vibrieren erklingt zwischen den Gipfeln der weit entfernten Berge und lässt mir das Herz zerfließen ... O mein Gott!

Nachdem sie geendet hatte, herrschte tiefes Schweigen. Gerne hätte ich ihr bedeutet, noch einmal zu singen, ja, zu singen, bis die Welt vergeht und der Tag der Auferstehung anbricht, doch der Ort, an dem wir uns befanden, erlaubte dies nicht ... Während sie ihr Kopftuch wieder über die Stirn zog, blickte sie mich an und lächelte. Sie war sich bewusst, dass ihre Stimme einzigartig war, und sie wusste, dass die Melodie, die sie angestimmt hatte, wundervoller war als jene, die ich vorgeschlagen. Und sie wusste, dass ich von ihrem Gesang ergriffen und geradezu abwesend war. Sie wusste so manche Dinge ... Doch ich, ich wusste damals nichts mehr. Ich starrte sie unverfroren an, bis mir klar wurde, dass sich dies nicht ziemte. Sie hatte ein kleines Gesicht von birnenförmiger Rundlichkeit. Die feinen Gesichtszüge schienen durch den durchsichtigen schwarzen Seidenschleier hindurch, der von ihrem Kopftuch herabfiel, welches einer Krone glich, nur hübscher und mit feiner Stickerei verziert. Am Ansatz der vielen Fältchen baumelten kleine bunte Perlen. Ihr Kleid aus schwarzem Samt fiel weich von den Schultern herab und betonte die füllige Brust und die schmale Taille durch eine vollkommen gestaltete Figur. Damals betrog ich mich selbst und dachte insgeheim, ihre Gestalt wäre mir einerlei, sei sie nun formvollendet oder nicht. Wichtig war, dass ihre schwermütige Stimme mit den Weisen harmonierte und dass sie im Singen geübt war. Vielleicht wuchs sie in der Nähe einer Kirche oder eines Klosters auf und nahm seit früher Kindheit an den heiligen Gesängen teil.

Die Kinder begannen von neuem zu lärmen, als der Abt des Klosters ihnen ein paar Süßigkeiten zukommen ließ, die ich an alle verteilte. Ich wollte sie an unserem ersten Tag nicht zu lange beanspruchen und schickte sie, nachdem ich den Segen für sie erbeten hatte, fort, nicht jedoch ohne sie vorher für ihren Gesang gelobt und ihnen gesagt zu haben, dass wir uns übermorgen Nachmittag wiedersähen. Der folgende Tag war ein Sonntag, und im Kloster würden sich morgens die Besucher tummeln. Die Kinder hüpften zur Tür, und die junge Sängerin folgte ihnen auffallend würdevoll ... Als sie an mir vorbeiging, fragte ich sie, höflicherweise ohne sie anzusehen:

»Möchtest du mir nicht deinen Namen verraten, gute Jungfrau?«

»Ich bin keine Jungfrau, Vater. Ich heiße Marta, es ist ein altes Wort und bedeutet Herrin.«

ZWANZIGSTES PERGAMENT
Eine besorgniserregende Nachbarschaft

An dem Tag, an dem Marta zum ersten Mal gesungen hatte, überwältigte mich eine solch beharrliche Schlaflosigkeit, dass ich bis zum Morgengrauen kein Auge zutat. Zuerst dachte ich nicht so sehr als Mädchen an sie, denn als Jungfrau! Ihre wehmütige Stimme war es, deren Klang in meinem Inneren widerhallte. Ich brachte die Nacht damit zu, einige Worte neu zu formulieren, auf dass sie mit der Tonlage ihrer Stimme harmonierten, und trachtete danach, einige spezielle Lieder zu komponieren, die der Wärme und Schwermut ihrer Stimme angemessen seien. Doch in tiefer Nacht wurde ich von zahllosen Gedanken, Wünschen und Sorgen hin und her geworfen: Die Menschen werden zur Messe kommen, um Marta zu hören, so dass sich die Klosterkirche mit vielen Gläubigen füllt. Womöglich werden wir sogar in Antiochia und Konstantinopel für unseren Gesang berühmt werden ... Ob sie wohl mit einem Mann verheiratet ist? Was mag das wohl für ein Mann sein, der die Nähe ihrer Schönheit erträgt? Aber was habe ich mit ihr zu schaffen? Ich habe doch etwas, was mich beansprucht und mit Sorge erfüllt ... Wie es wohl dem ehrwürdigen Nestorius ergehen mag, wie verbringt er seine Tage? Hat Bischof Kyrillos von ihm abgelassen, oder heckt er einen Plan aus, um ihn zu Fall zu bringen? Morgen werde ich ihm einen Brief schreiben, ich werde ihn dem Ersten mitgeben, der nach Konstantinopel reist ... Ich werde den Vorsteher des Klosters fragen, ob er etwas von Bischof Nestorius benötigt, um ihn an den Brief zu erinnern ... Er wird sich über meinen Brief freuen, er weiß, dass ich es nicht gewohnt bin, Briefe zu schreiben ... Ich werde eine wunderschöne Hymne verfassen und ihm widmen, und ich werde sie auf der Rückseite des Briefes niederschreiben. Er wird sich darüber freuen, und eines Tages wird er das Kloster besuchen, dann werde ich ihm Martas Engelsstimme zu Gehör bringen ... Marta! Wie alt mag dieses Mädchen wohl sein? Und warum hat sie so entschieden gesagt, sie sei keine Jungfrau?

Die Gitarre, deren Lieferung der Abt des Klosters erwartet hatte, traf am Samstag nicht ein. Er war darüber verärgert, doch ich beruhigte ihn damit, dass wir ihrer vielleicht gar nicht bedürften und uns mit den kindlichen Stimmen der Sänger und der des Mädchens begnügen würden. Außerdem teilte ich ihm mit, dass ich mich in der Zeit zwischen den Gebeten zur dritten und zur sechsten Stunde den Patienten widmen wolle, und bis zum Gebet zur neunten Stunde der Ausbildung der Sänger. Die Nacht aber sei dem Beten und Lesen vorbehalten ... Er erbat den Segen für mich, dann fügte er hinzu: »Wenn du das vierzigtägige Fasten beendet hast, kümmere dich ein wenig um deine Gesundheit, mein Sohn. Du bist heute Abend äußerst blass und schmal im Gesicht.«

Wir beendeten das Gebet zum Sonnenuntergang, das hier das Vespergebet genannt wird. Dann kehrte ich beglückt in die Bibliothek zurück. Von der Blässe im Gesicht, die der Abt wahrgenommen hatte, spürte ich nichts. Stattdessen glaubte ich, er habe vielleicht gemeint, ich sei abgelenkt und beschäftigt. Vorsorglich fühlte ich mir den Puls und stellte fest, dass er regelmäßig war. Ich schloss die Tür hinter mir, zog meine Kleider aus und drückte mit einem Finger auf die Stellen des Körpers, wo das Blut fließt; der Blutfluss war in Ordnung.

Doch als ich mein Gesicht in dem silbernen Bucheinband des Evangeliums betrachtete, konnte ich die Spuren der Zeit erkennen ... Ich stand mit einem Mal in vorgerücktem Alter, und das Weiß meiner Augen hatte sich ins Gelb gewendet. Mein Bart war zerzaust und von grauer Farbe wie die Bärte der Eremiten, die in Grotten und Höhlen hausen ... Warum hatte ich mein Äußeres so sehr vernachlässigt, dass es zu Bedauern Anlass gab? Hatte ich vergessen, dass ich Arzt bin und dass ich auf mich achtgeben muss, damit die Patienten Vertrauen zu mir haben? Der Arzt muss sich um sein Äußeres kümmern, so hatte es der vortreffliche Hippokrates vor Hunderten von Jahren geschrieben, und die Ärzte nach ihm hatten sich daran gehalten ... Aber gut, für jede Krankheit gibt es eine Medizin, und für jedes Problem eine Lösung. Ich meine, für die meisten Krankheiten und die meisten Probleme!

Ich verließ die Bibliothek und überquerte den Platz so entschlossen, als flöge ich in meine Zelle. Aus der Kiste beförderte ich das Gewand zutage, welches mir ein Priester aus Antiochia vor einem Jahr geschenkt, weil ich ihn mit einer ganz einfachen Behandlung von einer Kolik kuriert hatte. Warum hatte ich dieses Gewand zusammengelegt und aufbewahrt, so dass es beinahe Opfer der Motten geworden wäre? Ich werde es morgen tragen. Auf dem Boden der Kiste lag eine alte verrostete Schere, sie taugte aber immerhin noch dazu, meinen Bart zurechtzustutzen ... Dann legte ich mir verschiedene Arzneien zurecht, die ich unter dem Tisch zu lagern pflege: Manche der trockenen Kräuter werden eine Stunde in Wasser eingeweicht, dann wird ein Verband für die Augen daraus gemacht, um das Gelb zu beseitigen. Andere werden, in Öl aufgelöst, ins Gesicht gerieben, um durch eine stärkere Durchblutung zur Belebung der Hautfarbe beizutragen. Und wieder andere sind wohlriechende Pflanzen, die, wäscht man sich mit ihrem Aufguss, den Körper duftend und weich werden lassen … Morgen früh werde ich ein anderer Mensch sein, würdig, als Mönch, Arzt und Dichter bezeichnet zu werden.

Ich tat alles, was getan werden musste, dann schlief ich tief und fest in meiner Zelle. Es waren Wochen vergangen, seit ich nicht mehr hier übernachtet hatte. Während der ganzen letzten Sommermonate hatte ich die Nächte in der Bibliothek verbracht, weil ich die feuchte Luft dort bevorzugte. Oder besser gesagt, aus Bequemlichkeit, um mich nicht in diese beengende Zelle hier aufmachen zu müssen … Kurz vor Sonnenaufgang erwachte ich voller Energie. Ich füllte den Eimer mit Wasser aus der großen Tonschüssel, die sich neben dem Speisesaal befand, und wärmte es ein wenig auf dem Küchenherd. Dann stieg ich in meine Zelle hoch, schloss die Tür und schrubbte meine Haut mit harten Palmfasern, um die Rückstände der Kräuter zu beseitigen. Arme und Beine rieb ich während meines Bades mit einem Bimsstein ab … Und schließlich kleidete ich mich in das elegante Kirchengewand, das vergessen in der Kiste gelegen hatte.

Als mich der Abt des Klosters am Sonntagmorgen beim Kirchportal erblickte, erhellte ein Lächeln sein Antlitz. »Der Mönch Hypa hat das Lebenselixier gefunden«, sagte er zu mir. »Letzte Nacht war er nur zwei Schritte vom Tod entfernt, und heute Morgen taucht er als zwanzigjähriger Jüngling auf!« Gerührt von seinem freundlichen Scherz, entgegnete ich: »So sehen Ärzte und Dichter aus, mein Vater. Eure gestrigen Worte haben mich darauf hingewiesen, in welch schändlichem Zustand ich mich befand …«

Als er, umringt von den Mönchen, durch das Kirchportal schritt, um das Morgengebet zu verrichten, bat der Abt für mich: »Möge der Herr dich segnen, Hypa, und dich deinen Brüdern und Patienten zum Nutzen gereichen lassen.«

Auf das Gesicht des Diakons legte sich das Lächeln eines tückischen Jungen, als er mich im Augenblick des Verlassens der großen Kirche erblickte. Ich konnte mir die Bedeutung dieses Lächelns nicht erklären, kümmerte mich aber auch nicht weiter darum, war ich doch mit Wichtigerem als der Sinndeutung eines Lächelns beschäftigt. Zur Mittagszeit halfen mir drei Mönche dabei, die Bibliothek zu ordnen. Wir sortierten die herumliegenden Bücher an ihre Plätze auf den Regalen und trugen die lange Bank herein, damit sich die Sänger daraufsetzen konnten. Wir stellten sie rechts vom Eingang auf, davor zwei Holzstühle, der eine für die Sängerin, der andere für mich. Den großen Tisch schoben wir in die Ecke gegenüber der Tür, und in die andere Ecke stellten wir einen kleinen Tisch, an dem ich schreiben konnte, wann immer ich wollte, und im Sitzen schlafen ... Es gab nun mehr Platz, und der Raum war sauberer und geräumiger geworden.

Am frühen Nachmittag klopfte einer der Diener des Klosters an meine Tür und teilte mir mit, dass zwei Frauen gekommen seien, um von mir behandelt zu werden. Ich schlug das Musikbuch zu und erhob mich, um sie an der Tür in Empfang zu nehmen. Was für eine erfreuliche Überraschung: Marta in ihrem außergewöhnlichen Kleid, und eine etwa sechzigjährige Alte. Meine Überraschung und meine Freude verbergend, forderte ich sie auf einzutreten. Der Diener war einen Moment an der Tür stehen geblieben, dann machte er sich von dannen.

»Mein Vater, das ist meine Tante«, eröffnete Marta das Gespräch. »Seit Monaten wird sie des Nachts von Husten geplagt, und keine der bekannten Verordnungen hat ihr geholfen.«

»Mach dir keine Sorgen, Tante! Zu welcher Zeit überkommt dich denn ein Hustenanfall?«

»Die ganze Nacht lang und am Morgen. Bei den Anfällen ist mir, als zerreiße es mir die Brust.«

Ich fühlte der Alten den Puls, der unregelmäßig schlug. Auch bemerkte ich, dass sie sehr abgemagert war. Ich bat sie, mein Ohr an ihren Rücken legen zu dürfen, um ihren Atem abzuhören. Auf Martas Arme gestützt trat sie vor. Als sie vor mir stand, drehte sie sich um. Ich beugte mich nach vorne, bis mein Ohr ihren Rücken berührte. Marta blickte mich lächelnd an. Ich vernahm ein Rasseln, das darauf schließen ließ, dass sich in der Lunge der Alten Schleim und Flüssigkeit angesammelt hatten ... Ihre Behandlung war simpel, sie musste den warmen Aufguss von Samen trinken, die den Schleim beseitigen. Beim Schlafen sollte sie sich gut zudecken sowie nach gewohnter Art Kamille trinken ... »Setz dich zwei Wochen lang nicht vor den Ofen«, riet ich der Alten, »damit deine Lunge nicht durch den Qualm gereizt wird.«

»Wir haben den Ofen noch nicht erneuert, mein Vater. Wir wohnen erst seit zwei Tagen in Eurer Nachbarschaft, und der Ofen der Hütte ist kaputt.«

»Dann seid ihr also die neuen Nachbarn ... Ich kann eure Hütte von meinem Fenster aus sehen. Lebt ihr alleine dort?«

»Ja, mein Vater«, entgegneten die beiden Frauen gleichzeitig. Martas Stimme war höher, und schöner. Als sie den Seidenschleier lüpfte, der ihr übers Gesicht hing, blickte ich sie zaghaft an. Auf ihrem Antlitz nahm ich ein leuchtendes Lächeln wahr, das so schüchtern auftauchte wie die klare Sonne an kalten Wintertagen oder wie die angenehmen Brisen in den erdrückenden Nächten des Sommers ... Es war ihr Lächeln.

Ich richtete mich verunsichert auf und schöpfte einige Samen unter dem Tisch hervor, um sie der Alten in die Hand zu legen. Doch Marta streckte ihre Hand zuerst aus, so dass ich keine Wahl hatte. Ich vermied es, sie zu berühren, doch sie berührte unabsichtlich – oder doch mit Absicht – den Rücken meiner rechten Hand, als sie die Hände über den Samen schloss. In jenem Augenblick verspürte ich ein Zittern in meinem Arm, das auch noch an den folgenden Tagen nachwirken sollte. Ich fragte sie, ob sie ein wenig Kamille hätten, und Marta bejahte meine Frage. Dann sagte sie zu ihrer Tante:

»Steh auf, ich werde dich nach Hause bringen. Danach werde ich für den Gesangsunterricht wieder zurückkehren.«

Die Alte stützte sich auf Martas Arm, und sie gingen, gefolgt von meinen Blicken, hinaus. Ich blieb reglos auf dem Stuhl gegenüber der Bank für die Sänger sitzen … An der Tür drehte sich Marta zu mir um und ließ ihren Schleier wieder herab, so dass ihr wundervolles Lächeln und ihre anisfarbenen Augen mir wieder verborgen waren.

Marta ließ nicht lange auf sich warten. Als sie wiederkam, saß ich auf dem quadratischen Stein, den frühere Erdbeben vor das Kirchportal geworfen hatten. Als sie näher kam, ließ ihr Gang auf ihre verborgene offenkundige Freude schließen … Sie ließ sich vor mir auf einem Stein in der Nähe nieder und fragte mich mit einer klaren Stimme:

»Sind die Kinder noch nicht gekommen?«

»Ich habe den Diakon geschickt, sie abzuholen – aus Erbarmen mit den Müttern, damit sie nicht den steilen Hügel erklimmen müssen … Sie werden gleich da sein.«

Ich versuchte mich abzulenken, indem ich auf die Pergamente in meiner Hand starrte, doch vergeblich. Ich holte ein kleines Evangelium aus meiner Tasche und wollte schon zu lesen beginnen, da überraschte sie mich mit den Worten:

»Mein Vater, Ihr seid heute anders als vorgestern.«

»Ja, dieses Gewand ist neu.«

»Nur das Gewand?«

Ich ignorierte ihre Bemerkung und erfreute mich an ihr, ohne ihr indes meine Freude zu offenbaren. Ich überlegte, wie es mir wohl mit dieser neuen Nachbarin ergehen würde, die, so schien es, sich nicht mit der Nachbarschaft begnügen würde. Sie hatte die Schleier meiner Zurückgezogenheit am Ende dieses Klosters durchdrungen, seit ich sie gesehen und singen gehört hatte. Das bereitete mir Sorgen. Ich bat sie, einen Augenblick zu warten, weil ich einige Papiere holen wolle, und schloss vorsätzlich die Tür hinter mir, auf dass sie nicht auf den Gedanken verfiele, mir zu folgen ... Ich spürte, dass sie mir nachlächelte, doch ich blickte sie nicht an. Ich verharrte in der Bibliothek, hinter der geschlossenen Tür stehend, während sie auf ihrem Platz saß. Als ich von weitem das Lärmen der Kinder vernahm, öffnete ich die Tür und forderte sie auf hereinzukommen. Auch den Diakon bat ich herein ... Auf diese Weise begann die erste Gesangsstunde, der noch viele Stunden folgen sollten, wie viele, daran erinnere ich mich nicht mehr. Aber ich erinnere mich noch sehr gut daran, was während des Unterrichts geschah, und ich werde vieles davon berichten.

EINUNDZWANZIGSTES PERGAMENT

Die Karawane

Nachdem wir bereits eine ganze Woche ohne sie geprobt hatten, traf endlich die Gitarre im Kloster ein. Da die Kinder jedoch bereits daran gewöhnt waren, die Weisen ohne musikalische Untermalung vorzutragen, beschränkte ich die Begleitung durch die Gitarre auf ein Äußerstes ... Der Unterricht zog sich über einige Wochen hin, und der Gesang der Kinder machte von Tag zu Tag Fortschritte. Weil Marta aber bereits vom ersten Tag an wunderschön gesungen hatte, stimmte sie mitunter auch Verse von mir an, die sie nicht zusammen mit den Kindern in der Kirche vortragen würde. Deshalb pflegte sie ein wenig früher zu den Proben zu erscheinen als die Kleinen ... In den letzten Tagen probten wir in der Zeit zwischen dem Mittags- und dem Nachmittagsgebet, also zwischen der sechsten und der neunten Stunde, in der großen Kirche. Beim ersten Mal wohnte auch der Abt des Klosters unseren Proben in der Kirche bei. Während Marta sang, lehnte er die Stirn an seinen Stock, und wenn sie sich in ihrem Gesang geradezu verlor, traten ihm Tränen in die Augen. So harrte er aus, bis wir uns alle zurückgezogen hatten. Abends im Refektorium klopfte er mir zweimal dankbar auf die Schulter, ohne ein Wort zu sagen.

Am zweiten Tag unserer Proben in der Kirche kam Marta wie gewöhnlich früher als die Kinder zu mir in die Bibliothek. Nachdem sie an die Tür geklopft hatte, stolzierte sie geziert schüchtern herein. Dann lüpfte sie ihren Gesichtsschleier und ließ ein strahlendes Lächeln sehen. Sie erzählte mir, dass der nächtliche Husten ihrer Tante sich beinahe vollständig gelegt habe und das Rasseln in der Brust nahezu verschwunden sei. Sie erzählte auch, ihre Tante wolle mir eine schwarze Wollweste für die nahenden Winternächte weben. Sie beide seien geschickt am Webstuhl und verdienten ihren Lebensunterhalt durch diese Arbeit. So sagte sie mir damals …

»Warum hast du so entschieden zu mir gesagt, dass du keine Jungfrau bist, als ich dich zum ersten Mal gesehen habe?«, fragte ich sie an jenem Tag.

»Weil ich keine Jungfrau bin!«

»Weiß der Klostervorsteher davon?«

»Woher soll ich wissen, ob er es weiß oder nicht?«

Mir war, als treibe sie ein Spiel mit mir, und ich hüllte mich deshalb in Schweigen. Mein Unbehagen spürend, setzte sie versöhnlich hinzu, dass der Priester der Kirche wisse, dass sie schon einmal verheiratet gewesen sei. Er sei ein entfernter Verwandter ihrer Mutter, doch als sie hierherkamen, um sich hier niederzulassen, habe er sie dem Abt mit den Worten vorgestellt: »Dieses Mädchen und ihre Tante sind Christenmenschen. Sie sind in einer elenden Lage, und die Alte ist krank. Wenn Ihr ihnen gestatten würdet, in der zerstörten Hütte zu leben, tätet Ihr ihnen einen großen Gefallen, denn sie haben keine Familie und keinen Beistand …« Dann fügte sie hinzu: »So hat der Priester es an jenem Tag gesagt. Deshalb bin ich in den Augen des Abtes ein Mädchen! Ich habe ihm erzählt, dass ich seit meiner frühen Kindheit Kirchenlieder und Qûqajûnlieder gesungen habe. Deshalb hält er mich für eine Sängerin. Auch Euch hat er mich auf diese Weise vorgestellt, guter, liebevoller Vater.«

Marta sprach das Wort »liebevoller« so übertrieben zärtlich und weich aus, dass ich mich nicht mehr beherrschen konnte, gegen meinen Willen den Blick hob und ihr unvermittelt in die Augen schaute. Darin sah ich die klare Mischung von Honigfarben und Grün in ihren Pupillen. Und ich sah ihre langen dichten Wimpern, die die Schönheit ihrer runden Augen prachtvoll einrahmten. Und ich sah ihre dichten Augenbrauen, die Gott auf eine Weise vollkommen geschaffen hatte, dass ihr schimmerndes Schwarz das Weiß ihres klaren Antlitzes betonte.

Ihr Haar war, soweit man es an jenen Strähnen sehen konnte, die dem Kopftuch entschlüpft waren, wie ihre Brauen von kohlschwarzer Farbe und von leuchtendem Glanz ... Marta glich einem der Gedichte über die göttliche Schönheit im Universum, in ihrem Antlitz lagen Kindlichkeit und Leichtfertigkeit und die Lieblichkeit des Bildes der Jungfrau. Nur ihr Blick war ausnehmend verwegen und konnte jemanden wie mich leicht in Verlegenheit bringen.

An jenem Tag hob ich meine Augen zu ihrer Kopfbedeckung mit den sorgsam gelegten Seidenfältchen. Nachdem ich sie eingehend betrachtet hatte, fragte ich sie, wie lange Zeit sie benötige, sie so akkurat zu legen. »Aber nein, mein Vater«, entgegnete sie, »das kostet gar keine Zeit. Man muss sie nur einmal nähen, danach setzt man sie einfach auf den Kopf, damit sie den herabfallenden Seidenschleier hält ...« Und mit einer unerwarteten Bewegung hob sie ihre Kopfbedeckung in die Höhe, so dass sich der Wasserfall ihres dichten und weichen schwarzen Haares ergoss. Ihr unter der Kopfbedeckung gefangenes Haar sehnte sich nach Befreiung, und als es ihr Antlitz umrahmte, wurde es zu einem Gedicht über die Schöpferkraft, die Gott bei der Erschaffung des Menschen innegewohnt hatte ... Welch Anmut unter ihrem Schleier verborgen gewesen, und welch Blick, den ich in ihren Augen sah! Dieser Blick versetzte mir einen Stich, und ihre Anmut machte mich bange, so dass ich vor lauter Schönheit beinahe das Bewusstsein verlor.

»Bedecke dein Haar, meine Tochter«, beeilte ich mich zu sagen, »möge Gott dich beschützen.«

Vorsätzlich zögernd band sich Marta ihr Haar um den Kopf, das sie über das ganze Universum hatte herabhängen lassen. Mit einer Hand hob sie es an, mit der anderen setzte sie die seidene Krone mit den Fältchen und den kleinen bunten Perlen auf den Kopf. Da sie den Blick nicht von mir abwandte, tat ich, als starrte ich auf die Bücherregale. Ich nahm ein Buch zur Hand und schickte mich an, darin zu blättern, doch ich vermochte nicht zu lesen, ja, ich nahm noch nicht einmal die Zeilen wahr. Dann holte sie mich aus meinem Schweigen:

»Das ist eine Tracht aus Damaskus. Sie gehörte meiner Mutter. Nach ihrem Tod habe ich sie an mich genommen.«

»Dann stammst du also aus einer arabischen Familie?«

»Man hat mir gesagt, meine Familie sei einst eine der wohlhabenden Familien von Palmyra gewesen. Dann, als der verfluchte Aurelian die Stadt zerstörte, sei sie von dort geflohen.«

»Gewöhne deine Zunge nicht an Flüche, meine Tochter. Palmyra wurde bereits vor langer Zeit zerstört.«

»Ja, mein Vater, vor langer Zeit. Daraufhin zerstreute sich meine Familie in die ganze Welt. Meine Großeltern ließen sich zuerst in Aleppo nieder, dann machten sie sich auf nach Damaskus, wo sie verarmten und wo meine Mutter geboren wurde. Sie heiratete einen Damaszener, mit dem sie in diese Gegend hier kam.«

»Dann sprichst du also Arabisch und Syrisch.«

»Und ich singe in beiden Sprachen.«

Von draußen drang das Lärmen der Kinder zu uns herein. Marta ließ ihren Damaszener Schleier herab und setzte sich zurecht. Dann zogen wir um in die Kirche, und als der Gesang anhob, schwebte meine Seele in überirdischen Gefilden. Am nächsten Tag erschien Marta in aller Frühe zusammen mit ihrer Tante. Als Zeichen ihrer Dankbarkeit für ihre Heilung beugte sich die Alte über meine Hand, um sie zu küssen ... Aber es ist Gott, der heilt. Die Alte harrte bei uns aus, bis die Kinder eintrafen, so dass wir an jenem Tag über gar nichts sprachen. Sie verabschiedeten sich gemeinsam, und der Tag ging seinem Ende entgegen, ohne dass ich mehr von Martas Gesicht hatte gewahren können, als was durch den dünnen Seidenschleier zu erkennen gewesen war.

Der folgende war ein denkwürdiger Tag. Nach dem Gebet zur dritten Stunde stürmten wir, aufgeschreckt durch aufgeregtes Stimmengewirr, das vom Tor des Klosters herüberdrang, aus der Kirche. Alle, der Abt des Klosters, der Priester und wir Mönche eilten zum Tor. Am Fuße des Hügels konnten wir eine große Karawane ausmachen, die ihre Reittiere am Aufstieg zum Kloster hatte Rast machen lassen. Die Karawane bestand aus mehr als fünfzig Kamelen, ebenso vielen Maultieren, einigen Eseln und zahlreichen Händlern verschiedenen Alters. Drei beleibte Männer stiegen zu uns herauf, die einen noch dickeren Mann stützten, der nicht die Kraft besaß, alleine zu gehen. Gemeinsam mit ihnen erklommen noch zwei blöde lächelnde Soldaten der Garnison den Hügel! Der Mann, welcher gestützt werden musste, zählte etwa fünfzig Lenze; seine kurdische Kleidung war mit Blutflecken übersät. Weil er so schwer und kraftlos war, bezwangen seine Helfer den Hügel nur unter großen Mühen. Zwei von ihnen stützten ihn unter den Achseln und der dritte, kleinere, schob von hinten nach. Die anderen Händler der Karawane betrachteten das Schauspiel interessiert von ihrem Standort am Fuße des Hügels aus. Als die Männer näher kamen, sah ich einen Blutfaden aus dem Mund des Gestützten fließen. Auch Marta und ihre Tante konnte ich ausmachen, die bei ihrer Hütte standen und dem plötzlichen Treiben erstaunt zusahen.

Der Abt des Klosters ging zwei Schritte auf die Männer zu,

und die Ankömmlinge berichteten ihm, der Karawanenbesitzer, den sie schleppten, sei auf dringende Hilfe durch die Ärzte des Klosters angewiesen … Als gäbe es im Kloster außer mir noch einen anderen Arzt! Sie sagten, der Mann nähere sich seinem Ende und werde unweigerlich sterben, wenn wir ihn nicht eilig behandelten. Da gab der Abt ihnen den Weg frei, und sie führten den Mann auf den Platz, wo sie ihn auf die Bank neben dem Ziegenstall gegenüber dem Tor setzten. Dann nahm mich der Abt bei der Hand und brachte mich zu ihnen. Auf meine Frage, was dem Manne widerfahren sei, entgegneten sie:

»Der Arme hat vom Brunnen des Teufels getrunken!«

Nachdem der Abt die Mönche an ihre Arbeit geschickt und die beiden Soldaten sich am Tor niedergelassen hatten, nahm ich einen der Karawanenhändler beiseite, um Licht in die Angelegenheit zu bringen; auch der andere folgte uns … Ich erfuhr von ihnen, dass ihre Karawane aus dem Land der Kurden komme, welches hinter der östlichen Wüste liegt, dort, wo das Persische und das Römische Reich aufeinandertreffen, und sich auf ihrem Weg nach Antiochia befinde. Vor drei Tagen habe der Besitzer der Karawane des Nachts von einem stillgelegten Brunnen in der Wüste getrunken, den die Karawanenleute den Teufelsbrunnen nennen, um ihnen zu beweisen, dass in dem Brunnen keine Teufel seien! Am nächsten Morgen habe er Blut gespuckt. Seit zwei Tagen befinde er sich nun schon in diesem Zustand, er habe nichts gegessen und sei kurz davor, sein Leben auszuhauchen. Die Bewohner der umliegenden Dörfer hätten ihnen deshalb geraten, ihn zum Kloster zu bringen, da er unweigerlich vor ihrer Ankunft in Antiochia sterben werde. Also habe man ihn in der Hoffnung hergebracht, dass er hier durch eine Arznei oder einen Zauberspruch oder irgendetwas anderes geheilt werde. Dann setzte der Kleinere der beiden hinzu:

»Er wird ein vorzüglicher Christ sein, wenn Ihr ihn wieder gesund macht. Er und seine Familie gehören zu den bedeutenden Katechumenen, die bald in Eure Religion eintreten werden.«

Durch eine Inspiration des Herrn durchschaute ich, was das Leiden des Mannes verursacht hatte, und wusste sogleich, welche Behandlung ihn aus seinem Zustand erretten würde ... Ich führte die drei Helfer zu dem Mann, der zusammengesunken auf der Bank saß, und flüsterte ihnen zu, dass die Behandlung schwierig werden würde und dass er die Therapie, die ich ihm verabreichen würde, geduldig werde ertragen müssen. Der Mann saß resigniert da, heftig keuchend und mit irrem Blick, als sei tatsächlich der Teufel in ihn gefahren, wie sie vermuteten. »Tu mit Gottes Hilfe, was du für richtig hältst ... Tu mit Gottes Hilfe, was du für richtig hältst ...«, brabbelte er mit heiserer Stimme vor sich hin.

Der Klostervorsteher stand ganz in unserer Nähe und beobachtete voller Sorge, was vor sich ging. Marta und ihre alte Tante äugten vom Tor aus vorsichtig in unsere Richtung. Und die beiden römischen Soldaten musterten Marta von hinten, derweil sie sich flüsternd unterhielten ... Ich holte ein Seil aus dem Ziegenstall und forderte die Helfer auf, ihren Anführer mit Händen und Füßen an die Bank zu binden. Dann rief ich Marta und bat sie flüsternd, einen Eimer mit trübem Wasser zu bringen, in dem sie eine große Menge Salz auflösen sollte. Außerdem ein Gefäß mit kaltem süßem Wasser, das mit Pfefferminzessenz versetzt sei. Marta eilte los, das Geforderte zu beschaffen, und ich begab mich zur Klosterküche und besorgte einige Stücke trockenen Brotes und eine größere Menge verdorbener Essensreste.

Unter den staunenden Blicken aller neigte ich mich zum Ohr des Kranken und flüsterte ihm zu, dass er sich nun bemühen müsse, alles herunterzuschlucken, was ich ihm einflöße. Anderenfalls würde er niemals genesen. Er nickte, und ich schickte mich an, ihm das verdorbene Essen in den Mund zu stopfen, welches ich miteinander vermengt und mit etwas Wasser angefeuchtet hatte. Unter großen Anstrengungen begann der Ärmste zu schlucken. Wenn er stockte, schrie ich ihn an, dann öffnete er den Mund, und ich stopfte ihm noch mehr Essen hinein, das er keuchend herunterschlang. Als sein Bauch voll war, brüllte ich, nun müsse er sich einen Augenblick gedulden ... Ich holte ein wenig Stroh aus dem Stall, welches mit Ziegenkot vermischt war, und stopfte ihm auch dies in den Mund, während er den Kopf nach rechts und nach links wegzudrehen versuchte und sich alle erdenkliche Mühe gab, seine Fesseln zu lösen. Die Umstehenden waren zutiefst erschrocken, und Marta hielt zitternd den Eimer fest. Ich nahm ihn ihr aus der Hand, stemmte mein rechtes Knie gegen den Oberschenkel des Mannes und begann, ihm mit der einen Hand das Stroh in den Mund zu stecken und mit der anderen das Salzwasser einzuflößen. Da der Mann weiterhin versuchte, Widerstand zu leisten, brüllte ich: »Das ist das einzige Heilmittel, also habt Geduld!« Als ich spürte, dass seine Kräfte schwanden und sein Bauch nun zur Gänze voll war, stellte ich mich aufrecht hin, öffnete ihm gewaltsam die Lippen und kippte ihm noch mehr Salzwasser in den Mund. So lange, bis der Mann tatsächlich fast am Ende war. Dann forderte ich seine Helfer auf, ihm die Fesseln zu lösen. Ich ging in Richtung Martas davon, welche das Schauspiel mit ihren schönen staunenden Augen beobachtet hatte, während der Abt auf einem großen Stein saß, das sorgenvolle Gesicht gegen seinen Stock gelehnt.

Als die Fesseln des Mannes gelöst waren, stürzte er sich wie ein Stier auf mich, die Arme erhoben, als wolle er sie mir gleich um den Hals drücken, doch ich rührte mich nicht von der Stelle. Einen Moment blieb er vor mir stehen, keuchend, die Hände in die Lüfte erhoben, die Stirn schweißnass. In diesem Augenblick sah er aus wie ein aus den alten Märchenbüchern entsprungener Dämon ... Plötzlich aber geschah, was ich erwartet und bezweckt hatte. Der Mann drehte sich um und lief auf die Mauer des Stalls zu, ließ sich auf die Knie nieder und erbrach sich. Ich eilte zu ihm, schüttelte ihn von hinten an den Schultern und ermutigte ihn, sich noch weiter zu übergeben. Die verblüfften Umstehenden waren wie erstarrt.

Als der Mann fertig war, wusch ich ihm mit dem Rest des Salzwassers das Gesicht und gab ihm das mit Pfefferminz versetzte Wasser zu trinken. Er erholte sich geschwind und wurde von einem Glücksgefühl erfasst. Lachend erhob er sich, kam auf mich zu, nahm meine Hand, küsste sie und sagte: »Der Teufel ist aus mir gefahren ...« Nun brachen seine Gefährten in Jubel aus, und auch die anderen Männer der Karawane, die sich am Tor des Klosters aufgereiht hatten, jubelten vor Freude.

»Bitte gestattet, mein Vater?«, sagte ich zum Abt. Ich führte ihn und den Karawanenbesitzer sowie seine drei Helfer zu dem Auswurf des Mannes – Marta folgte uns – und forderte sie auf, ihn sich anzuschauen. Dann erklärte ich ihnen, woran der Mann tatsächlich gelitten hatte: »Diese kleinen Würmer, die ihr seht, sind Blutegel, die in brackigem Wasser leben. Als der Mann des Nachts von dem stillgelegten Brunnen trank, schluckte er sie mit dem Wasser, ohne sie zu sehen. Jenen Egeln, die tief in sein Gedärm gedrungen sind, wurde durch den Verdauungsprozess der Garaus gemacht. Jene aber, die sich in der Bauchhöhle und im Magen festsetzten, begannen, sein Blut zu saugen, so dass es in den Magen floss, der es abstieß, und der Mann Blut spuckte ...« Dann schloss ich: »Wisst ihr nun, was das für ein Teufel im Brunnen war?«

Sie lachten wie Kinder, deren Vater von einer Reise zurückgekehrt war. Ich gab ihnen den Rat, dem Manne Ziegenmilch zu trinken zu geben und ganz wenig frische Nährmittel, bis er nach drei Tagen wieder zu Kräften gekommen sei … Einer der Diener des Klosters brachte ihm ein mit Milch gefülltes Gefäß, das der Mann genüsslich in großen Zügen austrank. Dann überraschte er uns mit der Frage, ob er sich wohl ein wenig schlafen legen könne.

Der Abt des Klosters brachte ihn zu einem der Räume neben der Kapelle, wo er sich ausruhen konnte. Die anderen zogen sich, nachdem sie mir die Hand geküsst hatten, zu ihrer Karawane zurück … Kurz vor Sonnenuntergang trat der Abt in Begleitung des Kranken, der nun in ein prachtvolles Kleid gewandet war, zu mir in die Bibliothek. Auch seine beiden Helfer waren bei ihnen, die vor Freude strahlten, und hinter ihnen standen noch vier Mönche. Der Mann wolle mich für seine Heilung belohnen, sagte der Abt zu mir, doch ich entgegnete, dass ich für meine Heilkünste keinen Lohn nehme und dass Gott es sei, der heile.

Da kam der Karawanenbesitzer auf mich zu, setzte sich auf den Stuhl neben mich und sagte: »Gesegneter Mönch, Gott hat dich dazu auserkoren, mich zu heilen, und ich werde mit Freuden deine Forderungen erfüllen. Ich besitze viel Geld, Güter und Kleider, bescheide dich also nicht in deinen Ansprüchen.«

»Ich danke Euch, guter Mann, doch ich verlange von niemandem etwas und ich nehme keinen Lohn für die Heilkunst.«

Nach diesen Worten senkte ich den Kopf, um das Gespräch zu beenden. Der Mann erhob sich, küsste mich auf den Kopf und bat, ich möge annehmen, was er mir als Geschenk schicken werde. Da erwiderte ich: »Schickt mir nichts. Glaubt mir, dass ich nichts benötige. Fragt den Vorsteher, ob er für dieses Kloster etwas braucht. Und wenn Ihr möchtet, könnt Ihr dem Mädchen, welches mir geholfen hat, ein geeignetes Kleid zum Geschenk machen, in dem es an den Sonntagen singen kann.«

ZWEIUNDZWANZIGSTES PERGAMENT

Der verborgene Sturm

Im Morgengrauen brach die Karawane auf, und zur Mittagszeit öffnete Marta, ohne anzuklopfen, die Tür zur Bibliothek. Ich war in das Buch über den Puls von Galenos vertieft, als ich, durch das Türknarren aufgeschreckt, meinen Kopf hob und – sie erblickte ... Umgeben von dem einfallenden Licht, stand sie auf der hohen Türschwelle, gleichsam eine Nymphe, die, umhüllt von himmlischem Strahlen, auf die Erde herabgestiegen war, um Frieden zu bringen und das Universum, in dem sich Unterdrückung und Ungerechtigkeit ausgebreitet hatten, mit Barmherzigkeit zu erfüllen. Das Licht rahmte sie ein, umgab sie von allen Seiten und ließ ihre Konturen strahlen, so dass sie wie in Licht getaucht wirkte. Ich werde diesen Anblick, solange ich lebe, niemals vergessen. Wie von selbst nahm meine Hand meine mit Kreuzen bedeckte Kopfbedeckung ab, auf dass ich das Licht empfänge, das plötzlich von der Tür aus hereinbrach, und in jenem Augenblick wurde mir bewusst, dass Marta die schönste Frau war, die Gott je erschaffen hatte.

Ihr Kleid schmiegte sich eng an Brust und Taille, von dort ergossen sich unzählige Falten abwärts, so dass ihre kleinen Füße, welche in Schuhen von der Farbe des Kleides steckten, im Zentrum eines Kreises standen. Auf dem Kopf lag ein helles glänzendes Seidentuch, das ihr Haar zusammenhielt, ohne indes etwas von ihrem Antlitz zu verbergen. Auf beiden Seiten des Tuchs fiel jeweils ein Zopf herab und berührte die äußerste Wölbung ihres Busens. An den Schultern bauschten sich die Falten ihres weichen purpurroten Samtkleides in die Höhe, um dann herabzugleiten, sich auszubreiten und ihre Arme fest zu umschließen. Am Ende weiteten sich die Ärmel und bedeckten die Handrücken mit einer vergoldeten Stickerei, welche die Ärmel, die Schleppe des Kleides und die Ränder des Kopftuches einsäumte ... Den Kopf leicht nach rechts geneigt und die Hände auf die Hüften gestützt, ließ Marta mich sie einen Moment versonnen betrachten. Dann stolzierte sie hochmütig lächelnd auf mich zu, das weite Kleid mit den Fingerspitzen ein wenig angehoben, so dass die Samtfalten der gülden durchwirkten Schleppe durch ihre anmutigen Schritte, mit denen sie auf mich zuflog, ins Tänzeln gerieten ...

»Du scheinst diese Schilderung von Marta zu genießen! Doch nun genug. Erzähle zu Ende, was sich zugetragen hat, denn deine Worte erregen mich!«

»Lass mich, Azazel ...«

Als Marta an jenem Tag auf mich zukam, hob ich mein Gesicht zum Mieder ihres Kleides, wo sich mein Blick in den zahlreichen Knöpfen verirrte, die zweireihig vom Nabel bis zum Halsansatz in die Höhe stiegen und auf ihrem Weg die pralle Brust einsperrten ... Als sie noch näher kam, wurde mir ganz schwindelig von dem Anblick ihres zu dem zierlichen Kinn aufsteigenden Halses. Doch weiter konnte ich meinen Blick nicht heben, um in ihre Augen einzutauchen ... Ich glaube, sie war sich in jenem Augenblick meiner Qualen bewusst, denn sie vergrößerte diese noch mit einem lauteren Lächeln, das meinen Blick zu den Grübchen auf ihren Wangen wandern ließ ... Als ich ihr schließlich in die Augen blickte, tauchte ich ein in ein tiefes Meer aus Honig.

»Wie findet Ihr es, mein Vater? Dies ist eines der drei Kleider, welche mir der Besitzer der Karawane gestern Nacht zum Geschenk machte.«

»Schön, Marta, wunderschön, meine Tochter.«

»Es spannt ein wenig über der Brust, aber es wird sich mit der Zeit an meinen Körper anpassen.«

»Ja, ja … komm her, wir setzen uns neben die Tür.«

»Mein Vater, es ist noch früh, die Kinder kommen noch nicht. Lasst uns hier sitzen!«

»Nein, Marta, das gehört sich nicht, unser Platz ist dort.«

Es ziemte sich nicht für uns, in der entferntesten Ecke der Bibliothek Platz zu nehmen, wo das Licht, welches durch das Fenster hereinfiel, nur den Tisch beleuchtete, an dem ich zu lesen pflege. Neben der Tür zu sitzen, bot dagegen keinen Anlass für Argwohn. Außerdem war es heller dort, so dass ich das Kleid besser würde in Augenschein nehmen können … Marta folgte mir und ließ sich, die Hände unter die Schenkel geschoben, mir gegenüber auf ihrem Stuhl nieder und begann mit den Beinen hin und her zu pendeln. Dadurch geriet auch das Kleid in Bewegung, und mein Schwindelgefühl verstärkte sich. Sie blickte mir geradewegs in die Augen. Ich aber vermied es, sie anzuschauen … Dann stimmte sie, ohne eine Aufforderung meinerseits, ein mir unbekanntes Lied an, so dass ich sie, gänzlich des Willens beraubt, fassungslos anstarrte.

Wenn Marta sang, war sie noch schöner, und wenn sie sich versonnen dem Gesang hingab, hob sie ihr zierliches Kinn und schloss die Augen, gleichsam als vertraue sie sich dem Himmel an. An jenem Tag drang ihr betäubender Gesang durch alle Fasern meines Körpers tief in mein Innerstes ein. Ihre Stimme nahm mich mit zu einem weiten, grenzenlosen Horizont, dann begann sie mich hin und her zu wiegen und mit Schwermut zu erfüllen, bis ich mich selbst vergaß … Als sie zu Ende gesungen hatte, war auch ich am Ende.

»Wollt Ihr nicht Eure Kopfbedeckung aufsetzen, Vater?«

Ihre Worte brachten mich in Verlegenheit, wiesen sie mich doch darauf hin, dass ich mir der Entblößung meines Hauptes gar nicht bewusst gewesen war. Tatsächlich fühlte ich gar nichts außer ihre alles beherrschende Anwesenheit, die mich meiner selbst beraubte und mich zu ihr zog. Betreten erhob ich mich und holte meine Kapuze, und als ich wieder an meinem Platz saß, scheute ich mich nicht, in ihre Richtung zu blicken. Auch sie schaute mich an, ein geheimnisvolles Lächeln auf den Lippen, welches ihrem Antlitz noch größeren Zauber verlieh ... Ich hätte irgendetwas sagen müssen, doch die Laute flohen meine Zungenspitze. Ihre Schönheit, so dachte ich bei mir, knechtete jeden, der ihrer ansichtig wurde, denn sie war unerträglich verführerisch und unerreichbar weit fort.

»Warum schaut Ihr so und sagt nichts, mein Vater?«

»Es ist nichts, Marta, gar nichts. Ich denke nach ... Erzähl mir, wie alt bist du? Und wann hast du geheiratet? Wo ist dein Mann? Und deine Familie? Und warum wohnst du jetzt mit deiner Tante hier?«

»Das sind aber viele Fragen, mein Vater! Ich bin zwanzig Jahre alt, und auf die anderen Fragen werde ich in den nächsten Tagen antworten. Jeden Tag eine Antwort.«

Schon gut, Marta, schon gut. Erzähle es mir, wann immer du magst und dir danach ist ... Doch werden unsere Tage vergehen, wie ich es mir erhoffe? Ich habe mich in den letzten Wochen an deinen Anblick gewöhnt, und bald werden die Gesangsproben beendet sein. Aus welchem Grund sollte ich dich dann noch zu sehen bekommen? Die Mönche schätzen es nicht, wenn Frauen das Kloster aufsuchen, doch ich habe mich darein ergeben, dass du in mein Herz eingedrungen bist. Werde ich mich damit begnügen, dich sonntagmorgens zu schauen, wenn du mit den anderen in der Kirche singst? Nein, ich werde einen anderen Vorwand finden ... Ich werde auf dem Land, welches eure Hütte umgibt, Heilpflanzen anbauen und dir die Aufgabe übertragen, sie zu pflegen. Dann werde ich täglich kommen, um nach den Pflanzen zu schauen und dich zu sehen, ohne Verdacht zu erregen. So werden die Jahre vorüberziehen! Und vielleicht wird der Tag kommen, an dem man mir berichtet, dass Marta einen der Bauern heiraten und fortgehen wird, um unter seinem Dach zu leben … Dann wirst du deine alte Tante zurücklassen, und meine unbändigen Schmerzen.

»Ihr schweigt schon wieder so nachdenklich!«

»Ja, Marta, ich denke an dich.«

»Ich weiß, und ich spüre dich, Hypa.«

Die Art, wie sie das P meines Namens aussprach, machte mir Angst. Ich sann in jenem Augenblick jedoch nicht über ihre Kühnheit nach, mich einfach beim Vornamen zu nennen, sondern schaute auf ihre Lippen und dachte bei mir: Will mich dieses Kind vorsätzlich reizen? Oder spielt es vielleicht mit mir? Möglicherweise hat dieses Mädchen sich in mich verliebt, nachdem es Zeuge meines Könnens bei der Behandlung der Tante geworden war und gesehen hatte, wie ich gestern inmitten des allgemeinen Staunens dank meiner großartigen Heilkünste den Besitzer der Karawane kurierte! Ich hatte in jenem Moment die Faszination in ihren Augen gesehen und ihren Stolz auf mich gespürt. Aber lässt ihre Gewissheit ob meines medizinischen Könnens sie mich denn tatsächlich lieben? Mich, der ich im Klerikergewand einherstolziere und im Kloster hause?! Sie ist ein Kind von zwanzig Lenzen, das noch gar nicht weiß, was Liebe ist … Was ist die Liebe? Auch du, armer Mönch, weißt es nicht. Was sich vor zwanzig Jahren mit Oktavia zugetragen hat, war keine Liebe, es war Sünde … Nein, es war reine Liebe ihrerseits, und Sünde von mir. Die wenigen Tage mit ihr waren einzigartig schön, aber ich hatte es nicht wertschätzen können damals, und am Ende habe ich sie verloren. Und ich verlor mich selbst auf quälende Art und Weise. Ich hatte mich vor ihrer Liebe gefürchtet und mir gewünscht, ihr zu entfliehen, doch dann wurde mir durch ihre Ermordung vor meinen Augen eine unheilbare Wunde zugefügt ... Werde ich Marta wohl auch verlieren? Jenes Mädchen, das da vor mir sitzt und mit den Füßen pendelt wie ein unaufmerksames Kind? Und werde ich mich selbst zugrunde richten wegen einer vorübergehenden, rätselhaften Laune? Nein, es ziemt sich nicht für dich, es bleibt dir nichts anderes übrig, als dich zusammenzureißen ... Ertrage geduldig, was dich mit sich fortreißt, und sei dir im Klaren darüber, dass die Liebe ein Sturm ist, der sich weit unten in den Tiefen des Herzens verbirgt und fortwährend danach strebt, alles mit sich zu reißen, was sich ihm in den Weg stellt ... Du bist ein ehrwürdiger Mönch und ein angesehener Arzt, also gib ihm nicht die Gelegenheit, dich zu vernichten, sonst schleudert er dich in die Wüste der Verachtung ... Doch andererseits bist du auch ein Dichter, und diese Empfindungen erfüllen dich mit Sehnsucht zu diesem schönen Kind, welches vor dir sitzt und es genießt, deinen Frieden zu stören und dich in Unruhe zu versetzen ... Zudem zählst du schon bald vierzig Lenze, und sie ist dir wie eine Tochter. Morgen wirst du vielleicht feststellen, dass sie sich in die Arme eines anderen Mannes wirft, dann wirst du zurückkehren in deine ewige Düsternis und deine öden Tage.

Welcher andere Mann hätte Marta verdient und wüsste um ihren Wert? Niemand außer mir begreift die Tiefe ihres Zaubers, der in ihrem Blick wohnt, und die geheimnisvolle Schönheit, welche in ihrem Inneren verborgen ist. Jeder andere Mann außer mir wird eine Bäuerin aus ihr machen, wie sie zu Unzähligen in den Dörfern leben ... Aber gemach, sie war doch früher schon einmal verheiratet gewesen; was war das für ein Mann? Ob sie sich ihm wohl in den langen Winternächten hingegeben hat? Ob er mit den Früchten ihres zarten Körpers spielte? Und ob sie wohl von ihm erfüllt war? … O Gott, erweise mir deine Gnade!

»Möchtest du, dass ich gehe und später zurückkehre, wenn die Kinder kommen?«

»Nein, du kannst noch ein wenig bleiben, sie werden gleich hier sein.«

»Aber du bist so schweigsam und schaust mich nicht mehr an.«

»O Marta, du bist …«

Ich wollte noch weiter eingehend erspüren, welche Gefühle ich ihr gegenüber empfand, und litt, während sie erwartete, Bedeutsames zu vernehmen. Die Arme vor der Brust verschränkt, hatte sie innegehalten, mit den Füßen zu schaukeln. Selbst wenn sie aufmerksam lauscht, ist sie schön, und wenn sich ihre Augen weiten, wird sie noch schöner … Doch damals sagte ich kein Wort, denn kaum schickte ich mich an, mich ihr, nachdem ich ihr lange in die Augen geschaut hatte, zu eröffnen, als wir das laute Lärmen der Kleinen vernahmen, das vom Tor des Klosters zu uns drang. Ich erhob mich unverzüglich und holte meine Papiere. Dann reichte ich Marta ihr Exemplar, auf dass wir zu singen anhöben und diese träumerischen Gefilde verließen, die sich zwischen uns ausgebreitet hatten. Die Kinder wiederholten mehrmals den Psalm, dann sang Marta die Gedichtverse. Sie raubte mir alle Sinne und schleuderte mich aus dem Universum. Wenn die Kleinen den Psalm sangen, kam ich wieder zu mir, und danach nahm ich mit ihrem Gesang erneut meine Wanderung außerhalb des Universums auf.

Als die Kinder die Bibliothek verließen, blieb Marta zwei Schritte zurück, um mich zu fragen, ob ich faste. Als ich verneinte, weil keine Fastenzeit sei, flüsterte sie: »Dann werde ich dir etwas bringen.« Sie verschwand auf der Stelle und kehrte nach einer kleinen Weile mit einem Teller Süßigkeiten zurück, für die Aleppo und die umliegenden Dörfer bekannt sind. Da sich zwischenzeitlich ein Mönch des Klosters zu mir gesellt hatte, stellte sie den Teller auf den Tisch und zog sich wortlos wieder zurück, während der Mönch seine Klage über seine Schmerzen in den Gedärmen fortsetzte, die ihn nach dem Genuss von Ungekochtem überfielen.

Abends nahm ich die Süßigkeiten mit in den Speisesaal, wo sie von den Mönchen mit Lob bedacht wurden. Nachdem ich Marta am nächsten Morgen gedankt hatte, erzählte sie mir, dass diese vorzüglichen Süßigkeiten ein Geschenk des Besitzers der Karawane gewesen seien. Offensichtlich hatte sich der Mann äußerst großzügig erwiesen, denn der Abt des Klosters hatte mir während des Abendessens berichtet, jener habe ihm eine Geldsumme für den Bau der Klostermauer und ein hölzernes Tor in Form eines großen Kreuzes überreicht.

Ich sagte Marta nicht, dass ich nicht von den Süßigkeiten gekostet hatte, und ich sagte auch nichts anderes. Sie erschien an jenem Tag erst, nachdem sich die Sänger bereits an ihrem Platz aufgestellt hatten, und entschuldigte die Verspätung damit, sie und die Tante seien mit dem Bau eines neuen Ofens beschäftigt gewesen … Gewandet in die Damaszener Tracht, in der ich sie zum ersten Mal gesehen hatte, sang sie unsicher an jenem Tag und zog sich nach der Probe sogleich gemeinsam mit den Kleinen zurück, derweil ich meinen Tag in grenzenlosem Elend verbrachte.

Immer wieder schaute ich an jenem Tag vom Fenster der Bibliothek aus in Richtung der Hütte und konnte eifriges Treiben ausmachen: Marta, in einem Hauskleid, kam und ging, die Tante hockte in ihrem tiefschwarzen Gewand mal hinter dem Webstuhl, mal stand sie wieder auf, während drei Jungen, die die Mauern des Stalls vor der Hütte instand setzten, ein Liedchen sangen und der Schreiner Nägel in die Tür schlug … Augenscheinlich hatte nicht nur der Ofen repariert werden müssen, sondern es waren noch etliche weitere Ausbesserungen vorzunehmen. Kurz vor Sonnenuntergang stieg dichter Rauch von dem neuen Ofen auf, dann wurde es ruhig.

In jener Nacht überlegte ich, in meiner Zelle zu nächtigen, um nicht von dem Qualm belästigt zu werden, der von dem neuen Ofen aufstieg, doch dann entschied ich mich, das Fenster zu schließen und ob der größeren Nähe zu ihr in der Bibliothek auszuharren. Ich schloss die Tür und entzündete meine Lampe, dann nahm ich das Studium meines einzigen Exemplars von Galenos' Buch über den Puls wieder auf, hegte ich doch die Hoffnung, eine Lösung für dieses Buch zu finden, in dem es von Fehlern der Kopisten nur so wimmelte. Ich verpasste das Abendessen und wohnte auch nicht den ersten Nachtgebeten der Mönche bei. Nach dem Gebet suchten mich zwei Mönche des Klosters auf, einer ein würdevoller Alter, der andere jünger und ein wenig beleibt. Sie wurden von einem dritten Mönch begleitet, welcher auf seinem Weg von Rom nach Jerusalem einen Abstecher zum Kloster unternommen hatte.

Während unserer Zusammenkunft hüllte sich der Besucher in Schweigen, so dass ich ihn kaum wahrnahm, ja, noch nicht einmal mehr an seine Gesichtszüge kann ich mich jetzt erinnern. Ich entsinne mich nur noch, wie er lange still und mit gesenktem Haupt dagesessen hatte und dass er, wie mir die Mönche berichteten, einen Brief des römischen Papstes an den Bischof von Jerusalem bezüglich einer großen Versammlung bei sich trug! Ich war ob des Gehörten verwundert und verstand nicht, welches Geheimnis sich hinter der einsamen Reise dieses Mönches verbarg. Auch was es damit auf sich hatte, dass er den Landweg und nicht den Weg über das Meer genommen hatte, wie es Brauch war, blieb mir rätselhaft, und warum er die großen Städte mied und Antiochia keinen Besuch abgestattet hatte. Weil ich in jener Nacht jedoch seinen Wunsch zu schweigen verspürte, wollte ich ihn nicht mit meinen Fragen bedrängen. Einige Zeit später klärte sich die Sache indes auf: Man bereitete hinter unserem Rücken ein großes ökumenisches Konzil in Ephesos vor, so erfuhr ich, welches große Aufregung auslösen sollte.

Während die beiden Mönche eine Weile bei mir saßen, bereitete ich dem Besucher eine Arznei gegen das Brennen in seiner Brust zu, über das er geklagt hatte ... Sie unterhielten sich über die großen Kirchen Roms und die zahlreichen Klöster, die auf den sieben Hügeln der Stadt verstreut liegen, über den Beginn des Baus der Mauer, die das Kloster umfassen sollte, und über viele andere Dinge. Als sie sich gegen Mitternacht zurückzogen, wandte der jüngere, etwas beleibtere Mönch, der bereits an der Tür stand, sich unvermittelt lächelnd an mich und sagte, jenes Mädchen, welches seit kurzem die Hütte bewohne, habe auf dem Fest der Händler vor zwei Tagen anlässlich der Genesung ihres Oberhauptes gesungen. Dann setzte er mit einer einem Mönch unangemessenen Geste hinzu, der Besitzer der Karawane und das Mädchen hätten auf der Feier äußerst harmonischen Umgang miteinander gehabt und die junge Frau habe ihn nach dem Festmahl in sein Zelt begleitet.

... da brach in meinem Inneren ein Feuer aus, für das es kein Löschen mehr gab.

DREIUNDZWANZIGSTES PERGAMENT
Der Sturm kommt auf

Ich tat die ganze Nacht kein Auge zu, und als es dämmerte, flammte das in meinem Herzen glimmende Feuer auf und setzte meinen Leib in Brand, als würde ich von anhaltenden Fieberschüben heimgesucht. Ich konnte mich nicht von dem Fenster mit Blick auf die Hütte abwenden, bis ich Marta saumselig heraustreten und ein Gewand auf die Wäscheleine hinter dem noch immer rauchenden Ofen hängen sah. Da riss ich meine Kleider an mich und stürmte zu ihr. Es war ihre Tante, die meiner zuerst ansichtig wurde und vor Freude jauchzend auf mich zukam. Bei ihr erkundigte ich mich nach Marta, und nachdem sie sie gerufen hatte, zog sie sich zurück, um sich um das Feuer im neuen Ofen zu kümmern, das drei aufeinanderfolgende Tage brennen müsse! Ich nickte und blieb an meinem Platz unweit der Hütte stehen.

Marta trug ihr Hauskleid, als sie mit solch wiegenden Schritten herankam, als bewege sie sich absichtlich nur ganz gemächlich fort. Sie trug keine Schuhe, und auf dem Kopf saß ein an den Kanten abgewetztes, ehemals bläuliches Schleiertuch. Auch in ihrer ärmlichen Kleidung erschien sie mir wunderschön im frühen Morgenlicht, und beherrschend. Als sie vor mir stehen blieb, war meine Zunge vor Eifersucht wie gelähmt, ich brachte kein Wort heraus.

»Was ist los, mein Vater, wollt Ihr heute irgendwohin reisen?«, hob sie zu sprechen an.

»Nein, aber ich möchte etwas von dir wissen ... Bist du wirklich mit dem Karawanenbesitzer in sein Zelt gegangen, als sie die Nacht hier verbrachten? Und hast für ihn gesungen?«

»Warum fragt Ihr?«

»Weil ich ...«

Ich sprach den Satz nicht zu Ende; ich wusste gar nicht, was ich hätte sagen sollen ... Mein Hals war wie entzündet, der Atem blieb mir weg, und mir war, als verbrenne meine Seele ... Abrupt drehte ich mich um und kehrte ins Kloster zurück; ohne mich auch nur ein einziges Mal zu ihr umzudrehen, ließ ich sie einfach stehen.

Unverzüglich stieg ich in meine Zelle hinauf, schloss die Tür und kauerte mich in die hinterste Ecke, den Kopf zwischen die Knie geklemmt, um die ich meine Arme geschlungen hatte. In meinem Inneren hallten Stimmen wider, die mich peinigten, zerrissen und über mich spotteten. Nachdem ich eine Weile so in mich gekehrt dagehockt hatte, begann ich plötzlich zu wimmern, als ritze man mich mit Nadeln oder Skalpellen von innen her auf. Ich beklagte und verachtete mich zugleich: Ist es das, was du gewollt und wonach du getrachtet hast, du Mönch, Arzt und Dichter? Dass du dich wegen eines törichten Kindes, von dem du gar nichts weißt, zum Gespött der Leute machst? Wie kannst du es zulassen, zu einem Spielzeug in der Hand einer leichtfertigen Frau zu werden, nur weil sie in deinen Augen bezaubernd schön ist? Immer wieder plagte dich der Zweifel, ob es wohl ein jungfräuliches Kind sei, doch der Besitzer der Karawane, den du verarztet hast, hatte durchschaut, dass dieses Kind ein verworfenes Weib ist, welches des Nachts die Zelte der Durchreisenden aufsucht ... Was für ein Unglück habe ich mir da zugezogen? Ich habe ihr auf dem Weg über den Karawanenbesitzer ein Geschenk zukommen lassen wollen, den direkten

Weg zu ihr aber, den kannte er nur allzu gut und beschenkte sie reichlich: drei Kleider und köstliche Süßigkeiten … Gab es vielleicht noch andere Geschenke, die sie dir gegenüber gar nicht erwähnt hat? Du hast sie mit ihm bekannt gemacht, also tadele nur dich selbst, der du so stolz bist auf deine Heilkünste. O mein Gott, ich weiß, dass du mich für meine Sünde bestrafen wirst, habe Erbarmen mit mir … Ich beichte alles, wonach mein Herz sich sehnte, welchen Geboten ich mich widersetzte, und ich gebe zu, dass ich aus den Augen verlor, was im Matthäus-Evangelium geschrieben steht: *Wer eine Frau auch nur lüstern ansieht, hat in seinem Herzen schon Ehebruch mit ihr begangen. Wenn dich dein rechtes Auge zum Bösen verführt, dann reiß es aus und wirf es weg! Denn es ist besser für dich, dass eines deiner Glieder verloren geht, als dass dein ganzer Leib in die Hölle geworfen wird.*

O mein Gott, ich weiß, dass ich gesündigt habe, lass mir deine Vergebung zuteil werden, du Barmherziger, und wirf mich nicht schon jetzt in deine Hölle. Das Feuer lodert in mir und lässt mich zu Asche oder zu Staub werden, der den Wegesrand säumt. Erbarme dich meiner, denn ich kann die Qualen, denen ich ausgesetzt bin, nicht mehr ertragen. Ich bin elend, mein Gott, gebrochen und sanftmütig. Ich bin von Trauer erfüllt, und du bist barmherzig. Jesus Christus, der Erlöser, sprach in seiner ersten Predigt: *Selig, die arm sind vor Gott; denn ihnen gehört das Himmelreich. Selig die Trauernden, denn sie werden getröstet werden. Selig, die keine Gewalt anwenden; denn sie werden das Land erben.* Und ich, mein Gott, strebe nicht nach dem Himmelreich und nicht danach, das Land zu erben, und sogar nicht nach Trost. Alles, was ich möchte, ist, dass die Flamme erlischt, die zwischen meinen Rippen lodert, und dass die Schmerzen von mir genommen werden, die mich erniedrigt in diese Ecke geworfen haben …

»Seid Ihr da, mein Vater?«

Die Stimme des Diakons mischte sich mit dem erregten Klopfen gegen die Tür meiner Zelle und holte mich aus meiner Versenkung ... Ob dies wohl ein Zeichen des Himmels war, auf dass mein beschämender Zustand beendet werde, in den ich mich selbst gebracht hatte?

»Schlaft Ihr, mein Vater?«

Die Rufe und das Klopfen des Diakons hielten an. Ich erhob mich taumelnd aus meiner dunklen Ecke und lehnte mich gegen die Wand, um den Türriegel zu öffnen. Das hereindringende Licht schmerzte mich, die Stimme des Diakons klang unangenehm: »Hier seid Ihr, mein Vater! Ich klopfe schon seit einer Stunde an die Tür. Ich wusste nicht, dass Ihr einen so festen Schlaf habt.«

»Was willst du, mein Sohn?«

»Man verlangt in der Bibliothek nach Euch.«

Der Diakon zog sich wieder zurück, und fast wäre ich zu Boden gestürzt, gleichsam als hätte ich mich seinetwegen zusammengenommen oder mich auf seine unvermutete, lästige Anwesenheit gestützt ... Ich wurde in der Bibliothek verlangt! Wer verlangte jetzt nach mir? Ich wollte niemanden sehen, und genauso wenig wollte ich, dass mich jemand sah.

So schwankend, als stiege ich vom Gipfel des einsamen Qusqâm-Berges hinab zur Wüste, die sich hinter dem Berg in Richtung Westen erstreckt, stieg ich die Treppe hinunter ... Der Klosterplatz war leer, die Mittagssonne blendete meine getrübten Augen. Wie ein erschöpfter Reisender, der seine Müdigkeit bekämpft, und umgetrieben von der Frage, wer mich wohl erwarte, ging ich zur Bibliothek. Nur unter Mühen gelangte ich bis zu der angelehnten Tür und stieß sie sachte auf.

»Marta!«

»Ja, mein Vater, ich warte schon seit geraumer Zeit auf Euch.«

»Was willst du jetzt?«

»Setzt Euch, mein Vater, bitte.«

Ohne sie anzusehen, ließ ich mich, den Tränen nahe, nieder. Marta schwieg ... und als sich das Schweigen in die Länge zog, blickte ich sie an. Ihre Augen waren voller Tränen. Sie blickte an mir herab, seitlich ihres Gesichtes hing ihr Seidenschleier herunter, der genauso schwarz war wie ihr weites Kleid ... Ihre dunkle Kleidung betonte noch das leuchtende Weiß ihres Antlitzes mit den unschuldigen kindlichen Gesichtszügen. Nachdem ich sie einige Minuten versonnen betrachtet hatte, spürte ich, dass sie von einer solchen Reinheit war, dass sie diese schändliche Tat, die ich ihr zugetraut hatte, niemals würde begehen können. Wäre sie ein schamloser Mensch, hätte Gott ihr diese engelsgleiche Gestalt entrissen und ihr den Leib der Dirnen gegeben; und wäre sie eine unbedachte Frau, hätte sie nicht alles darangesetzt, mich aufzusuchen und in einem unschuldigen Schweigen vor mir zu verharren, das den Wohlgeruch der Keuscheit verbreitete; und diese mariengleiche Präsenz, welche den Geist fesselt, wäre ihr nicht zuteil geworden ... Mit Augen, die voller schwermütiger Schönheit waren, hob Marta ihr Antlitz in meine Richtung und sagte, während sie mich geradewegs anblickte:

»Ich bitte dich, Hypa, sei nicht ungerecht, denn die Ungerechtigkeit ist hart, und ich habe in meinem Leben schon so viel Härte zu spüren bekommen.«

»Bist du in der Nacht in das Zelt des Mannes gegangen, als du für ihn gesungen hast, Marta?«

»Ich werde dir alles erzählen.«

Bevor ihre Tränen zu fließen begannen, berichtete Marta glaubwürdig, dass der Karawanenbesitzer ihr an jenem Abend durch einen seiner Untergebenen drei Kleider und einen Sack Weizen sowie einen weiteren mit getrockneten

Früchten hatte schicken lassen. Dies sei ein Geschenk des Herrn der Karawane für die Leute dieses Hauses, welches in der Nachbarschaft des gesegneten Klosters liege, habe der Mann, wie sie erzählte, gesagt. Nach Sonnenuntergang sei derselbe Untergebene noch einmal gekommen, um ihr mitzuteilen, man habe von den Nachbarn erfahren, dass sie die Lieder der Töpfer beherrsche, die hier unter dem Namen Qûqajûnlieder bekannt seien. Er sagte weiter, aus Freude über die Genesung ihres Herrn würden sie ein Festmahl für die Mönche und die Bewohner der Region ausrichten ... Marta schwieg einen Moment, dann setzte sie hinzu: »Der Mann meinte, dass der Karawanenbesitzer mir einen Lohn geben würde, wenn ich käme, um zu singen. Also bin ich mit meiner Tante zu ihnen gegangen und habe gesungen ... Die Töpferlieder sind, wie du weißt, Hypa, würdevolle Lieder, und sie haben nichts Unziemliches an sich. Es waren viele Mönche und Diakone des Klosters anwesend, ebenso die meisten Bewohner aus der Umgebung. Ich habe erwartet, auch dich dort zu sehen, die ganze Nacht habe ich nach dir Ausschau gehalten, doch du bist nicht gekommen. Als wir fertig waren, führte uns der Karawanenbesitzer zu seinem Zelt, mich und meine Tante. Er betrat das Zelt und kam mit einem Kleid für sie und etwas Geld für mich wieder heraus. Wir haben es angenommen und sind in unsere Hütte zurückgekehrt, die wir erst am nächsten Tag wieder verließen ...«

Das alles erzählte Marta in voller Aufrichtigkeit ... Dann senkte sie den Kopf, und aus ihren Augen lösten sich einige Tränen. Mir blieb nichts anderes übrig, als sie zu trösten:

»Man hat mir erzählt, du seist mit ihm gegangen, und da habe ich geglaubt ...«

»Denk nicht schlecht von mir, Hypa!«

»Ha ... nun nennst du mich bei meinem Namen!«

»Verzeih, aber ich bin verwirrt ... und glücklich, weil du

mich mit deiner empörten Unterstellung ungerecht behandelt hast.«

»Glücklich, Marta?«

»Ja, weil deine Empörung mir bestätigt, dass du mich liebst, so wie ich dich liebe.«

Nach diesen Worten stand sie in aller Eile auf und floh in ihre Hütte. Mich ließ sie in einem Zustand zurück, den nur der barmherzige, hinter seinen fernen Himmeln verborgene Gott kennt.

VIERUNDZWANZIGSTES PERGAMENT

Die Gefilde der Liebesglut

Der Liebe sind viele verschiedene Erscheinungsformen zu eigen, und Schrecken, gegen die ich nichts ausrichten und die ich nicht in Geduld ertragen kann! Wie kann ein Mensch das Schwanken des Herzens zwischen den Schluchten der lodernden Hölle und den Gärten der duftenden Paradiese erdulden … Was mag das wohl für ein Herz sein, welches nicht schmilzt, wenn es unablässig den duftenden Brisen der Liebesleidenschaft ausgesetzt ist, dann den sengenden Winden der Sehnsucht, dem Wohlgeruch der Blumen, dem lodernden Feuer, der nächtlichen Schlaflosigkeit und der Unruhe am Tag? Was tue ich mit meiner Liebe, nachdem sich ihr Sturm erhoben hat und mich aus einer Richtung mit sich fortreißt, aus der ich ihn nicht erwartet habe? Freue ich mich über Martas Liebe, oder fürchte ich sie …? Man wird sagen, ich sei von ihr verführt worden, und man wird sagen, sie sei es, die von ihm verführt worden ist! Ich werde keine Rettung vor dieser Liebe finden, deren Feuer Marta mit einem einzigen Wort entzündete, so dass sie zur Liebesglut wurde. Mir fehlt die Erfahrung in der Erkundung der Liebesglut …

An jenem Tag war der Herr gnädig mit mir, so dass niemand meine Einsamkeit störte. Nur der Diakon schaute mittags vorbei, um mir zu sagen, er sei auf dem Weg, die Kinder einzusammeln. Ich erwiderte, dass sie heute einen probenfreien Tag hätten, und gewiss benachrichtigte er auch Marta, denn sie erschien nicht zum gewohnten Zeitpunkt ... Am Nachmittag wurde ich von meiner Sehnsucht überwältigt. Nach dem Gebet zur neunten Stunde sagte ich deshalb zum Abt des Klosters, man müsse nun unbedingt damit beginnen, den Abhang mit Heilkräutern zu bepflanzen, weil die Zeit für die Aussaat angebrochen sei! Er segnete die Idee und bestellte zwei Klosterdiener ein, die mir bei der Kultivierung des Bodens helfen sollten. Auch der Diakon und ein weiterer Knabe schlossen sich uns an ... Als Marta mich bemerkte, wie ich auf ihre Hütte zuging, leuchtete in ihrem Antlitz das Licht der Liebe auf, und mein Herz schwebte zu ihr. »Guten Tag, Vater«, rief sie von weitem, und als wir unter vier Augen waren, setzte sie flüsternd hinzu: »Ich hatte solche Sehnsucht danach, dich zu sehen, Hypa.«

Der Diakon stand auf einem Fleckchen Erde über der Hütte, das so eben war wie eine Bank, und rief, dieses Stück Boden sei geeignet, bepflanzt zu werden. Ich gab ihm zu verstehen, dass wir eine Fläche von fünf solchen Schollen benötigten, die zu terrassieren seien wie die Gärten von Babylon. »Und was sind das für Gärten von Babylon? Die sind gewisslich ganz weit weg von hier!«, erwiderte er dümmlich lachend. Am nächsten Morgen schickte der Besitzer des großen Landgutes, welcher mein erster Patient hier gewesen war, zwei erfahrene Bauern und drei Arbeiter. Innerhalb von drei Tagen ebneten sie den Boden um die Hütte gemäß meinem Wunsch in Form fünf großer Terrassen. In der Mitte jeder Terrasse zogen sie eine Furche für das Wasser, an deren Ende es über einen Abfluss in die darunterliegende Furche floss ... Wir werden das Wasser aus den Zisternen im Westen des Klostergeländes herbeischaffen, wo sich das Regenwasser jeden Winter sammelt und bis zum folgenden Winter brackig wird. Die Kräuter, welche ich anzupflanzen gedenke, werden gleichwohl nicht viel Wasser benötigen.

Am Nachmittag des dritten Tages pflanzten die Männer Baumschösslinge an den Rand der fünf Terrassen, auf dass ihr dichtes Wurzelwerk die Beetränder vor Erosion bei niedergehendem Winterregen schützte. Als sie ihre Arbeit bei Sonnenuntergang beendet hatten, ergab sich ein prachtvoller Anblick. Auch Marta war erfreut und gesellte sich, nachdem sich die Arbeiter und Bauern zurückgezogen hatten, so eng neben mich, dass sie mich beinahe mit ihrer Schulter berührte: »Unsere Hütte wird zwischen all den Pflanzen wie ein Schloss im Paradies aussehen ...« Ich wusste nichts darauf zu antworten. Sie aber hatte noch etwas zu sagen! Sie schaute mich mit ihren honigfarben-grünen Augen an und sprach, bevor sie eilig zu ihrer Tante lief, einen einzigen Satz, welcher mir den Verstand raubte: »Ich liebe dich so sehr, Hypa.«

Gleichsam schwebend vor Liebe, ja, wie getragen von den Flügeln der Engel, stieg ich zum Tor des Klosters empor. In aller Eile überquerte ich den Platz und vermied es, jemandem zu begegnen, damit nach jenem Satz, den ich von ihr vernommen hatte, kein weiteres menschliches Wort an meine Ohren dringe ... Ich stieg in meine Zelle, und jener Satz »Ich liebe dich so sehr« hallte in mir nach. Das Echo ihrer Worte in meinem Inneren, schloss ich die Augen, um sie dort einzusperren ... Eine angenehme Benommenheit ließ mich einschlafen und erfüllte meine Nacht mit heiteren Träumen. Marta fehlte in keinem von ihnen. Am nächsten Morgen war ich ein anderer Mensch, ein anderer, als der, den ich all die vergangenen Jahre meines Lebens gekannt hatte.

Zwei Tage vergingen ohne Gesangsproben, und am Mittwoch fragte mich der Abt des Klosters, wann wir in der Kirche zu singen gedächten. »Wir sind am nächsten Sonntag bereit, mein Vater ...«, antwortete ich ohne Zögern. Da leuchtete mir ein zufriedenes Lächeln entgegen.

An jenem Tag traf Marta kurz vor den Kindern ein. Ich hielt es nicht für unziemlich, gemeinsam in der hinteren Ecke der Bibliothek auf die Kleinen zu warten, hatte ich doch bereits vor ihrem Erscheinen dort gesessen. Sie trug ein schwarzes Samtkleid, an den Ärmeln mit einem leuchtend roten Seidenband verziert, das vom Halsansatz bis zu ihren Handrücken hinablief. Dieses Band fasste auch den Abschluss des Kleides ein, so dass es den oberen Teil der Brust bedeckte und leuchtend ihren Halsansatz schmückte. Sie sah aus wie eine der Prinzessinnen aus meinen Kindheitsträumen oder wie die Engel, welche in Momenten der Lauterkeit durch meine Phantasie schweben.

Bevor sie sich vor mich hinsetzte, erzählte sie mir, sie hätte auf dem Weg hierher den Vorsteher des Klosters getroffen und ihn gefragt, ob ihr Kleid für den Gesang angemessen sei, und er habe ihm seinen Segen erteilt. »Und nun kannst du nichts dagegen einwenden«, setzte sie hinzu, »obwohl das Kleid meine Brust zur Geltung bringt und eine schöne Frau aus mir macht!«

»Mit oder ohne Kleid bist du die schönste Frau, die über diese Erde schreitet.«

»Das hast du schön gesagt. Woher hast du diese Art zu reden, die einem den Verstand raubt ...? Aber ... warum hast du mir nicht gesagt, dass du dem Besitzer der Karawane befohlen hast, mir diese Kleider zu schenken? Der Abt hat mir gestern erzählt, was sich zwischen euch zugetragen hat.«

»Ich habe ihm nichts befohlen. Ich habe ihm gesagt, er möge dir ein Kleid geben, und er gab dir drei!«

»Er hat mir reichlich gegeben, weil er dir reichlich danken wollte, Liebster.«

»Was hast du gesagt, Marta?«

»Weil er dir reichlich danken wollte.«

»Das meine ich nicht.«

»Ah, du meinst: Liebster ... Liebester ... Liebster.«

Unsere Augen trafen sich in einer heißen Umarmung, während der ich alles um mich herum vergaß. Ich glaube, auch sie war wie abwesend. Versunken schwiegen wir und spürten in der Vereinigung unserer leidenschaftlichen Blicke nicht, wie die Zeit verging, bis uns das Lärmen der herannahenden Kinder und des Diakons aus den Fängen der Liebesglut holte ... Unverzüglich begannen wir in der Bibliothek statt in der Kirche mit den Proben.

Die Proben verliefen höchst befriedigend. Unsere Blicke trafen sich, ohne dass die Kinder oder der Diakon, welcher am Tisch saß und seinen Kopf im Rhythmus der Melodien wiegte, es bemerkten. Ich nahm an jenem Tag indes eine gewisse Unsauberkeit in Martas Gesang bei den lang gedehnten Worten wahr. Um sie zu necken, fragte ich sie nach dem Fortgang der Kinder nach dem Rätsel der Erregung ihres Herzens und ihrer Stimme. Sie habe es an der Brust und habe während der vergangenen Nächte heftig gehustet, entgegnete sie in ernstem Ton. Beunruhigt durch ihre Worte erhob ich mich unverzüglich und holte einige Samen herbei, die den Husten lindern und das Atmen erleichtern, war mir doch bewusst, dass der Qualm des Ofens der Grund für die Reizung ihrer Brust war. Ich hielt ihr die Samen hin, sie streckte ihre Hand aus, um sie entgegenzunehmen, und dabei umschloss sie meine Hände. Es war das erste Mal, dass wir uns berührten, und mir war, als ziehe sich meine Seele in jenem Augenblick aus meinem Körper zurück. Ich stand vor ihr, und sie saß auf dem Platz, an dem ihre Tante beim ersten Besuch gesessen hatte.

»Willst du mir nicht die Brust abhorchen, Hypa?«

Ich verstand ihren Wink ... Ich sollte mein Ohr an ihren Rücken legen, wie ich es damals bei ihrer Tante getan hatte! Nach kurzem Zögern setzte ich mich neben sie, derweil sie sich vor mich stellte, dann drehte sie sich um und trat zwei Schritte zurück, bis meine Knie beinahe ihre Kniekehlen berührten. Mir kam an jenem Tag nicht in den Sinn, dass womöglich einer der Mönche oder ein Patient durch die geöffnete Tür kommen könnte oder dass der Abt des Klosters mir vielleicht seinen gewohnten Besuch abstatten würde. Ich dachte an nichts dergleichen. Ich fühlte mich schon deshalb ermutigt, weil ich keine Schritte auf den Kieseln des Klosterplatzes vernahm. Die Stille war absolut, und mein Verlangen riss mich fort. Ich legte mein Ohr an ihren Rücken, um ihren Puls zu hören und den vermeintlichen Grund für das Rasseln in ihrer Brust zu ergründen ... In der Brust war freilich nichts zu hören, ich vernahm nur die lauten Schläge ihres Herzens und spürte, dass sie mich riefen. Lange presste ich mein Ohr an ihren Rücken und genoss die Berührung des eng an ihrem Körper anliegenden Samtkleides mit meiner Wange ... Dann legte ich ihr unwillkürlich meine Hände auf die Hüften. Ich zog sie sanft zu mir, sie machte einen Schritt zurück, bis ihr Gesäß meine Brust berührte. Dann legte sie ihre Hände auf meine Handrücken und zog sie nach vorn, bis sie an ihrem Nabel aufeinandertrafen. Ich wanderte mit meinen Händen, auf denen die ihren lagen, nach oben, bis ich ihre Brust berührte. Dort drückte sie mir wieder auf die Hände, so dass ich gegen ihre Brust drückte ... In jenem Augenblick ergossen sich meine verborgenen Flüsse wie ein Wasserfall aus längst vergangenen Zeiten, um eine Erde zu bewässern, die eine zwanzigjährige Trockenheit hatte rissig werden lassen. Marta durchfuhr ein Schauder, wie ich ihn vor zwanzig Jahren im Weinkeller erlebt hatte, doch Martas Beben war anmutiger.

Sie drehte mir ihr Antlitz zu, noch immer zwischen meinen Armen stehend. Dann schenkte sie mir einen zarten Kuss auf die Wangen und entschlüpfte mir eilig in Richtung Tür ...

Lange Zeit blieb ich wie erstarrt sitzen, dann streckte ich mich auf der großen Bank aus und fiel in einen tiefen, einen wohligen Schlaf.

FÜNFUNDZWANZIGSTES PERGAMENT

Die Sehnsucht

Als ich im Morgengrauen erwachte, hielt ich eines der harten Kissen, welche üblicherweise auf der Bank liegen, fest umschlungen in meinen Armen. Wie nach einer Ewigkeit vom Tode erweckt, erhob ich mich … Ich schloss die Augen und vergegenwärtigte mir noch einmal, wie ich Marta umarmt hatte, und wurde von der gleichen Erregung erfasst wie am Vortag! Als sich träge das Sonnenlicht ausbreitete, stellten sich der für die Aussaat der Samen zuständige Bauer und drei weitere mit der Landwirtschaft betraute Arbeiter ein. Ich ging mit ihnen zu den abgestuften Beeten, die die Hütte nun umgaben, und konnte bei der Vorbereitung des Bodens und der Aussaat Marta zweimal erspähen. Als wir unsere Arbeit gegen Nachmittag beendet hatten, hieß ich den Diakon, die Kinder zu holen, und ging selbst bei Marta vorbei, um sie zur letzten Probe einzuladen. Es blieben nur noch zwei Tage, bis wir in der Messe singen würden, nur zwei Tage noch …

Marta folgte mir, ohne zu zaudern, und ließ sich auf ihrem gewohnten Platz in der Bibliothek nieder. Die Tür nicht aus den Augen lassend, hatte sie mir ihr Antlitz zugekehrt. Ich spürte sie ganz in meiner Nähe, uns trennte nur die Entfernung unserer Armeslängen. Wenn wir beide den Arm ausstreckten, würden sich unsere Fingerspitzen berühren, vielleicht würden wir uns aneinanderschmiegen, so dass sich in uns ein Licht ergösse, welches uns einhüllte, bis wir aus allen Welten verschwunden wären. In jenem Augenblick wogte mein Herz, mein Verstand schwand, und wäre da nicht noch ein letzter Funken Furcht geblieben, wäre ich dem Tod vorausgeeilt und hätte meine Seele aus dem Gefängnis des Leibes befreit, auf dass sie in Sarmadas Welten schwebe und niemals mehr in diesen vergänglichen Körper und zu seinem quälenden Sehnen zurückkehre.

Als Marta sich zu mir umdrehte, offenbarte sich die ganze Sonne ihres Antlitzes ... Sie nahm ihr schwarzes Schleiertuch vom Kopf, und ihr Haar fiel zu beiden Seiten ihres Gesichts herab, so dass sie noch schöner wirkte. Schweigend und glücklich betrachtete ich sie, bis sie mich mit den Worten überraschte:

»Hypa, hast du keine Sehnsucht nach deiner Heimat ... in der du geboren wurdest?«

»Warum fragst du?«

Sie drehte nur ihre rechte Schulter in meine Richtung, doch das genügte, meinen unglückseligen Blick auf ihren Hals fallen zu lassen, welcher sich bis zu ihren königlichen Wangen in die Höhe streckte. Gewiss entstammte sie einem untergegangenen königlichen Geschlecht, welches seinen Herrscher durch die Wechselfälle der Zeit verloren hatte, dessen Gesichtszüge sich aber in den Nachkommen weitervererbten. Auf ihre Lippen legte sich ein königliches Lächeln, als sie entgegnete:

»Du antwortest mit einer Frage auf eine Frage?«

»Nicht mit einer einzigen Frage, Marta, ich habe viele Fragen an dich.«

»Frag mich, was immer du willst, und ich werde antworten, mein Gebieter.«

Ich konnte nicht umhin zu lächeln, und da wurde ihr Lächeln noch deutlicher, und das Leuchten ihrer Seele in ihren Augen nahm noch zu. Als sie sich gänzlich zu mir umdrehte, heftete sich mein Blick an ihre Brust. Ich konnte meine Augen einfach nicht von der verbotenen Stelle abwenden, gegen die ich so gerne meinen Kopf gelehnt hätte. Sie schien dies keineswegs zu stören; vielleicht wollte sie mir dieses Verbotene ja darbieten, um der Zeit der Entbehrung ein Ende zu setzen und die Trauer zu besänftigen, welche meinen Geist seit Jahren beherrschte ... Ah, hätte ich doch an jenem Tag mein Haupt gegen ihren Busen gelehnt. Ich hätte mich vor ihr neigen und meinen Kopf zwischen ihre Brüste legen sollen, auf dass sie mich umarmte und ich in ihr erlöschte und stürbe.

»Willst du mich nicht fragen?«

Ihre Worte rüttelten mich auf, ich hob die Augen von ihrem Busen und ließ meinen Blick über ihren Hals wandern, ihre Wangen, ihre feine Nase, die an eine geschlossene Blüte erinnerte, bis zu dem Meer geschmolzenen Berghonigs in ihren Augen ... Ich war liebestoll und suchte Halt an Worten:

»Marta, erzähle mir von deiner Familie.«

»Das ist eine lange Geschichte.«

Als sie das sagte, hatte sich ihr Lächeln beinahe in ein Lachen verwandelt. Sie schob ihre Schultern wieder ein wenig zurück und erschien mir nun noch begehrenswerter. Dann erzählte sie mir ihre Geschichten. Sie schilderte unzählige zusammenhangslose Ereignisse über ihre Großmutter, die nicht müde geworden war, über Palmyra zu sprechen, das noch zu Kinderzeiten der Großmutter zerstört worden war! Über ihren Vater, der in Damaskus als Schmied gearbeitet hatte und für die meisterhafte Herstellung prächtiger Schwerter bekannt gewesen war, welche er aus dem bekannten Damaszener Stahl fertigte ... Aus irgendeinem Grund, den sie entweder nicht offenbarte oder den sie nicht kannte, war ihr Vater einst nach Aleppo umgezogen. Da die Aleppiner ihn jedoch nicht akzeptierten, hatte er sich über Jahre hinweg darum bemüht, der Religion beizutreten und der dortigen Eparchie zu dienen. Weil seine Frau, ihre Mutter, eine fromme Heidin gewesen war, die man einmal dabei beobachtet hatte, wie sie heimlich in den Ruinen des verlassenen Tempels an der nach Aleppo führenden Straße Kerzen entzündet hatte, wurde er jedoch abgelehnt. Man hatte ihm auferlegt, fünf Jahre unter Beobachtung der Diakone und Priester zu bleiben, damit der Erzbischof seinen Eintritt in den Stall Gottes gutheiße, doch der Vater geduldete sich nicht und brach mit seiner Familie auf nach … zu diesem kleinen verschlafenen Ort am Saum der Straße, die sich von Aleppo bis nach Antiochia zieht: Sarmada. Dort hatte vor neunzehn oder zwanzig Jahren die Wiege ihrer Geburt gestanden.

»Dann hat dein Vater also als Heide gelebt?«

»Wir wissen nicht, welcher Religion er bis zu seinem Tod angehörte. Er starb früh, mit Anfang vierzig. Auf jeden Fall aber hatte er Christ werden wollen.«

»Ist er als Christ gestorben?«

»Er wurde ermordet.«

Zwei Tränen rannen ihr aus den Augen, und mein Herz fühlte sich nur noch mehr zu ihr hingezogen. Beinahe wäre ich aufgestanden, um sie, wie in meiner Phantasie geschehen, in die Arme zu nehmen, oder ich hätte ihr Antlitz mit meinen Händen umrahmt, wie ich es schon mit der weißen Taube meines Onkels getan hatte … War Marta nicht eine weiße Taube, die durch die Wolken hindurch in diese Welt herabgekommen war? Warum habe ich sie an jenem Tag nicht an mich gedrückt? Sie litt und weinte über ihren Vater, über sich selbst, über den Verderb der Welt.

Am nächsten Tag fragte ich sie nach ihrem Mann, und schon strömten ihr erneut die Tränen aus den Augen. Sie berichtete, dass sie neun Lenze zählte, als ihr Vater nach einem Streit mit einer Bande von Straßenräubern, für die er Schwerter hergestellt hatte, zu Tode kam. Zwei Monate nach dem Tod ihres Vaters teilte ihr die Mutter mit, dass sie die Tochter verheiraten werde, doch unter Heirat verstand sie bloß, dass nun ein Mann unter einem Dach mit ihnen leben würde. Der Mann hatte die fünfzig bereits überschritten und war ein Strolch, der mit Schwertern und Kriegsgerät handelte. Er erwarb die Waren bei den Produzenten in den großen Städten und verkaufte sie in einem weit entfernten Land im Osten an eine Gruppe von Kämpfern, die sich Schankâra nannte, wie sie sagte!

»Du meinst die Schawânkârâ?«

»Ich weiß es nicht genau, ich war noch sehr klein.«

»Das ist ein Stamm von Kurden, der an der Grenze zum Persischen Reich wohnt. Ihr Name ist abgeleitet von dem Wort Hirte, welches in kurdischer Sprache Schawân bedeutet.«

»Woher weißt du das alles?«

»Weil ich einen ihrer Männer behandelt habe. Und weil ich ein betagter Mann bin, der zwanzig Jahre älter ist als du!«

»Nein, mein Liebster. Du bist mein kleines liebes Kind.«

Prompt stand sie auf und küsste mich, dann entzog sie sich mir sogleich wieder. Wäre sie nicht, vorsichtig in Richtung Tür spähend, eilig wieder auf ihren Platz zurückgekehrt, hätte ich sie fast in meine Arme geschlossen ... Ich setzte mich wieder zurecht und forderte sie auf, mir zu schildern, was ihr mit diesem Ehemann widerfahren war, der vierzig Lenze mehr zählte als sie! Er sei kein Ehemann im herkömmlichen Sinne gewesen, sagte sie. Stattdessen habe sie zwei Jahre mit ihm verbracht, in denen sie nicht lernte, was das Wort Ehe bedeutete. Bis zum Mittag jenes glühenden Sommertages. An jenem Tag habe sie mit den Nachbarskindern hinter dem Haus gespielt. Plötzlich habe eine der Nachbarinnen sie gerufen und an der Hand zu ihrem Mann geführt. Ihre Mutter sei nicht im Haus gewesen, und er habe allein auf dem Boden gesessen, den Rücken gegen die Wand gelehnt. Seinen massigen Körper hatte er nur mit einem kurzen Gewand bedeckt, welches die Unterschenkel preisgab, die, wie sie voller Abscheu erklärte, von dichtem Haar bedeckt gewesen seien.

Als sie fortfuhr, mischte sich ein tief verborgener Schmerz in ihre Stimme: »Die alte Nachbarin, die sich aus einem mir unerklärlichen Grund zu freuen schien, hieß mich an der Zimmertür stehen bleiben! Sie schöpfte mit einem alten Kupferbecher Wasser aus einem Krug, schüttete sich ein wenig in die Hand und rieb mein Gesicht ein. Dann löste sie meine Zöpfe und benetzte mein Haar … Er lächelte der Nachbarin zu, die mich zu ihm schleifte und ihm dann in die Arme warf. Ich war gleichsam ein Vögelchen, das einem Dämon in die Hände fiel. Als die Alte hinausging, drückte er mich an sich, bis mir war, als brächen meine Rippen in seiner Umarmung. Dann begann er mit seiner groben Hand meine Körperrundungen abzutasten, und da mein Körper damals noch nicht viele Rundungen besaß, knetete er mit seinen Fingern meine Achselhöhle; dann ließ er sie über meine Brust wandern, die sich noch kaum gewölbt hatte. Ich hatte mich in mein Schicksal ergeben, aber ich fürchtete mich und kam fast um vor Sorge, weil meine Mutter nicht zu Hause war … Er entkleidete mich vollständig und legte mich auf seine nackten Oberschenkel, ohne selbst sein Gewand auszuziehen. Dann rieb er mir mit der rechten Hand über den Bauch und meine Unterschenkel. Ich wurde von einem seltsamen Gefühl ergriffen, das mir bis dahin unbekannt gewesen war. Ich schloss die Augen und gab mich ihm hin. Plötzlich steckte er seinen Finger in mich hinein, und das Blut begann zu fließen. Schreiend raffte ich mich auf, um zur Tür zu flüchten, doch er folgte mir und packte mich mit seiner blutbesudelten Hand an den Haaren. Ich schrie in einem fort, während er mich fest im Griff hatte und mich schließlich in eine Ecke des Zimmers schleuderte. Dort sackte ich zusammen, den Kopf zwischen den Knien, und schlief ein oder fiel in eine Ohnmacht, aus der ich erst erwachte, als meine Mutter mich in die Arme schloss.«

»Das ist genug Marta, das reicht.«

»Aber ich will dir alles erzählen, damit du weißt, wie sehr mir das Leben Unrecht getan hat.«

Martas Geschichte brachte mich völlig aus der Fassung, besonders nachdem ich von ihr erfahren hatte, dass ihr Mann, trotz seiner Körperfülle, noch nie mit einer Frau verkehrt hatte! Stattdessen ergötzte er sich an ihr, wenn er von seinen Reisen zurückkehrte, sooft er die Gelegenheit fand ... Als sie fünfzehn Jahre alt war, verschied ihre Mutter. Von nun an verbot ihr ihr Mann, das Haus zu verlassen, während er wochenlang auf Handelsreise war. Wenn er zurückkehrte, fand er sein Spielzeug vor, das auf ihn wartete.

Ihre Tränen flossen und nässten ihr Kleid über der Brust, doch sie bestand darauf weiterzuerzählen. Vielleicht wollte sie sich ihr Herz erleichtern, vielleicht wollte sie aber auch einfach nur, dass ich ihre Qualen kannte; oder sie wünschte sich, jemand anderen teilhaben zu lassen an dem, was ihre Engelsgestalt verbarg. Nachdem sie sich die Wangen getrocknet hatte, fuhr sie fort: »Seine wulstigen Lippen öffneten sich zufrieden und blöde, wenn ich mit dem Wassergefäß zu ihm eilte, um ihm die Füße zu waschen, deren Sohlen von einer harten Kruste bedeckt waren. Es war ein Ratschlag meiner Mutter gewesen, und so hatte ich es mir zur Gewohnheit gemacht, wenn er das Haus betrat und sich, angeblich vor Erschöpfung, auf die Lehmbank im Eingang unseres kleinen Häuschens warf, welches aus zwei Zimmern bestand. Einige Wochen, nachdem er sich daran gewöhnt hatte, dass ich ihm die Füße mit Wasser schrubbe, befahl er mir, so lange zu schrubben, bis er einschlafe! Er pflegte im Sitzen zu schlafen und dabei laut zu schnarchen ... Einige Wochen, nachdem er sich diese Art einzuschlafen zur Gewohnheit gemacht hatte, befahl er mir, die Haustür zu verschließen und mich dann wieder auf meinen Platz zu setzen. Dann fummelte er mit den Zehen seines rechten Fußes an meinen Brüsten, bis er vom Schlaf überwältigt wurde ... Wochen nach seiner widerwärtigen Spielerei mit meiner Brust kam ein Tag, an dem er mir befahl, meine Kleider abzulegen und mich wieder unter seine Füße zu begeben. Er betastete mit einem Fuß die Wölbungen meines nackten Körpers, während ich seinen anderen Fuß massierte ... Einmal war ich zur Mittagszeit eines glühend heißen Tages gerade dabei, seine Füße abzutrocknen, als er mir den Zeh seines rechten Fußes in den Mund steckte und mir befahl, daran zu saugen! Als ich mich weigerte, versetzte er mir mit dem anderen Fuß einen kräftigen Tritt. Sein wuchtiger Stoß warf mich rücklings auf den Boden. Er lachte lüstern über meinen kaum hörbaren Schrei und über meine Nacktheit, die unter ihm ausgebreitet lag ... Als er sich erhob, schien er mir wie ein Felsbrocken, der gleich von einem hohen Berg aus auf mich zu fallen drohte. An jenem Tag wünschte ich mir, er schleudere seine Kleider von sich und stürze sich auf mich, um gewaltsam mit mir zu schlafen, auf dass ich unter ihm mein Leben aushauche und endlich meine Ruhe vor ihm habe. Doch er erfüllte meinen Wunsch nicht, sondern setzte seine linke Fußsohle auf meinen entblößten Bauch, rieb darauf herum ... und lachte. Ich spüre jetzt noch, wie seine Ferse mich zerquetscht.«

»Nimm es nicht so schwer, Marta, und danke dem Herrn, dass er dich von diesem unredlichen Mann erlöst hat.«

Sie schwieg einen Augenblick und blickte auf ihr Knie. Während sie in Gedanken bei den weit zurückliegenden schmerzlichen Erinnerungen verweilte, betrachtete ich zärtlich ihre Wangen und ihre langen Wimpern. Als neue Tränenströme aus ihren Augen flossen und ihre Wangen sich sanft röteten, nahm ihr Antlitz jungfräuliche Züge an, die mir durch ihre Reinheit den Verstand raubten und das Herz ergriffen. Ich hätte sie gerne umarmt, doch ich zauderte und fügte mich schließlich in mein Zaudern. Ah, wäre ich doch damals aufgestanden und hätte ihre weichen Wangen mit meiner Hand abgewischt, sie an meine Brust gedrückt, ihr mit der Hand über das Haar gestrichen und mit geschlossenen Augen die durch ihren Duft geschwängerte Luft eingeatmet! Sie hätte ihren Kopf an meine Brust gelegt, und ich hätte sie mit meinen Armen umschlossen, bis ich sie in mir aufgenommen hätte, dann wären wir still gewesen ... unbeweglich ... und wären eine Statue aus weißem Marmor geworden, ein Zeichen für die Menschheit.

Warum habe ich sie damals nicht umarmt? Und mich still verhalten, reglos, bis sie zu Ende erzählt hatte? Ihre Worte waren ein Flüstern geworden, oder fast ein Flüstern ... Sie sagte: »Ich wand mich schreiend unter ihm auf dem Boden. Als er den Fuß hob, floh ich zur Tür, öffnete sie und lief verängstigt auf die Straße des Dorfes, verängstigt und nackt. Meine Schreie erfüllten die Straßen, die Menschen starrten mich an. Dann nahm mich eine Frau zu sich nach Hause und bedeckte meine Blöße mit einem alten Gewand. Als die Leute abends zusammensaßen, tauchte er betrunken auf, sein massiger Körper taumelte ... Er verstieß mich, weil ich keine Kinder bekäme! Dann warf er mich aus unserem Haus. Ich hatte keinen Ort mehr zum Leben, also ging ich zu meiner Tante, die in ihrem alten Haus in Aleppo lebte. Dort verbrachte ich die vergangenen drei Jahre und dort lernte ich singen. Als es uns immer schlechter ging und ich immer häufiger Belästigungen ausgesetzt war, verließen wir das heruntergekommene Haus der Tante, und ich kam mit ihr hierher, um hier zu leben ... in deiner Nähe.«

»Trockne deine Tränen, Marta, und geh nach Hause, bevor die Kinder kommen. Sie werden gleich da sein.«

»Wirst du zu mir kommen, wenn du mit ihnen fertig bist?«

»Ja, ich werde vor Sonnenuntergang kommen, um dich bei der Hütte zu sehen. Und ich werde auch morgen nach Sonnenaufgang kommen. Ab heute wird kein Tag mehr vergehen, ohne dass ich dich sehe.«

Mir war unbegreiflich, woher ich den Mut für den letzten Satz genommen hatte. Sie indes war glücklich über meine Worte, und so ergötzte ich mich an ihrem Lächeln und ihrem träumerischen Blick. Sie erhob sich, um eilig ihre Kopfbedeckung aufzusetzen und fortzugehen. An der Tür drehte sie sich um, und ich blieb betroffen sitzen.

»Ich werde auf dich warten, Hypa, komm nicht zu spät!«

Sie sprach meinen Namen aus, als sei sie der Engel, der mich am Tag der Auferstehung vom Tode auferwecken wird, auf dass ich aus meinem Schlaf erwache und in göttlichem Licht vergehe. An der Tür stehend, befestigte sie die Kopfbedeckung, ließ den Seidenschleier über ihre Wangen herab und warf das eine Ende des Schleiers über ihre Schulter. Bevor sie endgültig ging, kam sie noch einmal zwei Schritte auf mich zu, um mich im Flüsterton zu tadeln: »Ich habe dich etwas gefragt, aber du hast mir auf gar nichts geantwortet. Ich aber habe dir auf deine Fragen hin alles erzählt.«

»Ich werde dir heute Abend alles erzählen, was du wissen möchtest.«

Als sie meinen Blicken entschwunden war, erhob ich mich auf der Stelle, um ihr durch den gekrümmten Spalt in der Mauer nachzublicken, dann durch die Luke zwischen den Holzschränken, dann durch mein einziges Fenster. Ich sah, wie sie das Tor des Klosters erreichte, dann nach rechts abbog, um den Hügel hinabzusteigen. Dann entschwand sie Schritt für Schritt meinem Blick: zuerst ihre Füße … ihr Rumpf …

ihr Kopf … Als sie gänzlich entschwunden war, hatte ich mich gänzlich verloren. Ich wurde von unerfüllbaren Wünschen fortgerissen, und als ich wieder zu mir kam, den Kopf gegen die Wand gelehnt, sprach ich lange mit mir selbst, um mich von meiner Sehnsucht nach ihr abzulenken und die Wurzeln des Verlangens aus meinem Herzen zu reißen. Ich wünschte mir, in diesem Zustand mein Leben auszuhauchen, ganz plötzlich, und so von meiner Verwirrung erlöst zu werden.

Als die Sonne sich gen Westen neigte, vernahm ich die Stimmen der herannahenden Kinder. Ich bereitete mich darauf vor, sie zu empfangen, doch lange wollte ich heute nicht mit ihnen proben. Als wir fertig waren, teilte ich ihnen mit, dass dies unser letzter Probentag gewesen sei und dass wir uns ab übermorgen sonntags in der Kirche treffen würden … Ich ging mit ihnen hinaus zum Abhang des Hügels und bat den Diakon, zum Feld neben der Hütte zu kommen, nachdem er die Kinder nach Hause gebracht hatte.

Marta wartete bereits in einem verführerischen Hauskleid an der Tür auf mich. Nicht, dass sich ihr Kleid von den Gewändern unterschieden hätte, wie sie die Frauen in diesem Landstrich zu tragen pflegen, doch es wirkte verführerisch. Sie empfing mich am Eingang der Hütte und forderte mich auf einzutreten. Als auch ihre Tante die Aufforderung bekräftigte, setzte ich meinen Fuß hinein. Die Tante kredenzte uns ein kaltes Getränk, ich kann mich freilich nicht mehr daran entsinnen, was es war. Ich erinnere mich nur, dass es vorzüglich schmeckte, und dass meine Augen, während ich davon schlürfte, aus dem Honigmeer schöpften, das vor Urzeiten in die verführerischen Pupillen Martas gegossen worden war. Sie hockte vor mir auf dem Boden, der Ausschnitt ihres Gewandes gab ihre gedrängten Brüste preis … Mein Blick blieb dort haften, und ich fühlte mich nicht in der Lage, ihn abzuwenden, bis Marta meiner Betroffenheit gewahr wurde. Da erst schloss sie, lächelnd und mit einem vielsagenden Blick in meine Richtung, den Ausschnitt mit beiden Händen und biss sich gleichzeitig auf die Unterlippe.

Meine Augen wanderten in der Hütte umher. Sie bestand aus einem einzigen Raum, dessen hölzerne Wände notdürftig zusammengezimmert waren. Neben dem Zimmer schloss sich noch ein kleinerer Raum ohne Tür an, vermutlich der Ort zur Verrichtung des Bedürfnisses. Die ebene Fläche vor der Tür war nicht groß, auf einer Seite stand der Ofen, den sie jüngst gebaut hatten und von dem noch immer ein wenig Rauch aufstieg. Neben dem Ofen stand ein weiterer kleiner Bau, der aus alten Lehmziegeln gemauert war und über keine Tür verfügte. Marta blickte mich glücklich lächelnd an, indes ihre Tante einen kleinen Kessel aus dem Ofen holte. Von ihm ging ein köstlicher Duft aus.

»Ich werde den Soldaten das Essen bringen!«

Als die alte Tante dies sagte, stand Marta unverzüglich auf, holte einen Palmzweigkorb aus einer Ecke der Hütte und setzte das heiße Gefäß mit dem Essen hinein, wobei sie sich mit einem alten Lumpen behalf. Dann machte sich die Tante, nachdem sie sich von mir verabschiedet hatte, auf den Weg ... Ohne dass ich sie gefragt hatte, beantwortete Marta die Frage, die mir durch den Sinn gegangen war: Die Angehörigen der römischen Garnison, die Wachen, die die Tante als Soldaten bezeichnet hatte, hatten gestern mit ihr vereinbart, dass sie ihnen alle zwei Tage eine warme Mahlzeit zubereite, die sie entweder selbst abholen kämen oder sich vor Sonnenuntergang von der Tante bringen ließen! Morgens schickten sie ihr Fleisch, Gemüse und den Lohn für die Zubereitung, um sich abends an der Mahlzeit zu erfreuen, da ihnen das Essen, welches sie täglich aus der Klosterküche erhielten, nicht munde, sagte Marta!

Als die Tante mit dem Korb hinaufstieg, saß ich auf dem

kurzen, wackeligen Bett und lauschte Martas Bericht über das Essen, der mich keineswegs interessierte. Auf ihre Frage, ob ich hungrig sei, schüttelte ich den Kopf, während meine Augen an ihr hingen. Dann trat sie, wissend um mein Verlangen nach ihr, lächelnd zu mir ... Wortlos kam sie näher, bis ihre Brust beinahe mein Gesicht berührte. Als sie meinen Kopf mit ihren Händen umschloss, um ihn an ihren Busen zu ziehen, verspürte ich ein Glücksgefühl und riss sie, noch im Sitzen, gewaltsam an mich. Sie stöhnte in mein Ohr. Ich schob ihr mit beiden Händen das Gewand über die Beine, doch sie streifte sich sachte das Kleid von den Schultern. Nun stand Marta vollkommen nackt vor mir und öffnete mit ihren Fingerspitzen ihr Haar. Ich war wie betäubt von der Macht der Schönheit ... Ich warf meine Kutte fort, und zwischen uns geschah, was zwischen Mann und Frau geschieht, wenn sie das Tuch der Scham von sich geworfen haben.

Schweigend saßen wir nebeneinander. Nach einer Weile kam die Tante, die, als wolle sie uns auf ihr Kommen aufmerksam machen, bereits von draußen Martas Namen rief. Marta fuhr keineswegs der Schreck in die Glieder wie mir! Ich kleidete mich in aller Eile an und begab mich keuchend zur Tür. Marta folgte mir, nachdem sie ihr Kleid übergeworfen hatte, auf dem Fuß und umarmte mich von hinten mit ergreifender Zärtlichkeit ... Gemeinsam traten wir aus der Hütte. Ihre Tante hatte einen Hocker vor den Webstuhl gestellt.

»Waren sie alle dort?«, fragte Marta.

»Ja, und sie haben nach dir gefragt.«

Als sich die Tante vor den Webstuhl setzte, entfernten wir uns von der Hütte, um uns am Rand des bebauten Feldes niederzulassen, wo wir westwärts zu dem sich vor uns erstreckenden Horizont blicken konnten, ohne dass uns jemand sah ... Allmählich senkte sich der Abend nieder, und Marta stimmte ein leises Lied an, in dem die Zuneigung zu einem Geliebten besungen wird. In der Dämmerung erhob sich eine angenehme Brise. Als wir uns nebeneinander auf einen der vereinzelten Steine an den Rand des Abhangs setzten, fragte Marta mich nach meiner Heimat, und ich schilderte ihr ein wenig von dem, was mir dort widerfahren war ... Nach einer Weile des Schweigens seufzte sie und erkundigte sich nach dem Haus, in welchem ich gewohnt hatte. Ich sagte, dass es sicherlich auf seinem alten Platz auf dem Hügel stehe, der über den Nil blickt, und dass es gewiss jetzt verschlossen und verfallen sei, zögen sich die Häuser nach dem Fortgang der Bewohner doch in sich zurück ... Marta warf mir einen von Zärtlichkeit und Liebe überströmenden Blick zu, dann legte sie mir die Hand auf die Schulter und fragte:

»Ist der Weg nach Ägypten weit? Wie lange dauert es, dorthin zu kommen?«

»Wenn wir über das Meer segelten und dann den Nil hinauf, kämen wir vielleicht in einem Monat an.«

»Hypa, komm ... lass uns ein Haus bauen und dort den Rest unseres Lebens gemeinsam verbringen. Wir nehmen meine Tante mit, die unsere Kinder hüten wird. Und ich werde mich ausschließlich dir widmen.«

»Wie soll das gehen?«

»Wir heiraten ... Und du wirst, wenn du das möchtest, Priester einer Kirche dort. Auf jeden Fall bist du doch ein hervorragender Arzt und kannst viel Geld mit deiner Arbeit verdienen. Wir werden die schönsten Tage miteinander verleben, und wir werden Kinder und ein hübsches Haus haben.«

Es blieb mir nichts anderes übrig, als Marta das Gerede nachzusehen, war sie doch unendlich unwissend ... Sie wusste nicht, dass es mir unmöglich war, unter den Menschen meiner Heimat zu leben! Die Kinder, die mich früher wegen meiner Mutter geschmäht hatten, waren zu Männern herangewachsen. Nun würden sie mich mit ihren Blicken schmähen! Und sie wusste nicht, dass es mir unmöglich war, nach Nag Hammadi zurückzukehren, war mein hinfälliger Onkel doch längst heimgegangen, und vielleicht hatte auch seine nubische Ehefrau das Zeitliche gesegnet. Ich hatte keinen Platz dort, und nach meinen Heilkünsten bestand kein Bedarf!

»Darüber muss man gründlich nachdenken, Marta.«

»Denk nicht allein, lass uns zusammen über unser zukünftiges Leben nachdenken ... Ich werde dir das ganze Leben treu ergeben sein, ich werde die Mutter deiner Kinder sein, und ...«

Als wir die Stimme des Diakons vernahmen, der mit der alten Tante sprach, während er raschen Schrittes auf uns zukam, riss unser Gespräch ab. Marta erhob sich von ihrem Platz neben mir und ließ sich auf dem Boden nieder. Als der Diakon bei uns eintraf, erhoben wir uns ... Wir erklommen den Hügel am Rande der Felder mit den Kräuterpflänzchen bis zum Klostertor, wo Marta uns verließ, um wieder zu ihrer Hütte hinabzusteigen, ohne dass ich ihr nachblicken konnte. Der Diakon war hungrig, also ging ich mit ihm zum Refektorium, wo wir den Küchendienern bei der Zubereitung der Mahlzeit halfen, die ein fortgesetztes Dankesgemurmel hören ließen. Auch ich verspürte Hunger. Der Diakon aß in aller Eile, dann stand er auf, um sich in seine Zelle zu begeben und zu schlafen. So sagte er mir! Ich aber musste selbstverständlich auf die Ankunft der anderen warten ... Wie Schildkröten, die nur mit Mühe ihren Weg finden, trudelten die Mönche allmählich ein; nach einer Weile betrat der Abt des Klosters in Begleitung von drei Mönchen den Saal und rief, ganz gegen seine Gewohnheit, bekümmert aus:

»Möge Euer Abend gesegnet sein, ihr Söhne Christi ... kommt näher, auf dass wir das Gebet beginnen.«

Der Abt sprach das Abendgebet, indes ich aus meiner Versunkenheit, die mich über die Ereignisse mit Marta nachsinnen ließ, erst erwachte, als alle wie mit einer einzigen Stimme »Amen« sagten. In jenem Augenblick fragte ich mich: Zitieren wir eigentlich in all unseren Gebeten den Namen des alten ägyptischen Gottes Amûn, indem wir nur das u gegen ein e austauschen? Und ich fragte mich: Warum liegen die Ursprünge aller Dinge in Ägypten, nicht nur die Ursprünge der Religion? Ich fragte: Warum kehre ich nicht in meine Heimat zurück, um dort zu leben, wo ich doch nicht mehr für das Mönchsleben tauge?

Plötzlich überkam mich eine Sehnsucht nach dem Nil, der sich wie der Arm Gottes auf Erden erstreckt, und dessen Hand und Finger vom Delta gebildet werden. Ich entsann mich des Segelbootes, das mich über seine Wasser getragen hatte, an die verschlafenen Weiler und Dörfer an seinen Ufern und das Geäst der Bäume, das sich zu seinen Rändern hinabneigt, an das ausgedehnte Grün der Felder, so weit das Auge reicht, an das erregte Zwitschern der Vögel, wenn die Morgendämmerung einsetzt oder die Sonne untergeht ... O du fernes Ägypten! Beinahe wäre mir eine Träne entronnen, beinahe hätte mich die Sehnsucht meiner Umgebung entrissen ... Als sich nach der Abendmahlzeit, die begleitet war vom Gemurmel der Mönche, alle anschickten, in ihre Zellen zurückzukehren, bedeutete mir der Abt, zu ihm zu kommen. Die anderen verstanden, dass er unter vier Augen mit mir sprechen wollte, und eilten uns zur Kirche voraus:

»Du bist zerstreut heute, Hypa!«

»Ich bin besorgt, mein Vater, ich habe das Gefühl, die Sehnsucht reißt mich fort.«

»Das ist die Sorge des Geistes, mein Sohn, sie wird mal entfesselt, dann beruhigt sie sich wieder.«

»Ich kann diese ständige Sorge aber nicht mehr ertragen, mein Vater. Ich komme nirgendwo zur Ruhe.«

»Machst du dir Sorgen über die Ereignisse in Konstantinopel?«

»Welche Ereignisse in Konstantinopel, mein Vater? Ist Bischof Nestorius etwas zugestoßen?«

»Nein, mein Sohn, noch nicht. Mit Gottes Wille wird sich die Lage beruhigen, und so Gott will, wird ihm nichts geschehen.«

»Mein Vater, Ihr habt meine Sorgen noch vergrößert ... Was ist es, was geschieht?«

»Der Kaiser hat Kyrillos' Forderung stattgegeben, eine Versammlung für die Oberhäupter der Kirchen der Welt einzuberufen, auf der man sich mit dem Glauben von Bischof Nestorius befassen wird. Das Treffen wird alsbald in Ephesos stattfinden.«

Der Abt senkte das Haupt und murmelte ein Gebet, die Wange gegen den Knauf seines Stockes gelehnt. Ich spürte, dass die Sorge ihn bedrückte und ihm nicht danach war, weiterzusprechen ... Verloren wie ich war, fand ich mich plötzlich zwei Schritte hinter ihm, und als ich es bemerkte, holte ich ihn ein und fragte verunsichert und zerstreut:

»Mein Vater, sollen wir übermorgen in der Sonntagsmesse mit dem Singen beginnen ... oder sollen ...«

»Nein, Hypa, wir müssen das Vorhaben aufschieben, die Gegebenheiten sind nicht günstig.«

Der Abt sprach diese Worte, ohne den Kopf zu heben oder mich anzusehen ... und so sank ich in eine tiefe Verlorenheit.

SECHSUNDZWANZIGSTES PERGAMENT

Das Geschehen des Verbotenen

Den ganzen langen Samstag sah ich Marta nicht. Ich war mit dem Küchenhelfer beschäftigt gewesen, den ich am frühen Morgen unter der Achsel operiert und dem ich einen großen Abszess aufgeschnitten hatte. Ich hatte ihn in den vergangenen Tagen mit einer bekannten schwarzen Salbe behandelt, und nun war die Zeit gekommen, ihn zu öffnen. Zuförderst hatte ich geglaubt, es handele sich um eine einfache Operation, die nicht viel Zeit in Anspruch nehmen werde, doch dann musste ich feststellen, dass der Mann von schwacher Konstitution und der Eiter bereits in seine Brust eingedrungen war. Er blutete stark und wäre mir beinahe, hätte Gott sich seiner nicht erbarmt, unter den Händen weggestorben. Den ganzen Tag lang pflegte ich seine Wunde, bis ich den Eiter vollständig entfernt und ihn mit einer Wundsalbe verbunden hatte ... Als ich, nachdem ich mich gründlich gereinigt hatte, von meiner Zelle herabstieg, war die Sonne bereits untergegangen und es hätte sich nicht geschickt, nach Sonnenuntergang noch bei Marta in der Hütte vorbeizugehen.

Während des Gebetes zur Lobpreisung Gottes war ich in meinen Liebesschmerz versunken und zutiefst aufgewühlt ... Nach dem Gottesdienst ging der Pharisäer schweren Schrittes neben mir her, und als wir mitten auf dem kleinen Platz angelangt waren, fragte ich ihn, ob es ihm wohl belieben möge, mich zur Bibliothek zu begleiten. Er stimmte gleichgültig zu. Ich fragte ihn auch, ob er über zusätzliche Informationen bezüglich des heiligen Konzils verfüge, welches in Bälde stattfinden werde, und er entgegnete kurz angebunden, Bischof Kyrillos sei in Begleitung von Schenute, dem berühmten Mönch aus Achmim und Oberhaupt der Eremiten, in Ephesos eingetroffen und führe eine große ägyptische Delegation an, der sowohl alexandrinische Priester und Mönche wie auch zahlreiche Gläubige angehörten. Nun erwarte man das Eintreffen des Bischofs von Rom und des Kaisers, um das Konzil zu beginnen … Er schwieg einen Augenblick, dann setzte er zögernd hinzu, viele Bischöfe seien bereits aus allen Teilen der Welt eingetroffen, Bischof Johannes von Antiochia jedoch warte, vor zwei Tagen in Aleppo angekommen, nun auf eine römische Garnison, die ihn nach Ephesos geleite, da die Straßen dorthin dieser Tage nicht sicher seien.

»Die Straßen nach Ephesos, oder ist Ephesos selbst nicht sicher?«, fragte ich, wobei ich ihm ein Glas Saft von der Karobe reichte, welcher mit Rohrzuckersirup gesüßt war. Ohne seinen Blick zu mir zu heben, nahm er das Glas entgegen, dann sagte er nach einer Pause:

»Ich weiß es nicht, Hypa, ich weiß es nicht. Lass mich nicht Dinge sagen, die ich nicht sagen will!«

Die Nacht war ungewöhnlich kalt für diese Jahreszeit. Ich fragte den Pharisäer, ob ich ein wenig Holz und trockene Äste im Ofen anzünden solle, womit ich jene Kupferschüssel meinte, um die wir uns in den Wintertagen versammeln, um die davon ausstrahlende Wärme zu genießen. Er stimmte mit einem Kopfnicken zu. Als die Flammen in der Schüssel loderten und das Holz zu knistern begann, war ich vollkommen versunken in der Erinnerung an das, was der Abt mir gestern nach der Abendmahlzeit mitgeteilt und was Marta vor Sonnenuntergang am Rande des Abhangs zu mir gesagt hatte … Nach einer Weile unterbrach der Pharisäer unser tiefes

Schweigen. Er seufzte und sagte: »Es wird ein stürmisches Konzil werden, das Bischof Nestorius fortwehen wird.«

Seine Ausdrucksweise verärgerte mich und verdrängte das Bild Martas, die ich in den tänzelnden Flammenzungen gesehen hatte. Um ihm indes die Gelegenheit zu geben, sich in einer ausschweifenden Rede zu ergehen, wie es ihm beliebte, wenn er einen guten Zuhörer gefunden hatte, zog ich es vor zu schweigen, hoffte ich doch, dass seine Worte mich aus meiner Geistesabwesenheit reißen würden. Mein Schweigen tat seine Wirkung, und er hob, wie erwartet, zu fabulieren an ... Wie gewöhnlich, wenn er sich in ein Thema vertiefte, malte er seine Worte in die Luft, und es hatte den Anschein, als spreche er zu einer anderen Person als zu mir. Er blickte mich nicht einmal an, als er verbittert meinte: »Ihr habt mir nicht geglaubt, als ich euch sagte, dass unser Streit über die Natur Christi das Wesen unserer Religion sei. Und dass ebendieses Wesen heikel und problematisch ist und von Spaltung und Trennung kündet. Die Mönche nehmen die Angelegenheit nicht ernst, der Abt des Klosters hat uns verboten, darüber zu sprechen, und die Priester in Antiochia tadelten mich und drohten mir mit Exkommunikation und Verbannung, wenn ich jenen Brief schriebe, den zu verfassen ich beabsichtigt hatte. Sie gestatteten mir die Rückkehr hierher erst, nachdem ich ihnen ein unverbrüchliches Versprechen gegeben hatte, mich nicht weiter mit den Hypostasen zu befassen. Obwohl doch alle in dieser Sache unterschiedlicher Meinung sind! Die Ägypter bestehen darauf, dass Gott vollkommen menschliche Gestalt annahm in Christus, und zwar schon seit er im Bauche seiner Mutter war. Deshalb gebe es in Christus keine Trennung zwischen der Göttlichkeit und der Menschlichkeit, er sei Gott und Herr, ganz und vollkommen, und er besitze unabhängig von der göttlichen Natur keine menschliche Natur. Die Worte von Bischof Kyrillos in seinem letzten

Brief waren klar und deutlich: Der Leib Christi hat sich nicht in eine göttliche Natur verwandelt, und Gott hat sich nicht in die Natur des Leibes verwandelt, selbst als Jesus ein Wickelkind war.«

Der Pharisäer drehte sich zu mir um, als werde er meiner erst jetzt gewahr. Dann sah er mich wieder mit jenem Blick an, als sähe er eine andere Person vor sich, die in meinem Inneren verborgen ist, jenem seltsamen Blick, der dem Pharisäer zu eigen ist und der all jene in Verwirrung stürzt, die ihn nicht kennen. Er hob die Augenbrauen, wodurch sich seine großen Augen noch mehr weiteten, und nahm seine Kopfbedeckung ab, so dass seine Glatze zum Vorschein kam … Dann rieb er sich mit der Hand über die Stirn und sagte: »Beachte die klare Ausdrucksweise von Bischof Kyrillos, Hypa, wenn er sagt: Das Wort Gott hat sich in der Hypostase mit dem Leib vereinigt, er ist ein Gott für alle und ein Herr für die Gemeinschaft, und nicht Sklave seiner selbst und nicht Herr seiner selbst. Er wurde wie wir geboren unter dem Gesetz, obwohl er als Gott das Gesetz erließ … Er ist eine einzige Hypostase, eine einzige Person, eine einzige Natur, Mensch und Gott, Sohn und Herr … Und da die Heilige Jungfrau Gott körperlich gebar, der entsprechend der Hypostase mit dem Leib vereinigt ist, ist sie die Mutter Gottes … Bischof Kyrillos ist ein vorzüglicher Redner, Hypa. Er weiß, was er sagt, und er wird niemals etwas zurücknehmen. Aber auch Bischof Nestorius wird nichts zurücknehmen von dem, was er glaubt, nämlich dass Gott sich in Jesus offenbarte, und dass wir, aus Gottes Willen, der nicht sichtbar ist, den sichtbaren Jesus verehren, dass wir uns aber darüber bewusst sein sollten, dass es zwei Personen sind. Sie sind, so Nestorius: Christus, der Empfangende, der das Wort Gottes ist, und Christus, der Mensch, in dem sich Gott offenbarte und der benannt wird bei dem Namen dessen, den er ausersehen hat.«

Unbewusst streckte der Pharisäer wärmesuchend seine Hände zu den Flammen aus, dann rieb er sich mit den Fingern die Handflächen und fuhr fort: »Bischof Nestorius glaubt an das, was er von Bischof Theodor, dem Bibelexegeten, und anderen gehört hat, und er bekräftigt, dass Gott sich in Christus, dem Menschen, offenbarte! Wie können sich diese beiden Parteien einigen, wo doch jede der beiden in eine entgegengesetzte Richtung strebt. Und je weiter sie in ihrem Glauben auseinandertreiben, desto mehr verschärft sich ihr Streit und verbreitert sich der Abstand zwischen ihnen … Aber selbst wenn sie sich über die Natur Christi einigten, wären sie doch immer noch unterschiedlicher Meinung über die verwirrende Hypostase des Heiligen Geistes. Und keiner von ihnen würde an etwas anderes glauben, als was er zuvor bereits geglaubt hat. So wird am Ende nur die Konfrontation bleiben, die sich zuspitzt und dann zum Krieg führt … Der Geist des Krieges, Hypa, fließt in die Menschen, er überflutet sie, staut sich in ihnen und wogt hin und her; und er wird nicht nachlassen, bis er sie bersten und zwischen ihnen den Kampf aufleben lässt, auf dass sie scheitern und es mit ihnen zu Ende geht … Der Krieg … Hatte Jesus Christus ihn gemeint, als er sagte, er sei gekommen, um das Schwert auf die Erde zu bringen?«

Wie der Pharisäer in die lodernden Flammen des Feuers starrte, sah er aus wie ein Magier, der aus der Gestalt der Flammen das Verborgene zu erkunden sucht … Nachdem er eine Weile geschwiegen hatte, legten sich Tränen auf seine Augen, die sich über den Lidern sammelten, um dann rasch über seine aufgedunsenen Wangen herabzufließen und sich in seinem Barthaar zu verlieren … Ich war davon ausgegangen, er sei mit seiner Rede am Ende, doch er wischte sich das Gesicht mit dem Ärmel ab und hob mit ungewöhnlich zitternder Stimme erneut zu sprechen an: »Die Religion ist eine drückende Schuld, die niemand zu begleichen vermag. Unsere Religion verurteilt uns, sie verurteilt denjenigen, der sich ihr verpflichtet, mehr als jene, die nicht an sie glauben. Aber sie verurteilt auch diejenigen, die nicht glauben! Alle werden schuldig gesprochen, alle sind irre gegangen, und der himmlische Vater ist eine isolierte Hypostase, welche hinter all diesen Glaubensdogmen verborgen ist. Er erscheint uns nicht in seiner Gänze, weil wir nicht in der Lage sind, sein vollständiges Erscheinen zu erkennen. Er steht über dem Ausdruck Hypostase und über dem Wort Natur und über unserem Erkenntnisvermögen. Er ist weit von uns entfernt, und wir sind untereinander weit entfernt, weil wir alle Gefangene unserer Vorstellungen sind. Die Hypostase selbst ist eine unklare Vorstellung, die wir erfunden haben und an die wir glauben und über die wir streiten. Wir werden uns stets darüber bekriegen. Vielleicht kommt ein Tag, an dem jeder Mensch seinen eigenen Glauben hat, der sich von dem der anderen unterscheidet. Dann wird die Religion mit der Wurzel ausgelöscht sein und das Gesetz verschwinden … und dann … wird dann …? Ich werde mich jetzt in meine Zelle zurückziehen!«*

* An der Seite des Pergaments gibt es einen langen Kommentar, mit feiner Feder auf Arabisch geschrieben. Daraus der folgende Abschnitt: »Augenscheinlich war der Mönch, welcher Pharisäer genannt wird, wirklich ein gesegneter Mann. Wir haben nun tausend Jahre Krieg zwischen den Kirchen erlebt … Und ich bin nur aus diesem Grund aus meinem Land im Osten fortgegangen. Es ist bekannt, dass sich Ströme von Blut in Alexandria ergossen, nachdem ihr Bischof Kyrillos verschied und die Anhänger des Kreuzes alles daransetzten, die Stadt zu zerstören und die Juden und die Heiden zu töten. Ja, die Alexandriner revoltierten sogar gegen den Bischof ihrer Stadt Proterius, sie rissen ihn in Stücke und verbrannten seine Leiche … Sie bekämpften auch den Bischof von Alexandria Themotheus. Es gab so viel Mord in dieser erhabenen Stadt … Dann, nachdem die Stadt in die Hände der Muslime gefallen war, sind die Nachrichten über sie versiegt.« (Der Übersetzer)

Als der Morgen graute, weckte mich das laute Zirpen der Vögel. Ich versuchte, meine Kräfte zu sammeln und aufzustehen, doch es wollte mir nicht gelingen. Ich fühlte mich wie jemand, der von einer langen Reise zurückgekehrt ist und in Bälde eine noch längere Reise antreten wird. Also blieb ich noch eine Weile liegen und wurde von kurzen traumlosen Schlummern mitgenommen, bis schließlich jemand an meine Tür klopfte. Ich vermutete, es sei ein Klosterdiener, doch nachdem ich die Tür geöffnet hatte, erblickte ich einen Wächter der römischen Garnison:

»Die Alte am Tor verlangt nach Euch!«

Was mochte das wohl für eine Alte sein, die zu so früher Morgenstunde nach mir verlangte? Besorgt trat ich hinaus und sah Martas Tante im letzten Dunkel der Nacht auf dem Quaderstein neben dem Tor sitzen. Über die Schultern hatte sie ein Tuch aus alter Wolle gelegt … Als ich auf sie zuging, erhob sie sich respektvoll und schickte sich an, meine Hand zu küssen. Der Wächter ließ uns allein und stieg, als wolle er zur Garnison zurückkehren, den Hügel wieder hinab … Ich setzte mich auf den behauenen Quader, derweil die Alte sich auf dem Boden niederließ. Die Luft war so kühl, dass meine Schultern zu zittern begannen:

»Was führt dich so früh hierher, Tante?«

»Ich brauche Euch in einer wichtigen Angelegenheit.«

Ihre wichtige Angelegenheit war fürwahr seltsam! Ich sollte Marta überzeugen, so bat sie mich, nach Aleppo zurückzukehren und dort zu singen, da das Leben für sie hier schwierig geworden sei. Sie kämen nicht umhin, durch den Gesang etwas hinzuzuverdienen … Dann überraschte mich die Alte mit den Worten:

»Wenn Marta nicht in der Kirche singt, dann gehen wir halt zum Singen nach Aleppo.«

Woher wusste sie, dass wir das Singen in der Kirche aufgeschoben hatten? Der Klostervorsteher hatte mir dies erst unlängst mitgeteilt, wie also konnte sie so schnell davon erfahren haben? Gewiss gab es jemanden aus dem Kloster, der sie besuchte! Vielleicht hatte der Abt den Priester, der mit ihr verwandt war, davon in Kenntnis gesetzt … Ich konnte mich indes nicht weiter mit derlei Mutmaßungen aufhalten, war für mich in jenem Augenblick doch weitaus wichtiger, dass Marta womöglich nach Aleppo ginge, um auf Abendveranstaltungen vor verderbten arabischen und kurdischen Händlern zu singen … Und ich sollte nun mein einziges Vögelchen in den Käfig der wilden Katzen werfen!

»Aber Marta hat mir erzählt, dass ihr am Webstuhl arbeitet und für die Garnisonssoldaten kocht.«

»Das bringt alles nichts ein, mein Herr. Niemand kauft unsere Webwaren, und die Soldaten sind geizig.«

Der Ausdruck »mein Herr« ließ mich aufhorchen. Sie sagte nicht »mein Vater«, und sie sprach auch nicht mehr durch den Schleier der Scham zu mir, wie sie es früher zu tun pflegte. Hatte Marta ihr erzählt, was zwischen uns geschehen war? Warum klagte die Alte ausgerechnet jetzt über das harte Leben und die fehlenden Mittel? Und wie konnte sie sich erkühnen, noch vor Sonnenaufgang zu mir zu kommen, um mich in einer solchen Angelegenheit um Hilfe zu bitten …?

»Geh nach Hause, Tante! Ich werde am Nachmittag mit Marta sprechen.«

Ich benötigte Zeit, um nachzudenken; zudem wollte ich die Alte meine Aufregung nicht spüren lassen. Ich begab mich auf der Stelle zur großen Kirche, um mich gemeinsam mit den Mönchen an den Vorbereitungen für die Sonntagsgebete zu beteiligen. Bevor ich die Kirche betrat, blickte ich mich jedoch noch einmal in Richtung des zerstörten Tores um und sah, dass die Alte immer noch auf ihrem Platz saß, während der Wächter, der an meine Tür geklopft hatte, den Hügel wieder emporstieg ... Ich blieb einen Augenblick stehen und konnte von weitem beobachten, wie sich der Wächter, bei der Alten angelangt, auf dem Stein niederließ, auf dem ich kurz zuvor gesessen hatte.

Zwischen den Steinen der Klostermauer hindurch sah ich die beiden miteinander reden, konnte aber wegen der großen Entfernung kein Wort verstehen. Die Art, wie der Wächter dort saß, war freilich auffällig; er war so ins Gespräch vertieft, als setzten die beiden eine zuvor unterbrochene Aussprache fort. Den Oberkörper nach vorn geneigt und die Ellbogen auf die Knie gestützt, gestikulierte er heftig mit den Händen, womit er das Gesagte unterstreichen wollte. Die Alte nickte, sie schien seinen Worten zuzustimmen. Fast wäre ich zu ihnen zurückgekehrt, um Licht in die Angelegenheit zu bringen, doch da vernahm ich Schritte auf den Kieseln.

»Möge dein Morgen gesegnet sein, Hypa!«

Es war der Pharisäer mit seinem aufgedunsenen Gesicht, welches heute noch feister schien; seine geröteten Augen ließen auf eine schlaflose Nacht schließen. Ich tadelte ihn sanft wegen seines plötzlichen Aufbruchs am Vorabend, den er mit seinem angeschlagenen Zustand entschuldigte. Auf meine Frage, ob er unter einer körperlichen Krankheit leide, entgegnete er jammernd: »Nein, ich leide vielmehr an allen nur denkbaren Symptomen der seelischen Krankheiten!« Wir gingen schweren Schrittes weiter, bis wir durch ihre Außentür die große Kirche betraten ... Sorge lag über dem Ort und hatte sich auch auf die Gesichter der Mönche gelegt.

Nachdem die Gebete beendet waren und sich die Besucher zurückgezogen hatten, stieg ich zu Martas Hütte hinab. Dort rief ich nach ihr, und sie folgte mir bis zum Rand des bepflanzten Feldes. Der Platz war ruhig und eignete sich zum Sitzen, da uns dort niemand sehen konnte. Lange blickte ich ihr ins Antlitz, um herauszufinden, was ihre unschuldigen

Gesichtszüge verrieten, doch ich sah nichts. Ich fragte sie, was es mit dem Wächter auf sich habe, der am Morgen mit ihrer Tante gesprochen hatte, und flehte sie an, mir die Wahrheit zu sagen und alles zu erzählen.

»Er möchte mich heiraten.«

»Wie?«

»Wie die Menschen eben heiraten, Hypa. Er sagt, er sei erst vor zwei Monaten hierhergekommen und werde einige Jahre hier ausharren. Deshalb sei nichts dagegen einzuwenden, wenn er sich eine Frau nähme ... Er will mit uns in der Hütte leben, oder wir mieten uns eine Wohnung im Dorf.«

»Aber ...«

»Ich will ihn nicht, Hypa, ich will dich. Aber wenn du mich von dir fernhältst, werde ich nach Aleppo zurückkehren. Das Leben dort ist, trotz der Schwierigkeiten, immer noch leichter als hier.«

»Und wer hat deine Tante darüber unterrichtet, dass das Singen in der Klosterkirche aufgeschoben wurde?«

»Der römische Wächter, der um meine Hand anhielt. Er ist griechischer Abstammung, dreißig Jahre alt, und er heißt ...«

»Das möchte ich gar nicht wissen.«

Ich spürte eine schwere Last auf meiner Brust. Marta blickte zerstreut zu den Ebenen in der Ferne, und nach einem langen Schweigen erhob sie sich jäh, um sich neben mich zu setzen. Als sie mir die Hand auf die Schulter legte, blickte ich mich um, aus Furcht, jemand könnte uns sehen, doch niemand war in der Nähe; nur eine Taube pickte mit ihrem Schnabel am Boden ... In meinem Inneren erhob sich eine flüsternde Stimme, die mich dazu anhielt, meine Hand auf ihren Oberschenkel zu legen und mich mit ihr in einem Liebesrausch zu verlieren, um sie dann für den Rest meines Lebens bei mir zu behalten. Es war die gleiche Stimme, von der ich einige Wochen später erfahren sollte, dass sie Azazel gehörte.

Mit einem Ruf, tief aus meinem Inneren heraus, beschwor er mich: Verlier Marta nicht, wie du Oktavia vor zwanzig Jahren verloren hast.

»Das war nicht meine Stimme, Hypa, das war der Ruf deiner Seele.«

»Azazel, verwirr mich nicht, lass mich zu Ende schreiben. Meine Zeit ist knapp geworden, und meine Brust eng. Und ich werde in einigen Tagen von hier aufbrechen.«

»Gut, ich werde schweigen und mich ganz still verhalten … Aber das war nicht meine Stimme.«

Seit meiner letzten Begegnung mit Marta am Rande des Feldes sind etwa zwei Monate vergangen. Es war Nachmittag gewesen. Damals hatte ich nicht auf den Ruf gehört, welcher in meinem Inneren erklungen war und mich dazu aufgefordert hatte, meine Hand auf ihre zu legen, um aus dem Honig der Liebesglut zu schöpfen. Immerhin aber hatte ich darüber nachgesonnen, welche Konsequenzen dies haben würde … Ich würde noch mehr an ihr hängen und ebenso sie an mir. Dabei war es mir doch auferlegt, meine Beziehungen zu den irdischen Dingen abzubrechen. Wie sähe es dann wohl mit einer Beziehung zu einer Frau aus …? Aber Marta war nicht wie alle Frauen, sie war eher kindlich und engelsgleich. Wie könnte ich sie den Armen dieses römischen Wächters griechischer Abstammung überlassen, dessen Namen ich nicht kenne. Wie könnte er sie verstehen, wie ich sie verstanden habe, und wie könnte sie ihn lieben, wie sie mich liebt? Würde sie sich ihm eines Tages hingeben und auf seinem Bett flüsternd ihre Lieder anstimmen? Marta ist nicht wie alle Frauen. Aber wenn sie in die Bars von Aleppo ginge, um inmitten der betrunkenen und verderbten kurdischen und arabischen Händler zu singen, wäre sie nicht mehr als eine Gefallene, die von einem Durchreisenden zum nächsten geworfen wird.

Marta hat jahrelang dort gesungen, aber sie hat mir nicht erzählt, was ihr in jenen Tagen widerfahren ist; und ich habe sie nicht gefragt ... Oder ob mich ihre Tante wohl in der ganzen Angelegenheit täuscht, um mich dazu zu bewegen, mit ihr zu fliehen und sie zu heiraten? Doch wie sollte ich heiraten, nachdem ich mein ganzes Leben als Mönch verbracht habe? Ich würde all die Jahre meines Mönchseins einem Mädchen von zwanzig Lenzen als Brautgeld überreichen, und in zehn Jahren wäre ich ein alter fünfzigjähriger Greis und sie eine schöne Frau in den Dreißigern, die nach Männern verlangt und nach der sich die gierigen Blicke umwenden und sich vielleicht sogar die Hände ausstrecken. Werde ich die letzten Jahre meines Lebens damit zubringen, sie davor und vor sich selbst zu schützen? Werde ich als Wächter einer Frau enden, nach einem Leben voller Unbeständigkeiten, das mich nicht mehr wissen lässt, ob ich Arzt bin oder Mönch, geheiligt oder verloren, Christ oder Heide ...?

Derlei Gedanken hatten mich, obwohl sie neben mir saß, Martas Anwesenheit vergessen lassen. Nach langem Schweigen holte sie mich aus meinen Grübeleien, indem sie meine Hände berührte und süß näselte:

»Hypa, nimm mich mit in deine Heimat ... Wir heiraten und bleiben unser ganzes Leben dort.«

»Stimmt es, was deine Tante gesagt hat? Hast du die Absicht, in Aleppo zu singen?«

»Sie will das, und ich will nur dich ... Lass uns fortgehen von hier.«

»Wie, Marta, wie? Die meisten Menschen in meiner Heimat sind Christen.«

»Und was ist daran auszusetzen? Wir sind doch auch Christen.«

»Unsere Heirat ist im Christentum verboten.«

»Verboten!!«

»Ja, Marta, verboten. Im Evangelium des Apostels Matthäus steht geschrieben: Wer eine Frau heiratet, die aus der Ehe entlassen worden ist, begeht Ehebruch.«

»Begeht Ehebruch ... Und was ist das, was gestern in der Hütte zwischen uns vorgefallen ist? War das kein Ehebruch?«

Wie die Seele aus einem abgemagerten, von chronischen Krankheiten entkräfteten Körper entweicht, schlich Marta davon. Ich schaute ihr nicht nach, als sie mich in Richtung ihrer Hütte verließ, und rührte mich auch nicht vom Fleck ... bis der Diakon kam, um mich zur Zelle des Abtes zu rufen, weil er in einer dringenden Angelegenheit nach mir verlange. Meine Beine waren eingeschlafen; hätte ich mich nicht auf den Arm des Diakons gestützt, als ich mich erhob, wäre ich beinahe gestürzt ... Zum Kloster hinauf nahmen wir den Weg, der oberhalb der Hütte entlangführt, um Martas alter Tante nicht zu begegnen ... Ich war erschöpft ... Als ich beim Abt des Klosters eintrat, rannen mir die Schweißperlen von der Stirn und flossen wie Regenfäden unter meine Kutte.

SIEBENUNDZWANZIGSTES PERGAMENT

Der Schmiedehammer

Als ich die angelehnte Zellentür aufstieß, fand ich den Klostervorsteher tief ins Gebet versunken vor. Er hatte für Nestorius gebetet, wie er mir sagte. Dann setzte er hinzu, er werde die Bewohner des Klosters und alle Gläubigen in der Umgebung von heute Nacht an zu einem einwöchigen Fasten aufrufen. Es sollten Messen zelebriert und Gebete verrichtet werden, um die göttliche Gnade für die Anhänger der Religion zu erbitten und den Kummer von den großen Kirchen zu vertreiben. Auf meine Verwunderung ob seiner Worte berichtete er mir, dass Bischof Kyrillos und der Bischof von Jerusalem sowie einige weitere Bischöfe und Priester beschlossen hätten, das große ökumenische Konzil am morgigen Tag unter Kyrillos' Vorsitz einzuberufen ... und dass Nestorius nicht beabsichtige, daran teilzunehmen!

In meinem Kopf drehte sich alles, mir stockte der Atem. Nach einem Augenblick des Schweigens fügte der Abt hinzu, Johannes, der Bischof von Antiochia und Verbündeter von Nestorius in seiner schwierigen Lage, habe die Bischöfe und Priester, die sich in Ephesos versammeln, darüber unterrichten lassen, dass er sich wegen der Gefahren der Reise um einige Tage verspäten werde ... Dann sagte er: »Das Reisen ist fürwahr gefährlich in diesen Zeiten, das Meer ist aufgewühlt und der Landweg unsicher ... Straßenräuber treiben ihr Unwesen, und in den Landstrichen hat sich Unruhe breitgemacht.«

Der Schweiß rann mir von der Stirn, und ich wurde von einem leichten Zittern und einem Schwindel erfasst. Ohne dass ich den Abt um weitere Erklärungen gebeten hatte, fuhr er fort, dass alle über die möglichen Geschehnisse in Ephesos beunruhigt seien; ihm selbst sei äußerst bange zumute. Vor lauter Bestürzung über die Worte des Abtes vermochte ich nicht zu antworten, war ich mir doch gänzlich gewiss, dass die Schrecknisse des Sturmes unweigerlich bevorstanden. Schließlich hatte ich Jahre in Alexandria verbracht und in jener weit zurückliegenden Zeit erfahren, wie die Schrecknisse der Wirbelstürme sich erhoben ... Ich erkundigte mich nicht danach, auf welchem Wege die Nachrichten den Abt erreicht hatten, sondern wollte nur wissen, ob seine Informationen gesichert seien. Er nickte bedauernd und bedeutete mir, er wolle mich mit einem Brief bezüglich der Ereignisse von Ephesos zum Erzbischof der Eparchie von Aleppo schicken.

Kaum hatte der Vorsteher den Namen Aleppo ausgesprochen, rissen mich die Gedanken mit sich fort, und mein Kopf begann sich unter den mich bedrängenden Fragen zu drehen: Warum werde ich plötzlich von allen Seiten von Aleppo umzingelt ...? Es lauert mir auf ... beraubt mich ... reißt mich fort, mit allem, was um mich herum ist. Das Aleppo der Bars, welches Marta ruft, und sie verführt und mich verführt ... Und nun die Eparchie Aleppo, in der es durch das in Ephesos lodernde Feuer immer stärker zu brodeln beginnt ... Warum wählte der Abt des Klosters ausgerechnet mich, einen Brief dorthin zu überbringen? Und warum korrespondiert er gerade jetzt mit Aleppo? Oder ob es sich wohl um den Brief von Bischof Johannes von Antiochia handelt? Was geht vor um mich herum ...?

Erst als der Abt sich erhob und mir mitteilte, er werde den Brief heute Nacht aufsetzen, auf dass ich mich morgen nach der Messe zur Morgendämmerung auf den Weg machen könne, kam ich wieder zu mir … Ich bat um Erlaubnis, meine Zelle aufsuchen zu dürfen, wollte mich ihm jedoch eine Stunde später in der Kirche wieder zugesellen … Ich trat auf den Platz, die Mönche waren in diverse Vorbereitungen vertieft, doch ich schenkte ihnen keine Beachtung und sprach auf meinem Weg mit keinem Menschen. Auf der Treppe hinauf in meine Zelle wollten mir beinahe meine Beine den Dienst versagen … Ich schloss die Tür hinter mir und hockte eine Weile im Dunkeln, dann streckte ich mich auf dem Rücken aus, ohne meine Arme auszubreiten … Als ich die Augen schloss, erblickte ich eine nicht lächelnde Marta, und nachdem ich mein Gesicht mit den Armen bedeckt hatte, gewahrte ich, wie Oktavia starb … Dann schaute ich Nestorius, der gesenkten Hauptes einherschritt, an seiner Seite finster dreinblickende Soldaten … Schließlich sah ich mich selbst, allein, auf dem Qusqâm-Berg.

Übermannt von einer Angst, deren Ursprung ich nicht kannte, erhob ich mich. Soll ich jetzt zur Kirche gehen, um ein wenig Sicherheit zu verspüren?, fragte ich mich. Die Nachtgebete haben gewiss bereits eingesetzt … Die Anwesenheit der anderen vertreibt die Angst, ruft doch nichts mehr Angst hervor als das Alleinsein. Oder soll ich zur nahe gelegenen Hütte Martas gehen, um wieder gutzumachen, was zwischen uns zerbrochen ist, und mich dann auf den Boden unter ihrem Lager betten? Ich weiß nicht viel über sie … Ich habe ihr Inneres nicht gesehen, ich habe gar nichts von innen gesehen, ich kreise stets um das Äußere der Dinge und tauche nicht in sie ein. Vielleicht fürchte ich mich sogar davor, in mein eigenes Inneres einzutauchen und die zweifelhafte Wahrheit meines Ichs zu erfahren … Alles an mir ist zweifelhaft … Meine Taufe, mein Mönchstum, mein Glaube, meine Gefühle, meine Heilkünste, meine Liebe zu Marta … Ich bin ein Zweifel im

Zweifel. Der Zweifel ist das Gegenteil von Glauben, wie der Teufel das Gegenteil von Gott ist.

Ich verbrachte eine düstere Nacht, in der ich mich über den Flammen leichtfertiger und absonderlicher Gedanken wand … Nur zu gerne wäre ich zu Martas Hütte gegangen und hätte mich ihr in die Arme geworfen. Oder ich stellte mir vor, ich würde die Säule erklimmen, von welcher der Abt des Klosters dem Volke predigt, dann breitete ich meine Arme aus, sammelte mich und flöge zu Nestorius. Gewiss betet er jetzt für sich allein, und gewiss würde er sich freuen, mich zu sehen … Ich wünschte mir, wieder ein Kind zu sein in längst vergangenen Zeiten, mit einer anderen Mutter als der meinigen, und einem anderen Vater, der meinem Vater jedoch gliche, und mit einer großen Familie, die stolz auf mich wäre, wenn ich ein neues Gedicht aufsagte … Und mit zwei Frauen, die mich lieben, die eine wie Oktavia, die andere wie Marta … Oder ich wäre wie die Taubenmännchen, schlicht und rein; ich erfreute mich einen Moment lang der Gunst jener, die sich mir näherte, dann flögen wir wieder auseinander …

Derlei leichtfertige Gedanken zogen mich zu der finsteren Höhle tief im Inneren des Menschen und ließen mich auf dem Boden eines tiefen Abgrunds verharren, von dem es kein Zurück gab. Ich spürte, wie mir die Kälte in die Knochen kroch, und zog die dicke Decke, die zusammengefaltet auf dem Tisch lag, zu mir herüber, um sie mir über die Schultern zu legen … Dann verließ ich meine Zelle in Richtung der Kirche, ließ sie indes seitlich liegen, ohne einzutreten. Schweren Schrittes ging ich auf das Klostertor zu. Die Position der Sterne kündete von der nahenden Dämmerung, die Finsternis hüllte das ganze Universum ein – und hüllte auch mich ein. Beim Tor war keiner der Angehörigen der römischen Garnison zu sehen, auch der Hund war nicht dort … Ich blickte zu Martas Hütte, und mich überfielen unerfüllbare Wünsche und unmäßige Ängste.

Lange harrte ich tief in Gedanken versunken am Klostertor aus. Eine Zeitlang hatte ich die Gedanken von mir abwehren können, doch dann stürmten sie unweigerlich auf mich ein. Ich stach zu weit entfernten Welten in See, die weit hinter dieser Welt lagen, tauchte ein in lange zurückliegende Zeiten, Zeiten, welche das menschliche Elend nicht gekannt, Zeiten vor jener Zeit, die die Genesis als den Beginn der Schöpfung beschreibt ... Wer war vor der Existenz des Menschen auf der Erde? Gott, die Engel, der Teufel? Was taten sie, bevor wir da waren und sie sich mit uns befassten?

Als der erste Lichtschein der Morgendämmerung erkennbar war, hatte ich zum ersten Mal das Gefühl, nicht allein zu sein ... Ich spürte, dass da jemand war, der mich sah, den ich indes nicht sehen konnte. Ich meine nicht Gott, nein, eine andere Person ganz in meiner Nähe, verborgen an einem nahe gelegenen Ort ... Ich wandte mich um und lauschte aufmerksam, vielleicht würde ich etwas gewahr werden, was mein Gefühl bestätigte – oder es Lügen strafte. Es sind die Phantasien eines Schlaflosen nach einer langen durchwachten Nacht, dachte ich bei mir. Vielleicht ist ein Fuchs in der Nähe oder ein wilder Hase oder auch ein Dieb, der in Erfahrung brachte, dass die Klostergarnison meist in tiefem Schlaf liegt.

Ich hob einen Stein auf und warf ihn nach rechts, dann schleuderte ich Steinchen in alle Richtungen, doch nichts regte sich, ich vernahm nur das Geräusch der auf die Kiesel aufprallenden Steine. Es mussten Sinnestäuschungen gewesen sein, die Sorgen eines Schlaflosen, die Furcht vor dem verborgenen Unbekannten. Als ich mich erhob, war mir, als folgte mir jemand. Ich hielt mitten auf dem leeren Platz inne, und auch er hielt inne. Ich setzte meinen zögerlichen Gang fort, auch er folgte zögernd ... Da durchfuhr mich ein Schauder.

Das Kirchenportal, welches zum Klostergelände führt, war verschlossen. Ich setzte meinen Weg fort, bis das geheimnisvolle Gebäude vor mir aufragte, die Zellen der Mönche lagen zu meiner Rechten. Eilig wandte ich mich dorthin und stieg die Stufen zu dieser meiner Zelle empor, verschloss fest die Tür hinter mir und verharrte im Dunkeln. Die Sonne wird bald aufgehen, dachte ich, es ist also müßig, die Lampe anzuzünden. Ich sollte mich ein wenig ausruhen, denn ich habe einen langen Tag vor mir ... Zwischen den Phasen von Schlaf und Schlaflosigkeit spürte ich, dass der, der bei mir gewesen war, immer noch da war. Ich hatte aber keine Angst mehr davor, ihn zu spüren ... Ich war gewiss, dass ich die Tür fest verschlossen hatte und dass ich mich allein im Raum befand ... gewiss aber auch, dass etwas in meiner Nähe war.

»Hypa ...«

Als ich den dunklen Ruf vernahm, wurde mir bange, über meine Arme legte sich eine Gänsehaut, dann überfiel mich ein Zittern, dessen Zentrum sich in meinem Kopf festsetzte. Die Stimme, die mich gerufen hatte, war vernehmbar gewesen, doch woher war sie gekommen? Sie kam nicht aus einer bestimmten Richtung, sondern sie drang von überall zu mir her.

»Hypa ... siehst du mich nicht?«

Ich blickte mich um, konnte aber nichts erkennen. Ich schaute in mich hinein, und da gewahrte ich zwischen den Schleiern der Angst und der Sorge ein blasses Gesicht. War dies der Junge, dem ich am Saum von Sarmada begegnet war? Oder der elegante hinterlistige Mann, den ich auf dem Rückweg vom Qusqâm-Berg nach Assiut gesehen hatte? Die Augen waren die Augen des Burschen, das spöttische Lächeln auf den Lippen das des Mannes. Ich war also im Recht gewesen, als ich mich vor ihnen gefürchtet hatte. Der Abt des

Klosters hingegen hatte mir keinen Glauben geschenkt, als ich ihm sagte, dass ich am helllichten Tag den Satan getroffen hätte ... Den Satan ... Na und, was könnte er mir schon antun?

Dieser Gedanke linderte meine Ängste zum Teil, warf indes zahlreiche Fragen auf: Wozu willst du mich denn wohl verführen, du verfluchter Teufel? Willst du mich etwa von meinem Glauben an Christus abbringen? Dann ist dir wohl entgangen, dass ich nicht mehr gläubig bin wie früher? Lockst du mich mit dem Laster? Dann weißt du wohl nicht, was früher mit Oktavia geschehen ist und heute mit Marta? Oder willst du mich auf die Pfade der Häresie führen? Was ist überhaupt der rechte Glaube, dem die Häresien zuwiderstehen? Es gibt keine Häresien, so lange es keine rechte Orthodoxie gibt ... Und was ist die Orthodoxie? Ist es das, was in Alexandria bestimmt wird oder was man in Antiochia glaubt? Ist es der Glaube der Vorväter, der heiligen frommen Männer ...? Oder sind es die heidnischen Glaubensvorstellungen, deren Anhänger die Vorväter vernichtet hatten, die mit der Zeit Gottesfürchtige und Heilige geworden waren?

Unzählige Fragen stürmten auf mich ein, auf die es keine Antworten gibt: Ist der rechte Glaube der des Kyrillos oder der des unglücklichen Nestorius, der in Kürze jenen nachfolgen wird, die schon vor ihm exkommuniziert wurden: Paulus von Samosata, der verbannte Arius, der ehrwürdige Theodor ... Alle, die hier als Häretiker betrachtet wurden, waren woanders hoch verehrt! Und alle Väter wurden von jenen, die nicht zu ihren Anhängern gehörten, geschmäht. Der Satan treibt mit allen sein Spiel; trachtet er jetzt auch danach, mit mir zu spielen? Genügt es ihm nicht, sich mit jenen die Zeit zu vertreiben, die sich nun in Ephesos zum Krieg rüsten? Und reicht ihm jenes Feuer nicht, welches er in allen Kirchen entzündet ... Weder kennt er die Genügsamkeit noch die Beschränkung auf eine einzige Person ... Warum sonst ruft er mich jetzt? Und stört in einem fort meinen Frieden und sucht in aller Öffentlichkeit Händel am Saum von Sarmada?

In der Dunkelheit wurde sein Bild deutlicher. Ich starrte in seine Gesichtszüge und musste feststellen, dass sie sich verändert hatten. Es war nicht mehr der gut gekleidete Mann, dessen Antlitz von einer Flechte überzogen war, und nicht der Bursche, den ich getroffen hatte ... Er hatte jetzt ein feineres, ein schmaleres Gesicht, es glich eher dem Antlitz Martas. Ich schaute genau hin, ja, es war Marta, wie sie leibt und lebt. Mit ihrem süßen Lachen und ihrem schönen Haupt, das sie beim Sprechen ein wenig nach rechts neigt. Leise rief ich sie, doch da bewölkte sich das Gesicht und löste sich wie Rauchfäden in nichts auf. Die Gesichtszüge waren plötzlich entstellt, das Bild Martas hatte sich verloren ... Ich war verwirrt, und nachdem ich lange in den dichten Wolken umhergeirrt war, nahm mich ein tiefer Schlaf mit sich, so dass ich nichts mehr um mich herum gewahrte.

Am Vormittag schickte der Abt des Klosters einen Mönch zu mir in die Zelle, um den Grund für meine Abwesenheit in Erfahrung zu bringen. Ich sagte ihm, dass ich mich der morgendlichen Kälte ausgesetzt hätte und nun unpässlich sei. Gegen Nachmittag tauchte der Diakon auf, um sich nach meinem Befinden zu erkundigen. Meine Kehle war trocken, mein Kopf schwer. Ich fragte ihn, ob er Neuigkeiten über das heilige ökumenische Konzil habe, und seine lapidare Antwort steigerte noch mein Unwohlsein: »Sie haben heute begonnen, doch der Kaiser ist noch nicht eingetroffen ... Die Brieftaube brachte die Nachrichten.«

Ich schloss die Tür hinter ihm und blieb rücklings in der Dunkelheit liegen. Dann kauerte ich mich auf den Boden, lehnte mich gegen die Wand und umschloss meinen Kopf mit den Armen. Der Schlaf überkam mich, und erneut hatte ich das Gefühl, dass dasselbe unsichtbare Wesen bei mir in der Zelle sei. Ich entschlummerte eine Weile und sah noch einmal Marta. Sie erschien mir in jenem Augenblick wie Rauchschleier, die in meinem Kopf entstanden waren. Ich sprach sie an, doch sie antwortete nicht. Als ich auf sie zuging, zog sie sich zurück. Ihre Gesichtszüge verwandelten sich und ähnelten nun denen meiner Mutter… Sie kam näher, so nah, dass ich ihren Atem spürte. Doch ihr haftete nicht der Geruch meiner Mutter an, auch nicht der Geruch des wohlriechenden Öls, mit dem Marta sich einzureiben beliebt. Allem ist ein Geruch zu eigen, sogar den Steinen. Doch derjenige, den ich sah, hatte keinen Geruch. Es war ein Gesicht, dessen Züge sich langsam wandelten und immer wieder eine andere Gestalt annahmen.

Als es dämmerte, erhob ich mich. Mir war, als sei dies die Wiedererweckung am Tage der Auferstehung. Zitternd verließ ich meine Zelle und fand das Kloster in absolute Stille gehüllt. Die Sonne neigte sich bereits gen Westen, und das geheimnisvolle Gebäude hatte einen rötlichen Schimmer angenommen … Derweil ich die Treppe hinabstieg, kam mir die nahe gelegene große Kirche weit entfernt vor. Ich hielt inne, kehrte in meine Zelle zurück und gab mich ein weiteres Mal dem Schlaf hin.

Mitten in der Nacht überfielen mich aufs Neue jene unbezähmbaren Gedanken … Warum stehe ich jetzt nicht einfach auf und gehe mit Marta weit fort von hier? Oder lasse alles hinter mir und breche auf nach Ephesos? Die alexandrinischen Bischöfe und Mönche dort werden mich nicht erkennen … Ich werde Nestorius in seinem Unglück beistehen, und vielleicht wird sich die Situation zu seinen Gunsten wenden, wenn der Kaiser und die ihn unterstützenden Bischöfe eintreffen. Der Kaiser wird ihm Beistand leisten, schließlich ist

Nestorius der Bischof seiner Hauptstadt. Und nachdem diese Prüfung vorüber sein wird, werde ich mit ihm nach Konstantinopel zurückkehren …

»Hypa … diese Prüfung wird erst vorüber sein, wenn Nestorius vernichtet ist.«

»Wer bist du?«

»Kennst du mich wirklich nicht?«

Das verführende Phantom hatte zu sprechen begonnen … Seine Worte ließen sein Bild verblassen und seine Gesichtszüge schwinden, die so viele verschiedene Formen angenommen hatten. Ich wusste nicht, was ich ihm antworten sollte, aber ich fürchtete mich nicht mehr vor seiner Anwesenheit.

»Ich bin nicht bei dir, ich bin in dir.«

Ich glaubte, der Wahn habe mich aus meiner beunruhigten Welt gerissen, so dass ich irre zu reden begann. Ich sagte mir, vielleicht schlafe ich gerade, und das ist nur ein flüchtiger Traum. Ja, es ist ein flüchtiger Traum, aus dem ich erwachen werde; dann wird es nur noch eine Erinnerung sein, die ich rasch vergesse. Ich bin besorgt über alles, was in meiner Umgebung geschieht, und Sorgen beschwören Ängste herauf … Ich muss unbedingt wieder zur Ruhe kommen.

»Du bist besorgt über das, was dir widerfährt, Hypa, denn du weißt, was in Ephesos geschehen wird. Und du weißt, dass du Marta verlieren wirst, wie du schon verloren hast, was dein war: der Traum von großartigen Leistungen in der Medizin; die Hoffnung, das Geheimnis der Religion zu ergründen; die Leidenschaft für Oktavia; die Liebe zu Hypatia; die Gelassenheit durch Gleichgültigkeit; der Glaube an dummes Zeug.«

Die Stimme drang diesmal flüsternd zu mir, in einem klaren Tonfall, dann wurden die Züge des Gesichts wieder erkennbarer. Es ähnelte mir, und die Stimme war meine Stimme. Das war ein anderes Ich, das in mir gefangen war …

Macht nichts, wenn ich ein wenig mit mir selbst spreche und mir gegenüber offen sage, was man sonst verschweigt. Meine Sehnsucht nach Marta, meine Angst um sie, und meine Angst vor ihr. Ich irre durch die Wüsten des Ichs und betrachte den erwarteten Schlag von Bischof Kyrillos in Ephesos nicht als gutes Zeichen, er wird schrecklich sein … Kyrillos ist der Kopf der alexandrinischen Kirche, der Markuskirche. Und das Wort Markus bedeutet unter anderem … ah … der schwere Hammer, den wir in unserem Land … Schmiedehammer nennen.

Ah … der alexandrinische Schmiedehammer wird unweigerlich auf Nestorius' Haupt niedergehen, und die Mauern dieses und aller Klöster und Kirchen, die dem Bistum von Antiochia unterstehen, werden erbeben. Allein Alexandria wird der Ruhm zuteil werden. Selbst die alteingesessene Stadt Rom wird vergehen und wie alle alten Städte sterben … Ich muss aus dieser von Toten bevölkerten Welt fliehen.

»Lass die Toten sich ihres Todes erfreuen, nimm Marta und kehre mit ihr in deine Heimat zurück.«

»Sei still, und kehre du dahin zurück, woher du gekommen bist … du geheimnisvoller Verführer.«

»Lass du mich zurückkehren! Du bist es doch, der mich erschaffen hat.«

»Ich habe niemanden erschaffen … Ich träume gerade.«

»Dann wird dein Traum lange währen, Hypa!«

»Du nennst mich bei meinem mir eigenen Namen … Aber wie ist denn eigentlich dein Name?«

»Azazel.«

ACHTUNDZWANZIGSTES PERGAMENT

Die Anwesenheit

Ich verlor das Bewusstsein und sah eine Welt voller Bäume, und ich sah mich selbst durch dichte, nahezu undurchdringliche Wälder laufen. Als ich wieder zu mir kam, saß der Diakon neben mir auf dem Bett, und ich spürte, dass meine Kutte über der Brust von warmem Wasser genässt war. Wieder verlor ich das Bewusstsein, da tauchte Azazel mit einem hellen, in der Dunkelheit leuchtenden Gesicht auf. Ich erwachte erneut, die Tür meiner Zelle stand offen und ließ das Tageslicht herein, das sich seinen Weg durch die Gewänder der in der Tür stehenden Mönche bahnte. Sie tuschelten miteinander, doch ich konnte nichts verstehen. Die Decke der Zelle dünkte mir unendlich weit entfernt.

Ich vernahm das ununterbrochene Läuten der Glocken und hatte das Gefühl, als lösten sich meine Knochen auf. Plötzlich hielten die Glocken inne, und Azazel kam lächelnd auf mich zu. Er setzte sich still vor mich hin, dann kroch er zu mir herüber. Ich befühlte sein Gesicht mit meinen Fingerspitzen, es war feucht, glatt. Mich schauderte bei der Berührung … Nach einer Weile legte er mir seine kalte Hand auf die Stirn, und die Kälte drang in meinen Kopf und besänftigte meine Furcht. Ich schlief in meinem Traum und sah im Traum, dass ich schlief.

»Hypa …«

»Was willst du, Azazel?«

»Ich will, dass du zu Kräften kommst und aus deinem Zustand erwachst.«

Erwachen bedeutet Armut und Mangel! Die Ohnmacht ist angenehmer und bringt diese zahlreichen Sonnen und Monde deutlicher zur Geltung, die meinen rötlich nächtlichen Himmel erfüllen ... Ich sah mich das Gelände des Klosters durchstreifen, allein. Durch die Luke in der Höhe betrat ich das geheimnisvolle Gebäude. Ich durchlief die Räume, bis ich unten auf dem Grund anlangte. Dort gab es keine rostigen, in der Dunkelheit leuchtenden Nägel. Ich gewahrte dort nichts als tiefste undurchdringliche Finsternis. Ich ließ mich auf der Wendeltreppe nieder und rief nach Azazel, auf dass er mir in meiner Einsamkeit Gesellschaft leiste. Er kam und setzte sich neben mich ... Gemeinsam verließen wir das geheimnisvolle Gebäude, das nun bar jedes Geheimnisses war, und fanden den Klosterhügel gänzlich leer vor. Kein Mensch und kein Stein, auch nicht die Gebäude, die dort gestanden hatten. Nur kleine Kiesel, Zypressen und bläuliche Kräuter. Dies sei der Klosterhügel in längst vergangenen Zeiten, raunte mir Azazel zu, in Zeiten vor der frohen Botschaft, bevor Gott den Menschen erschuf ... Dann fragte er mich:

»Hat Gott den Menschen erschaffen oder umgekehrt?«

»Was meinst du?«

»Hypa, der Mensch erschafft sich in jedem Zeitalter einen Gott nach seinem Belieben. Sein Gott ist stets Ausdruck seiner Visionen, seiner unerfüllbaren Träume und seiner Wünsche.«

»Hör auf mit diesem Gerede! Du kennst deinen Platz bei Gott, also sprich nicht von ihm.«

»Das solltest du wissen, Hypa: Man spricht von mir, solange man von ihm spricht!«

Besiegt von der Ohnmacht, ließ ich Azazel reden, wie es ihm beliebte, und zog mich zurück ... Nach einer Weile ging ich wieder zu ihm. Er sprach mit sich selbst. Ich lauschte und musste feststellen, dass er in einer seltsamen Sprache redete. Er sagte etwas wie, Gott sei in uns verborgen und der Mensch unfähig, einzutauchen, um ihn zu erkennen! Als einige Menschen vor langer Zeit geglaubt hatten, sie hätten sich ein Bild des vollkommenen Gottes gemacht, und dann begriffen, dass das Böse fest in der Welt verwurzelt und immer da ist, schufen sie mich, um es zu rechtfertigen. So redete er …

Ich hatte aufgehört, mit Azazel zu streiten. Ich war gar nicht mehr in der Lage, mit ihm zu disputieren. Mehrmals dünkte mir, dass ich erzitterte und hungrig war. Er steckte mir einen Löffel geruch- und geschmackloser Suppe in den Mund. Als ich die Suppe hinunterschluckte, zerriss es mir schier die Kehle, ich litt Schmerzen und schlief ein. Manchmal gewahrte ich den Diakon, nicht Azazel, er war es, der mir die Suppe einflößte, und Wasser … Das Wasser schmeckte süß.

Über Azazels Herkunft gibt es zahllose Meinungen und Mutmaßungen. Einige von ihnen sind in den alten Büchern erwähnt, andere von den Religionen des Orients übernommen. Nicht alle Religionen glauben an seine Existenz, und auch die alten weisen Ägypter kannten ihn nicht … Es heißt, er wurde in der Phantasie der Menschen geboren, in alter sumerischer Zeit oder zur Zeit der Perser, die sowohl das Licht als auch die Dunkelheit anbeteten, und von jenen kannten ihn die Babylonier. Seine bekanntere Erwähnung aber findet sich in der Thora, die die Rabbiner nach der Rückkehr der Juden aus der babylonischen Gefangenschaft verfassten. Im Christentum hingegen, so bekräftigen es alle Strömungen und lassen keinerlei Zweifel daran zu, befindet er sich immer in der Position der Gegnerschaft zu Gott und zu Jesus. Seine Position zum Heiligen Geist ist indes nicht bekannt! Die Altvorderen erzählten über ihn, er habe den Pfau erschaffen. In einer alten Inschrift stehe geschrieben, sie hätten ihn beschimpft, nur Böses zu tun und nur zu Bösem anzustacheln. Daraufhin habe er ihnen seine Fähigkeit unter Beweis stellen wollen, Schönes zu vollbringen, und so erschuf er diesen Vogel. So sprach ich eines Tages zu Azazel, er aber lächelte nur und zuckte verwundert mit der Schulter.

Ich hörte das Zwitschern der Vögel, die den Himmel erfüllten. Die Zellentür war geöffnet, Azazel saß schweigend neben der Tür. Ich wünschte mir, meine Stimme von ihm zu hören, und so fragte ich ihn, welcher seiner Namen ihm am liebsten sei. Er erwiderte: »Die sind mir alle gleich, Teufel, Satan, Ahrimân, Azazel, Beelzebub, Beelzebul ...« Ich sagte, Beelzebul bedeute auf Hebräisch »Herr des Unrats«, und Beelzebub »Herr der Fliegen«. Wie könne es sein, dass er sich nicht um den Unterschied seiner Namen schere und sie für ihn alle gleich seien? Er sagte: »Alle sind sie gleich. Der Unterschied besteht nur in der Aussprache, nicht in der einen Bedeutung.«

Ich kam zu mir und sah, dass der Diakon zwischen meinen Lippen ein Stück weißen Stoff auspresste, der mit kühlem Wasser genässt war, dann legte er es mir auf die Stirn. Ich befühlte mein Gesicht, es war übersät mit Schweißperlen, ebenso mein hartes Kopfkissen ... Ich fragte Azazel nach der einen Bedeutung seiner vielen Namen, und er erwiderte: »Das Gegenteil.«

Azazel ist das Gegenteil des zu Gott erhobenen Gottes ... So flüsterte er mir zu, in einer anderen Sprache, nicht in jener vorherigen, die ich nicht gekannt hatte. Doch ich verstand seine Worte und verlor mich in ihren Bedeutungen ... Er ist also das Gegenteil des Gottes, den wir kennen und den wir als das unbedingt Gute definiert haben. Und weil alles ein Gegenteil hat, haben wir für das unbedingt Böse ein gegenteiliges Wesen zu dem geschaffen, welches wir uns zuerst vorgestellt hatten, und gaben ihm den Namen Azazel und viele andere Namen ... Ich flüsterte:

»Aber du bist der Grund für das Böse in der Welt, Azazel.«

»Sei doch vernünftig, Hypa, ich bin die Rechtfertigung des Bösen ... das Böse hat mich hervorgerufen.«

»Hast du nicht den Hader zwischen den Bischöfen gesät? Gestehe!«

»Ich begehe, aber ich gestehe nicht. Das ist es, was man von mir will.«

»Und du, willst du gar nichts?«

»Ich bin du, Hypa, und ich bin sie ... Ich bin überall da, wo du es willst oder wo sie es wollen. Ich bin stets anwesend, um die Bürde zu tragen und die Sünde fernzuhalten und jeden Schuldigen für unschuldig zu erklären. Ich bin der Wille und der Wollende und das Gewollte. Und ich bin der Diener der Menschheit und stachele die Anbeter Gottes dazu an, ihre falschen Vorstellungen fortzujagen.«

Ich wurde von einem Schwindel erfasst, mein Blick schweifte ziellos umher. Der Ort glich meiner Zelle, und dieses Gesicht, das mich anstarrte, dünkte mir das des Abtes. Und da waren diese Psalmen, die ich mit einer Stimme vernahm, die wie die seine war ... Die Luft war drückend, und die Feuchtigkeit nahm mir den Atem.

Ich holte die Ohnmacht zu mir heran, um einen Augenblick auszuruhen, und da erfasste mich ein Beben, welches mein Inneres erzittern ließ ... Ich sah das Meer von Alexandria, und ich sah mich in seinen Tiefen umhertreiben ... Dann zog mich ein Strudel, ein nicht enden wollender, in die Tiefe.

Eine Zeitlang war ich vom Strudel umhüllt, der mich erfasst hatte. Ich befühlte die Festigkeit des Wassers, das mir vor Augen stand.

»Er ist aufgewacht … und verlangt nach Essen.«

Die Stimme des Diakons drang durch die geöffnete Tür zu mir. Mir wurde die Bedeutung seiner Worte erst bewusst, als er freudestrahlend bei mir eintrat und sagte: »Das Essen kommt sofort, mein Vater. Wir danken dem Herrn für Eure Genesung. Es ist ein Wunder des Himmels … Alle meinten, Ihr würdet das Zeitliche segnen, ich aber wusste, dass Ihr vom Fieber genesen werdet.«

»Was für ein Fieber, guter Diakon, ich verstehe gar nichts.«

»Strengt Euch nicht an, mein Vater. Ruht Euch aus, das Essen wird gleich kommen.«

Ich war hungrig und sehnte mich danach, in den Tag hinauszugehen, doch ich vermochte mich nicht von meinem Lager zu erheben. Meine Kräfte waren in Gänze geschwunden. Mit Mühe nur konnte ich mich verständlich machen und den Diakon bitten, mir beim Aufsetzen behilflich zu sein. Er packte mich unter der Achsel, ich lehnte mich mit dem Rücken gegen die Wand, und fast wäre ich wieder eingeschlummert, hätte ich nicht Schritte kommen gehört.

Der Pharisäer war der Erste, der meine Zelle betrat; seine Augen glänzten vor Freude. Hinter ihm kam ein Mönch mit einem Napf Suppe. Als ich einige Schlucke genommen hatte, verspürte ich für eine Weile einen Schmerz im Magen, doch der Hunger besiegte den Schmerz, so dass ich den ganzen Napf leerte … Dann ging der Mönch hinaus, der Diakon folgte ihm, und nur der Pharisäer blieb an der Tür stehen. Ich lächelte ihn mit allen mir zur Verfügung stehenden Kräften an. Als er näher kam, bemerkte ich Tränen in seinen Augen.

»Bring mich zur Bibliothek.«

»Nicht jetzt, Hypa, die Sonne brennt. Lass uns am Nachmittag gehen.«

War die Mittagssonne etwa heißer, als ich es ertragen konnte? Ich, auf dessen unbedecktes Haupt sie stets ihre glühenden Pfeile hatte niedergehen lassen? Ich wollte mit dem Pharisäer sprechen, doch ich wurde immer wieder von kurzen Schlummern gewiegt, dann schleuderten sie mich in den Abgrund des Verlusts. Kaum spürte ich, wie er mir eine Decke überlegte, hinausging und die Tür meiner Zelle schloss. Irgendwann erwachte ich vor Hunger und Durst. Niemand war in der Zelle, den ich um Wasser hätte bitten können ... Beim Aufstehen stützte ich mich gegen die Wände, dann taumelte ich zu dem Krug neben der Tür, der mit einem runden Holzbrett abgedeckt war. Ich hob den Deckel, füllte den Kupferbecher und verschlang das Wasser mit einer nie erlebten Gier ... Das Wasser ist der Beginn des Lebens, und mein Leib war ausgetrocknet wie die Erde, die nach langer Dürre und Entbehrung aufbricht.

Ich lehnte den Kopf gegen die Wand und bemühte mich vergeblich, meine Kräfte zu sammeln. Ich setzte mich wieder für eine Weile nieder, bis ich erneut in der Lage war, mich zu erheben. Als ich die Tür öffnete, schmerzte mich das Sonnenlicht in den Augen; um das Gleißen zu ertragen, bedeckte ich sie mit meinem Ärmel ... Gegen die Mauern des Ganges gestützt, der die Zellen der Mönche miteinander verbindet, tappte ich vorwärts. Ich holte tief Luft ... Plötzlich erinnerte ich mich Martas und wurde von einem Zittern erfasst.

Ich sah, wie die Mönche die Kirche nach dem Gebet zur neunten Stunde verließen. Sie waren in Festtagsgewänder gekleidet. Als sie mich erblickten, kamen sie freudestrahlend auf mich zu. Nachdem ich die Treppe überaus bedächtig und mit zitternden Beinen herabgestiegen war, traf ich in Höhe der ersten Treppenstufen mit ihnen zusammen. Auf unserem Weg zur Bibliothek erfuhr ich, dass das Fieber mich ganze zwanzig Tage im Griff gehabt hatte. Ich fragte mich, was das wohl für ein Fieber sein mochte, das so lange währte und dessen Schübe ununterbrochen anhielten? War es das gewöhnliche Fieber, dessen Schübe nachts einsetzen, oder das dreitägige Wechselfieber, das sich von einem auf den anderen Tag einstellt? Auf jeden Fall war es kein chronisches Fieber, sonst hätte es mich nicht auf diese unbarmherzige Weise außer Gefecht gesetzt ... Zwanzig Tage! Ein solch hohes Fieber kann einen Kranken in kürzerer Zeitspanne vernichten ... Wie wurde ich gerettet? Welch heilende Maßnahmen haben sie mir angedeihen lassen? Wo ist der Diakon? Ich möchte ihn nach Marta fragen. Was ist in Ephesos geschehen? Welche Visionen habe ich während des Fiebers geschaut? Habe ich tatsächlich mit Azazel gesprochen, oder waren das die Phantasien eines Fiebernden?

Nur mit Mühe erreichten wir die Bibliothek. Nachdem einer der Mönche die Tür geöffnet hatte, stellte ich fest, dass alles von Staub bedeckt war. Orte altern, wenn seine Bewohner fortgehen. Jemand holte rasch einen Stofffetzen und wischte den Staub von den Stühlen. Umringt von etwa zehn Mönchen, erkundigte ich mich nach den Ereignissen des heiligen Konzils. Ihre Antworten überlagerten sich: Bischof Kyrillos berief, begleitet von den Rufen der ägyptischen Mönche und der Massen, das Konzil zusammen, noch bevor der Kaiser eintraf ... Kyrillos leitete das Konzil und sammelte Unterschriften von Bischöfen und Priestern für einen klerikalen Beschluss, Bischof Nestorius abzusetzen und zu exkommunizieren! Die Bischöfe Johannes von Antiochia und Nestorius beriefen einige Tage später ein anderes Konzil in der gleichen Stadt ein und sammelten Unterschriften von Bischöfen und Priestern für den Beschluss, Bischof Kyrillos abzusetzen und zu exkommunizieren ... Als der Kaiser aus Konstantinopel eintraf, und mit ihm der Papst von Rom, waren sie erzürnt über die Vorgänge und beschlossen gemeinsam mit einer Gruppe von Bischöfen und Priestern, die beiden bedeutenden Bischöfe abzusetzen und zu exkommunizieren! Nestorius und

Kyrillos waren also exkommuniziert, man hatte ihnen den Bischofstitel aberkannt und sie aus der Kirche ausgeschlossen.

Was für ein Wahnsinn! Ich blickte den Pharisäer an, der sich bis jetzt in Schweigen gehüllt hatte. Nachdem ich meinen Blick lange auf ihm hatte ruhen lassen, schüttelte er den Kopf und stülpte seine Lippen vor, ohne indes ein Wort zu sagen ... Als der Vorsteher des Klosters eintrat, erhoben sich die Mönche respektvoll. Da er ihnen andeutete, er wolle mit mir unter vier Augen sprechen, zogen sie sich einer nach dem anderen zurück. Aus ihren Augen sprach Freude über meine Genesung, aber auch Verunsicherung ob der Nachrichten aus Ephesos, die sie mir berichtet hatten.

Der Abt wollte schon anheben zu sprechen, da trat ein Diener mit einem Holzbrett durch die Tür. Darauf stand ein alter Kupfernapf mit Suppe, in welcher kleine Stücke Hühnerfleisch schwammen, außerdem ein Teller mit frischem Obst. Der Abt ließ sich Zeit, bis der Diener den Raum verlassen hatte, dann reichte er mir die Suppe und hieß mich, sie zu trinken. Er hielt mir auch den Obstteller hin und drängte mich, davon zu kosten. Ich nahm eine Frucht und stellte den Teller beiseite ... Dann schwiegen wir eine Weile. Der Abt vertiefte sich in leise gemurmelte Lobpreisungen, deren Worte ich nicht verstehen konnte, und erst als er in seinem bedächtigen Gemurmel innehielt, fragte ich:

»Was ist es, was in Ephesos vor sich geht, mein Vater?«

»Es sind der Tumult der Welt und ihre Begehrlichkeiten, die die Herzen schwach werden lassen.«

»Und wie wird die Angelegenheit ausgehen?«

»Heute berufen sie das Konzil unter Vorsitz des Kaisers und des Papstes von Rom offiziell ein ... Obwohl heute das Fest der Auferstehung gefeiert wird.«

»Gesegnetes Fest, mein Vater. Aber, glaubt Ihr, dass dieser Kummer vergehen wird?«

»Das glaube ich nicht, Hypa … Der Satan treibt sein Unwesen in Ephesos.«

Die Erwähnung des Satans, Azazels, versetzte mich in Unruhe. Und ich sorgte mich ob der Trauer, die das Antlitz des Abtes überzogen hatte, so dass mich ein leichtes Beben erfasste. Der Abt wurde es gewahr, er erhob sich und riet mir, mich auszuruhen, auf dass die Tage meiner endgültigen Genesung friedlich verliefen … Er forderte mich auch auf, zwecks Erholung in meine Zelle zurückzukehren, doch da ich der Zelle überdrüssig geworden war und glaubte, mich zwischen den Bücherregalen besser zu erholen, bat ich darum, in der Bibliothek bleiben zu dürfen … Er nickte zustimmend und wollte sich, während ich mich auf die Bank neben der Tür legte, anschicken hinauszugehen, doch vorher überraschte er mich mit den Worten:

»Mein Sohn, du solltest nach dem Vespergebet das Sûtûrû-Gebet verrichten. Es vertreibt den verfluchten Azazel und zerstört die Macht seiner satanischen Helfer.«*

* Die syrischen (und auch die koptischen) Gebete zählen tagsüber und in der Nacht sieben an der Zahl. Das Vespergebet wird in der Abenddämmerung verrichtet, und das Wort Sûtûrû bedeutet in syrischer Sprache: Schutz und Beschützer. (Der Übersetzer)

NEUNUNDZWANZIGSTES PERGAMENT

Der Verlust

»Schlaft Ihr, mein Herr?«, hörte ich den Diakon leise durch die Tür rufen. Ich forderte ihn auf hereinzukommen, und nachdem er eingetreten war, überreichte er mir ein schwarzes Stück Stoff, das sich, nachdem ich es ausgebreitet hatte, als schwarze Weste entpuppte, die an den Rändern mit Kreuzen aus dem gleichen Faden in grauer Farbe verziert war. Ich wusste sogleich, was es damit auf sich hatte, und der Diakon bestätigte meine Vermutung: Als Marta und ihre Tante vor einer Woche abgereist waren, hatte die Alte ihr Geschenk beim Diakon für mich hinterlassen. Marta indes hatte ihm einen Brief für mich übergeben, der nur aus einem einzigen Satz bestand: *Ich bin gezwungen!*

Man hatte Marta also gezwungen, nach Aleppo zu gehen! Was mochte das wohl für ein Zwang gewesen sein, der sie zur Abreise veranlasst hatte, derweil ich vom Fieber geschüttelt wurde? Hätte sie nicht noch einige Tage auf mich warten können? Gewiss hatte sie die Hoffnung auf meine Genesung aufgegeben und war überzeugt gewesen, dass es unweigerlich mit mir zu Ende ginge … Sie hatte mich meinem Tod überlassen und war fortgegangen, um ein neues Leben zu beginnen. So sind sie, die Frauen, treulos, wie der Pharisäer nicht müde wird zu betonen, treulos und bar jeder Moral. Er kennt sich besser aus in diesen Dingen als ich. Jetzt weiß ich sicher, dass ich mir etwas vorgemacht und unverzeihliche Sünden mit

Marta begangen habe. Sie hat mich aus meiner Welt gerissen, und als sie glaubte, ich stürbe, hat sie mich verlassen. O wäre ich doch gestorben, dann hätte ich nun meine Ruhe!

»Sie haben all ihr Hab und Gut mitgenommen. Ich glaube nicht, dass sie noch einmal zurückkommen, mein Vater.«

»Ja, guter Diakon, das ist schon klar.«

»Meint Ihr wohl, mein Vater, ich könnte den Vorsteher des Klosters um Erlaubnis bitten, in der Hütte zu wohnen?«

»Du bist noch zu jung, um allein zu leben. Es ist besser für dich, wenn du im Haus des Priesters bleibst ... Und nun lass mich schlafen.«

»Ruft mich, wenn Ihr mich braucht, mein Vater, ich werde in der Nähe sein.«

Nachdem ich den Segen für ihn erbeten hatte, ging der Diakon fort. Tief in mir bat ich Gott darum, mich zu sich zu rufen, damit ich meine Ruhe fände. Mir dröhnte der Kopf. Ich konnte keinen Schlaf finden, sondern nickte immer nur kurz ein und verspürte Schmerzen. Schmerzen im Schlaf sind ein schlechtes Zeichen, das wissen die Ärzte seit Hippokrates: *Wenn der Schlaf bei chronischen Krankheiten Schmerzen verursacht, so gehört dies zu den Anzeichen des Todes* ... Dann soll es so sein! Tod und Leben sind für mich einerlei geworden, möglicherweise ist der Tod sogar besser! Doch ich bin von meinem Fieber genesen, ob es nun chronisch gewesen sein mag oder nicht. Und die Schmerzen, die ich im Schlaf verspüre, sind Schmerzen der Seele und keine Relikte des Fiebers.

Ich erhob mich von der Bank und vertiefte mich ins Gebet. Ich verrichtete das Sûtûrû-Gebet vor seiner Zeit und betete es bis tief in die Nacht hinein. Und bis ich gewiss war, dass es nichts zu bewirken vermochte ... Stärker als je zuvor spürte ich Azazel in meiner Nähe. Er war also kein Traum und auch kein Phantom gewesen, das mich in meiner geistigen Verwirrung während der Fieberschübe aufgesucht hatte. Er ist jetzt ganz nah bei mir, ich spüre, dass er mich ansieht, ohne etwas zu sagen. Ob ich mich wohl dem Wahnsinn anheimgegeben habe?

Am nächsten Morgen vernahm ich das Geräusch von Schritten, die über die Kieselsteine in Richtung Bibliothek hasteten. Es war der Gang des Pharisäers, der gewiss nach mir schauen wollte. Ich beendete mein Gebet und öffnete ihm die Tür. Er trug ein Tuch mit Früchten bei sich. Wir setzten uns einander gegenüber an den großen Tisch.

»Wie geht es dir jetzt, Hypa?«, fragte er.

»Besser. Ich glaube, ich bin auf dem Weg der Genesung. Doch was ist mit dir, Bruder? Du scheinst besorgt zu sein!«

»Wir haben gerade Nachrichten erhalten. Das heilige Konzil unter der Leitung des Kaisers hat Kyrillos wieder als Bischof eingesetzt und beschlossen, Nestorius abzusetzen ... und zu verbannen.«

»Was sagst du da? Wie konnte das geschehen?«

»Außer Johannes, dem Bischof von Antiochia, haben sich alle Bischöfe von Nestorius abgewandt. Und der Kaiser und der Papst von Rom wollten Alexandria aus bekannten Gründen nicht erzürnen. Als Bischof Rabbula und seine Begleiter sahen, dass sich die Waagschale zu Gunsten von Kyrillos neigte, wandte er sich gegen Nestorius und sprach ihn schuldig. Das Konzil hat ein neues Glaubensbekenntnis formuliert, das Zusätze zu jenem Bekenntnis enthält, auf welches man sich vor hundert Jahren in Nicäa einigte.«

Vor meinen Augen zogen Wolken auf; ich schloss sie und legte meine auf den Tisch gestützten Arme um den Kopf. Inmitten der dichten Wolken wurde ich eines bedeutenden Fakts gewahr: Das Konzil von Nicäa hatte nicht vor einhundert Jahren stattgefunden, sondern vor einhundertsechs Jahren! Vor einhundert Jahren hatte Kaiser Konstantin das würdevolle Komitee aus gestrengen Priestern in der Absicht ins Leben gerufen, die Bischöfe zu besänftigen. Dies geschah im Jahre 331 nach Christi Geburt. Das Komitee hatte Bibliotheken durchsucht und war in Häuser eingedrungen, um die Bücher von Philosophen und Ketzern sowie alle Evangelien einzusammeln, die nicht zu den vier anerkannten gehörten; ebenso jene Bücher, in denen eine andere Meinung vertreten wurde als jene, auf die sich die Bischöfe geeinigt hatten; und die Briefe der Gnostiker. Man schichtete alles auf den Plätzen der Städte und Dörfer auf einen Haufen, verbrannte es öffentlich und drohte allen Unheil an, die derlei verbotene Schriften versteckt hielten ... O weh, welch ein Unglück. Ich hob den Kopf und fragte den Pharisäer:

»Was werden sie mit dem verehrungswürdigen Nestorius tun?«

»Er ist nicht mehr verehrungswürdig. Sie werden ihn an einen weit entfernten Ort verbannen, der Alexandria untersteht; in eine der Städte der Pentapolis oder nach Achmim, ich weiß es nicht genau. Das Konzil sprach auch Bischof Theodor von Mopsuestia schuldig und leugnete seine Auffassungen.«

Mir wurde beklommen zumute, als ich die Worte des Pharisäers vernahm. Ich erhob mich, um das Fenster zu öffnen, das auf den Klosterplatz blickt, doch plötzlich schwindelte mir, ich taumelte und wäre beinahe zu Boden gestürzt, hätte der Pharisäer mir nicht geistesgegenwärtig geholfen, mich wieder zu setzen. Dann tat er das Fenster auf ... Nachdem wir eine Weile schweigend dagesessen hatten, wurde er abermals unruhig, und ich konnte in seinen Augen lesen, dass er mir noch etwas anderes sagen wollte. Aber ich fühlte mich gar nicht imstande, noch mehr zu hören ... Gegen meinen Willen flossen mir heiße Tränen aus den Augen, die ich eilig fortwischte.

Der Pharisäer öffnete sein Tuch und hielt mir mit den Worten, dieses frische Obst komme aus Aleppo, und er habe es mir zu Stärkung gebracht, eine Frucht hin ... Die Erwähnung des Namens Aleppo ließ mich aufhorchen, ich schaute ihm in die Augen und konnte einen Anflug von Mitleid darin ausmachen. Er forderte mich auf zu essen, doch ich schob das Tuch mit dem Handrücken von mir. Meine Frage, ob jemand aus Aleppo eingetroffen sei, verneinte er und erzählte, dass diese Sommerfrüchte das Geschenk eines Händlers, eines Katechumenen, für das Kloster seien ... Er forderte mich erneut auf, davon zu kosten, und so nahm ich eine große Aprikose aus seiner Hand und legte sie beiseite. Dann blickte er sich in der Bibliothek um. Die Luft sei stickig, sagte er und fragte, ob es mir vielleicht mehr behage, draußen am Tor zu sitzen. Ich stimmte zu, stützte mich auf seinen Arm, und so traten wir hinaus, die Füße wie Frauen, die über den Verlust eines Angehörigen trauern, hinter uns herschleifend.

Draußen fand ich den Diakon schlafend neben meiner Tür auf dem Boden liegen. Ich versicherte ihm, dass ich ihn nicht mehr benötige, und forderte ihn auf, heimzugehen. Langsam zog sich die Dunkelheit vor der Morgendämmerung zurück, und gemächlich begaben wir uns zum Tor. Der Mond leuchtete nicht; es war Neumond. Wir ließen uns in der Dunkelheit auf dem Stein nieder, auf dem ich an jenem Morgen gesessen hatte, als Martas Tante mir in aller Frühe mitgeteilt hatte, dass sie nach Aleppo gehen würden. Jener Stein, auf dem hernach der römische Wächter saß, welcher um Martas Hand angehalten hatte! Ob sie sich wohl von ihm verabschiedet hatte, bevor sie aufbrachen? Woher hatte er eigentlich die Kühnheit genommen, ihr die Heirat vorzuschlagen? Ob er wohl während meines zwanzig Tage währenden Fieberwahns etwas von ihr bekommen hatte?

Ich blickte in Richtung Hütte, die in der Finsternis versank.

Der Pharisäer schwieg und ritzte mit einem trockenen Stöckchen Zeichen in den Boden ... Kühle Brisen wehten auf, ich schloss die Augen und füllte meine Brust, dann stieß ich den Seufzer eines Verwundeten aus. Er wies mit dem Stöckchen in Richtung Hütte und sagte, dass die beiden Frauen abgereist seien. Ich antwortete nicht. Er setzte hinzu, dass er das Vorhaben, in der Kirche zu singen, keineswegs begrüßt habe. Ich antwortete nicht. Dann sagte er, dass ihm jene Frau, deren Name Marta sei, nicht gefallen habe, und da begann mein Herz heftig zu pochen ... Über den Himmel legte sich das erste Morgenrot, mir kroch die Kälte in die Knochen, und deshalb bat ich darum, in die Bibliothek zurückzukehren, wo ich ein wenig schlafen wolle. Auf dem Rückweg stützte ich mich nicht auf seinen Arm. Bevor er mich an der Tür verließ, fragte ich ihn, ob er mir etwas verheimliche.

»Du bist es, der zu verheimlichen sucht, was er in sich trägt. Obwohl wir alle es wissen!«, entgegnete er.

»Was meinst du damit?«

»Nichts, Hypa. Aber du hast während des Fieberwahns immer wieder den Namen dieser Frau gerufen, Marta ... Dass sie von hier fort sind, ist eine Gnade Gottes für dich und für uns. Wir wünschen dir, wie du weißt, nichts Unredliches ... Und diese Frau war unredlich.«

Ich schloss die Tür zur Bibliothek hinter mir und warf mich auf die Bank. Ich weiß nicht, wie es kam, dass ich einschlief, doch ich erwachte verschreckt, als es dämmerte. Unverzüglich ging ich zum Tisch und verschlang alle Früchte aus dem Tuch. Wie ein Kranker mit dem Hunger eines Wolfes vertilgte ich alles, währenddessen meine Tränen strömten ... Dann legte ich den Kopf in meine Hände und brach in lautes Schluchzen aus. Als ich wieder zu mir kam, hatte ein einziger Gedanke von mir Besitz ergriffen. Alles war zu Ende. Nestorius war besiegt, Marta gegangen, Azazel verschwunden, und die

Klosterbewohner wussten, wie es um mich stand. Mein ganzes Leben war zu Ende, vor mir lag nur noch der Tod.

»Du hast noch ein langes Leben vor dir, Hypa, denk also jetzt nicht an den Tod.«

»Azazel … wo warst du?«

Er gab mir zu verstehen, dass er immer in meiner Nähe war und bleiben wird, und dass die wirkliche Welt in mir sei und nicht aus den Ereignissen bestehe, die wie Feuer aufflammen, sich wieder legen, ein Ende finden, und dann entweder erneut entbrennen, oder aber es lodern andere auf … Ich war verwundert darüber, dass er nicht verborgen gewesen und dass er, als er auftauchte, keineswegs niedergeschlagen schien. Mein Kopf lag noch immer auf dem Tisch, ich hatte die Augen geschlossen und starrte ins Leere. Ich fragte:

»Soll ich mir Gift einflößen, um von meinem Zustand errettet zu werden und mich in Luft aufzulösen?«

»Hat dich der Wahnsinn gepackt? Der Tod hat keinen Sinn. Sinn gibt es nur im Leben. Ich lebe immer und werde erst mit deinem Tod sterben und mit dem Tod jener, die an mich glauben und meine Existenz in sich entdeckt haben … Es ist nicht dein Recht, mich durch deinen Tod vor der Zeit sterben zu lassen.«

»Und wie soll ich leben nach all dem, was geschehen ist?«

»Du lebst, um zu schreiben, Hypa. Dann bleibst du bis zum Zeitpunkt deines Todes am Leben, und ich lebe in deinen Aufzeichnungen fort … Schreib, Hypa, denn wer schreibt, wird niemals sterben.«

Azazel liebt das Leben, denn es ist seine Weide. Deshalb hasst er jene, die zum Verzicht auf Glück und Freude aufrufen. Die Enthaltsamen und die vom Leben Zurückgezogenen kann er nicht ertragen. Er nennt sie Toren! Ich stand auf und schloss das Fenster, das auf den Klosterplatz hin geöffnet war. Das Morgenlicht hatte zu leuchten begonnen. Mir war danach zumute, weiter mit Azazel zu plaudern, und so lehnte ich meine Stirn gegen die Wand und fragte:

»Warst du derjenige, den ich am Rande der Ortschaft Sarmada und bei meinem Abstieg vom Qusqâm-Berg in Ägypten getroffen habe?«

»Was redest du da? Ich existiere nicht unabhängig von dir. Ich bin du, Hypa, ich bin nur in dir.«

»Nimmst du nicht die körperliche Gestalt von bestimmten Menschen an?«

»Die Menschwerdung ist eine Lüge.«

Ich vernahm Schritte und öffnete erneut das Fenster. Eine Gruppe von Mönchen des Klosters wollte mir einen Besuch abstatten. Zwei Diener in ihrer Begleitung trugen einen großen Tisch mit dem Frühstück darauf ... Der Vorsteher des Klosters werde sich ihnen noch anschließen, und wir würden alle gemeinsam das Morgenmahl hier einnehmen, kündigten sie an. Dies war eine große Sympathiebekundung ihrerseits.

Nachdem der Abt einige Psalmen rezitiert hatte, hob er zu sprechen an, und mir war, als rede er zu mir: »Ihr Söhne des Herrn, lasst uns an diesem gesegneten Morgen zu Gott beten und ihm für seine Gnade danken und seine Barmherzigkeit erbitten ... Wisset, dass Gott immer in unseren Herzen ist, auch wenn sein Thron im Himmel steht. Ich habe gesehen, dass viele von euch von Kummer geplagt wurden über die Geschehnisse in Ephesos, dass ihr Glauben ins Wanken geriet und ihre Herzen in Aufregung versetzt wurden. Was geschah, ist betrüblich, deshalb möge Gott uns allen vergeben. Aber der Weg von uns Mönchen hat nichts zu tun mit den Fragen der Theologie und den Streitigkeiten zwischen den Oberhäuptern der Kirchen. Jene geraten mal in Aufruhr, dann beruhigen sie sich wieder. Aber auch wenn sie miteinander hadern ... wir haben unseren Weg, den wir mit Gottes Hilfe gewählt haben. Möge uns die Liebe zu Gott, die Botschaft Jesu Christi und der Respekt vor der Heiligen Jungfrau vereinen, sei sie nun die Mutter Gottes oder die Mutter Christi. Wir scheren uns nicht um den Tumult der Welt, wir kennen die Jungfrau durch unsere Herzen, nicht durch die Reden der Theologen und ihre unterschiedlichen Anschauungen. Wir werden uns hier an das Glaubensbekenntnis halten, das in Ephesos formuliert wurde, und die Menschen im Stall Gottes in seinem Wort zusammenführen, um das Volk nicht dem Satan zu überlassen, auf dass er mit ihnen spielt, wenn sie sich streiten. Wir haben einen Weg zu Gott, der nicht durch ein geschriebenes Gesetz und bestimmte Worte beschränkt ist. Das Mönchstum hat sein Geheimnis, das sich über die Worte erhebt und über den Sprachen steht und zu sublim ist für den sprachlichen Ausdruck. Das Mönchstum, die Gemeinschaft und das Klosterwesen werden ein Leuchtturm bleiben, der die Gläubigen recht leitet, und ein Weg für jene, die sich treu ihrer Liebe zu Gott hingegeben haben, aus tiefstem Herzen an Jesus Christus glauben und die Jungfrau Maria verehren.«

Die Worte des Abtes taten mir wohl. Zusammen mit den Mönchen nahm ich einige Bissen zu mir, doch ich spürte in jenem Augenblick Azazel in der hinteren Ecke der Bibliothek sitzen und hinterlistig und spöttisch lächeln ... Nachdem sich die Mönche von mir verabschiedet hatten, ermahnte mich der Abt, mir Ruhe zu gönnen, und fragte, ob ich etwas aus der Klosterküche wünsche, wofür ich ihm dankte.

Am Nachmittag überkam mich die Sehnsucht und trübte meinen Geist. Ich befand mich allein in der Bibliothek, und so rief ich nach Azazel, um mich mit seinen absonderlichen Ansichten über mein Leiden auseinanderzusetzen. Als ich ihn nach seiner Meinung über die Worte des Abtes am Morgen befragte, lächelte er. Er hatte es darauf abgesehen, mich aus der Fassung zu bringen, und entgegnete: »Was könnte der

Vorsteher des Klosters denn schon anderes sagen? Er müsste sich ja sonst einen anderen Ort suchen, dem er vorstehen kann!« In dem Gefühl, er habe den verehrten Vater beleidigt, brüllte ich, er solle nur ja den Anstand wahren ... Da verschwand er.

Am frühen Abend saß ich am Tisch und erwog, eine neue Hymne zu verfassen. Von der Poesie bedrängt, verrichtete ich das Nachtgebet allein, dann bereitete ich die Pergamente vor und schrieb:

Mein Gott, lass einen Schimmer des ewigen Lichtes leuchten,
Der mein finsteres Herz erhellt und meine Einsamkeit vertreibt.
Unser Vater, der du bist im Himmel, überflute die Erde mit tröstlichen Kunden,
Denn wir sind traurig, und unsere Trauer ist schmerzvoll.
Jesus Christus, du Erlöser, du bist unser Anfang und unser Ende,
Und du wirst uns bleiben, auch nach dem Untergang unserer Welt.

Das Verfassen dieser Verse war mir so schwergefallen, als hätte ich die Worte aus der Tiefe meines Herzens gerissen und dort eine blutende Wunde hinterlassen. Mein Leib war noch immer schwach, und ich war kurz davor, der Schläfrigkeit zu verfallen, auf dass sie mich zu einem fernen Horizont nähme. Plötzlich aber überraschte mich Azazels Stimme, die aus den entferntesten und finstersten Winkeln meiner Leere emporstieg und mir das Herz in der Brust zerfließen ließ. Mir dünkte, der Himmel habe sich auf Erden ausgebreitet, und ich sei zwischen Himmel und Erde gefangen.

»Wann schreibst du die Wahrheit, Hypa«, fragte er mich, »und hörst auf mit dem falschen Spiel, deine Schmerzen zu besingen, die in dir sind? Sei nicht wie ein Toter, der über Tote redet, um die Toten zufriedenzustellen! Sag die Wahrheit, die du im Herzen trägst, wie zum Beispiel: Marta, strahle für den Augenblick eines vereinten Liebesgenusses, um mein dunkles Herz zu erleuchten und meine Einsamkeit zu vertreiben ...«

»Schweig, Verfluchter, ich werde nur den lebendigen Christus besingen ... Die Poesie ist wie eine Aneinanderreihung von Perlen, und Jesus Christus sagte: Wirf keine Perlen vor die Säue.«

»Ist Marta für dich jetzt wie die Säue geworden? Wach auf, Hypa, und begreife! Deine Sehnsucht nach ihr zermürbt dich und bricht dir das Herz ... Geh zu ihr, nimm sie und verlasse dieses Land. Erfreue dich an ihr und mache sie glücklich! Dann kannst du mich mit Flüchen überschütten, weil ich dich verführt habe. Aber wir alle drei werden uns verwirklicht und unsere Wünsche wahr gemacht haben.«

Ich werde den höhnischen Worten Azazels mein Ohr nicht länger leihen, ging es mir durch den Kopf, er ist von Natur aus ein Skeptiker und beschwört Verdruss herauf ... Ich werde mein Herz mit dem Wasser der Überzeugung waschen und meinen Glauben vor seinen Versuchungen, seiner Ketzerei und seiner Neigung zu vergänglichen Genüssen bewahren. Wie sehr auch immer ich an Marta hänge, so ist es doch eine vorübergehende Neigung, wie alles auf der Welt. Ich werde das Bleibende nicht gegen das Vergängliche eintauschen, und das Teure nicht gegen das Billige. Ich werde mein Leben in dem lebendigen Christus leben.

»Lebt er denn? Wie haben ihn die Römer dann getötet?«

»Er war einige Tage tot, dann vollzog sich seine gepriesene Auferstehung von den Toten!«

»Wie ist er überhaupt gestorben ...? Wie kannst du, Hypa,

glauben, dass der römische Herrscher Pilatus, ein Mensch, Jesus Christus zu töten vermochte, der doch Gott ist?«

»Dies war der einzige Weg zur Erlösung des Menschen.«

»Es war der einzige Weg, das Christentum vom Judentum zu befreien.«

Ich hatte genug von Azazel, doch er flüsterte mir in meinem Schlaf weiterhin seine sonderbaren Auffassungen ins Ohr. Er sagte viele Dinge, unter anderen, dass die Juden den Gedanken der Göttlichkeit beleidigt hätten, den zu formulieren sich die Menschheit solche Mühe gegeben hatte. Die alten Kulturen hatten Gott in die Höhe erhoben, bei den Juden in ihrer Thora war er indes gänzlich von den Menschen in Anspruch genommen. Deshalb musste er erneut in den Himmel erhoben werden ... Auf diese Weise war das Christentum entstanden. Es bestätigte die Existenz Gottes gemeinsam mit dem Menschen auf Erden in der Person Christi und erhob ihn mit Hilfe der alten ägyptischen Mythen wieder an seinen früheren Ort im Himmel. Nachdem er (Gott) sich selbst, wie sie behaupten, um der Erlösung der Menschen von den Sünden ihres Vaters Adam willen geopfert hatte! Waren die Sünden nach Christus getilgt worden, und wäre es Gott denn schwergefallen, den Menschen durch einen eigenen Befehl zu verzeihen, ganz ohne trügerische Leiden, eine erniedrigende Kreuzigung, einen ruhmlosen Tod und eine gepriesene Auferstehung ...?

Azazel verschwand in mir und schwieg, so dass ich plötzlich von wohliger Ruhe überflutet wurde. Dann hatte ich das Gefühl, Leere umhülle mich ... Nach einer Weile bettete ich mein Haupt auf die Leere und schlief meinen Schlaf.

DREISSIGSTES PERGAMENT

Das Glaubensbekenntnis

Wir rühmen dich, du Mutter des wahren Lichtes; wir verherrlichen dich, Heilige Jungfrau, Mutter Gottes, Theotokos, denn du gebarst uns den Erlöser der Welt. Er kam und befreite unsere Seelen. Verherrlichung sei dir, unser Herr und König, Christus, du Ruhm der Apostel, du Krone der Märtyrer, du Jubel der Gerechten, du Stärke der Gemeinden, du Vergeber der Sünden. Wir verkündigen die Heilige Dreifaltigkeit, den einen Gott: Wir huldigen ihm; wir verherrlichen ihn, Herr, erbarme dich, Herr, segne uns, amen.

Dies ist das Vorwort des Glaubensbekenntnisses, welches uns mit der nachdrücklichen Ermahnung aus Ephesos erreichte, es unter dem Volk zu verbreiten und in allen Kirchen mit der ihm angemessenen Erhabenheit vorzutragen … Ich meine, die Erhabenheit der Formulierung; ich meine, der Formulierung des Bekenntnisses; ich meine, des Glaubensbekenntnisses; ich meine des Glaubens an Gott. Gott, den unsere Religion erneut in den Himmel erhob.

Zwei Tage verbrachte ich in der Bibliothek und disputierte mit Azazel. Ich konnte ihn von manchem überzeugen, aber auch er gewann mich für Dinge, bei denen ich gezaudert hatte … Zum Beispiel überredete er mich dazu – was auf eine Neigung meinerseits stieß –, mich vierzig Tage in meine Zelle zurückzuziehen und aufzuzeichnen, was ich in meinem Leben geschaut, seit meiner Flucht aus dem Dorf meines Vaters bis zu meinem morgigen Aufbruch von hier, um zu tun, worauf wir uns geeinigt haben.

Nun sind diese vierzig Tage vorüber, und ich habe meine Aufzeichnungen heute beendet. Ich habe nur berichtet, woran ich mich selbst erinnerte oder was ich tief in mir selbst gesehen … Dies ist das letzte Pergament. Es ist zum größten Teil noch unbeschrieben. Ich werde diese Fläche frei lassen, denn vielleicht wird jemand kommen, der sie nach mir füllt. Nun werde ich ein wenig ruhen, und vor Sonnenaufgang werde ich aufstehen, die Pergamente in diese Kiste legen und sie unter dem großen Stein beim Tor des Klosters vergraben. Und mit ihnen werde ich gleichfalls meine mir vermachte Angst und all meine alten Vorstellungen begraben. Und sobald es dämmert, werde ich von hier aufbrechen, als freier Mensch …